国家社科基金项目结项成果

青年学术丛书·文化

YOUTH ACADEMIC SERIES·CULTURE

清代骈文理论研究

吕双伟 著

人民出版社

序

蒋　寅

　　郭绍虞先生在《中国文学批评史》绪论中指出："清代学术有一特殊的现象，即是没有它自己一代的特点，而能兼有以前各代的特点。"清代文学也是如此，很难举出什么属于它自己的特点，而前代文学的所有特点却都能在清代文学中看到。的确，清代的文学也像学术一样，具有一种包融、综合的特征，虽然未必有多少独创性，但却可以说是整个古典文学的总结，无论诗文词曲或是戏剧小说都有不俗的成绩。至于要举清代文学的"一代之胜"，则文学批评必当之无愧。无论是文献数量之丰富，还是理论、技术水准之高，前代都无可侪比。如果说在《中国古代文学通论》七卷中，清代只能占到一卷的话，那么若编纂《中国古代文学批评通论》，我觉得清代起码要占四分之一的篇幅。

　　治经学的人都知道，若无清儒的研究成果，许多经书都读不通；文学研究也同样，没有清代的诗文评著作，中国古代文学理论和批评就会停留在很肤浅的水平上。事实上，不了解清代的文学理论和批评，就不能真正理解中国传统文学理论、批评的丰富内涵和不朽价值。我们常听到有人说，中国古代文论都是零星的、印象式的、缺乏理论系统的，如果这些学者能多读一些清代的诗文评著作，就会知道自己的结论是很武断和片面的。学界所以会有这种似是而非的判断，与清代文论始终未得到重视有关；而清代文论之未受重视，又与"一代有一代之文学"的传统观念分不开。近代以来，除了戏剧、小说较为学界关注，清代诗文及相应的理论、批评多年来一直都不在学者的研究视野之中。这种情形直到上世纪八十年代以来才有所改观,不仅诗歌和古文日渐受到研究者的关注,就是一向不为人注意的词和骈文也逐渐成为学术热点,而骈文的受重视更是有着特殊意义的。

正如袁枚《胡稚威骈体文序》所说:"骈体者,修词之尤工者也。"骈文同时具备诗、文、赋三大文体的文体特征,凝聚着汉语特有的形式美,是集中体现了汉语修辞艺术的一种文学体裁,对作者的才情和学养都有异乎寻常的要求,或许可以说需要具备最全面的艺术才能。一个擅长骈文的作家,做其他各类文章都会得心应手,不成问题,而反之则未必然。这就是朱彝尊、尤侗、陈维崧、吴绮、袁枚、胡天游、杭世骏、洪亮吉、汪中、孙星衍、吴锡麒、王昙等清代作家都兼擅诗词曲赋,而许多诗古文辞名家却不能作骈文的道理。能否作骈文,确实是衡量作家才能的一个重要标尺。擅长骈文的作家,全多才情洋溢、腹笥丰实,娴于偶俪、事类,且对语言的声韵之美有敏锐的感觉——身怀如此异禀的作家历来都是很少的。

清代在整体以学术文化为主导的社会背景下,文学家普遍地享有优于前代的教育机会,读书多,学问好,更兼国家富足,朝廷右文,社会对文学的需求空前剧增,骈文创作也适应这种需求而形成前所未有的繁荣局面。骈文毕竟是一种应用性非常强的文体,文学作品(尤其是戏曲小说及女性诗词)的序跋、游宴饯送的序记、婚庆寿诞的序祝等,大多内容空洞而流于形式,于是辞藻华美的骈文就成了最适合于这类应酬的文体。这使得清代骈文在经历元、明的中衰之后,进入一个复兴的时期。名家辈出,作品繁多,各种通代、断代、地域的骈文总集、选本层出不穷,现知各种骈文别集、总集、选集,据昝亮《清代骈文文献综录》统计,有558种。骈文批评和理论总结相比前代也有长足的进步,涌现出孙梅《四六丛话》这样的名著。但令人遗憾的是,有关清代骈文的研究一直很薄弱,理论和批评研究更是缺乏。清代大量的骈文总集、选本,孙梅《四六丛话》之类的专著,序跋、书信、笔记杂著里的许多评论,都还沉睡在图书馆中,有待学者去发掘、整理和研究。这无疑是清代文学和文论研究亟需措手的工作。

2006年3月,吕双伟以《清代骈文理论研究》为题完成了他的博士论文，成为迄今研究清代骈文理论的首部专著。有关清代骈文理论的论文一向尠见，双伟发表于《文学遗产》的《清代骈文理论中的风格论》一文，就给我留下鲜明的印象。后来他申请来文学所做博士后研究，我才知道他在我母校广西师范大学获得硕士学位，师从于莫道才教授，又私淑于同门于景祥兄。这两位都是当今不多见的治骈文有成的专家，莫教授的《骈文通论》、景祥兄的《中国骈文通史》都用了相当的篇幅评述清代骈文，代表着当今清代骈文研究的水平。双伟从两位专家治清代骈文，尤其关注理论和批评的方面，读博士期间在韩泉欣教授指导下，终于完成这部全面研究清代骈文理论的专著。经过近五年的修订，书稿更为充实，大体展现了清代近三百年间人们对骈文的文体特征、价值、地位的认识及其变化。我感觉他的研究是在大量的阅读上展开的，所使用的文献、涉及的问题都比较广泛，作为一部研究清代骈文理论的专著，既有较好的理论意识，也有对文学史的现实感，对我们认识和理解清代骈文的历史发展很有参考价值。

清代骈文理论是古代骈文写作经验的全面总结，同时也反映了本朝骈文写作的基本观念，是古代文学理论和批评史的重要内容。浏览现有的古代文论和批评史著作，这方面的内容若有若无，都很薄弱。双伟这部专著，无论对今后的古代文论研究还是批评史撰写，相信都将会是很好的参考文献。当然，清代文献无比浩繁，以个人的力量是难以穷尽的，更丰富的骈文理论资料还有待于发掘，更多的骈文研究课题还有待于我们发现和深入探讨。双伟春秋正富，如何不断拓宽学术视野，在深化清代骈文研究的同时丰富自己的学识，增强自己的洞察力，是今后将面临的问题。以双伟对学问的笃好和学风的扎实，我相信他会一步一个脚印地前行，日进不已。我对骈文夙无研究，忝为合作教授，其实在学术上提供不了什么帮助。值《清代骈文理论研究》行将授梓，略摅所感，以致祝贺之意，并与双伟共勉。

蒋寅

2011 年 1 月 14 日

目　录

导　论

第一节　骈文文体的自足性和兼容性

诗词曲外的中国古代文章概念,其内涵指向较为复杂且随时递变,因时而异甚至因人而异的现象经常出现。但总的来说,正如王运熙所云:"中国古代文章,大致分为散体文(简称散文)、骈体文(简称骈文)两大类。"①就骈文来说,从李商隐明确用"四六"命名自己文集到清末王先谦《骈文类纂》收录骚和赋,不同时代对骈偶、典故、辞藻、句式和声律等的要求不同,没有绝对统一的标准,当文章以骈偶句式为主时就常常被作者或读者视为四六、骈体或骈文,等等,可见其内涵的丰富性和动态性。拨开历史和政治云雾对骈文的遮蔽,回到古代文章发展的原生态中,可以毫不夸张地说,骈文在古代文学史上和古人视域中具有重要地位。清末罗惇曧云:"周秦逮于汉初,骈散不分之代也。西汉衍乎东汉,骈散角出之代也。魏晋历六朝而迄唐,骈文极盛之代也。古文挺起于中唐,策论靡然于赵宋,散文兴而骈文蹶之代也。宋四六,骈文之余波也。元、明两代,骈散并衰,而散力终胜于骈。明末逮乎国朝,散骈并兴,而骈势差强于散。"②民初陈柱也云:"吾国文学就文体而论,可分为六时代。一曰、骈散未分之时代,自虞夏以至秦汉之际是也。二曰、骈文渐成时代,两汉是也。三曰、骈文渐盛时代,汉魏之际是也。四曰、骈文极盛时代,六朝初唐之际是也。五曰、古文极盛时代,唐韩柳、宋六

---

① 王运熙序,奚彤云:《中国古代骈文批评史稿》,华东师范大学出版社 2006 年版。

①　王运熙序,奚彤云:《中国古代骈文批评史稿》,华东师范大学出版社 2006 年版。
②　罗惇曧:《文学源流·总论》,《国粹学报》第 2 卷第 17 期(1906 年)。

家之时代是也。六曰、八股文极盛时代,明清之世是也。自无骈散之分以至于有骈散之分,以至于骈散互相角胜,以至于变而为四六,再变而为八股。散文虽欲纯乎散,而不能不受骈文之影响。骈文虽欲纯乎骈,而亦不能不受散文之影响。以至乎四六专家,八股时代,凡为散文骈文者,胥不能不受其影响。此文学各体分立之后,不能不各互受其影响者也。"①都以骈散消长作为文章发展主线,概述骈文和散文相辅相成、互有消长的嬗变轨迹。

　　然而,在当代古典文学研究中,尽管最近十年骈文研究备受关注,但整体上还比较薄弱。可以说骈文研究至今还处于双重困惑之中:一、它是否符合文学发展的历史真实及当代文体学概念,具备文体的独立性和自足性?二、在承认其文体自足性的前提下,怎样确定其内涵?在研究中,四六与骈文是否可以等同?辞赋与骈文的关系是相容还是相离?骈文与制诰表启等文类的关系怎样?要解决这双重困惑,则必须明确骈文的文体属性。铃木虎雄云:"中国文章中极侈丽者,有四六文,欲知四六文,必解一般骈文,欲知一般骈文,必解汉赋,欲知汉赋,必解楚骚,此其为一贯系统,摘出其一,则不免支离矣。楚骚、汉赋,一般骈文,四六文四者,虽概骈文称之,然骚赋者,有韵之骈文,四六者,无韵也。"②主张从楚骚、汉赋、骈文和四六文四者的渊源关系中来理解四六文,是为的论,但认为四者都概以"骈文称之","骚赋者,有韵之骈文"却是笼统之论,没有从不同时代骈文内涵各异来区分,说法值得商榷。褚斌杰论骈体文云:"从实地看,它并不与诗歌、辞赋、小说、戏曲等一样是一种文学体裁,而是与散体文相区别的一种不同表达方式。但由于它本身具有一定的格式和特点,是中国文学中的一个重要现象,所以一般地也都把它看作是中国文学中的一种体类。"③则清晰地把握了骈体文和散体文对称的泛文体属性,指出了其和诗赋、小说、戏曲等具体文体的不同;又承认它本身表达方式上的固有特征,是中国文学史上的重要现象,一般被视为中国文学中的一类文体。本文研究清代骈文理论,首先要解决的

---

① 陈柱:《中国散文史序》,商务印书馆1998年版。
② 铃木虎雄:《赋史大要序》,殷石臞译,正中书局1942年版。
③ 褚斌杰:《中国古代文体概论》(增订本),北京大学出版社1990年版,第152页。

问题就是骈文的文体属性,现就此重新审视。

一、"骈文"之名溯源

受语言载体特质影响和中华文化观念而生的骈文,不仅是汉语言形式美呈现的极致,更是华夏文化悖论观念碰撞的结晶。一方面,深受儒家实践理性影响的古代文人,一般以经世致用为人生的直接目的或最高价值,故强调诗以言志,文以载道,希望通过文学的美刺讽谏来关注社会现实,服务仕途经济,以实现抱负理想,从而完成个体的立德立功;另一方面,以形式美为主要特征的骈文,却追求对偶、藻饰、隶事和声韵等,运单成复,化纵为横,将文本类书化,内容陌生化,严重背离了文化上的实践理性观念。然而,就是在这种悖论下出现的文体,竟然成为六朝文章的普遍样式和唐宋文章的重要部分,在晚明和清代又强势振兴。可见,骈文在古代文学史上具有十分重要的地位和独特的文化、历史意义。那么,到底何时,"骈文"之名出现呢?据目前所见,最早为南宋孙奕《履斋示儿编·文说》"史重复"一目中:

> 书有意异而言同者,有意同而言异者。如"矜而不争"、"群而不党",言同而意异者也。"足食足兵"、"民信之矣",言异而意同者也。然前之言人皆知之,后之言无子贡三者之问,熟知其兵食之外,又有信也?古人立言深严如此,若夫后世则不然。良史之才,古今莫不以迁、固为称首。《史记·孟尝君传》言"冯公形容状貌",乃四字而一意。西汉《张禹传》言"后堂理丝竹管弦",乃四字而二物。《昭帝赞》言周成有"管蔡四国流言之变",夫举四国则管蔡已在其中矣,乃四字而**骈文**。《南史·恩幸传序》云:"谋于管仲,齐桓有召陵之师;迩于易牙,小白掩阳门之扇。"小白即齐桓也,不亦重复乎?①

虽目名为"史重复",即对历史典籍中语言重复而语意相同的地方举例说明;但名为"文说",其实是视史书为文章,其举例其实就是在说明文章作

① 王水照编:《历代文话》第一册,复旦大学出版社2007年版,第426页。

法。"言同而意异"中的"言"指语言表达,"意"为文意。孙奕肯定言同而意异,否定言异而意同的语言表达方式,认为后者累赘晦涩。又以《史记》和《汉书》中句子为例,认为"形容相貌"四字一意,"丝竹管弦"四字而二物,都是语意的重复表达。又以"管蔡四国"中四国已经包含管蔡,但是却偏偏还要重复说"管蔡",是"四字而骈文"的现象。这里的"骈文"是指词语意思重复,带有累赘多余的贬义指向。后面即以《南史》骈偶句子为例,也以"小白即齐桓"为重复,意含不满。然而,尽管这里的"骈文"含义为语意重复,不是文体概念,但其表达方式其实是骈文的行文特征。运单成复,屋下架屋为骈体文词语和句式的重要特色。钱钟书有云:"自辞赋之排事比实,至骈体之偶青妃白,此中步骤,固有可录。错落者渐变而为整齐,诘屈者渐变而为和谐。句则散长为短,意则化单为复。指事类情,必偶其徒。突兀拳曲,夷为平厂。是以句逗益短,而词气益繁,扬雄、司马相如、班固、张衡一贯相嬗。盖汉赋之要,在乎叠字(Word)。骈体之要,在乎叠词(Phrase)。字则单文已足,徒见堆垛之迹。辞须数字相承,遂睹对偶之意。骈体鲜叠字,而汉赋本有叠词,只需去其韵脚,改作自易。"[1]对辞赋和骈体文的文体特征作了深刻的揭示,"化单为复"、"在乎叠词"、"辞须数字相承,遂睹对偶之意"等正是骈体文行文的重要特征。而这些特点和孙奕文中的"骈文"含义,其实是一脉相通的。孙奕接着还以"文重复"为目,对汉魏文章中的对偶重复句意加以批评,其实也可视为是对骈体文句式的批评,两者也是相通的。因此,尽管这里的"骈文"是指词语重复,指得是一种表达方式,还不是文体概念,但是,它已经具有了后来骈文文体概念的关键特征,因而具有重要的文体启示意义。此后,直到明末,都没有见到文体意义上的"骈文"概念。对此,李兆洛云文章"自秦迄隋,其体递变,而文无异名。自唐以来,始有古文之目,而目六朝之文为骈俪"[2]。1906年刊行的来裕恂《汉文典》云:"骈文者,自韵文生也。古昔无专名,亦不立体,以二奇句,成一耦辞,有韵无韵,不规规一律也。南北朝来,始有四六之文,文体日益浮靡,乃有缀学之

---

① 钱钟书:《上家大人论骈文流变书》,《光华半月刊》第1卷第7期。
② 李兆洛编:《骈体文钞·自序》,上海古籍出版社2001年版卷首。

士,屏弃六朝骈俪之文,返之于三代两汉,谓之古文。"①追溯了骈文古无专名,也不立体;但其"南北朝来,始有四六之文"的指向也是文体之实而不是文体之名,当时也没有四六文的名称。清末民初孙德谦记载:

> 或问曰:"骈文之名,始于何时?逮至国朝,别集则有孔巽轩《仪郑堂骈体文》、曾宾谷《赏雨茅屋骈体文》、董方立《柈华馆骈体文》;总集则有曾宾谷《骈体正宗》、姚梅伯《骈文类苑》;选本则有李申耆《骈体文钞》、王益吾《骈文类纂》,而古人有其名乎?"答之曰:"是固未之深考。以《文心》言则谓之'丽辞',梁简文又谓之'今体',唐以前却无骈文之称。自唐而后,李义山自题《樊南四六》。宋王铚所著为《四六话》,谢伋又有《四六谈麈》,明王志坚所选之文亦言《四六法海》,当是并以'四六'为名矣。其实六朝文只可名为'骈',不得名为'四六'也。证之《说文》:'骈',训'驾二马'。由此类推,文亦独一不成。刘彦和所云:'造化赋形,支体必双,神理为用,事不孤立。'即其说也。《庄子·骈拇》:'枝指出乎性哉!'此则言增赘旁出,非其本义矣。昔人有言,'骈四俪六',后世但知'四六'为名哉!我朝学者,始取此'骈'字以定名乎?"②

对于"骈文"之名,虽孙德谦自言没有深考,也确实对清前资料没有深考,但他对"骈文"名称的演变,还是作了较为清晰的勾勒。他肯定"唐以前无骈文之称",自晚唐李商隐以"四六"代指骈体,命名别集后,宋、明沿袭之。其中,认为《文心雕龙》"丽辞"指代六朝骈体文,并不确切。《文心雕龙》体大思精,结构严谨,总论、文体论、创作论、鉴赏论等条理清晰,结构分明。如果"丽辞"是论骈文,则应在文体论范围中,而不是在创作论中论述。故将刘勰所云"丽辞"理解为对偶,即一种修辞方式,更加符合刘勰的本意。何况对于当时的骈文,是用"今体"、"今文"代称。同时,孙德谦指出六朝文只可名为"骈",而不能是"四六",主要是从句式上去理解"四六",指出"四六"

---

① 来裕恂:《汉文典·文章典》,王水照编:《历代文话》第九册,第8675—8676页。
② 孙德谦:《六朝丽指》,四益宦1923年刻本,第71—72页。

不等于骈文。最后,孙德谦推测"骈文"之名到清朝才确定。这种观点影响了当代很多研究者。其实并非如此,作为文体意义上的"骈文"概念在晚明就已经出现。正如昝亮所说:"骈文"命名别集的情况:"作为文体概念的骈文名称的提出,论者多以为始于清代,实则不然。明闽县徐𤊹《徐氏家藏书目》卷五之'四六类'著录叶枢《骈文玉楮》一书,这是现今发现的最早的关于骈文概念的文献","今案叶氏字号、籍贯、仕履均无考,但其生活时代自然不会晚于徐𤊹,……而根据钱谦益《列朝诗集小传》可知徐𤊹谢世在清世祖顺治年间(1644~1661年),所以大体可以考订叶枢是明末甚至是明以前的人。"①当然,清代以前以"骈文"命名别集只是个别现象,现存明代骈文别集和选本主要是沿袭唐宋以来的四六之名,如何伟然《四六霞肆》、李日华《四六类编》、钟惺《四六新函》和王志坚《四六法海》等。清初对于"骈文"命名,大部分还是沿袭四六之名。"骈文"作为文体概念在骈文批评中出现,据目前所见,最早为康熙、雍正年间张谦宜(1648~1731)《絸斋论文》中的"骈文"。其云:

> 四六文以骨能载肉、气足充窍为上。以下**骈文**。
>
> 四六文须有布置、有规矩,起伏开合,互相顾盼。
>
> 四六文亦论骨力。何以生骨?意之所注,有坚凝者是也。意高则文采横生,不然,只是泥塑将军,虽浑身甲胄,不见可畏。②

该书为张谦宜撰写的语录式论文条目,始于康熙六十年(1721),终于其谢世前。在其卷四"细论"一目中,对四六文进行了专门的点评。主张四六文要骨肉均匀,气势充沛,布置规矩要注意起伏开合,以意生骨,有骨力才有文采等。其中,在开始评论四六文时,他特意在第一句语录下注明"以下骈文"。这里不仅把四六文视为骈文,而且也是现存笔者所见清代最早从文体

---

① 昝亮:《清代骈文研究》,杭州大学1997年博士学位论文(未刊稿),第4页。又徐𤊹生卒年可考订为(1570~1645),《徐氏家藏书目》编纂在明代。参王长英《明代藏书家、文学家徐𤊹事略考证》,《福建师范大学学报》2001年第1期。

② 张谦宜:《絸斋论文》,王水照编:《历代文话》第四册,复旦大学出版社2007年版,第3914—3915页。

角度提出"骈文"名称的人。此后到乾嘉年间,"骈体"、"骈体之文"、"骈体文"才大量出现,而"骈文"之名在乾嘉时出现频率仍不高,晚清才成为此类文体的主流名称。

"骈文"之名晚于"四六",它的出现凸显了四六文以对偶为主要特征的属性。这既是四六文发展成熟化、本位化的必然,也是作家和批评家在实践中对四六认识逐渐深入的结果。"文体是指一定的话语秩序所形成的文本体式,它折射出作家、批评家独特的精神结构、体验方式、思维方式和其它社会历史、文化精神。"①由于作家、批评家文体意识的相对滞后,或者社会文化观念的复杂影响,导致文体之实和文体之名往往不是同时出现的。骈文就是这样的典型。如果说作为文体概念上的"骈文"之名出现在晚明,流行于清代;那么,"骈文"之实在何时事实上已经形成了呢? 这就要从文本形式的独立性来判断,即古代作家在其作品中体现出鲜明的骈体意识,并且这种意识成为一种普遍的社会创作倾向和审美价值取向,这样才标志着"骈文"之实的形成。这就涉及到对骈文的界定。

二、"骈文"之实的演变

何谓骈文? 近人骆鸿凯云:"骈文之成,先之以调整句度,是曰裁对。继之以铺张典故,是曰隶事。进之以煊染色泽,是曰敷藻。终之以协谐音律,是曰调声。持此四者,可以考迹斯体演进之序,右举《文选》诸篇,乃绝佳之左证矣。"②骆先生以《文选》作品为例,从裁对、隶事、敷藻和调声四个方面揭示了骈文文体的主要特征,但这也恰恰是六朝骈文特征,而不是唐宋四六文及清代骈文所必备的特征。褚斌杰也归纳骈体文特征为五:"即语言对偶、句式整炼、声韵和谐、使事用典和辞采华丽。"③同样也是以标准的、工整的骈文为对象而得出的结论。其实,从以"骈文"命名的清代别集和总集来看,如阎镇珩《北岳山房骈文》、胡念修《问湘楼骈文初稿》、姚燮《骈文类

---

① 童庆炳:《文体与文体的创造》,云南人民出版社1994年版,第1页。
② 骆鸿凯:《文选学》,中华书局1989年版,第311页。
③ 褚斌杰:《中国古代文体概论》(增订本),北京大学出版社1990年版,第169页。

苑》和王先谦《骈文类纂》等，则"骈文"就是指以骈偶整齐句式为根本特征，追求隶事、藻饰和声律等特征但隶事、藻饰和声律不是必备条件的文章。

对此"骈文"界定需要说明的是：一、骈偶句式行文为主是骈文的根本特征。骈偶不仅仅是修辞学意义上的对偶，还可包含前后句式基本相等，字数基本相同的排比句式，这点在宋四六中表现较为明显。骈偶不仅仅是从数量上占据文章的多数，还应指作者在文章中表现出明显的骈偶意识及作者所处时代中追求骈偶成为一种审美倾向；否则，如仅从骈偶句式占多数的角度考虑，有些别集和总集中的某些文章都不能算是骈文。二、骈偶、隶事、辞藻、句式和声律等特征并不是一成不变，而是随时代风气、学术思潮和文学观念的演变而变化，宽严张弛程度不同。清代李绂《秋山论文》云："四六骈体，其派别有三种：平仄不必尽合，属对不必尽工，貌拙而气古者，六朝体也；音韵无不合，对仗无不工，句不过七字，偶不过二句者，唐人体也；参以虚字，衍以长句，萧散而流转者，宋人体也。"[1]对六朝、唐、宋三类骈体文声律、对偶、句式和风格的不同特点作了概括，突出了不同时期骈文的不同风貌。又骈偶中包含的对偶，不完全是今天修辞学上所指的工整凝炼的对偶，往往只求上下联达到"字数的基本对等；意义的基本对举；词性的基本对称；结构的基本对应"[2]就行了。如陆贽公牍骈文和宋散体四六，大部分不是工整的对偶句式，只是上下句字数整齐，甚至很多句式已是互文双行、字数相同的散句了。三、骈文是以形式美为审美核心，以铺陈排比、堆砌辞藻为特色，但这并不排斥其对社会生活的深刻反映和生动表达，如《哀江南赋序》、《与陈伯之书》、《奉天请罢琼林大盈二库状》、《哀盐船文》、《出关与毕侍郎笺》等就是代表。不能以偏概全，完全否定这种具有汉语言文字特色的文体。今人对于骈文的文体确认，往往从"骈"字义界上来考索，但更重要的应是对这种文体何以演变为"骈"的追寻。

以骈偶为骈文主要特征，这是古人追寻"骈文"之实发展后所得到的必然结果。《四六标准》提要谓："自六代以来，笺启即多骈偶，然其时文体皆

---

① 王水照编：《历代文话》第四册，复旦大学出版社 2007 年版，第 4002—4003 页。
② 莫道才：《骈文通论》，广西教育出版社 1994 年版，第 11 页。

然,非以是别为一格也。"①就明确将"骈偶"视为六代笺启形式上的主要特征。孙梅追溯骈文发展历史则云:"西汉之初,追踪三古,而终军有奇木白麟之对,兒宽撊奉觞上寿之辞,胎息微萌,俪形已具;迨乎东汉,更为整赡,岂识其为四六而造端欤?"②也是从文章句式走向"俪形"与"整赡"的角度来追溯骈文的萌芽。王先谦曰:"少读唐柳子厚《永州新堂记》至于'迤延野绿,远混天碧。'诧目曰:'此俪语也,而杂厕散文,深疑不类。'吾兄敬吾先生闻之曰:'他日可与言流别矣'。"③也是以"俪语"来"言流别",即可以从运用骈偶的角度来对骈文推源溯流。当然,骈文还有其他特点,但其他特点具有动态性和非延续性。在普遍追求声律、藻饰的南朝和初唐,骈文具有多种形式特征;但伴随这种形式追求走向极端,走向摹拟和程式化的道路时,就会产生新变。如中唐陆贽的公牍骈文较少用典和藻饰,宋四六以散文气势融入骈文句式,喜用前人成语,不用深僻典故和华丽辞藻等。无论骈文如何发展、嬗变,骈偶都是作者和读者视域中的中心话语;隶事、藻饰和声律等则是骈文的辅助特点,随着骈文的发展演变而呈现出强弱不同的时段性特征。

　　骈偶为骈文的根本特征,那么在文章中追求句式的普遍骈偶,何时成为作家的普遍追求和创作中的自觉意识,并成为时代的审美风尚呢?即"骈文"之实,何时形成了呢?刘麟生认为:"东汉作风,渐趋峻整,蔡伯喈为文坛巨擘,其文最可玩味,厚重之风有余,浑朴之气则少减。骈文造成,此为津逮。魏晋则变本加厉,整俪更甚,自晋陆机、潘岳以还,又复词藻纷纶,渐有凌轹气势之动向。六朝作者,云蒸霞蔚,代有其人,复出之以轻倩之作风,而后骈文益臻美丽之域。"④姜书阁则曰:"一、兴起于东汉之初,始成于建安之际;二、变化于南齐永明之世沈约等人的文章声病之论;三、完成于梁、陈、北齐、北周,而以徐陵、庾信所作为能造其极。"⑤两人都视骈文的形成为一个渐进的过程,没有确切的时间。从文体本位来看,"骈文"之实的确立,当在

----

① 永瑢等:《四库全书总目》,中华书局1965年版,第1396页。
② 孙梅:《四六丛话》,商务印书馆1937年版,第473页。
③ 王先谦:《骈文类纂序》,浙江古籍出版社1998年版。
④ 刘麟生:《中国骈文史》,东方出版社1996年版,第6页。
⑤ 姜书阁:《骈文史论》,人民文学出版社1986年版,第15页。

魏晋时期。

中国语言单音独字是形成骈文的先天条件。日本汉学家盐谷温谓:"中国语文单音而孤立是其特性,其影响于文学上,使文章简洁,便于作骈语,使音韵谐畅。"①但这种对偶倾向必须结合时代审美趋向,才能形成一种独立的文体。尽管先秦典籍中,如刘勰《文心雕龙·丽辞》以及阮元《文言说》所指出,语言上的骈偶现象较多,但这种现象还不是作者有意识的普遍创作倾向,更多的是一种审美无意识流露,因而此时的骈偶,还只是一种修辞方式。经过百家争鸣的战国时代后,历史进入了大一统的秦王朝。秦朝文章诚如鲁迅所说,重要的只有李斯一人而已。李斯之文开始表现骈偶化的倾向,如纪昀所说"秦汉以来,自李斯《谏逐客书》始点缀华词,自邹阳《狱中上梁王书》始累陈故事,是骈体之渐萌也"②。李兆洛《骈体文钞》以打破古文藩篱,推尊骈体,实现骈散交融为宗旨,也将此篇入选。谭献评之为"骈体初祖"③。该文在语言上确实偏重对偶、排比,但和公认的六朝骈文相比,还只是骈偶较多的散体文,何况当时对于骈偶的追求还只是体现在个别作家身上。汉代是文学发展的辉煌时代,"铺采摛文,体物写志"的大赋和诏策颂铭等公牍文章,虽然讲究句式的排比和藻饰,但骈偶还没有成为文章的主要特征,只能称是骈文形式的准备阶段。李兆洛《骈体文钞》辑录两汉文多篇,如班固、扬雄、司马相如等人的文章,但其实很多不是骈体文。李的目的是想表明唐以后才有古文和骈体之分,先秦、两汉并无此分别,即录此展示骈体和散体同源共流,不能扬此抑彼。其所录班固的《登燕然山铭》就是骈散交融的文章:

> 惟永元元年秋七月,有汉元舅,曰车骑将军窦宪。寅亮圣皇,登翼王室,纳于大麓,惟清绯熙。乃与执金吾耿秉,述职巡御,治兵于朔方。鹰扬之校,螭虎之士,爰该六师。暨南单于、东胡、乌桓、西戎、氐、羌侯王君长之群。……将上以摅高、文之宿愤,光祖宗之

① 引自钟涛:《六朝骈文形式及其文化意蕴》,东方出版社1997年版,第14页。
② 永瑢等:《四库全书总目》卷189,中华书局1965年版,第1719页。
③ 谭献评,李兆洛编:《骈体文钞》,上海世界书局1936年版,第166页。

元灵;下以安固后嗣,恢拓境宇,振大汉之天声。兹可一老而永逸,暂费而永宁也。乃遂封山刊石,昭铭盛德。其辞曰:铄王师兮征荒裔,剿凶虐兮截海外,夐其邈兮亘地界。封神邱兮建隆碣,熙帝载兮振万世。①

全文虽有许多句式字数相等,但较少对偶,更没有魏晋骈文中出现的四六隔句对,主要还是散体句式,从文中也看不出明确的骈对意识。铭辞沿袭楚辞"兮"字句式,五句作结,背离了骈对的偶数原则,虽可见楚辞对它的影响,但很难说已经是骈体文章。其他两汉文章,大体如此。明代王志坚编选《四六法海》,没有收录秦汉文章,可见其对于"骈文"之实的认识程度。

一般认为魏晋是文学的自觉时代。这种自觉,主要体现在文学的独立,从传统的经学束缚中独立出来。这就意味着将文学作为独立的审美主体来审视,脱离传统的政治比附和美刺说教,从而为强调作品的形式美提供可能。刘勰云:"自献帝播迁,文学蓬转。建安之末,区宇方辑。魏武以相王之尊,雅爱诗章;文帝以副君之重,妙善辞赋;陈思以公子之豪,下笔琳琅;并体貌英逸,故俊才云蒸。"②上有所好,下必甚之,特别是在以政治前途为人生主要甚至唯一取向的古代社会,臣僚作为文化、文学的主要创造者和传播者,通过他们的摹仿,君王爱好很容易成为时代的审美风尚。《宋书·谢灵运传论》记载:"至于建安,曹氏基命,二祖陈王,咸蓄盛藻,甫乃以情纬文,以文被质。自汉至魏,四百余年,辞人才子,文体三变:相如巧为形似之言,班固长于情理之说,子建、仲宣以气质为体,并标能擅美,独映当时。是以一世之士,各相慕习。"③"二祖陈王",特别是其中的曹植作品,不仅包含了汉赋的美刺讽谕,更重要的是"盛藻"、情文兼备,文质彬彬,以至文士"各相慕习"。这种审美风尚导致为文追求优美形式和典雅语言,强调骈偶、丽藻、声律和典故等特征,从而导致文体的新变。又因言志美刺的传统,经过《诗经》、汉赋等的政治化诠释,在当时已经难以突破;而对汉语言本身形式的

---

① 李兆洛编:《骈体文钞》,上海古籍出版社2001年版,第7页。
② 范文澜:《文心雕龙注》,人民文学出版社1958年版,第673页。
③ 沈约:《宋书》卷六十七,中华书局1974年版,第1778页。

审美追求尚有广阔的发展空间。这种对形式的有意追求,正是从曹魏开始典型化、普遍化。两晋玄风对此有消极影响,但求"绮练"①尚"巧似"②的文风始终处于主流,直到南朝"永明体"、"徐庾体"和初唐四杰时代。李谔批判隋代华靡文风时指出:"魏之三祖,更尚华词,忽君人之大道,好雕虫之小艺。下之从上,有同影响,竞骋文华,遂成风俗。"③将认为曹魏时期文章"雕虫",忽视了儒家伦理道德教化,一味追求形式。观点虽偏激,但也抓住了骈体文学的起始时间。对于当时的文体新变,刘师培从骈文的角度作了精要概括:

> 　　建安之世,七子继兴,偶有撰著,悉以排偶易单行;(如《加魏公九锡文》之类,其最著者也。)即非有韵之文,(如书启之类是也。)亦用偶文之体,而华靡之作,遂开四六之先,而文体复殊于东汉。其变迁者一也。……魏代之文,则合二语成一意。(或上句用四字,下句用六字,或上句用六字,下句用四字,或上下句皆用四字,而上联咸与下联成对偶,诚以非此不能尽其意也,已开四六之体。)由简趋繁,(此文章进化之公例也。)昭然不爽。其变迁者二也。……东汉之文,渐尚对偶。(所谓字句之间互相对偶也。)若魏代之体,则又以声色相矜,以藻绘相饰,靡曼纤冶,致失本真。(魏、晋之文,虽多华靡,然尚有清气。至六朝以降,则又偏重词华矣。)其迁变者三也。④

刘师培认为魏晋为骈文的形成期,具体体现在"以排偶易单行"、"合二语成一意"、"声色相矜"、"藻绘相饰"等方面,从理论上为魏晋文风转变、文体转换作了总结。谢无量云:"自汉魏以迄晋宋,文士制作,已具俪体之规模者甚众。虽比对不无工致,而声律未精,终逊齐梁以下之音调铿锵。"⑤虽嫌笼

---

　　① 陆机:《文赋》,萧统编,李善注《文选》,岳麓书社2002年新1版,第526页。
　　② 吕德申:《钟嵘〈诗品〉校释》,北京大学出版社2000年第2版,第91页。
　　③ 魏征、令狐德棻:《隋书》卷六十六,中华书局1973年版,第1544页。
　　④ 刘师培:《论文杂记》,陈引驰编:《刘师培中古文学论集》,中国社会科学出版社1997年版,第234页。
　　⑤ 谢无量:《骈文指南》,中华书局1918年版,第39页。

统，但也指出了魏晋之际，"已具俪体之规模者甚众"的事实。新体文风发展到南朝，以至于"俪采百字之偶，争价一句之奇"，诗文都向骈偶、声律和典故方面发展。但诗歌律化，也可以说是形式美化，更侧重声律病犯，难度较大，故直到初唐宫廷诗人应酬唱和、切磋诗艺时才逐渐完成。而骈文则主要侧重骈偶，对声调要求较律诗为易，故在齐梁时就达到高峰。从创作实际上来看，魏晋文章表现出明显的骈化意识，骈文在这时已经形成，特别是陆机的文章，更是比较成熟的骈文。李蹊从当代散文概念出发，认为西晋散文："无论是赋体、议论，还是书信、诏策，骈偶句式不但数量空前增多，而且质量也是空前的——辞藻华美，节奏匀称，对偶工整，内涵丰厚，更趋向于自然和流畅。"①其实质就是说明了西晋骈体文已形成的事实。钟涛也用表格形式，具体统计了魏晋代表作家作品的对偶句数和用典句数，并计算其在当篇文章中的比率，论证当时骈文已经形成。② 这里不再赘述。

三、"骈文"之名与实的演变

从骈文史来看，骈文在六朝被称为"今文"、"今体"，唐宋被称为"四六"，清代被称为"骈体"、"骈体文"等。③ 可以说随着"骈文"之实的演变，产生了"骈文"之名的代兴，今天研究意义上的"骈文"，到清代才较为通行，六朝唐宋元至明中期都还没有以"骈文"命名的文集。那么，在今天的学术研究中，是否可以认为文体学意义上的"四六"即骈文呢？是否可以在研究时认为两者异名同构呢？我认为答案是肯定的。

客观地说，它们分别产生于不同的历史时期，对应不同的文章特征，差别肯定有，即六朝今体、唐宋四六、清代骈体文有各自特征。但从文体本质属性上看，它们骈偶的主要特征相同；从文学批评和今天研究的角度来看，它们在骈文研究话语中可以等同。朱一新就把四六等同于骈文，其云："宋

---

① 李蹊：《骈文的发生学研究》，河北大学出版社 2005 年版，第 340 页。
② 钟涛：《六朝骈文形式及其文化意蕴》，东方出版社 1997 年版，第 65—79 页。
③ 对于骈文的多种别名，参见张仁青《骈文学》，台湾文史哲出版社 1984 年版，第 51—56 页。

人名骈文曰'四六',其名亦起于义山。"①六朝"今体"即后世所称六朝骈文,学界一般没有异议。但对于"四六"能否视为骈文,学术界却有不同的看法。南宋陈振孙评价四六文时有云:"四六偶俪之文,起于齐梁,历隋唐之世,表章诏诰多用之。然令狐楚、李商隐之流号为能者,殊不工也。本朝杨刘诸名公,犹未变唐体。至欧苏始以博学富文,为大篇长句,叙事达意,无艰难牵强之态,而王荆公尤深厚尔雅,俪语之工,昔所未有。"②对齐梁、隋唐和宋代骈体文章特点加以点评,虽有褒贬倾向之分,但很明显视三者都为"四六偶俪之文",即文体本质上相同。1906 年刊行的来裕恂的《汉文典·文章典》中依次专列"骈文"和"四六文",分别曰:

> 天地之道,不能有奇而无耦。"同归殊途,一致百虑",《易》之文,骈也;"觏闵既多,受侮不少",《诗》之文,骈也;"罪疑惟轻,功疑惟重",《书》之文,骈也;"傲不可长,志不可满",《礼》之文,骈也。两汉去古未远,尚存六经遗绪,至魏晋则已浇,至齐梁则以缛。于是文人各炫所长,而六朝之文,至中唐而绝响。韩柳提倡古文,举骈体文屏黜之,然流风余韵,不绝于畴类。至宋代诸子,退尊韩氏之文,于是古文之名尊,不知六朝骈体其至者亦符秦汉。八家古文,原其始多由《选》学。盖自浅薄挑剔之风盛,雄赡精深之文衰,而后骈文之道为庸音矣。

> 魏晋以来,始有四六之文,其体犹未纯一。至南北朝,文书尚偶,句数并对,作为四字六字,但其中亦有变化,或三七,或五八,或六八,字数亦有参差,有隔句对,有二句对,有散联二句对,有偶联隔句对。至宋而四六始立专体。宋之四六,各有源流,论其大要,藏曲折于排荡之中者,眉山也;标精理于简严之内者,金陵也。其他则不出二者范围。惟此等文体,合韵文骈文而成者,最为杂乱,故文家不尚斯品。③

① 朱一新:《无邪堂答问》,吕鸿儒、张长法点校,中华书局 2000 年版,第 90 页。
② 陈振孙:《直斋书录解题》卷十八《浮溪集》,上海古籍出版社 1987 年版,第 526 页。
③ 王水照编:《历代文话》第九册,复旦大学出版社 2007 年版,第 8676—8677 页。

对于"骈文"，来裕恂从经典中追溯骈偶源流，对两汉、魏晋、六朝至中唐、宋代的骈体文作了简单梳理，其偏重点是"骈体"，没有从行文句式的角度来立论；对于"四六文"，来裕恂也偏重于骈偶，但更侧重的是其四六句式和"散联二句对"、"偶联隔句对"的行文方式；还对四六文从魏晋到南北朝、宋代的发展作了较为精要的归纳。对比之下我们可以发现，其侧重点都是骈体文的核心要素骈偶，四六句和隔句对等都是骈偶的方式。同时，这里的"骈文"和"四六文"的发展历史也类似，"骈文"本来是明清人根据魏晋以来的骈体文，包括宋四六骈体的特点而"追加"或"追授"的。作为文体意义上的骈体，"骈文"和"四六文"并没有本质差别。清人多认为两者即是一种文体，如四库馆臣和孙梅等人的批评中就这样。当然，认为骈体文和四六有差异，两者不能视为一种文体的观点也有，如袁枚、徐寿基、孙德谦等。其中，孙德谦的观点最具有代表性：

> 骈体与四六异。四六之名，当自唐始。李义山《樊南甲集》序云："作二十卷，唤曰《樊南四六》。"知文以四六为称，乃起于唐，而唐以前则未之有也。且序又申言之曰："四六之名，六博格五，四数六甲之取也。"使古人早名骈文为四六，义山亦不必为之解矣。《文心雕龙·章句篇》虽言"四字密而不促，六字格而非缓"，此不必即谓骈文，不然彼有《丽辞》一篇，专论骈体，何以无此说乎？吾观六朝文中，以四六作对者，往往只用四言，或以四字五字相间而出，至徐庾两家，固多四六语，已开唐人之先。但非如后世骈文，全取排偶，遂成四六格调也。彦和又云："今之常言，有文有笔，以为无韵者笔也，有韵者文也。"可见文章体制，在六朝时，但有文笔之分，且无骈散之目，而世以四六为骈文，则失之矣。①

孙德谦主要从"骈文"名与实没有同步发展来否定二者的等价关系，指出六朝无"四六"之名，自唐代才有四六；认为刘勰《丽辞》专论骈文，如果"四六"指骈文的话，《丽辞》篇就会提到（但却没提），从而否认"四字密而不

---

① 　孙德谦：《六朝丽指》，四益宦 1923 年刻本，第 2—3 页。

促,六字格而非缓"为论述骈文,否定两者名义上的联系。又从实,即六朝骈文和唐宋四六的不同特点来区分:六朝骈文形式灵活、纵横捭阖而不全取排偶,不像唐宋四六文拘泥于四六格式,句式单调。其实,骈文从句式多样到以四六为主,再到句式灵活,不拘一格,正是其形式随时代风气而嬗变的结果。任何一种文体在不同的时代会有不同的特征。孙德谦重视六朝骈文,轻视唐宋四六,故为此辩解。这与其后面论述又自相矛盾:"义山《樊南甲集序》云:'始通今体',其上则云以古文出诸公间,是义山固以'今体'对古文矣。所谓'今体'者,义山既自名其集为《樊南四六》,则'今体'固指四六言也。然梁简文帝《与湘东王论文书》有云:'若以今文为是,则昔贤为非;若昔贤可称,则今体宜弃。'由此观之,六朝时已目骈文为'今体'矣。"①则将李商隐的四六等同于'今体',又以六朝骈文为'今体',强调二者的等同性,那李商隐的"四六"就等同于六朝'今体',即骈文了。这实际上否定了上文他将四六和骈文分属不同文体的观点。其实,结合一下"四六"的批评史,可知其绝大部分时候被视为骈文的别名,二者在文体本质上一致。

运用"四六"来指代骈体文,柳宗元《乞巧文》已初露端倪。其云:"眩耀为文,琐碎排偶。抽黄对白,啽哢飞走。骈四俪六,锦心绣口。宫沉羽振,笙簧触手。"②从该句中的排偶"抽黄对白"、"宫沉羽振"等词语来看,柳宗元本意是批评当时沉溺于对偶、声律等骈体文学创作的人。文学发展有时就是耐人寻味,柳宗元作为否定批评的词语,到晚唐李商隐干脆拿来作为自己骈体文集的名称——《樊南四六》。至此,几百年骈体文章终于有了自己的正式名称。随着晚唐五代骈体文的兴盛,加上李商隐四六文所取得的成就,"四六"逐渐成为当时对骈体文的通用称号。这种骈俪文风一直延续到北宋仁宗初年,公私文翰皆为骈体。正如曾枣庄所说:"不仅宋人例用四六的制诏表启,而且宋人例用散体的奏议、书信、论说、序跋、杂记,几乎都用四

---

① 孙德谦:《六朝丽指》,四益宦 1923 年刻本,第 8 页。
② 柳宗元:《柳宗元集》,易新鼎点校,中国书店 2000 年版,第 265—266 页。

六,甚至连墓志铭也多用四六,如徐铉著名的《吴王陇西公墓志铭》。"①到欧苏再次将古文运动推向高潮后,四六才被挤压到公牍应用文章领域。但四六成为骈体的代称,在宋代各种骈文别集、骈文话中已经是不可阻挡的趋势。如今存王子俊的《格斋四六》、李廷忠的《橘山四六》、方大琮的《壶山四六》以及王铚的《四六话》、谢伋的《四六谈麈》等等。如果说李商隐的四六文专指公牍文体的话,那么五代宋初的四六文,则和六朝骈文一样,包含各类文体。当然在句式上,宋四六没有六朝骈文灵活多变,较多用四六对偶,且喜用长联俳偶,但这只是骈体文在不同时期形式上的差异,不是本质上的不同。如同宋四六被压缩到制诏表启等公牍应用文章领域后,散文笔法也被运用到四六中,形成新体四六,如苏轼、王安石的四六文,但两者本质上也一致一样。欧阳修《试笔》云:"往时作四六者,多用古人语及广引故事,以炫博学,而不思述事不畅。近时文章变体,如苏氏父子以四六叙述,婉曲精尽,不减古人。自学者变格为文,迨今三十年,始得斯人。不惟久迟而后获,实恐此后未有能继者尔。"②已经将"四六"视为动态演变的文体名称。南渡初年,宋四六再度繁荣,出现了汪藻、洪适、周必大、杨万里和陆游等四六名家。他们多用四六命名其骈体文章,这使得用"四六"代指骈文的观念更加深入人心。宋元明清时代,不管是别集还是选本,多明确用四六指代骈体或骈文。

宋四六批评家谢伋云:"三代两汉以前,训诰誓命,诏策书疏,无骈俪粘缀,温润尔雅。先唐以还,四六始盛,大概取于便宣读。本朝自欧阳文忠、王舒国叙事之外,自为文章,制作混成,一洗西昆磔裂之体。"③罗大经记载:"益公常举似谓杨伯子曰:'起头两句,须要下四句议论承贴,四六特拘对耳,其立意措辞贵于浑融有味,与散文同。'"④或将"四六"溯源于六朝,或将"四六"与散文(散体文)对举,"四六"就是后来意义上的骈文。明王志坚、

① 曾枣庄:《宋代四六创作的理论总结—论宋代四六话》,《宋代文化研究》第五辑,巴蜀书社1995年版,第 1 页。
② 欧阳修:《欧阳修全集》,李逸安点校,中华书局 2001 年版,第 1983 页。
③ 谢伋:《四六谈麈序》,丛书集成初编本。
④ 罗大经:《鹤林玉露》甲编卷二,中华书局 1983 年版,第 27 页。

清蒋士铨等直接称六朝到宋元的骈文为"四六"："魏晋以来,始有四六之文,然其体犹未纯。渡江而后,日趋缋藻。休文出,渐以声韵约束之。至萧氏兄弟、徐庾父子,而斯道始盛。唐文皇以神武定天下,在宥三十余年,而文体一遵陈隋,盖时未可变耳。"①"四六至徐庾,可谓当行。王子安奢而淫,李义山纤而薄,然不从王李两家讨消息,终嫌枯管,不解生花。"②四库馆臣则反复将"四六"与"古文"对举,用四六代指骈体或骈文。如卷一九〇《古文雅正》提要云:"独于文则古文、四六判若鸿沟,是亦不充其类矣。兼收俪偶,正世远明文章正变之故,又何足为是集累乎。"③卷一六四《秋崖集》提要云:"岳才锋凌厉,洪焱祖作《秋崖先生传》,谓其诗文、四六不用古律,以意为之,语或天出,可谓兼尽其得失。要其名言隽句,络绎奔赴,以骈体为尤工,可与刘克庄相为伯仲。"④可见,在骈文批评史上,作为文体意义的四六和骈文是同质的,古人多已将它们作为一种文体来看待。

当然,作为不同时期的骈体文名称,"四六"和"骈体"、"骈文"有对偶形式的差别;但作为文体,它们本质上都是相对于散体文而言的。六朝和唐代都没有"骈体"或"骈文"之名,都是后人根据其以整饬的骈偶句式为主而"追加"的。清末王葆心云:"四六与骈文有别。考《四六谈麈》亦称:'四六施于制诰、表奏、文檄,便于宣读,多以四字六字为句。宣和间多用全文长句为对。前辈无此体,此起于王咸平翰苑之作,人多效之。四六之义全在裁剪,若全句对全句,何以见工?'此皆宋人此体之沿革也,可见当时此体之严。而创自宋人,唐以前无之也。大抵四六清真之风开自欧公,公又与东坡遥规陆宣公,而一代文体以成,与六朝偶俪自别,与唐骈体亦分。《太平清话》乃有'六朝四六'之语,则误也。今人选唐文曰'骈体',宋文则曰'四六',论宋四六之书名亦然,皆可见。"⑤认为六朝偶俪、唐代骈体和宋四六,

① 王志坚:《四六法海序》,明天启七年(1627年)戴德堂刻本。
② 蒋士铨:《评选四六法海》题词,同治十年(1871年)藏园刻本。
③ 永瑢等:《四库全书总目》,中华书局1965年版,第1732页。
④ 永瑢等:《四库全书总目》,中华书局1965年版,第1404页。
⑤ 王葆心:《古文词通义》卷十四,王水照编:《历代文话》第八册,复旦大学出版社2007年版,第7779页。

为不同时期的"此体"称号因而不能等同。他注意到不同时期骈体之间对偶句式的差别符合情理,六朝偶俪、唐骈体和宋四六也确实有别,不能等同。但这不能演绎为"四六与骈文有别"。王葆心认为"四六"不能用来代指"唐骈体"和"六朝偶俪",则忽略了唐代和六朝时本无"骈体"和"偶俪"之文体名,都是后人冠名的结果。其追求句式的骈偶本质则是和宋四六一样,只是在句式长短和字句雅洁等方面有差异罢了。蒋伯潜认为:"骈文较为自由,四六却更为工整,骈文未必一定即用四字一句、六字一句的。"从而判断"一般人以为四六即是骈文,这是不对的。"①和孙德谦的以四六句式决定两者是否相同的逻辑一样,就显得过于拘泥四六的字面意义了。《汉语大字典》"四六"条、《辞海》"骈文"条都将四六解释为骈文的一体,都只看到了其形式差异,是没有对骈文的特殊文体属性加以探讨而得出的结论。

四、骈文文体的兼容性

骈文的独特还在于其具有兼容性。诏诰表启、章表书记等文体在古代都具有相对的独立性和各自的发展轨迹,故刘勰《文心雕龙》均对之"原始以表末,释名以章义,选文以定篇,敷理以举统"。在六朝、唐宋,这些文体大部分追求对偶藻饰,典故声律,所以它们也属于清人视域中的"骈体"或"骈文"。这点不但古人,如李兆洛、曾燠、张鸣珂等人如此认识,当代学者也基本赞同。但是,对于同样讲究对偶、隶事甚至声律的骈赋、律赋,研究者却有不同的看法。刘麟生、姜书阁、褚斌杰、王瑶等都认为以偶对为主的赋属于骈文。民初孙德谦认为赋为骈文中的一体:"赋固骈文之一体。然为律赋者,局于官韵,引用成语,自不能不颠倒其字句,行之骈体,则不足取矣。"②瞿兑之则云:"古文词既不足以概散文,则骈文当包汉魏赋家,以迄于宋四六,乃至近代似骈非骈之应用文字,亦皆在其中。"③把骈文的范围定得太广泛,包括全部汉魏赋,背离了骈体的偶对特性。但有些学者则反对将赋

---

① 蒋伯潜、蒋祖怡:《骈文与散文》,上海书店出版社1997年版,第55页。
② 孙德谦:《六朝丽指》,四益宦1923年刻本,第3页。
③ 瞿兑之序,刘麟生著:《中国骈文史》,东方出版社1996年版,第2页。

归属于骈文。简宗梧将赋和骈文区别对待:"赋和骈文这两种文类,它们的艺术特征和构成条件都是因时递变的,发展的轨辙是平行同向的,都随著时代的转变,开发新的艺术形式律则,引领风气。"①郭建勋也云:"早在骈文形成之前,辞赋便已定型而且成为笼罩文坛达数百年的主流文体。因此,两者的出现有先后之分,它们构成一种影响与被影响的关系。从晋代开始的一些赋作,如陆机《文赋》、江淹《别赋》等作品,往往虽以'赋'名而全用骈句,与骈文毫无二致,对于这些作品便只能尊重作者的命名,以"赋"称者视为骈赋而归入赋类,不以'赋'称则可纳入骈文。"②从赋和骈文出现的先后顺序及句式特征来区分两者,认为以"赋"名则属于赋而不是骈文。但颂箴铭等文体出现也早于骈文,为什么偶对的颂箴铭可以属于骈文,而同样性质的赋却不能属于骈文呢?马积高则从广义和狭义两方面来分析,认为广义的骈文"包括骈赋及律赋",狭义的骈文则"似指辞赋以外的俪体文"③。可见,确定骈赋、律赋与骈文的关系,是清代骈文理论研究要解决的重要问题。

《汉书·扬雄传》云:"雄以为赋者将以风也,必推类而言,极丽靡之辞,闳侈巨衍,竞于使人不能加也,既乃归之于正。"④铺采摛文,体物写志的赋为骈文出现和发展提供了形式上的要素,促使骈文对偶、排比和藻饰等特征的形成和发展;而骈文形式的发展,特别是在徐庾、初唐时期以四六隔句对偶句式为主的特征,又反过来影响了赋体的骈化。徐师曾云:"六朝沈约辈出,有四声八病之拘,而俳遂入于律。徐庾继起,又复隔句对联,以为四六,而律益细焉。"⑤认为徐庾以声韵和四六隔句对为赋,促进了骈赋向律赋的转变。但从徐陵、庾信所存赋来看,很少四六隔句对联出现。对此,邝健行云:"大概把徐庾两人的骈文四六隔句算了进去。徐庾骈文中固然大量运用这样的句式,但骈文是骈文,赋是赋,二者毕竟不好混为一谈。"⑥但反观之

① 简宗梧:《赋与骈文》,台湾书店 1998 年版,第 4 页。
② 郭建勋:《楚辞与中国古代韵文》,湖南师范大学出版社 2001 年版,第 263 页。
③ 马积高:《清代学术思想的变迁与文学》,湖南人民出版社 2002 年第 2 版,第 110—111 页。
④ 班固:《汉书》卷八七,中华书局 1962 年版,第 3575 页。
⑤ 徐师曾:《文体明辨序说·赋》,人民文学出版社 1962 年版,第 102 页。
⑥ 邝健行:《初唐题下限韵律赋形式的观察及引论》,《诗赋合论稿》,江苏古籍出版社 2002 年版,第 159 页。

则徐师曾把骈文的四六隔句对和徐庾赋体句式混为一谈，正表明了骈赋和骈文在形式上的一致性。邝先生认为骈文、赋不能混为一谈，实际上，在清代，随着文体的发展、演变，骈赋、律赋就被某些作家直接收入其骈文集中。清代赋论家也多从骈四俪六或对偶这一骈文的根本特征来解释骈赋特征。林联桂《见星庐赋话》中将古赋分为文体赋、骚体赋和骈体赋。其中骈体赋直接释为："骈四俪六之谓也。此格自屈、宋、相如略开其端，后遂有全用比偶者。"①指出了骈赋中四六句法为多的主要形式特征。朱一飞《赋谱》也直接将古赋分为骚体和骈体，用字句对偶解释骈体赋的含义。来裕恂《汉文典·文章典》有云："三国、两晋，征引俳词；宋、齐、梁、陈，加以四六，则古赋之变体矣。逮乎三唐，更限以律，四声八韵，专事骈偶，其法愈密，其体愈变。至宋，以文体为赋，虽亦用韵，实非赋之正宗。"②则更是明确从四六句式和骈偶句式来探讨骈赋、律赋特征，可见其和骈文文体属性的趋同性。据此，马积高指出骈赋或俳赋："孕育于汉，而大盛于魏晋南北朝。其特点为句式比较整齐，多对称、俳偶，并且渐变为以四、六字句为主。词采亦多华美，然已少铺陈名物、堆砌难字的现象，而颇注意于情景的描述。这种赋的语言特色与逞辞大赋的铺排不无关系，但更多地受到四言诗和骚赋的影响，又与同时孕育和形成的骈体文相辅相成，相互促进。"③不仅指出了骈赋在形式上重对偶、藻饰和以四六句为主，与骈文特点类似；还指出了其和骈文相辅相成、相互影响的特征。

律赋虽流行于唐代，但当时并无此名，被称为新体、新赋。律赋之"律"主要指声调平仄搭配和调协，而不是指对偶或词藻。追求声律调和，避免病犯；一般题下限韵，以八韵为主，也可多可少；句式以对偶的四六句为主等为律赋的主要特征。相对于骈赋来说，律赋新增特点主要是音律上的。沈亚之《与京兆试官书》云："去年始来京师，与群士皆求进，而赋以八咏，雕琢绮

① 林联桂：《见星庐赋话》卷一，《高凉耆旧遗书》本。
② 来裕恂：《汉文典·文章典》卷三，王水照编：《历代文话》第九册，复旦大学出版社2007年版，第8656页。
③ 马积高：《赋史》，上海古籍出版社1987年版，第8页。

言与声病。亚之习未熟,而又以文不合于礼部,先黜去。"①祝尧云:"唐赋无虑以千计,大抵律多而古少。……后生务进干名,声律大盛,句中拘对偶以趋时好,中揣声病以避时忌。"②都指出了律赋讲究声律病犯的特征。除了音韵上比骈文要求严格外,律赋其他特征和骈文一致。而四六隔句对在律赋中的大量运用,使得二者在文体属性上趋同性更强。浦铣论唐人律赋句法云:"律赋句法,不可但用四六,或六四,或七四,或四七。试取王辅文棨、黄文江滔、吴子华融、陆鲁望龟蒙诸家观之,思过半矣。"③虽是对律赋句式的说明,但这其实也是骈文中的常见句式。在考察律赋的形式特征后,尽管邝健行主张严格将赋和骈文分开,但还是不得不承认骈文对律赋的重大影响:"南朝骈赋和唐代律赋均多用四六对句,但律赋还多用四六隔句对联,出句上截末字不跟下截末字押韵;这种形式骈赋不用或不大使用。……律赋四六隔句形式受南朝骈文影响的可能性最大。"④其他古代文体如判诔铭等都有自己的特点,但一旦骈化就可视为骈文;那么骈赋和律赋归属于骈文也就是可能的事了。

乾隆年间,孙梅《四六丛话》将赋视为其十八类四六文中的一体;又从隔句对等方面鲜明地概括了骈赋和律赋的演变过程:"左陆以下,渐趋整炼,齐梁而降,益事妍华。古赋一变而为骈赋。江鲍虎步于前,金声玉润;徐庾鸿骞于后,绣错绮交;固非古音之洋洋,亦未如律体之靡靡也。自唐迄宋,以赋造士,创为律赋"⑤赋在六朝,和当时的文章一样,追求骈化,后人命之为骈赋,"骈"的含义与骈文之"骈"相同。追求对偶的赋体,加上其本身对词藻、隶事和声律的讲究,使得它与骈文在结构上、语言方式上基本相通。从具体的文本来看,两者文本特征也趋一致。庾信《灯赋》中的一段:

---

① 董诰等编:《全唐文》卷七三五,中华书局 1983 年版,第 7590 页。

② 祝尧:《古赋辨体》卷七"唐体"前小序,明嘉靖十六年(1537)刻本。

③ 浦铣:《复小斋赋话》,何新文、路成文校证《历代赋话校证》附,上海古籍出版社 2007 年版,第 370 页。

④ 邝健行:《初唐题下限韵律赋形式的观察及引论》,《诗赋合论稿》,江苏古籍出版社 2002 年版,第 171 页。

⑤ 孙梅:《四六丛话》,商务印书馆 1937 年版,第 61 页。

九龙将暝，三爵行栖，琼钩半上，若木全低。窗藏明于粉壁，柳助暗于兰闺。翡翠珠被，流苏羽帐。舒屈膝之屏风，掩芙蓉之行障。卷衣秦后之床，送枕荆台之上。乃有百枝同树，四照连盘；香添然蜜，气杂烧兰；烬长宵久，光青夜寒。秀华掩映，蚖膏照灼。动鳞甲于鲸鱼，焰光芒于鸣鹤。蛾飘则碎花乱下，风起则流星细落。①

虽仍有铺采摛文的赋体本色，但全段以四六句式为主，齐整匀称，词藻艳丽清巧，用典巧而淡。在声律上不仅具备赋体的押脚韵特征，而且节奏点上也多平仄交错，读来铿锵悦耳。如节奏点上的字，"龙"和"暝"；"爵"和"栖"；"钩"和"上"；"木"和"低"；"明"和"壁"；"暗"和"闺"等，一句内多平仄相间，一联中多平仄相对，基本具有了成熟骈文的声律特点。再以之和后世公认的骈文来对比，看看它们的形式特征是否相似。吴均《与顾章书》："仆去月谢病，还觅薜萝。梅溪之西，有石门山者，森壁争霞，孤峰限日；幽岫含云，深溪蓄翠。蝉吟鹤唳，水响猿啼；英英相杂，绵绵成韵。既素重幽居，遂葺宇其上。幸富菊花，偏饶竹实。山谷所资，于斯已办。仁智所乐，岂徒语哉！"②除了"书"类不押脚韵外，无论是句式对偶，还是词藻华丽上，或者是从节奏点平仄调和上，两文文体属性都类似。既然"书"类可以视为骈文，那么赋为何不可视为骈文呢？正如王瑶在《徐庾与骈体》一文中就说："在文体的详细辨析上，骈赋多注重在雕篆，和碑版书记并不完全相同；但在属文时镕裁章句注重的形式美的条件，却完全是一样的；所以庾子山的各赋，就成为历代的骈文的典型了。"③可见，将骈赋归属于骈文，是符合文体发展的事实的。同样，律赋也具有这种属性，这里不再赘述。同时，认为骈赋、律赋属于骈文，并不是否定其属于赋体，也不是认为骈文早于赋体而形成。诚然，骚赋文风是影响骈文产生的重要原因之一，如刘熙载云："用辞赋之骈丽以为文者，起于宋玉《对楚王问》，后此则邹阳、枚乘、相如是也。"④孙梅也

---

① 许梿编：《六朝文絜译注》，曹明纲译注，上海古籍出版社1999年版，第55—56页。
② 许梿编：《六朝文絜译注》，曹明纲译注，上海古籍出版社1999年版，第162页。
③ 王瑶：《中古文学史论》，北京大学出版社1986年版，第289—290页。
④ 刘熙载：《刘熙载集》，刘立人、陈文和点校，华东师范大学出版社1993年版，第61页。

认为:"屈子之词,其殆诗之流,赋之组,古文之极致,俪体之先声乎。"①但是,骈文在魏晋之际形成后,其华丽偶对的文风,在当时社会尚俪词风尚的影响下,同样反作用于赋,甚至诗歌。这就是南朝为何各体文学都尚丽藻,重对偶声律的原因。正因为骈赋、律赋具有骈文的文体特征,所以视骈赋和律赋为骈文,在清人文集中是屡见不鲜。如康熙间陈维崧的《陈迦陵俪体文集》开篇即为其律赋《璇玑玉衡赋》和骈赋《滕王阁赋》、《铜雀瓦赋》、《述祖德赋》等。嘉庆初年,吴鼒的《八家四六文钞》也收录了骈赋,如吴锡麒的《星象赋》、《灯花赋》、《秋声赋》等。嘉庆二十二年刊刻的乐钧《青芝山馆集·骈体文集》卷上为《闻雁赋》、《忆梅赋》等。道光间胡敬《崇雅堂骈体文钞》四卷,开篇就为《阑干赋》、《水仙赋》等骈赋。其他如道光十七年刊刻的胡承珙《求是堂文集》包括骈体文二卷,其骈体文开篇为《棉花赋》。至于其他骈文选本,如姚燮《皇朝骈文类苑》收录赋类、王先谦《骈文类纂》同样以收赋一卷结尾,这些都表明了随着时间的推移,随着对文体属性认识的加深,古人逐渐将骈赋、律赋视为骈体文的事实。当然,由于"骈文"之名到清代才通行,独立较晚;唐宋四六文主要用于公牍且没有收录赋体,加上赋为文学大宗且体裁独特,所以也有清人从骈体正宗的观点出发,没有将骈赋、律赋视为骈文,如李兆洛的《骈体文钞》、曾燠《国朝骈体正宗》、张鸣珂《国朝骈体正宗续编》等。这也是今天研究者对骈赋、律赋是否属于骈文有不同看法一个原因。

本文认为,骈体文或骈文主要是根据语言形式来划分的一种独特文体,属于大类文体概念,它可以包容众多具体的小类文体。根据骈文和骈赋、律赋发展轨迹以及清代的骈文批评实践,骈赋、律赋属于骈文并不损害其赋体文学特征,如同箴颂铭诔等文体一样,虽骈化时属于骈文,但仍有自己的特征。自足性和兼容性为骈文文体特征。所谓自足性,就是指骈文具有自己独特的文体特征,如句式整齐、追求对偶、声律、用典和藻饰等;所谓兼容性,就是指只要一篇文章以对偶句式为主,那就可以视为骈文,如骈偶的赋、表、

---

① 孙梅:《四六丛话》卷三,商务印书馆 1937 年版,第 39 页。

启、谍等。由其独体性,可知其文体存在的自足意义;由其兼容性,可知其文体范围。形式上的自足性和体裁上的兼容性,正是骈文文体的两大特征,也正是骈文文体的复杂性和独特性。当然,在一定程度上,这种特征也削弱了骈文作为一种文体的独立性和价值地位,这也是骈文研究难以兴盛的原因之一。同时,本文将骈赋、律赋视为骈文,不是说要研究清代的骈赋、律赋理论,而是在涉及到清人把它们视为骈文时,笔者也随之以骈、律赋为研究对象,希望不会引起读者的疑惑和不解。

第二节 骈文理论研究的回顾和展望

清代骈文理论研究十分薄弱,专著暂无,论文也寥寥可数。为了更好地了解骈文理论研究现状,这里特对历代骈文理论加以简括。无论是"今体",抑或是"四六",还是"骈体",骈文从发展、兴盛到蜕变、复兴,虽然受到关注和评论的程度有不同,但一直得到各自时代文人的批评。这就是六朝至隋唐的反骈思潮;中唐、北宋的反骈运动;宋代四六话对公牍骈文命意遣词、对偶隶事的探讨;清代学者对骈文文体特征、文体地位和发展规律等的全面思考。骈文理论是古代文学和古代文论的重要组成部分,但今天研究却比较滞后。各种中国文学史和文学批评史,对于骈文理论内容多属点到为止。内容偏重于对六朝文笔论、隋唐反骈思潮和清代骈散之争、骈散交融加以简单介绍。新时期后,有些骈文研究论文和专著中对前人已论述的问题有所拓展,但整体上挖掘还不够,研究不充分。其实,骈文理论包含的文体反省意识、文风评价、发展源流以及和当时古文关系、学术思潮及文化背景的关系都值得探讨。本文对于骈文理论研究的概述,主要包括那些明确从骈文或相似含义的"今体"、"四六"角度立论的论文和涉及到骈文理论的著作。

一、六朝、隋唐"今体"理论点评

骈文在六朝、隋唐有实无名,但后世一般认为此时是骈文发展的鼎盛时代。梁简文帝萧纲《与湘东王论文书》中称骈体文为"今体",即表明骈文是当时普遍流行的文章体式。所以,对于六朝隋唐的"今体"体制,即对对偶、声律、用典和藻饰等的评论,在今天看来自然就是骈文理论批评,如六朝沈约、刘勰、萧统、萧纲、萧绎以及唐朝贾至、萧颖士、韩愈、柳宗元等对于流行今体的批评皆是。相对宋、清来说,在六朝、隋唐,骈文是当时普遍的文章样式,文体自足性不突出,因而理论批评较零散。因此,近百年对于六朝、隋唐骈文理论研究的内容主要体现在:将六朝有关骈文理论作为乾嘉"文笔之争"的历史依据,为骈文正宗论服务;将《文心雕龙》批评对象骈文化,分析其批评特点;归纳隋唐宋反骈观念和反骈思潮,从文化、时代背景来阐释其原因和得失。

刘师培最早从骈文角度来思考六朝骈文理论。其《文章原始》引用六朝"文笔"理论,如萧绎、刘勰、沈约等人的观点来证明"是则文也者,乃经史诸子之外,别为一体者也。齐、梁以下,四六之体渐兴;以声色相矜,以藻绘相饰,靡曼纤冶,文体亦卑。然律以沈思翰藻之说,则骈文一体,实为文体之正宗"①。稍后《中国中古文学史讲义》中,他也常从骈文理论的角度来论证骈文的正统性。如该书第二课即引用中古时期大量的原始文献,包括萧绎、刘勰的骈文理论,来证明"是偶语韵词谓之文,凡非偶语韵词概谓之笔。盖文以韵词为主,无韵而偶,亦得称文"②。这种评论既是乾嘉骈散之争的馀绪,更是深受扬州学派影响的刘师培对于六朝骈文理论的自觉研究。20 世纪 30 年代郭绍虞对于六朝骈文理论、唐宋反骈思想都有论述。在对南朝骈文理论列举、分析的基础上,他指出:"骈文家好言音律与藻饰,散文家好言文气,各有偏胜亦各有流弊"、"此节(《文心雕龙·风骨》)于骈文家之流弊与古文家之论文主张,亦已微露其端倪。盖当时一般批评家所持之折衷论调,殆无不为由骈入散之枢纽者。"③骈文理论研究意识表现十分明确。罗根泽对于六朝诗文声律、辞藻、对偶和文笔之辨都较为关注,但是多就文体

---

① 刘师培:《文章原始》,《国粹学报》第 1 年第 1 期(1905)。

② 刘师培:《中国中古文学史讲义》,上海古籍出版社 2000 年版,第 5 页。

③ 郭绍虞:《中国文学批评史》,百花文艺出版社 1999 年版,第 115 页。

形式而谈,没有以骈文为对象,缺乏郭著那种流贯的骈文理论意识。① 谢无量从骈文的角度来阐释《文心雕龙》:"骈文盛于六朝之际,而论其体制,较其优劣者,以《文心雕龙》之书为最备。宋以来始有《四六谈麈》、《四六话》之类。……无不明其指要,较其利病。其中虽合诗赋杂笔而言,要以近于骈文者为多。况彦和之时,为文竞尚声音比偶。观《雕龙》之持论,则于骈文之秘奥,可以思过半矣。"② 又从"神思"、"体性"、"风骨"等十五个方面来分析《文心雕龙》的骈文思想,从而将《文心雕龙》批评对象骈文化,拓展了骈文理论研究的范围。可惜这种理解角度长时间无人继承,直到80年代的王运熙。王先生将刘勰对汉魏六朝骈体文学的评价,视作《文心雕龙》的一个重要部分,指出:"对骈偶、辞藻、用典、声律这些构成骈体作品语言形式重要因素的表现手段,刘勰是完全采取了肯定的态度的。……在肯定的前提下,刘勰也指出其中某些作品存在着'淫丽'、'讹滥'等弊病。"③ 尽管王先生提出的"骈体文学"包括骈体文和追求对偶的骈体诗歌,但他在大量引用、分析《文心雕龙》原文的基础上,指出了刘勰在骈体文观念上的辩证思想。这是从骈文学的角度来研究《文心雕龙》,丰富了《文心雕龙》的研究视野。此外,王先生还对《文选》选录的碑文、墓志和行状加以探讨:"用骈体写作,崇尚对偶、辞藻、声韵、用典等修辞美,对传主的德行、功业等叙述往往概括笼统,与散体文传记如实地描绘传主的话语、行为等风格迥异。"④ 提出骈体文具有独特的叙事方式和修辞特点,发微探赜。于景祥对于六朝骈文理论和《文心雕龙》等作了综合分析。他从《文心雕龙·丽辞》、清代章学诚、刘开和孙梅、民国黄侃等人的骈文观点来论证:"先秦时期的古代谣谚、六经丽辞、诸子百家骈语,尤其是《楚辞》之偶俪尽管多是'自然成对',稍具词采声韵之规模,但却是骈体文的源头所在。"又引用《南史》、《宋书》、《南齐书》以及清代《四库全书总目》、《六朝文絜》、《四六丛话》等书中的相关

---

① 参见罗根泽《中国文学批评史》,上海书店出版社2003年版。
② 谢无量:《骈文指南·骈文研究法》,中华书局1918年版,第10—11页。
③ 王运熙:《刘勰对汉魏六朝骈体文学的评价》,《文学遗产》1980年第1期。
④ 王运熙:《从〈文选〉所选碑传文看骈文的叙事方式》,《上海大学学报》2007年第3期。

论述,说明骈文形成和鼎盛期特点。① 纵横交错,文史交融,丰富了六朝骈文理论研究。

20 世纪 80 年代前,对于隋唐反骈思想和"骈散相争",除了刘麟生、瞿兑之、谢无量和钱基博等提及外,其他人较少从骈文的角度来立论。80 年代后,从骈文理论的角度来思考古文运动者较多。郑力戎从韩、柳、欧、苏等人的创作实际和理论出发,认为韩愈:"一方面厌弃那种'务采色,夸声音',空洞无物的骈文;另一方面又称许萧统在《文选》中选录了陆机等人的骈文,同时还充分肯定当时许多'后生'学习陆机、潘岳骈文的行动,而他自己就是一位著名的骈文家。"②指出唐宋古文大家视野开阔,创作上灵活运用骈文艺术经验,文章实际上趋向骈散交融。王运熙则持不同看法,认为:"韩愈、柳宗元等提倡学习先秦两汉的古文,反对东汉以至南朝、隋代的骈文(后世称谓八代文),反对注重骈偶声律,……写作时故意多用奇句,语句长短错落,重视学习司马迁文章的雄奇,句式参差多变,又不重视平仄的对称协调,这就很大程度上破坏了长期以来流行的骈文语言注重对称和声韵的传统。"③他还从唐代诗文古今体之争理论和实践交锋中,探讨《旧唐书》的骈文观,从而将理论和创作综合考虑,凸显了唐宋骈文理论观念对时人创作的影响。莫山洪对于隋唐骈散之争和骈文理论有较多论述。如他将历代反骈理论特点概述为:"汉魏六朝时期,这是文质之争;隋及初唐,从社会功用方面批判骈文;中唐至清代,以'文以明道'为口号反对骈文。"此外,他还从文化思想、创作实际和文学功用等方面,指出隋至唐初反骈主要是反对其内容空洞,违反儒家诗教说的文艺思想;又对骈文理论嬗变特征加以概括,分为五期:"萌芽期:魏晋南北朝残丛小语式理论的出现;反复期:隋唐五代的骈散相争;兴起发展期:宋代评点式四六话的形成和骈文理论专著的出现;形成期:清代体系完备的骈文理论的初步形成和日趋成熟;兴盛发展期:

---

① 于景祥:《骈文的形成与鼎盛》,《文学评论》1996 年第 6 期;《〈文心雕龙〉以骈体论文是非辩》,《文学评论》2007 年第 5 期。
② 郑力戎:《从唐宋古文大家看骈散之争》,《文史哲》1988 年第 3 期。
③ 王运熙:《唐代诗文古今体之争和〈旧唐书〉的文学观》,《文学遗产》1993 年第 5 期。

民国以来骈文理论著作的大量涌现和骈文理论体现的不断完善。"①简要勾勒了历代骈文理论发展的主要特点,展示了其发展轨迹,有利于把握各个时期骈文理论的重点。但将清代作为骈文理论的形成期不妥,因为此时达到了理论的高峰,定为兴盛期更加合适。奚彤云则认为唐代骈文批评:"无论初盛唐的骈文家还是古文运动的先驱都能从政教作用出发反思前代创作经验。随着古文的形成,骈文从普遍的文章形态逐渐转变为一种特殊的文章体制,在此过程中,古文家及其先驱又对作为一般文章形态的骈偶体制加以批判。这两种批评潮流都促进了骈文批评从一般文章学向专门文体学的转型。而唐人对本朝骈文的批评因具有重视政教文体的倾向,与宋代作为专门文体学的四六批评已有相通之处。"②将有关骈偶批评和骈文批评的理论区分开来,从一般文章学和专门文体学的关系来探索骈文发展的轨迹与骈文理论的变迁,突破了前人对于唐代骈散之争的笼统论述。

张伯伟对于初唐骈文理论有独特见解,即从骈文角度来阐释唐代诗格著作。他认为:"初唐时期,文风沿江左余习,所以对骈文的理论总结也就应运而生。《笔札华梁》、《文笔式》、《文笔要诀》和《帝德录》,就是当时骈文论的代表。"③接着从骈文对偶、音韵、发端置词、词汇典故等方面来探讨其内容,以日本典藏的汉学资料佐证,为唐代骈文理论的研究开辟了一个方向。其他涉及到隋唐骈文理论研究的文章有谭家健《关于骈文研究的若干问题》、于景祥《骈文的蜕变》、王运熙《关于唐代古文、骈文的几个问题》、聂安福《严别正变说唐骈——〈管锥编〉未完成稿"全唐文卷"探原》等。④

二、宋四六话形式和内容研究

如果说六朝和隋唐还处于骈文理论批评的萌芽、隐性阶段,那么宋代则

① 莫山洪:《论骈文理论的历史演进》,《上饶师范学院学报》2004 年第 4 期。
② 奚彤云:《转型期的唐代骈文批评》,《广西师范大学学报》2003 年第 3 期。
③ 张伯伟:《唐代文章论略说》,《漳州师范学院学报》2000 年第 2 期。
④ 参见谭家健《关于骈文的若干问题》,《文学评论》1996 年第 3 期;于景祥:《骈文的蜕变》,《文学评论》2003 年第 5 期;王运熙:《关于唐代古文、骈文的几个问题》,《南阳师范学院学报》2004 年第 1 期;聂安福:《严别正变说唐骈——〈管锥编〉未完成稿"全唐文卷"探原》,《文学遗产》2006 年第 4 期等。

是批评的形成和独立阶段。宋代出现了专门针对骈文的四六话,故相应的研究成果也比六朝、隋唐丰富。

民国时几部骈文专著,如谢无量《骈文指南》、金秬香《骈文概论》等没有提及宋四六话。倒是 1934 年出版的柯敦伯《宋文学史》对于宋四六话多有论断。在论述"宋四六文之源流"、"宋四六之应用与修辞"时,引用、分析《四六话》、《四六谈麈》、《辞学指南》等。如对王铚的《四六话》,认为:"然斯时号为四六者,不过笺题、表启应用之文而已。其所谓'与时高下'者,易辞言之,即国家政令足以左右之耳。其立说似囿于场屋,亦足以传示北宋一部分学士大夫对于四六文之见解。"①此外,柯敦伯还对于吕祖谦、叶梦得、刘克庄等的四六批评理论有所介绍,这些都具有重要的参考价值。瞿兑之对于《四六谈麈》、《四六话》中关于剪裁、对仗技巧的理论,则评为:"这种议论,未免太尖巧了。宋四六的好处,自然是清空质直而疏快,但是宋人只有一两联精警的句子,而没有整篇出色的大文章。"②从文本实践来证明四六话批评的是否恰当。稍后,刘麟生《中国骈文史》单独将宋四六话提出并分析:"《四六话》、《四六谈麈》、《辞学指南》,亦多讨论四六之方法,惟不免失之琐碎",又延伸到宋人笔记,云:"宋人笔记中,亦多批评四六之作。如《容斋五笔》、《墨庄漫录》诸书,殆指不伸曲也。"③虽只是片言只语,且失之简单,但毕竟在骈文史中开始了对于四六话的专门研究。民国时宋四六话研究十分简略,多列举相关评论,专题研究没有充分展开。

建国后到80年代初,骈文研究被打入"冷宫",理论研究更加无人问津。此后才逐渐展开,宋四六话研究则到90年代初程千帆先生的《两宋文学史》才有较大发展。该书单列"宋四六"为一章,根据宋四六文和四六话,归纳了宋四六"注入散文的气势,少用故事而多用成语","在排偶中喜用长句","参以散文所擅长的议论","工于剪裁","语句较为朴实,且多用虚字

---

① 柯敦伯:《宋文学史》,《中国大文学史》下册,上海书店出版社 2001 年版,第 419 页。
② 瞿兑之:《中国骈文概论》,上海世界书局 1934 年版,第 47 页。
③ 刘麟生:《中国骈文史》,东方出版社 1996 年版,第 92—93 页。

以行气"①等五大特点；又单独对《四六话》、《四六谈麈》、《云庄四六余话》、《辞学指南》等作了简要分析，打破了一般文学史对于宋四六及四六话略而不论的局面。随后，钟仕伦对王铚的《四六话》做了个案研究，指出"王铚在追溯四六文源流时，看到了时序废替兴衰与四六文的发展有一定的关系"，"其批评标准一是主张'气胜'和'语胜'，二是主张'隶事切当'和'用旧意为新语'"，"王铚所谓的'气'，既是指朝廷气象，也是指作者写作个性。……'语胜'，则是指四六文用语须豪壮有力，但不剑拔弩张"②，比较精要地把握了王铚论文的核心。以"气"评论骈文为清代骈文理论中的重要术语，如清代朱一新的"潜气内转，上抗下坠"，孙德谦的《六朝丽指》评论骈文也多用"气"为标准。曾枣庄论宋四六的风格流派时，对于宋四六话等多有引用、阐释，如对于《云庄四六余话》中的"皇朝四六，荆公谨守法度；东坡雄深浩博，出于准绳之外"中的"谨守法度"释为"虽也具有新式四六用典较少，行文流畅，散文化倾向突出等特点，但一般仍遵守'四字六字律令'"③，然后结合王安石作品对之详细解释。对于整个宋四六话，曾枣庄都有比较深入的研究，对其产生背景、理论特征和意义等都作了分析、概括。④ 莫道才则从文化背景、学术思潮以及内容意义等方面论述宋代四六话。认为"四六话的产生是宋代谈骈赛偶风气的产物，是骈文应用文大盛的必然结果，而欧阳修的诗话对其产生有直接的影响。宋代四六话的特点表现为它的内容的现实性与形式的随笔性"、"唐人和六朝人的骈文重在抒情与描写，重在文学性文体（如骈赋、骈序）上，而宋人所重视的四六，主要在理致与气格上，重在应用性文体上"⑤，又结合宋代诗话、序言和四六话内容加以阐释。同时，讲究声律的骈文具有浓郁的诗体特征，故诗话中也包含了骈文理论。莫山洪就对《诚斋诗话》中关于四六文语言和典故运用、历史地位评价等方面作了

---

① 程千帆、吴新雷：《两宋文学史》，上海古籍出版社 1991 年版，第 521 页。
② 钟仕伦：《骈文与王铚的〈四六话〉》，《文史杂志》1993 年第 3 期。
③ 曾枣庄：《论宋代的四六文》，《文学遗产》1995 年第 3 期。
④ 曾枣庄：《宋代四六创作的理论总结——论宋代四六话》，《宋代文化研究》第 5 辑，巴蜀书社 1995 年版。
⑤ 莫道才：《论宋代四六话的兴起》，《广西师范大学学报》1996 年第 1 期。

综合分析,指出诗话中多四六话的原因:"四六话的产生,既是宋代四六繁荣所带来的文化现象,也是诗话这一文论形式的兴起附带产生的一个特殊现象。"①延伸到其他宋代诗话,我们也可以发现其中就有较多的四六话。这对于骈文文体属性的认识和文风特点的理解,都有直接的启发。于景祥对于宋四六话的研究,不仅体现在其以评辅史、文本和理论结合的宋代骈文发展史上,而且表现在他的四六话专题研究上。其《中国骈文通史》对于宋代代表性的四六话,从其包含的四六演变规律、文体特征、评价得失等方面做了综合分析,体现了明确的四六话意识,是对刘麟生《中国骈文史》和姜书阁《骈文史论》中有关四六话研究的重大发展。施懿超《宋四六论稿》不仅对宋代四六名家欧阳修、王安石、苏轼、汪藻、李刘的四六文作了细致深入的分析,还对宋四六选本、宋四六话,从文献学的角度,追溯其文献来源及版本特点,为宋四六话批评奠定了较为扎实的文献基础。②

此外,陈祥耀《苏轼与宋四六》、王友胜《宋四六的文体特征与发展轨迹》等将《云庄四六余话》、《四六谈麈》、《林下偶谈》以及欧阳修、苏轼自己文章中有关骈文的理论,和创作实践结合起来,论证他们各自的四六特点;沈如泉《"南宋前期四六四大家"说献疑》、慈波《宋四六与类书》都对宋代四六话和笔记中有关的四六批评有所涉及,但没有以之作为研究对象而加以深入挖掘。③

三、清代骈文理论研究的现状和思考

元明骈文衰落,对于元明骈文理论的专门论文或专著还没有。清代骈文名家众多,佳作如林,骈文理论也最为自觉和丰富。不论是选本、别集序跋,还是往来书信,对于骈文的评价都远较唐宋自觉和自足,特别是在骈散关系、骈文地位、骈文文体特征和骈文风格方面等都大为发展,因而研究成

① 莫山洪:《论〈诚斋诗话〉中的四六话》,《柳州师专学报》2001年第2期。
② 施懿超:《宋四六论稿》,上海古籍出版社2005年版。
③ 参见陈祥耀《苏轼与宋四六》,《文学评论》2000年第5期;王友胜:《宋四六的文体特征与发展轨迹》,《中国文学研究》2004年第1期;沈如泉:《"南宋前期四六四大家"说献疑》,《兰州大学学报》2006年第1期;慈波:《宋四六与类书》,《济南大学学报》2006年第1期等。

果也较唐宋为多,指向也较为明确。整体上来说,清代骈文理论研究成果仍然十分薄弱。一方面是没有专门的专著对之加以深入细致的研究,缺乏量的积累;另一方面多集中在骈散之争和《四六丛话》上,且多是单篇论文或文学史类著作中简略涉及,没有深度和厚度。

民国金秬香就关注清代骈文理论:"邵齐焘气独遒古,有正宗雅器之目。尝谓'清新雅丽,必泽于古,非苟且牵率,以娱一世之耳目者',骈体之尊始此。刘星炜、孔广森、孙星衍、洪亮吉、曾燠辈继之,其旨益邕。广森以'达意明事'为主,燠亦以为'古文丧真,反逊骈体,骈体脱俗,即是古文',三家之论,渐开合骈于散之机矣。"①将邵齐焘、孔广森、曾燠的骈文理论视为融合骈散的先驱;又指出骈散交融来源于汪中、李兆洛,经谭献在浙中倡导,风气始盛。钱基博《骈文通义·原文》首先就引用阮元《文言说》,为骈文正名,实际上是考察清代的骈散之争。其"骈散"一章引用包世臣《文谱》奇偶相生理论,明确赞同骈散相容。对于骈散之争,刘麟生认为:"夫骈散古合而今分,流波所衍,复有会合之趋势,文章以意为主,以气势为辅,本无间乎骈散,至进化观念,本由简以趋繁,由博而返约;则从来骈散之争,吾人固无足介意焉云尔。"②虽表面上说无意骈散之争,但实际上也是偏向骈散交融。陈子展继承并发扬之,曰清代:"有的以为骈散并尊,不宜歧视,如曾燠、吴鼒、孔广森诸人的主张便是;有的以为骈文才可以叫做文,说是孔子解易,于乾坤之言,自名曰文,此千古文章之祖。并痛斥散文不得自命曰文,且尊之曰古,俨然要和古文家争正统,如阮元、阮福父子的主张便是。……有的以为骈散合体,不应分家,如汪中、李兆洛、谭献诸人的主张便是。"③以后各种文学批评史上关于骈散之争、骈散交融的观点,都受这时期骈散理论的影响,拓展不多。④ 清代骈文理论专著《四六丛话》,此时也有初步研究。钱基博首先提及:"谈骈文者,莫备于乌程孙梅松友《四六丛话》,而惜其辞涉曼

---

① 金秬香:《骈文概论》,商务印书馆 1934 年版,第 126 页。
② 刘麟生:《中国骈文史》,东方出版社 1996 年版,第 121 页。
③ 陈子展:《中国文学史讲话》,北新书局 1937 年版,第 263 页。
④ 如青木正儿:《清代文学评论史》,杨铁婴译,中国社会科学出版社 1988 年版,第 168—176 页。

衍,又限于四六一体。"①刘麟生稍加阐释:"一曰发凡起例,纲举目张。前二十八卷,叙文体,后五卷,论历代作家。其论文体也,每章之前,均有叙论,而以参考资料附于后。叙论之穷源溯委,精审赅备,得未曾有;至所辑参考资料,固称丰赡,亦难免支蔓之讥。二曰推阐骈文思潮,具有特识。卷首专论《诗骚》,以明系统,总论调和骈散,以示旨归。"②虽有夸大之嫌,但第一次较为清晰地揭示了《四六丛话》的理论价值,扩大了清代骈文理论研究范围。

此后到80年代,清代骈文理论研究几乎也是一片空白。到80年代末期,骈文选本研究、骈散之争、《四六丛话》研究等才继续进行。这时的骈文理论研究不再像民国时期依附于骈文研究,也不是就文体正宗而谈骈散之争,而是作为独立的批评对象,从批评中追寻创作演变的轨迹。吴兴华《读〈国朝常州骈体文录〉》(遗作)就从中西文论融会贯通的角度首次研究骈文选本,论证骈文声律、对仗、典故等形式美存在的合理性,对选文加以分析,高度评价了骈文的价值和意义。他以《国朝常州骈体文录》为例,概括清代骈文的特点:"(一)能够审慎恰当地处理骈文在横直或线面之间的矛盾;(二)用事简要生动,切合内容;(三)造语鲜炼。"③首次将骈文理论研究具体到选集上,虽没有全面概括清代骈文的特点,但仍为此时发表的拓荒和厚重之作。曹虹则将《骈体文钞》和《古文辞类纂》选文对比,从其文化背景出发,结合当时的相关文序和集序,揭示了《骈体文钞》融通骈散的主旨。④对比鲜明,立论明了。曹虹又从文学思想史的角度评价清中叶以后不拘骈散的文学史意义,对不拘骈散的学术氛围、时代背景加以探讨,认为骈散兼容有突破正统框架的倾向,为散文由古典终结期向近代过渡作了理论上的准备,⑤于景祥《中国骈文通史》在全面综合文集、选集和理论专著的基础上,梳理清代骈文理论特征,对骈文的创作方法、地位及骈散之争都作了较详细的论述,在各章骈文发展史的叙述中,尽可能和相应的骈文理论结合起来,

---

①　钱基博:《骈文通义》,上海大华书局1934年版,第41页。
②　刘麟生:《中国骈文史》,东方出版社1996年版,第118页。
③　吴兴华:《读〈国朝常州骈体文录〉》,《文学遗产》1988年第4期。
④　曹虹:《谈谈〈骈体文钞〉的选编宗旨》,《文史知识》1991年第3期。
⑤　曹虹:《清嘉道以来不拘骈散论的文学史意义》,《文学评论》1997年第3期。

理论和创作互证,相辅相成。① 陈文新《论乾嘉年间的文章正宗之争》将陈维崧、毛际可、袁枚、李兆洛、阮元等人的骈文理论放在当时的学术思想、文化环境下,和汉学派、史学派、桐城派理论共时对比,从中发现各大派别对文章审美特征的不同看法和各自阵营的文化观点差异。② 这突出了清代骈文理论的自觉性和自足性。嘉庆后,沟通骈散的理论成为文坛的主流观点,如王芑孙《渊雅堂外集序》、刘开《与阮芸台宫保论文书》、《与王子卿太守论骈体书》、曾国藩的《湖南文征序》、《送周荇农南归序》等都强调奇偶相生,骈散各有所长。光绪年间,朱一新在《无邪堂答问》中提出骈文"潜气内转,上抗下坠"的风格特征,更是对骈文特性的顺势发展。对此过程,奚彤云作了详细的论述,特别是肯定了朱一新"潜气内转"论在骈文学史上的意义,为骈文学概念梳理做出了贡献。③ 另外,在对骈文句式特征、文体属性的研究方面,有些论文探讨深刻,深中肯綮,其中也涉及到了对骈文理论的批评,如杨明《宛转相承:骈文文句的一种接续方式》、江弱水《现代性视野中的骈文与律诗的语言形式》等。④

对《四六丛话》独立研究,在近二十年也取得了较大进展。莫道才《骈文通论》将《四六丛话》融入全书论述中,特别在第八章"骈文的体类"中,广泛征引孙梅对骈赋、骈序、骈书、公牍骈体等的推源溯流的论述,实际上也是对其理论的研究和阐释。⑤ 其《论〈四六丛话〉的学术价值和骈文思想》则是对《四六丛话》研究的第一篇论文。该文对孙梅的骈文思想、重视骈文的骚选源流、各体骈文发展历史和追寻骈文创作方法及评价标准等都有比较全面的评价。⑥ 于景祥在《中国骈文通史》中对于《四六丛话》的内容,如骈散关系、骈文形成、发展、演变以及各类骈文体制的源流、作法等也有较详细的

---

① 于景祥:《中国骈文通史》,吉林人民出版社2002年版,第902—922页。
② 陈文新:《论乾嘉年间的文章正宗之争》,《文艺研究》2004年第4期。
③ 奚彤云:《清嘉庆至光绪时期沟通骈散的骈文理论》,《南京师范大学文学院学报》2005年第3期。
④ 杨明:《宛转相承:骈文文句的一种接续方式》,《文史哲》2007年第1期;江弱水:《现代性视野中的骈文与律诗的语言形式》,《文学评论》2009年第1期。
⑤ 莫道才:《骈文通论》,广西教育出版社1994年版,第161—198页。
⑥ 莫道才:《论〈四六丛话〉的学术价值和骈文思想》,《广西师范大学学报》1994年第4期。

论述。陈志扬《〈四六丛话〉:乾嘉骈散之争格局下的骈文研究》则对该书体例及以意为主、骈散合一的思想进行了具体分析,又对阮元骈散观及其历史意义进行简要的论述;①李金松《论孙梅〈四六丛话〉中的骈文批评》则从"以意为主的骈文本体论、建构骈文史和精辟的评论"②三方面论述该书骈文批评的价值。以上成果对《四六丛话》的理论渊源、文体观念创新及在清代骈文理论中的地位等问题,整体上都探讨不深,挖掘不够。此外,清代骈文理论研究,还体现在具体的个案作家研究上。昝亮的《袁枚骈文试论》第二部分就专谈袁枚的骈散观,从袁枚骈散观可以发现乾嘉时期士人对于骈文的接受程度和理解角度。③孟伟《王先谦骈文文论探析》④则对王先谦编选的《国朝十家四六文钞》及《骈文类纂》中体现的骈文思想作了简单的汇评。施秋香,佴荣本《论刘师培的"骈文正宗"观》⑤则对刘师培的骈文正宗观念下蕴含的文学、美学和思想政治意义等作了简要的分析。

另外,奚彤云《中国古代骈文批评史稿》是目前所见的唯一一部以骈文批评为题的博士论文。全书分上中下三编,分别论述"六朝隋唐:作为一般文章学的骈文批评"、"宋元明:作为专门文体学的骈文批评"和"清:骈散相对观念下的骈文批评"。分阶段探讨骈文理论的特点和嬗变轨迹,对刘勰《文心雕龙》、唐代骈文批评及晚明四六批评和清代骈文批评等都有新颖的材料和独到的见解,是骈文理论研究的开创之作。尽管该书在理论的深刻性、系统性方面还可以强化,但无疑对后来的骈文理论研究具有重要的参考价值。⑥昝亮《清代骈文研究》是最早以清代骈文为题的博士论文。不仅全书贯穿骈文理论评价,而且文章第一章就是"清代骈文理论的发展",认为四六到骈文的是骈文文体意识的一个飞跃,对于文笔之辩、骈散之争、骈散调和等问题都有专节论述,勾勒了清代骈文理论发展的脉络。然而材料丰

---

① 陈志扬:《〈四六丛话〉:乾嘉骈散之争格局下的骈文研究》,《文学评论》2006 年第 2 期;《阮元骈文观嬗变及历史意义》,《文学评论》2008 年第 1 期。

② 李金松:《论孙梅〈四六丛话〉中的骈文批评》,《江西师范大学学报》2007 年第 4 期。

③ 昝亮:《袁枚骈文试论》,《广西师范大学学报》1998 年第 2 期。

④ 孟伟:《王先谦骈文文论探析》,《船山学刊》2008 年第 1 期。

⑤ 施秋香,佴荣本:《论刘师培的"骈文正宗"观》,《南京师范大学学报》2008 年第 4 期。

⑥ 奚彤云:《中国古代骈文批评史稿》,华东师范大学出版社 2006 年版。

富而理论疏理、提炼概括不够，影响了其学术价值。①

　　纵观近百年骈文理论研究，相对于诗论、古文理论来说，成果比较单薄。其实，骈文理论资料，特别是清代骈文理论资料十分丰富，不必说清代骈文前八家、后十家的文集序跋和书信，就是骈文选本和理论著作，清人也编撰较多，如《八家四六文钞》、《国朝骈体正宗》、《国朝骈体正宗续编》、《唐骈体文钞》、《宋四六选》、《骈文类苑》、《国朝十家四六文钞》、《骈文类纂》等。民国时期骈文受到重视，如谢无量、瞿兑之、刘麟生、钱基博等都有专著，但当时骈文研究刚展开，骈文理论尚无暇顾及。建国后到80年代初，骈文研究受社会、政治思潮的影响，几乎无人问津，骈文理论更是无人涉足了。此后，骈文研究虽有发展，骈文理论研究也相应发展，但还没有充分展开。各种文学史对于骈文理论，大都只提到清代的"骈散之争"，对于唐宋古文运动中的古文理论，较少从骈文的角度来考虑；各种文学批评史，包括断代批评史，对于骈文理论的介绍，也局限于以阮元为代表的清代骈文理论和宋四六话，而大量的清人别集、总集中的骈文理论以及《四六丛话》、《四库全书总目》等，都没有深入挖掘和系统研究。即使是骈文专著，如影响较大的姜书阁的《骈文史论》，虽然勾勒了宋前骈文发展的历史，但对于骈文理论几乎没有涉及。近十年来，对于宋四六话和清代骈文理论都有专题研究，超越了以前的介绍性评价；又从文本特色、学术思潮和文学史意义等方面来探讨骈文理论，标志着骈文理论研究取得了新突破。以后的清代骈文理论研究，应从骈文别集、总集的整理、理论资料的汇编、骈散之争的时代氛围、骈文理论的嬗变、"世代累积型"的系统、理论风格和独有的理论话语等方面来阐释；同时，将骈文理论和诗歌、古文理论综合对比，探索其异同，以充分展示骈文理论的风貌，从而丰富古代文论的研究。

---

①　昝亮:《清代骈文研究》，杭州大学1997年博士学位论文（未刊稿）。

第一章 晚明六朝文的兴起
和四六选本的涌现

　　诗文,包括四六文,发展到明代,无论是在形式、体裁上,还是在内容、风格上,如果没有特殊的文化基因和时代环境等影响,都难以取得新的突破。处在八股文严重影响文学创作中的明代文人,在社会意识形态仍以理学为主导的氛围下,幻想以复古为创新,提倡"文必秦汉,诗必盛唐",结果整个明代诗文沉浸在摹拟复古的潮流中。虽"以复古的形式,不自觉地表达了当时人们力图摆脱程朱理学的束缚、开始追求主体自由的新的历史要求"①,但始终缺乏文学上的自信和自立。袁宏道云:"诗文至近代而卑极矣,文则必欲准于秦汉,诗者必欲准于盛唐,剿袭模拟,影响步趋,见人有一语不相肖者,则共指以为野狐外道。"②四六则是"粗制滥造,庸廓肤浅,虽有作品,难登大雅之堂。"③对于宋代以来的四六,明人缺乏新变代雄的魄力,在思想上也对之加以轻视。这种轻视首先表现在明太祖下诏禁用四六:"唐虞三代,典谟训诰之辞,质实不华,诚可为千万世法。汉魏之间,犹为近古。晋宋间,文体日衰,骈丽绮美,而古法荡然矣。近时仍蹈旧习。朕尝厌其雕琢,自今凡诰谕臣下之辞,务从简古;凡表笺奏疏,毋用四六、对偶,悉从典雅。"④上有所禁,下多从之。如果说诗歌经过声律、风骨兼备的唐代和融理入诗、议

---

　　① 廖可斌:《明代文学复古运动研究》,上海古籍出版社1994年版,第419页。
　　② 袁宏道:《叙小修诗》,钱伯城笺校《袁宏道集笺校》卷四,上海古籍出版社1981年版,第188页。
　　③ 刘麟生:《中国骈文史》,东方出版社1996年版,第94页。
　　④ 王之绩:《铁立文起》卷首《文体统论》引,王水照编:《历代文话》第四册,复旦大学出版社2007年版,第3648页。

论为诗的宋代后，明人为诗或宗唐，或步宋，难以在风格和情理上加以突破，但作者仍然有意追求创新；那么，明代四六则是在科举制艺的负面影响下，在文坛交替崇尚秦汉、唐宋古文的复古倾向下，处于一种被忽视、被冷落的边缘化状态。

晚明文坛复古气氛依旧浓郁，但出于对秦汉派、唐宋派等古文流派的反拨，出于对当时文坛因袭、摹拟局面的突破，有些作家转而将眼光转向六朝，转向骈体文学，从而引起了晚明四六批评的兴起。① 晚明骈文理论，从时间上来说，其主要内容有二：一、对六朝、唐、宋四六的批评，即从历时性的角度，以他者的眼光，来批评前代骈文创作特点。二、对当代四六创作实际的批评，即从共时性的角度，以自己亲身体验或耳闻，褒贬当时骈文创作。但是，明朝骈文创作衰落，即使在应用文领域，也远较唐宋萎缩，公牍骈文的范围、成就，远低于唐宋，所以，不像宋四六话那样热衷对当代四六进行评论，明代四六较少进入当时的批评视野。

明代诗文复古运动，当然不能抹杀其价值，但在中国文学史上，其地位仍然不能认为太高。受古文宗唐宋的影响，明代四六也多摹拟唐宋，张梦泽云当时四六："乃仿唐者多矜饰未圆，学宋者则散缓弗饬。又有一种跳于不唐不宋之外，间出无聊，杂于或唐或宋之间，只寒暄而已，几成嚼蜡。"②但崇尚秦汉、唐宋文，久而生厌，久而生弊，于是晚明文人将眼光转移到六朝，从中寻找和开拓另一个不同的文学世界。仍然是复古，仍然是以复古求创新，但相对于明代前中期对于唐宋四六和六朝骈文的忽视，晚明以对六朝文学，主要是骈文的崇尚，有力地反拨了前中期文风，丰富了明代诗文复古运动的内容。这种对六朝骈文的推崇，到明末几社、复社时达到高潮。

---

① 明代中叶就有崇尚六朝诗风和文风的现象，但是就六朝骈体文来说，到晚明才较为流行。参李清宇《明代中期文坛的"四变而六朝"——以黄省曾与李梦阳文学观念之异同为中心》，《北方论丛》2004 年第 2 期；雷磊《明代六朝派的演进》，《文学评论》2006 年第 2 期等。

② 故宫博物院编：《张梦泽评选四六灿花·凡例》，海南出版社 2000 年版，第 4 页。

第一节 六朝文风的推崇和四六创作的兴起

明代中期,崇尚秦汉或唐宋为当时主流,但在南方,崇尚六朝文的文人不少。如李梦阳说:"今百年化成,人士咸于六朝之文是习,是尚在南都为尤盛,子知者顾华玉、升之、元瑞皆是也。南都本六朝也,习而尚之,固其宜,庭实齐人也,亦不免,何也?"①对顾华玉(顾璘)、升之(朱应登)、元瑞(刘麟)等南方文人崇尚六朝文表示理解,但对庭实(边贡)文尚六朝表示困惑。此外,杨慎、黄省曾、王文禄等也是关注六朝文学的人。他们或肯定六朝诗歌,或推崇六朝文章,对于明代文风的改变导夫先路。

杨慎(1488~1559)在当时文宗秦汉、唐宋的风尚下,不拘一格,将六朝诗歌作为唐诗的滥觞而加以肯定:"是编起汉迄梁,皆《选》之弃余,北朝陈隋,则《选》所未及。……乃知六代之作,其旨趣虽不足以影响大雅,而其体裁实景云、垂拱之先驱,天宝、开元之滥觞也。"②把时人选诗时有意遗弃的六朝诗歌编进去;又认为江左之诗和汉魏之诗一样,可以发挥诗歌的教化、审美功能:"汉代之音可以则,魏代之音可以诵,江左之音可以观,虽则流例参差,散偶互分,音节尺度粲如也。有唐诸子效法于斯,取材于斯。昧者顾或尊唐而卑六代,是以枝笑干、从潘非渊也,而可乎哉?"③杨慎还高度评价《文选》,编选《四六妙句》,为偶然得到的宋代《群公四六》文集作序,为四六文地位呐喊。"呜呼! 四六之文,于文为末品也。昌黎病其衰飒,柳子以为骈拇。然自唐初以逮宋季,飞翰腾尺,争能竞工。观此集所载,若王梅溪(王十朋)、胡邦衡(胡铨)、王民瞻(王庭珪)、任元受(任尽言)、赵庄叔(赵逵)、张安国(张孝祥)、胡仁仲(胡宏)、陈止斋(陈傅良),皆一时忠节道学之臣,鸿藻景铄之士。其英声直气,见于偶俪缔绘之中,直可与陆宣公奏议,

---

① 李梦阳:《空同集》卷五十五,《四库全书》本。
② 杨慎:《选诗外编序》,《升庵集》卷二,《四库全书》第1270册,第22页。
③ 杨慎:《选诗拾遗序》,《升庵集》卷二,《四库全书》第1270册,第22页。

上下相映,奚可以文章末品少之?①"在当时的文学思潮下,这可说是振聋发聩。同时的黄省曾(1490～1540)也对学习六朝文学给予积极评价,其《大司马王公家藏集序》云:"故缀言雄高,罗搜六代之奇,绘织九流之要,故衍材宏丽,吐之裕足,沛其有余,出之澂莹,灿乎澄析。"②其碑文、诔文也崇尚六朝文学,王世贞云其"碑诔出东京,间以六代"③。黄省曾诗歌尚六朝,文章多骈体,王世贞认为其是明初至嘉靖间诗文的一变:

> 国初诸公承元习,一变也,其才雄,其学博,其失冗而易。东里再变之,稍有则矣,旨则浅,质则薄。献吉三变之,复古矣,其流弊踏而使人厌。勉之诸公四变而六朝,其情辞丽矣,其失靡而浮。晋江诸公义变之为欧、曾,近实矣,其失衍而卑。④

黄省曾等人"四变而六朝",一方面可见当时文风的转变;另一方面文风的改变也反过来影响到了当时的文学创作。王文禄也谓文风自黄省曾后而为之一变:"一向宗韩欧而斥六朝,五岳出而尚六朝。"⑤又强调古今文章一脉相承,不满以前文坛高扬秦汉、唐宋的风气,褒扬六朝文,推重《文选》:"《昭明文选》,文统也,恢张经子史也,选文不法《文选》,岂文乎?……皇陵碑文体用六朝,气雄两汉,文华也,实见六朝后不足法也。夫六朝之文,风骨虽怯,组织甚劳,研罩心精,累积岁月,非若后代率意疾书,顷刻盈幅,皆俚语也。"⑥虽承认六朝文风骨纤弱的不足,但又指出其典雅博学、用功甚多的长处。不像后代文章空疏,率意而为,以至成为"俚语"。这和乾嘉汉学家批评桐城派古文弊端如出一辙。以《文选》为文统之一环,推举其选文,在当时具有积极的导向作用。四库馆臣虽承认《文脉》"品藻古今,颇出别解",但认为其"述理学则推象山、慈湖,论文体则推六朝、《文选》。至隋唐文,伸

---

① 杨慎:《群公四六序》,《升庵集》卷二,《四库全书》第1270册,第23—24页。
② 黄省曾:《五岳山人集》卷二十六,《四库全书存目丛书》集部第94册,第744页。
③ 王世贞:《五岳山人集序》,《四库全书存目丛书》集部第94册,第531页。
④ 蔡汝楠:《奔州四部稿》卷一百二十七,《四库全书》本。
⑤ 王文禄:《文脉》卷一,丛书集成初编本。
⑥ 王文禄:《文脉》卷一,丛书集成初编本。

柳州而抑昌黎,谓韩非柳匹,尤不免立异太过矣"①,即在理学观念和文风崇尚上标新立异太过。其实恰恰是因为六朝文在当时处于弱势地位,王文禄才为之鸣不平。此时虽有崇尚六朝文和《文选》的趋势,但还没有公开否定延续数百年的古文文统。到晚明屠隆时,对韩愈以来的古文文统加以直接批评,对六朝骈文加以直接肯定。

屠隆(1542～1605)和李维桢、魏允中、胡应麟、赵用贤同列为"末五子"。屠隆在黄省曾、王文禄等人崇尚六朝文的基础上更进一步:不仅肯定六朝文,而且对古文领袖韩愈文章加以批评。其褒扬六朝文风,不是全盘肯定,而是辩证肯定:既承认六朝文风绮靡伤质,雕绘失情;又赞扬其色泽华美,铿锵动人,必不可少。其《文论》云:"由建安下逮六朝,鲍谢颜沈之流,盛粉泽而掩质素,绘面目而失神情,繁枝叶而离本根,周汉之声荡焉尽矣。然而秾华色泽,比物连汇,亦种种动人。譬之南威、西子,丽服靓妆,虽非姜、姒之雅,端人庄士,或弃而不睨,其实天下之丽,洵美且都矣!"②在辩证肯定六朝文的动人之处后,批评那些所谓的"端人庄士"对六朝文"弃而不睨"的态度;同时对韩愈大加批评:

> 文体靡于六朝,而唐昌黎氏反之,然而文至于昌黎氏大坏焉。……昌黎氏盖所谓文起八代之衰者,今读其文,仅能摧骈俪为散文耳。妍华虽去,而淡乎无采也;醲腴虽除,而索乎无味也;繁音虽削,而暗乎无声也。其气弱,其格卑,其情缓,其法疏,求之六经、诸子,是遵何以哉?世人厌六朝之骈俪,而乐昌黎之疏散,翕然相与宗师之,是以韩氏之文,遂为后世之楷模,建标艺坛之上,而群趋旌干之下,……昌黎氏之所以为当时宗师而名后世者,徒散文耳。……今第观其文,卑者单弱而不振,高者诘屈而聱牙,多者装缀而繁芜,寡者率略而简易,虽有他美,吾不得而知之矣,尚焉取风骨格力于其间哉?厥后欧苏曾王之文,大都出于韩子,读之可一气尽

---

① 永瑢等:《四库全书总目》卷一九七,中华书局1965年版,第1801页。
② 屠隆:《由拳集》卷二十三,《四库全书存目存书》集部第180册,第674页。

也,而玩之则使人意消。余每读诸子文,盖几不能终篇也。标而趋
之者,非韩子与?①

在其《与友人论诗文》中,也同样批评韩愈文章缺点。这在明代文坛,是非
常少见且非常需要识力的事情。批评韩文的"无采"、"无味"、"无声"、"气
弱"、"格卑"等,虽不尽当,但能够打破唐宋派树立的古文经典,引导当时的
文论转向,也强化了明代中后期以来的崇尚六朝文学的审美倾向。清人多
否定韩愈文章,或许从这里可以发现一些端倪。包世臣《与杨季子论文书》
云:"至于退之诸文,序为差劣,本供酬酢,情文无自,是以别寻端绪,仿于策
士讽谕之遗,偶著新奇,旋成恶札。而论者不察,推为功宗,其有捃绎前人名
作,摘其徵疵,抑扬生议,以尊己见,所谓蠹生于木而反食其木。又或寻常小
文,强推大义。二者之蔽,王曾尤多。"②胡念修《国朝骈体文家小传叙》云:
"且夫齐梁擅六朝之胜,文求新而体以卑;韩柳起八代之衰,体袭旧而文益
弱,从未有坏文乱体,不奇不耦,著书则摹访周秦,建策则附会姬孔,搜双声
叠韵之谱,窃类书以为博闻;逞淫词邪说之心,尊伪体以为名论。"③都对韩
柳文章加以否定批评,与屠隆之说有类似之处。屠隆还从秦汉、六朝、唐、宋
文章各有长短的角度出发,指出六朝文"不可废"。其《论诗文》云:"文章只
要有妙趣,不必责其何出;只要有古法,不必拘其何体。语新而妙,虽创出己
意自可;文袭而庸,即字句古人亦不佳。……秦汉六朝唐文有致,理不足称
也。宋文有理,致不足称也。秦汉六朝唐文近杂而令人爱,宋文近醇而令人
不爱。秦汉六朝唐文有瑕之玉,宋文无瑕之石。文莫古于《左》、《国》、秦
汉,而韩柳大苏之得意者,亦自不可废。莫质于西京,而丽如六朝者,亦自不
可废。莫峭于《左》、《史》,而平雅如二班者,亦自不可废。"④对于六朝骈文
大家徐庾,屠隆也加以正面评点。在《徐庾集序》中他从华丽形式给予徐庾

---

① 屠隆:《由拳集》卷二十三,《四库全书存目书》集部第 180 册,第 675 页。
② 包世臣:《艺舟双辑·论文》,王水照编《历代文话》第六册,复旦大学出版社 2007 年版,第
5202 页。
③ 王水照编:《历代文话》第七册,复旦大学出版社 2007 年版,第 6250 页。
④ 屠隆:《鸿苞集》卷十七,《四库全书存目书》子部第 88 册,第 250—252 页。

文章高度评价,还专门对两人诗文集加以合编和点评。如评徐陵《报尹义尚书》为:"秾郁华整,骨体不凡。不假牵缘,天然巧合。"①评徐陵《在北齐与宗室书》为:"九州人物志,逐一疏明,亦博亦雅。点染处,红萼竞然,紫苞争吐。"不仅肯定其"秾郁"的形式美,同时认为其文"骨体不凡",反驳了时人认为六朝骈文气衰体弱的观点。对于庾信的诗文也加以评点,如评《齐王进苍乌表》"顿挫抑扬,作表当以此为戒"②、《谢赵王赉白罗袍袴启》"艳夺目睛"等都从形式上肯定了其特征。这种对六朝骈文加以评点的批评方式,对于王志坚《四六法海》、李兆洛《骈体文抄》、许梿《六朝文絜》等都具有启发意义。

当然,晚明否定六朝文的观点也存在。如艾南英大力提倡八股文,认为其亦是文章一脉。抨击六朝文卑腐,并以此讥讽崇尚六朝骈文的陈子龙。其《答陈人中论文书》讽刺陈子龙的《悄心赋》乃"昭明选体中之至卑至腐,欧曾大家所视为臭恶而力排之者",又追悔少年时学《文选》"能效其句字。二十岁后,每读少作,便觉羞愧汗颜。而足下乃斤斤师法之,此犹蛆之含粪以为香美尔"③,提倡制艺和古文创作交融,批评六朝文轻浅、巧俳等。"夫文之古者,高也,朴也,疏也,拙也,典也,重也;文之卑而为六朝者,轻也,渺也,诡也,俊也,巧也,俳也,此宜有识者所共知矣。"④但是,无论艾南英怎样否定六朝骈文,晚明四六文兴起的趋势十分明显。这从赵南星提出废除四六文中可见一斑:"余自万历乙亥(1575)结发薄游,士大夫书札往来直抒情愫,鲜有用四六者。当司理时,座主为相,亦以散书闻,固未尝以为不恭也。至癸巳(1593)罢官,乃有以四六来者。余才拙性疏,不能为此,然林下无事,每抗精殚思为之,殊以为苦。今衰朽才尽,偶起一官,营职之外,复有应酬之烦,食事欲废,安能作四六也?"⑤可见到万历中叶,士大夫书札往来要

---

① 徐陵:《徐孝穆集》卷七,四部丛刊初编本,以下评点同为此版本,不另注。
② 庾信:《庾子山集》卷八,四部丛刊初编本,以下评点同为此版本,不另注。
③ 艾南英:《答陈人中论文书》,《天傭子集》卷五,道光十六年(1836)刻本。
④ 艾南英:《与周介生论文书》,《天傭子集》卷五,道光十六年(1836)刻本。
⑤ 赵南星:《废四六议》,《明文海》卷八十二,《文渊阁四库全书补遗》,北京图书馆出版社1997年版,第563—564页。

求用四六,讲究典故辞藻,赵南星因年老而不堪殚思记忆之苦,主张废除四六。此时四六创作,不仅仅在庙堂公牍和交际应酬领域,局限于制诰表启之类,而是扩展到其他场合和文类上,如山林宴游记、序等。兹举明末徐𤊻《九日游鼓山宴游序》为例,以窥一斑:

> 白帝司权,黄菊篱边呈色;金商转候,紫萸囊里生香。兹当重九之辰,共作登高之乐。江南王谢,邺下陈徐,遂挟青尊,同寻白社。小舟可买,溯几百里之鲸波;双屐堪携,历千万层之鸟道。晓攀垒𪩘,千头古木撑云;夜渡石门,四壁垂罗挂月。崔嵬覆岭,岚光松影交青;幽翳丛林,蝉咽籁声阒响。遥观大海,蜃气成楼;俯瞰长江,马头如带。北拱已低莲萼,西来又隘旗邱。蕞尔一区,隐隐无诸城郭;渺然数点,茫茫天外琉球。洞中流水去何方,法祖诵经喝绝;山半祗林遗故坵,樵夫举火烧残。借宿虚龛,对高僧参禅演偈;采真深洞,与座客酬酒赋诗。狂游遍灵迹之中,意气超形骸之外。兹游特妙,胜事堪传。何必登戏马之台,不让陟龙山之顶。故人生贵适志,几人能共此烟霞;而行乐须及时,尔辈当坚盟泉石。凡我同志,请各摛辞。①

对于序,吴讷有云:“东莱云:‘凡序文籍,当序作者之意;如赠送燕集等作,又当随事以序其实也。’大抵序事之文,以次第其语、善叙事理为上。近世应用,惟赠送为盛。当须取法昌黎韩子诸作,庶为有得古人赠言之义,而无枉己循人之失也。”②徐师曾有云:“按《尔雅》云:‘序,绪也。’字亦作‘叙’,言其善叙事理、次第有序,若丝之绪也。又谓之大序,则对小序而言也。其为体有二:一曰议论,二曰叙事。”③吴讷和徐师曾都认为序文以善叙事理、次第有序为特征,以议论和叙事为正格。又叙事和议论一般被认为是古文的优势,吴讷还提出效法韩愈诸作。明代前中期,序文多为散体。该文为重

---

① 转引自陈庆元《徐𤊻序跋补遗考证》,《文献》2009 年第 3 期。
② 吴讷:《文章辨体序说》,人民文学出版社 1998 年版,第 42 页。
③ 徐师曾:《文体明辨序说》,人民文学出版社 1998 年版,第 135 页。

阳节登高游宴之序。内容上先以典故点明时令;然后记叙跋山涉水、登高游览的经历,重点铺陈描绘了山林之幽静、登高所见景色之壮阔及聆听高僧经偈,最后借酒赋诗,表达人生贵适志、行乐须及时的心态。全文为工整流利的骈体文,在语言形式上和六朝初唐骈体序类似,但形式更加灵活、文气更加流畅。既有六言、四言、七言单句对,还有四六隔句对、四七隔句对、七六隔句对、六七隔句对,整齐中见参差,俳偶中有叙事,铺叙中见议论。全文虽运用了典故,但不是六朝骈文的富赡炫才,而是宋四六的剪裁成语,如同己出。如首联"白帝"为五帝之一,是主西方之神。《周礼·天官·大宰》有"祀五帝",唐贾公彦疏:"五帝者,东方青帝灵威仰,南方赤帝赤熛怒,中央黄帝含枢纽,西方白帝白招拒,北方黑帝汁光纪。""金商"指秋令。秋于五行为金,于五音为商,商为金音,其音凄厉,于时为秋。这里和菊花、茱萸连用,紧扣标题"九日",含蓄点明时令和代表性景物。"青尊"代指酒杯,"白社"代指隐士或隐居之地。"马头"即码头。"蕞尔"来自《左传·昭公七年》:"郑虽无腆,抑谚曰'蕞尔国',而三世执其政柄。""戏马之台",江苏铜山县地名,晋义熙中,刘裕曾大会宾客,赋诗于此。"龙山之顶"来自《晋书·孟嘉传》载,九月九日,桓温曾大聚佐僚于龙山。后遂以"龙山会"称重阳登高聚会。"人生贵适志"来自《晋书》张翰语:"人生贵得适志,何能羁宦数千里,以要名爵乎?""行乐须及时"来自汉乐府《西门行》:"夫为乐,为乐当及时。"没有晦涩僻典,也没有多处用典,而是在白描中写景,在景物的铺排中抒情言志,具有六朝抒情小赋特色。在声律方面,该文节奏点的平仄也非常吻合骈文特点,即一句中节奏点字平仄相间,一联中平仄相对。如首联隔句对上句"帝"、"权"、"菊"、"边"、"色"和下句"商"、"候"、"萸"、"里"、"香"的平仄依次是仄平仄平仄,平仄平仄平,完全符合相间和相对的规则。不是偶尔巧合,而是全篇平仄几乎都符合此规则。可见,徐燉骈文平仄熟悉程度很深,也可见本文声调铿锵、声律和谐。当然,本文整体上纤巧有余,雄健不足;虽流利清新但沉郁顿挫不足。明末吴应箕云:"世之无古文也久矣,今天下不独能作,知之者实少,小有才致,便趋入六朝,流丽华赡,将不终日而靡矣。"①指出了当时文坛创作崇尚六朝骈体文的情况,借"流丽华靡"来概括本文风格也不为过。《四库全书总目》在《续说郛》条中批评晚明文风"或清谈诞放,学晋宋而不成;或绮语浮华,沿齐梁而加甚"②,也从另一方面说明当时文人热衷摹拟六朝骈文的风气。

第二节 晚明四六选本盛行和《四六法海》

在崇尚六朝文学和士林流行四六文的影响下,晚明出现了较多的四六选本,如蒋一葵《尧山堂偶隽》、许以忠《车书楼汇辑各名公四六争奇》、李日华《四六类编》、《四六全书》、钟惺《新镌选注名公四六云涛》、马朴《四六雕虫》、王明嗸、黄金玺编辑的《宋四六丛珠汇选》以及王志坚《四六法海》等。③ 其中,《尧山堂偶隽》、《宋四六丛珠汇选》、《四六法海》等较具代表性。蒋一葵,字仲舒,别号石原,江苏武进人,万历二十二年(1594)年中举。他对于六朝到宋元骈文中的名隽之句、应对之语进行摘录点评,虽是片言只语,但时见独到之处。如在柳宗元《贺甘露表》前曰:"唐初沿六朝绮丽之风,宾王辈四六肇悦实工,丰骨稍掩,至河东始丽以则。"评价柳宗元《贺雨表》中的摘句云:"四六至子厚,色泽已化为神理,非复曩时脂粉。"④指出了初唐骈文沿袭六朝华丽风格,柳宗元骈文风格开始从色泽的形式美发展到讲神理的风骨美,把古文八大家中的柳宗元拿来作为骈文典范的代表,跳出了以文体区分作家的窠臼,为后来骈文理论中重视柳宗元开辟了道路。当然,蒋一葵在骈文理论形式上受到宋代四六话的影响,特别是王铚的《四六话》影响,摘取工整的俪句,不是全文,且包罗的范围也不广,所以遭到四库馆臣的否定批评。在晚明四六选本流行的潮流中,其主要内容在于崇尚宋

---

① 吴应箕:《与刘舆父论古文诗赋书》,《楼山堂集》卷十五,《续修四库全书》第1388册,第545页。
② 永瑢等:《四库全书总目》卷一百三十二,中华书局1965年版,第1124页。
③ 昝亮用表格形式列举了晚明45中四六总集、别集和类书,对其版本、内容做了说明。参见昝亮《清代骈文研究》,杭州大学1997年博士学位论文(未刊稿),第33—37页。
④ 蒋一葵辑:《尧山堂偶隽》卷三,《四库全书存目丛书·补编》第45册,第35—36页。

四六以散行之气,运排偶之词,打破了六朝骈文的华丽绮靡。如万历年间刊行的《宋四六丛珠汇选》,也是崇尚宋四六的典型代表。其编者王明螯曰:"质任自然者止于达意,而有浑成之雅体;尚骈俪者工于组织,而极藻缋之绚目。"表明了其崇尚自然达意的宋四六,对雕琢辞藻的骈文的不满。接着对东汉至六朝以来的骈文采华忘实、寻虚逐微以至遭到淫哇、俳优之诮表示理解,但强调四六的不可或缺:

> 虽然,朝廷之庆贺祝颂、郊庙之享裸裡望、辞命之交际来往,非藉庄雅之词、和谐之韵,何以严君父而格天地,交神鬼而通人心哉!然则非骈俪之患,患骈俪之过而失之雕缕也。有宋以来,理学渐明,诸名贤所作大都以意胜而不专工于辞,以实胜而不专事于华。构思寸心,摛辞尺素,颇有自然之趣,而非徒组织之工。故世之谈四六者,归美于宋,有繇然也。①

认为朝廷、郊庙、辞命之辞,需要端庄典雅、讲究声韵的骈俪文才能胜任;骈俪本身没有过失,问题是雕琢华丽的骈俪遮蔽了文意;宋四六以意为主,以实取胜,为四六文的最高境界。在这种公牍应用之辞崇尚四六的风气下,在晚明盛行四六选本的氛围中,王志坚编辑的《四六法海》应运而生。

王志坚(1576～1633)文学创作没有著名后世,但却以编选四六选本而闻名,特别是清中叶后,编选骈文选本时多会提其编选的《四六法海》。王志坚反对文章以时代先后论优劣,对唐宋、六朝文都较为重视,先后编选了《古文渎编》、《古文澜编》和《四六法海》。谭元春称"王先生者,固今之贞笃恬憺有道文人也。故其读书,不忘汉初,不轻唐后,不苟经世,不厌寻幽",反对当时"祖两汉即奴陈隋,尊八家即退群儒"②的偏激文风。钱谦益亦谓其"为诗文,已知法唐宋名家,而深鄙嘉隆之剽贼途塈者,以为俗学。穷经辨志,有古先儒者之风"③,对当时剽窃摹拟的文风的深为不满。正是

---

① 王明螯:《宋四六丛珠汇选叙》,《四库全书存目丛书》子部第172册,第618页。
② 谭元春:《古文澜编序》,《新刊谭友夏合集》卷八,《续修四库全书》第1385册,第399页。
③ 钱谦益:《王淑士墓志铭》,《牧斋初学集》卷五十四,四部丛刊初编本。

在自己学力和识见的基础上,在晚明四六创作风气兴起的背景下,王志坚编选了大型的、较有系统的骈文总集——《四六法海》。其所选文体除了没收诗赋外,其他和萧统的《文选》有许多重合之处,从中可见《文选》对后代骈文选本的重大影响。

在《四六法海》凡例中,王志坚说明了编选目的"大抵为举业而作"①,坚持宁缺毋滥、兼收并蓄和不以人品论文的选文原则。八股文选拔人才使得士人皓首于四书义理之中,模仿、背诵中式的程文,对其他书籍则束之高阁。王志坚对此十分不满:"惟是俗学相传,有一种议论,谓无用之书不必读,无用之文不必看。果尔,则腐烂后场之外,皆可束高阁乎!不知今人所规摹之程墨,皆从古人陶铸而出,熟读古人书,不知有几许程墨在也。"主张熟读古人书以治时文空疏、浅露之病。同时,王志坚认为"文章趋尚,大抵时运使然。质文损益,自相乘除,非必后人之胜于前人也。韩柳不轻王骆,欧苏不轻杨刘,岂惟厚道,直是虚心",从质文代变的角度来阐释不同时代对文章的不同追求,文体各有自己的演变规律,后代并不一定就超越前代,韩柳王骆,欧苏杨刘,各有千秋,不应该扬此抑彼。强调四六和古文对等的地位,认为二者同源异流,这也是王志坚编选《四六法海》的重要原因。

《四六法海》初题曰《耦编》,经过王志坚朋友张德仲改名为《法海》,"法取轨持,海喻广大。夫欲泛藻海之波,而饰词坛之法,则此编亦嚆矢也哉!"(《四六法海·自序》)《四六法海》共十二卷,包括敕、诏、册文、德音、论、碑文、表启等40类文体,时间上从魏晋直到宋代。其中,表、启、书是《四六法海》中的主要文类,这与晚明科举中表文四六化以及当时士大夫结社中交际应酬多启、书有重大关系。士林中重视表文从明代中后期就已经开始。《明史》记载洪武十七年(1384)颁定科举定式,其中"二场试论七道,判五道,诏、诰、表,内科一道"②。顾炎武《日知录·制科》解释,诏诰表为仿照宋代词科而设,表要求用四六来写。尽管同场的判也要用四六写,但明代

① 王志坚:《四六法海·凡例》明天启七年(1627)戴德堂刻本。下引《四六法海》都来自该本,不另注。

② 张廷玉等撰:《明史》卷七十,中华书局1974年版,第1695页。

试判只凭律条出题,要求比以前简单。顾炎武就指出判文简易,"今国朝之制,以吏部选人之法而施之贡举,欲使一经之士皆通吏事,其意甚美;又不用假设甲乙,止据律文,尤为正大得体。但以五尺童子能强记者,旬日之力便可尽答而无难,亦何以定人才之高下哉"①,所以举子对表很在意,对唐宋表揣摩学习就非常必要。时人就编辑前代表文以供举子学习,如胡松的《唐宋元名表选》、陈垲《名家表选》、张一卿《古表选》等。隆庆戊辰(1568)进士沈懋孝《论四六骈体》指出宋代表文可供士人学习:"至宋王介甫、苏子瞻,始厌薄浓词,为真淡写意之体。其后汪浮溪、周益公、杨诚斋之徒嗣之,故宋表传至今。今之士林皆式之,盖纯乎议论矣。余尝折衷而论之,如陈谢,如辞职,如谏事,如进规,用论议行文,情志始畅。若夫国之大庆大典,必待铺张;赐物之一衣一马,尤须描写。若斯之类,岂可无掞藻摛菁之笔哉!亦顾所用何如耳。"②胡松针对当时表文"竞趋新巧,争尚衍博,往往贪用事而晦其意,务属词而灭其质,盖四六之本意失之远矣"③的情况,选录唐宋名家表,目的主要是提供范本。晚明表文风格,四库馆臣评为:

> 自明代二场用表,而表遂变为时文,久而伪体杂出,或参以长联。如王世贞所作一联,多至十余句,如四书文之二小比,或参以五七言诗句,以为源出徐庾及王骆。不知徐庾王骆用之于赋,赋为古诗之流,其体相近。若以诗入文,岂复成格?至于全用成句,每生硬而槎枒;间杂俗语,多鄙俚而率易。冠冕堂皇之调,剽袭者陈腐;饾饤割裂之词,小才者纤巧。其弊尤不胜言。④

王志坚《四六法海》选录表文如此之多,正是针对晚明表文鄙俚、生硬的风格而意图起示范作用的。启书的编选,与当时社会交际应酬广泛和结社风气浓厚有关,在这些交际场合中,多用四六。另外,从《四六法海》选择

---

① 顾炎武:《日知录集释》,黄汝成释,《续修四库全书》第1144册,第248页。
② 北京图书馆编:《文渊阁四库全书补遗·明文海》,北京图书馆出版社1997年版,第687—688页。
③ 胡松:《刻唐宋元名表序》,黄宗羲编:《明文海》卷二百二十二,《四库全书》第1455册,第476页。
④ 永瑢等:《四库全书总目》,中华书局1965年版,第1717页。

的四六文时间最早的作者为魏文帝、曹植和陆机几位,没有西汉作家,可见王志坚将四六的形成定在魏晋时期。同时,视六朝骈文为四六,表明当时就将二者视为同体异名。又因其选本典范作用,使得清代大部分文人都将四六等同于骈文。后世公认的骈文大家,如南朝任沈、徐庾、初唐四杰、燕许、李商隐等都有较多作品入选。此外还将唐代崔融、李峤、柳宗元、宋代欧阳修、苏轼、王安石等人的表文大量入选,表明其对于庙堂之制、奏进之篇的重视,也表明其对于骈文内涵及骈文发展史的把握。如《四六法海·自序》中所说:

> 魏晋以来,始有四六之文,然其体犹未纯。渡江而后,日趋缛藻。休文出,渐以声韵约束之。至萧氏兄弟、徐庾父子,而斯道始盛。唐文皇以神武定天下,在宥三十余年,而文体一遵陈隋,盖时未可变耳。永徽中,人主优礼词臣,时则有燕许鸿轩,崔李豹别,而英公一檄,竟出自草泽手。当时人才何其盛欤!至于沿习既久,遂成蹊径,文酒宴集,宾主谈谐,辄用偶语,此亦天地间不得不变之势矣。然昌黎文初出,裴晋公亦骇而弗许。盖习尚之渐人也如此。河东之为文,则异于是。

对骈文的形成、发展、鼎盛作了勾勒。文章在汉代就开始骈化,但毕竟还没有形成一种文体,将骈文形成定在魏晋,符合当时的文体演变实际,后来学者大都持这一观点。将南朝沈约、萧氏兄弟、徐庾父子作为骈文兴盛的关键人物,视唐初文体沿袭陈隋俪偶之风,都是精要之见。又推崇燕许、崔李,可见王志坚重视庙堂之文。韩柳古文虽在中唐异军突起,文风为之一变,但仍难以形成潮流,晚唐骈文仍居于主要地位。对于唐代骈文的叙说,王志坚偏重盛唐、中唐,对于初唐一笔带过,对于晚唐则只字不提,可见他偏重庙堂之文和轻视深婉藻饰的樊南四六。对于宋四六特征,王志坚归纳为:"撮其大要,藏曲折于排荡之中者,眉山也;标精理于简严之内者,金陵也。是皆唐人所未有,其他不出两公范围。然类能自畅其所欲言,低昂绚素,各成伦理,有足喜者。"承继宋四六话中分宋四六为苏轼、王安石为两派的观点,标举曲折排荡、精理简严的风格。在选文上,苏轼、王安石的四六文数量位于前列,也是其理论和实践统一的表现。又认为四六和诗歌在文体上有相似点，肯定六朝骈文"韵动声中，神流象外"，对宋代以后以议论取代神韵的方法不满，"自宋而后，必求议论之工，证据之确，所以去古渐远，然矩矱森然，差可循习"。对元明四六大加批评："至其末流，乃有诨语如优，俚语如市，媚语如娟，祝语如巫。或强用硬语，或多用助语，直用成语而不切，叠用冗语而不裁，四六至此，直是魔骨所当，亟为澄汰，不留一字者也。"①可见其编选具有强烈的现实针对性。

《四六法海》选文的独到之处还在于录选公认的古文家的四六文。这在宋代古文运动后，骈散对立的思潮下，在明代文论家将四六和古文分疆的背景下具有重要意义。陆符《四六法海序》云："先秦两汉之文，至六朝而一变。六朝骈耦之作，至韩柳而再变。一变而秦汉之体更，再变而秦汉之法出。故唐以后称大家者，无不以韩柳为宗，乃昌黎固所称起八代之衰，振绮靡之习者也。柳州则始泛滥于六朝，而既溯洄于秦汉，由是称两家者，率略其四六，而特重其古文之辞。其古文辞历传为欧苏曾王，迨读其四六制作，则又无不足谢六代之华，而启一时之秀焉。然四六固古文辞所不得轻以意退昔矣！彼以古文辞睥睨当世而抗谈秦汉，唾弃唐宋，薄六朝纨粉而不为，亦何足以语文章之原委也哉！"明确指出了四六和古文不能偏废，骈文和古文为文章发展的自然演变。在选文中，《四六法海》选录了韩愈、柳宗元、欧阳修、苏轼、王安石等古文大家的大量四六文，从创作实绩的角度证明骈散可以兼擅，不应该厚此薄彼。《四六法海》为骈文选本树立一个经典，成为当时效法的对象。后人评价也很高，特别是四库馆臣，有云：

> 志坚此编所录，下迄于元而能上溯于魏晋，如敕则托始宋武帝，册文则托始《宋公九锡文》，表则托始陆机、桓温、谢灵运，书则托始于魏文帝、应场、应璩、陆景、薛综、阮籍、吕安、陆云、习凿齿，

---

① 王志坚对四六文弊端的批评话语影响较大，如光绪末来裕恂撰《汉文典·文章典》时还直接引用以批评当时的"文妖"："而无知妄作，诨语如优，俚语如市，媚语如娟，祝语如巫，百出其狰狞、谐媚、夭韶、轻倩之态状以应世。"参王水照编《历代文话》第九册，复旦大学出版社2007年版，第8696页。

序则托始陆机,论则托始谢灵运。大抵皆变体之初,俪语、散文相兼而用。其齐梁以至唐人,亦多取不甚拘对偶者。裨读者知四六之文,运意遣词,与古文不异,于兹体深为有功。至于每篇之末,或笺注其本事,或考证其异同,或胪列其始末,亦皆原原本本,语有实征,非明代选本所可及。据其凡例,虽为举业而作,实则四六之源流正变,具于是编矣。未可以书肆刊本忽之也。①

四库馆臣从骈体的萌芽、形成、发展等入手,从骈散合一的思潮出发,肯定《四六法海》选文的准确性、代表性,对俪语散文相兼而用的包容性,从而肯定其"裨读者知四六之文,运意遣词,与古文不异"。又从当时实证学风出发,肯定其笺注本事、考证异同、胪列始末等优点。同治八年(1869),方浚师也云:"明王闻修辑《四六法海》,实骈体中精善之本。……闻修取材宏富,推本溯源,而随事考证,俾读者上追魏晋,中逮六朝,下徵唐宋。知一人一代,各为风气,各发性灵,不徒袭貌蹈赝古之讥,惟贵惬心作词坛之助。津梁后学,讵不信然。"②晚清李慈铭、王先谦等对于《四六法海》评价也较高。如李慈铭云"此书所收颇多不常见之篇,唐四杰之作尤夥"③,王先谦曰"骈文之选,莫善于王闻修《法海》、李申耆《文钞》,倾沥液于群言,合炉冶于千载。顾王则题目太烦,李则限断未谨"④,虽有否定批评,但主要是肯定。那么,《四六法海》是否真如四库馆臣评价的那么高呢? 我认为尚可商榷。

四库馆臣肯定王志坚"笺注其本事,或考证其异同,或胪列其始末,亦皆原原本本,语有实征",在选文中并没有体现出来。王志坚对于所选文章,末尾附有作者或文章涉及人物的姓名、仕宦经历和写作背景等。这些都是从正史或笔记中引用而来,绝大多数没有涉及到考证及文章内容和风格评价,创新不多,意义不大。如对沈询的《授韦博淄青节度使制》,王志坚末尾

---

① 永瑢等:《四库全书总目》卷一八九,中华书局1965年版,第1719页。
② 方浚师:《〈评选四六法海〉序》,蒋士铨:《评选四六法海》,浙江大学图书馆藏同治藏园藏板。
③ 李慈铭:《越缦堂读书记》,由云龙辑,辽宁教育出版社2001年版,第823页。
④ 王先谦:《骈文类纂序目》,浙江古籍出版社1998年版。

记载"韦博,字大业,武宗时,为主客郎中。时诏毁佛祠,悉浮屠隶主客。博言令太暴,宜近中。后出为平卢节度使。沈询,字成之,既济之孙,会昌初第进士,累进中书舍人,昭义节度使,《英华》误作洵,今改正。"①仅仅是作者的生平简历而已,并没有涉及到四六选文的风格评价。至如末尾笺注文章本事的,如汪藻的《建炎三年十一月三日德音》后记载:"是年三月,有苗傅、刘正彦之乱。四月,帝复大位,发杭州,至建康。八月壬寅,发建康。十月癸未,至杭州。此制在其时,所谓兹缘仗卫之行,尤历江山至阻者也。国家危难之际,得一诏令,足以悚动人心,所关系不小。唐之陆贽,宋之汪藻,皆其选也。"(卷一)任昉的《为萧扬州作荐士表》记为:"齐明帝诏求异士,始安王遥光有此奏。暕,俭之子,僧孺肃之八世孙,祖父皆大僚。盖六朝论人,大抵重门望也。其后僧孺为郡参选,持廉秉公,独以一眚被废,暕不能留心寒素,颇不称荐词云。"(卷二)都是常见的史事或经历,于选文关系不大。当然,王志坚在考证文章作者、制度方面有所发明。如对郑亚的《唐丞相太尉卫国公李德裕会昌一品制集序》云:"《文苑英华》载卫公集序凡二:其一即是篇,其一为李商隐《代荥阳公作》,中间十同七八,但首尾迥。今一品集及《文释》皆用此篇,当是商隐代作后,或经亚改定耳。二作相较,此篇似为有体,故录之。"(卷九)对苏轼的《谢应中制科启》引叶梦得《石林燕语》云:"故事:制科分五等,二等皆虚,惟以下三等取人,然中选者亦皆第四等,独吴正素公尝入第三等,后来有继者。嘉祐中,苏氏兄弟始皆入三等,已而子由以太直,为胡武平所驳,复降为四等。设科以来,止吴正素与子瞻入第三等而已。故子瞻谢启云'误占久虚之等'。"(卷五)等等。但这样的考证在《四六法海》中所占的比重不大,而这些考证正是其被四库馆臣赏识的重要原因。因为乾隆后期汉学兴盛,四库馆为汉学家的主要阵地,他们重视考证,所以对于王志坚在四六选本中考证本事评价很高。

从文学批评的角度看,王志坚对文章风格、内容的批评较少,涉及的内容也不深。如:

---

① 王志坚编:《四六法海》卷一,明天启七年(1627)戴德堂刻本。下引例文评点,只随文标卷数,不另注。

两京诏令,遐哉邈矣。唐宋以来,始袭用骈俪。然自有王言之体,若褒美太过,下类笺启,则人臣何以当之。是编所存,必择其有体裁者。(《四六法海》卷一评李沆《除吕蒙正中书侍郎兼户部尚书平章事制》)

了无意味之题,写得灿花相似,真化工手也。(《四六法海》卷十一评庾信《周仪同松滋公拓跋竞夫人尉迟氏墓志铭》)

四六与诗相似,皆着不得议论,宋人长于议论,故此二事皆逊唐人。唐人非全不议论也,但其议论有镜花水月之致耳。如此篇,一起亦是议论,还可声色臭味求否?(《四六法海》卷二评李峤《在神都留守请车驾还洛表》)

晋宋诸公,以骈耦谈理,中多微言,如《弘明集》所载,以非所急,故不尽录,存此一脔可以知鼎味矣。(《四六法海》卷十评谢灵运《辨宗论》)

虽有自己的见解,如对四六能否议论的评价,但不多,并且此类点评在《四六法海》中也较少。如评陆机的《谢平原内史表》:"此文体之初变者也,今读之犹有汉人风味。"(卷二)评沈约《齐司空柳世隆行状》:"柳世隆传事迹尚多,休文为状,寥寥数语,古人纪事体约乃尔。"(卷十二)评苏轼《贺欧阳少师致仕启》:"无限曲折以排偶出之,势如叠浪,机如贯珠,可谓前无古人,后无来者。"(卷六)等等都是其中较有特色的评价。此外,他对文章雕琢华丽的四杰和李商隐很少评价,而突出燕许、崔融、李峤等庙堂之文,表现了其对庙堂之言的重视,也与晚明重视宋四六庙堂之作的潮流一致。同时,他十分重视柳宗元,评其《为王京兆贺雨表》:"至子厚则神理肤泽,色色精工,不惟唐人计俩至此而极,即苏王一脉,亦隐隐逗漏一班矣。"(卷三)继承了晚明四六选本中对柳宗元的褒扬思想。

总之,《四六法海》评点没有超越其自序中的观点,对于文本特色、内容及作者地位等重视不够,故清代蒋士铨《评选〈四六法海〉》对之重新评点,特别注重从风格上来点评选文。王志坚在凡例中还认为"骚赋及诗,于举业不甚切用,兹概未入,窃自负于阙如之义",这也影响到后世对于骚赋与四六关系的理解。有些简单的史事,王志坚也没有辩证,如李慈铭所说"按:其书中如辨死姚崇能算生张说事,谓崇卒时,说方在并州,无由得往吊,颇有见地。至王勃作《滕王阁序》,时勃已以罪废,往省其父于交趾,途径南昌,遂有此作,旋即渡海溺死,年二十九,传记甚明,而志坚犹仍十四岁之妄说。是误始于王定保《摭言》,岂知其称童子者,乃对都督尊官言之,谦辞云尔。村学究造为此说,遂相传讹,志坚亦未能正也。"①当然,在明末学风空疏的情况下,王志坚能够编选如此也不容易。

崇祯年间,骈文不仅在士林交际应酬中流行,在诏诰中也多用骈体。结果使得不喜骈体的崇祯帝在崇祯三年下诏"禁诰文骈俪语"②。但四六创作的热潮并没有沉抑下去,对六朝文的整理就是当时崇尚骈文的又一标志。这时辑录魏晋南北朝文的著作有:梅鼎祚《西晋文纪》、《宋文纪》、《南齐文纪》、《梁文纪》、《陈文纪》、《南齐文纪》、《后周文纪》等,张燮也编有《七十二家集》。这不仅是当时文宗六朝的反映,客观上也是骈文意识高涨的表现。明末张溥在六朝文集的整理上集明朝之大成,编选了《汉魏六朝百三家集》。六朝文风备受诟詈,到清末来裕恂《汉文典·文章典》依旧以"文章淫靡时代"概称南北朝,其云:"晋末,五胡混入中国,文教衰熄。南朝参行梵学,北朝略饰经术,一时文章,竞事骈俪,故宋齐伤纤巧,梁陈病刻饰,真气索然。然南朝之颜、谢、江、鲍、任、沈、徐,北朝之崔、魏、薛、温、高、庾、王,雕镂篇章,追逐字句,组织一六朝文体,亦韵文之至者也。虽二者相较,南朝视北朝尤浮靡,北朝视南朝为刚贞,要皆不能厕于古文辞之列。盖文至南北朝,古义几乎熄矣。"③对于南北朝骈俪文几乎全盘否定。张溥在明末为文能崇尚六朝,褒扬六朝作家作品,实属难得。其云:"江南文胜,古学日微,方轨词苑,代有名人。大抵采死翟之毛,抉焚象之齿,生意尽矣。居今之世,为今之言,违时抗往,则声华不立;投俗取妍,则尔雅中绝。求其俪体行文,

---

① 李慈铭:《越缦堂读书记》,由云龙辑,辽宁教育出版社 2001 年版,第 823 页。
② 张廷玉等:《明史》卷二一六,中华书局 1974 年版,第 5721 页。
③ 来裕恂:《汉文典·文章典》,王水照编:《历代文话》第九册,复旦大学出版社 2007 年版,第 8691 页。

无伤逸气者,江文通、任彦升庶几近之。然后知僧孺所言,非尽谬也。"①肯定江淹、任昉的骈文。又认为魏晋文学继承两汉,江左文学质文兼备,吐华含实,和汉代文学同样应该流传久远。这种肯定骈文的思想,还表现在其为六朝文集所做的题辞中。如其《徐仆射集题辞》在评徐陵《劝进元帝表》与《代贞阳侯》等文感慨兴亡,声泪并发,情文并茂后指出:"然夫三代以前,文无声偶,八音自谐,司马子长所谓铿锵鼓舞也。浸淫六季,制句切响,千英万杰,莫能跳脱,所可自异者,死生气别耳。历观骈体,前有江任,后有庾徐,皆以生气见高,遂称俊物,他家学步寿陵,菁华先竭,犹责细腰以善舞,余窃忧其饿死也。玉台一序与九锡并美,天上石麟,青睛慧相,亦何所不可哉!"②高扬江淹、任昉、庾信和徐陵的骈文成就,特别是认为《玉台新咏序》和《册九锡文》并美,更是重视骈文形式美的表现。评庾信骈文则云:"文与孝穆敌体,辞生于情,气余于彩,乃其独优。令狐撰史,诋为淫放轻险,词赋罪人。夫唐人文章去徐庾最近,穷形尽态,模范是出,而敢于毁侮,殆将讳所自来,先纵寻斧钦?"③则否定唐初史家对于庾信和徐陵的批评,肯定唐代文章多从徐庾而出,更见其高扬六朝骈文的理由和明末骈文观念的进一步成熟,也为清代,特别是四库馆臣肯定徐陵和庾信文章开了先河。

此外,明末活动在江南云间的一派文人才士,创办几社,研习文艺,崇尚六朝骈体文,齐梁骈俪文风盛行。王夫之《文学刘君崑(名永公)映墓志铭》云:"崇祯间,齐梁风靡,骈丽为虚华,而君刻意以搜求经传之旨。每有论辨,毅然不随时尚,而求其至当,以是补文学者二十余年。"④几社创始人陈子龙不仅是六朝骈文的爱好者,也是骈文的创作者。《明史》本传称他"工举子业,兼治诗赋古文,取法魏晋,骈体尤精妙"⑤。吕留良云"明季之文,莫盛于云间,云间之文,莫著于陈大樽。虽师承《文选》,规摹六朝,然其本质

① 张溥:《汉魏六朝百三家集题辞注》,殷孟伦注,人民文学出版社1960年版,第230页。
② 张溥:《汉魏六朝百三家集题辞注》,殷孟伦注,人民文学出版社1960年版,第264页。
③ 张溥:《庾开府集题辞》,殷孟伦注:《汉魏六朝百三家集题辞注》,人民文学出版社1960年版,第290页。
④ 王夫之:《王船山诗文集》,中华书局1962年版,第35页。
⑤ 张廷玉等:《明史》卷二七七,中华书局1974年版,第7096页。

超然,不为体调所汩没,且运用更见遒逸"①,更是指出了陈子龙为明季魁首,主宗《文选》及六朝骈体文,但又不拘泥于六朝,能博采众长,超然遒逸。马积高称:"清初骈文的复兴,明代复古派的殿军陈子龙实起着很重要的作用。"②陈子龙为首的复社文人对六朝骈体的喜爱,不仅为明末四六文的兴盛推波助澜,同时通过其弟子传承而推动了清初骈文的发展。如清初毛奇龄、毛先舒、沈永令等人得到他的提携,奖掖。陈维崧之父陈贞慧是复社领袖之一,父子和陈子龙均有交往,陈维崧还为复社领袖吴伟业赏识,誉为"江左三凤凰"之一。陆繁弨之父陆培、伯父陆圻是登楼社的骨干,本人也是默社成员。他们构成了康熙年间骈文创作和理论的主体部分,为清代骈文兴盛奠定了坚实的基础。

① 吕留良:《吕晚邨先生论文汇钞》,王水照编:《历代文话》第四册,复旦大学出版社 2007 年版,第 3338 页。

② 马积高:《清代学术思想的变迁与文学》,湖南人民出版社 2002 年第 2 版,第 100 页。

第二章 以康熙时期为主的清初四六批评

如果说晚明骈文批评有蓬勃发展的趋势的话,那么,随后的朝代鼎革则将这种趋势遏制于初始阶段。清初遗民,面对国破家亡的惨痛,在血与火的现实前,痛定思痛,认为阳明心学空谈心性,晚明文社空论朝政、为文崇尚六朝骈俪等都是导致明代灭亡的原因。山河破碎,生灵涂炭,士人也无暇在雕章琢句中炫才耀学,要么继续抗清,要么归隐山林,要么消极地与新朝合作。故顺治十八年间,除了庙堂性、应酬性的表启仍为骈体外,四六在内容和风格上没有大的发展,批评方面也较少有选本和理论传世。但随着清政权的稳定和崇儒重文政策的推行,文学逐渐恢复和发展起来,特别是在康熙时期。

清代帝王崇尚儒学,推崇文学,多有大量"作品"问世。特别是康熙皇帝,以帝王之尊倡导诗文,先后撰写《清文鉴序》、《全唐诗录序》、《历代赋汇序》、《历代诗余选序》等,又亲自创作大量诗文,为当时以及后来帝王崇文尚学树立了良好榜样。"由于列祖列宗之稽古右文,而圣祖尤聪明天亶,著述宏富,足以丕振儒风。"①同时,康熙鼓吹文以载道:"文者,载道之器,所以弥纶宇宙,统括古今,化裁民物者也。……约而论之,靡不根柢于群经,权舆于六籍。"②全祖望也记载了玄烨关注文学,青睐古文:"当是时圣祖仁皇帝润色鸿业,留心文学,先生之名遂达宸所。一日谓侍臣曰:'闻江南有三布衣,尚未仕耶?'三布衣者,秀水朱先生竹垞、无锡严先生藕渔、及先生也。又尝呼先生之字曰:'姜西溟古文,当今作者。'于是京师之人来求文者,户

---

① 徐珂:《清稗类钞》,中华书局 1986 年版,第 3860 页。
② 康熙:《古文渊鉴序》,《圣祖仁皇帝御制文集》卷十九,《四库全书》第 1298 册,第 188 页。

外恒满。"①在帝王崇古右文的影响下,康熙年间古文创作达到了明末以来的高峰,如戴名世、方苞的古文就成绩显著。同时,康熙帝为了笼络士人,诏修《明史》、编纂《佩文韵府》、《古今图书集成》等书,也使得当时学风具备了由明末空疏转向此时博学的外部条件。因为参与编书,文人不仅可以潜心学问以逃避现实,还可以获得皇帝赏识,立言留名,实现人生价值。这种转向反映在文学批评上就是注重学问,以经史为根柢。而明末受六朝文影响的遗民,随着康熙崇文思想的推行和博学宏词科的开设,又开始创作骈文或者倡导骈文。徐珂云:"由于入关以后,一时文学大家,不特改仕新朝者多明之遗老,即世祖、圣祖两朝正科所取士,及康熙丙午年博学鸿词科诸人,其人以理学、经学、史学、诗词、骈散文名家者,亦率为明代所遗,而孙奇逢、顾炎武诸儒隐匿山林,又复勤于撰著,模范后学。"②就指出来康熙时期理学、经学、史学和文学,包括骈散文名家重新焕发光彩的事实。此外,康熙六十一年的文治武功,也为以颂扬夸饰、铺陈对偶为特征的骈文提供了题材和内容,这也是这时骈文发展的重要原因。雍正时期较为短暂,高压的文化政策和较为狭隘的政治视野,使得当时的文学创作处于低潮,骈文同样成就不高,但此时强化学识的风气,无疑对乾嘉骈文的繁荣奠定了基础。对应骈文创作轨迹,清初骈文理论主要体现在康熙年间。主要内容有:继承晚明重视应酬性、公牍性四六遗风,继续编辑四六选本,以作为写作的范例或模式;张扬骈文的独立地位,将之与古文并列,开乾嘉间骈散交融的先河;对以陈维崧、吴绮和章藻功为代表的清初骈文名家进行评价,骈文文体自觉意识超越前代。

第一节 清初文学思想与四六批评

八股文虽在明清科举考试和士人入仕前占有重要地位,但只不过是文

---

① 全祖望:《翰林院编修湛园姜先生墓表》,黄云眉选注《鲒埼亭文集选注》,齐鲁书社1982年版,第173页。

② 徐珂:《清稗类钞》,中华书局1986年版,第3860页。

人走上仕途的工具,事成后往往弃之若敝屣,故较少积极宣扬八股文的理论。推崇古文,崇尚实用为清初文章的主要思想。中唐古文运动之所以对后代文章造成重大影响,一是它强调词必己出、务去陈言,句读不类于骈体文,打破了流行数百年的骈体句式和文风,且在古文实践上创造了典范;二是它同时倡导儒家仁义道德,关注现实,积极入世,并拈出儒学传承的道统,要求文以明道,使得古文直指人伦日用,干预社会现实,具有鲜明的时代性和工具性。到宋代欧苏时代,因为韩愈及宋代古文先驱者的反复强调,道统与古文文统紧密结合,甚至文道合一。古文文统和儒学道统逐渐靠近,直至密不可分,融汇为一,形成了中国文章学上独特的文道论。清初魏禧言载道之器也云:"六经以下为周诸子,为秦汉,为唐宋大家之文,苟非甚背于道,则其气莫不载之以传。"①将秦汉、唐宋古文视为道的必然载体,而秦汉与唐宋间的八代骈文完全被忽略。为古文、诗词和赋作序的康熙,对于排偶之文也是否定的:"文章贵于简当,可施诸日月。用章奏之类,亦须详明简要。明朝典故,朕所悉知,知其奏疏多用排偶芜词,甚或一二千言,每日积满几案,人主讵能尽览?"②从实用角度,对于"排偶芜词"加以批评。康熙末进士及第的夏力恕《蔡根堂论文》也云:"为文之的,雅正清真,包括无余矣。今试思与此相反者,其妍媸可以立鉴。雅之反为俗,油滑之调、靡曼之音、骈偶之格及一切不雅驯者是也。"③在这种氛围下,文士多张扬古文文统和儒家道统,对骈文文体及其惯有的华丽文风多有不满。

一、古文文统和经世道统下的骈文地位

在唐宋以后的古文家或理学家眼中,古文和儒道是合二为一的。文随时变,道随世界,不同时期,不同文化环境下,文和道的内容也不同。清初之"道",其主要内容为程朱理学。康熙时陈玉璂论文云:"古今文章虽多,实有关于家国天下、身心性命之故,无过理学、经济。言经济而不言理学则无

---

① 魏禧:《论世堂文集叙》,胡守仁等校点《魏叔子文集》卷八,中华书局 2003 年版,第 396 页。
② 马齐等编:《大清圣祖仁皇帝实录》,华文书局 1970 年版,第 1530 页。
③ 王水照编:《历代文话》第四册,复旦大学出版社 2007 年版,第 4067 页。

本,言理学而不言经济则迂而无用。……惟以六经为寝庙,以《左》、《史》为唐奥,以唐宋大家为门户,而后上者可至于《左》、《史》,下不失为唐宋大家。……我朝自开国来,至今三十余年,文教之兴如是,道统与治统皆不外此而得之,则予之续是选以成书,又乌可量也哉!"①明确强调当时的道统、治统不能离开文章而得,而这种文章就是《左传》、《史记》和唐宋大家之古文。邵长蘅则云:"夫文者,非仅辞章之谓也。圣贤之文以载道,学者之文薪弗畔道,故学文者必先浚文之源,而后究文之法。浚文之源者何? 在读书,在养气。夫六经,道之渊薮也,故读书先于治经。"②从读书、养气的角度出发,主张学者之文不应畔道,而六经为道之渊薮,因而为文应熟稔六经。张廷玉云:"昔人之论古文也,其类有四:曰辞命,曰议论,曰论事,曰论理。究之辞命、议论、论事,莫不贯于理,惟贯于理,则内有以关乎身心意知之微,而外有以备乎天下国家之用。故夫性命之文约而达,赡而精,奥博而有体要。他若俶诡幻怪,厄词蔓衍,与夫'月露风云'、'连篇累牍',大雅弗尚也。"③将辞命、议论、论事和论理等文类都归属于古文,借用隋朝李谔对当时骈体文的批评话语来表明自己对骈体的排斥。在清初崇尚理学和古文的主流意识下,很少有文士对此反驳。尽管汪琬曾云:"尝闻儒者之言曰:'文者,载道之器'又曰:'未有不深于道而能文者'仆窃谓此言亦少夸矣。"④对文以载道、能文者必深于道表示怀疑,但也没有根本否定古文与道的关系。

在当时的大部分文人看来,相对于言志之诗、抒情之词和载道之古文来说,骈文骈偶双行、运单成复的语言形式与作家情志、时运兴衰的关系较为疏远,因而在强调诗文经世致用时,对于六朝骈文的绮丽形式和相对空虚的内容就会多加否定。又明末复社后来卷入党派之争,被明遗民认为是明朝灭亡的原因之一,故复社所推崇并大力创作的六朝骈文,自然遭到顺治、康

---

① 陈玉璂:《文统序》,《学文堂集·序三》,《四库全书存目丛书·补编》第47册,第47—48页。

② 邵长蘅:《与魏叔子论文书》,《青门集·青门簏稿》卷十一,光绪二十三年(1897)《常州先哲遗书》本。

③ 张廷玉:《古文雅正序》,《澄怀园文存》卷七,《四库全书存目丛书》集部第262册,第368页。

④ 汪琬:《答陈霭公论文书一》,《尧峰文钞》卷三十二,四部丛刊初编本。

熙初年文坛主流的遗弃。

晚明侯方域开始为文崇尚六朝,但后来却称"六朝选体之文最不可恃,士虽多而将嚣,或进或止,不按部伍,譬如用兵者调遣旗帜声援,但须知此中尚有小小行阵遥相照应"①,从选体文浮而不实,行文模式化的弊端着眼,对早年所习加以否定。黄宗羲则云:"若以修词为起衰,盍思昌黎以上之八代,除俳偶之文之外,词何尝不修? 非有如唐以后之格调也。"②从修词的角度,否定"俳偶之文"为古文所崇尚的修词之文,轻视骈体。吴伟业为古文溯源时云:

> 自魏晋六朝,工于四六骈偶。唐宋巨儒,始为黜浮崇雅之学,将力挽斯世之颓靡,而轨之于正,古文之名乃大行。③

将"四六骈偶"之文定为浮华、颓靡,肯定韩愈古文革新的巨大功绩。姜宸英则说:"自是先秦、西汉,文益奇伟;至两汉之衰,体势日趋于弱;下逮魏晋六朝,而文章之敝极焉。唐兴,诸贤病之而未能革也,殆贞元大儒出,始倡为古文、易排而散,去靡而朴,力芟六代浮华之习。此又一变也。"④和吴伟业所论内容如出一辙。朱彝尊则从经术的角度来批评魏晋六朝学者唯务浮华丽词,不究经术:"魏晋以降,学者不本经术,惟浮夸是务,文运之厄数百年。赖昌黎韩氏始倡圣贤之学,而欧阳氏、王氏、曾氏继之,二刘氏、三苏氏羽翼之,莫不原本经术,故能横绝一世。盖文章之坏,至唐始反其正,至宋而始醇。"⑤陈玉璂更连古文中的排偶、对仗之句都深恶痛绝。"然古人之裂取止于六经传记,今人则泛滥而莫可穷诘,甚至释氏之言亦得窜入,文体之败一至于此。求洁之道既以此为大戒,而又从篇省句,从句省字,至排偶、对仗之

---

① 侯方域:《与任王谷论文书》,《壮悔堂文集》卷三,四部备要本。
② 黄宗羲:《庚戌集自序》,《南雷文定·前集》卷一,四部备要本。
③ 吴伟业:《古文汇钞序》,《梅村家藏集》卷三十二,四部丛刊初编本。
④ 姜宸英:《五七言诗选序》,《姜先生全集·湛园未定稿》卷四,光绪十五年(1889)毋自欺斋刻本。
⑤ 朱彝尊:《与李武曾论文书》,《曝书亭集》卷三十一,四部丛刊初编本。

句尤所痛绝,宁少毋多,宁以质胜而不以文胜。"①戴名世对于骈文也是厌而远之,对于诗中的对偶都加以排斥:"余读其所为之诗,大抵皆凄清幽绝之音,举凡骈俪之体,浓艳之辞,与夫一切烂然可喜、吉祥美善之语,世之人所震而好为之者,成君一不以入其笔端,则是成君之为人与其诗也诚高矣。"②郑梁《论诗偶述》云:"奈何世之所谓诗,竟以应酬为正鹄。人排百韵作名士,犹之文但知四六。"③将四六和应酬交际性强的排律视为同调,鄙视之意溢于言表。

对于骈文的排斥和鄙视,引起当时文士为文多学韩欧八家,特别是欧阳修和曾巩。学而不知变,走向摹拟剽窃之道,也引起了时人反感。周亮工云"余见数年以来,文人竞尚八家,叹息之音,呜咽满幅;层叠之句,反复连篇。自以为韩柳复生,曾苏再见,而不知不至复入晚宋不止,亦何以厌向者慕效王、李之心"④,指出了当时竞尚八家却画虎不成反类犬的结果。尤侗身为四六名家,清初四六选本多收录其流丽清新的四六表启。他针对当时古文的盲目摹拟之弊,提出徐庾骈文自有佳处,不可讥讽:"当世作者,甲自以为昌黎,乙自以为庐陵,且不屑有汉,无论晋魏,况六朝乎?……若既有一代之人,则自有一代之文。假令班杨潘陆、颜谢徐庾诸子聚一堂之上分毫比墨,有如宫商相宜,丝竹迭奏,唱予和女,相视而笑者矣!虽有韩欧在座,必不龃龉而诋讥也。而今人顾为拘墟之见,何其夸而小乎?"⑤另外,八股文对于文学的阻碍,特别是古文的负面影响,在清初表现同样十分强烈,两者的矛盾在当时表现十分突出。戴名世文集中,对时文、制艺的抨击成为其主要内容。"文章风气之衰也,由于区古文时文而二之也。时文者,时之所尚,而上之所以取于下,下之所以为得失者,则今之经义是也。至于论者,则群以为古文之体,而非上之所以取于下,下之所以为得失者,则遂终其身而莫之

---

① 陈玉璂:《与张黄岳论文书》,《学文堂集·书二》,《四库全书存目丛书·补编》第47册,第433页。

② 戴名世:《成周卜诗序》,《戴名世集》,中华书局1986年版,第40页。

③ 郑梁:《寒村诗文集·玉堂集》卷一,上海图书馆藏康熙刻本。

④ 周亮工:《南昌先生四部稿序》,《赖古堂集》卷十四,《续修四库全书》第1400册,第445页。

⑤ 尤侗:《牧靡集序》,《西堂杂组二集》卷三,《续修四库全书》第1406册,第316页。

为。"①八股文对古文创作的消极影响,在其他文人文集中随处可见,这里不赘述。② 总之,处于古文文统和八股文风笼罩下的清初文坛,四六创作和批评都较为沉寂。以《王船山诗文集》为例,骈文只有《六十初度答徐蔚子启》一篇,受到明末表启骈俪化的影响较大,沉博典丽中见沧桑悲凉:

> 生无益于人,子羽之头空白;老自安其命,赵孟之晷将斜。胫宜孔杖之施,教无失故;肘有原襟之露,友宜怜贫。伏惟执事道不遗迩,心惟求旧。刀兵劫改,仅存鹊渚之弟兄;生死梦中,还记虎塘之欢笑。人间甲子,已如鹿在蕉中;世外春秋,不谓燕来天际。指青松以似我,五大夫阅世空悲;进赤鸟以邀仙,几緉屦今生更著。青袍无烦严武,用支肺病之寒;湘蕈不拂原规,持却热中之暑。匪寻常缟纻之交,实早岁笠车之约。拜登不言颜甲,念雉坛之存者几人;晋祝将俟先庚,记鹤羽之归来隔岁。聊陈谢悃,肃寄遐思。③

此文写于康熙十七年(1678 年),王夫之已六十岁。全文典故精深,借古喻今。如"子羽"指澹台灭明,孔子弟子。《史记·仲尼弟子列传》云:"(澹台灭明)状貌甚恶。欲事孔子,孔子以为材薄。既已受业,退而修行,行不由径,非公事不见卿大夫。南游至江,从弟子三百人,设取予去就,名施乎诸侯。孔子闻之,曰:'吾以言取人,失之宰予;以貌取人,失之子羽。'""赵孟"指晋国显臣赵盾。《孟子·告子上》:"赵孟之所贵,赵孟能贱之。"杨伯峻注:"晋国正卿赵盾字孟,因而其子孙都称赵孟。"这里王夫之借以自比,表达自己功业无成和垂暮知命。"五大夫"来自《史记·秦始皇本纪》,这里代指松树。"缟纻之交"来自《左传·襄公二十九年》:"(吴之公子札)聘于郑,见子产,如旧相识,与之缟带,子产献纻衣焉。"杜预注:"吴地贵缟,郑地贵纻,故各献己所贵,示损己而不为彼货利。"这里暗寓作者和徐蔚子友情深厚。句式上,五六隔句对、六四隔句对及四六隔句对等自由交错,形式灵

① 戴名世:《小学论选序》,《戴名世集》,中华书局 1986 年版,第 91 页。
② 蒋寅:《科举阴影中的明清文学生态》,《文学遗产》2004 年第 1 期。
③ 王夫之:《王船山诗文集》,中华书局 1962 年版,第 52 页。

活。感情上,在叙事中融汇了自己沧桑的人生经历和悲愤的故国情怀,寄托孤苦、清高之情和不屈人格。王夫之对六朝骈文没有直接批评,不过从其对明末文风的批评,可知其不满六朝骈俪文风:"自万历末,时文日变,始承禅学之余,继以庄列管韩之险涩,已乃效苏曾而流于浮冗,迨后则齐梁浮艳,益趋淫曼。"①"崇祯间,齐梁风靡,骈丽为虚华,而君刻意以搜求经传之旨。每有论辩,毅然不随时尚,而求其至当,以是补文学者二十余年。"②都鄙薄晚明崇尚齐梁浮艳文体文风的现象,无心也无暇大量创作骈体文。

二、康熙时期的四六选本

清初骈文理论主要体现在康熙时期,其表现形式主要有二:一是延续晚明四六选本兴起的余绪,以明末清初四六为选辑对象的四六选本;二是直接对清初骈文家进行评价,在文本的分析和比较中,概括作者的骈文内容和风格。这里首先谈此时的四六选本。

晚明四六选本兴起,先后涌现了数十种四六选本,特别是对宋代应用性强的四六表启文十分重视。但四库馆臣除了对《四六法海》评价较高外,对其他选本,如《四六霞肆》、《尧山堂偶隽》等评价都较低。这些选本序跋中表现的骈文思想也较为单薄。如王锡衮《四六霞肆题词》有曰:"原夫道至天而甘下,德洞地而醴出。山神水使,肇通疏记之经;奎画心钩,大见昭回之象。天宫竺国,达众善于侯冈;贰负重常,博异闻于刘董。得束广微之竹书科斗,西观擅奇;佩杜子美之麟篆鹅冠,北坛典瑞。罔不云垂海立,垓畅风承,能独弦轸而弹成八音,食荧火芝而心明七窍。是以胸情直举,丽藻时标;双鲤治刀,五云裂剑。玄黄之色既著,纯皓之体不渝。"③虽对四六富赡及丽藻之美有所强调,但没有明确重视四六文的其他特征。卜履吉《四六灿花叙》云:"四六者,文章家之整齐语也。世谓昉于六朝,而神脉精髓实非仅昉于六朝也。盖自开辟以来,其理已密存乎天地之间。语曰:物必有对,非乎!

---

① 王夫之:《石崖先生传略》,《王船山诗文集》,第19页。
② 王夫之:《文学刘君崑(名永公)映墓志铭》,《王船山诗文集》,第35页。
③ 王锡衮:《四六霞肆题词》,浙江图书馆藏明胡正言十竹斋刻本。

而灿然者是已。古之大臣所以贡忱宣略于庙堂者,语皆灿然,特未尝以意铸炼之。而要其对尊严之体,常贵整齐而不尚纷错,即谟训足以镜也。又奚俟格调之下衰至李唐、赵宋乎!"①则从自然偶对现象和庙堂之文贵典雅庄重出发,说明四六文存在的自然性和合理性,较之《四六霞肆题词》有进一步的发展。清初四六选本序跋中,继续为四六地位呐喊,说明四六特征,内容比晚明深刻丰富。

康熙八年和九年,黄始分别编选《听嘤堂四六新书》(初集)和《听嘤堂四六新书广集》。无论是其选文还是序跋理论,都可以视为清初四六选本的代表之作。《听嘤堂四六新书》分八卷,依次为启、表、诗文序、文、疏引、书、杂文和赋。较之明末四六选本,在内容上既有继承又有突破。主要辑录篇目为应酬性、交际性较强的启表,如卷一姚希孟《贺孙相公入阁启》、汤显祖的《谢少司马汪公启》、屠隆的《贺陈进士奉诏归娶启》等及卷二李攀龙的《贺元旦表》、徐渭的《再进白鹿表》、陈子龙的《拟追复建文年号谢表》等,这是继承;但该书收录骈赋,是现存四六选本中较早明确收录且与表启序等并列的四六专辑;又该书所录全部为明代中后期到清初的四六文章,其时效性、针对性和现实意义,都比《四六法海》不录当代四六为强,这些为突破。康熙八年,黄始自序对四六地位、特点和创作方法等作了较新的解释,相对于以前四六选本序跋凡例来说,在内容上有较大的延伸。

首先,黄始将古文和骈文视为同一层次上的文体,虽有主次之分,但无贵贱高低之别。古文如日星川岳,骈文如云霞雨露,日星川岳必须有云霞雨露披拂、濡润,同为天地之文,应并行不悖,不应贵此贱彼。"使天有其日星而无云霞为之披拂,雨露为之濡润,则天亦额然其光华尔;使地有其川岳而无波涛为之漾洄,草木为之掩映,则地亦庞然其经纬尔。曷以穷生态之奇,宣物华之盛哉!文章之道亦然。西京而下,暨唐宋诸大家之文,文之日星川岳也;魏晋而下,自六朝以迄唐初,诸子比耦之文,文之云霞雨露、波涛草木也。龙门、昌黎、欧苏诸家,发其光华,彰其经纬,而无徐庾谢鲍王杨卢骆诸

① 卜履吉:《张梦泽评选四六灿花叙》,故宫博物院编,海南出版社 2000 年版,第 2 页。

子为之披拂焉,濡润焉,潆洄而掩映焉,则文之体终未备,文之奇终未宣,文之精英光怪终未毕呈而畅露。故大家之文与比耦之文,不可不并传也。"①其次,黄始认为骈文和古文一样有自己的创作方法和行文特点,反驳视骈文为比耦声律、无法可依的观点;骈文在对偶谐律中,序事有起伏呼应,用事有宾主开阖,从而具备虚实之法和反正之变,先后有序,轻重有体,理应和古文并传:

> 呜呼!是未知大家之文,固贵乎法;而比耦之文,亦未始离乎法也。大家之有起伏呼应、宾主开阖;则选声谐律、句栉字比之中,未始无起伏呼应、宾主开阖也。序事则有起伏、有呼应,而虚实之法备焉矣。用事则有宾主、有开阖,而反正之法备矣。况乎叙述而后先有次,敷陈则轻重有体。箴则有讽有规,颂亦无谀无滥;撷景而风云起其笔端,摛情则啼笑生于字表。莫不极天人之奥义,写物类之妍思,则诚哉比耦之文与大家之文,不得不相辅而并传也。②

较早明确地对骈文的结构、序事方法、典故运用、叙述先后、敷陈轻重、写景抒情等作了深刻的阐释,反驳了时人潜意识中认为四六文至浅至俗,不能登大雅之堂的观点。最后,黄始还强调为文应当知比耦之法,才可知大家之文,才可成就一家之文。和黄始同郡的邵言珪,参与编订该书,在该书题词中用骈文记载了成书经过和自豪心情,清隽秀丽,娓娓动人。如云:"藜吹新火,红分映雪之窗;墨绕轻花,翠挹浮云之砚。座书巢于陆子,愧腹笥乎边生。踏石看云,寄闲情于白日;卷帘放月,收逸兴于清宵。幸绛帐之偶停,暂解南州之榻;喜奇文于共赏,窃窥东壁之书。玉尺千寻,银钩百轴。""珪也深惭蠡测,窃附管窥。光彩横披,如置身于瑶圃;芬芳四袭,俨触目于香林。偶涉呫哔之余,漫附校雠之后。芸窗五夜,消奇字于青灯;竹榻三冬,佐高吟于白雪。兹当成帙,敬系一言。正如庭际鸣蛩,欲附鸾声于凤苑;溪边小草,

---

① 黄始:《听嘤堂四六新书序》,《四库禁毁书丛刊》集部第135册,第516页。
② 黄始:《听嘤堂四六新书序》,《四库禁毁书丛刊》集部第135册,第518页。

愿随蒿事于琼林云尔。"①用工整骈体把当时编书心情和对四六的偏好表达出来,从中可窥见康熙初年四六文沿袭晚明纤丽风格。

《听嘤堂四六新书广集》是黄始在初集的基础上,于康熙九年对清初四六加以编选的又一选本。编选较初集为精善,其凡例云:"初集继《法海》之后,明季诸名文尚存十之三。兹集则俱系新编,间有一二逸稿,亦以未经选刻者特为表章。至剖劂之精工,校订之详核,视初集特加严慎"。② 同时在理论上也有所发展,以"理"和"词章"相通作为古文、四六应平等的原因,又从立体、运意、用事、选词等方面来概括四六文特征,形成了较为周详的四六批评体系。其自序云:

> 理者,文之经也;词章者,文之纬也。文无定格而词章之用亦无定体,故可以古可以今,可以奇可以正,可以散行可以比偶,虽体用各异,而终归于理之当而已矣。余持是以选四六之文,言之既详,辨之至审。乃益叹古今人才屡进而弥上也,文章之屡变而弥新也。……两汉诏令,间用俪语,唐宋迄今,凡国家训诰典册、章奏笺疏,率皆骈对,莫不彬彬郁郁,卓然名家。……陆平原之论文也,曰:"要辞达而理举,故无取乎冗长",言四六之立体也;"其为物也多姿,其为体也屡迁",言四六之运意也;"其会意也尚巧,其遣言也贵妍",言四六之用事也;"暨声音之迭代,若五色之相宣",言四六之选词也,四者具而理备焉。轻重不轶于矩,后先不越于度,安在比偶之文,不隆隆焉踞秦汉之巅而夺唐宋诸家之席也哉!元子称诗之流二十有四,而皆本乎情,然其中自赋颂铭赞文诔歌谣著作,皆俪词体也。诗本乎性情而文本乎理,四六之作,殆合理与情而兼致之欤?取二家之论,以究心于四六之文,夫亦知所要归矣。③

从理和词章为文之经纬,文无定格而词章无定体的角度,说明四六之文和古

---

① 邵言珪:《听嘤堂四六新书题词》,《四库禁毁书丛刊》集部第135册,第519页。
② 黄始:《听嘤堂四六新书广集书例》,清康熙九年(1670年)刊本。
③ 黄始:《听嘤堂四六新书广集序》,清康熙九年(1670年)刊本。

文理应平等;又四六发展史、文体属性、特征及适合用四六的赋颂铭赞等出发,突出四六文情理兼善,兼备诗文双重特点的特色。这不仅表明了康熙时期对四六认识的深入,也表明了四六在此时地位的上升和文体地位的独立。另外,黄始对于该书的选文佳句和整篇文章都有点评,也可见其对四六文的熟稔程度。该书共八卷,卷一、卷二为启,卷三为书柬,卷四为书词文叙,卷五为疏引,卷六为杂著文,包括记、制、弹事、偈、檄、纪游等,卷七为表,卷八为赋。启与表仍为收录最多的一类,可见清初表启依然盛行四六体。卷八为赋,和其初集收录赋一样,是对晚明四六选本不收赋的突破,也为后人在讨论骈赋、律赋是否可以归入四六时提供了参考。其点评语句也用四六,文理流畅,形式华美,本身就是一篇流丽隽永的简短四六文。如对宋琬《贺亲王寿启》总评为:"吉光飞灿,挟鸿宝之风霜;瑶彩淋漓,焕龙渊之星斗。序骞六代之华,句撮三唐之胜,其体甚庄,其词甚典。至于笔致流宕处,饶有俊逸之致。所谓鳅山红雪,未足比其玲珑;鹿苑青霞,讵能方其葱倩矣。"[1]评归振宗《千尺雪赋》曰:"有两汉之丽而无两汉之冗,有唐宋之隽而无唐宋之佻。选言若玉,琢字同金。虽曰文章之奥府,实是词苑之新型。"(卷八)评吕宫《贺胡相公寿启》为:"瑶宫玉管,应春谷以生辉;霄阁麟纹,撷秋云而焕彩。昔罗浮真人以丹援篆直曰:此丹非金石,乃真气炼成。乃知文章亦有真气,非一味丹砂勾漏芝草,神州徒事采掇也。云霞为章,裔裔皇皇,真气内足,始有此景。"(卷一)评丁裔沆《秋怀赋》云:"骈词堆塞,所以叹金粉于六朝也。兹作神标秋水,气若芳兰,便觉抽紫妃黄,总为剩技。"(卷八)都强调四六文体庄重、词语典雅和文气流畅的特点。又评汪永瑞《迎侯学道王新任启》为:"洞庭贮灵威之册,会稽藏禹穴之章。徒事瑰奇,无关切当。此则引事敷词,陈恒入理,俪偶中自具体格者,非仅掇拾余文,撷猎套语可及。"(卷一)评龚鼎孳《致尤悔庵书》为:"光摇东壁,乙夜之火重青;瑞应西昆,酉藏之纹自赤。既赋情之婉转,复托旨于温和。掷地则金石分声,丽天而云霞合彩。准今酌古,允称玉律金科。"(卷三)则

---

① 黄始:《听嘤堂四六新书广集》卷一,清康熙九年(1670年)刊本。下引评论只标卷数,不另注。

分别指出四六"引事敷词,陈悃入理"和"既赋情之婉转,复托旨于温和",即陈理清晰和达情婉转的特色。至于评陆寿名《治安文献序》为"经国大文,名山巨业,所言俱有实济,非雕花镂草、游戏成篇也。词理兼胜之作,则又浏其清矣;湛承露水之壶,温而理焉。"(卷四),则紧密地结合了其序言中所强调的四六词理兼备的特色,指出该文为"词理兼胜之作"。黄始还强调四六不应隽巧纤艳,应该镕铸经史,金声玉应,典雅浩博。如评王锡爵《拟唐命虞世南等直宿弘文馆谢表》云"取新者纷于隽巧,取丽者伤于纤艳。兹则煌煌乔乔,如玉振而金声;洋洋洒洒,亦入经而出史。不特庾鲍愧其安雅,抑且苏王逊其典博,诚可称入告之良模,拜稽之隆榘"(卷七)就是代表。此外,他对张溥《兰台居士瘞田疏》、钱谦益《大报恩寺修补南藏法宝疏》、吴兆宫《上巳虎丘宴集序》、吴之鲸《饮约》、黄舆坚《乾清宫赋》、郑元勋《十三楼赋》、徐士俊《镜中美人赋》等文都有精要评点,窃以为其评点内容和水平超过王志坚的《四六法海》。

这种四六选本编选之风,也影响到了明末清初著名的戏曲家李渔,他辑录了《四六初徵》。为编辑该书,李渔花费了大量心血。其女婿沈心友云:"家岳足迹遍天下,凡遇此中佳文,惜字如金,多方蒐录。迄今十易寒暑,告厥成书。"①从选本本身来看,《四六初徵》有独到之处。

《四六初徵》编选体例与以往四六选本不同。以往多按文体分类编排,各文体下不另立文类,如《四六法海》分敕、诏、表、启等40类;《听嘤堂四六新书》分启、表、书、赋等八类,而《四六初徵》则摆脱单一文体分类,不录制、诰、表、赋,主要录启、书、序、祭文等。其内容按交际应酬作用分为二十部,即津要、艺文、笺素、典礼、生辰、乞言、嘉姻、诞儿、讌赏、感物、节义、碑碣、述哀、伤逝、闲情、馈遗、祖送、戏谑、艳冶及方外,二十部之下再罗列不同文类。其选文明确要求有用于世,其凡例称:"四六有二种,一曰垂世之文,一曰应世之文。垂世者,字字尖新,言言刻画,如与甲者一字不可移易于乙是也。若应世者,则流丽可以通融,英华似乎肆射。其中扼要数联,情深一往,

---

① 沈心友:《四六初徵凡例》,《四库禁毁书丛刊》集部第 134 册,第 623 页。

其余始末得之者，信手拈来，头头是道，触类以至，尽可旁通是也。"垂世之文严谨，不能随意乱用；而应世之文则更加适合交际应酬。所以，除了津要部二者兼收外，其他十九部只录应世之文。而应世之文的风格大部分都是流丽通畅、纤巧华美。对于各部主旨，李渔都有所说明，以明其选文审美、思想倾向。如津要部云："冠裳佩玉，廊廊为容，君子之于津要也。慎重其词，毋敢忽焉。故弁于首简。"即收录下级对上级庆贺、酬谢之启，因为掌握该部四六写法，是仕途升降的重要依据，所以该部在全书中最为繁富，也最重要。其文主要为启，下又分子目27类，这是全书唯一细分子目的一部。其对象，高者至王公、宰辅、官僚，低者至知州、知县以及科举中式之准官僚。各级官僚间应用之启，在这里都可找到范文。艺文部云："金石鼓吹，风雅倡和，艺文先焉，次第二。"即收录诗文集序和引，主要内容为对所序诗文的评价。此外，如典礼部的"遵王遵路，纳民轨物，莫重典礼，次第四"，艳冶部的"如茶如云，匪我思存，然词之艳冶，胡可尽逸。次第十九"等虽解释比较简略，但从中可见其选录该部及编排顺序先后的原因。

《四六初徵》选文虽多，但其朋友认为经过精心选择，"李子笠翁汇近代名笔，录其尤者若干篇，不忍秘之中郎帐内，乃梓以行之国门，亦一代彤管也"①。风格取舍上，在凡例中，参与编订者沈心友明确云以清新典雅为宗，对于旧刻陈言，一篇不载。在文体选择上，有的放矢，不是收录所有文体的四六，特别是不收录当时盛行的四六表文，而是以启、序为主。其原因在于制、诰、表、赋等为宦牍四六，即科举考试中的重要文体形式，而李渔、沈心友他们想摆脱四六与宦牍联姻的旧有模式，因而宁愿挂一漏万，也不加择选。从所选作者作品来看，包罗广泛，以篇存人，而不是以人存篇。既有宋琬、曹尔堪、吴国缙、尤侗、夏允彝、吴伟业、陆繁弨、陆圻等名家，也有法若真、王著、高道素、曹山秀等作手。其所选篇目，大部分短小隽永，气脉流畅。如津要部中所选宋琬《贺某亲王寿启》云："椿景凝禧，鹤驭握大年之算；桐封启运，鸾笙引介旨之樽。羡纯嘏之方熙，情殷凫藻；曳长裾而未逮，望切龙门。

---

① 许自俊：《四六初徵序》，《四库禁毁书丛刊》集部第134册，第619页。

……殿下仁孝格天,孤忠浴日。登坛类冯,系社稷之安危;仗钺驱驰,雪君亲之仇耻。是以欢联鱼水,托心膂于九重;因而誓指河山,缔姻盟于万祀。西方弗靖,指麾仍借汾阳;四国是皇,征伐爰劳公旦。堂堂旌佩,无容假道于阴平;濯濯声灵,遂尔长驱于剑阁。……"①虽不免在典故和对偶技巧上因袭前人,沿袭一定就有模式,但整体上摆脱了传统寿启歌功颂德的模式,而是借寿启以抒怀刺世,偶对错杂中见清新流丽。又如所选陈翼飞《候袁藩台启》开篇云:"紫微清切,弘开四照之华;乌石龍徔,迥被三台之秀。波澄裨海,色映蓬莱。"(《四六初徵》卷一)起句气势不凡,意象阔大。中间各句,虽赞扬袁藩台的学识、才华,但不是阿谀、吹捧之词。结句"望琼麾而自畅,心摇晃画之溪;泝玉尘以长依,思附锦绮之树"也只是含蓄地表明自己的归依之心。四六启文最易落入腴颂华靡、内容空洞的俗套,但《四六初徵》所选,多清新娟秀之作,较好地遵守了其选文宗旨。这点在其所选序文中表现更加明显,如龚鼎孳《盛兼两诗题叙》:

> 仆至虎林,时为春仲。溪梅风定,人柳烟繁。羁旅如归,湖山即主。西陵肠断,犹闻环佩之声;南国香销,莫记笙歌之路。于焉翔沫,渐习舟筇。隐几卷帘,游仍是卧。荷风桂月,暑忽兼秋。情随一往而深,态历四时之变。闲枕安于药囊,荒径老夫蓬蒿。有客无双,厥惟兼两。负孝章之秀质,含天目之灵芬。家在画桥,墙邻草阁。深灯夜雨,幽吟时出于高楼;碧树垂杨,坦步每迟于花外。推敲既就,水雪同清。卫洗马之言愁,茫如江水;谢玄晖之寄眺,人是青山。兼以故里兵残,微上之菊松在望;沧洲典晚,少陵之风日沾衣。心痴烟霞,道成林壑。抒怀送目,并极斐然。襟情自写,固许椽之所长;婉约多风,出香山而尽解。读其书,知其人,是云论世;仁者山,智者水,可与言诗。②

文章用典较多,曲折传情。如"西陵"四句借苏小小香消玉殒来代指江南昔

---

① 李渔辑:《四六初徵》卷一,《四库禁毁书丛刊》集部第 134 册,第 630 页。
② 李渔辑:《四六初徵》卷二,《四库禁毁书丛刊》集部第 135 册,第 62 页。

日繁华已逝,"负孝章"句化用孔融《与曹公论盛孝章书》,借指盛兼两的才华,"卫洗马之言愁,茫如江水"来自《世说新语·言语》:"卫洗马初欲渡江,形神惨悴,语左右云:见此芒芒,不觉百端交集。苟未免有情,亦复谁能遣此!"这里借卫玠南渡后有感国破家亡而愁情满腹来感伤时事,在典故中融汇了作者深婉的情感。文章首先描绘"虎林"环境清幽雅静,"溪梅风定,人柳烟繁";接着写作叙人的心情凄凉、孤寂;中间才评诗人诗集。评诗人盛兼两平时创作之勤,心情之专及诗风之悲:"深灯夜雨,幽吟时出于高楼;碧树垂杨,坦步每迟于花外。推敲既就,水雪同清。卫洗马之言愁,茫如江水;谢玄晖之寄眺,人是青山。"将明亡之痛点出,以杜甫诗风作比,突出所序诗集的写实诗风。最后两长对,轻快流丽,在灵活的对偶、典故中强调知人论世对文叙的重要性。语句上铺陈夸饰,但文气动而不滞,句式灵活多变,四四对、四六对、四七对、三三四对等在较短的篇幅中驰骋自如,因而流丽谐婉,不减古人。这种风格在该书中较有典型性。如"馈遗部"中四六,更是短小精要,明快如画。如宋琬《中秋谢吴涣如书》:"乌鹊南飞,方下梧桐之叶;银蟾夜皎,平移桂树之轮。台下抚此佳辰,运宜胜赏。楼头烟雨,映千里之金波;天上婵娟,散一帘之霜影。自公退食,燕喜可知。某羁旅天涯,穷栖湖畔。凄凄蟋蟀,感客子之无依;采采蒹葭,怅伊人之在望。乃荷贻琼之赐,宛同空谷之音。君子意如何,遐不谓矣;故人心尚尔,何以报之。镂德在胸,颂言匪口。"①宛如一幅中秋夜景图,白描中显露伤感的羁旅情怀,而习见的谢答之语则由末尾一笔带过,可称为该类骈文中的精品。

《四六初徵》多数选文典雅清新、流丽明快,既是辑录者骈文眼光独到的反映,也是当时骈文思想发展的反映。相对于王志坚、黄始等人笼统地肯定六朝徐庾,强调骈文不可偏废而言,李渔及其友人更侧重于细致地探索梁陈骈文的特点、风格,标举其独立地位。如康熙十年,许自俊序云:"以追梁宋,徐庾沈任,增华踵丽,镂月绘风,极其藻艳。然音节清越、顿挫生姿,抑扬尽变,尚有宕逸之致,如芍药清词,杨柳枯赋,璧月夜满,花气朝新,亦极风雅

---

① 李渔辑:《四六初徵》卷一六,《四库禁毁书丛刊》集部第134册,第406页。

之盛矣。"①既承认徐庾任沈骈文的藻艳、华丽风格,同时更强调其音节清越、顿挫抑扬和宕逸之致,赞扬其为风雅之盛。这无疑是对批评骈文背离风雅传统的有力反拨。对于唐宋明三代制诰表诏等四六文,许自俊更明确强调其是鼓吹坟典,羽翼六经:"亦所以珍重丝纶,鼓吹坟典,岂作月露风云、雕虫剪彩哉! 至今读王僧虔《劝进》,赵丞相《遗表》,令人色飞心动;读李敬业《讨武后檄》,江浩宣《布中原诏》,令人慷慨呜咽,泣下沾巾。古之忠臣名将,倚马作露布,草檄愈头风,其英杰雄伟之气,飞扬跋扈之才,皆能随风生珠玉,掷地为金石,何至以寒蛩之唧唧,笑仙凤之喤喤哉! 即以是编为六经百史之笙簧可矣。"(《四六初徵序》)对文章名篇及枚皋作露布、陈琳草檄文等与骈体有关的史事加以勾勒,强烈反对将骈文视为雕虫小技,只知月露风云,不知经国大业的观点,指出骈文的实用性及笙簧经史功能。可见康熙初年,青睐骈文者对当时文坛重古文文统和道统,视骈文为俳优,作骈文为玩物丧志的现象强烈不满。

总之,《四六初徵》二十部,将明末清初的有关四六汇编,按用途对之分类,在每篇文章末尾有对该文字句的简明注释,有利于当时的骈文创作和提高骈文地位。康熙时期的骈文创作处于低潮,"时至于今,文人韵士,每因旧刻陈腐,遂视骈体为饾饤,略而勿讲。虽其间不无名作辈出,亦缘风气所鄙,淹没不传。以致此道中衰,知音绝响,殊为可慨。"②而当时古文创作,多摹拟剽窃,《四六初徵》选文多清新流丽,说明了骈文不仅以句栉字比,以声律见长,也可裨补时阙,泄导人情,羽翼经典,这对骈文创作有一定的促进作用。

《四六初徵》编订八年之后,康熙十八年,胡吉豫辑录《四六纂组》。该书所选不像《听嘤堂四六新书》那样按文体编排,也不像《四六初徵》那样按交际作用分为二十部,而是摘段采联、分类编排各类联句或段落,和晚明《四六霞肆》体例类似,也和唐宋类书摘句为联类似。撷丝作绣,缀腋成裘为"纂组"含义。"编中分门别类,或采旧联,或出新构,聊取规模,用资料

---

① 许自俊:《四六初徵序》,《四库禁毁书丛刊》集部第134册,第618页。
② 沈心友:《四六初徵凡例》,《四库禁毁书丛刊》集部第134册,第622页。

作。若夫综博之士,捉笔摘词,自能浑融变化。况一启之中,必得自制数联,
方见清新警句。倘仅取皮毛,恐贻讥于通雅,或嫌憎割裂,端有藉于鸿材。
惟识者之深鉴焉。"①指出所摘之联,或为旧联,或为新构,目的是为了方便
写作;四六创作必须自制数联,浑融变化。因为是摘段采联,所以条目繁多,
分类很细。其中,往来赠答之间的应用四六编撰较多,主要是启、颂中的秀
句和段落。其原因正如沈筌所序云:

> 太上贵德,其次务施报。往来赠答间,辞命之不可已也,尚矣!
> 故或以缔交,或以修好,或以宴会,或以馈贻,或以送迎,或以庆贺,
> 靡不藉有辞焉以通之。然汉魏以前,文多散体;六朝而后,兼用排
> 联,此四六之所由肪欤?②

《四六纂组》共十卷 101 子目,即分为"藩王"、"宰辅"、"翰林官僚"、
"宗人府"、"吏部"、"户部"、"恭惟通语"、"人品丰仪"、"文章理学"、"风度
力量"、"政治廉干"等条目,每条目下冠以对句,或句或段。如"藩王"条下
罗列许多对句:"贤德肇祥,佳胤毓天潢之秀;圣恩赐类,大邦昭金册之荣。
位望允协于藩屏,国势恒望乎磐石。九重宠渥,八表欢腾。(原注:册封宗
藩)册玉符金,九阶恩申于带砺;泰黄苴白,千秋祚胤于河山。诚国家敦报
之鸿规,固公族振诜之麟德。寸衷深庆,尺牍虔修。(原注:册封异姓)"③
"迎送"条下同样,如:"色动郊原,喜庆云光呈五彩;辉腾草木,仰青宵气碧
长空。""飘玉阶以飞来,驾朱轮而至此。欢腾庶寀,望引蒸黎。""台驾未临,
草木已为生色;先声甫动,士民殊觉改观。"④"姓氏联珠"条下"武"姓对句
有"祥开国胄,庆衍奇文。博学高才,允称修文之职;伯南雅士,与推光禄之
贤","恬淡寡营,托高踪于嵩岳;优游自得,会至道于洛滨",都是与武氏名
人有关的人物典故。这些分门别类的对句、段落,在方便四六创作的同时,
更多的是导致了四六文的因袭摹拟,使得四六文面貌似曾相识,千篇一律,

---

① 胡吉豫:《四六纂组·凡例》,《四库未收书辑刊》子部第肆辑第 30 册,第 437 页。
② 沈筌:《四六纂组序》,《四库未收书辑刊》子部第肆辑第 30 册,第 434 页。
③ 胡吉豫:《四六纂组》卷一,《四库未收书辑刊》子部第肆辑第 30 册,第 443 页。
④ 胡吉豫:《四六纂组》卷四,《四库未收书辑刊》子部第肆辑第 30 册,第 600 页。

因而也导致更多人的否定。所以《四六纂组》在四六选本的表现形式上走向了极端，也走到了尽头。胡吉豫编选目的是使"辞不佻而合诸理"，"义由博而趋于约"，但客观上加重了四六文形式弊端。

《四六纂组》刊行于康熙十八年。胡吉豫编选四六联句，偏重于文本形式特征，偏离了康熙初年以典雅清新为骈文主要风格的传统，这应与康熙十七年下诏开博学宏词科考有关。词科考试，自唐宋以来，偏重于四六，在当时为共识。胡吉豫公开宣扬"词家之四六，犹画家之美人也。虽非矜贵，亦尚妩妍"[1]，因而选句以妍丽为准；同时，他还从骈文声律、典故上入手，分析骈文的创作方法："作启首重平仄。递句转换，务使谐声。虽云四六，其间三字五字成句，七字八九字成句，或数句长联，或两句短对，总期骈偶之工致，音韵铿锵。每句每联之中，重叠音声，险怪字句，俱宜检点。甫免聱牙结舌之病。虽然，此绳趋尺步者言也。若夫鸿笔大椽，淹润六朝，如苏王之启表，陆集之笺奏，亦犹诗中间有拗体，转觉遒雅，则非鄙愚之所及耳。"（《凡例》）完全从骈文的形式特征来立论，也不再像前期那样攀比依附于古文，而是独立地探讨四六形式特征。"引用成语，必取自然；采摘典故，期于镕化。或正对，或借对，熟而不腐，新而不生，工巧而非穿凿，别致而非杜撰。与其陈旧，不若纤靡；假使艰深，无宁平淡，能入时尚之眼，不为识者所嗤而已。"（《凡例》）在典故上强调工巧、别致，反对腐烂、穿凿和杜撰。同时的沈筌在序中也宣称："四六之体，贵协调，贵谐声，贵秉经据典，贵推旧易新。庶令观者相悦以解，苟非素为揣摩，一旦操觚，谩夸白战，蹈袭于泛滥迂疏。调不协，声不谐，语不经，事不典，陈陈相因，粟红贯朽而不适于用，则鄙甚矣。"从协调、声韵、引经据典和语言求新等方面来评价四六，都是属于骈文的形式特征。其评《四六纂组》也为"率皆调中宫商，声谐金石。而且镕经铸典，理从故而生新，言泽新以化故"，也是从形式特征着眼，体现了胡吉豫重骈文形式美的风气。

《四六纂组》的问世，和之前选本构成了清初四六选本主要内容，即由

---

① 胡吉豫：《四六纂组凡例》，《四库未收书辑刊》子部第肆辑第30册，第437页。

各体四六全文的辑录、部分四六文体的选录和四六联句和段落的选择等组成。其中既有精细工整的对句和段落,也有清新流利的各类骈体文,这也是以后骈文选本的主要类型。

第二节 四六文特征的探讨和对清初骈文的点评

清初骈文,继承晚明四六发展趋势,取得了一定成就,涌现了陈维崧、吴绮、章藻功等骈文作家。他们的骈文创作和当时的古文、时文创作相比,虽无法抗衡,但这也是骈文发展史上的重要时期。徐珂所云清初骈文:"国初诸家渐次复古,史学如顾炎武,经学如毛奇龄,皆能为骈俪文。吴江吴兆骞以复社主盟,更善斯体。吴伟业称兆骞与华亭彭古晋、宜兴陈维崧为'江左三凤凰'。然维崧文导源庾信,才力富健,更在兆骞、古晋之上。又江都吴绮、钱塘章藻功,亦与维崧齐名。而绮才稍弱,藻功欲以新巧胜二家,又遁为别调,故亦逊维崧一筹。惟钱塘吴农祥、益都冯溥以为与维崧相并。"①涉及到了清初主要的骈文家,虽多为骈散兼通,但从中也可见当时骈文创作的主要情况。其中,有骈文别集传世的为陈维崧、吴农祥、吴绮和章藻功,如吴绮的《林蕙堂集》、章藻功的《思绮堂集》等基本上为骈体文。他们代表了清初骈文创作的主要成就,序跋书信中的骈文理论也主要是围绕这几家展开的。当然,也有古文家或其他文士对四六骈体发表了自己的看法,如宁都三魏中的魏际瑞。他才高学富,爱好广泛,"善伯才最大,虽诗赋词曲六朝骈丽之作,无不臻妙,而其文尤能用法于无法之先"②。对于四六,魏际瑞在其弟四六文成集时加以专文论述:

> 文章之可藏拙与能应急者,莫如四六。然不惟藏拙,可以见巧;不惟应急,可以给多也。尝谓四六之工,如匠人砌乱石,横或配直,短或俪长,以至方员全缺,信手置之,无不妙合。执笔者如大官

---

① 徐珂:《清稗类钞·文学类》,中华书局1986年版,第3889页。
② 陈玉璂:《魏伯子文集序》,《学文堂集·序四》,《四库全书存目丛书·补编》第47册,第52页。

大将,经史百家如兵吏,一指所麾,莫不奔命效驱役,斯亦豪矣。予尝作此,能自旦至莫,挥笔不停,而各得自沟其意。以是知四六之能,巧且多也。体尚方整而妙于流动,词尚搜饰而贵于有情。追琢铃缀入细碎,而一气宛转,如索贯钱,如蛇绕柱。噫嘻! 盖已无难事矣。而论者或丽或清,或庄或逸,则寓其性情之所致。季弟和公钞所作帙成,予与论之,遂记其言于首。①

魏际瑞先抑后扬,首先承认四六具有"藏拙"和"应急"的特点,为抑;然后笔锋一转,指出其可以"见巧"、"给多"。接着讲四六巧在工整中见流动,藻饰中寓深情,欣赏之意溢于言表:"体尚方整而妙于流动,词尚搜饰而贵于有情。追琢铃缀入细碎,而一气宛转,如索贯钱,如蛇绕柱。噫嘻! 盖已无难事矣。"结尾认为四六丽清、庄逸都是作者性情所致,没有否定四六的意思。张舜徽叙录魏际瑞文集时,引用该文但断章取义,云:"际瑞于世俗骈俪之作,与夫以伪道学欺世者,皆有所不屑。"②对于伪道学是不屑,但对于骈文,魏际瑞是肯定的,尊重的。张先生在叙述毛际可文集时,云"惟其平日论文,黜华崇实。故于骈俪之文,应酬之诗,皆所不屑"③,没有考虑到毛际可对骈文的认识态度前后不同,并不是始终不屑。读到陈维崧骈文后,毛际可在陈维崧文集序中改变了对骈文的看法,认为文之有骈体,犹诗之有排体,不再有鄙视之意。

陈维崧骈文的出现标志着清初骈文创作及理论高峰的到来。其骈文"怀两汉抒情之质,摄徐庾流丽之神,根柢深厚,才力雄健。当时如尤侗、吴绮、毛奇龄等都是四六老手。维崧顾盼其间,独张异帜,以'存史'、'存经'之笔,缀亦歌亦哭之辞。"④自己也多次说所长在俪体四六,临终犹托好友蒋景祁付诸剞劂。如其俪体文集中的《铜雀瓦赋》:

---

① 魏际瑞:《书所作四六》,《魏伯子文集》卷一,林时益辑:《宁都三魏全集》道光二十五年(1845)刻本。
② 张舜徽:《清人文集别录》,中华书局 1963 年版,第 37 页。
③ 张舜徽:《清人文集别录》,中华书局 1963 年版,第 46 页。
④ 周韶九选注:《陈维崧选集·前言》,上海古籍出版社 1994 年版,第 7 页。

　　魏帐未悬,邺台初筑。复道袤延,绮窗交属。雕甍绣栋,蠹十里之妆楼;金埒铜沟,响六宫之脂盏。庭栖比翼之禽,户种相思之木。馺娑前殿,逊彼清阴;栢梁旧寝,嗤其局蹐。无何而墓田渺渺,风雨离离。泣三千之粉黛,伤二八之娥眉。虽有弹棋爱子,傅粉佳儿;分香妙伎,卖履妖姬;与夫杨林之罗袜,西陵之玉肌;无不烟消灰灭,矢激星移。何暇问黄初之轶事,铜雀之荒基也哉! 春草黄复绿,漳流去不还,只有千年遗瓦在,曾向高台覆玉颜。①

全文就曹操铜雀台遗事起兴,先描摹邺台初筑时的富丽堂皇和金粉绮丽,连馺娑宫及栢梁台都黯然失色。接着感叹人事兴亡,化用魏武帝临终遗命典故,以及宫女、曹丕、养子何晏、曹植等终究灰飞烟灭,难以永存,更加不要说黄初轶事和铜雀台的荒基了。最后以春草复绿,漳水无情,一切荣华都将消逝,只有曾目睹红颜歌舞的铜雀瓦依旧留存,点明主题。全赋虽辞藻华丽,内容平常,但一气呵成,一波三折,沧桑盛衰之感融汇于怀古伤今之中,毫无凝滞呆板的骈体缺点。又如《方渭仁都门怀古诗序》:

　　若夫五陵南去,地入中原;三辅西来,河冲北戒。军都莽苍,金辽则处处斜阳;碣石沉雄,燕赵则年年蔓草。一城木叶,霜未染以先红;万里边墙,月既沉而愈白。井上之灯忽紫,蒯彻难逢;市中之筑空豪,庆卿安在?

　　于是金笳夜噭,和以曼声;铁骑晨嘶,杂之长啸。挥毫飒沓,山围故国之篇;泼墨淋漓,火入荒陵之句。人则嵚崎而历落,俗原慷慨以悲歌。金飔萧屑,偏带商声;秦缶高凉,最含西气。

　　嗟乎! 上客端忧,正奉倩伤神之后;故人工病,亦安仁悼妇之馀。古今大矣,何须代往昔以兴愁;贤达纷如,奚事向关河而寄慨。君如不乐,请高吟蟋蟀之章;仆尚能狂,愿缓进鹧鸪之杓。②

该文为方象瑛《都门怀古》诗作序。首段围绕都门,加以渲染,不仅仅是叙

① 陈维崧:《铜雀瓦赋》,《陈迦陵俪体文集》卷一,四部丛刊初编本,第282册。
② 周韶九选注:《陈维崧选集·骈文选》,上海古籍出版社1994年版,第303—304页。

事,而侧重于写景,以典故写苍凉悲壮之景,情感沉郁;第二段对怀古诗的内容加以点评,以多种声响来刻画,融典故于抒情之中。尾段则借典抒愁,故作旷达。全文句式灵活,情感浓郁,悲情满怀,文气流畅,是难得的骈体佳作。陈维崧的大部分骈文,都是声情并茂,句式典故灵活,叙述、议论自如,是当时,也是骈文史上难得的佳作。通过陈维崧骈文,较多士人改变了轻视骈文的观念,意识到骈文和古文只是语言表达形式的不同,犹如诗有古诗和律诗,古诗格式较为自由,不求严格的声韵和对偶,而律诗则相反;骈文也同理,格式较古文严格和工整,讲求对偶、典故等。既然律诗不被轻视,那为何骈文却受到鄙视呢? 在这种风气下,陈维崧等人极力张扬骈文的独立地位和价值,认为:一、经典有排比对偶之辞,和古文同源异流。二、散行、俪体文理一致,各有所长,不应泾渭分明。三、骈文出现如同律诗一样,都为自然过程,"不知散体之变骈体,犹古诗之变律诗"①,尽管和古文体制不同,但同为文章形式,不应受到轻视。

清初至康熙前期,骈文备受轻视。文士把类似徐庾俪体文的作品视为齐梁小儿语,不屑一顾,如同当时鄙薄词体,认为作词损害诗格一样。对此,陈维崧大加驳斥:"夫客又何知,客亦未知开府《哀江南》一赋,仆射在河北诸书,奴仆《庄》、《骚》,出入《左》、《国》,即前此史迁、班掾诸史书,未见礼先一饭;而东坡、稼轩诸长调,又骎骎乎如杜甫之歌行与西京之乐府也。盖天之生才不尽,文章之体格亦不尽。"②将词和俪体都视为文章体格,应该占有一席之地。在为骈文争地位后,陈维崧进一步对骈散文特征加以探讨。"一疏一密,既意隔而靡宣;或质或文,复情睽而罕俪。然而诸家立说,趣本同归;百氏修辞,理惟一致。倘毫枯而腕劣,则散行徒增阒茸之议;苟骨腾而肉飞,则丽体讵乏惊奇之誉? 原非泾渭,讵类玄黄?"③从疏密、质文、行文风格等角度分析骈散文原本相辅相成,殊途同归,不能截然分开。以骈文名家而倡导骈文,其观点更易为当时所接受。清初骈文,如《四六初徵》所收,多

---

① 永瑢等:《四库全书总目》卷190,中华书局1965年版,第1732页。

② 陈维崧:《词选序》,《陈迦陵文集》卷三,四部丛刊初编本。

③ 陈维崧:《陆悬圃文集序》,《陈迦陵俪体文集》卷六,四部丛刊初编本,第282册。

为应酬性的启序,雷同剿袭较易,虽有文士为之操觚,但毕竟是局限于特定场合和特定对象,大部分人仍将四六视为俳优。毛际可所说:"尝见某公《赠广陵游子序》,炳曜铿锵,美言可市。适余友有西陵之行,遂戏易广陵为西陵,并稍更其'竹西歌吹'等语,则全篇皆可移赠。因叹此道雷同倚附,盖千手如一律也。至若《七启》、《七命》,古人已踞其胜,乃复取宫室游猎声色之盛,以相踵袭,毋论其不似古人,即似古人矣,古人已往,亦何必复有我耶?遂绝笔不为者十年。"①就指出了四六容易形成"样板戏",模式固定,导致摹拟剽窃之弊,因而不愿意写骈文达十年之久。后因陈维崧的骈文成就,使得毛际可改变了看法:

> 居久之,陈子其年访余邸舍,出其全集见示。自赋骚书启以及序记铭诔,皆以四六成文。余偶披篇首,已见其棱棱露爽;继讽咏缠绵,穷宵达昼。言情则歌泣忽生,叙事则本末互见,至于路尽思穷,忽开一境,如凿山,如坠壑,如惊兕乍起,鸷鸟复击,而神龙夭矫于羽霅交集之中,为之舌挢而不能下。始悟文之有骈体,犹诗之有排体也。②

对陈维崧四六文"言情"和"叙事"功能的极高造诣惊叹不已,也形象地描绘了其骈文气势奔放,文气流畅的特点。接下来进而认为其骈体中有古文辞行乎其间,实际上也就将骈体和古文融为一体,不分彼此了。

明末四六选本序跋虽然强调四六和古文同源共流,但没有从经典文本中去寻找对偶、排比等句式来证明其合理性。在康熙二十年左右,在为陈维崧俪体文作序跋时,从儒家经典中引用对偶句式,以反击古文家攻击骈文背离经典,忽视风雅的观点就已经出现。如胡献征直接从六经追溯骈文源流,指出其多韵语、排比,骈散体制本不一致,都是文章修辞:"《诗》以六义擅胜,而未尝不原于理要;《书》以浑噩道事,而未尝或遗乎《庚歌》;《易》理奇

---

① 毛际可:《陈其年文集序》,《安序堂文钞》卷五,《四库全书存目丛书》集部第229册,第548页。

② 毛际可:《陈其年文集序》,《安序堂文钞》卷五,《四库全书存目丛书》集部第229册,第549页。

奥而《彖》系《文言》,其中每多韵语;左氏淹博而排比简练,其言多属疏通,固知六经之文,体制不一,而穷源溯流,修词立诚,总归一致而已矣。"①毛先舒进一步用经典中偶辞俪语为骈文争正常地位:"原夫太极,是生两仪,由兹而来,物非无耦。日星则珠联而璧合,华木亦并蒂而同枝。关关锵锵,鸣必相和;傸傸侁侁,聚斯为友。物类且尔,况于人文者哉! 是皆天壤自然之妙,非强比合而成之也。……或谓三古六经,气留淳朴;先秦西京,体并高古。焉用骈组,聿开浮华? 岂知'万邦九族'之语,已见诸《虺诰》;'水湿火燥'之句,亦载于《文言》。噫矢权舆,引厥端矣。至若武灵王之《论骑射》,丞相斯之《谏逐客》,往复征引,排比颇多;战国龙门,云何损格?"②直接反驳所谓六经无骈俪的观点,认为春秋、战国时代,文章排比颇多而不损文格,开清代骈散之争的先河。康熙末年,傅作辑评章藻功骈俪文时更主张融合骈散:"世尝谓散行、排偶两体判不相类,甚或左排偶而右散文,似不谙个中三昧者。试观章子是集,措词雅,对仗工,而其开阖顿宕,起伏照应,盘旋空际,一气折行,何尝不可作韩欧大家读耶?"③可见,康熙时期骈散之争和骈散交融的观点就已经出现,开嘉道间骈散之争、骈散交融的先河。

在对当代骈文的评价中,多是从沉博绝丽的形式和绮丽的风格入手,而不是像古文理论那样,言必文以载道,美刺讽颂。即骈文理论重审美形式,古文重内容教化,这是两者的重要区别,也是古代文章两种不同评价标准。毛先舒评价陈维崧骈文云:

> 观其整肃则垂绅搢笏,雄毅则剑拔弩张,绮丽则步障十层,遥裔则平楚千里。或徘徊如堕明月,或夭矫如曳晴虹,或如妖姬扬袂而望所思,或如秋士餐英而思所托。余每览之,唱叹弥日。循环在手,低徊在心。……且夫其年之手,弄丸有余,能于属词隶事之中,极其开阖,不外紬青媲白之法。自行跌荡,政如山阴楷书,而具龙

---

① 胡献征:《迦陵文集序》,四部丛刊初编本,第281册。
② 毛先舒:《陈迦陵俪体文集序》,四部丛刊初编本,第281册。
③ 傅作辑:《思绮堂文集序》,《四库未收书辑刊》第捌辑第24册,第69页。

跳虎卧之奇;杜陵排律,乃得歌行顿挫之致。①

用形象比喻点评陈维崧骈文的"整肃"、"雄毅"、"绮丽"、"遥裔"特征,又对其属辞隶事不板滞,能开阖,跌宕顿挫的特色加以肯定,较为准确地把握了陈维崧骈文特色。毛际可评价汪蓉洲骈文也是从句法章法结构、文气是否流畅着眼:"蓉洲虽师范检讨,而起复顿宕,皆有浑灏之气相为回旋,亦使人摩挲于神骨间而得之者也。京师为天子之居所,见城阙之嵯峨,帑藏之繁富,与夫朝会宴享之巨丽,导扬称述,独以骈体为宜。"②陈僖评其兄骈文也从字句之美上立论:"今观家兄其年所著,锦心绣口,玉佩琼琚,思若涌泉,辞如注水,心手之调,词意之属,一字一句,皆别开生面,使人读之觉齿颊香而心目豁者。"③陈维崧评价吴绮文章也云:"是故珊瑚笔格,互说庾徐;翡翠书床,交推温李。晋家潘陆,梁代阴何;南朝则江鲍齐名,北府亦温邢竞爽。歌楼丽句,元白同声;酒舍香词,周秦继响。"④傅作辑评价章藻功骈文也是从词雅、对偶及结构照应等方面来说:"试观章子是集,措词雅,对仗工,而其开阖顿宕,起伏照应,盘旋空际,一气折行,何尝不可作韩欧大家读耶?"⑤乾隆年间,《陈检讨四六》刊行。张英云:"应用之体,尤推独妙,好对切事,铿锵辉焕,流传人口,当世服其博而亦苦其奥。"⑥吴苑云:"至于四六之文,珠排玉戞,宫沉羽振,其体丽以则,其词博以赡,往往驱悬孤绝,灌溉芳润。山厓屋壁金石之文,以及稗官杂记怪迂之说,无不据摭搜采,则尤有难于注辑者。"⑦都是从声律、辞藻和隶事等方面来评价,文以载道和诗言志的核心文论在骈文理论中较少碰到。康熙末年,章藻功对于唐宋至清初的骈文加以点评,云:"惟唐工丽,得毋尚少机神;若宋流通,或且疑于轻率。降自元明以后,大都巴里之音,溯诸徐庾而前,竟似广陵之散。吴园次班香宋艳,但

① 毛先舒:《陈迦陵俪体文集序》,四部丛刊初编本。
② 毛际可:《汪蓉洲骈体序》,《会侯先生文钞·一集》卷六,《四库全书存目丛书》集部第229册,第790页。
③ 陈禧:《陈迦陵俪体文集序》,四部丛刊初编本。
④ 陈维崧:《吴园次林蕙堂全集序》,《陈迦陵俪体文集》卷六,四部丛刊初编本。
⑤ 傅作辑:《思绮堂文集序》,《四库未收书辑刊》第捌辑第24册,第69页。
⑥ 张英:《陈检讨四六注序》,乾隆三十五年(1770)亦园藏版木刻本。
⑦ 吴苑:《陈检讨四六注序》,乾隆三十五年(1770)亦园藏版木刻本。

接短兵;陈其年陆海潘江,末如强弩。咀徵含商者成市,扬葩振藻者如林。而飞窈鹤声,形同犬吠。"①不仅指出唐代骈文工丽但少机神,宋四六流畅但轻率,吴绮学宋,陈维崧学六朝,但都偏重于从形式上来立论,且对陈维崧和吴绮的骈文缺点给予否定。

尽管陈维崧、吴绮等人的骈文创作取得了很大成就,"自吴吴兴、陈阳羡两君出,仅借俪六配四,以大发其情,大阐其理,大展其势,大畅其辞,如大水浮物,其气斩之不断,其句掷之成声,遂大雪此体之耻,而别开一生面焉"②,当时的骈文理论也多次张扬骈文的正常地位,但直到康熙末年,骈文和古文对等的观念在文人中还没有普遍树立起来,骈文仍然受到轻视。如康熙五十七年吴寿潜为汪卓《鸿雪斋俪体》作序云:"慨自庾徐已邈,畴知合璧之文;鲍谢难逢,莫辨连珠之格。矜粗疏之浊气,妄自拟于八家;竟黯轧以聱牙,辄互訾乎六代。……得无谬乎,何其隘也。孰知宣公奏议,皆邦国之经纶;道济篇章,得江山之蕴毓。譬夫天襄纤就,五色相宣;仙乐闻来,八音迭畅。诚有裨于大雅,方不泥于小桀也。"③就指出了当时文人仍然自拟八家,诋毁六朝骈文的情况,并用陆贽奏议、张说文章有益邦国的事实来说明骈文同样有裨于大雅,以反驳古文家认为骈文道丧文弊之论;又从理朴词轻、言微喻巧、宣情达意等方面肯定汪卓骈文:"集众妙以研思,出口无非玉屑;挹群芳而命句,掷地疑有金声。或理朴而词轻,或言微而喻巧,或炳如缛绣缤纷,帝女机丝,或凄若繁弦萧瑟,王孙芳草,或缠绵悱恻,江淹送别之篇;或慷慨悲哀,宋玉招魂之赋。其幻也现蜃市之楼台,其富也窥龙宫之宝藏,莫不宣情达意,尽态极妍。"④汪卓骈文清新俊逸又雄深雅健,得到时人的较高评价。该书共六卷,卷一为赋,卷二、三为序,卷四为序启记,卷五为引、约言、题辞、像赞、祭文,卷六为跋。每篇文后有孙筠庭、汪息庐、吴绮园等人的评语,如卷二《放言叠韵诗序》,吴绮园评为"如长江大河,中更烟云扬渺",孙

---

① 章藻功:《与吴殷南论四六书》,《思绮堂文集》卷八,《四库未收书辑刊》第捌辑第 24 册,第 448 页。
② 汪洪度:《鸿雪斋俪体序》,清康熙五十七年(1718)刊本。
③ 吴寿潜:《鸿雪斋俪体序》,清康熙五十七年(1718)刊本。
④ 吴寿潜:《鸿雪斋俪体序》,清康熙五十七年(1718)刊本。

筼庭评为"瑰琦英伟,大放厥词,而一气斡旋,仍有大力贯乎其中。骈体得此,顿忘苏陆矣",虽有吹捧之语,但读来也确实文气流畅,自然流利。康熙六十一年(1722),《思绮堂文集》刊行。章藻功从四六神清、气动、字洁和语生等方面全面地对四六加以点评:"盖夫神欲其清,气欲其动,字贵乎洁,语贵乎生。典以驯雅而取精,仗以空灵而作对。非然者,涉足污泥之下,堕身烟雾之中。起伏常失于毫厘,转折难寻其蹊径。第观之而梦梦,亦息者其奄奄。……故同一事也,反用、拆用而用事乃新;同一词也,侧对、借对而对词特妙。……洒洒千言,起结得延环之致;寥寥数语,神情在吞吐之余。局屡变以出奇,体实排而似散。"①其实质是强调灵活运用骈文的对仗、用典和起伏转折等,以摆脱骈文形式的束缚,走向"体实排而似散"的境界。

相对于乾嘉骈文来说,清初骈文家数量较少,公认的名家亦不多,整体上处于被轻视忽视的状态。四库馆臣仅仅列举了陈维崧、吴绮和章藻功三家,曾燠《国朝骈体正宗》十二卷,清初仅为一卷,收录毛奇龄文五首、陈维崧文八首、毛先舒文二首、陆坼文一首、吴兆骞文一首和吴农祥文一首,其他都为乾嘉骈文。虽然康熙十八年博学宏词科推动了四六的兴起,明朝遗老中崇尚六朝骈体的人也因运而复出,但博学鸿词科在康熙朝仅仅举行了一次,所以当陈维崧等明朝遗民过世后,后生摹拟不成,反成剽窃。"昭代人文化成,骈体之工,无美不备。自陈检讨其年一出,觉此中别有天地。比来模拟相寻,久习生厌。"②骈文创作转入低潮,相应的骈文理论也走入低谷。到乾嘉年间,随着社会的进一步稳固和经济的发展,偏重议论的理学之风向偏重博学实证的汉学之风的转变,骈文理论才迎来它的高峰。

---

① 章藻功:《与吴殷南论四六书》,《思绮堂文集》卷八,《四库未收书辑刊》第捌辑 24 册,第 448 页。

② 毛际可:《汪蓉洲骈体序》,《会侯先生文钞·一集》卷六,《四库全书存目丛书》集部第 229 册,第 790 页。

第三章 乾嘉道时期的骈文思想与理论

从乾隆开始到道光年间的一百来年,尽管在道光中后期政治上发生了影响中国政治、历史和文学的鸦片战争及其他外敌入侵的战争,加速了西学东渐的过程,完全异质的西方文化大肆渗透,使得中国的社会性质发生了根本性的变化。但对于文学来说,无论是诗词、古文、骈文还是戏曲、小说,道光后期的主要风格和内容,相对于前期来说,都没有发生根本性变化。骈文偏重于句式上的对偶、藻饰和用典等特征,具有较强的稳定性,因而变化也不大,故这里和乾嘉时期一起论述。后世公认的骈文大家和有名的骈文理论著作,主要诞生在乾嘉道时期。如果说清代诗词、古文和戏曲小说等文学成就呈现两头大,中间小的特征,那么骈文创作及理论的繁荣则是清代中叶文学发展中的一朵奇葩。骈文的繁荣彰显了它和乾嘉道时期学术思想、文化背景的重大联系。如果说乾嘉朴学思潮的统治地位对于当时诗词、古文创作是消极解构,逆向阻碍,那么对于骈文创作来说则是积极建构,正向促进。在清代所有文体中,骈文是受到乾嘉学术思潮影响最大,正面促进最大的文体。乾嘉朴学学者大体上对宋学空疏简陋学风不满,对道学传统不满,从而导致对和道统密切相关的古文文统的排斥和鄙视;又中唐以来,文章学领域中,古文和骈文的二元对立,加上骈文需征实博学的文体特征更加适合乾嘉朴学家驰骋才学、润色鸿业,因而他们多选择骈体文作为他们创作的载体。因此,此时骈文创作成就超越元明,理论水平更是超迈以往,达到了骈文学的高峰。"骈体"或"骈文",到此时才真正有了自己的理论体系和评论话语,成为一种特色鲜明的文体。

对于文学批评者来说,能够且善于创作,才更有可能把握文学创作的规律。"盖有南威之容,乃可以论于淑媛;有龙泉之利,乃可以议于断割。"①对于时代文论来说,只有具备较高的创作实绩,才有可能对之进行多方面的评价,从而使创作和理论构成良性互动。乾嘉道年间的骈文及理论,在骈文史上,达到了比较和谐的统一。道光十一年,陈用光云:"盖本朝之为骈俪文者,无虑数十家。而讨论之精,则后来者往往轶出前人之上。若蓉裳之文,取格近于邵叔宀、孔巽轩,而易其朴而为华;取材富于陈其年、吴园次,而易其熟而为涩。其于此事,信可谓三折肱焉矣。"②不仅说明乾嘉骈文"讨论之精",往往超越前人,理论呈动态递进之势;还从史的角度,指出杨芳灿对邵齐焘、孔广森、陈维崧和吴绮等清代骈文大家的继承和新变,本身就是现实性很强的批评。这时骈文意识更加明确,创作对象也更加清楚。在文集中,骈体敢于和散体分疆而立,并驾齐驱。嘉道后,散体文和骈体文分开汇集的现象较为常见。嘉庆十年刊行的汪学金《井福堂文稿》,卷一到卷五为"骈体文",合计 66 首,卷六到卷十为"散体文",合计 97 首,骈散分明。道光十八年,钱泳编录王昙遗文,将散体六卷和四六文六卷分开编排。道光时期刊刻的孙尔准《泰云堂集》包括文集二卷、骈体文集二卷、诗集十八卷、词集三卷。郭尚先文集骈散同样分开:"乃先辑其诗二卷,散体文二卷,缮校付梓。继复遴选其骈体文二卷,题跋一卷,补遗一卷,陆续付锓。"③骈体文常常被单列入别集,表明了"骈体文"的独立性已得到普遍的认同。骈文不再依附于古文,不再以对古文的攀援来求得自身的地位。此时骈文名家众多,佳作屡见。乾嘉年间,陈方海云:"骈体之文,至今日而极盛。若夫容甫(汪中)、稚存(洪亮吉),并謦于江表;而撝约(孔广森)亦抗音于海隅。岂惟振六代之颓流,实将据中华之坛坫矣。"④清末民初徐珂列"清代骈体文家之正宗"评乾嘉道时作家云:

> 其后继起者,山阴胡天游为最。天游以博综之才,出以渊茂,

① 曹植:《与杨德祖书》,赵幼文校注《曹植集校注》,人民文学出版社 1984 年版,第 154 页。
② 陈用光:《万善花室文稿序》,丛书集成初编本。
③ 魏茂林:《郭大理遗稿》,《续修四库全书》第 1510 册,第 441 页。
④ 陈方海:《孟涂骈体文书后》,《续修四库全书》第 1510 册,第 437 页。

横绝海内,袁枚师事之而所造不同。独其才气足以耸动一时,故上自公卿,下至市井负贩皆重之。所惜俗调为体,汰除未尽,不免为后人訾议耳。昭文邵齐焘规橅魏晋,风骨高骞,于绮藻丰缛之中,存简质清刚之制,一时风气为之大变。如王太岳之简洁苍老,刘星炜之清转华妙,吴锡麒之委婉澄洁,洪亮吉之寓奇气于淳朴,荟新意于古音,孙星衍之风骨遒上,思至理合,孔广森之力追初唐,藻采映丽,曾燠之味隽声永,别具会心,是皆遵循轨范,敷畅厥旨,堪为一代骈文之正宗。故全椒吴鼒尝合袁、邵、刘、孔、吴、曾、孙、洪为骈文八大家。鼒之骈文,盖亦以沈博绝丽称者。八家之外,仪徵有阮元,阳湖有刘嗣绾、董基诚、董祐诚,临川有乐钧,镇洋有彭兆荪,金匮有杨芳灿、杨揆,仁和有查初揆,桐城有刘开,上元有梅曾亮,大兴有方履籛,其文皆闳中肆外,典丽肃穆,足以并驾齐驱。武进李兆洛志在通骈散之界,一心复古,所选最精。其自制文,亦多上法东京,力争崔、蔡,文境尤高。①

在吸收前人评论的基础上,徐珂对有清一代骈文代表作家风格作了综述评价。其中,受到高度评价的“骈文八大家”以及吴鼒、曾燠、阮元、刘嗣绾、乐钧、彭兆荪、杨芳灿、杨揆、查初揆、李兆洛和所列“十大家”中的刘开、梅曾亮、董基诚、董祐诚、方履籛和傅桐等六人都是乾嘉道时期的人,所以徐珂认为:“乾嘉以还,骈文体格始正,作者亦始极其盛。”创作兴盛及当时骈文作家之间交游往还,自然也引起了对骈文的评价。如上述作家中的袁枚、邵齐焘、孔广森、吴鼒、曾燠、彭兆荪、李兆洛和阮元等人就是当时骈文批评的主要参与者,因而形成了骈文理论的鼎盛局面。袁行霈主编《中国文学史》云:“与繁荣状况相适应,骈文批评理论也在发展,由开始正名争一席之地,到阐发艺术特点,认识和把握文学本质的某些属性,进而达到与古文家争正统的地位。”②虽概括了此时骈文理论的一般特征,但并没有全面深刻指出

---

① 徐珂:《清稗类钞》,中华书局 1986 年版,第 3889 页。
② 袁行霈主编:《中国文学史》第四卷,高等教育出版社 1999 年版,第 393 页。

清代骈文理论的内容和特色。此时骈文理论的表现形式,除了大量的别集序跋、书信、骈文选本外,详述骈文的目录书、笔记和专门的骈文理论著作都出现了。如乾隆中后期编纂的《四库全书总目》就包含了四库馆臣对历代骈文和清初骈文的精要评价;稍晚于《四库全书总目》的《四六丛话》,则是骈文史上较为系统、自成一家的理论著作。为了论述方便,本文先将《四库全书总目》单独论述;孙梅《四六丛话》则单列为一章,放在本章后面论述;其他骈文理论则综合论述。

第一节 《四库全书总目》的骈文批评观

六朝文章绝大部分为骈体形式,《全唐文》中骈文也居于主流地位,《全宋文》中四六文同样占据很大部分。元明骈文衰落,清代号称复兴。这种复兴,从时间上来说,主要体现在乾嘉道时期。《四库全书总目》(下称《总目》)集部有关骈文的提要,就是在当时骈文创作兴起的情况下,对于骈体地位的自觉呐喊,代表了乾隆时期骈文理论的最高水平。但是,对于《总目》的研究,多沿袭乾嘉朴学风格,注重于其文字勘误、内容考证等,对其文学批评则较少留意,对其骈文批评更是无人问津。《总目》不仅是古代规模庞大、体制完善的目录书,还是当时文学批评的代表之作。朱东润云"晓岚论析诗文源流正伪,语极精,今见于《四库全书提要》,自古论者对于批评用力之勤盖无过纪氏者"[①],借用到骈文批评上来说也基本可以成立。其在骈文批评方面的主要内容有:以乾隆实证学风为基础,考辨、点评历代骈文代表作家作品,特别是宋四六,标举典雅流丽为其典范风格;对宋四六话和元明骈文选本进行理论剖析和得失归纳,从中追溯骈文发展源流和形式特征,揭橥了骈文理论的独立性和自足性,表现了一种迥异于文以载道的批评观;在对作品和理论的批评中,从骈散交融的角度出发,张扬骈散合一,主张对骈散不应扬此抑彼。这种批评不仅是乾隆时期汉学家多擅长骈文,从而对

---

① 朱东润:《中国文学批评史大纲》,上海古籍出版社 2001 年版,第 548 页。

骈文关注的结果,更是学识渊博的四库馆臣对以往骈文批评的自觉继承。

一、徐庾:一代文宗与四六宗匠

骈体为六朝文章的主要语言形式,但因当时其为普遍的文章形态,所以别集中并无骈文之名。将六朝文章冠名骈体或骈文,是后人为区别于古文而"追认"的。就是骈文的别名"四六",虽经李商隐正式提出,但当时流行不广,到宋代才得到公认。在集部提要中,《总目》对于词仍然沿袭传统观点,将之视为末技小道;但对于同受前人轻视的骈体,《总目》给予了和古文同等的地位,不厚此薄彼。其首先面对的是对六朝骈文的评价,其中最重要的是对徐庾的评价。

六朝是清人普遍认为的骈体鼎盛期,庾信和徐陵无疑是当时骈文大家,也是文学史上的骈文名家。但在乾隆前,自隋朝开始,直到晚明四六兴起时,徐庾的文学地位整体说来都较低。除了受因人废言的影响外,还因为其华丽绮靡的诗文不符合唐宋以来重质轻文、文以明道、道因文显的政教传统。徐庾骈文往往被视为亡国之音的代表。明末王志坚、张溥等重视骈文的批评家,对于徐庾文学成就给予较高评价,但在整个文坛上影响不大。清初仍将徐庾骈文视为齐梁小儿语,不屑一顾。在这样的背景下,代表着官方立场,《总目》给予了徐庾有史以来最为积极的正面评价,评庾信和徐庾文章,分别曰:

> 其骈偶之文,则集六朝之大成,而导四杰之先路。自古迄今,屹然为四六宗匠。[1]

> 文章绮丽,与庾信齐名,世号'徐庾体'。……自有陈创业,文檄军书及禅授诏策,皆陵所制,为一代文宗。[2]

从共时和历时的角度肯定庾信骈文为六朝冠冕,四杰先声,为"四六宗匠";对徐陵的文檄军书、诏策等文虽无直接评价,但借用《陈书·徐陵传》"一代

---

① 永瑢等:《四库全书总目》,中华书局 1965 年版,第 1276 页。
② 永瑢等:《四库全书总目》,中华书局 1965 年版,第 1276 页。

文宗"之语而评之,可见其欣赏程度。这样的评价,符合文学发展的事实,没有夸张扩大。而标举庾信为"四六宗匠",则是乾隆时骈文意识高扬的反映。四库馆臣对徐庾的评价,影响了清人的骈文观。如梁章钜云:"自庾子山出,始集六朝骈体之大成,而导初唐四杰之先路。所作皆华实相扶,情文兼至,于抽黄俪白之中,仍能灏气舒卷,变化自如。当时虽并称徐庾,孝穆实瞠乎后尘矣。"①就完全接受《总目》对庾信骈文地位和特点的评价。陈康黼云:"齐梁以后,文体益趋整赡,而气则靡矣。其间若谢玄晖之清丽,王元长之博雅,江文通之俊秀,沈休文之疏隽,丘希范之凄婉,任彦昇之工稳,不可谓非深丛孤罴。继之者如温子昇、徐孝穆、庾肩吾父子,遂以集骈体之大成。后有作者,蔑以加矣。"②则从骈文发展史的角度明确说徐陵和庾信父子"集骈体之大成",等等,都受到四库馆臣理论的影响。自从韩柳倡导、欧苏完成古文运动以后,骈文就被视为俳优,成为众矢之的。六朝骈文更被多数文人、史臣和理学家等弃之若敝履,定之为无用之物,亡国之音,不能文以载道,有益教化。自隋唐以来,徐庾就受到否定评价。李延寿称"徐陵、庾信,其意浅而繁,其文匿而采,词尚轻险,情多哀思,格以延陵之听,盖亦亡国之音也"③,令狐德棻则诋其"夸目侈于红紫,荡心逾于郑卫"④,斥为词赋之罪人,这种观点成为历代官修史书的一致评价。在元明的文统、道统理论中,徐庾文学更是处于"失语"状态。《总目》作为官修目录,敢于突破以往的官方论调,除了庾信、徐陵的骈文情文兼备的成就外,当然与乾隆时期四库馆臣多为汉学家有关。汉学家崇尚学问,反对古文不学空疏、肆意纵横之病,因而征实用典的骈文成为他们的欣赏对象,故对历代骈文家进行实事求是,甚至是拔高的评价,就十分自然了。对庾徐骈文的评价,也成为清末民初以来学者研究骈文的定论,如钱基博、刘麟生和姜书阁等人在评价庾信骈文

---

① 梁章钜:《退庵随笔》卷十九《学文》,《近代中国史料丛刊》(正编)第 44 辑第 438 册,第 1025 页。

② 陈康黼:《古今文派述略》,王水照编:《历代文话》第九册,复旦大学出版社 2007 年版,第 8161 页。

③ 李延寿:《北史》,中华书局 1974 年版,第 2782 页。

④ 令狐德棻等:《周书》,中华书局 1971 年版,第 744 页。

时,都以之为标的。

《总目》对南朝文章总集也给予了肯定评价,可见其不废六朝文学的宗旨。南朝文集,《总目》著录的有晚明梅鼎祚的《宋文纪》、《梁文纪》、《陈文纪》等。《宋文纪》提要云:"宋之文,上承魏晋,清隽之体犹存;下启齐梁,纂组之风渐盛。逾八代之内,居文质升降之关。虽涉雕华,未全绮靡。"①将刘宋文章视为八代文质升降之转折点,雕华但不全绮靡,没有全盘否定其"清隽"和"纂组"特色。梁朝是骈文发展的高峰期,《总目》从梁简文帝提倡华丽文风入手,指出其对于当时文章创作的巨大影响:"一代帝王,持论如是,宜其风靡波荡,文体日趋华缛也。然古文至梁而绝,骈体乃以梁为极盛。残膏剩馥,沾溉无穷,唐代沿流,取材不尽。譬之晚唐五代,其诗无非侧调,而其词乃为正声。寸有所长,四六既不能废,则梁代诸家亦未可屏斥矣。"②将骈体发展置于由古文和骈文组成的文章视域中,将四六视为古文发展之自然变体,如词对于诗一样,仍为"正声",不能摒弃。这是对当时视骈文为俳优的有力反拨。对于陈代文章,《总目》既指出其溺于丽藻,文体极弊;又明言四杰、燕许骈文从此吸收营养,不能因为其文弊就诋毁废弃:"南朝六代,至陈而终,文章亦至陈而极敝。……韩柳未出以前,王杨之丽制,燕许之鸿篇,多取材于是者。亦不能以其少而废之矣。"③这种重视骈体,将骈体放在文章发展的历史中加以理性审视,张扬骈体地位的观念还体现在对古文总集的评价中,如对清初蔡世远编选《古文雅正》中收录骈文,大加赞赏,批评世人将古文、四六判若鸿沟的作法。

初唐四杰继承南朝文风,骈文华丽富赡,情感真挚;盛唐燕许骈文典丽宏赡,气象恢弘;中唐陆贽公牍化骈为散,少用典故、丽藻,但句式基本骈偶等,《总目》都作了肯定性的评价。此外,对于在骈文笼罩下的文坛,《总目》也肯定那些打破骈偶的古文家。如评元结文章戛戛独造,变排偶绮靡之习;对刘蜕在唐末相率为纂组俳俪之文时,毅然以古文为己任等都加以赞扬。

① 永瑢等:《四库全书总目》,中华书局 1965 年版,第 1721 页。
② 永瑢等:《四库全书总目》,中华书局 1965 年版,第 1721 页。
③ 永瑢等:《四库全书总目》,中华书局 1965 年版,第 1721 页。

这些体现了文章学的宏观视野,因而较仅评骈文更为客观和合理。

二、宋四六:以典雅流丽为宗

宋四六文在公牍应酬中非常流行,特别是庙堂制诰和应酬性的表启祝疏一般为四六体,博学宏词科尤其推崇四六,"宏词之兴,其最贵者四六之文。然其文最为陋而无用,士大夫以偶对亲切、用事精的相夸,至有以一联之工而遂擅终身之官爵者。此风炽而不可遏,七八十年矣"①,尽管作者认为四六文陋而无用,但仍客观上揭示了当时文人趋之若鹜,追求对偶亲切、用事精的创作现象。因而现存宋人文集,四六文数量较多。"由于宋人例能四六,故宋人别集几乎都有四六文,一般占到三分之一;有些宋人别集多数为四六文,甚至全为四六文,并以四六名集。"②还出现了因为擅长作四六而被推荐入馆阁的事,如吴子良《荆溪林下偶谈》卷三记载了叶适因为周南仲擅长四六诏诰而推荐其作"文字官"。③ 面对宋代丰富的四六文,《总目》进行了最为详细和系统的评价,这构成了其骈文别集批评中的主要内容。

从知人论世的传统方法着眼,在古文与骈文消长的二元维度中,点评各家骈文风格特点为其一贯思想。如评徐铉《骑省集》:"当五季之末,古文未兴,故其文沿溯燕许,不能嗣韩柳之音。而就一时体格言之,则亦迥然孤秀。"④评胡宿《文恭集》:"宿立朝以廉直著,而学问亦极该博。当时文格未变,尚沿四六骈偶之习,而宿于是体尤工。所为朝廷大制作,典重赡丽,追踪六朝。"⑤都是从当时文坛风气出发,说明其四六整体特征。从作者学问渊博、根柢深厚的角度出发,以典雅流丽概括宋四六特征,为《总目》评价宋四六的最大特点。其表现为常用"瑰丽"、"典雅"、"流丽"等词评价宋四六。如评王珪《华阳集》:"其文章则博赡瑰丽,自成一家。计其登翰苑、掌文诰

---

① 孙梅《四六丛话》卷二十八附叶绍翁《四朝闻见录》引,王水照编:《历代文话》第五册,复旦大学出版社 2007 年版,第 4805 页。

② 曾枣庄:《论宋代的四六文》,《文学遗产》1995 年第 3 期。

③ 王水照编:《历代文话》第一册,复旦大学出版社 2007 年版,第 566 页。

④ 永瑢等:《四库全书总目》,中华书局 1965 年版,第 1305 页。

⑤ 永瑢等:《四库全书总目》,中华书局 1965 年版,第 1310 页。

者几二十年,朝廷大典策,皆出其手。故其多而工者,以骈俪之作为最。"①
评沈括《长兴集》:"然学有根柢,所作亦宏赡淹雅,具有典则。其四六表启,
尤凝重不佻,有古作者之遗范。"②评王安中《初寮集》:"四六诸作,尤为雅
丽。"③评卫博《定庵类稿》:"大都工稳流丽,有汪藻、孙觌之余风,非应酬牵
率者可比。"④以及评《格斋四六》"典雅流丽,亦复斐然可观"⑤,评扬冠卿
《客亭类稿》"才华清隽,四六尤流丽浑雅"⑥,评廖行之《省斋集》"其四六之
作,则较他文为流丽"⑦等都是侧重于挖掘各自四六的典雅流丽之风。从典
雅中见学识,以流丽畅文气,雅而不凝滞,丽而不浮靡。这与其说是《总目》
对宋四六作家作品特征的概括,不如说更是四库馆臣理想中的四六文风格。
对宋人四六特征的评价,《总目》不仅仅局限于个人文本的分析,而是侧重
于其风格渊源以及其在宋代的嬗变承递及师法源流。如评韦骧《钱塘集》
"四六表启为尤工。其精丽流逸,已开南宋一派。虽未能接跻欧梅,要亦一
时才杰之士也"⑧,评王子俊《格斋四六》"踵六一、东坡之步武,超然绝尘,自
汪彦章、孙仲益诸公而下不论"⑨等都是。在评李廷忠《橘山四六》时,更是
从北宋、南宋初年四六文的特点中,对比概述其四六特征:"北宋四六,大都
以典重渊雅为宗。南渡末流,渐流纤弱。廷忠生当淳熙、绍熙之间,正风会
将变之时,故所作体格稍卑,往往好博务新,转伤繁冗。然组织尚为工稳,其
佳处要不可掩,固当存之以备一家。"⑩对宋代名家李刘的《四六标准》更是
知人论世,追源溯流:

> 自六代以来,笺启即多骈偶,然其时文体皆然,非以是别为一

---

① 永瑢等:《四库全书总目》,中华书局 1965 年版,第 1314 页。
② 永瑢等:《四库全书总目》,中华书局 1965 年版,第 1333 页。
③ 永瑢等:《四库全书总目》,中华书局 1965 年版,第 1345 页。
④ 永瑢等:《四库全书总目》,中华书局 1965 年版,第 1373 页。
⑤ 永瑢等:《四库全书总目》,中华书局 1965 年版,第 1371 页。
⑥ 永瑢等:《四库全书总目》,中华书局 1965 年版,第 1384 页。
⑦ 永瑢等:《四库全书总目》,中华书局 1965 年版,第 1385 页。
⑧ 永瑢等:《四库全书总目》,中华书局 1965 年版,第 1319 页。
⑨ 永瑢等:《四库全书总目》,中华书局 1965 年版,第 1371 页。
⑩ 永瑢等:《四库全书总目》,中华书局 1965 年版,第 1387 页。

格也。至宋而岁时通候、仕宦迁除、吉凶庆吊，无一事不用启，无一人不用启，其启必以四六，遂于四六之内别有专门。南渡之始，古法犹存。孙觌、汪藻诸人，名篇不乏。迨刘晚出，惟以流丽稳帖为宗，无复前人之典重。沿波不返，遂变为类书之外编，公牍之副本，而冗滥极矣。然刘之所作，颇为隶事亲切，措词明畅，在彼法之中，犹为存有所长，故旧本流传，至今犹在，录而存之，见文章之中有此一体为别派，别派之中，有此一人为名家，亦足以观风会之升降也。①

在吸取前人四六话评论的基础上，四库馆臣对四六笺启的演变作了精确概括，展示了笺启在四六文中的重要地位；又对李刘笺启以流丽稳帖为宗，无前人典重，沉迷不返，使得四六变成类书外编，公牍副本，冗滥已甚加以批评，但对其作品隶事亲切、措词明畅加以肯定，断之为四六别派中之名家，确实是宋四六批评中的画龙点睛之语，也因此成为后人研究宋四六评语的不二法门。此外，《总目》还对夏竦《文庄集》、綦崇礼《北海集》、仲井《浮山集》等文集中的四六进行了评价，或重风格归纳，或重四六行文笔法，或考证别集作者真伪，都为提要钩玄、明心见性之见。

元明骈文十分衰落，在文集中极少出现四六别集，因而《总目》没有专门对当时四六别集的批评。清代骈文号称复兴，在清初出现了三大家，既陈维崧、吴绮和章藻功。对清初三大家骈文风格进行对比评价，分别概述其主要特点及不足；又以三家为典范，总结之后骈文家的创作得失，是《总目》清代骈文批评的主要特色。如评《陈检讨四六》时云：

国朝以四六名者，初有维崧及吴绮，次则章藻功《思绮堂集》亦颇见称于世。然绮才地稍弱于维崧，藻功欲以新巧胜二家，又遁为别调。譬诸明代之诗，维崧导源于庾信，气脉雄厚如李梦阳之学杜；绮追步于李商隐，风格雅秀如何景明之近中唐；藻功刻意雕琢，纯为宋格，则三袁钟谭之流亚。平心而论，要当以维崧为冠。徒以

① 永瑢等：《四库全书总目》，中华书局 1965 年版，第 1396 页。

传颂者太广,摹拟者太众,论者遂以肤廓为疑,如明代之诟北地。
实则才力富健,风骨浑成,在诸家之中,独不失六朝、四家之旧格,
要不能以挦撦玉溪,归咎三十六体也。①

对清初骈文三大家整体风格作了对比评价,用"气脉雄厚"、"雅秀"、"刻意
雕琢"分别概括陈、吴、章三家四六特色,把握了各自四六的典型特点;又对
因摹拟陈维崧四六者太多,以至于后人以"肤廓"评陈维崧四六的现象加以
解释,再次肯定其四六"才力富健,风骨浑成",为清初之冠。这些评论语
言,都被后来骈文研究者奉为金科玉律。在评吴绮《林蕙堂集》时同样将陈
维崧和吴绮对比,分别以"雄博"、"秀逸"概括其风格:"维崧泛滥于初唐四
杰,以雄博见长;绮则出入于樊南诸集,以秀逸擅胜。"②对于雍正、乾隆中叶
以前的骈文家的评价,可以邵齐焘为代表。评其《玉芝堂集》为:"诗文皆不
分体,大抵骈偶之作为多。为四六文者,陈维崧一派以博丽为宗,其弊也肤
廓。吴绮一派以秀润为宗,其弊也甜熟。章藻功一派以工切细巧为宗,其弊
也刻镂纤小。齐焘欲矫三家之失,故所作以气格排奡,色泽斑驳为宗,以自
拔于蹊径,而斧痕则尚未浑化也。"③也是在与清初三大家骈文比较中提炼
其风格特点,指出邵齐焘气格排奡、色彩斑驳的优点和雕琢过甚的弊病。此
外,《总目》还对陈祖范《司业文集》、周宣猷《柯椽集》中的骈文做了简要评
价。但对于清人骈文评价不多,因为清代骈文复兴主要在乾隆后期至嘉道
年间,而《总目》在乾隆四十七年(1782 年)初稿已经完成,所以评价就较少
了。

三、四六选本和四六话:批评之批评

骈文偏重于形式美,因而对骈文形式要素整理、归纳的类书和选本,都
可视为骈文批评的一种形式。明清是此类书籍出现较多的时期,《总目》对
四六类书的琐碎、浅俗都加以批评。杨慎是明代中后期崇尚六朝文学的作

---

① 永瑢等:《四库全书总目》,中华书局 1965 年版,第 1524 页。
② 永瑢等:《四库全书总目》,中华书局 1965 年版,第 1521 页。
③ 永瑢等:《四库全书总目》,中华书局 1965 年版,第 1682 页。

家,其《谢华启秀》采录诸书新艳字句,裁为对偶,自二字以至八字,各为一卷,目的是以备骈体之用。《总目》认为该书:"四字一下对偶益不工整。如以'咸则三壤'对'画为九州',以'作法于凉'对'谁能执热',则虚实字颠倒。'便娟轻丽'对'犀角丰盈',诛两全不相称。以季氏'八佾舞庭'对管仲'三归反坫',偏枯尤甚。甚乃以'胡燕胸斑声大'对'越燕红襟身小',则宜古四六无此复句。以'农为邦本,本固邦宁'对'民生于勤,勤则不匮',改窜经文,仍不配偶,则益拙矣。"①指出其对偶收录不工,拙劣浮浅之病。晚明游日章《骈语雕龙》,分十七门、一百五十八子目,以骈偶之词,类隶古事,对每一子目都用骈文描绘铺陈,是典型的指导初学之作,《总目》对之评价也不高。晚明何伟然《四六霞肆》采掇故实,撰写成骈体后再分类编次,在每类后加以注释,也被《总目》批为词语拙俗,注释弇陋。晚明陈禹谟的《骈志》收录典故,嗜博爱奇;骈对隶事,抄袭剽窃,《总目》对此十分不满。对于这种收集对偶、典故的类书、选本,《总目》整体上是否定评价。康熙六十一年御定的《分类字锦》采掇成语,裁为骈偶,分类编辑。全书都为对偶句式,目的是指导诗文创作,其结构和价值与晚明同类书籍类似。但《总目》云:"抽黄对白,巧若天成;合璧分璋,词如己出。昔宋人四六,喜缀成句,一篇之内不过数联而已,宋人诗话又喜称巧对,如'带眼琴心,杀青生白'之类,一集之内亦不过数联而已。至于累牍连篇,集为巨帙,无一字一句之不工,则自古以来,未有逾于此篇者矣。"②高度评价《分类字锦》,这当然与该书是康熙圣祖御定,不能贬低有关。毕竟,《总目》是官修书目,不可能非圣无法。

《总目》对骈文理论的批评典型地体现在对历代四六话、四六选本的再阐释上。六朝、隋唐,骈文虽处于文章主体地位,但当时没有骈文之名,故除了零星的反骈偶观念外,没有专门的骈文理论。到宋代则不然,宋初直到仁宗初八十余年,四六盛行,不但制诰表启例用四六,而且常用散体的奏议、书信、论说等都用四六。直到欧阳修振起,四六与散体才分疆而治:多数辞赋、

---

① 永瑢等:《四库全书总目》,中华书局 1965 年版,第 1167 页。
② 永瑢等:《四库全书总目》,中华书局 1965 年版,第 1157 页。

制诰表启用四六;而奏议、序跋、书信等用散体。会作四六是当时为官的必备条件,因而南宋初年出现了专门的四六话,对四六创作进行指导,如《四六话》、《四六谈麈》、《云庄四六余话》等。到了晚明,社会上掀起了征刻四六书启的风气,因而出现了较多的四六选本,如王志坚的《四六法海》等。四六话和四六选本的发展轨迹,直到四库馆臣才对之进行系统阐释,实际上为对骈文理论的再批评。

首先,《总目》不满四六片面追求对偶的新巧、细密,反对四六以长句为对,主张应以命意遣词为创作旨归,这使得其贬斥王铚《四六话》而褒扬谢伋的《四六谈麈》。王应麟引楼钥语曰:"骈俪之体屡变,作者争名,恐无以大相过,则又习为长句,全引古语以为奇倔,凡累正气。一联或至数十言,识者不以为善。"①对南宋四六习为长联,全引古语的创作风尚加以批评。《总目》也反对四六长句,又批评王铚《四六话》"亦但较胜负于一联一字之间。至周必大等,承其余波,转加细密。终宋之世,惟以隶事切合为工,组织繁碎,而文格日卑,皆铚等之论导之也"②,将之视为导致宋四六"惟以隶事切合为工"的始作俑者而批评。对于《四六谈麈》,则肯定"其论四六,多以命意遣词分工拙,视王铚《四六话》所见较深"和"又谓四六之工在于剪裁。若全句对全句,何以见工,尤切中南宋之弊。其中所摘名句,虽与他书互见者多,然实自具别裁,不同剿袭"③。姑且不论王、谢两书优劣是否如此,但《总目》对于四六创作标准的标举,无疑具有较大的合理性。但《总目》认为洪迈所论四六较为精核,是因为"迈初习词刻,晚更内制,于骈偶之文用力犹深,故不同于剿说也"④则是想当然。对于创作上有独到经验的理论家,其论较深合乎常情,但《容斋四六丛谈》多为摘抄前人成句,自己观点较少,似有因人论文之嫌。其次,《总目》通过对骈文选本的评点,用实例分析骈文发展的源流正变和相应特点,以骈散交融、各有长短的态度,高扬骈文地位,

①　王应麟:《玉海·辞学指南》,王水照编《历代文话》第一册,复旦大学出版社 2007 年版,第 947 页。

②　永瑢等:《四库全书总目》,中华书局 1965 年版,第 1783 页。

③　永瑢等:《四库全书总目》,中华书局 1965 年版,第 1786 页。

④　永瑢等:《四库全书总目》,中华书局 1965 年版,第 1797 页。

有的实为骈文史论。如论王志坚《四六法海》：

> 秦汉以来,自李斯《谏逐客书》始点缀华词,自邹阳《狱中上梁王书》始累陈故事,是骈体之渐萌也。符命之作则《封禅书》、《典引》;问对之文则《答宾戏》、《客难》,骎骎乎偶句渐多。延及晋宋,格律遂成。流迨齐梁,体裁大判。由质实而趋丽藻,莫知其然而然。然实皆源出古文,承流递变,犹四言之诗至汉而为五言,至六朝而有对句,至唐而遂为近体。面目各别,神理不殊,其原本风雅则一也。①

将骈文的萌芽、形成、发展和鼎盛期从丽词、偶对的角度一一点明,其引用例文和评论内容,不仅影响了乾隆以后的骈文批评家,如李兆洛的《骈体文钞》首篇为《谏逐客书》,也指引了今天的骈文研究者,如姜书阁、张仁青、于景祥的骈文史就都从对偶数量的演变来追寻骈文的发展。《四六法海》提要还将骈文从南朝盛极而弊、周武帝、李谔反骈思想以及韩愈以古文革新、宋人四六启剳泛滥、明人表判剿袭等方面概括了骈文发展的历史,指出宋明四六格卑调俗、堆砌伤气、纤巧伤雅,因而使得四六为后来作者诟詈,不是四六文体本身浅俗导致的结果。针对《四六法海》所录四六始于魏晋,迄于元朝,《总目》认为:“大抵皆变体之初,俪语散文相兼而用。其齐梁以至唐人,亦多取不甚拘对偶者。裨读者知四六之文,运意遣词,与古文不异,于兹体深为有功。”②强调四六和古文运意遣词本质上相同,从而两者应同等对待。

从宋代以来,表启就常用骈体。《总目》对四六表启选本多有评价,如《群公四六续集》提要、《唐宋元名表》提要等。在胡松《唐宋元名表》提要中,《总目》也对明代表文杂用长联,鄙俚俗易提出批评:

> 自明代二场用表,而表遂变为时文,久而伪体杂出,或参以长联。如王世贞所作一联,多至十余句,如四书文之二小比,或参以五七言诗句,以为源出徐庾及王骆。不知徐庾王骆用之于赋,赋为

---

① 永瑢等:《四库全书总目》,中华书局 1965 年版,第 1719 页。
② 永瑢等:《四库全书总目》,中华书局 1965 年版,第 1719 页。

古诗之流,其体相近。若以诗入文,岂复成格?至于全用成句,每
生硬而欀柪;间杂俗语,多鄙俚而率易。冠冕堂皇之调,剽袭者陈
腐;饾饤割裂之词,小才者纤巧。其弊尤不胜言。松选此编,挽颓
波而归之雅,亦可谓有功于骈体者矣。①

对明代四六表文兴盛的原因及弊端,以实例为证作了精要说明;又对胡松所
编选的表文,有利于使四六表文由俗腐走向典雅的作用加以称赞。除表文
外,晚明其他应酬性文体也出现向骈俪化回归的现象,蒋一葵《尧山堂八朝
偶隽》就应运而生。该书收录六朝到宋元的骈体,包括制、诰、笺、表、赋、
序、启、剳等中的对偶之句,依次排列。《总目》将之比为王铚《四六话》之
类,认为摭拾未广,所采不工,评价不高。此外,《总目》还对骈文总集、选集
进行了考证、辨伪,从文本内容、作者学识等来辨析真伪。如对《四六膏
馥》、《四六丛珠汇选》、《四六金针》等的考证辨伪,虽然没有成为定论,但对
启发后人进一步判断其真伪,无疑具有重要的导向价值。《总目》丰富又全
面的骈文批评,当然与其奉旨编撰提要,不得不对历代骈文别集和理论专著
加以整理,梳理版本源流,概述作者经历以及文本思想内容有关;同时,也与
四库馆为汉学家大本营,而汉学家为文鄙视空疏,反对空言性理,主张征实,
而骈文必须证实的特点有关;更与清初至乾隆前期骈文创作和理论的兴起
有关,这就是《总目》骈文理论集前代之大成,启后人之法门的主要原因。
此外,《总目》对骈文的批评也很少见到文以载道、诗言志等话语,可见骈文
追求形式美的特征,是一种通过典故、对偶和丽藻等使文本"陌生化"的文
体。借用什克洛夫斯基所云:"艺术的目的是要人感觉到事物,而不是仅仅
知道事物。艺术的技巧就是使对象陌生,使形式变得困难,增加感觉的难度
和时间长度,因为感觉本身就是审美目的,必须设法延长。艺术是体验对象
的艺术构成的一种方式,而对象本身并不重要。"②来概括骈文通过用典、藻
饰等形式美,增加读者的阅读难度和时间长度的特点,以自身形式作为主要

① 永瑢等:《四库全书总目》,中华书局1965年版,第1717页。
② 什克洛夫斯基:《作为技巧的艺术》,佛克马等编:《二十世纪文学理论》,三联书店1988年
版,第19页。

的审美追求,就没有中外文论融合中貌合神离的通病,为西方文论的中国化提供了某些启示。

第二节 前代文风影响下的骈文复古论

中国古代文化有着浓郁的复古情结,不管是在诗文领域,还是在经学领域,以古为尚的思想屡见不鲜。而诗文等偏重抒情的文学发展到宋代,在题材、体裁和语言上都达到了相对饱和,所以元以后新变代雄的文学不得不向素受轻视的戏剧、小说等叙事文学发展;或者以古为依,崇尚文学史上诗文的强盛时期,掀起文学复古运动。骈文经过六朝、初唐鼎盛及盛唐至宋的蜕变后,同样面临新变的困惑和难度。元明骈文极度衰落,除了当时的文化政策和学术思想外,也与骈文风格、内容等难以突破有关。面对前人骈文创作成就的巨大实绩,从陈维崧开始,清人就大量摹仿六朝、初唐等骈文家内容及创作风格;乾嘉道时期的学术思潮以汉学为主流,其本质思想也是复古,这也造成了此时骈文强烈的复古性。嘉庆七年,王昶为《白鹄山房骈体文钞》作序云:"国初诸公振其绪遗,焕然复古。然才力所至,互有得失,则摹古者俪畔绳尺,趋新者矜尚妍巧。于昔人指事类情,刚柔迭用之旨,未必遽能悉合。雪庐一以初唐为宗,不屑争奇吊诡,自炫新异。……深入王杨卢骆之室,不诬也。"①从复古的角度,认为徐熊飞骈文效法初唐四杰,不屑于争为奇诡,炫耀新异。清末胡念修《国朝骈体文家小传叙》云:"自奇而耦,自耦而奇,文体之变正未有极。何以见之? 曰:于国朝见之。盖国朝文学大昌,无体不具。……学耦之文,其名亦四,曰汉魏,曰齐梁,曰唐,曰宋。奇耦两家,以涉古知名者,指不胜屈。"②对清代骈文家摹拟汉魏、齐梁、唐和宋,"涉古知名"作了简要的概述。此时的骈文理论,受创作影响,其批评内容也体现鲜明的复古性,即当时的批评话语习惯于用前代或以往作家风格来

---

① 王昶:《白鹄山房骈体文钞序》,上海图书馆藏清嘉庆刻本。
② 胡念修:《四家纂文叙录汇编》附录卷五,王水照编:《历代文话》第七册,复旦大学出版社2007年版,第6249页。

评价当下作品。

复古思想为清代骈文创作和批评的重要现象,但我认为清代骈文家并没有像古文那样开宗立派。张仁青云:"清代骈文家喜言宗派,在当日之复古潮流中,作者大都规橅前代,而好尚不同,取舍各异,遂有门户派别之分,举其大要,六朝、三唐、两宋三派而已。尊六朝者尚藻丽,尊三唐者贵博富,尊两宋者尚气势。"①其所说的三派中,崇尚两宋的骈文家其实很少。同时,综观清代骈文作家,虽然其创作中有摹拟前代的倾向和爱好,但从来没有出现因倡导、崇尚某一朝代风格而形成骈文宗派,有的只是在评论中对作家骈文创作倾向的复古评价,并不存在宗派门户之分。事实上,清代骈文,特别是乾嘉道骈文,其主要的审美取象和评价依据,从复古的方向来看,为魏晋和六朝、初唐骈文。他们大部分把任昉、沈约和徐陵、庾信为代表的六朝和以初唐四杰为代表的初唐作为崇尚对象。中唐陆贽公牍骈文、晚唐樊南四六以及宋代散文化的四六,在大部分清代骈文家看来,都不是正宗,而是变体,所以崇尚的较少,批评中也很少以宋四六拟之。陈寿祺(1771～1834)云:

> 寿祺尝论四六之文,与律赋异格,与古文同源。必明乎谋篇命意之途,关键筋节之法,然后与古文出一机杼。四杰气格尚隽而不免繁艳,自宋以后浮动轻率,遂坠宗风,国初陈迦陵虽有逸才,未除俗调,章岂绩而下等之自邻矣。自胡稚威始倡复古,乾隆、嘉庆间乃多追效《选》体,然吾乡犹局时趋,未能丕变。……阁下论古文严而不废有真气之骈体,非洞彻古今升降源流之故而得其会通,其孰能辨乎斯?②

对于初唐四杰以下骈文,特别是宋四六都较为不满,对乾嘉时骈文多尚汉魏六朝选体文风表示赞同,尽管其乡人还没有适应、反应过来。咸丰二年(1852),杨以增云:"骈文正声,绝于徐庾。唐贤蜂起,高者伤繁芜,下者苦

---

① 张仁青:《中国骈文发展史》,中华书局1970年版,第568页。
② 陈寿祺:《答高雨农舍人书》,《左海文集》卷四,《续修四库全书》第1496册,第183页。

纤靡,天故发绍述以复,词必已出,旧观一洗剿贼陋习。及宋四六盛行,搓挪助字,么细弥甚。"①刘麟生所说:"清代骈文,刻意复古,故无取乎宋四六。"②都指出了清代骈文轻视宋四六,崇尚六朝骈文的特点。袁枚对于宋四六也非常反感,反对用此代指骈文;还指出其格降调卑,导致骈文衰落:"若夫四六者,俗名也。……宋人起而矫之,轻倩流转,别开蹊径,古人固而存之之义绝焉。自是格愈降,调愈卑,靡靡然皮傅而已。虽骈其词,仍无资于读书。"③曾燠从批评宋四六话矜切合之巧、剪裁之工入手,进而对宋四六大加挞伐:"要是两宋规模,未窥六朝阃奥。津逮既卑,颓波弥甚,精神尽丧,面目都非,乃五百年遂无作者。或残杯冷炙,触鼻腥腐之气;或晨歌辕议,刺耳俳谐之音。"④当然,清代也有崇尚宋代骈文的,如彭元瑞和张之洞等,但毕竟很少。从评论的角度来说,清代骈文批评复古崇尚对象主要为汉魏、六朝和初唐,其中又以六朝初唐为中心。原因除了当时审美风尚外,还在于其庙堂之文则典雅庄重,气势磅礴;抒情言志之文则缘情绮靡,哀婉动人。这两方面各司其职又彼此融合则骈文兴盛,否则则衰落。如宋四六走向庙堂,忽视缘情绮靡,最终导致骈文衰落;晚明四六走向言情,但无朝廷庙堂之文的支持,也难以真正的繁荣。下面从三个方面来分析清代骈文,重点是乾嘉道骈文,间或涉及晚清骈文批评中的复古特征。

一、以三唐骈文为取向的作家文风批评

相对于文学史上熟悉的唐诗分为初盛中晚四期来说,清人多以"三唐"论诗文,特别是论文章。刘开《与王子卿太守论骈体书》有云:"夫魁杰之才从事于此者,亦不乏人。大约宗法止于永嘉,取裁专于《文选》,假晋、宋而厉气,借齐、梁以修容,下不敢滥于三唐,上不能越夫六代,如是而已。"明确称唐代骈文为"三唐"。清末民初褚傅诰云:"至我朝,最重文化,两开鸿博,

---

① 杨以增:《石筍山房集序》,《续修四库全书》第1425册,第314页。
② 刘麟生:《中国骈文史》,东方出版社1996年版,第114页。
③ 袁枚:《胡稚威骈体文序》,王英志校点《袁枚全集》(贰),江苏古籍出版社1993年版,第199页。
④ 曾燠:《有正味斋骈体文序》,《续修四库全书》第1468册,第599页。

彪文魁藻,世有其人。然审其文品,亦如唐人论诗,有初、盛、晚之分。"①则将"三唐"定位初盛晚。赵尔巽也说:"俪体文自三唐而下,日趋颓靡。"②当然,这里的分期只是方便论述,指作家的主要创作倾向或者摹拟对象,其实在实际创作中难以截然分开。有时汉魏、六朝和初唐骈文往往作为整体而出现在评论话语中。

在清初陈维崧掀起骈文创作的高潮后,虽有章藻功在康熙末年的振起,但毕竟名家不多,影响不大。直到乾隆初年,山阴胡天游以骈文振起文坛,才揭开了乾嘉骈文兴盛的序幕。胡天游(1696~1758),榜姓方,名骏,字稚威,浙江山阴人。他为人狂放,力诋方苞古文和王士禛、朱彝尊诗文,士大夫都重其才而畏其口。其骈文创作在乾隆初期独负盛名,影响很大。袁枚以胡天游为师,将他视为当时骈文第一作手:"稚威之文虽偶实奇,何也? 本朝无偶之者也,迦陵、绮园非其偶也,今人不足取。于古人偶之者,玉溪生而止耳。再偶,则唐四家与徐庾、燕许也。吾将偶之,而恐未逮。"③这里的奇偶含义独特,"虽偶实奇"中"偶"为骈偶即骈体文,"奇"为举世无双的意思,后面中的"偶",都是并驾齐驱的意思。言外之意是胡天游的骈偶文成就,陈维崧、吴绮无法相比,今人更加不配与之相比。本朝无与其匹,前朝则只有李商隐、初唐四杰和徐庾、燕许等骈文大家才能与其相比。故对自己骈文自信的袁枚,才会说自己也恐怕比不上胡天游。可见,胡天游骈文在当时具有较大声誉和成就。文辞博奥,气流渊茂为胡天游骈文的主要特点。朱仕琇(1715~1780)评曰:

> 天游于文工四六偶俪,得唐燕许二公之遗;诗亦雄健有气;其古文自言学韩愈,涩险处时似唐刘蜕、元元明善,非其至也,然自喜特盛。④

---

① 褚傅诰:《石桥文论》,王水照编:《历代文话》第十册,复旦大学出版社 2007 年版,第 9626 页。

② 赵尔巽:《清史稿》卷四八五,中华书局 1977 年版,第 13382 页。

③ 袁枚:《胡稚威骈体文序》,王英志校点:《袁枚全集》(贰),江苏古籍出版社 1993 年版,第 199 页。

④ 朱仕琇:《方天游传》,《石笥山房集》卷首,《续修四库全书》第 1425 册,第 320 页。

对胡天游骈文、诗歌和古文都加以评价,认为其骈文风格似张说、苏颋;古文虽学韩愈,涩险似刘蜕、元明善,但这不是其所擅长。然不可否认,韩愈险怪奇崛、词必己出和刘蜕晦涩险怪的文风对胡天游骈文险涩峭戾的风格有重要的影响。胡天游骈体庙堂之作典雅凝重,浩博繁富。道光二十八年(1848),强溱为胡天游文集重刊序云:"《词科掌录》云:'胡稚威藻耀高翔,才名为词科中第一。所作若《文种庙铭》、《灵济庙碑》、《安顺先生碑》、《任御史赵总兵两墓志》、《逊国名臣赞序》、《柯西石宕记》,皆天下奇作,使李文饶、权载之执笔,不能过也。'"①所列作品侧重于庙堂之作,气势雄伟而文风典雅庄重,因而有燕许之风。而中唐李德裕、权德舆等人,善于写公牍骈文,其风格和燕许有较大的相似性,所以这里用以比胡天游。道光三十年(1850),包世臣序胡天游文集云:"细绎机栝,在乎换成言,择字义,相类者更代以明新,于骈语习见者颠倒以示奇。其小文短章,则字棘句钩,急切不能了指归。其要领在乎节助字。盖多借助字,意与词适,以熟易滑,节之则词生意窈,赖咀味求之。前哲间以此为济胜之具,至徵君乃为专家。"②比较详细地分析了胡天游的骈文特点:征典繁富,古今杂陈;去陈言,择字义,颠倒示奇;借用又节用助词贯通文气,使得意词相配又文意杳渺,这些与唐代散体文风有一致之处。

中唐陆贽公牍骈文成就很高,影响很大。但其以散行之气行排偶之文,较少用典,语言较通俗的风格不适合清人的审美标准,所以除了《四六丛话》等专书外,清人文集序跋中较少对陆贽骈文加以高度评价,也较少以之为复古批评的效法对象。晚唐李商隐多章奏四六,其地位在清代也不高,但崇尚者尚有。如咸同年间的钱振伦,就是以效法李商隐骈文而名世。陈其泰云钱振伦:

乃谓齐梁多哀艳之辞,罕窥其神韵;欧苏尚排奡之气,或俭于词华。将欲挽厥滥觞,趋于正轨,则由唐一代之文,有可取焉。

---

① 强溱:《石笥山房集序》,《续修四库全书》第1425册,第316页。
② 包世臣:《石笥山房集序》,《续修四库全书》第1425册,第315页。

……其中李义山诸作,致为清丽,有所服膺。……如彼宜其发于文者,清峭之感,兴托秾华;密丽之音,味含隽永。虽排比于声律,时卷舒乎风云。持比义山,殆亦士衡所谓谢朝华、启夕秀者与?①

指出钱振伦对齐梁和欧苏骈文都不满意,而以唐为尚,特别是崇尚李商隐的清丽文风。钱振伦《示朴斋骈体文》共六卷,卷一为赋、序,卷二为序,卷三为序、记、书,卷四为启、跋、策问、连珠、铭、赞,卷五为论、墓表、诔,卷六为哀辞、祭文及杂文。不仅其骈文作品呈现出流丽阂博、情文并茂的晚唐特征,而且其在文中也表明了自己的宗唐爱好:"至于长庆千篇,备敷陈之体;会昌一品,垂乔丽之文。沿及晚唐,流风未艾。金荃、玉溪之集,诚可刊于大宝;鼎臣、昭谏之名,亦何惭于后殿。"②和钱同时的人也认为钱振伦骈文效法唐人,"或曰:君文宗法唐人,声病太谐则调庸而不健;层折太析则义显而不融。求如邵叔宀所言'于绮藻丰缛之中,存简质清苍之气'者,往往难之。"③曾国藩也云:"余同年友钱君楞仙,笃嗜李氏之文。尝辑其佚篇二百余首,为樊南文补注,刻成寄余。……君文不尽效李氏,冲夷清越,藻丽自生,吾知后世必有读而好之如君之于李氏者。"④承认钱振伦嗜好李商隐骈文,但不尽仿效李商隐,而能走出来,达到"冲夷清越,藻丽自生"的境界,其实也是用李商隐文风来评价钱振伦。这些都展示了钱振伦骈文以唐代为尚的取向。当然,清代骈文除了崇尚初唐四杰的较多外,对中晚唐作家大加欣赏且加以模仿的也不多。

二、以六朝骈文为崇尚的骈文正宗论

清人骈文崇尚正宗,有《国朝骈体正宗》、《国朝骈体正宗选编》等选本,那么何种骈文为正宗呢? 一般认为是六朝骈文大家风格为正宗,如任沈、徐庾等,偶有涉及初唐四杰者。明末王守谦云:"至六朝而专事骈偶,文至此

---

① 陈其泰:《示朴斋骈体文序》,清同治六年(1867)刊本。
② 钱振伦:《唐文节钞序》,《示朴斋骈体文》卷一,清同治六年(1867)刊本。
③ 钱振伦:《江鲍二家文钞序》,《示朴斋骈体文》卷一,清同治六年(1867)刊本。
④ 曾国藩:《示朴斋骈体文序》,清同治六年(1867)刊本。

翻然一变,秦汉古气渐灭殆尽矣。乃若'明月'、'玉树'之篇,不过流连光景,纤媚取妍,竟何裨于世道耶?"①从政教世道的角度否定六朝骈文"纤媚取妍"的艺术美,以社会批评代替审美批评。崇尚骈文的清人则多从艺术形式上肯定六朝骈文为正宗。程晋芳在《胡稚威文集序》中说初唐四杰骈文工整秀异、词气充沛和表意完整,为徐庾骈文的延续。之后李商隐工于组织,典雅纤秾,渐乖正道。宋四六以明白晓畅为宗,典雅雄浑之风尽失,因而为骈文变体。其中就以六朝、初唐为骈文正宗。所以,此论六朝,有时也包括初唐骈文。总的来说,此时骈文句式工整而不呆板,文气流转而不凝滞;题材广泛,内容丰富,描写、抒情和议论兼长;风格典雅雄浑、沉博绝丽而文风清刚简质。其中,沉博绝丽在博学成风,以才为尚的清代中叶,更容易得到文人学士的认同。故当时崇尚六朝骈文的作家处于主流地位,从而使得即时性的骈文理论也就多以六朝为尚。邵齐焘、袁枚、孔广森、彭兆荪等的骈文主要以六朝为尚,在时人的评论中也多以六朝文风冠之。

乾隆五十二年,孙星衍《仪郑堂遗稿叙》不仅对当时的骈文家风格作了概述,而且事实上也指出为何骈文崇尚六朝的原因:

> 今代为文,有六朝风格者,惟邵叔宀、袁简斋两君。既有集行世,巽轩尤致力于此。尝见寄其甥朱沧湄舍人书,畅论宗旨,略云:"骈体文以达意明事为主,不尔,则用之婚启,不可用之书札;用之铭诔,不可用之论辨,直为无用之物。六朝文无非骈体,但纵横开阖,一与散体文同也。"又云:"任徐庾三家必须熟读,此外,四杰即当择取,须避其平实之弊,至于玉溪,已不可宗尚。"又云:"第一取音节近古,庾文'落花芝盖,杨柳春旗'一联,若删却'与'、'共'字,便成俗响。陈检讨句云:'四围皆王母灵禽,一片悉姮娥宝树'此调殊恶。若在古人,宁以两"之"字易'灵''宝'二字也。"又举杨炯《少姨庙碑》云:"蒋侯三妹,青溪之轨迹可寻;虞帝二妃,湘水之波

---

① 王守谦:《古今文评》,王水照编:《历代文话》第三册,复旦大学出版社 2007 年版,第 3122 页。

澜未歇。"以为"未歇"二字,耐人玩读,今人必不能到。又云:"不
可用经典奥衍之字,又不可杂制举文柔滑之句"云云。盖其自得于
古人,并期其甥如此。①

孙星衍点明乾隆时期骈文有六朝风格者有邵齐焘、袁枚和孔广森,借孔广森
语强调骈文以"达意明事"为主,否则,书札、论辩就不要骈体,其用意显然
是想用散体文的达意明事之长弥补骈文晦涩难懂之短,所以后面接着说六
朝骈文纵意遣词与散体无异的特点。可见孔广森论骈文推崇六朝,任昉、徐
陵和庾信,应该"熟读"融会;初唐四杰骈文,则为"择取",以避免其平实之
弊,至于李商隐的骈文就不能宗尚了。也可见乾隆时期对六朝骈文的崇尚,
对唐代以后骈文的挑剔和批评。又孔广森对于骈文的用辞造句、典故显晦
等方面,强调不能用典奥僻,不能杂用八股文法等,目的显然是矫正骈文俗
涩之病,使之走向典雅清新。孔广森骈文取法六朝,以复古为尚,吴蔚云:
"韵语骈体,未尊绝诣,其犹子巽轩太史,四六文乃兼有汉魏、六朝、初唐之
胜,尝从戴氏受经,治《春秋》《三礼》多精言,故其文托体尊而去古近。"②
初好骈文,后转而研经的孙星衍,其风格也是取法六朝。吴蔚云:"后六年,
从先生客扬州。一日集汪容甫家,容甫称今之人,能为汉魏六朝唐人之诗
者,武进黄仲则也;能为东汉魏晋宋齐梁陈之文者,曲阜孔巽轩、阳湖孙渊如
也。"③即记叙了汪中对孙星衍和孔广森文法六朝的评论。洪亮吉骈文崇尚
六朝,乾隆五十一年(1786),袁枚序洪亮吉云"君善于汉魏六朝之文,每一
篇出,世争传之,以倦于钞写"④,以汉魏六朝之文指代其骈文;又评洪亮吉
骈文渊雅,气质深厚。这里以邵齐焘为例,来了解此派的骈文取向。

邵齐焘(1718~1769),字荀慈,号叔宀,江苏常熟人,为乾隆前中期有
名的骈文家。同时的郑虎文(1714~1784)称:"今海内人士所推能为东京、

①　孙星衍:《仪郑堂遗稿叙》,吴蔚《八家四六文钞》引,清嘉庆三年(1798)刻本。
②　吴蔚:《仪郑堂遗稿题词》,《八家四六文钞》卷首,清嘉庆三年(1798)刻本。
③　吴蔚:《问字堂外集题词》,《八家四六文钞》卷首,清嘉庆三年(1798)刻本。
④　袁枚:《卷施阁集文·乙集序》,《续修四库全书》第1467册,第363页。

六朝、初唐之文者,无论识与不识,必首吾友叔宀。"①其为人志行超远,意度夷旷;为学博古通经,为文主张骈散兼容。由于其骈文成就较高,以致于初好骈文的王太岳见了之后弃而不作。彭启丰称赞其文:"华不失实,炼不伤雅,洵足上追李唐、远攀晋宋者欤!"②指出了其骈文华实结合,炼雅交融的特点。在创作上,邵齐焘将乾隆盛世的文治武功用典雅宏丽的骈体表现得庄重得体,特别是那些反映疆域辽阔、巡视威容的骈文更是代表了其风格。如其《圣驾东巡恭谒祖陵诗谨序》、《圣驾东巡恭谒祖陵颂序》、《平金川雅谨序》(代少宗伯秦公作)、《圣驾南巡颂谨序》(代宗人主事孙梦逵作)等都是雍容典雅、称颂揄扬之文。骈散兼容,气势宏大,如其《圣驾再巡盛京颂》(谨序)中一段:

> 皇上运膺下武,勋照重熙,承俊发之远祥,固定尔之洪业。兢兢业业,御六辩而调玄;荡荡巍巍,掩百工而配极。璇宫视膳,天明地查之经;玉垒鸣钲,阴惨阳舒之化。三千备礼,括损益于商周;十二祥喦,协铿锵于韶夏。轻刑缓赋,道洽于胜残;劝学巡耕,义深于降德。怀生睟睟,追卷领而齐风;含识熙熙,梦华胥而同俗。戴星戴斗,太平太蒙,渐洪化而东臣,仰风声而思服。栈山纳贡,迥梯悬度之峰;槎海输珍,深跨浮毛之浪。若乃协时同律,采虞典之遗文;纳贾陈诗,考周官之故事。升中岱顶则云气成宫,登礼嵩高则祯声动谷。大越群耕之鸟,望华盖而和鸣;广陵合战之涛,候珠旗而谧浪。固已百神受职,四隩争流,泽浸萌生,咸申绝塞。风扬晷洽,玉烛调于四时;海静山明,金瓯固于万里者矣。③

在歌功颂德中铺陈盛世升平气象,意象宏大,气势雄伟,将乾隆帝的文治武功渲染出来,再现骈文典雅庄重的特征。又如《送黄生汉镛往徽州诗序》

---

① 郑虎文:《敕授儒林郎翰林院编修加一级邵公墓志铭》,《玉芝堂文集》卷首,《四库全书存目丛书》集部第281册,第440页。

② 彭启丰:《玉芝堂文集跋》,《玉芝堂文集》卷首,《四库全书存目丛书》集部第281册,第559页。

③ 邵齐焘:《玉芝堂文集》卷三,《四库全书存目丛书》集部第281册,第472—473页。

曰:"方欣起予,遽慨离群。目极长衢,心驰遐路。垂杨濯濯,落絮萦愁;芳草芊芊,成茵藉恨。谷禽桥畹,求友相鸣,津书扶疏,落帆何处。西陵渐水,知有遇风之诗;渔浦桐庐,曾无维舟之待。新知生别,悲乐萃于一时;病骨空囊,劳怀极于千里。"①汉镛,即黄景仁,为邵齐焘的学生,乾隆时期著名诗人,才秀人微,性情孤傲而身体羸弱。邵齐焘在以景衬情,情景交融中,将绮丽丰辞和简质清刚之意结合起来,凝而不滞,整而不呆,具有六朝骈文清丽特征。《佩兰诗草序》曰:"即今阶前碧草,依旧成茵;窗外春禽,犹闻报曙。而镜台俟掩,砚匣俄尘。空使苍茫哀垅,长依望海之坟;怊怅风辞,远继断肠之作。"②更具有六朝抒情骈文情感细腻的效果。渊懿典雅又清新流丽,正是其庙堂之作和缘情之作的主要特征,也是其骈文风格效法六朝的主要表现。

此外,乾隆时期的袁枚为当时诗、古文和骈文创作都独树一帜且卓有成就的大家。对于其诗和古文,研究较多,而其骈文研究很少。袁枚具有自觉的骈文意识,在《胡稚威骈体文序》中思考四六和骈体文的关系,对乾隆以前的四六作家比较轻视,隐然以当代四六家卓然而立。在乾嘉时代,其骈文成就也得到公认。孙星衍《袁枚传》称他特别擅长骈体,抑扬跌宕,得六朝体格;石蕴玉在《袁文笺证序》中也认为他四六学博辞赡,字字皆有来历,为当代有名作手。其骈文效法六朝,不主故常。姚鼐评袁枚"古文、四六体,皆能自发其思,通乎古法。"③所谓"古法",就骈文而言,是指相对于唐宋的六朝文法。学骈文而崇尚六朝,评骈文而标举六朝,是乾嘉道时期骈文学的重要指向,和袁枚基本同时的金兆燕也是典型代表。乾隆十七年,谢墉在其《〈棕亭古文钞〉序》中称:"论文辄叹荀叔之才无所不工,而骈体则尤少陵所谓清新老成者也。荀叔为予言:'君故未见吾家姨兄金钟越耳!殆出入徐庾,凌轹王杨,近时陈髯专拾开府余慧,乃不足数。'予窃讶其言之过而未有

---

① 邵齐焘:《玉芝堂文集》卷六,《四库全书存目丛书》集部第281册,第517页。
② 邵齐焘:《玉芝堂文集》卷四,《四库全书存目丛书》集部第281册,第485页。
③ 姚鼐:《袁随园君墓志铭》,《惜抱轩文集》卷十三,《续修四库全书》第1453册,第103页。

以难也。入夏而钟越至,急发其箧而观之,乃不啻如苟叔所称者。"①用徐庾和王杨来比照金兆燕的骈文,可见其对六朝初唐骈文的倾向性。嘉庆年间,阮元在骈文文集序中也云:"其诗矢正音而持雅裁,清远峻洁,不移于俗,骈体文得齐梁初唐之遗。"②道光十八年钱泳序王昙文集云:"仲瞿之学,无所不窥,而尤工于骈体,直可压倒齐梁。"③胡敬《崇雅堂文钞》包含《崇雅堂骈体文钞》四卷,道光十八年生英和序:"文则兼六朝、李唐之美,诗则颜谢杜苏之流。……喜其学益深,性益定,识益超,思益精,是得助于杭之山水也,能吐烟霞气也,而无簿书宴游之扰也。"④也指出了其文具有六朝骈文和唐代古文之美的特点。道光中期,胡培翚在为其兄胡承珙(1776~1832)文集所作的序中,认为胡承珙文章三变:"初时熟精文选,习为骈体文,有六朝初唐文格;其后研究经史,与四方友朋往还讨论,辨释名物训故,则有考据之文,如《孔贾疏》,体虽不于文求工,而下笔滔滔,文称其意。"⑤将其学文经历,即由骈体文到考据之文,再到古文点出来,也可见其骈文崇尚六朝和唐代之美的倾向。总之,以六朝骈文作家,有时包括初唐为尚,是乾嘉道时期以来骈文复古批评的主要内容。

三、以魏晋骈散交融文风为准的作家风貌论

东汉时代,骈文胚胎已具。无论是平时的应用、抒情文章,还是当时的史书等,都具有明显的骈文意识,特别是班固《汉书》崇尚骈俪的倾向,对后来蔡邕、范晔等影响较大。从东汉末到魏晋,文章骈化更加厉害,但仍然继承着前代骈散夹杂的文风,笔调流利又文采斐然,文字整炼又文气流畅,但又不拘泥于对偶。似散似骈,亦散亦骈,这就是魏晋文风的特点。崇尚此种文风是乾嘉道时期骈文复古批评的一个组成部分,其主要代表为汪中和凌廷堪。

---

① 谢墉:《棕亭古文钞序》,《续修四库全书》第1442册,第273页。
② 阮元:《徐雪庐白鹄山房集序》,《揅经室集》,中华书局1993年版,第689页。
③ 钱泳:《烟霞万古楼文集序》,丛书集成初编本,第2530册。
④ 生英和:《崇雅堂文钞序》,《续修四库全书》第1494册,第109页。
⑤ 胡培翚:《求是堂文集序》,《续修四库全书》第1500册,第191页。

汪中之文哀感顽艳,情景相生,深得魏晋骈文情文并茂、骈散兼容的特点。如其《广陵对》、《哀盐船文》、《自序》等都奇偶相生,以骈俪之文运散行之气。其好友王念孙评价汪中:"余拙于文词,而容甫澹雅之才,跨越近代。至其为文,则合汉魏晋宋作者而铸成一家之言,渊雅醇茂,无意摩放,而神与之合,盖宋以后无此作手矣。当世所最称颂者,《哀盐船文》、《广陵对》、《黄鹤楼铭》,而它篇亦皆称此。盖其贯串于经史诸子之书,而流行于毫素,揆厥所元,抑亦酝酿者厚矣。"①王引之则曰:"为文根柢经史,陶冶汉魏,不沿欧曾王苏之派,而取则于古,故卓然成一家言。"②其《经旧苑吊马守真文序》更是骈散交融,情感动人,可以视为其骈文风格的代表作:

> 岁在单阏,客居江宁城南。出入经回光寺,其左有废圃焉。寒流清泚,秋菼满田,室庐皆尽,惟古柏半生,风烟掩抑,怪石数峰,支离草际,明南苑妓马守真故居也。秦淮水逝,迹往名留,其色艺风情,故老遗闻,多能道者。余尝览其画迹,丛兰修竹,文弱不胜,秀气灵襟,纷披楮墨之外,未尝不爱赏其才,怅吾生之不及见也。夫托身乐籍,少长风尘,人生实难,岂可责之以死!婉娈倚门之笑,绸缪鼓瑟之娱,谅非得已。在昔婕好悼伤,文姬悲愤,矧兹薄命,抑又下焉。嗟夫,天生此才,在于女子,百年千里,犹不可期,奈何钟美如斯,而摧辱之至于斯极哉!余单家孤子,寸田尺宅,无以治生,老弱之命,悬于十指。一从操翰,数更府主,俯仰异趣,哀乐由人,如黄祖之腹中,在本初之弦上。静言身世,与斯人何异?只以荣期二乐,幸而为男,差无床箦之辱耳。江上之歌,怜以同病;秋风鸣鸟,闻者生哀。事有伤心,不嫌非偶。③

章太炎《箌汉微言》云:"今人为俪语者,以汪容甫为善。彼其修辞安雅,则异于唐;持论精审,则异于汉;起止自在,无首尾呼应之式,则异于宋以

---

① 王念孙:《述学序》,《续修四库全书》第 1465 册,第 385 页。
② 王引之:《行状》,《述学》后附,《续修四库全书》第 1465 册,第 442 页。
③ 汪中:《述学·别录》,《续修四库全书》第 1465 册,第 441 页。

后之制科策论,而气息调利,意度冲远,又无迫笮塞吃之病,斯信美也。"李详云:"容甫熟于范蔚宗书,而陈乘祚之《三国志》在前,裴松之注所采魏晋之文最佳,容甫窥得此秘,于单复奇偶间,音节遒亮,意味深长,又甚会沈、任之树义遣词,不敢轻步荆鲍之藩篱,此其所以独高一代欤?"①章太炎所评的气息调利、意度冲远,李详的单复奇偶、音节遒亮等正解释了汪中骈文的特征,也是魏晋文风的特征。凌廷堪为乾隆五十五年进士,也是乾嘉时代的经学家和骈文家。为文精深雅健,无体不工,儒林文苑,兼于一身。卢文弨于乾隆六十年作《校礼堂初稿序》云:"今君复又继起,顾戴不能为诗与华藻之文,而君兼工之。诗不落宋元以后,文则在魏晋之间,可以挽近时滑易之弊。"②指出凌廷堪文风在魏晋之间的特点。嘉庆二十三年刊刻的《国朝汉学师承记》中,江藩评价他"雅善属文,尤工骈体,得魏晋之醇粹,有六朝之流美,在胡稚威、孔巽轩之上,而世人不知也。"③也是以魏晋醇粹、六朝流美来概括凌廷堪的骈文风格。

当然,汉魏六朝为骈文发展、成熟时期,所以时人在评论中会将之连用,以代指骈文,如上面江藩对凌廷堪的评价就是如此。董祐诚(1791~1823)字方立,也是当时的骈文家兼学者。道光三年(1823)董基诚序《董方立文乙集》,即其骈文集云:"嘉庆庚午,方立年二十,初学为汉魏六朝之文。明年辛未,客游陕西,首成《西岳华山神庙赋》,名大著。居西安二年,得文二十余首,自后稍稍弃去"。④ 方履籛《兰石斋骈体文遗稿序》评董祐诚也云:"既欣同志,俱好纂组。遂欲发兰台之奥府,夺陈留之重席。上析潘陆,下综任刘。勤身奋志,显光气于寰中;瑰词绮章,操雅丽之绝格。清樽互赏,连袂偕游。"⑤用魏晋六朝骈文家和瑰辞绮章、雅丽流畅的风格来评价董祐诚的骈文。王树楠也引用陈用光观点来评价方履籛骈文云:"陈恭甫编修称其文汇汉魏晋宋作者之风骨神韵,缠缠焉御风而行,而阳开阴阖,云谲波诡,神

---

① 李审言:《李审言文集》,江苏古籍出版社1989年版,第1050页。
② 卢文弨:《校礼堂文集序》,中华书局1983年版。
③ 江藩:《国朝汉学师承记》,中华书局1983年版,第121页。
④ 董基诚:《董方立文乙集序》,《续修四库全书》第1518册,第17页。
⑤ 方履籛:《兰石斋骈体文遗稿序》,《万善花室文稿》卷五,丛书集成初编本,第2530册。

明矩矱,动与古会,唐宋以来迄明一人而已。诚知言哉!"①这些都说明了以魏晋骈文和六朝骈文为复古批评时,两者不能截然分开,只是各有侧重而已。

第三节 骈文风格特征的自觉和自立

在魏晋时代就已形成的骈文,由于其特定的形式特征,加上其对其他文体的兼容性,尽管有六朝初唐的鼎盛,但缺乏与骈文紧密相关的批评术语。《文心雕龙》是以骈文写成的,其主要批评对象为当时的骈文。但受到文以载道的强势文论和特定的政治思潮的影响,其内容较少被人看成是关于骈文的理论。唐代诗文发达,但文论却极不相称。除了零碎的诗格著作中偶尔出现关于骈文对偶、声韵和用典的程式化规定外,缺乏对骈文风格的直接评价。宋四六虽然繁荣,也出现了四六话的理论著作,但数量很少,且其内容沿袭诗话随意、零碎的特点,注重的也只是对当时四六中用典精妙、运思巧妙的分析,较胜负于一联一句之间,失之简单。直到清代,特别是乾嘉道年间,骈文理论才真正形成较为丰富和系统的话语。他们不仅对骈文地位和形成原因加以阐释,而且对骈文进行独立的风格批评或创作评价,这样就有力地突出了骈文的主体特征,体现了骈文理论的自觉和自立。

一、沉博绝丽

《文心雕龙》为中国古代文论成就的最高代表,其风格论和文体论等内容,在当时主要是针对骈体文学的,包括趋于格律化的诗和完全对偶化的文。但是经过隋唐和宋代的反骈思潮后,《文心雕龙》所提出的文论术语就基本和骈文绝缘了。宋代四六话内容以字句剪裁和巧对为主,主要是对四六对句的欣赏,这在客观上给当时地位较低的骈文雪上加霜,使得四六被文章家视为至浅至俗,为俳优戏弄。清代骈文全面复兴,在自觉的评论中,加

---

① 王树楠:《万善花室文稿叙录》,丛书集成初编本,第2530册。

强了对骈文理论的探索和概括,特别是在风格上提出一些兼容性和独创性交融的话语,成为骈文风格的标志性评价,促进了骈文地位的提高和与古文风格论的融合。辞采追求华饰,对偶追求精工,典故追求沉雄,这些因素融合在一起,就构成了骈文沉博绝丽的文风,这是有清一代骈文风格评价的常见话语之一。

金兆燕(1719~1789),字钟樾,号棕亭,安徽全椒人。乾隆二十三年入两淮盐运史卢见曾幕府,为卢捉刀。工度曲、诗、古文和骈文,有《棕亭骈体文钞》传世。乾隆十四年,吴宽在金兆燕文集序中明确倡导骈文应有风骨:"窃谓文有风骨,骈体尤尚。盖体密则易乖于风,辞缛则易伤于骨。能为其难,则振采弥鲜,负声有力。"①骈文一直被认为辞繁意涩,凝滞呆板,吴宽认为骈文应尚风骨,又从过分追求体密和辞缛两方面来反向概括"风骨"的内涵,标明乾隆时骈文理论在向纵深发展。接着吴宽从意气骏爽、结言端直来描述金兆燕骈文的风骨指向:"金君钟樾,学既宏博,才复肆辨,……骈俪文尤卓卓可观,意气骏爽,文风清焉;结言端直,文骨成焉。其他离众绝致,美难毛举。当世名卿巨公,知钟樾者,吾不知其品定为何如。以予求诸风骨间,则固已叹为仲宣之鹰扬,孔璋之独步也。"②虽"风骨"的主要内涵来自《文心雕龙·风骨》,但风骨在以往的文论中,多用来评价诗歌和古文,唐宋元明,几乎没有用来评价过骈文。文论话语的移植,当然是骈文地位张扬的表现。金兆燕的骈文,确能于纵横跌宕中见风清骨峻,如其《方野堂骈体文跋》"壮采烟高,逸情云上;抽心呈貌,戛魄凄神。宝镜匣中,激虎吼龙咆之响;采丝机上,簇鸾翔凤翥之姿。笔刃划尘,词焱吹影。鉴金石以捶字,斧造化以构篇。神之所抟,精之所扩,直可挥斥八极,卢牟六合。岂苐镂红镌碧,縢白俪黄,仅步庾而肩徐,徒提江而挈鲍已哉!定知轮扶大雅,好教市上;高悬从兹,气馁小巫。"③气势雄健,文采飞扬,流丽中见刚健之气。嘉庆初年,吴蔚光评价汪中骈文也云:"容甫乃出示其骈体文,风骨遒上,思至理合,余与

---

① 吴宽:《棕亭古文钞序》,《续修四库全书》第1442册,第271页。
② 吴宽:《棕亭古文钞序》,《续修四库全书》第1442册,第275页。
③ 金兆燕:《棕亭骈体文钞》卷八,《续修四库全书》第1442册,第416页。

存南先生交叹其美。"①也从风骨和思理方面揭示其汪中骈文特点。风骨虽然可以用来评价骈文,但也可以用力形容古文、诗歌,揭示骈文的特性不够。道光十六年(1836)王铸用当时流行的、具有骈文特色的"沉博绝丽"来形容金兆燕骈文:"先生五十后始成进士,宦终不过博士而独以英辩敏速之才,沈博绝丽之文,腾踔隽上之气倾倒一世,凌轹前修。"②就突出了骈文风格特色,强化了自己的理论话语空间。

沉博绝丽首先是重学,沉博,其次才是重文,绝丽,因而它首先用来评价文人。如石蕴玉《袁文笺证序》评袁枚"抱沈博绝丽之才,胸罗万卷,笔扫千人",随后又从学博、辞赡、字字皆有来历三方面来解释沉博绝丽的内涵。沉博绝丽后来被用来评价骈文,如徐达源评彭兆荪骈文曰:"吾友彭子甘亭,少学为沈博绝丽之文。其持论也,宁蹇涩以违俗,勿软滑以悖古,投迹高轨,棘棘不阿。"③徐元润《娄水琴人集小传》也云:"甘亭先生骈体文沉博绝丽,与胡征君稚威、洪太史北江项背相望"。这是乾嘉年间对学问渊博发之为文的文人的评价,更是对骈文风格特色的准确提炼。直接用沉博绝丽来评价彭兆荪的骈文,沉博的审美指向是宁蹇涩学古也不软滑从俗,是"精熟《选》体,钻研颇深,探索汉魏,以沿洄六朝,故发之为文无不风骨混成,神与才会"④,风骨兼备,神与才通。在"沉博绝丽"也可以说"宏博典丽",如章炳兰《昭文邵氏联珠集序》云"叹其宏博典丽,惊才绝艳,洵一时杨拜赓歌,和声鸣盛之文,何怪其于近代八家四六中高置一座也乎",就用之评价邵齐焘骈文风格,其内涵都是强调骈文的学博词丽之美。

沉博绝丽作为骈文评价的独特和褒义评语,从乾隆时直到清末民初,都是骈文风格理论的中心。嘉庆九年,吴锡麒为王芑孙骈文作序云:

> 顾独以骈体文属序于余,殆以余所业在此,或者此中甘苦,能深知之而共喻之欤?及循览再四,见其沉博绝丽,凌轹古今,如昆

---

① 吴蒃:《问字堂外集题词》,《八家四六文钞》卷首,嘉庆三年(1798)刻本。
② 王铸:《棕亭古文钞序》,《续修四库全书》第1442册,第269页。
③ 徐达源:《南北朝文钞序》,丛书集成初编本。
④ 徐达源:《南北朝文钞序》,丛书集成初编本。

仑之巅层城九重而瑶台十二也;如春山发荣而万花竞媚也;如洞庭
张乐而金石铿鸣,杂之鲸吟而龟吼也。其气盛,故其声宏;其趣高,
故其词雅,此真能由六朝而晋而魏,以仰窥东京之盛者。①

吴锡麒为乾嘉骈文名家,其骈文在清代多次刊印。他以沉博绝丽概括王芑
孙骈文风格,对自己骈文风骨滞而负声无力也加以反思;又具体解释王芑孙
骈文气盛声宏、趣高词雅,这其实就是沉博绝丽的具体表现,也正是王芑孙
骈文能由六朝而上溯晋魏、东汉,效仿汉魏文学精深而不枝蔓的沉丽特征。
王芑孙自序其文时,也用"沉博绝丽"指代骈文。他少喜骈文,但遭到乡里
为心性之学、不喜六朝文的彭允初的反对,"惕甫误有沈博绝丽之耆,予恐
其为八骏之游宴瑶池而不知返也"。王芑孙据理力争:"以为古文之术,亦
必极其才而后可以裁于法,必无所不有而后可以为大家。自非驰骛于东京
六朝沈博绝丽之途,则无以极其才。"②指出为古文必须驰骛于六朝沉博绝
丽的骈文,才能极才而言义法,否则徒具空言而已。在这次辩论中,王芑孙
反复以"沉博绝丽"代指骈文,可见嘉庆年间,该词已经成为骈文风格理论
的常用话语。嘉庆十一年,王芑孙评彭兆荪骈文:"镇洋彭子湘涵,方今魁
岸之士,而湛博绝丽之才之一也。为善有暇,笃耆文业,其为文专力排偶,夫
文何有奇偶哉!"③也将湛博绝丽之才和其骈文联系起来。

　道咸间,张维屏《松轩随笔》评胡天游、彭兆荪骈文时云:"昔人有沉博
绝丽之语,求诸近代,罕觏其人。盖多读书者博不待言,惟沉丽难兼,沉未必
丽,丽未必沉,徒恃博不能沉,并不能丽,此中有天事焉,有人事焉……胡稚
威诗文沉多于丽,彭甘亭丽多于沉。"明确解释了沉博与学识有关,丽则是
语言风格的表现,并以之评价胡天游和彭兆荪骈文风格。晚清至民初,沉博
绝丽更成为评价骈文的典范话语。如陈衍评价朱铭盘(1852～1893)云"曼
军骈体文,沉博绝丽。诗天骨开张,风格隽上"④;易宗夔评吴鼒"吴山尊好

①　吴锡麒:《渊雅堂全集·文外集序》,《续修四库全书》第 1480 册,第 316 页。
②　王芑孙:《渊雅堂全集·文外集自序》,《续修四库全书》第 1480 册,第 318 页。
③　王芑孙:《小漠觞馆文集序》,《续修四库全书》第 1492 册,第 623 页。
④　陈衍:《近代诗抄》,商务印书馆 1935 年版,第 887 页。

作骈俪文字,沈博绝丽,朱文正谓其合邱迟、任昉为一手"①;王式通评汪荣宝(1878～1933)《荃察余斋骈体文存序》云:"君著述至富,删削务严,所存者大都旨归典则,辞尚体裁;导源于元嘉、永明,合辙于咸亨、调露,方诸往代,实四杰之嗣音;拟以近人,亦二胡之劲敌。沈博绝丽,畴抗颜行。"②《清史列传》评价骈文多次使用,如评谭莹(1800～1871)"沉博绝丽,奄有众长。粤东二百年来,论骈体必推莹,无异辞者。"③《清史稿》同样经常用沉博绝丽评价清代骈文家风格。今人修的《续修四库全书提要》也以之评价骈文,如评刘可毅(?～1900):"所为骈文,于沈博绝丽之中,寓拗折清刚之胜,相题行文,殚精竭致。"④评彭兆荪《小谟觞馆文集》:"盖其以沈博绝丽之才,尝为胡克家刻《文选》,故精熟《选》体,钻研颇深,探索汉魏,以沿洄六朝,故发之为文无不风骨混成,神与才会,宜乎与胡天游、洪亮吉项背相望,为名流所推。"⑤从上可见,沉博绝丽确实为清代骈文理论中逐渐形成的具有自己文体特色的理论话语,为广大骈文批评者所接受。当然,在清人赋论中,也多用"沉博绝丽"评价赋风,从中可见赋和骈文在体裁上的兼容性。⑥

二、于绮藻丰缛之中,存简质清刚之制

怎样避免骈文片面追求形式华靡,达到华而不缛、丽而不靡,一直是清代骈文理论所探讨的重点。乾隆间,孙星衍早年好骈文,后专志治经。对于骈文,他强调复古去俗,其要求就是叙述明净,华而不缛:"夫排比对偶,易伤于词。惟叙次明净,锻炼精纯,俾名业志行,不掩于填缀,读者激发性情,与雅颂同。至于揽物寄兴,似赠如答,风云月露,华而不缛,然后其体尊,其艺传。后生末学,入古不深,求工章句,乃日流于浅薄佻巧。于是体制遂卑,

---

① 易宗夔:《新世说》,沈云龙主编:《近代中国史料丛刊》(正编)第18辑第180册,第126页。
② 王式通:《志庵文稿》卷一,沈云龙主编《近代中国史料丛刊》(正编)第24辑第239册,第41页。
③ 王钟翰:《清史列传》,中华书局1987年版,第6066页。
④ 王云五主持:《续修四库全书提要》第十二册,商务印书馆1972年版,第593页。
⑤ 王云五主持:《续修四库全书提要》第十二册,商务印书馆1972年版,第393页。
⑥ 孙福轩:《清代赋学研究》,浙江大学出版社2008年版,第200—204页。

不足俪于古文词。矫之者务为险字僻义,又怪而不则矣。"①批评当时的某些骈文家浅薄佻巧,徒工章句的弊端。其关注点在于语言形式和文风是否和谐统一。道光十一年,陈用光序方履籛骈文集引用杨芳灿之言云:"吾之为骈俪文,色不欲其炫,音不欲其谐,以阒采而得古锦之观,以阒响而得孤弦之韵,是则吾之所取于玉溪生也。"②强调不刻意追求骈文的藻饰和声韵,所谓"古锦之观"和"孤弦之韵",其内涵主要还是丽藻和音律,没有考虑骈文的文气是否流畅、刚健。明确将语言形式和行文风格和谐统一的关系表达出来形容骈文的,则是邵齐焘。其《答王芥子同年书》云:

> 平生于古人文体,尝窃慕晋宋以来词章之美,寻观往制,泛览前规,皆于绮藻丰缛之中,能存简质清刚之制,此其所以为贵耳。③

邵齐焘喜爱晋宋以来骈文词章之美,但又不仅仅是词章之美,而是这种绮藻丰缛的词章之美中,体现了骈文简质清刚的风格。简质清刚和风清骨峻,都强调骈文的刚健之气,但前者还强调语言形式的简洁、质朴和凝练。乾隆十六年,邵齐焘在序其兄诗文时又云:"在翰林时,所作诗赋清新雅丽,必泽于古,非苟且牵率,以娱一时耳目者。"④用"清新雅丽"来强调其兄学古后的诗文风格,实际上表明了自己追求清新雅丽的古人之风。但仅仅说清新雅丽还不足以说明骈文风格,只有将绮藻丰缛和简质清刚辩证统一起来,才能体现骈文的特色。

自邵齐焘提出"皆于绮藻丰缛之中,能存简质清刚之制"后,便得到时人和后人骈文评价的一致认同,特别是吴鼒《八家四六文钞》卷首《玉芝堂文集题词》中引用或改用此句评价邵齐焘骈文风格,由于《八家四六文钞》在清代骈文领域的重大影响,使得这一评价成为后来骈文风格批评的专门话语。如彭启丰《玉芝堂文集跋》云:"我朝文教跨越前古,腾声艺林,擅声

---

① 吴鼒:《问字堂外集题词》,《八家四六文钞》卷首,嘉庆三年(1798)刻本。
② 陈用光:《万善花室文稿序》,丛书集成初编本,第2530册。
③ 邵齐焘:《答王芥子同年书》,《玉芝堂文集》卷五,《四库全书存目丛书》集部第281册,第504页。
④ 邵齐焘:《伯兄诗文序略》,《玉芝堂文集》卷二,第463页。

馆阁者多矣。而吾独有味乎荀慈之文也。其论古人有云：于绮藻丰缛之中，存简质清刚之制。观其所作，诚践斯言。华不失实，炼不伤雅，洵足上追李唐、远攀晋宋者欤！"①道光间汪廷儒评潘曾莹骈文云："世之论国朝骈文者，皆诟病陈髯，金訾俗调，岂不以绮靡丰缛之中，无简质清刚之制哉！"②同治年间钱振伦云："或曰：君文宗法唐人，声病太谐则调庸而不健；层折太析则义显而不融。求如邵叔宀所言于绮藻丰缛之中，存简质清苍之气者，往往难之。盖扫三唐之恒蹊，求六朝之奥趣乎！"③等等都是将之作为骈文风格的崇尚标准。

　　光绪年间，"于绮藻丰缛之中，存简质清刚之制"更为骈文批评者所接受。张寿荣云："又其于《仪郑堂文》有取乎托体尊而去古近，于《玉芝堂文》有取乎绮藻丰缛之中，存简质清刚之制，于《小仓山房集》谓文之稍涉俗调与近于伪体者皆不录。"④引用吴鼒的骈文批评标准作为自己选后八家四六文的根据，可见其赞同邵齐焘的"绮藻丰缛"、"简质清刚"之说。谭献同样以之作为专门的骈文批评术语，其对方彦闻《万善华室文》云："方文密栗胜董兰石，而骃宕不逮，绮藻丽密而未尽简质清刚者与？并世有董，固当拍肩扺袖。顾祖香稍后起，近方；王眉叔有幽思，近董。"⑤又云："邵文有云'于绮丽丰缛之中，存简质清刚之制'；此中真际，难言之。"⑥清末张其淦评黄映奎骈文云："挹其清丽，云构风骏，析其条理，电坼霜开。其学邃，故其树骨也坚；其品高，故其振采也逸；其气敛，故其捶字也响；其志洁，故其称物也芳。邵荀慈曰'于绮藻丰缛中，有简质清刚之制'，日坡之文不愧斯语。"⑦徐珂也高度评价邵齐焘此语："昭文邵齐焘规橅魏晋，风骨高骞，于绮藻丰缛之中，

①　彭启丰：《玉芝堂文集跋》，《四库全书存目丛书》集部 281 册，第 559 页。
②　汪廷儒：《小鸥波馆骈体文钞序》，上海图书馆藏清道光刻本。
③　钱振伦：《江鲍二家文钞序》，《示朴斋骈体文》卷一，清同治六年刊本。
④　张寿荣：《后八家四六文钞序》，清光绪七年（1881）刊本。
⑤　谭献著，范旭仑、牟晓明整理：《复堂日记》，河北教育出版社 2001 年版，第 161 页。
⑥　谭献著，范旭仑、牟晓明整理：《复堂日记》，河北教育出版社 2001 年版，第 40 页。
⑦　张其淦：《黄日坡求在我轩骈体文集序》，《松柏山房骈体文钞》卷一，清宣统二年（1910）本。

存简质清刚之制,一时风气为之大变。"①杨寿枏《严尧钦骈文序》曰:"尧钦则力谢秾华,自成香艳。姑射神人,具绰约之态;甄陀歌曲,发微妙之音。其气格如白云孤飞,奇花独笑,在画家为逸品,在琴曲为商音。邵荀慈所谓于绮藻丰缛之中,存简质清刚之制。览君所作,何愧斯言。"②

民初易宗夔《新世说》卷二云"邵则规橅魏晋,风骨高骞,于绮藻丰缛之中,存简质清刚之制。刘之潜转华妙,吴之委婉澄洁,洪之寓奇气于淳朴,荐新意于古音,孙之风骨遒上,思至而理合"③,也引用此句评价邵齐焘骈文。钱基博评价谭献文章云:"谭氏论文章以有用为体,有余为诣,有我为归,不尚桐城方、姚之论,而主张胡承诺、章学诚之书,辅以容甫、定厂,于绮丽丰缛之中,存简质清刚之制,取华落实,弗落唐以后窠臼,而先以不分骈散为粗迹,为回澜。"④近人王云五主持的《续修四库全书提要》也引用此语作为骈文风格评价的标准,如其评何维棣骈文集《潜颖文》:"知其主旨以简质为贵,不徒以绮靡为工,所见颇为正大。核其所制,亦颇能高简入古,无纤靡浮艳之习,与其持论尚为相和。"⑤骆鸿凯也引用此句评分析任昉《天监三年策秀才文》有云:

> 尝谓骈文之与散,形式虽异,内涵则同,故较优劣,宜于其本质课之。苟削去文中之代语,一切译为质言,仍非费如许之辞不能宣意;或译为质言,而其辞反增多于前者;则此类骈文,必为上乘。观此文,字字凝练。或二语而意一转,如"能以国让,弘义有归,匹夫难夺,守以勿贰"四句;或一语而意一转,如"若使贲高延陵之风,臣忘子臧之节,是废德举,岂曰能贤"四句。试译为散文,有能如是之简炼者乎。由此可知其简质清刚,无一浮词也。⑥

---

① 徐珂:《清稗类钞·文学类》,中华书局 1986 年版,第 3889 页。
② 杨寿枏:《云在山房骈文诗词选》,沈云龙主编《近代中国史料丛刊》(续编)第 17 辑第 164 册,第 80 页。
③ 易宗夔:《新世说》,沈云龙主编《近代中国史料丛刊》(正编)第 18 辑第 180 册,第 126 页。
④ 钱基博:《复堂日记序》,河北教育出版社 2001 年版。
⑤ 王云五主持:《续修四库全书提要》,商务印书馆 1972 年版,第 639 页。
⑥ 骆鸿凯:《文选学》,中华书局 1989 版,第 561 页。

结合具体的文句分析清刚简质的特点,更加具有针对性和示范性。从上可见,"皆于绮藻丰缛之中,能存简质清刚之制"自邵齐焘提出后就成为骈文批评的重要话语,对于今人的骈文研究也有很大影响。民初陈康黼《古今文派述略》中评价曹魏文章时云:"汉之季年,曹氏柄政,人才辐辏。……莫不文采斐然。于绮藻丰辱之中,运简质清刚之气,盖将结两汉散体文之局,开六朝骈体文之先者也,谓之辞胜可也。"也借用此句,不过将"制"改为"气"而已。又云:"至昭文邵齐焘作,而文体始正。齐焘字荀慈,一字叔宀,所著有《玉芝堂集》。其作文宗旨,欲于绮藻丰缛之中,运简质清刚之气。自斯言出,一时风气为之大变。"①则更加明确地说出该句对骈文创作和理论的重大影响。

正是由于乾嘉道时期对于骈文特征的深刻认识,才使得此时为清代骈文发展的鼎盛期名副其实,才会有蒋士铨对骈文的全面、多维评价:

> 皇皇四六文,云霞相卷舒。百家入箴缕,群史供庖厨。一索贯万钱,任沈颜谢俱。文律一动摇,宫商即奔赴。词源一沃荡,河海咸灌输。趣昭事益博,虑周藻相敷。手持注水箭,放溜决川渠。思风鼓言泉,造化不得拘。武夫与悍卒,愿为老铁奴。序传祖十翼,表启根三谟。铭志列俎豆,庙碑肃琼琚。以意立真宰,以气为匡扶。彩绣赴纂组,英华悉含咀。花骨属天禀,绮靡亦其余。翡翠戏兰苕,鸳鸯立芙蕖。缠绵风月怀,曲曲相萦纡。此体有正宗,不收欧阳苏。何况陈迦陵,碌碌章与吴。……②

对于四六文熔铸经史,追求宫商文律、辞藻和结构特征加以诗化论述;对于序传、表启、铭志、庙碑等骈体来源或作用都加以说明;强调四六以意为真宰,以气为辅助,以风骨为天禀,然后才是纂组英华,讲究绮靡;以六朝骈文为正宗,不满欧苏为代表的宋四六及清初骈文三大家,等等,这说明乾嘉时

---

① 陈康黼:《古今文派述略》,王水照编:《历代文话》第九册,复旦大学出版社 2007 年版,第8159 页,第8180 页。
② 蒋士铨:《小仓山房外集序》,《续修四库全书》第 1432 册,第 433—434 页。

期骈文理论,在某个作家身上,而不是后人的群体性只言片语上,已经达到了较高的理论水平。

第四节 求对等、争正统与融骈散:骈文地位三重奏

对于骈文地位,自宋到清初都有零散的点评,但论述都不充分,逻辑也不严密。乾嘉道时期完成了骈文地位的完整论述,即与古文求对等地位、和古文争文坛正统以及融合骈散、奇偶不拘三部分。这些内容不是在时间上有截然分开的先后顺序,而是彼此同步或交叉出现,不过在不同时期论述的内容侧重点有所不同罢了。

要争取骈文的地位,首先必须追溯源流,釐清其发展历史和不同阶段的主要特征,即对骈文史加以概括。无论是在骈文文集的序跋和其他书信中,还是在专门的理论著作中,骈文史的描述一直是其中的重要开场白。四库馆臣、孙梅《四六丛话》以及多家骈文序跋等都有专门的叙述。刘开亦云:

> 夫道炳而有文章,辞立而生奇偶。爰自周末,以迄汉初,《风》降为《骚》,经变成子。建安古诗,实四始之耳孙;左马雄文,乃诸家之心祖。于是枚乘抽其绪,邹阳列其绮,相如骋其辔,子云助其波。气则孤行,辞多比合,发古情于腴色,附壮采于清标,骈体肇基,已兆其盛。东京宏丽,渐骋珠玑;南朝轻艳,兼富花月。家珍四锦,人宝寸金,奋球锽以竞声,积云霞而纤色,因妍逞媚,嘘香为芳,名流各尽其长,偶体于焉大备。而情致悱恻,使人一往逾深者,莫如魏文帝之杂篇;气体肃穆,使人三复靡厌者,莫如范蔚宗之史论。驰骋风议,士衡之意气激扬;敷切情实,孝标之辞旨隽妙。至于宏文雅裁,精理密意,美包众有,华耀九光,则刘彦和之《文心雕龙》,殆观止矣。①

---

① 刘开:《与王子卿太守论骈体书》,《孟涂骈体文》卷二,《续修四库全书》第 1510 册,第 425 页。

除了从自然、经典中的对偶现象来溯源外,刘开对于骈体形成的论述较之以往更为具体。从骈体肇基、偶体大备以及曹丕、范晔、刘勰等人的骈文特征来展示骈文发展过程,条理清晰,加之刘开此文本身是骈文,议论叙事,明白流畅,因而更有说服力。骈文形成后,经过南朝初唐的发展,已到了文体发展的高峰,久必自弊,产生唯美倾向或模式化格式,故中唐后遭到古文的挤压,自宋后缩小到公牍领域,在文章家眼中地位如同俳优。中间虽然经过王志坚、陈维崧、李渔、胡吉豫等人的正面评价,但直到乾嘉时期,骈文始终没有扬眉吐气地屹立于文坛。乾隆时,骈文随着学风的完全转向而自我蜕变,走向繁荣,因而首先要力争其与古文的对等地位。康熙十八年的博学鸿词科的开设,应试中非骈文不典雅的传统要求,使得倡导骈文地位的文人重新获得了创作的勇气和底气。而康熙初年骈文地位的提高还局限在庙堂公牍或交际应酬性的启序中,其范围仍然深受宋以来文章领域的限制,并没有在文人的日常抒情言志的创作中引起很广泛的影响。大体来说,直到乾隆初年,骈文在文人的日常文体中,仍然受到歧视和诋毁。面对这种歧视,当时的骈文家不得不从经史中追溯骈体源流,以争取其正常的文体地位。到嘉庆中后期,随着骈文创作自身的繁荣和汉宋之争在文学上的激化,倾向于骈文的作家们不甘心只为骈文取得和古文的对等地位,转而改变自中唐以来的古文文统之说,否定古文正宗说,否定古文为"文"说,倡导骈文才为文章正宗。自嘉庆末到道光年间,随着汉宋学术的交融和对骈文、古文特征的全面认识,文学上走向骈散交融。这种交融主要不是机械的独立将骈文和古文分开,平等对待,而是主张在文章中将对句和散句有机结合起来,不拘骈散,以文意和文气为旨归。这种思想贯穿于后来的同光年间,成为晚清骈散文创作及评论的主流。

一、文章有俪体,六经开权舆

乾隆时骈文创作逐渐走向繁荣,但还是遭到很多文士的轻视,因而骈文家积极争取与古文的对等地位。金兆燕是当时致力于骈文和古文创作的人,但对于骈文创作没有信心,认为是"小技"。乾隆十七年,谢墉序其文集时云："予方洛诵咄叹，而钟越蠥然谓是小技，比来人诋之久矣。予曰：'吁！不足怪也。昔子山擅名骚坛，初至北方，士多轻之。及见《枯树赋》，乃敬重。易世以后，则又有仲淹目为夸诞，令狐斥以轻险，况余子哉！'"①勉励金兆燕以庾信为榜样，顶住时人诋毁；接着从自然万物必偶以成，《易》经系辞，早开对偶的事实来否定骈文为"小技"的短视。这种轻视骈文的思想，除了受习惯性影响外，还与士人不学，苦于骈文的隶事遣词有关。乾隆十四年，吴宽云："搦管为俪辞而口苦吃字，乃斥徐庾为罢曳，尊韩欧为上轨，此空单荒顿之学，藉以自盖其陋，非笃伦也。《禹贡》'九州攸同，四隩既宅'，已为偶句滥觞。沿及晋宋，抽黄对白，竟体工妍，才与学所发皇，非曩格所能约。要之准理立干，敷文结繁，百家腾跃，终入环中。既非苟作，未可轻訾矣。"②指出了时人因苦于遣词用典而鄙薄徐庾，推尊韩欧的情况；同样从经典中追溯骈文源流，争取骈文和古文平等的地位，进而指出作家创作古文和骈文，在于作者意向和爱好，不能勉强也不必求同。

骈文家争取与古文对等地位，其理论依据主要有二：即骈体并不是齐梁道弊文衰的产物，经史典籍中丽辞已经肇兴；自然事物多为奇偶相生，文章体制自然可以骈散各立。前者从文统中溯源，从而反对古文文统说；后者从自然事物普遍原理出发，反对只有古文才能载道之说。乾隆中后期，袁枚云："文之骈，即数之偶也，而独不近取诸身乎？头，奇数也；而眉目，而手足，则偶矣。而独不远取诸物乎？草木，奇数也；而由蘂而瓣萼，则偶矣。山峙而双峰，水分而交流，禽飞而并翼，星缀而连珠，此岂人为之哉！古圣人以文明道，而不讳修词。骈体者，修词之尤工者也。六经滥觞，汉魏延其绪，六朝畅其流。论者先散行后骈体，似亦尊乾卑坤之义。"③即从自然奇偶相生和六经骈体就以滥觞来反对尊散抑骈。"一奇一偶，天之道也；有散有骈，文之道也。文章体制，如各朝衣冠，不妨互异，其状貌之妍媸，固别有在

---

① 谢墉：《棕亭古文钞序》，《续修四库全书》第 1442 册，第 273 页。
② 吴宽：《棕亭古文钞序》，《续修四库全书》第 1442 册，第 275 页。
③ 袁枚：《胡稚威骈体文序》，王英志校点：《袁枚全集》（贰），第 198 页。

也。"①则更加明确地将骈散视为不同时代的文体自然演变,如各朝衣冠,只是外貌妍媸不同罢了。此时的袁枚还是在为骈文争取对等地位,并没有上升到骈散交融的角度。同时,面对古文家批评骈文无用的观点,袁枚激烈地反驳:

> 足下之答绵庄(程廷祚)曰:"散文多适用,骈体多无用,《文选》不足学。"此又误也。夫高文典册用相如,飞书羽檄用枚皋,文章家各适其用。若以经世而论,则纸上陈言,均为无用。古之文不知所谓散与骈也。《尚书》曰"钦明文思安安",此散也;而"宾于四门","纳于大麓",非其骈焉者乎?《易》曰"潜龙勿用",此散也;而"体仁足以长人,嘉会足以合礼",非其骈焉者乎?安得以其散者为有用,而骈者为无用也。足下云云,盖震于昌黎起八代之衰一语,而不知八代固未尝衰也。何也?文章之道,如夏、殷、周之立法,穷则变,变则通。西京浑古,至东京而渐漓,一二文人不得不以奇数之穷,通偶数之变。及其靡曼已甚,豪杰代雄,则又不屑雷同,而必挽气运以中兴之。徐庾、韩柳亦如禹、稷、颜子,易地则皆然者也。然韩、柳亦自知其难,故镂肝鉥肾,为奥博无涯涘,或一两字为句,或数十字为句,拗之、练之、错落之,以求合乎古。人但知其戛戛独造,而不知其功苦,其势危也。误于不善学者,而一泻无余。盖其词骈,则征典隶事,势难不读书;其词散,则言之无物,亦足支持句读。吾尝谓韩、柳为文中五霸者此也。然韩、柳琢句,时有六朝余习,皆宋人之所不屑为也。惟其不屑为,亦复不能为,而古文之道终焉。……盖以理论则语录为精,以文论则庄、屈为妙,足下所爱在文而不在理,则持论虽正,有时而嗒然自忘。若夫比事之科条,薪米之杂记,其有用更百倍于古文矣,而足下不一肄业及之者,何也?三代后圣人不生,文之与道离也久矣。然文人学士必有所挟持以占地步,故一则曰明道,再则曰明道,直是文章家习气如此。

---

① 袁枚:《书茅氏〈八家文选〉》,王英志校点:《袁枚全集》(贰),第536页。

> 而推究作者之心，都是道其所道，未必果文王、周公、孔子之道也。
>
> 夫道若大路然，亦非待文章而后明者也。"①

首先针对当时流行的"散文多适用，骈体多无用，《文选》不足学"的观点进行反驳，用不同文体适合不同内容为例证，指出文章家各适其用；接着退一步说，从经世致用的角度来说，散文和骈体都为纸上谈兵，没有实际应用价值，不能直接经世致用。又从古人文不分骈散，骈散兼行，因而暗示其骈体无用，散体有用的不合理性。接着分析这种思想的错误来源是韩愈文起八代之衰一语，而袁枚认为八代之文根本不存在衰落之说，韩愈只是变骈为散，如同徐庾化散为骈一样，都只是文体发展中的自然演变，无尊卑高下之分。同时，韩柳善于吸收六朝骈体优点，而后人学之不善，导致古文之道不传。又用"物相杂，谓之文"的文学概念，指出骈文和古文同为文，其地位应平等；而古文家挟"文以明道"以自用自重，因袭摹拟，使得"道"成为庸俗浅易之物，也就无须借文章来明了。这里的骈文无用，其主要内涵是指骈文不能载道以及对偶的形式伤害了为文之用。民初胡朴安依旧说骈文无当于实用，散文作用广大："惟是文体有二：曰骈、曰散。骈俪之文，为美术之一种，无当于实用。散行之文，以平正通达，详实雅顺为归。……散行之文，于用尤巨。"②对此，乾隆三十四年（1769）蒋士铨提出了骈文和古文载道没有差别的理论："文章有俪体，六经开权舆。凡物比奇偶，整散为密疏。取材各有宜，载道无差殊。"③指出骈散虽整散、密疏有殊，取材各有自己的范围，但在载道上却没有区别。嘉庆年间，曾燠在指出向来存在的轻视骈文思想后云："高语秦汉，次称韩柳，岂知秦汉传薪，实在晋宋；韩柳树帜，不薄庾徐。大抵骈体之兴，古文尚存；古文寖失，骈体亦亡已。夫奎璧同曜，乃云文章之府；灉浍合流，斯曰文章之波。观文物于朝会，则黼黻用彰；感文明于咸韶，

---

① 袁枚：《答友人论文第二书》，王英志校点：《袁枚全集》（贰），第321—322页。

② 胡朴安：《论文杂记》，王水照编：《历代文话》第九册，复旦大学出版社2007年版，第9112页。

③ 蒋士铨：《小仓山房外集序》，《续修四库全书》第1432册，第433页。

则宫商必叶。讵可庸臣辱命,诮东里为费辞;丑女捧心,憎西施之巧笑。"①指出骈文和古文前后相承、相辅相成的关系。方履籛也云:"每谓奇偶相生,大圆所以启运;元黄成采,睿哲所以含章。故继经有作,必开屈宋之宗;逮汉以还,遂建曹刘之帜。此实体变之繇,抑乃化机之理。"②强调骈文的形成为文章新变代雄的产物,应该和古文一视同仁。

二、荀卿为儒宗老师,萧统乃文章正派

桐城派从方苞开始就是排斥骈体文的,如他说古文中:"不可入语录中语、魏晋六朝藻丽俳语、汉赋中板重字法、诗歌中隽语、《南北史》佻巧语。"③其《与程鱼洲书》也将骈俪之文禁绝在古文之外。方苞排斥藻丽俳语的主要原因应该是从文气流畅的角度来考虑,认为骈语缠缓,化纵为横,阻碍文气的流贯。晚清何家琪《古文方》论文"气"有云:"人无气则死,文如之。韩退之以水喻气,姚惜抱论气之美有二:曰阳刚,曰阴柔。气须盛,须奇,须雄,须逸,须沉郁,须盘折,不可粗率,亦不可有注疏、语录及四六、尺牍气。"④就侧面指出了四六句式阻碍文气,因此应该排除在古文之外。

方苞古文取得了巨大成就,其排斥骈文的观点对后人影响很大。即使为骈文地位大力张扬的袁枚也从文体纯净和独立的角度出发,主张古文中不应有骈语:"奈数十年来,传诗者多,传文者少,传散文者尤少。所以然者,因此体最严,一切绮语、骈语、理学语、二氏语、尺牍词赋语、注疏考据语,俱不可以相侵。"⑤尽管后来刘大櫆云"文贵参差。天之生物,无一无偶而无一齐者。故虽排比之文,亦以随势曲注为佳。"⑥姚鼐也在《香岩诗稿序》中将古文、骈丽之文并列;在《袁随园君墓志铭》中将古文、四六对举。道光年间吴德旋论古文也云:"古文之体,忌小说,忌语录,忌诗话,忌时文,忌尺

---

① 曾燠:《有正味斋骈体文序》,《续修四库全书》1468 册,第 599 页。
② 方履籛:《答陈伯游书》,《万善花室文稿》卷四,丛书集成初编本。
③ 徐珂:《清稗类钞》,中华书局 1986 年版,第 3884 页。
④ 王水照编:《历代文话》第六册,复旦大学出版社 2007 年版,第 6035 页。
⑤ 袁枚:《与孙俌之秀才书》,王英志校点:《袁枚全集》(贰),第 642 页。
⑥ 刘大櫆:《论文偶记》,人民文学出版社 1959 年版,第 10 页。

牍;此五者不去,非古文也。国初如汪尧峰文,非同时诸家所及,然诗话、尺牍气尚未去净,至方望溪乃尽净耳。诗赋字虽不可有,但当分别言之。如汉赋字句,何尝不可用? 六朝绮靡,乃不可也。正史字句,亦自可用;如《世说新语》等太隽者,则近乎不可说矣。公牍字句,亦不可阑入者。"①虽对方苞五禁之说有所修改,但对六朝诗赋中的"绮靡"之句依旧是排斥的。就古文家的主流来说,乾嘉时期是轻视骈文的。面对古文家对骈文的轻视,汉学家或骈文家不满足于其与古文的对等地位,进而彻底颠覆古文文统,将骈文视为文章正统,甚至认为古文根本不是"文"。这种思想主要表现在孔广森、凌廷堪和阮元身上。

凌廷堪(1755 ~ 1809),字次仲,是乾嘉时期著名的经学家、史学家和文学家。他论文已将韩愈定为文章别派,反对古文正宗之说。其云:

> 盖昌黎之文,化偶为奇,戛戛独造,特以矫枉于一时耳,故好奇者皆尚之;然谓为文章之别派则可,谓为文章之正宗则不可也。②

认为韩愈倡导的古文,化偶为奇,导致后人为文空疏,只知蹈虚言理,而不知名物训诂,故只能称文章别派,根本不是理想中学与文结合的文章正宗。凌廷堪的这种思想受其好友汪中(1744 ~ 1794)和孔广森(1753 ~ 1787)的影响,但比他们更进一步。乾隆四十九年(1784),凌廷堪云:"今年在扬州,见汪君容甫,研经论古,偶及篇章。汪君则以为《周官》、《左传》本是经典,马《史》、班《书》亦归纪载,孟、荀之著述迥异于鸿篇,贾、孔之义疏不同于胜藻。所谓文者,屈宋之徒,爰肇其始;马扬崔蔡,实承其绪,建安而后,流风大畅,太清以前,正声未泯。是故萧统一序,已得其要领;刘勰数篇,尤徵夫详备。……是说也同学或疑之,廷堪则深信焉。……独是汪君,既以萧刘作则,而又韩柳是崇,良由识力未坚,以致游移莫定。"③记载了汪中受萧统和刘勰影响,以屈宋、马扬崔蔡等人文章为文,即以骈文文统为文,将经史子排

---

① 吴德旋:《初月楼古文绪论》,舒芜校点,人民文学出版社 1959 年版,第 19 页。
② 凌廷堪:《书唐文粹后》,《校礼堂文集》,中华书局 1998 年版,第 290 页。
③ 凌廷堪:《上洗马翁覃溪师书》,《校礼堂文集》,中华书局 1998 年版,第 195—196 页。

出在文学之外,凌廷堪不仅赞同,而且进一步责备汪中理论和实践不统一,论文徘徊在萧刘和韩柳之间而不定。乾隆五十一年(1786),凌廷堪参加京兆试之前,和孔广森讨论学术文章时,孔广森提出"荀卿为儒宗老师,萧统乃文章正派"①,凌廷堪当时"将应京兆试,栖身蓬蒿,埋头帖括,虽闻妙论,未暇尽心,而意甚感焉"②,颇有知音相惜之感。这种"萧统乃文章正派"的思想,直接影响了阮元。阮元和凌廷堪友谊深厚,乾隆四十七年(1782),十九岁的阮元和二十八岁的凌廷堪相识,"(阮元)因屏去旧作诗词时艺,始究心于经学,得歙凌次仲上舍为益友"③,此后交往紧密,彼此引为知己。如凌廷堪回忆"甲辰(1784)岁,阮伯元詹事方弱冠,余偕之访君,君与谈论,颇折服"④,在理论上为后来阮元为骈文争正统开了先河。

阮元集政事、学术和文章三者为一身,不仅是清代中叶著名的汉学家,也是有名的骈文理论家。嘉庆末至道光初年,他张扬骈文地位,以之为文章正统,发展了凌廷堪定韩愈古文为文之别派的思想,干脆将古文排斥在"文"之外,连"别派"的地位都不留。这种偏激的思想,不仅在当时反响很大,而且对清末李详、刘师培等人的文论影响很深。其骈文理论思想主要体现在《文言说》、《书梁昭明太子文选序后》、《与友人论古文书》和《四六丛话序》、《文韵说》上。《揅经室集》为阮元亲自编订的个人文集,按照经、史、子、集四部列为四集。除《四六丛话序》点明是在乾隆五十三年(1788)、《文韵说》阮元点明是在道光五年(1825)创作外,其体三篇时间不能确定。但根据《揅经室四集》卷二前后文章时间为嘉庆中后期来看,这几篇文章似应同为嘉庆末道光初所作。

在《与友人论古文书》中,阮元云:"古人于籀史奇字,始称古文。至于属辞成篇,则曰文章。"指出"古文"原是文字学概念,而不是文章学概念,属辞成篇才是文章概念。接着引用班固的话来证明文章所指:"武、宣之世,

① 凌廷堪:《孔检讨诔并序》,《校礼堂文集》,中华书局1998年版,第322页。
② 凌廷堪:《孔检讨诔并序》,《校礼堂文集》,中华书局1998年版,第322页。
③ 张鉴等撰:《阮元年谱》,中华书局1995年版,第6页。
④ 凌廷堪:《汪容甫墓志铭》,《校礼堂文集》,中华书局1998年版,第320页。

崇礼官,考文章。""雍容揄扬,著于后嗣,大汉之文章炳焉与三代同风。"推崇两汉文章著于班范,体制和正,气息渊雅,认为后代之文不能超越两汉。从而批评"近代古文名家,徒为科名时艺所累,于古人之文有益时艺者,始竞趋之",以致此时古文远离两汉文章声味,暗示此时古文已不是韩愈所宣扬的三代两汉文章的沿续。最后高扬《选序》以沈思翰藻为选文的标准:"昭明《选序》,体例甚明,后人读之,苦不加意。《选序》之法,于经子史三家不加甄录,为其以立意纪事为本,非沈思翰藻之比也。今之为古文者,以彼所弃,为我所取,立意之外,惟有纪事,是乃子史正流,终与文章有别。"①指出古文只是立意、纪事,只能算是子史正流,而与汉代文章有别,从而否定韩愈古文起八代之衰。相对于汪中、孔广森对古文的简单评论,阮元则具体归纳出当时古文立意、纪事的两大特点,以古文与子史立意、纪事的特点比附,来论证其别于两汉文章。在《书梁昭明太子文选序后》中又强调沈思翰藻才名为文,重申经、子、史都不可专名为文。在清代嘉庆晚期,学术氛围和文学背景完全不同于六朝的情况下,阮元重新赋于"文"的含义:

> 孔子《文言》实为万世文章之祖。此篇奇偶相生,音韵相和,如青白之成文,如咸韶之合节,非清言质说者比也,非振笔纵书者比也,非诘屈涩语者比也。……专名为文,必沈思翰藻而后可也。……然则今人所谓之古文,当名之为何? 曰:凡说经讲学皆经派也,传志记事皆史派也,立意为宗皆子派也,惟沈思翰藻乃可名之为文也。非文者尚不可名为文,况名之曰古文乎!②

> 为文章者,不务协音以成韵,修词以达远,使人易诵易记,而惟以单行之语,纵横恣肆,动辄千言万字,不知此乃古人所谓直言之言,论难之语,非言之有文者也,非孔子所谓文也,《文言》数百字,几于句句用韵。……不但多用韵,抑且多用偶。……凡偶皆文也。于物两色相偶而交错之,乃得名曰"文"。文即象其形也。……孔

---

① 阮元:《与友人论古文书》,《揅经室集》,中华书局1993年版,第609—610页。
② 阮元:《书昭明太子〈文选序〉后》,《揅经室集》,中华书局1993年版,第608—609页。

　　子以用韵比偶之法,错综其言,而自名曰"文"。何后人之必欲反孔

　　子之道;而自命曰"文",且尊之曰"古"也?①

此时的阮元,从经典中考寻"文"的本义,演绎出为文的两大要素:音韵相和(此时只是押脚韵)和句式对偶。而纵横恣肆、任意单行的古文,只不过是古人所讲的直言之言和论难之语,非言之有文者。在不自觉中,阮元使得其文章论走向今天意义上的形式主义,偏重于文章的形式特征,这正是骈文的文体属性。需要注意的是,阮元在张扬骈文的时候,不只是和古文家对立,而且其"文"的概念也迥异于乾嘉时代汉学家、史学家的以六经皆文、子史皆文的观点,在当时表现出很大的创新和勇气。对于别人质疑其偏执,反问其《书昭明太子文选序后》是否为文时,他定为子派杂家之言。"或问曰:子之所言,偏执己见,谬托古籍,此篇书后自居何等? 曰:言之无文,子派杂家而已。"②可见其为骈文争正统的彻底性和坚决性。

　　虽然对音韵对偶之文十分推崇,但汉学家的求实态度使他不得不面对其自齐梁后骈体衰落而演变为四六的事实,也承认古文家认为四六卑微的观点,但强调四六文的文统不得谓之不正。为了对抗古文文统,阮元建立了骈文文统。即六朝《文选》文、唐宋四六文和明清四书文,这些才是文之正统。以文章中的"八比"为依据,从而将四书文,即八股文归为文章正统,在今天看来其偏颇性显而易见。阮元在这里完全抛开了其论文的另一要素:音韵,完全以对偶为标志,其不足很明显。八股文除了对偶之外,还有其他严格的文体限定,单纯的对偶特征不足以将之等同于四六文。

　　嘉庆二十五年(1820),阮元在广东建立学海堂。他特意布置《"文笔"策问》,在师生中重开六朝文笔之辨。其目的是想借此与《书文选序后》主旨互相发明。他们大量罗列六朝文献中关于"文笔"、"诗笔"和"辞笔"之分的材料,其目的还是想确定"文"的含义,把经子史和不对偶的古文排斥在文统之外。这种思想在道光五年(1825)时,阮元以《文韵说》作了总结。

----

① 阮元:《文言说》,《揅经室集》,中华书局 1993 年版,第 605—606 页。

② 阮元:《书昭明太子文选序后》,《揅经室集》,中华书局 1993 年版,第 608—609 页。

这年,"大人在舟中作《文韵说》一首,以训福。"①其内容重新回到以音韵和对偶论文的轨道,其云:

> 曰:梁时恒言所谓韵者,固指押脚韵,亦兼谓章句中之音韵,即古人所言之宫羽,今人所言之平仄也。福曰:唐人四六之平仄,似非所论于梁以前。曰:此不然。八代不押韵之文,其中奇偶相生,顿挫抑扬,咏叹声情,皆有合乎音韵宫羽者,《诗》、《骚》而后,莫不皆然。而沈约矜为创获,固于谢灵运传论曰:夫五色相宣,……休文此说,乃指各文章句之内有音韵宫羽而言,非谓句末之押脚韵也。是以声韵流变而成四六,亦只论章句中之平仄,不复有押脚韵也,四六乃有韵文之极致,不得谓之为无韵之文也。②

阮福针对《文选》中很多文章不押脚韵不符合"无韵者笔也,有韵者文也"的原则,提出疑问,阮元则解释为韵不仅指押脚韵,还指章句中的平仄搭配,及节奏点上的平仄调谐。再引沈约《宋书·谢灵运传论》中的宫羽相变、低昂舛节、浮声切响前后呼应等声调原则来证明其"韵"说的合理性,从而证明《文选》中的文章符合其"韵"文的原则。推而广之,唐宋四六文章句中平仄相对,更是有韵文之极致。同样,"韵"的这种复义解释,阮元也推源溯流到《文言》。"《文言》固有韵矣,而亦有平仄声音焉。……盖孔子《文言》、《系辞》亦皆奇偶相生,有声音嗟叹以成文者也。声音即韵也。……综而论之,凡文者在声为宫商,在色为翰藻,即如孔子《文言》'云龙风虎'一节,乃千古宫商翰藻奇偶之祖,'非一朝一夕之故'一节,乃千古嗟叹成文之祖;子夏《诗序》'情文声音'一节,乃千古声韵性情排偶之祖。吾固曰,韵者即声音也,声音即文也。然则今人所便单行之文,极其奥折奔放者,乃古之笔,非古之文也。"③再次重复有声韵、讲翰藻、求对偶的文章才能归属于"文",其他一切单行之文,包括古文,都只是古人所谓的笔,而不是文。

---

① 张鉴等撰:《阮元年谱》,中华书局1995年版,第148页。
② 阮元:《文韵说》,《揅经室集》,中华书局1993年版,第1064—1065页。
③ 阮元:《文韵说》,《揅经室集》,中华书局1993年版,第1065—1066页。

当然,阮元所解释的"文笔"并不符合六朝文笔的本意,文笔本意并不包含骈文和散文之分。章太炎《国故论衡·文学总略》评曰:"阮元之徒,猥谓俪语为文,单语为笔,任昉与徐陵所作,可云非俪语邪?"用六朝人称任昉、徐陵之文为"笔",但任昉、徐陵都是骈文大家的事实来反驳阮元,以证其谬。晚清邓绎《藻川堂谭艺·三代篇》也云:"阮氏云台尊训诂,为校勘记而抑古文辞诸家,贵耦贱奇,偏举《易·文言》之耦韵以为之说,视梨洲之以长短繁简强分唐以前、后之文辞尤为固陋,而举世不悟其非,故嘉道以来文辞之能自树立者鲜矣。"①指出阮元贵耦贱奇,强分高低,比黄宗羲以文辞长短繁简定文章优劣更为固陋。郭绍虞《文笔与诗笔》指出,在南朝,"文"是"文笔"或"诗笔"的共名,即押脚韵者为文,不押脚韵者为笔。而当时不押脚韵的骈文实为"笔"而非"文",阮元对"文笔"的解释不免流于穿凿附会。② 但这种附会正是创新者所常犯的毛病,也正是这种偏激的理论,才能更加震撼历代古文家轻视骈文所形成的集体无意识。阮元不但自己力主文笔之分,连自己的文集都命名《揅经室集》而不是《揅经室文集》,因他明确意识到自己集中有些文字不能称为"文"③;而且教导儿子、学生严格区分文笔,连在学海堂上课士也特意强调骈文地位。在这种倾向的影响下,其学生刘天惠、梁光钊的《文笔考》都赞同阮元的文章观点。其他人也受其影响,如同时的梁章钜就云:"或疑'文必有韵'之语为不尽然,不知此刘彦和之说也。《文心雕龙·总术》篇云:'今之常言,有文有笔,无韵者笔,有韵者文。'彦和精于文理者,岂欺人哉!近人中知此理者颇鲜。阮芸台先生曾详言之曰:所谓韵者,乃章句中之音韵,非但句末之韵脚也。"④就赞同阮元的文笔

---

① 王水照编:《历代文话》第七册,复旦大学出版社 2007 年版,第 6187 页。

② 郭绍虞:《文笔与诗笔》,《照隅室古典文学论集》上编,上海古籍出版社 1983 年版,第 158—169 页。

③ 刘师培最早揭示这一点,其《论文杂记》云:"唐宋以降,诗集文集,判为两途。而文之刊入集中者,不论其为有韵无韵也,亦不论其为奇体为偶体也,而文章之体,至此大淆。惟仪征阮芸台先生编辑《揅经室集》,言集不言文,析为经史子集四种,(凡说经之文归第一集,记事之文归第二集,言理之文及杂文归第三集,有韵之文、骈体之文及古今体诗归第四集。)谓非窥古人学术之流别乎?然流俗昏迷,知此义者鲜矣。"参王水照编《历代文话》第十册,复旦大学出版社 2007 年版,第 9489 页。

④ 梁章钜:《退庵随笔》卷十九《学文》,《近代中国史论丛刊》(正编)第 44 辑第 438 册,第 1009—1010 页。

之分。

阮元在嘉庆中后期为骈文争正统的理论,钱基博认为原因在于:"然桐城之说既盛,而学者渐流为庸肤,但习控抑纵送之貌而亡其实;又或弱而不能振,于是仪征阮元倡为文言说,欲以俪体嬗斯文之统。"①由于阮元地位较高,桐城派姚鼐、管同等人未予理会,但对较早张扬骈文文统的凌廷堪却加以反驳。姚鼐《惜抱轩尺牍》卷六《与石甫侄孙书》认为凌廷堪"以《文选》为文家之正派"可笑至极,其弟子管同在道光四年(1824)在代吴启昌作《重刻古文辞类纂序》中云:"夫文辞之纂,始自昭明,而《文苑英华》等集次之,其中率皆六代、隋、唐骈丽绮靡之作,知文章者,盖摈弃焉。"②完全否定六代、隋唐骈俪之作,更不必说文章正统了。梅曾亮《与孙芝房书》也云:"尊意欲骈体为古文,而来书词旨明健,已绝去六朝婵娟之习,此天姿高胜处,坐进于古人不难。夫古文与他体异者,以首尾气不可断耳。……其能成章者,一气者也。欲得其气,必求之于古人周秦汉及唐宋人文,其佳者皆成诵。"③从文气方面来否定六朝骈文,依旧倡导秦汉、唐宋古文。方东树虽曾为阮元幕僚,但对骈文正宗论的观点大加批判。其《汉学商兑》曰:"所谓专门汉学者,由是以及于文章,则以六朝骈俪有韵者为正宗,而斥韩欧为伪体。故汉学家论文每曰土苴韩欧,俯视韩欧,又曰㱙矣韩欧。夫以韩欧之文而谓之㱙,真无目而唾天矣。及观其自为及所推崇诸家,类如屠酤计帐。扬州汪氏谓文之衰自昌黎始,其后扬州学派皆主此论,力诋八家之文为伪体。阮氏著《文笔考》以有韵者为文,其旨亦如此。江藩尝谓余曰:'吾人无他过人,只是不带一毫八家气息。'又凌廷堪集中亦诋退之文非正宗,于是遂有訾《平淮西碑》书法不合史法者。"④以"无目而唾天"来批评那些倡导骈文正宗,土苴韩欧古文的人,不能不说是方东树内心愤怒的情绪化表现。

总之,阮元一系列关于"文"的文章论述,其核心是强调"文"的音韵和

---

① 钱基博:《现代中国文学史》,上海书店出版社2004年版,第29页。
② 管同:《因寄轩文·二集》卷二,《续修四库全书》第1504册,第472页。
③ 梅曾亮:《柏枧山房全集》卷二,《续修四库全书》第1513册,第620页。
④ 王葆心:《古文词通义》卷六引,王水照编:《历代文话》第八册,复旦大学出版社2007年版,第7292页。

排偶。但在嘉庆末道光初,骈体或骈体文已经作为和古文对立的概念广泛出现的时代背景下,阮元始终没有用之作为文统论的对象,对于事实上的六朝骈文都是用《文选》代替,对于唐宋骈文则用四六称呼,而且四六也不是其文论话语的中心。据此,一方面可见其浓厚的复古性(骈体为后起之名,四六则晚唐已见);另一方面正如其反复强调经子史非文一样,其理论的针对性也包括当时以经、子、史为文的实践和理论,而不仅仅是针对古文家的实践和理论。所以,学术界将阮元的文笔论仅仅定位为替骈文争取文坛正宗地位的说法是值得重新思考的。①

三、苟叙事明,述意畅,则单行与排偶一也

乾隆时期为骈文向古文争对等地位的主要时期,嘉庆末道光初,骈散之争较为激烈,但从乾隆中后期开始,骈散调和的理论也时有出现。姚鼐称赞袁枚和杨芳灿等人的骈文,还认为四六并不妨碍文字之美。姚椿《晋略书后》、《唐文选题辞》、《送方彦闻之官闽中序》、《书董容若太守国华文稿》、《跋纪河间彭南昌两家文集》等均辩证批评当代骈文家。这种骈散调和的趋势到道光中期后成为当时文章创作的主流。较多的古文家,一方面尊宋学而重义理,主张文以载道,辅翼名教;另一方面,重训诂而不轻考据,讲辞章而求博学,因而对于骈文主要态度是兼容,桐城派古文家也受当时骈文创作风气的影响,多创作骈文就是证明。

嘉庆十一年,王芑孙序《小谟觞馆文集》云:"夫文何有奇偶哉!'九州'、'四隩',见于《书》;'断壶'、'叔苴',咏于《诗》,其文奇欤? 偶欤? 莫得而离判之也。班扬极其盛于汉,韩柳起其衰于唐,其文奇胜欤? 偶胜欤? 莫得而轻重左右之也。盖奇偶之用不齐,而一真孤露,吹万毕发,氤氲于意

① 清末民初文章正宗之争再起,时人多以散文为正宗,骈文为别派,则是阮元所意想不到的。如胡朴安《论文杂记》云:"近世士子文语不分,至有抑骈扬散之论。……唐韩愈氏,希踪经史,号为古文,然时人只称韩笔,不谓之文也。至宋始分为骈体之文、散行之文,于是文语混矣。晚近以来,空疏者奉桐城为大师,甚且以散行为文之正宗,骈体为文之别派,庸讵知骈体始可谓之文,散行只可谓之笔与语乎?"参王水照编《历代文话》第九册,复旦大学出版社2007年版,第9115页。

象之先,消息于单微之际。上者载道,下者载心,其要固一术尔。"①和其他骈文序跋不同的是,其他一般都是追溯骈文和散文同源异流,而这里则是强调文章不分奇偶骈散,都是载道传心,其要本同。嘉道年间的方履籛同样也主张骈散交融,"夫意以文宣,文以气植。精采焕越,非尪羸之是求;神思渊通,岂枯槁之能化?运藏舟于大力,百俪何伤;滞棘轴于方穿,单辞为梗。是知濡毫虽终,如草靡秋;染翰长存,披沙见宝。然则沈诗任笔,岂皆玉山之颓;北庾南徐,孰非金鼓之振。退之之作,诚可起衰;隋纪以前,犹当其盛。足下片言乍剖,已探象罔之怀;四科若分,必入相如之室。"②不是褒骈抑散,也不是扬散抑骈,而是从达意、文气等方面来肯定骈散诸作,肯定骈散各自的代表作家徐庾和韩愈,可见当时骈散交融的趋势。

刘开更是理论和创作上骈散兼容的代表人物。他曾受学姚鼐,与方东树、管同、梅曾亮并称姚门四大弟子。刘开从事文学活动时,正是阮元等骈文派于桐城派外别树旗帜,与之争文坛正宗地位之时。刘开辩证分析古文和骈文的优劣长短,主张文不分古今骈散,走骈散交融之路,其思想主要体现在《与王子卿太守论骈体书》中。他强调楚辞对骈文和散体的共同影响,主张从《离骚》、周秦诸子之文、《水经注》、《三国志注》等书中吸取文章内容和艺术手法,熟精选学,则能在骈文上极其能事,比于前修。又云:

> 夫文辞一术,体虽百变,道本同源。经纬错以成文,元黄合而为采,故骈之与散,并派而争流,殊途而合辙。千枝竞秀,乃独木之荣;九子异形,本一龙之产。故骈中无散,则气壅而难疏;散中无骈,则辞孤而易瘠。两者但可相成,不能偏废。……世儒执墟曲之见,腾培井之波,宗散者鄙俪词为俳优,宗骈者以单行为薄弱,是犹恩甲而仇乙,是夏而非冬也。夫骈散之分,非理有参差,实言殊浓淡,或为绘绣之饰,或为布帛之温,究其要归,终无异致;推厥所自,俱出圣经。……是则文有骈散,如树之有枝干,草之有花萼,初无

①　王芑孙:《小谟觞馆文集序》,《续修四库全书》第 1492 册,第 623 页。
②　方履籛:《答陈伯游书》,《万善花室文稿》卷四,丛书集成初编本。

彼此之别,所可言者,一以理为宗,一以辞为主耳。夫理未尝不藉
乎辞,辞亦未尝能外乎理。而偏胜之弊,遂至两歧,始则土石同生,
终乃冰炭相格,求其合而一之者,其唯通方之识、绝特之才乎!①

王子卿即王泽,字润生,号子卿,芜湖人。嘉庆六年进士,著有《观斋集》十
六卷。在这篇有名的骈文书信中,刘开强调"骈之与散,并派而争流,殊途
而合辙",都是文统的组成部分,又各有缺点"骈中无散,则气壅而难疏;散
中无骈,则辞孤而易瘠",所以"骈散之分,非理有参差,实言殊浓淡","一以
理为宗,一以辞为主耳",因而"宗散者鄙俪词为俳优,宗骈者以单行为薄
弱,是犹恩甲而仇乙,是夏而非冬也"。最后呼吁骈散交融,求其合而为一。
这种融合不是外在的混合,而是要求文与质的合一。"置身方召之间,长揖
风骚而上。雕章缛采,不足为其文;璞玉浑金,不足名其度。阳文阴缦,无以
喻其利;方流圆折,无以尽其奇。语其里则紫渊赤水不为深;穷其表则青峦
黄岑不为峻。写怨则愁生别叶,言情则辞郁丰条。是以质文互宣者,通方之
才也;洪纤并纳者,兼容之量也。"②反对片面追求辞采或仅仅注意内容。
"雕章缛采,不足为其文;璞玉浑金,不足名其度",正是其文学思想的表现。
所以,刘开对于骈文并不排斥,本文本身就是华实兼善的骈体之作。与重视
骈文,主张骈散合一的思想一致,刘开对于刘勰《文心雕龙》给予了高度评
价,使得元、明至清前期遭人轻视的《文心雕龙》在此得到了积极而全面的
肯定,也是清代骈文理论史上少见的对批评著作的专文批评。"夫文亦取其
是而已,奚得以其俳而弃之不重哉。然则昌黎为汉以后散体之杰出,彦和为
晋以下骈体之大宗,各树其长,各穷其力,宝光精气,终不能掩也。"③肯定韩
愈和刘勰为散体和骈体的杰出代表,不可扬此抑彼,其实就是骈散兼容。同
时,刘开针对阮元偏重骈文的骈文正统论也加以反驳,这体现在其《与阮芸
台宫保论文书》一文中。

----

① 刘开:《与王子卿太守论骈体书》,《孟涂骈体文》卷二,《续修四库全书》第 1510 册,第
425—426 页。
② 刘开:《与曾宾谷方伯书》,《孟涂骈体文》卷一,《续修四库全书》第 1510 册,第 404 页。
③ 刘开:《书文心雕龙后》,《孟涂骈体文》卷二,《续修四库全书》第 1510 册,第 427 页。

　　"宫保"为清代对正二品的地方最高长官——总督的尊称。官从二品的巡抚加封"太子少保"之衔者,也可以称为"宫保"。阮元于嘉庆十八年(1813),由江西巡抚赏加"太子少保"衔,此后任湖广总督。嘉庆二十一年(1816)八月调补两广总督,直到刘开1824年去世时,阮元都是两广总督。又刘开文中云"先生政高两粤,威播八蛮,勋业之彪炳,声闻之熏烁,海内之人,莫不诵之"①,可知该文写于阮元任两广总督期间,正是嘉庆末道光初骈散之争较为激烈的时期。刘开首先言"不奉教命"四年,可见此前两人也曾讨论文章。该文对于阮元为文不宗方苞古文表示理解,肯定阮元在文章领域抉堤破藩之识。但刘开并没有屈从于阮元——不仅无取于方苞且对韩愈等八家也全面否定的观点,而是辩证对待八家和学八家之人,指出后世学八家之文不如八家的三个原因:拘泥摹拟八家文辞;机械而不是自然为文;对辞藻、形式扫之太过,以致文体薄弱,不敢学西汉瑰丽之文。但他还是反对考证字句,主张学文从八家入手,杂取《史记》、《汉书》、六经、《国语》、楚辞及老庄等先秦诸子百家之作,博览融会,取精除粗,自创一格。最后说:"由是明道修辞,以汉人之气体,运八家之成法,本之以六经,参之以周末诸子,则所谓争美古人者,庶几其有在焉。"②自袁枚提出骈文长于修辞后,在骈散之争中,修辞即暗指骈文。明道为古文强项,修辞为骈文长处,运之以气,施之以法,本之以经,参之以子,则文章不难媲美古人。这是刘开为文崇尚的境界,也是其主张的骈散交融的境界。其《复陈编修书》亦云:"夫文之本出于道,道不明则言之无物;文之成,视乎辞,辞不修则行之不远。识足以见之,学足以至之,气足以举之,才与力足以斡旋之,如是而已。"③即主张将古文和骈文在创作实际中结合起来。

　　桐城派中另外一个有名的古文家,同时也是骈文家梅曾亮,也鲜明地主持骈散交融。云:"文贵者,辞达耳。苟叙事明,述意畅,则单行与排偶一

---

① 刘开:《与阮芸台宫保论文书》,《孟涂文集》卷四,《续修四库全书》第1510册,第349页。
② 刘开:《与阮芸台宫保论文书》,《孟涂文集》卷四,《续修四库全书》第1510册,第351页。
③ 刘开:《复陈编修书》,《孟涂文集》卷三,《续修四库全书》第1510册,第338页。

也。"①只要辞达意畅、叙事明晰,则古文和骈文就没有谁优谁劣的问题了,更加明确地跳出了以句式是否以对偶为主来判断文章高低的观点。在自己的创作中,梅曾亮也不拘泥于骈散之分,以意为主,使得坚持古文、骈文藩篱的管同批评他"子之文病杂,一篇之中,数体互见,武其冠,儒其衣,非全人也"②。方东树是嘉道年间对汉学家猛烈抨击的桐城古文家。其《汉学商兑》直接针对江藩的《国朝汉学师承记》,对戴震、阮元、钱大昕等多有非议,但其文学观点却不受古文家狭隘的文统观念影响。其在彭兆荪骈文集跋中明确指出:

> 俪偶之文,运意遣词,与古文不异。椎轮既远,源派益歧。悼先秦之不复,则弊罪齐梁;陋骈格之无章,则首功萧李。自是而降,殊用异施,判若淄渑,辨同泾渭。③

肯定骈文和古文在运意遣词上一致,同源共流,反对两者泾渭分明。骈散各有自己的文体适应范围,关键在于作家的写作水平。梁章钜云:"文章家每薄骈体而不论,然单行之变为排偶,犹古诗之变为律诗,风会既开,遂难偏废。"④指出单行散体变为双行排偶,如同古诗演变为律诗一样,是文章的自然演变,不能偏废。郑献甫也云:"六朝以前,谓有韵者为文,无韵者为笔,而无骈散之分。三唐以后,谓用奇者为散,用偶者为骈,而无文笔之分。文之有骈体,犹诗之有律体耳。古诗律诗,取材皆同;散文骈文,修辞少异。"⑤强调骈散取材相通而修辞相异的特点。在散文上深受桐城派影响的阳湖派,同样也主张骈散交融。如陆继辂有云:"又辱询及骈散二体,大抵分作两集,惟柳州以骈体次散体中,今仿其例,究以何者为是? 夫文者,说经明

---

① 梅曾亮:《马韦伯骈体文序》,《柏枧山房全集·文集》卷五,《续修四库全书》集部第 1513 册,第 650 页。

② 梅曾亮:《管异之文集书后》,《柏枧山房全集·文集》卷五,《续修四库全书》集部第 1513 册,第 650 页。

③ 方东树:《小谟觞馆文集跋》,《续修四库全书》第 1492 册,第 665 页。

④ 梁章钜:《退庵论文》,王水照编:《历代文话》第五册,复旦大学出版社 2007 年版,第 5174 页。

⑤ 郑献甫:《补学轩文集·凡例》,《近代中国史料丛刊》(续编)第 22 辑第 212 册,第 584 页。

道、抒写性情之具也。特文不工,则三者旨无所附丽,古文札记出而说经之文亡,语录出而明道之文亡。何者? 言之无文也,则趋之者易也。既以言之而文矣,江鲍徐庾韩柳欧苏曾,何必偏有所废乎! 治古文者往往薄四六不屑为,甚者斥为俳优侏儒之技,入主出奴之见,亦犹考据、辞章两家隐然如敌国,甚可笑也。"①包世臣在道光九年也云:"是故讨论体势,奇偶为先。凝重多出于偶,流美多出于奇。体虽骈,必有奇以振其气;势虽散,必有偶以植其骨。仪厥错综,至为微妙。"②从体势上分别讨论奇偶句式的优劣之处,主张两者融合以达妙境。嘉道间,蒋湘南在吸取阮元、包世臣等骈散理论的基础上,对文之奇偶作了进一步的诠释:

> 道一而二,曰阴曰阳;阳变阴化,奇只偶双;奇偶相间,律中宫商;物相杂,声成音,皆谓之文,盖犹规矩之圆方。是以六经之语有奇有偶,文不瘵而道大光也。三代以后之文,或毗于阳,或毗于阴,升降之枢,转自唐人。唐以后之文主奇,毗于阳而道歉,此欧曾苏王之派所以久而愈漓;唐以前之文主偶,毗于阴而道怛,此潘陆徐庾之派所以浮而难守。③

认为奇偶都是道的反映,奇偶相间,即骈散交融才是为文正道。六经奇偶相间,文不坏而道大光;三代以后至唐,文主偶,唐以后,文主奇,都是偏胜而没有交融的结果。蒋湘南完全从奇偶同源演进的角度,而不是偏重于经典对偶语句的角度,来评论奇偶之文。晚清朱景昭《论文蒭说》则从古文中包含排偶的角度来肯定骈散交融,相辅相成:"古文俳偶整比藏于错综欹侧之中,《左》、《国》以来,从无通体散行、意单势孤亦能成文之理。但观古人所传,虽短章寥寥,皆具有奇偶相生、杀活互用之妙,乃至单词间见亦有阴阳向背之势,不细心则不见耳。"④清末民初的王葆心在其文章学著作《古文词通

---

① 陆继辂:《与赵青州书》,《崇百药斋文集》卷十四,《续修四库全书》第1496册,第684—685页。

② 包世臣:《艺舟双楫·文谱》,《安吴四种》,《近代中国史料丛刊》(正编)第30辑第294册,第608页。

③ 蒋湘南:《唐十二家文选序》,《七经楼文钞》卷六,《续修四库全书》第1541册,第345页。

④ 王水照编:《历代文话》第六册,复旦大学出版社2007年版,第5742页。

义》中也云:"今人作散文者,必卑视骈体,古人无是也。王闻修谓韩柳不轻王骆,欧苏不轻杨刘,是能见骈散之真者也。其为骈文辄与散文离立者,文必不工,张文襄已言之。蒋心馀有言:'作四六文不过将散行文字稍加整齐,大肆烘托。'曾宾谷谓骈体脱俗即是古文。沈祥龙谓'骈散二体交相为用,如《易·系词》多对偶句即骈也,其长短错落处即散也。六朝文为骈体,然不能无散句;八家文为散体,然不能无骈句。盖非散无以醒骈之意,非骈无以倡散之词,岂可离而二之。'此骈文与散文相需之道。专以涂泽搏捔为骈文,以雷同孤固为散文,两家所未可知也。"①则从多方面论述了骈文和散文交相用,还相胜,对各自的弊端也作了总结。此外,桐城派古文家多骈散兼擅,古文家多兼擅骈文的情况也说明了清人对骈散交融的包容态度:"桐城文家多骈散兼工。梅氏始工骈文,继工散文,与刘孟涂辙迹绝同,而孟涂骈文尤特有名,皆亲受学于姚氏者也。案:国朝散文家多兼工骈文,如袁枚、董士锡、李兆洛、龚自珍、陈澧皆然,不第桐城家也。"②可见,经过乾嘉道年间骈文地位理论的三重奏后,文人对于骈文、古文的态度渐趋理性,很少偏执一端,骈散交融的观念已经深入人心,成为文章学思想的主流。

第五节 乾嘉道时期的骈文选本

选本是中国文学批评史上较为显著的一种批评现象,如《文选》、《古文辞类纂》、《骈体文钞》等都是影响较大的选本。名为选,自然就包含了选者的意图和相应的选择标准,其隐含的审美观念和价值判断意味着其本身就是一种批评方式。从批评史上来看,时间越后,选本中包含的批评意识就越强。清代作为我国最后的封建王朝,在面对以往较为发达的文学成就时,在面对本朝诗词文创作的全面振兴时,通过选本表达自己的文学意图或批评

---

① 王葆心:《古文词通义》卷三,王水照编:《历代文话》第八册,复旦大学出版社 2007 年版,第7147 页。

② 王葆心:《古文词通义》卷六,王水照编:《历代文话》第八册,复旦大学出版社 2007 年版,第7318 页。

观念,成为当时诗文领域的常见现象。一方面,是对前代诗文的整理,或以文体风格、或以王朝称号,在历时的选择中展示其审美取向或时代宗尚;另一方面,则是对本朝诗文的收录,或以地域范围,或以文体类别,或以当时名家,在共时的、互动的时代环境中表明选者的倾向或要张扬的文学意图。骈文在清代号称复兴,众体兼备,题材丰富,名家辈出,风格多样。此时的骈文选本更是远超前代,影响深远。其中,乾嘉道年间的骈文选本堪称代表。

清初骈文创作承续明末余绪,骈文选本也同样继承明末文风,以士大夫中间应用性最广泛的表启为主,命名也用"四六"而不用乾嘉道时的"骈体"或"俪体",随着乾嘉年间骈文创作的兴起,骈文选本较为广泛地流传起来。此时的骈文选本,从选文时间来分,可明显分为两类:一类是以往各代骈文的选择,如彭元瑞的《宋四六选》、蒋士铨的《评选四六法海》、彭兆荪的《南北朝文钞》、陈均的《唐骈体文钞》、李兆洛的《骈体文钞》和许梿的《六朝文絜》等;一类是对清代骈文的选择,如吴鼒的《八家四六文钞》、曾燠的《国朝骈体正宗》等。当然也有既选前代骈文,又选清代骈文的,如马骏良的《俪体金膏》就收录陈维崧、彭元瑞、刘墉和汉魏六朝班固、王褒和庾信等人的表启铭颂类骈文。

一、对前代骈文的选本批评

六朝文学在乾嘉时代被认为是骈文最高成就的代表,也被认为是迥异于韩欧古文文统的一个特殊时代,因而在当时对古文批评、反省的思潮中,六朝文学就自然成为崇尚的对象。如上文所述的骈文复古思想中,崇尚六朝文风成为当时创作和批评的主要倾向。但在选本上,乾嘉时代首先问世的是彭元瑞、曹振镛编录的《宋四六选》。

乾隆四十一年(1776),彭元瑞搜纂,门人曹振镛编次的《宋四六选》问世。该书收录文体六类,即诏一卷,制三卷,表六卷,启十三卷,上梁文、乐语一卷,共二十四卷。其中表又分为贺表、进表、谢除授表、杂谢表和陈乞表五类;启又分为贺除授启、杂贺启、谢除授启、谢荐举启、杂谢启、通启和回启七类。南宋博学宏词考试用十二类文体:"绍兴三年,工部侍郎李擢请别立一科,七月诏以博学宏词为名,凡十二体,曰制、诰、诏书、表、露布、檄、箴、铭、记、赞、颂、序。古今杂出,六题分为三场,每场一古一今,三岁一试,如旧制。"①这里为何只录六类文体呢?曹振镛云:"宋诏多古体,制则古今体参半。惟表、启最繁,家有数卷。上梁文、乐语,作者每工。右所辑六体,凡七百六十六首。至于赋乃有韵之文,诰、檄、国书、露布,词科间有拟作,青词、表本疏牓,于义无取,记、传、碑、序,传盖鲜矣,均不录。"②从体制古今、数量多少和艺术工拙上解释了选诏制、表启和上梁文、乐语的原因。因为宋诏多为古体,即是散体而不是骈体,故只选录骈体诏一卷;四六表启应用最繁,家弦户诵,故选文最多;上梁文和乐语文章较工,故也合选为一卷。赋为有韵之文,言下之意是和宋四六体类不同。其他各类骈体,或者是词科考试文体,或者是内容不可取,或者是流传较少,所以不录。该书重视四六表启的应用作用,宋四六表启代表了四六文的最高成就,所以该书多收录表启名篇,因而反映了宋四六的主要成就。

彭元瑞之所以要搜纂《宋四六选》,与他一生遇主隆恩有关。其经历可比唐代张说、苏颋、权德舆和宋代韩琦、范仲淹、富弼等。其文章以公牍应酬为主,重视应用性强的四六文。陈用光云其"及入直南斋,受高宗纯皇帝之知遇,晚岁复膺仁宗睿皇帝之眷顾。数十年间,所作皆应奉文字"③,故对四六应奉文章有独特体会和深厚情感。此外,其编选《宋四六选》的另一重要原因是对时人崇尚六朝骈文风尚的反驳,张扬宋四六在骈文史上地位。其自序开篇云:"懿夫!俪体尚矣六朝,风肇变于樊南,派大岐于赵宋。"④肯定宋四六为骈体发展的一环,和时人鄙薄宋四六的取向迥异;接着对宋四六代表作家及加以概述:

> 杨刘犹沿于古意,欧苏专务以气行,晁无咎之言情,王介甫之

① 王应麟:《玉海·辞学指南序》,王水照编:《历代文话》第一册,复旦大学出版社2007年版,第907页。
② 曹振镛:《宋四六选序》,清宣统二年(1910)南通翰墨林书局排印本。
③ 陈用光:《恩余堂辑稿序》,《续修四库全书》第1447册,第427页。
④ 彭元瑞:《宋四六选自序》,《恩余堂辑稿》卷一,《续修四库全书》第1447册,第446页。

用古,开山有手,至海何人？洎乎渡江之衰,鸣者浮溪为盛。盘洲
(洪适)之言语妙天下,平园(周必大)之制作高禁中,杨廷秀笺牍
擅场,陆务观风骚余力。尊幕中之上客,捉刀竞说《三松》(按:王
子俊工四六文,有《三松类稿》,已佚);封席上之青奴,《标准》(李
刘的《四六标准》)犹传一李。后村则名言如屑,秋崖(方岳)则丽
句为邻。臞轩(王迈)、南塘(赵汝谈),篑窗(陈耆卿)、象麓(陆九
渊),雄于末造。讫在文山(文天祥),三百年之名作相望,四六家
之别裁斯在。夫其摅怀恳至,指事坦明,珠百琲以皆圆,玉一双而
为珏,飞书走檄,不烦起草之劳;吮墨濡毫,自得粲花之妙,各有锦
心绣口,全无棘吻钩牙。错落清言,名士挥其玉麈;剪裁成句,天孙
纤彼铢衣。出如随地之原泉,对作翻车之流水,义穷而假借以起,
旨远则里谚皆工。袭绩未成,不无补狗续貂之诮;炉锤稍弛,间至
马生弓硬之场。王伯厚之《指南》,决科有法;洪容斋之《随笔》,摘
句成图。裒选大备于《播芳》,体要力持于《文鉴》,厘诸误述,具著
权衡。①

对两宋四六名家,如杨亿、刘筠、欧阳修、苏轼、晁补之、王安石、汪藻、洪适、
周必大、杨万里、陆游、王子俊、李刘、刘克庄、方岳、王迈、赵汝谈、陈耆卿、
陆九渊、文天祥等的四六文都加以精要点评,如杨刘之古意、欧苏之气行、晁
补之之言情、王安石之用古等,都是爬罗剔抉、画龙点睛之评,构成了一部简
明的宋四六发展史;又高度评价文天祥四六文抒怀恳切、叙事明晰和文质相
符;对后人狗尾续貂的作品加以否定;对记载、评论宋四六的书也加以积极
点评,如对王应麟的《辞学指南》、洪迈的《容斋随笔》等。可见,彭元瑞对宋
四六是高度赞赏的。因此,他对于当时四六只知崇尚六朝,忽视两宋的取向
大为不满:"然而限代者以徐庾画疆,食古者谓王骆知味。贱诸任以不齿,
黜临济为别宗,不知世逝川波,文传薪火,增冰积水,有递嬗之风流;明月满
墀,得常新之光景。萧选熟而无奇不偶,韩集起而有横皆从。昔也矜俪事于

① 彭元瑞:《宋四六选自序》,《恩余堂辑稿》卷一,《续修四库全书》第1447册,第446页。

典坟,今焉侈遣词于经史。俪事久而文章或成糟粕,遣词当而臭腐皆化神奇。若是班乎,其致一也。"①从不同时代对文章的审美要求不同来立论,用李德裕"譬诸日月,虽终古常见,而光景常新,此所以为灵物也"②来说明宋四六为六朝正变,不应该受到轻视,如同诗歌之元白,词之苏辛,虽为别调,同列正声,体各攸宜,情有独到而已。又接着从制诏宣上德、表启达内心等优秀作品来说明宋四六的不可忽视。当然,对于宋四六的近俳俗习,彭元瑞也客观指出:"至如抛修梁而落室,前宴席以排场,匠氏虹龙,齐唱儿郎之伟;添军苍鹘,杂勾弟子之班,未前闻焉。盖当时之新制,本近俳矣。固无取乎古风,虽不登大雅之林,亦足穷小雅之胜。"③强调其虽不能登大雅之林,但也足穷小雅之胜,不能一笔抹杀。

由于宋四六本身题材内容的限制,《宋四六选》所选大部分为公牍应用骈文,较少六朝抒情绮靡之作。其中,苏轼是北宋四六家中所选最多的,南宋则以汪藻、洪适、周必大、杨万里、陆游、王子俊、刘克庄、方岳、王迈、陈耆卿和文天祥等为主,和其序文中提到的宋四六名家一致。由于彭元瑞地位高,加上乾隆年间官场应酬性四六十分流行,"高宗谕禁向来新进士请托奔竞、呈送四六颂联之陋习。既慎校文艺,复令大臣察其仪止、年岁,分为三等,钦加简选。"④士大夫纷纷用四六句式作颂联,以致遭到乾隆的禁止,《宋四六选》的编选刊刻,适应了当时公牍文的创作风尚,故刊刻后较为流行,并导致其副产品《宋四六话》的问世:

> 予撰《宋四六选》,泛观宋人书,其中间论及骈体,多一时典制。议论流丽,属对精切,爱不能割,辄钞付箧,积成巨帙。略以文体诠次,凡十二卷,意在集狐,匪供祭獭。⑤

嘉庆八年(1803),其门生曹振镛云:"《宋四六选》一书,海内奉为圭臬者廿

---

① 彭元瑞:《宋四六选自序》,《恩余堂辑稿》卷一,《续修四库全书》第1447册,第447页。
② 李德裕:《文章论》,《李文饶集·外集》卷三,四部丛刊初编本。
③ 彭元瑞:《宋四六选自序》,《恩余堂辑稿》卷一,《续修四库全书》第1447册,第447页。
④ 赵尔巽等:《清史稿》卷一〇八,中华书局1977年版,第3165页。
⑤ 彭元瑞:《宋四六话序》,丛书集成初编本,第2619册。

有余年。芸楣先生博览群籍,凡有关于宋人骈体者,遍加捃采,所引书百六十九种,汇为十二卷,曰《宋四六话》。片辞只句,搜括无遗,真可谓抗心希古者矣。制、诏、表、启、乐语、上梁文六体,编次略依前选,余皆补前所无,分类辑录,以见古人巧思浚发,妙义环生。揽各体之菁华,存一朝之典故,岂独残膏剩馥,沾丐后人云尔乎!"①虽然作为门生,难免有溢美之词,但《宋四六选》流行是事实,《宋四六话》就是其编选宋四六选本时的副产品。彭元瑞编选的《宋四六话》,晚于孙梅编撰的《四六丛话》,两书都是对前代骈文理论资料的汇集,一为断代辑录,一为汉魏到元,都达到了"揽各体之菁华,存一朝之典故"的目的,对于理解当时的骈文批评视角和审美风尚等都有较大的意义。通过《宋四六选》和《宋四六话》的编选,清代对宋代骈文的选本批评也就达到了高峰。如果说《宋四六选》和《宋四六话》的编选是对乾嘉时期骈文崇尚六朝的反拨,那么,《南北朝文钞》等六朝骈文的编选则是此时骈文崇尚六朝的自然延伸。

嘉庆四年(1799),在《宋四六选》刊刻已经二十余年的时候,娄东骈文家彭兆荪的《南北朝文钞》应运而生。彭兆荪(1769~1821),早年学古文,后改学骈文。乾隆四十八年援例为国子生,后屡试不第,历游曾燠、张敦仁、胡克家等幕府。道光元年(1821年)荐举孝廉方正,力辞不就。有《小谟觞馆文集》四卷,包含赋、序、书、记、碑、杂文诸体,《续集》二卷,其文为序、记、诔、哀辞、赞、墓表、跋等,凡文112篇,多系骈文。彭兆荪反对骈体应酬之作和杂采佛道语言及典故入文,追求醇正文风:"迦陵、西河,承接几社,选学未坠,殊有宗风。然迦陵佳制,多在《湖海楼集》,世传《检讨四六》本属外篇,类牵酬应。……简栖(王巾)作《头陀寺碑》,不得不广罗梵夹,梁(简文)帝作《招真馆碑》,不得不旁及道经,此用杂书、稗乘之证也。"②这使得其追踪六朝典雅骈体,视为正宗,"或有佻口经神,高谈汉圣,则又土苴辞赋,灭弃风骚,性情既殊,踪迹亦阔。……课经之余,颇留意六朝偶体,欲复俳

---

① 曹振镛:《宋四六话序》,丛书集成初编本,第2619册。
② 彭兆荪:《与姚春木书》,《小谟觞馆文集》卷三,《续修四库全书》第1492册,第646页。

俗,归诸古音,曾选百篇,已付剞劂"①,意在排斥骈文中的庸音俗体。曾自云:

> 大要立准于元嘉、永明,而极才于咸亨、调露,文匪一格,以远俗为工,体无定程,以法古为尚。②

> 若究其椎轮,审其径遂,义归于渊雅,词屏乎喧嚣,侔色于敦彝,合音于琴瑟,斟酌华实,迤远淫哇,作者抗行,良无愧矣。③

以南朝初唐骈体为宗,反俗与法古是其主导思想;义归渊雅、词屏喧嚣、华实和谐为其具体要求,反对作家浅材薄植、空疏不学、貌袭摹仿。对其选文范围,其认为:"六朝文为偶语之左海,习骈俪而不胎息于此,庸音俗体,于古人固而存之之义何居焉? 选楼以外,遗珠綦多。降自陈隋,不乏名制。"④故选文断自永初,迄于大业,即从刘宋永初(420~422)到隋炀帝大业(605~617)这段时间。该书仿照诗选不选李杜大家的惯例,认为徐庾骈文和选学同揭日月而行,因而不复列徐庾,以避免繁冗。将徐庾比作诗歌中的李杜,这都反映了乾嘉时代骈文地位高扬的情况。

《南北朝文钞》分上下两卷,按敕、诏、令、教、表、启、书、序等文体顺序排列,共收文一百篇。每篇后面有彭兆荪、徐达源所作的按语。徐氏以考察作者生平、文章背景、出处为主,彭则对选文间加评价。如上卷萧纲《与刘孝仪令》评语云:"骈体至梁而极盛,简文诸制尤美不胜收。"⑤所以收录萧纲作品达十二篇,远远领先于其他作家,从中可见其格外推崇梁陈作家。徐达源在为该书所作的序中也表明了其法古和反俗取向:"夫诗崇正始,赋首丽则,凡厥文辞,贵求初轨,骈俪之制,何独不然。元熙以前,体裁粗创,未极神明。迨南北瓜分,自永初之元,迄开皇之季,中间历数祀,代挺其材,摛藻敷华,珠零锦粲,夐乎莫之尚已。"⑥认为文体风格溯源应在"初轨",骈文鼎盛

---

① 彭兆荪:《与宁榕坞书》,《小谟觞馆文集》卷三,《续修四库全书》第1492册,第645页。
② 彭兆荪:《与姚春木书》,《小谟觞馆文集》卷三,《续修四库全书》第1492册,第646页。
③ 彭兆荪:《荆石山房文序》,《小谟觞馆文续集》卷一,《续修四库全书》第1492册,第698页。
④ 彭兆荪:《南北朝文钞·引言》,丛书集成初编本。
⑤ 彭兆荪:《南北朝文钞》上卷,丛书集成初编本。
⑥ 徐达源:《南北朝文钞序》,丛书集成初编本。

期当在南朝刘宋开始到隋开皇年间,唐风以颓,宋代更是近乎俳俗:"有唐而降,厥风渐颓,流及天水,古意浸微,几邻俳俗。"①故追溯骈文源流,取法椎轮,只能从南北朝入手。又指出彭兆荪选文"宁蹇涩以违俗,勿软滑以悖古。投迹高轨,棘棘不阿。间取有宋迄隋数朝文,博观而慎择之。除《文选》所已收及庾徐不录外,分体诠次,仅得百首"②,欣赏其取文严格,宁缺毋滥。但将《文选》和徐庾骈文排除在外,其选文的代表性也就大打折扣,因此遭到晚清谭献的激烈批评:"翻彭甘亭选《六朝文钞》。简而未当,评跋无精旨,版刻尤劣,讹夺满目。"③所谓"简而未当",正是其不录徐庾和《文选》的必然结果,毕竟六朝骈文的优秀作品集中在徐庾和《文选》中,所以编选体例限制了其选本价值。当然,谭献也是在没有充分理解其编选宗旨后的偏激之言。光绪元年(1875),伍绍棠高度评价《南北朝文钞》,云:"骈俪之文,自以导源萧选为极则,然自奇偶既判,源流遂分。近时阳湖李氏,刊《骈体文钞》。凡萧选所录,一字不遗。于是贾生《过秦论》、太史公《报任少卿书》,乃均指为骈体,宜为陆祁孙辈所訾议也。是集托始南北朝,与王志坚《四六法海》、汤显祖《续文选》体例相同,最为醇正。每篇间附评骘,考据数语,亦极精评。……至篇中凡徐庾文及文选已有者,概不复列。然如刘峻《山栖志》、温子升《寒陵山寺碑》,亦以习见不收。"④对《南北朝文钞》的醇正和选文体例都给予积极评价,指出对于常见骈文不收正是编者的宗旨,较之谭献评价客观、真实。

在嘉庆年间,许梿对六朝骈文倾注了大量心血。从 1806 年到 1825 年,他断断续续用了二十年时间,四易其稿,雠句比字,捃理精核地编选了《六朝文絜》,终于于道光五年(1825)刊行。该书是六朝"小品"骈文的结晶。骈文运单成复,变单行为排偶,在一般人看来,文繁冗莫若六朝,如清初陈玉

---

① 徐达源:《南北朝文钞序》,丛书集成初编本。
② 徐达源:《南北朝文钞序》,丛书集成初编本。
③ 谭献:《复堂日记》,范旭仑、牟晓明整理,河北教育出版社 2001 年版,第 327 页。
④ 伍绍棠:《南北朝文钞跋》,丛书集成初编本。

瑇云"自古文章之难,莫难于洁。洁则气不浮,排偶之习必去"①,就强调文章要洁净,必须去排偶之习。那许梿为何用"文絜"命名呢? 对此,其解释为:"繁冗奚虑? 夫蹊要所司,职在镕裁。薙繁冗而絜是弋,则絜者弥絜矣,繁冗奚虑哉!"②许梿从小喜绎徐庾诸家文,渐悟三唐作家无不胎息六朝,由此上沂汉魏,遂从镕裁精炼的角度编选该书。因为强调"絜",所以所选多为六朝精美的短篇骈文。按文体分类,依次为赋、诏、敕、令、教、策问、表、疏、启、笺、书、移文、序、论、铭、碑、诔和祭文等十八种,其中,赋、诏、表、启、书、铭篇目较多,其他都只有一两篇,因而全书容量不大,短小精悍。"许梿选文倾向于辞采华美、风姿绰约的作品,从时代上讲偏重于创作繁荣的南朝宋、齐、梁各段,对之前的文章则只收陆机《与赵王伦荐戴渊疏》一篇。它与李兆洛的《骈体文钞》虽一简一繁,却同样巩固了六朝文在清代被人尊尚的地位。"③再从其收录文章来看,许梿所说的六朝是指晋、宋齐梁陈和隋朝。除了选文之外,许梿对每篇都加以评点,虽然是随笔式的点评,但从中也可看出其重骈文流利的形式美和婉丽多情的情感美。如点评梁元帝的《采莲赋》为"体物浏亮,斯为不负","生撰语却佳,以有藻饰,所以读之不厌",评梁元帝《荡妇秋思赋》"起得超,语浅而思深,故妙"、"逼真,荡妇情景,琢磨入细"、"写出幽愤意,却是可怜"和"史称帝不好声色,颇有高名。观此婉丽多情,余未之信"④,评北齐文宣帝《禁浮华诏》云"洞彻末流恶习,大似箴铭格言,谁谓齐梁间尽靡靡之奏邪? 今之士大夫当书此于门屏几席,可以起废疾,针膏肓矣",等等,在对骈文运意遣词、传情达意的点评中反驳陈言,加深了对六朝骈文的认识,因而得到后世的喜爱和称赏。光绪十四年(1888),黎经诰笺注《六朝文絜》。谢章铤序云:"予老病荒落,且久置骈俪不为,于此道无能为役。而及门林琴南孝廉、丁耕邻茂才,皆喜博览,雠校之

---

① 陈玉瑇:《魏冰叔文集序》,《学文堂集·序四》,《四库全书存目丛书·补编》第 47 册,第 52 页。

② 许梿:《六朝文絜序》,四部备要本。

③ 奚彤云:《中国古代骈文批评史稿》,华东师范大学出版社 2006 年版,第 153 页。

④ 许梿:《六朝文絜》卷一,四部备要本。

余,共称其详赡。"①就指出了《六朝文絜》的详赡。此后,《六朝文絜》一直成为晚清文人阅读六朝文首选之作。

嘉庆二十五年(1820),在宋四六选和六朝骈文都有选本问世的背景下,在崇尚六朝骈文的风气流行的时候,浙江海宁陈均编选了《唐骈体文钞》,选录有唐一代他认为具有代表性的骈文作品。该书共十七卷,以作者的时代为次辑录,始自唐太宗,迄于五代杜光庭。在清人视域中,除了初唐四杰的骈文尚为正声外,中晚唐骈文多被视为变体,都是骈文衰落的表现。因此,在序文中,陈均从代有其文的观点出发,张扬唐代骈文的正声地位。首先认识到骈文的美文性质和骨力易弱的缺点,批评好奇者俶诡不伦,务新者侧媚附俗的创作倾向。接着对楚辞、汉赋等代表作家的文藻、偶俪对骈文的影响作了叙述,给齐梁骈文作了高度评价。但对于时人轻视陈隋以下的骈文加以反驳:"论者遂欲排齐梁于既衰,等陈隋于自郐。讵知高齐接士,尚怀邺苑之音;韩陵著碑,亦学江表之步。"从而引出其对唐代骈文的肯定:

> 风以时变,才不代孤,其能嗣绪六朝,式靡五季,雕盘十采,奉
> 徐庾于勿祧;华轮九涂,接温邢而方驾。李唐一代,大有人焉。②

从文随时变,才人代出的文学发展规律出发,肯定唐代骈文继承徐庾和温邢的作家大有人在,根本没有衰落。接着,陈均列举了崔融、李峤、初唐四杰、张说、苏颋、常衮、杨炎、李商隐、温庭筠、段成式等人的骈文,以证唐代骈文作家辈出,但文化繁荣、文苑兴隆的清代却没有唐代骈文选本,实属遗憾,所以才编选《唐骈体文钞》。其选文标准在"其或练采失鲜,负声乏力,恒辞复犯,冗调再讴。执籥秉翟,而动容不灵;扬旌比戈,而中权无律。若斯之伦,概从删置"③,即裁汰那些缺乏藻饰和风力,又冗弱不韵的骈文。陈均对于陆贽奏议、权德舆论事等词藻不美的骈文十分轻视,云:"他如内相奏书,文昌论事,史台陈戒之文,公车时务之策,理以讽议为长,不与词华并录。"④对

---

① 谢章铤:《六朝文絜笺注序》,《续修四库全书》集部第 1611 册,第 143 页。
② 陈均:《唐骈体文钞序》,清嘉庆二十五年(1820)木刊本。
③ 陈均:《唐骈体文钞序》,清嘉庆二十五年(1820)木刊本。
④ 陈均:《唐骈体文钞序》,清嘉庆二十五年(1820)木刊本。

于同一题材的骈文,则舍旧采新,兼采词妍之作。可见,该书编选耗费了陈均很多精力和心思的,因而他十分自信其书必将流传。该书选李商隐骈文最多,达39篇,占两卷,其他如王勃、骆宾王、张说、李白、李德裕、温庭筠等人的篇数也较多,尚藻饰的编选标准得到了较好的体现。但是,唐代重要的选文有遗漏之处。如谭献评曰:"所录意趣峻整,颇避甜熟,而开合动荡之篇较少。如燕公之《姚相碑》、郑亚之《一品集叙》以及《滕王序别》、《敬业檄武》均不著录,恐未足以餍众目。审定卒业,尚拟取《文粹》与《四六法海》补一二十篇,而删卷中之朴遬拘挛鄙猥之文,以续《骈体文钞》之后。唐文上选目:太宗《封禅诏》、王绩《与杜之松书》、杜之松《答王绩书》、王勃《干元殿颂》、骆宾王《与博昌父老书》、崔融《嵩山启母庙碑》、张说《西岳大华山碑铭》、陆敬淳《怀州河内县魏夫人祠碑铭》、李华《言医》、吕温《药师如来绣像赞》、李德裕《贻太和道观碑铭》、司空图《成均讽》、刘昫《文苑表》、韦庄《又玄集序》。"①对其整体上肯定,但对其遗漏唐代骈文名篇加以非议,并增补了一些经典之作。可见其选文还有待完善。

对前代骈文的选择中,除了上述以宋、南北朝和唐代为尚外,还有对前人骈文选本的再选择以及综合选录几个朝代的骈文选本。其代表作分别为蒋士铨的《评选四六法海》,对王志坚《四六法海》加以删选和点评,从中可见乾隆时代骈文理论的另一端隅;李兆洛的《骈体文钞》,收录秦汉魏晋六朝的骈文,对之加以点评,从中可以窥见当时骈散交融的趋势。蒋士铨为乾隆时代著名的文学家,诗文词曲都擅场,和彭元瑞并称"江西两名士"。他交游广泛,和袁枚、赵翼、翁方纲、程晋芳、洪亮吉、钱大昕、吴锡麒等相与唱酬。对于骈文,他也有深刻的体验和评价,其代表作就是《评选四六法海》。该书闲置数十年,在同治十年(1871)才得以刊行。该书对《四六法海》加以重选和再评,蒋士铨的字句点评列于纸眉,总评列于王志坚原来评语之后。

在评选前,蒋士铨较为深刻地表达了其对于四六的看法。文气圆活、典雅,词色匀称而不偏执一端为其首要要求:"气静机圆,词匀色称,是作四六

---

① 谭献:《复堂日记》,范旭仑、年晓明整理,河北教育出版社2001年版,第143页。

要诀。今之作者,气不断则嚣,机不方则促。词非过重则过轻,色非过滞则过艳。圆活是四六上乘,然患其小而庸;典雅是四六正法,然患其质而重。"要达到典雅、圆活境界,则创作方法上须戒才气恣肆,过分雕琢藻饰:

> 四六不可无才,然虑其为才累;四六不可无气,然虑其为气使;
> 四六不可无雕琢,然虑其为雕琢所役;四六不可无藻丽,然虑其为
> 藻丽所晦。

对于才、气、雕琢句式及修饰辞藻等都主张适度,过犹不及,不需要采取凝滞呆板的工整形式。因此,蒋士铨自然赞同散体四六,反对全用骈偶:"作四六不过即散行文字,稍加整齐,大肆烘托耳。其起伏顿挫,贯串宾主,整与散无以异也。今人言着骈偶,便以涂泽掎撬为工,即有善者,亦不过首尾通顺,无逗补之迹。求其动宕逌逸,风味盎然于楮墨之间者,吾未之见也。"又对徐庾四六大加赞赏,认为其为四六文中的当行本色,批评唐四六滞而不逸,丽而不遒:

> 徐庾并称,犹诗中之裴王也。虽有低昂,究无彼此。孝穆较开
> 府为近人,至王杨则铿锵悦耳,下逮樊南,则雕镂可喜。然愈近愈
> 薄,愈巧愈卑,君子于此有戒心焉。四六至徐庾,可谓当行。王子
> 安奢而淫,李义山纤而薄,然不从王李两家讨消息,终嫌枯管,不解
> 生花。
>
> 唐四六毕竟滞而不逸,丽而不遒。徐孝穆逸而不遒,庾子山遒
> 逸兼之,所以独有千古。

以徐庾,特别是庾信遒逸四六为最高代表,此后随时而降;对唐代四六,包括四杰和李商隐等都偏于否定。这和陈均在《唐骈体文钞》序言中的观点相背。典故为六朝骈文善于使用,也喜于使用的表达方法,与谋篇关系重大,也是骈文是否典雅的一个表现。对此,蒋士铨主张骈文隶事虚活反侧,不可过于平正,拘于类书;谋篇以离纵宕逸为上,不可溺于铺叙:"隶事之法,以虚活反侧为上,平正者下矣;谋篇之法,以离纵开宕为上,铺叙者下矣。试观庾信之文类,皆一虚一实,一反一侧,而正用者绝少,甫合即开,乍即旋离,而

顺叙者寡,是以向背往来,潆洄取势,夷犹荡漾,曲折生姿。后人非信乎搬演类书,即随笔自成首尾,又曷怪其拳屈臃肿,直白鄙俚,去古万里耶!"①此外,他还对当时作者摹拟任沈却流于涩、江鲍却流于生、徐庾却流于碎粗、燕许却流于硬、四杰却流于滥的现象加以批评,都为独到见解,虽不能奉为金科玉律,但确实能够针砭时弊,发人深思。其对选文的点评也十分精彩。如评《为萧扬州作荐士表》曰:"任笔苦少逸气,由其专以隶事见长。此篇起手研炼虽工,而风度或减。""用事不显是彦升长处,专以用事见长是其短处。得使事之妙而不得不使事之妙,方之诗家,如李玉溪。"评《宣德皇后令》曰:"彦升渐开俗派,义门亦云尔,再四规其病源,总由质重无飘逸之气耳。"评《王文宪集序》曰:"体不逸,语未遒。"②等等。该书刊行后得到当时文人的较高评价。如云:"铅山蒋心余先生手自评选,厘为八卷。剥肤存液,崇实黜华,将以辨正体裁,岂仅沈酣藻丽? 渊渊乎! 盖精而益精,善而益善矣。"③虽为朋友评论,但也不是溢美之辞。该书确实是王志坚《四六法海》的传播功臣,骈文选本的独特创举。而道光元年(1821)刊刻的《骈体文钞》,则是当时影响最大的骈文选本,也是后世骈文批评史上影响最大的骈文选本。

二、李兆洛及其《骈体文钞》

嘉庆二十五年(1820),李兆洛为康绍镛校刻姚鼐《古文辞类纂》。道光元年(1821),《骈体文钞》刊刻行世。李兆洛(1769～1841),江苏阳湖人,阳湖文派的代表人物。骈文在乾嘉年间,虽然经过阮元、曾燠、吴鼒等人的大力提倡,甚至标举其为文章正宗地位,但在很多古文家心目中,骈文的地位仍然不如古文,骈卑散尊的观念仍然是文章领域的重要思想。李兆洛编选《骈体文钞》的目的是替处于歧视地位的骈文张本:"今日之所谓骈体者,

---

① 以上评语,全来自蒋士铨《评选四六法海》卷首,清同治十年(1871 年)藏园刻本。
② 蒋士铨:《评选四六法海》,清同治十年(1871 年)藏园刻本。
③ 方浚师:《评选四六法海序》,清同治十年(1871 年)藏园刻本。

以为不美之名也,而不知秦汉子书无不骈体也。"①因而从秦汉子书入手,追溯骈文源流,以证明其与古文同源,从而主张文不分骈散,骈散交融。他的同乡好友庄绥甲(字卿珊)劝其更改书名,他特意解释自己命名的目的就是要为骈体正名,以沟通骈散。应该说,沟通骈散的理论在清初就已经波澜微起,到乾嘉时代更是扬其波,不断有骈文家或汉学家甚至古文家出来为骈文地位摇旗呐喊,主张骈散合一。但其影响都没有李兆洛编选《骈体文钞》这么大,这不仅与李兆洛兼擅古文和骈体的身份有很大关系,也与其鲜明的理论意识有关。为了宣扬其理论,他特意写了两篇序,一是以自己的名义,一是代其友人庄绥甲为《骈体文钞》而作;同时还写了其他文章来宣扬其观点。

《骈体文钞》所选,上自秦国,下至隋代,共31卷,文620篇。在当时来说,算得上是煌煌大著。其中有些作品,在今天看来,不是骈文,而是骈散交融的文章,实际上是散文。对此,李兆洛心里也清楚,但其用意就是要从中找出骈散兼容的过程,以证明骈散相容。"录自秦始,迄于隋,几以端其途径,道其门户而已。"②该书自流传之日起,几次刊印,得到后人的高度评价,也给当时骈散交融的文风起了巨大的推动作用。晚清谭献一生服膺此书,几次对之加以评点。朱一新云:"李氏志在复古,斯选绝精。"③孙德谦在《六朝丽指》中也表示喜欢阅读此书。李兆洛开始并不喜六朝文,到嘉庆十一年(1806),即其中进士的第二年,他见到台阁中多用骈文,才潜心研究汉魏六朝文。后为姚鼐的《古文辞类纂》校刊,姚鼐因六朝骈文浮华而歧视不选的观点,使得李兆洛受到刺激,遂决心编选《骈体文钞》。其《骈体文钞序》有云:

> 自秦迄隋,其体递变,而文无异名。自唐以来,始有古文之目,而目六朝之文为骈俪。而为其学者,亦自以为与古文殊路。既歧奇与偶为二,而于偶之中,又歧六朝与唐与宋为三。夫苟第较其字

① 李兆洛:《答庄卿珊》,《养一斋文集》卷八,《续修四库全书》第1495册,第119页。
② 吴育:《骈体文钞序》,李兆洛:《骈体文钞》卷首,上海古籍出版社2001年版。
③ 朱一新:《无邪堂答问》卷二,吕鸿儒、张长法点校,中华书局2000年版,第89页。

句，猎其影响而已，则岂徒二焉三焉而已，以为万有不同可也。夫
气有厚薄，天为之也；学有纯驳，人为之也；体格有迁变，人与天参
焉者也；义理无殊途，天与人合焉者也。得其厚薄纯杂之故，则于
其体格之变，可以知世焉；于其义理之无殊，可以知文焉。文之体，
至六代而其变尽矣。沿其流，极而溯之，以至乎其源，则其所出者
一也。吾甚惜夫歧奇偶而二之者之毗于阴阳也。毗阳则躁剽，毗
阴则沉腿，理所必至也，于相杂迭用之旨无当也。①

在以天地之道，阴阳相分的规律来解释文章奇偶相用的合理性之后，李兆洛
追溯"古文"名称的由来，"自秦迄隋，其体递变，而文无异名。自唐以来，始
有古文之目，而目六朝之文为骈俪"，看起来虽无新意，但《骈体文钞》选文
自战国秦至隋，其目的就是要展示文章的发展轨迹，不受唐代而起的"古
文"影响，从这里也可找到其理由。对于为骈文者自认其与古文异路，文分
奇偶及偶文中又分六朝、唐、宋的情况，李兆洛都不以为然。从文章义理无
殊，只是体格有变迁的角度来说明文无二致，应该相杂迭用。而"文之体，
至六代而其变尽矣"，则不仅肯定了骈文为文章演变之一环，而且说明了研
讨文章必须包括六代才能尽其变，这对于古文家论文忽视六朝来说是有力
反拨。强调秦、西汉文章在骈文形成中的地位，稍早的彭兆荪曾说："文章
骈格，咸谓肇始东京，然自秦汉以来，李斯、邹阳、枚乘、王褒之属，率皆宏丽
抒藻，绣错为辞。由质趋文，势有必至。马扬而后，益事增华，俪偶之兴，实
基于此。"②已指出秦、西汉文章宏词丽藻、绣错为辞是骈文发展的重要阶
段，东汉益事增华、渐成俪偶。但《骈体文钞》收录李斯《谏逐客令》、司马迁
《报任安书》、诸葛亮《出师表》等以散为主的文章，还是引起了其好友庄绶
甲的质疑，请他改名，李兆洛特写信说明其思想：

　　若以《报任安》等书不当入，则岂惟此二篇？自晋以前皆不宜

---

① 李兆洛：《骈体文钞序》，《养一斋文集》卷五，《续修四库全书》第 1495 册，第 77 页。
② 彭兆荪：《荆石山房文序》，《小谟觞馆文续集》卷一，《续修四库全书》第 1492 册，第 698—
699 页。

入也。如此则《四六法海》等选本足矣,何事洛之为此哗哗乎? 洛之意,颇不满于今之古文家,但言宗唐宋,而不敢言宗两汉。……窃以后人欲宗两汉,非自骈体入不可。……窃不欲人避骈体之名,故因流以溯其源,岂第屈司马、诸葛以为骈而已。将推而至《老子》、《管子》、《韩非子》等,皆骈之也。今试指《老子》、《管子》谓骈,人必不能辞也。而乃欲为司马、诸葛避骈之名哉?《报任安书》,谢朓、江淹诸书之蓝本也;《出师表》,晋宋诸奏疏之蓝本也。皆从流溯源之所不能不及焉者也。其余所收秦汉诸文大率皆如此,可篇篇以此意求之者也。①

认为如果从严格的文体区分来看,不仅《报任安》等书不能列为"骈体",晋代以前的文章都不能列为骈体,但这样做就不能体现他从秦汉文章追溯骈文源流的目的,不能打破当代古文家论文但言宗唐宋而不敢宗两汉的窠臼。而如果论文从两汉入,那么和两汉一脉相承的六朝骈文就是最好的切入口,且秦汉文章是六朝骈文创作的效法对象,所以选录骈体文,就应该选与此有渊源关系的秦汉文。这与古文家们论文只谈唐宋八大家的取向大相径庭,也正是李兆洛所能预料的结果。但出乎意料,治骈文者也见之不平,难以理解其用意,可见当时骈散对垒的思想仍较为强烈。为了推阐其思想,李兆洛还以庄绥甲的名义作了《代作骈体文钞序》,更加清晰地表明了其骈文思想:

> 古之言文者,吾闻之矣。曰云汉之倬也,虎豹之文也,郁郁也,彬彬也,非是谓之野。今之言文者,吾闻之矣。曰孤行一意也,空所依傍也,不求工也,不使事也,不隶词也,非是谓之骈。唐以前为文者必宗汉魏,唐以后皆曰宗韩退之。退之亦宗秦汉者也,而裴晋公之讥退之也,曰恃其绝足,往往奔放,不以文立制,而以文为戏。又曰:文之异,在气骨之高下,思致之深浅,不在磔裂章句,髅废声韵也。昔之病退之者,病其才之强;今之宗退之者,则又病其才之

---

① 李兆洛:《答庄卿珊》,《养一斋文集》卷八,《续修四库全书》第 1495 册,第 119 页。

弱矣。然则今之所为文，毋乃开蓙古而便枵腹矣乎！业此者既畏骈之名而避之，或又甘乎骈之名而遂以齐梁为宗。夫文果有二宗乎！吾友李君申耆，欲人知骈之本出于古也，为是选以式之，而名之曰《骈体文钞》。亦欲使人知古者之未离乎骈也。夫文之道盛于周，横于秦，尊于汉，浇于魏晋，缛于齐梁，昭明隐忧之而有《文选》之作。其言曰变本加厉，可谓微而显矣。而后之论者，辄以为溺卑靡之习，吾焉知读是编者不以为昭明之重儡也。①

这篇借他人之口言自己之心的文章和自序相比更深刻，更具有挑战性。直接抨击当代为古文者孤行一意、空所依傍、不求词工、隶事和才弱的缺点，视之为"开蓙古而便枵腹"，无疑是对这种古文文风的宣战。不仅对于古文家不满，对于甘于为骈文却以齐梁为宗，而不知秦汉为源的人也不满，可见李兆洛将六朝文追溯秦汉以纳入文统的决心和勇气。对于当时视齐梁骈文不是文章正声的观点，李兆洛加以反驳："窃谓导源国语及先秦诸子，而归之张蔡二陆，辅之以子建、蔚宗，庶几风骨高严，文质相附。要之此事，雅有实诣，非可貌袭。学不博则不足以综蓄变之理，词不备则不足以达蕴结之情，思不既则不足以振风云之气。阁下近作，涉兴无浅，言情必遥，已足桃六朝、追魏晋矣。深之以学，则士衡、子建，何必远人？"②从学、词和思三方面评价汤子垕文章桃六朝，追魏晋的特征，理直气壮地将魏晋六朝文纳入其效法崇尚的对象，打破了所谓的古文文统。包世臣《李凤台传》云："古今文辞行世者，君无不披览。时论盛推归方，崇散行而薄骈偶，君则谓唐宋佳作，皆导源秦汉，秦汉之骈偶，实唐宋散行之祖。"指出了李兆洛时代古文家对骈文的轻视，但李兆洛并没有唐宋佳作皆导源秦汉，秦汉之骈偶实唐宋散行之祖的含义，而是说六朝骈文是秦汉文章的自然发展，比唐宋古文更接近秦汉文章，应是文章统序中的一部分，论文者不应该忽略六朝而只宗唐宋。

《骈体文钞》主要按照文体分为 31 卷，但其中也有按照题材内容分类

---

① 李兆洛：《养一斋文集》卷八附录，《续修四库全书》第 1495 册，第 119—120 页。
② 李兆洛：《答汤子垕》，《养一斋文集》卷八，《续修四库全书》第 1495 册，第 119 页。

的。如表分属于"奏事类"、"劝进类"、"贺庆类"、"荐达类"和"陈谢类"五卷，而以上各卷又不仅只包含表，还包含其他相同内容的疏、笺等文体。相对于王志坚的《四六法海》来说，其分类较为复杂。同时，李兆洛又根据对象、内容和情感等因素，将选文分为上中下三编，即"庙堂之制奏进之篇"、"指事述意之作"和"缘情托兴之作"三大类。所以，同一类文体，如颂箴等根据内容的不同，上编、中编都有；书则按照其内容的性质不同而分属中编和下编。

上编"庙堂之制"为历代骈文的重点和主要内容，其典雅庄重的风格也是骈文虽经贬斥而终究绵延不绝的一个主要原因。吴育云"大凡庙廷之上，敷陈圣德，典丽博大，有厚德载物之致，则此体为宜"[1]，指出了庙堂惯用骈体的原因，因而该编构成了《骈体文钞》的主要内容，达18卷，秦汉六朝代表性的公牍骈文，几乎囊括。无论是上行文，还是下行文，亦或平行文，在这里都可以找到范例。"垂诸典章，播诸金石者也。夫拜飏殿陛，敷颂功德，同体对越，表里诗书。"对于这样的公牍骈文，李兆洛指出："义必严以闳，气必厚以愉，然后纬以精微之思，奋以瑰烁之辞。"即主张义、气、思和辞的正向融合，以达到华而不缛，雄而不矜，逶迤而不靡的境界。以此为标准，李兆洛十分青睐西汉司马相如、扬雄的公牍骈体，而对于汉代以后的此类文体，则加以批判："马班已降，知者盖希。或猥琐铺叙，以为平通；或诘屈雕瑑，以为奇丽。朴即不文，华即无实，未有能振之者也。至于诏令章奏，固亦无取俪词。而古文为之，未尝不沉详整静，茂美渊懿，训词深厚，实见于斯。"认为汉后"庙堂之制"或猥琐，或雕琢，或朴而不文，或华而不实，各执一端，未能融合众体。故在其选文的评点上，李兆洛以两汉，特别是西汉司马相如、扬雄等人文章为旨归。如评司马相如《封禅文》："以允答兹业立意，故其波涌云乱之观，而仍字字有归宿。此意扬班不能窥，况其下乎。"[2]评班固《高祖泗水亭碑铭》："全学子云，古劲便欲相匹。"评班固《典引》："裁密思靡，遂为骈体科律。语无归宿，阅之觉茫无畔岸。此其所以不逮卿、云。"评

---

① 吴育：《骈体文钞序》，上海古籍出版社2001年版。

② 李兆洛编：《骈体文钞》，上海古籍出版社2001年版，第40页。

张孟阳《剑阁铭》:"虽曰铭,其体实箴也。亦是步趋子云。"等都是其崇尚扬马的反映。其原因主要是扬马文章风格与李兆洛在其分类说明中所提倡的观点一致,也与其《骈体文钞序》中文宗秦汉,六朝文为秦汉的自然发展相一致,从而达到追溯骈文文统的目的。不仅在庙堂之文中强调这种思想,在中编和下编中同样如此:

> (中编)或缜密而端悫,或豪侈而昳荡,盖指事欲其曲以尽,述意欲其深以婉。泽以比兴,则词不迫切;资以故籍,故言为典章也。韩非淮南,已导先路;王符应劭,其流孔长。立言之士,时有取焉,然枝叶已繁,或披其本。以仲宣之覃精,而子桓病其体弱,亦学者之通患也。碑志之文,本与史殊体。中朗之作,质其有文,可为后法,故录之尤备焉。

> (下编)战国诙谐辨谲者流,实肇厥端。其言小,其旨浅,其趣博。往往托死于言表,潜神于旨里,引情于趣外。是故小而能微,浅而能永,博而能检。就其褊者,亦润理内苞,秀采外溢。不徒以缕绘为工,遒峭取致而已。后之作者,乃以为游戏,佻侧洸荡,忘其所归,遂成俳优,病尤甚焉。尺牍之美,非关造作;妍媸雅郑,每肖其人。齐梁启事短篇,藻丽间见。既非具体,无关效法。十而存一,概可知也。

都是反对追求风格或内容的极端化,对于指事述意之作,强调指事曲以尽,述意深以婉,比兴与隶事争长,且以秦汉作家为本;对于缘情托事之文,强调义理内蕴,秀采外溢,文质合一,反对以文为戏,缕绘为工的俳优之体,同样也是以秦汉为宗。在具体的作品评价中,李兆洛都是从以上崇尚标准着眼的。如评蔡邕《光武济阳宫碑》"中朗之文,皆雍雍矩度",评班固《封燕然山铭》"宽博",评鲍照《河清颂》"大抵华腴害骨。然明远采壮,简文思清,固一时之杰也",评陆机《汉高祖功臣颂》"此士衡所谓文繁理富,意必指适者也。优游彬蔚,精微朗畅,两者兼之",评高伯恭《征士颂》"语无雕琢,词必矜慎,故能以悫胜",评王褒《四子讲德论》"始知其气之淳厚,辞之腴畅,从容《雅》、《颂》,令人渐渍其中,而不能自已"等等,都批评骨不胜辞,肉胜于骨的绮靡文风,赞扬文质相宜,事理相宜的文章风格。

在对选文的评价中,李兆洛也对各类文体加以简要辨析。以古为尚,以西汉为宗是其主要的评价标准。如说铭:"铭起盘盂,辨物当名,贵核而肃。文虽失于辟积,而密藻可观。"①说碑:"此亦纪功碑也。托之佛寺,已为失体。温以委荼不振。以其为唐初《等慈》、《昭仁》诸文嚆矢,故仍录之。"②"文字因题而异,亦因所施而异。意存扬颂,遂泛滥而忘其所归,是忘题也。为老氏立碑,不详立碑之意,而详立碑之人,是忘其所施也。自梁以下,其蔽皆然。骈体之遂为分途,皆自此等为之厉也。此唐初四杰之先声。其小异者,尚有疏朴之致。"③说颂:"但颂车骑之功,而不归美命将之人,殊失立言之体,宜昭明之不录也。然其词奥美,且可以备《颂》之别格。"说诔:"《文心雕龙》云:'陈思叨名,体实繁缓。《文皇诔》末,旨言自陈,其乖甚矣。'予谓文之繁缓,诚如所讥,使彦和见江谢之篇,更不知作何挥诋。至其旨言自陈,则思王以同气之亲,积讥谗之愤,述情切至,溢于自然,正可以副言哀之本致,破庸冗之常态。诔必四言,羌无前典,固不得援此为例,亦不宜遽目为乖也。"④等等,虽是片言只语,但对了解古代文体的特征有一定的参考价值。

此外,在《骈体文钞》的评点中,李兆洛也对有疑问的作品或创作时间加以考述。如评李斯《琅玡台刻石》:"前半是颂秦德,后半是明得意。始皇登琅玡而大乐之,故其词特铺张尽致。此及上二刻(《峄山刻石》和《泰山刻石》),皆二十八年所立。而词皆称二十六年者,原并天下之始而言也。"⑤评李斯《会稽刻石》:"此在焚书坑儒、大定法制之后,故有'考验事实'、'贵贱并通'云云。楚越俗薄,故于宣义廉清,尤详言之也。"⑥评曹元首《六代论》:"一气奔放,尚是西汉之遗。往复过多,则利害切身不觉言之灌灌耳。义门辨此为陈思之文,信然。"⑦评扬雄《连珠》:"此体昉于韩非之内外《储说》,

① 李兆洛编:《骈体文钞》,上海古籍出版社 2001 年版,第 10 页。
② 李兆洛编:《骈体文钞》,上海古籍出版社 2001 年版,第 13 页。
③ 李兆洛编:《骈体文钞》,上海古籍出版社 2001 年版,第 14 页。
④ 李兆洛编:《骈体文钞》,上海古籍出版社 2001 年版,第 18 页。
⑤ 李兆洛编:《骈体文钞》,上海古籍出版社 2001 年版,第 2 页。
⑥ 李兆洛编:《骈体文钞》,上海古籍出版社 2001 年版,第 4 页。
⑦ 李兆洛编:《骈体文钞》,上海古籍出版社 2001 年版,第 315 页。

淮南之《说山》。傅休奕谓连珠兴于汉章帝之世,班固、贾逵、傅毅三子受诏作之。而《艺文类聚》所载有扬子云,恐非其实。"①等等,从中可见当时文人多兼具有学者气质,善于考证的特点。有些作品,李兆洛对之并不满意,但也录之,目的是以儆效尤。如评陆倕《石阙铭》:"以典章法度之所系,而绝无尊严闳巨之思,词靡裁疏,不及《刻漏铭》远矣。录而论之,以示轨辙。"评潘勖《册魏公九锡文》:"九锡禅诏,类相重袭,逾袭逾滥。稍录之以备体。"等就是代表。

　　综上所述,李兆洛《骈体文钞》不仅在序中鲜明地体现了其编选宗旨,而且通过对有关选文的评点,展示了秦汉六朝文的风格和内容特点以及文体特征,虽然评点式的批评方式较为零碎,但综合融汇其内容,能从中受到一些启发。正因为其选文精炼和评点精要,使得该书问世后广为流传,其影响在丰富的清代骈文选本中最为巨大。晚清谭献更是重新对之逐篇加以评点,使其流传更为久远。

三、对清代骈文的选本批评

　　乾嘉道年间为清代骈文的鼎盛时期,仅仅对于前代骈文加以选择、评点,已经不能适应文学发展的要求;又对以往朝代骈文的批评,尽管可以总结创作经验和传达理想的骈文风格,但更有价值和针对性的应该是对当代骈文加以批评。其中,序跋书信中已经对当代骈文加以点评,这里再从选本上加以讨论。此时作家同样以积极的姿态选择骈文,特别是选择与编者同时代的作家作品,这就使得清代骈文选本较之前代更具有现实性和实践性。

　　嘉庆三年(1798),现存较早的本朝骈文选本问世,这就是吴鼒编选的《八家四六文钞》。吴鼒(1755～1821),字及之、山尊,号抑庵,安徽全椒人。嘉庆四年进士,选翰林院庶吉士,授编修,终侍讲学士,以母老告归,主讲扬州书院。他为大兴朱筠的门生,所作骈文沉博绝丽,时人比之任昉、邱迟。以骈文家编选当代骈文,是清代骈文选本中突出的现象,其选往往更精要独

---

①　李兆洛编:《骈体文钞》,上海古籍出版社 2001 年版,第 561 页。

到。该书辑录袁枚《小仓山房外集》一卷、吴锡麒《有正味斋文续集》二卷、刘星炜《思补堂文集》一卷、邵齐焘《玉芝堂文集》一卷、孙星衍《问字堂外集》一卷、洪亮吉《卷施阁文乙集》一卷、孔广森《仪郑堂遗稿》一卷、曾燠《西溪渔隐外集》一卷,共九卷。对该书的编选,吴鼐是很自信的,"鼐得友多闻,恭承大雅,伐柯之则不远,吹律之秘可睹。规之前贤,则异代接武;准之选理,则殊途同归。用是合为编,质诸百代"①,表明其效法《文选》之意和作为后代典则之心。对于所选八家,除了根据其创作成就和影响外,吴鼐特意说明其所选为其"师友":"其以立言垂不朽者,不仅数公。兹就鼐师友之间,钻仰所逮。或亲炙言论,或私淑诸人,所知在此也。"②八人当中,袁枚有意传四六文于他,吴锡麒为其师,刘星炜和邵齐焘则是其私淑之人,并无直接交往,孙星衍、洪亮吉、孔广森和曾燠则是其好友。以八为名,或许受到茅坤《唐宋八大家文钞》的影响,特意只选八位骈文家与之对垒。不可理解的是汪中为其好友,其骈文与洪亮吉并称,当时就得到公认,为何没有选进去?对此,后人有所推测,如金天羽云:"或曰:今行世之《八家四六选》,原本有汪履基及汪中文……合为十家,后佚去。"③认为吴鼐原本有十家,但后来佚去。谭献云:"学士(吴鼐)定八家之文,逸二汪(存南、容甫)之作。"④其中,汪存南即汪履基,为吴鼐表兄,字存南,是当时的四六名家。汪中是吴鼐27岁时随同汪履基在扬州认识的,两人从此成为好友。但汪中骈文,在吴鼐编选时已经散佚:"容甫遗文,有《述学》内外篇,经术词术,并臻绝诣。所为骈体,哀感顽艳,惜皆不传。"⑤这应该是吴鼐没有选汪中骈文入八家的原因。所谓"十家",与吴鼐编选的事实不符,因为吴鼐对所选八家都一一题词,如果有十家的话,其题词应不会同时佚去。又吴鼐明确表明只选择了八家:"余钞《八家四六》,以先生初集,海内家有其书,乃专录续集付梓,以贻同

---

① 吴鼐:《八家四六文钞序》,《八家四六文钞》卷首,清嘉庆三年(1798)刻本。

② 吴鼐:《八家四六文钞序》,《八家四六文钞》卷首,清嘉庆三年(1798)刻本。

③ 金天翮纂:《皖志列传稿》卷四,民国二十五年(1936)刊本。

④ 谭献:《吴学士遗文叙》,《复堂类集·文四》,《丛书集成续编》第161册,台北新文丰出版公司1989年版,第111页。

⑤ 吴鼐:《卷施(葹)阁文乙集题词》,《八家四六文钞》卷首,清嘉庆三年(1798)刻本。

好。"①所以，原本有汪履基和汪中之说不能成立。至于为何没有选其表兄汪履基之四六文，就不得而知了。

吴鼒编选该书，除了其爱好骈文外，还为其学生请求而作，以应对当时四六创作需要。从经典中寻找对偶俪言，强调奇偶相生、质文相成是当时骈文理论的常见话语，吴鼒也不例外。但吴鼒更进一步，提出了骈文批评中的性灵论，发展了文气论和复古论。他辩证地将骈文藻饰、隶事和性灵、文气融合起来，强调骈文不仅要语言富丽，而且文气要自然流畅，情感要真实：

> 以多为贵，双词非骈拇也；沿饰得奇，偶语非重台也。要其拚扯虽富，不害性灵；开阖自如，善养吾气。②

嘉庆初年，文坛崇尚秦汉、韩欧，轻视齐梁初唐的观点仍是主流。吴鼒将袁枚诗歌中的"性灵说"、古文中的"文气说"同时引用到骈文评价中来，无疑促进了骈文品位的提高和具备了与古文对等的理论依据。吴鼒在八家四六文题词中反复强调这一观点。其引孙星衍语云："夫排比对偶，易伤于词，惟叙次明净，锻炼精纯。俾名业志行，不掩于填缀，读者激发性情，与雅颂同。"③承认四六排比对偶容易损害词义的缺陷，主张叙次明净，锻炼精纯，华而不缛，这样才能激发读者性情，反对填缀辞藻典故的佻巧四六。又在孙星衍文集题词中，提出骈文应风骨遒劲，思至理合，风骨遒劲才能文质相副，思理融合才能文气流畅。对洪亮吉《卷施阁乙集》也云："朴质若中郎，遒宕若参军，肃穆若燕公，盖其素所蓄积，有以举其词。刘勰谓：'英华出于性情'，信哉！"④肯定其骈文朴质、遒宕和肃穆的特点，而这都是其情性真实流露。但洪亮吉骈文隶事繁碎，文气时有阻碍，吴鼒不为尊者讳，提出加以删选，以免初学者学之损害文气。除了文气流畅，情感真实外，吴鼒还强调骈文语言要精要，文风要典雅，以古为尚，避免俗调："是故言不居要，则藻丰

---

① 吴鼒：《有正味斋续集题词》，《八家四六文钞》卷首，清嘉庆三年(1798)刻本。
② 吴鼒：《八家四六文钞序》，《八家四六文钞》卷首，清嘉庆三年(1798)刻本。
③ 吴鼒：《问字堂外集题词》，《八家四六文钞》卷首，清嘉庆三年(1798)刻本。
④ 吴鼒：《卷施(葹)阁文乙集题词》，《八家四六文钞》卷首，清嘉庆三年(1798)刻本。

而伤繁；文不师古，则思骜而近谬。"①如果语言不简要明洁，则即使硬语横空，巧思合绮，也会"好驰骤而前规亡，贪掎摭而真精失"，成为形似工具和屋下架屋的铺排。更反对剪裁经文而边幅窘俭，揣摩时好而气息喧嚣，启事则吏曹公言，数典则俳优小说的骈文末流。吴鼒自述孙星衍评价其骈文也用"泽于古而无俗调"②。泽古而排俗是吴鼒重要的审美标准。袁枚骈文雅俗共存，尽管吴鼒得到袁枚的赏识，袁枚曾对其婿蓝嘉璜曰："山尊不愿在弟子之列，而余集中四六文衣钵当授之。"对此，吴鼒甚是感激，但选文时，"凡先生之文稍涉俗调与近于伪体者，皆不录。雅音独奏，真面亦出。"③可见其尚雅俳俗、以古为宗的决心。刘星炜（1718～1772），精于选学，为汪履基的老师，汪履基曾用"清转华妙"评价刘星炜的文学风格。吴鼒云"其他笺启序记，名贵光昌，尽去国初诸君浮侈晦塞之弊，卓然可传。盖司寇于孟坚、孝穆、子安三家，致力最久，而才气书卷足以副之"④，从刘星炜效法班固、徐陵和王勃三家文章风格来分析其骈文清转华妙的原因，也是一种复古评价。吴鼒和邵齐焘无师友关系，而是认识其子邵培德，又从洪亮吉处得知邵齐焘的文章风格，十分倾羡。因为邵齐焘为骈文也主张复古，吴鼒引用邵齐焘的"清新雅丽，必泽于古，非苟且牵率，以娱一世耳目者"和郑虎文评邵齐焘"君学于古，涵而揉之，去故遗迹，太昌于辞"⑤来说明邵齐焘的复古理论，引为知音。同样，对于自己的授业恩师吴锡麒，他也从词源经史，体准古初来肯定：

> 先生各体文皆工，而于骈体致力尤深。近代能者，或夸才力之大，或极摭拾之富，险语僻典，欲以蹯跺百代，睥睨一世，不知其虚骄易尽之气，为有学之士所大嗫也。先生不务奇，不恃博，词必泽于经史，体必准于古初。⑥

---

① 吴鼒：《问字堂外集题词》，《八家四六文钞》卷首，清嘉庆三年（1798）刻本。
② 吴鼒：《问字堂外集题词》，《八家四六文钞》卷首，清嘉庆三年（1798）刻本。
③ 吴鼒：《小仓山房外集题辞》，《八家四六文钞》卷首，清嘉庆三年（1798）刻本。
④ 吴鼒：《思补堂文集题词》，《八家四六文钞》卷首，清嘉庆三年（1798）刻本。
⑤ 吴鼒：《玉芝堂文集题词》，《八家四六文钞》卷首，清嘉庆三年（1798）刻本。
⑥ 吴鼒：《有正味斋续集题词》，《八家四六文钞》卷首，清嘉庆三年（1798）刻本。

对吴锡麒骈体文不夸才力,不炫撷拾之富,不用险语僻典,以经史为准的,以古初之文,即典雅的骈文为准绳加以赞赏。可以说,吴鼒是乾嘉年间强调骈文法古和反俗最透彻的批评家,其编选的八家四六文,也较好地实现了这一宗旨。吴鼒以骈文家编选当代骈文选本,所选都是乾嘉时代的骈文名家,为当时及以后的骈文创作树立了一个典范。其总序及各家题词,补充和昭示了其骈文思想,也有利于《八家四六文钞》的传播,对后代影响很大。清末民初易宗夔云:

> (吴鼒)尝选袁简斋、邵荀慈、刘圆三、孔巽轩、吴穀人、曾宾谷、孙渊如、洪稚存之骈文,称为八大家。如袁之为文,师事胡稚威,博综渊茂,其才气足以耸动一时。邵则规橅魏晋,风骨高骞,于绮藻丰缛之中,存简质清刚之制。刘之潜转华妙,吴之委婉澄洁,洪之寓奇气于淳朴,荮新意于古音,孙之风骨道上,思至而理合,孔之力追初唐,藻采映丽,曾之味隽声永,别具会心,是皆遵循轨范,敷畅厥旨,堪为一代骈文之正宗。[①]

其评八家话语全来自吴鼒,称八家为一代骈文正宗,就极大地肯定了吴鼒编选的典范意义。同时,吴鼒题词对八家的评价,更成为以后骈文研究者批评话语的直接来源。光绪年间,张寿荣仿照该书编选《后八家四六文钞》,许贞干更有《八家四六文注》对之笺释,可见该书地位之高、影响之大。当然,围绕八家人选,后人也有些争议,如上面提到的没有选汪履基和汪中,另外还有人质疑没有选胡天游,说吴鼒存在门户私见。徐珂云:"山尊为吴穀人弟子,恪守师说,不敢越雷池一步。其选骈文,藉阐宗风,故去取较隘,人比之为桐城派古文是也。国朝骈文,以山阴胡稚威为第一,而江都汪容甫中亦表表者,皆在吴穀人之前,而山尊选本,宁缺不录,又何疎耶?"[②]认为吴鼒受吴锡麒影响太深,藉阐宗风,因而去取较隘,这其实是没有细读吴鼒各家题

---

① 易宗夔:《新世说·文学》,沈云龙主编:《近代中国史料丛刊》(正编)第18辑第180册,第126页。

② 徐珂:《清稗类钞》,中华书局1986年版,第3891页。

词。吴鼒乾隆末年才师从吴锡麒,受他的影响并不深。吴鼒序中明确指出其所收为师友,"或亲炙言论,或私淑诸人",与他们都有直接或间接的联系,而胡天游乾隆二十三年(1758)就去世,吴鼒和其后人也无联系,因而没有选录胡天游骈文。汪中骈文没选的原因上文已说。当然,如果能够将胡天游、汪中选上,那就更能代表乾嘉时期的骈文成就了。这种遗憾,在八年后由曾燠来弥补了。

嘉庆十一年,在《八家四六文钞》问世八年后,曾燠、彭兆荪编选的《国朝骈体正宗》刊刻。该书不仅在选人上大加扩展,而且在时间上不拘限于乾嘉时期,而是延伸到整个清代。和《八家四六文钞》一样,都是按人选文,和以前的骈文选本按照文体编文不同。该书收录 42 家文 171 首,为清代前中期骈文的汰粗取精之作。此书名为曾燠编选,实际上彭兆荪也参与其事,"尔近佐辑《骈体正宗》一书,欲以矫俳俗,式浮靡。中间进退权衡皆系所主裁断,仆虽观成,仅司校勘,且鄙文滥厕,尤不便置喙其间。然意旨所存,盖可略述:大要立准于元嘉、永明,而极才于咸亨、调露。文匪一格,以远俗为工;体无定程,以法古为尚。"①"矫俳俗,式浮靡","以远俗为工","以法古为尚"等选录标准和吴鼒编选《八家四六文钞》一致。又以宋齐至唐初骈文为尚,也与吴鼒复古内容中以六朝为宗一致,从中可反观嘉庆时骈文思想是以六朝为正宗,为取法对象。曾燠在自序中详细表明了效法六朝,崇尚典雅的倾向:

> 有如骈体之文,以六朝为极则。乃一变于唐,再坏于宋,元明二代,则等之自郐,吾无讥焉。原其流弊,盖可殚述。夫骈体者,齐梁人之学秦汉而变焉者也。后世与古文分而为二,固已误矣。岁历绵暖,条流遂纷。……乃有飞靡弄巧,瘠义肥辞,援旃孟为石交,笑曹刘为古拙。于是宋玉阳春,乱以巴人之和矣;相如典册,杂以方朔之谐矣。若乃苦事虫镌,徒工獭祭,莽大夫逞搜奇字,邢子才思读误书。其实树旆于晋郊,虽众而无律也;买椟于楚客,虽丽而

---

① 彭兆荪:《与姚春木书》,《小谟觞馆文集》卷三,《续修四库全书》第 1492 册,第 646 页。

非珍也。琐碎失统,则体类于疥驼;沈腴不飞,诅详比于鸣凤。亦有活剥经文,生吞成语。李记室之襕褕,横遭同馆之割;孙兴公之锦段,付诸负贩之裁。掷米成丹,转自矜其狡狯;炼金跃冶,使人叹其神奇。古意荡然,新声弥甚也。四字密而不促,六字格而非缓,变以三五,厥有定程,奚取冗长乎! 尔乃吃文为患,累句不恒,譬如"屡舞而无缀兆之位,长啸而无抗坠之节",亦可谓不善变矣。夫画者谨发,不可以易貌;射者仪毫,不可以失墙。刻鹄类鹜,犹相近也;画虎类狗,则相远也。庾徐影徂而心在,任沈文胜而质存,其体约而不芜,其风清而不杂,盖有诗人之则,宁曰女工之蠹? 乃染髭鬓而轻前辈,易刀圭以误后生,其骈体之罪人乎![①]

曾燠(1760～1831),字宾谷,江西南城人。乾隆四十六年进士,改庶吉士,官两淮盐运史多年,文人学士,多依附于他。他自己工于骈文,风格逼似六朝,如其《小谟觞馆诗文集序》:"及与君交,观其所作,顿惊痴俗,始叹灵奇。譬如窥朱鸟之腮中,烂然甲帐;驾彩虹于霄半,丽矣琼楼。洞庭张乐,何有筝笛之音;瑶池命宴,故非烟火之食。足使江东袁淑,赋藏鹦鹉;关中庾信,诗逊鸣蝉。"[②]短小流丽,清隽华美,体现了六朝短小骈文之风格。曾燠以六朝为骈文鼎盛时期,唐代为变体,宋代则大坏,元明则更是衰落。这点虽就具体的作家而言不一定成立,但就整个骈文史来说,则基本属实。将骈文视为秦汉文的自然发展、变化,反对将骈文和古文截然对立。对于追求新奇、轻靡之风和"瘠义肥辞"、"苦事虫镂,徒工獭祭"和"活剥经文,生吞成语"以致"古意荡然,新声弥甚"的现象都十分不满。在句式上,曾燠主张以四六为主,变之以三五,而不取长句对、长联对。对于六朝骈文代表徐庾任沈更是十分崇尚,认为"其体约而不芜,其风清而不杂"。同时,曾燠认为骈散本来就相通相融,各有千秋:"岂知古文丧真,反逊骈体,骈体脱俗,即是古文,迹似两歧,道当一贯。"[③]乾嘉时骈文风气大开,作家辈出正是其编选

① 曾燠:《国朝骈体正宗序》,《续修四库全书》第 1668 册,第 1 页。
② 曾燠:《小谟觞馆诗文集序》,《续修四库全书》第 1492 册,第 517 页。
③ 曾燠:《国朝骈体正宗序》,《续修四库全书》第 1668 册,第 1 页。

的前提条件;反之,其编选的目的就是要悬正鹄,标准的,即以之作为骈文创作的典范,以引领当时的创作风气。

《国朝骈体正宗》共12卷,收录42位作家,文171首。超过5首(含5首)的骈文家有13位:即毛奇龄5首,陈维崧8首,胡天游11首,袁枚12首,邵齐焘6首,吴锡麒11首,杨芳灿5首,孔广森10首,孙星衍6首,洪亮吉15首,刘嗣绾8首,乐钧6首,彭兆荪12首。汪中的骈文只选3首。清初至乾隆初年,曾燠只选择了毛奇龄、陈维崧、毛先舒、陆圻、吴兆骞和吴农祥六位作家的18首作品作为代表,没有选吴绮、章藻功,这与曾燠的脱俗法古观念有关,从中也可见清初骈文还处于复兴初始阶段。余下的全部为乾隆至嘉庆初的作品,从创作实绩上说明了乾嘉时期确实是清代骈文的复兴期。所选作品,各体兼备,基本代表了各自骈文的主要特征和水平。如本书开篇为毛奇龄的骈文。其入选作品为《平滇颂》(并序)、《复沈九康成书》、《与秦留仙翰林书》、《陆蓋思新曲题词》和《故明特授游击将军道州守备列(按:即烈)女沈氏云英墓志铭》五篇,都是清初得到高度评价的作品,也是后人骈文选本常选的篇目。如《陆蓋思新曲题词》虽是新曲题词,但隶事丰富而融汇于文意中,较少成言,句式以四六句为主,没有长联对,风格流丽清新:

> 夫新声乍起,仅有《黄华》;余懂未亡,始歌《白纻》。故议郎存协律之思,主簿起定情之则。三洲将变,阿子空闻,一曲相迎,舅姑无恙,此非情有固然,谁能思而不已。间尝诵南粤之新语,想云间之丽材。东吴名胜,首指横云;入洛风流,群推如海。是以甘泉未赋,绵竹诵成;梁甫常唫,分桃念少。抱临邛之瑰质,怀沅浦之离忧。虽闻歌辄唤,王子堪怜;顾曲多情,周郎自妙。然尚以巴东之激訏为滥耳,江南之调弄为变声。内人异出,不复霓裳;弟子部中,谁工阿鹊。因复寄指寻橦,编情舞柘。夫捣麝香灭,纪摩支之散辞;折竹音传,做纥那之闲韵。秦川一半,独想天怜;江上三台,总言客到。自古声律攸通,原关至性;呕吟相嬗,雅称才子。故渔家旧谱,点拍才成;都子新歌,典型犹在。况五言一编,调韵颇道;几

叠六么,管弦斯急,其中因革屡殊,短长互掩。乃以我眇思,细缲宫
徵,岂独龟年新乐,传李白之宫词;何戡旧人,诵王维之绝句而已。①

另外,毛奇龄《复沈九康成书》乃为悼念亡友子长而作,有六朝短札风
格:"昨者子长漫游长安,寓情赋物,登楼四望,雅似仲宣;研精十年,乃思元
晏。推其意旨,非谓藉此标榜,当有所遇。只以游子流离远道,同兹颠沛;曲
借退讯,慰我沦落。乃自春徂秋,中间迁隔,偶愆裁叙,竟乖报谂,顷始因风,
有所写寄。陡接来示,乃知秣陵之书,未经栖目;山阳之笛,居然在耳。探怀
袖之攸藏,痛音徽之未灭;而徐生所著其文,尚在滕王饷序。……"②可见其
选文法六朝之古和反俳俗之心。此外,曾燠用"骈体"命名选本,无疑是当
时骈文别集用"骈体"命名的发展结果;同时,其刊行又加速了"骈体"的传
播。自嘉庆后,别集用"骈体"或"骈体文"命名逐渐增多,"四六"则逐渐减
少。当然,曾燠对乾嘉骈文作家有所遗漏,如遗漏了胡承珙(1776~1832)。
胡承珙,字景孟,号墨庄,安徽泾县人,有《求是堂骈体文》二卷。邓实《求是
堂骈体文跋》云:"墨庄骈体文清峻简约,雅近齐梁,由其蕴蓄之渊深,故能
结体之高逸,在乾嘉时亦一作手也,而曾宾谷《国朝骈体正宗》、姚某伯《皇
朝骈文类苑》皆遗之,何欤?"就对其遗漏一代作手胡承珙骈文而加以质疑。
李慈铭对于有些选文及入选者提出批评:"阅《国朝骈体正宗》,所取自毛西
河至汪竹素(全德)凡四十二人,中多有仅取一篇者,乃至凌次仲亦止一首,
汪容甫仅至三首,而吴榖人多止十六首,袁子才亦十二首,而《辞随园临幸
上尹制府启》及《吴桓王庙碑》二首,为子才杰出者,乃反不列焉。曾氏此选
与吴山尊《八家四六》,皆以当家操选事,并风行于代,而两公实未能深辨气
体格韵之间,故雅俗杂登,菁华多落。山尊自为之文,稍胜宾谷,而又以声气
为进退,此刘圌三与宾谷所以各占一家也。国朝此事,跨唐跋汉,论定之责,
其在后人乎? 其在后人乎?"③对其选文数量和代表性分别提出质疑,可见
其选文代表性方面确实有所欠缺。但总的来说,该书仍不失为一部优秀的

---

① 曾燠:《国朝骈体正宗》卷一,《续修四库全书》第 1668 册,第 7 页。
② 曾燠:《国朝骈体正宗》卷一,《续修四库全书》第 1668 册,第 6 页。
③ 李慈铭:《越缦堂读书记》(五),辽宁教育出版社 2001 年版,第 841 页。

骈文选本,也对后来清代骈文创作和批评产生了较大影响。

此外,这时的骈文选本还有既包括前代,也包括清代的。如马骏良的《俪体金膏》,陆以湉云:"本朝疏表杰作,备于《俪体金膏》一书。"①其实不仅是清朝疏表,还包括前代公牍骈文。该书篇幅较短,内容不多。其序云:"夫喜起赓歌,权舆虞代,下及汉世,雍容揄扬。宣上德而尽忠孝,不可阙也。兹集托始拜飏,而《奉扬》《台莱》《絮酒》《侯鲭》等集依次付梓,总曰《金膏》,聊资渲染。"②表明其主要选录表启铭颂等公牍骈文。该书收吴绮、尤侗、章藻功、陈维崧、张英、郑王臣、蒋士铨、毕沅、于敏中、纪昀、彭元瑞、刘墉等及汉、魏、六朝班固、王褒、王融、庾信等人的公牍等文,目的是为了当时的台阁骈体运用,篇幅很少,影响也不大。此外,乾隆间陈云程选辑的《四六清丽集》,刊刻于嘉庆二年(1797),按照文体分为28类,选辑清代73位作家骈文150篇,共四卷。其序中明言其目的是为作律赋参考,价值较小,但表明了律赋和骈体的相融关系。另外,嘉庆二十三年(1818)刊刻的周池辑录《骈语类鉴》则是对偶句式的选本,目的是为骈文提供素材和句式样本,为清初遗绪,和嘉道时有鲜明宗旨的骈文选本不可同日而语。

---

① 陆以湉:《冷庐杂识》卷五,《笔记小说大观》第28编第8册,第4772页。
② 马骏良辑:《俪体金膏》,丛书集成初编本。

第四章 清代骈文理论专著——《四六丛话》

乾隆年间,公牍文章流行四六骈体,众多骈文作品也问世,对于骈文的批评也逐渐增加。官修《四库全书》及提要在乾隆晚期也完成,其对于历代骈文别集和总集收录较多,对于骈文代表作家、发展源流、文体地位及风格特征等都作了精要概括,彭元瑞编选的《宋四六选》也广为流传,在这样的背景下,孙梅《四六丛话》应运而生。反之,《四六丛话》的刊行,又在某种程度上促进了乾嘉年间骈文创作和理论的发展。

第一节 孙梅与阮元的关系略析

对于孙梅和阮元的关系,李金松的短文已有明确考证。① 这里再对其材料加以补充,观点加以细化。孙梅生平仕宦不显,因而现存资料很少,主要为随《四六丛话》而刊刻的几篇序、跋。其生年暂不可考,卒年据其弟孙宁衷云:"于庚戌春季甫脱稿,即以是秋捐馆。"②庚戌为乾隆五十五年,即公历1790年,可定为其卒年。再据同治年间编撰的《湖州府志》载:

> 孙梅,字松友,号春浦,归安人,乌程籍。乾隆二十七年南巡,召试,取二等,赐彩缎荷包。中三十四年进士,授中书,出为太平府同知,历校南闱。仪征阮元,其所荐也。梅少年攻诗,有才子之目。尝赋《白燕诗》,为人所传。生平著述甚富,所著《四六丛话》,博稽

---

① 李金松:《阮元"师从孙梅辨"》,《学术研究》2003 年第 11 期。
② 孙宁衷:《四六丛话·跋》,商务印书馆 1937 年版,第 645 页。

千古,综览万篇,阮元为之序。①

可知孙梅为乌程人,今属湖州。乾隆二十七年得到乾隆帝召试并取二等,三十四年中进士,五十五年逝世,可见其主要生活在乾隆盛世。府志提到阮元和孙梅的关系:孙梅典校南闱时推荐阮元;阮元为孙梅《四六丛话》写序,没有说两人为师生关系。然而,阮元在其提到孙梅的文章中却明确称之为"我师","吾师",如:"我师乌程孙司马,职参书凤,心擅雕龙,综览万篇,博稽千古。文人之能事,已揽其全;才士之用心,深窥其秘。……乾隆五十三年,受业仪征阮元谨序。"②"吾师乌程孙松友先生,学博文雄,尤深《选》学,挚虞、刘勰,心志实同。夫且上溯初唐,下沿南宋,百家书集,体裁斯分,古人用心,靡不观览。"③后人在谈到二人关系时,受此影响,认为孙梅为阮元的授业老师。如说阮元"曾师从孙梅。孙氏留意骈文,著有《四六丛话》,这对阮元爱好骈文,加深对骈文艺术的认识有一定的作用"④。那么,两人是否为师生关系呢?

阮元(1764～1849),籍贯江苏仪征,成长于扬州。乾嘉道三朝显宦,备受恩宠,生平经历十分清楚,《雷塘庵主弟子记》就是阮元学生、诸子和门生在其逝世后不久编订的。孙梅于乾隆五十五年,即1790逝世,阮元此时只有27岁。考察27岁前的阮元经历,就可以知道其和孙梅到底有无师生关系。《雷塘庵主弟子记》记载阮元从出生到嘉庆十二年(1807)经历的人为其学生张鉴。张鉴,和孙梅为同乡,都为乌程人。程杲曾云孙梅"夫子为世名宿,乡会制义,久传士林,而尤邃于古学"⑤,可知孙梅才学兼优,在当时名气较大,在乌程必有较大影响。如果孙、阮二人有师生关系,那么张鉴必然会记录。但查阅该书,只有乾隆五十一年(1786)阮元二十三岁参加乡试时,张鉴提到孙梅:"九月初九日,揭晓,中式第八名。时典试者为大兴礼部

---

① 宗元翰等纂:《湖州府志》卷七六,清同治十三年(1874)刊本。
② 阮元:《四六丛话序》,《揅经室集》,中华书局1993年版,第740页。
③ 阮元:《旧言堂集后序》,《揅经室集》,中华书局1993年版,第683页。
④ 邬国平、王镇远:《清代文学批评史》,上海古籍出版社1995年版,第636页。
⑤ 程杲:《四六丛话序》,《四六丛话》卷首,商务印书馆1937年版。

侍郎朱文正公(珪),副考官为大庾编修戴公(心亭),房考官为芜湖同知乌程孙公(梅)。是科朱文正公命题为'过位'二节,用江慎修《乡党图考说》,得人为极盛。"①乾隆五十一年为丙午年,即孙梅门人陈广宁所云:"犹忆乙巳(1785)、丙午(1786)间,夫子官太平司马,广宁受业于鸠江官舍。"②鸠江地属芜湖,是孙梅官太平司马时的官舍所在。孙梅兼任当年江苏乡试房考官职务,与张鉴称孙梅官职为"芜湖同知"正相吻合。如果二人乡试前真有师生关系,根据科考制度,那孙梅必须回避。可见,阮元中举前和孙梅无师生关系。

阮元中举之后,和孙梅也不在一起,不存在拜师的可能。阮元当年十月二十日,随江苏督学谢墉北上京城,"寄寓前门内西城根,因得见余姚邵二云、高邮王怀祖、兴化任子田三先生。"③而据上引陈广宁所记,孙梅当年和下一年都在鸠江官舍。此后直到1790年孙梅逝世,张鉴都没有记载阮元拜孙梅为师的事。再查阮元文集,也不见关于他拜孙梅为师的记载。相反,阮元记载了其少年时代的两位授业恩师:李道南和乔椿龄。其曰:"吾年九岁,从乔先生学。年十七,从李先生学。两先生为吾乡特立独行之儒,而元皆师之,吾所幸也;两先生绩学砥行,深自韬隐,而元窃高位厚禄过于师,吾所愧也。"④又没有提孙梅,如果他曾师从孙梅,按照惯例,这里就应该提到。孙梅门人陈广宁在叙述其从学经历时云:"其时同学,若方君求升、程君杲、冯君锡宸,二三知己,执经问字,并蒙嘉许。而芸台宗伯,则又丙午分校所得士也。"⑤明确将同学三人和阮元分开,指出阮元为孙梅所得之士。又《吴兴诗话》载:"梅以诗赋擅名,历校南闱。丙午同考,得仪征阮元,号为得人。吟兴最豪,曾一夕六叠。"⑥也明确二人关系为考官与举子关系。可见,两人并不存在师从关系。但是,为何阮元称孙梅为"我师"呢?这与清朝科举制

---

① 张鉴等撰:《阮元年谱》,中华书局1995年版,第7页。
② 陈广宁:《四六丛话·跋》,商务印书馆1937年版,第643页。
③ 张鉴等撰:《阮元年谱》,中华书局1995年版,第7页。
④ 阮元:《李晴山乔书酉二先生合传》,《揅经室集》,中华书局1993年版,第398页。
⑤ 陈广宁:《四六丛话·跋》,商务印书馆1937年版,第643页。
⑥ 引自宗元翰等纂:《湖州府志》卷六〇,清同治十三年(1874)刊本。

度和两人文学嗜好趋同有关。

　　阮元之“我师”实为房师之意，即举人、贡士对荐举自己试卷的房考官的尊称。这点阮元之子阮福在《四六丛话序》后案语为："司马孙公乃太平府同知，名梅，乌程进士，丙午科房师也。"清朝科举，乡试、会试中分房阅卷，应考者试卷须经某一房同考官选出，加批语后推荐给主考官或总裁，方能有机会取中。如上引张鉴记载，孙梅为阮元乡试的房考官，即首先是孙梅欣赏并推荐阮元的文章，然后才使得阮元有中举的可能。自然，阮元对孙梅怀有知遇之恩，因而十分敬重孙梅，遂依照当时习惯称之为“我师”。同时，阮元从小深受选学影响，倾向于俪偶之文。其文集中反复提到，如："元幼时即为《文选》学，既而为《经籍纂诂》二百十二卷，犹此志也。"①"元幼为《文选》学，而壮未能熟精其理。"②阮元幼爱《文选》，与其外公好友胡西棻有关。"元幼时以韵语受知于先生，先生授元以《文选》之学，导元从李晴山先生游。"③选学与骈文关系重大，《文选》文章绝大部分为骈文，因而阮元十分钟爱骈文。而孙梅同样喜爱骈文，其《四六丛话》叙论全用骈体写成就是证明。故两人又是文章知己。这点阮元也多次提到，如："元才围陋质，心好丽文，幸得师承，侧闻绪论，妄执丹管而西行，愿附骥尾而千里。固知卢王出于今时，流江河而不废；子云生于后世，悬日月而不刊者矣。"④不仅说明了二人爱好的趋同性，而且用“妄执”、“愿附”更表明了其师生关系的非事实性。在孙梅文集序中，阮元也表达了两人同好《文选》趋向和曾为门生的事实："昔陆士衡观才士之所作而得其用心，良以用心之地观之实难。灵均以降，大同以前，昭明观之，可谓审美矣。自兹以降，李唐、赵宋，文体变迁，士衡、昭明，非能逆睹者也。学者身处近代，遥隔前徽，享其所素习，屏其所未知，执以一端，蔽夫众体，何其陋也。……元籍列门生，旧被教泽，凡师心力所诣，略能仰见一二。谨为后序，以谂文家。"⑤门生的经历和文章知己的

---

① 阮元：《扬州隋文选楼记》，《揅经室集》，中华书局1993年版，第387页。
② 阮元：《南宋淳熙贵池尤氏本文选序》，《揅经室集》，中华书局1993年版，第665页。
③ 阮元：《胡西棻先生墓志铭》，《揅经室集》，中华书局1993年版，第399页。
④ 阮元：《四六丛话序》，《揅经室集》，中华书局1993年版，第740页。
⑤ 阮元：《旧言堂集后序》，《揅经室集》，中华书局1993年版，第683页。

关系,使得阮元对孙梅尊敬有加,一直以"师"称呼,但古师非今师了。

从上可知,孙梅为阮元乡试的房师而已,根本不存在今天意义上的师生关系。阮元爱好骈文,后来推崇骈文,与古文争文章正统,主要是其幼好《文选》,青睐俪文;崇尚博学,反对孔疏不学的古文及其文统的结果,与孙梅及其《四六丛话》影响关系不大。

第二节 《四六丛话》的编撰体例

一、编撰原因及体例

可以说,没有《四六丛话》,就没有文学史上的孙梅。该书既有资料收集汇编性质,也包含了个人独创的叙论,凝聚了其大量心血。自云:"三馀罔辍,六稔相仍;寒暑乖违,音尘挈阔。"①利用六年的岁馀、日馀和时馀时间,编撰而成。程杲、陈广宁在各自的序、跋中也记载了孙梅为该书耗费了数十年心血。无疑,孙梅编撰《四六丛话》的态度十分认真,其编书时间在乾隆中后期。

孙梅编撰《四六丛话》也有主观上的原因。一是报答座主曹仁虎知遇之恩。曹仁虎(1731～1787),号习庵,乾隆二十二年南巡召试列一等,赐举人,授内阁中书。二十六年成进士,改庶吉士,授编修,与同邑钱大昕、王鸣盛号称"嘉定三才子",为孙梅己丑(1769年)科考座主,与孙梅交情深厚,对孙梅奖掖有加:"自佐郡江城,于役都下,每复从容请益,邂逅开襟。谓古来骈俪之文,多前辈阳秋之论;妄欲效本事之体,成一家之言。先生如月印川,固无隐尔;若金在冶,屡叹起予。尽繙插架之签,俾继焚膏之晷,并期重见,为叙《三都》。梅感知己于寸心,忆前言之在耳。"②孙梅在向曹仁虎请教时,认为古来对骈文的评价,多阳秋之论,即褒贬没有说出,较为肤浅和表面化,因而心存不满,想效法《本事诗》之体,成一家之言,编撰关于骈文的批

---

① 孙梅:《四六丛话自序》,《四六丛话》卷首,商务印书馆1937年版。
② 孙梅:《四六丛话自序》,《四六丛话》卷首,商务印书馆1937年版。

评著作,曹仁虎支持并加以鼓励。这成为孙梅编撰该书的重要动力。二是有感于历代骈文创作实绩较高,而相应的理论却简单、零碎,故想成一书概括历代骈文理论。其自序认为宋代谢伋、王铚的四六话只是粗成卷轴,仅得端倪,没有深入解释骈体的属性。阮元也云:"王铚《选话》,惟纪两宋;谢伋《谈麈》,略有万言。虽创体裁,未臻美备。况夫学如沧海,必沿委以讨源;词比邓林,在揣本而达末。"①指出了前代四六话的不足和粗略以及孙梅沿委讨源、揣本达末的宏愿。程杲更是详细点明了孙梅撰编该书的理由:"第四六之兴,不一代矣;四六之作,又不一体矣。自来选者,或合一代之作,或聚一体之文,从未有体裁悉备,提要钩元,集诸家之论说,而成四六之大观者,此孙夫子《四六丛话》所由作也。"②正是在客观条件和主观愿望交融的原因下,孙梅对各类四六排比编纂,追源溯流,通过撰写叙论和编辑前代材料来表达自己的观点:先对某一四六文加以叙论,然后再选录元代以前笔记、文话和野史等中有关四六记载。因此该书既是一部对各类四六发展史及特征加以点评的著作,同时也是一部对元以前四六资料加编选的类书。

《四六丛话》共三十三卷,依次为《选》二卷、《骚》一卷、《赋》二卷、《制、敕、诏、册》四卷、《表》三卷、《章疏》一卷、《启》二卷、《颂》一卷、《书》一卷、《碑志》一卷、《判》一卷、《序》、《记》、《论》各一卷、《铭箴赞》一卷、《檄露布》一卷、《祭诔》一卷、《杂文》一卷、《谈谐》、《总论》二卷、《作家》七卷。孙梅参考《文选》和唐代博学宏词科所试文体,特别是刘勰《文心雕龙》的文体分类,对四六文重新分类:"而《雕龙》以对问、七发、连珠三者入于杂文,虽创例,亦其宜也。唐设宏词科,试目有十二体,则皆应用之文。今自《选》、《骚》外分合为之,为体十八,亦就援引考据所及而存之。其章疏与表,分而为二者,以宣公奏议之类,不可入表故也。碑志与铭分为二者,碑用者广,志专纳墓,而铭则遇物能名,各有攸当,其余悉入杂文。又列谈谐,皆《雕龙》例也。"(《四六丛话凡例》)据此,其内容可分为四部分:一、四六文渊府的《选》及《骚》叙论及部分相关资料。叙《选》及《骚》,对于骈文源流

---

① 阮元:《四六丛话序》,《揅经室集》,中华书局1993年版,第740页。
② 程杲:《四六丛话序》,《四六丛话》卷首,商务印书馆1937年版。

及特征具有启发作用,但其附录资料,为《文选》、《楚辞》作品中的典故、对偶技巧讨论等,有背离《四六丛话》主题之嫌。二、各类四六叙论及部分前人相关资料,即全书的四六文体论,是该书的主体部分。对于了解各类骈文发展源流、代表作品及时人评价等,都有指导或借鉴意义。三、点明全书大意的《总论》,主张以意行文,不拘形式,即以骈散兼容、并行不悖为主旨。四、与骈文有关的作家简介和少量评论。包括文选家、楚词家、赋家、三国六朝诸家、唐四六、宋四六和元四六代表作家等。

二、《选》实骈俪之渊府,《骚》乃词赋之羽翼

《选》、《骚》在《四六丛话》中不是作为骈体文类收录的,而是以之为准的,欲从中追寻骈体源流:

> 《选》实骈俪之渊府,《骚》乃词赋之羽翼。杜少陵云"熟精《文选》理",王孝伯云"熟读离骚,便成名士",是知六朝唐人词笔迥绝者,无不以《选》、《骚》为命脉也。是编以二者建为篇首,欲志今体者,探本穷源,旁搜远绍之意。①

《文选》分类详细,众体兼备,其中绝大部分为讲究对偶、典故和辞藻甚至声律的骈体文,也是六朝骈体文最高成就的代表,所以为"骈俪之渊府";以《离骚》为代表的楚辞,情文并茂,对偶丰富,为词赋之源,也是骈文的远祖。二者对于骈体文的形成都有重大影响,但乾隆年间,《文选》还没有得到重视,《选》、《骚》和骈文的关系少见提及。孙梅在叙论中礼赞《文选》的典范作用,认为其悬衡百代,扬榷群言,进退师于一心,总持及乎千载。又认为创作和论文,都必须学才兼备,识卓质高,否则只能是买椟还珠,弃重就轻;《文选》是学才兼备的选本,具有通识、博综、辨体、伐材、镕范等五大特征。通识指选文的广泛代表性:"《选》之为书,上始姬宗,下迄梁代,千余年间,艺文备矣。质文升降之故,风雅正变之由,云间日下,接迹于简编;汉妾楚

---

① 孙梅:《四六丛话·凡例》,《四六丛话》卷首,商务印书馆1937年版。

臣,连衡于辞翰。"①博综指选文博观约取,博采众长:"《选》之所收,或人登一二首,或集载数十篇。诗笔不必兼长,淄渑不必尽合。《咏怀》《拟古》,以富有争奇;《元虚》《简栖》,以单行示贵。"辨体指通过分类和序言辨析选文归类标准:"分区别类,既备之于篇;溯委穷源,复辨之于序。勿为翰林主人所嗤,匪供兔园册子之用。"②伐材指选文偏于沉博绝丽,隶事富赡:"惟沉博绝丽之文,多左右采获之助。王孙驿使,雅故相仍;天鸡蹲鸱,缤纷入用。是犹陆海探珍,邓林撷秀也。"镕范指选文精炼严格,宁缺毋滥:"文笔之富,浩如渊海;断制之精,运于炉锤。使汉京以往,弭抑而受裁;正始以还,激昂而竞响。虽禊序不收,少卿伪作,各有旨归,非为谬妄。谓小儿强解事,此论未公;变学究为秀才,其功实倍。"正因为《文选》具有如此优点,所以历代骈文家都从中吸取营养,获得启发,因而置于篇首:

四六者,应用之文章;《文选》者,骈体之统纪。《选》学不亡,则词宗辈出。名川三百,譬穴导以先河;灵芝九茎,及青春而晞露。掇拾陈编,建为篇首。

《选》后附录的材料来自《困学纪闻》、《笔记》、《冷斋夜话》、《游宦纪闻》、《世说》、《西溪丛语》等,记载了对《文选》及其选文中对偶、典故运用的评价和名物考证等,对于理解相关文章具有一定的参考价值。如转录张戒《岁寒堂诗话》有云:"近时士大夫以苏子瞻讥《文选》去取之谬,遂不复留意。殊不知《文选》虽昭明所集,非昭明所作,秦汉魏晋奇丽之文尽在。所失虽多,所得不少。作诗赋四六,此其大法,安可以昭明去取一失而忽之?子瞻文章从《战国策》、陆宣公奏议中来,长于议论,而欠宏丽,故虽扬雄亦薄之,云:'好为艰深之词,以文浅易之说。'雄之说浅易则有矣,其文词安可以为艰深而非之也。韩退之文章岂减子瞻,而独推扬雄,云'雄死后,作者不复生。'雄文章岂可非哉!《文选》中求议论则无,求奇丽职之文则多矣。子美不独教子,其作诗乃自文选中来,大抵宏丽语也。"将诗话中的《文选》

① 孙梅:《四六丛话》,商务印书馆1937年版,第1页。
② 孙梅:《四六丛话》,商务印书馆1937年版,第2页。

评论抽取出来,使读者更加了解此类文章特点和历史上的评价。后面各类四六叙论后所附资料,大多具有这样的作用,这也是孙梅不惜篇幅加以采录的原因。

楚辞情文,为后代文学树立了一个典范。孙梅认为古文、四六,同源共流,同受楚辞的影响,楚辞为古文极致和骈文先声,对后世评论家①、文章家、训诂家等影响巨大:

> 屈子之词,其殆诗之流,赋之祖,古文之极致,俪体之先声乎!故使善品藻者,殚于名言;工文章者,竭于摹拟。习训诂者,炫于文字;辨名物者,穷于《尔雅》。至于后之学者,资其一得,原委可知,波澜莫二,又略可得而言矣。②

同时,孙梅以汉魏具体的文章对应,来证明楚辞对后代文学的影响。如说《幽通》、《思元》宗经述圣,为《离骚》之本义;《甘泉》、《藉田》斋肃典雅,学《东皇》、《司命》之丽则;《长门》、《洛神》哀怨婉转,得《湘君》《湘夫人》之缥缈;《感旧》、《叹逝》悲凉幽秀,融《山鬼》之奇幻等。虽然这种联系在今天看来过于呆板,但在崇古思想浓厚的古代,楚辞创作的典范性,确实影响了后代相关作品的产生和风格。隋唐以后,骈文作者更是大力学习《楚辞》:"秋水长天之句,游泳乎歌章;洞庭落木之吟,陶镕乎燕许。要而论之,四杰富其才,右丞高其韵,柳州咀其华,义山体其润。渊源所自,不可诬也。"③又针对《文选》中所录较多楚辞作品,从而导致《骚》在内容上和《选》重复。孙梅解释为:"二十五篇,昭明录之过半,今以别于选者,不以《选》囿《骚》也。自赋而下,始专为骈体。其列于赋之前者,将以骚启俪也。"④表明了将《骚》单列,不囿于《选》以及放在《赋》之前的原因:赋有专为骈体者,和骈文存在着交叉关系;而骚则是骈文的先驱,对于骈文产生有启发作用。

---

① 如刘师培《文说·宗骚》就受此影响,云:"粤自风诗不作,文体屡迁,屈宋继兴,爰创骚体,撷六艺之精英,括九流之奥旨,信夫骈体之先声,文章之极则矣。"参王水照编《历代文话》第十册,复旦大学出版社 2007 年版,第 9545 页。

② 孙梅:《四六丛话·叙骚》,商务印书馆 1937 年版,第 39 页。

③ 孙梅:《四六丛话·叙骚》,商务印书馆 1937 年版,第 40 页。

④ 孙梅:《四六丛话·叙骚》,商务印书馆 1937 年版,第 40 页。

所以三者的排列顺序为《选》、《骚》再到《赋》,比较清晰地把握了三者的关系。

第三节 各类四六文体叙论

何谓四六? 狭义的文章含义就是四六句错综成联,由联成章,由章成篇;广义的则句式较为丰富,不拘泥于四六隔句对。清人孙万春云:"今人文中四字六字错综成联,即谓之'四六'。而唐宋人'四六'中不皆四字六字联也。有三四句为之者,有五六句为之者,有一联似今之二比者,均谓之'四六'。"①王应麟云:"制用四六,以便宣读。大约始于制诰,沿及表启也。"②又因赋继骚启骈,因而孙梅所论就从赋、制敕诏册等开始。共论十八类骈体,即赋、制敕诏册、表、章疏、启、颂、书、碑志、判、序、记、论、铭箴赞、檄露布、祭诔和杂文中包含的对问、七体及连珠。这种分类方法参考了《文选》、《文心雕龙》等前代文章学著作中的分类及唐代博学鸿词科十二体应试之文的分类,整体上突出了以骈体写成的文类。相对于纷繁复杂的古代文体来说,孙梅体分十八,已经是删繁就简,提要钩玄了。如制敕诏册是将四类性质相似的文体合并为一体,其他如铭箴赞、檄露布等也是一样,而碑志与铭分开,章疏与表分开等,则是根据该类骈体的实际情况而立的。从各卷所录资料数量来看,朝廷王言之体和大臣上表较多,如制敕诏册有四卷,表有三卷。另外,交际性功能较强的启也有两卷,其他都为一卷。从其所列的文体来看,其实也包括了古文的主要文类,可见古代各类文体都能用骈散二种方式表达,关键在于表达的效果怎样。

关于文体的各卷内容包括三部分:一、叙论,从该类典范作品中概括各类文体的四六演变及简评相应的代表作家作品等;二、辑录前人记载、评价

---

① 孙万春:《缙山书院文话》卷三,王水照编:《历代文话》第六册,复旦大学出版社2007年版,第5952页。

② 王应麟:《玉海·辞学指南》,王水照编:《历代文话》第一册,复旦大学出版社2007年版,第929页。

该类骈体名篇、名句的各类资料；三、间或对所辑资料进行考订、评点。其中，叙论部分代表了孙梅的主要文体观点，其他都可以看作对叙论的补充。这里以叙论为中心，兼及其他方面，论述孙梅的骈体观。

一、骈偶视域中论述各类四六文演变

赋体，铺采摛文，体物写志，往往在润色鸿业中进行讽谕，偏重于语言形式的典雅堂皇和声调铿锵。《西京杂记》卷二引司马相如语曰："合纂组以成文，列锦绣而为质。一经一纬，一宫一商，此赋之迹也。赋家之心，苞括宇宙，总览人物。斯乃得之于内，不可得而传。"指出了赋体追求"纂组"、"锦绣"和宫商等形式特征，这些特征也是骈文的形式要素，如《四六纂组》、《俪体金膏》等就以此"纂组"、"金膏"来指代骈文的特征。可以说，赋先天性就和骈文存在亲缘关系，只不过是汉初的赋还没有全篇追求对偶的意识而已。当赋演变为以对偶句式为主，即骈赋和律赋时，它就具备了骈体文的所有特征，就可以视为骈体文了。将骈体赋（含律赋）视为骈文之一，这在清初陈维崧、吴绮等人的骈体文集中已经表现出来，但还直到乾隆中期还没有成为文士的普遍观念。孙梅在《四六丛话》中叙述赋体流变时，将这一个观念表达得更加明确：

> 左陆以下，渐趋整炼，齐梁而降，益事妍华，古赋一变而为骈
> 赋。江鲍虎步于前，金声玉润；徐庾鸿骞于后，绣错绮交，固非古音
> 之洋洋，亦未如律体之靡靡也。

虽然吸收了前人，如祝尧的赋体分期思想，但用"整炼"概括左思、陆机以后赋体特征，用"妍华"、"金声玉润"、"绣错绮交"等形式美评价江淹、鲍照和徐陵、庾信的骈赋成就，则是孙梅着重于从语言形式来肯定赋体的骈化过程，为一己之见。刘师培《论文杂记》中直接沿用："左陆以下，渐趋整练。齐梁而降，益事妍华。自唐迄宋，以赋造士，创为律赋，"[1]接着孙梅虽对唐宋律赋程式化、纤仄化不满，但其对律赋音韵、对偶和用典的批评，客观上也

---

① 王水照编：《历代文话》第十册，复旦大学出版社 2007 年版，第 9515 页。

揭示了其骈体特征:"自唐迄宋,以赋造士,创为律赋,用便程式。新巧以制题,险难以立韵。课以四声之切,幅以八韵之凡。……至于促韵繁声,遒文劲节,风迴聚雪,柳暖飞绵,或为流水之联,或号打花之格。随手之变,亦可单行;压尾之章,恒多隔对。行间得隽,恍值腹而尝其膰;字里点睛,自中心而游于縠。有如振采失鲜,隶事未确,是反衣之狐白,等不熟之熊蹯,无补清新,祗乖典则。"①这种将赋体演变放在《四六丛话》中论述,在当时普遍将赋独立于骈体外的氛围下,更具有一种引导性的意义。制敕诏册为王言之体,刘勰在《文心雕龙》中对之已有详细论述,孙梅加以补充:

> 汉初去古未远,犹有浑噩遗风。《入关》、《求贤》诸诏,落落不支,巍巍公仰,意表豁达之渊衷,辞拟《大风》之雄唱,岂高祖所自为欤?文景宽仁,太和在抱;武宣严峻,督责时加。应张之异用,乃温肃之迭乘。东京诏辞,矩矱未失。永平、永元之间,辟雍养老更,白虎述经义,披艺观之,礼意备矣。魏晋而下,华缛递增,然琢句弥新,而遒文间发。下及陈隋,益事排偶矣。②

结合时代特征,将王言之体在两汉、魏晋和六朝的演变及特征简括出来,把握了当时文体追求形式演变的特征。叙表则对代表作家风格进行点评后指出其演变:"粤自孔明《出师》,忠恳而纯笃;刘琨《劝进》,慷慨而壮激:并倾写素志,不由缘饰。羊祜《让开府》,婉转以明衷;庾亮《让中书》,雍容而叙致。夫唯大雅,卓尔不群。自尔以后,虽雕华相尚,手笔踵增,树干立桢,其则不远已。"③叙章疏为:

> 盖表章与奏疏殊科,献替与拜飐异义。汉京初肇人文,厥体亦未画一。倪宽、终军,表章之选也;公孙、吾邱,章疏之长也。魏晋以来,渐趋排偶,而臣工言事之文剀切,尚遵古式,未尝不直抒胸臆,刊落陈言,丹墀陈情,研华足尚,皂囊封事,风力弥遒。自陈隋

---

① 孙梅:《四六丛话·叙赋》,商务印书馆1937年版,第61—62页。
② 孙梅:《四六丛话·叙制敕诏册》,商务印书馆1937年版,第115页。
③ 孙梅:《四六丛话·叙表》,商务印书馆1937年版,第183页。

以迄唐初，词学大兴，掞才差广，则百官抗疏，今体亦多。至于辨析

天人，极言得失，犹循正鹄，罔饰雕虫。①

认为表章和奏疏本来异体，自魏晋后，虽有沿袭古体格式的，但总的趋势是
趋向排偶。到隋唐词学大兴，崇尚雕饰，但孙梅反对只顾雕饰而少内容的章
奏。可见，孙梅虽重视文章排偶演变，但并不单纯以排偶为尚，而是主张在
追求排偶的同时，兼顾各类文章的本来特征。

二、比较视野中概述各类四六文特征

对于性质相近的文体，孙梅善于在比较中阐释，在差异中梳理文体特
征。对于制敕表启，孙梅云："第尝论之，制敕表启，体例不同。贡章上表，
臣工以效；飏言奏记，移书僚寀，以通情愫。达之亹亹，比荟蔚以兴云；致乃
翩翩，体绸缪于坠雨。故复文不厌华，篇宜设色。若乃藻饰王言，涣扬大号，
出之著于重申，垂之编于令甲。发言为宪，吐词成经，下于流水之源，震于春
霆之响。岂若矜才士之笔端，恣文人之语妙，学为纂组，崇饰轮辕云尔哉！"
即章表奏记可以文采华丽，情愫飞扬；而制敕乃王言，言辞成经，不可如文人
随意藻饰，所以二者应该分开。孙梅进一步认为：

> 然则表启之类，宜尚才华；制册之文，先觇器识，为此者必深明
> 乎帝王运世之原，默契乎日昃勤民之旨。宁朴而无华，宁简而无
> 浮。选言于制诰之区，探赜乎皇唐之域，授官命职，备著激扬；闵雨
> 忧农，如传叹息，使闻者有一见决圣之思，诵之动扶杖往观之慕，岂
> 不休哉！②

即制册之文必须以器识为主，明治世勤民之旨，见圣主忧民之心，强调制册
之文的现实性、教化性，故不宜以文采和才华为主，这和尚才华的表启不同。
表启自宋以来，在四六骈体中就居于主体地位，所以孙梅将它们单列；又表
和章疏都为臣子向皇帝进献之文，因而表后为章疏，章疏后为启，具有一定

---

① 孙梅：《四六丛话·叙章疏》，商务印书馆 1937 年版，第 183 页。
② 孙梅：《四六丛话·叙制敕诏册》，商务印书馆 1937 年版，第 115 页。

的逻辑顺序。除了在制敕中提到表启特点外,单列论叙更为详细。有曰:"必且熟精经子,导礼教之深源;流览史书,究古今之大体。鹿鸣天保,一唱而叩心;石室金縢,三复而流涕。忠孝之情,郁于中而发作于外;诗书之气,相其质而旁达其华。自然匡刘经术,左右逢源。扬马才情,驰驱合范。由是屏营斋沐,仰干咫尺之颜;濡染淋漓,备用三千之牍。"①强调熟悉经子史等书,才能将诗书之气和忠孝之情结合,才能"以之陈谢,则句随寸草偕春;以之请乞,则字与倾葵共转;以之荐达,则好贤如缁衣,不啻口出;以之进奉,则宫廷绘无逸,曲牖渊衷,义等格心,功同造膝矣"②,使陈谢、请乞、荐达和进奉等四类表各得其用,各臻其美。又论章疏创作云:"盖奏疏一类,下系民瘼,上关政本,必反复以伸其说,切磋以究其端。论冀见从,多浮靡而失实;理惟共晓,拘声律而难明。"③重视奏疏内容的民瘼内涵,反对创作上浮靡失实、拘泥声律。后面又认为奏疏难作,所以任沈、徐庾没有奏疏流传。

从启往后的各类文体,都是日常生活中常用到的。孙梅叙启,首先在比较中阐释其含义:"下达上之谓表,此及彼之谓书。表以明君臣之谊,书以见朋友之悰。泰交之恩洽而表义显,谷风之刺兴而书致衰。若乃敬谨之忱,视表为不足;明慎之旨,侔书为有余,则启是也。"④指出启的对象、特征和启是介于表、书之间的文体。接着用抒情笔调详叙启的使用范围:

> 厥后绨幕芙蓉,殷勤而报聘;春蹊桃李,缱绻而酬知,竞贡长笺,争怀彩笔,效颦滋众,继踵尤多。上寿多男,请微杂沓;登庸及第,贺答纷纭。旧馆脱骖,载笔致朋游之雅;相见执雉,挥毫志耿介之思。羁旅悭囊,裁之乞米;美人绣段,持以报琼。则有词林水镜,阆苑羽仪,具只眼以论才,回青眸以待客。簪裾辏集,三读流声;珠玉纷投,一言改价。高可以俯拾青紫,下不失得利齿牙。由是竞费

---

① 孙梅:《四六丛话·叙表》,商务印书馆1937年版,第183页。
② 孙梅:《四六丛话·叙表》,商务印书馆1937年版,第183页。
③ 孙梅:《四六丛话·叙章疏》,商务印书馆1937年版,第183页。
④ 孙梅:《四六丛话·叙启》,商务印书馆1937年版,第251页。

工夫,弥精制作。①

无论是男女报聘还是知己酬答,也不管是祝寿贺答还是相见相知,甚至是乞请往还等,无不用启,所以从六朝到两宋,骈体启文非常流行。书也是兴起六朝、流行唐宋的一种文体。孙梅将其使用范围描绘为:"惟开缄可以论心,即千里宛如亲面。是以叙山川之妙丽,则刻画兼图绘之长;溯欢讌之流连,则管颖挟歌吟之致;述绝域之悲,飒然如风沙之满目;谈行旅之困,凄兮叹霜雪之交侵。感物何工,乃贤于荆州之十部;缀词何巧,乃贵于安石之碎金。故知明衷曲,披款诚,释幽忧,慰思忆,莫切于书。风人之义,讽谕犹以比兴而见;书笔之旨,肝胆直以一二而陈。"②认为书可以用来刻画山川,记录宴会,述异地之悲等,因而"明衷曲,披款诚,释幽忧,慰思忆,莫切于书",即书是一种抒情性很强的文体。而书表情要真,文气要流畅,或雄伟或隽永:"抑书之为说,直达胸臆,不拘绳墨,纵而纵之,数千言不见其多;敛而敛之,一二语不见其少。破长风于天际,缩九华于壶中,或放笔而不休,或藏锋而不露。孝穆使魏求还诸篇,推波助澜,万斛之源泉也。刘峻追答刘沼一书,一波三折,云中之寸爪也。李义山与刘稹书,鼓怒溢涌,继响徐公,与令狐书,抑遏掩蔽,追踪刘作。自尔以还,厥风稍替矣。"③

判文是古代特殊文体。孙梅首先从先秦典籍追溯其源头,又继续阐释其发展:

> 魏晋以下,文体风华,而讦讼少衰,教条亦鲜。江东才秀如云,判名不立;《文选》雕缋满眼,判缺有间。惟《文心》略举厥义,附之契券曰:"其字半分曰判。"按《周礼》媒氏之判,实男女之婚籍;后世之判,乃州郡之爰书,亦名同而实异耳。李元纮曰:"南山可移,判不可改。"则其时才吏见美,判牍争鸣。奋笔峥嵘,共泉流而朗镜;敷词精切,偕象魏以俱悬矣。唐以此试士,俾习法律,重其入

---

① 孙梅:《四六丛话·叙启》,商务印书馆 1937 年版,第 251 页。
② 孙梅:《四六丛话·叙书》,商务印书馆 1937 年版,第 305 页。
③ 孙梅:《四六丛话·叙书》,商务印书馆 1937 年版,第 306 页。

毂,参之身言书之长,苟谢不能,不获与俊造选之列。选人以此拔萃,律学以此致身。于是润案牍以诗书,化刀笔为风雅。大凡判之为体,贵综核名实,考验辞情,熟谙令甲之篇,洞悉奸壬之状。处堂上而听堂下,敬两辞而明单词。俾学断斯狱,必无疑窦之滋;奏当之成,无易初辞之揆,此判之本义也。①

不满《文选》不单列判文以及《文心雕龙》对判文的轻视,勾勒出"判"的原始意义和判文意义;又对判文在后代,特别是唐代繁荣的原因加以点明,对判文风格加以点评,比较详细地呈现了四六判文的演变轨迹和特点。对于《文心雕龙》论列诸体,独不及序,孙梅也在"序"和"论"的比较之维中及加以阐释:"惟《论说》篇有'序者,次事'一语,岂以序为议论之流乎? 夫序之与论,故属悬殊。序譬之衣裳之有冠冕,而论则绘象之九章也;序比之网罟之有纲维,而论则鸟罗之一目也。"②用形象的比喻揭示了序为文章前面的序幕而论为文章本身内容的区别。记文在唐朝才开始繁荣,故《文心雕龙》言之较略。孙梅叙记云"记者,文笔之统宗,经子之经术",指出记文的渊源及广泛性。接着在叙述先秦代表性记文的特点后指出:"窃原记之为体,似赋而不侈,如论而不断,拟序则不事揄扬,比碑则初无颂美。"将记文和赋、论、序、碑等比较,指出记文没有赋之铺陈,没有论的立论和判断,没有序文的夸张揄扬,也没有碑文的歌颂功德。又从记在汉及六朝的发展来指出其特点:"盖自汉以上,抽圣人之绪,而半入于经;自汉以下,成一家之言,而兼通乎史。尝考萧氏《文选》,有奏记而无记;刘氏《文心》,有书记而无记,则知齐梁以上,列记不多。虽莲逢菡萏,时有述征;源水桃花,兹惟招隐,偶尔涉笔,匪以立名。若乃赵至八关之作,鲍照大雷之篇,叔庠擢秀于桐庐,士龙吐奇于郧县,莫不摹山水,绘烟岚,劣土毛,覃海错,跌宕以行吟,迤逦而命笔,实皆记体,曲被书称。假尺牍以寄才情,因怀人而蜚藻思,抑独何哉! 记之盛也,则《洛阳珈蓝记》是已。"③认为西晋赵至《与嵇茂齐书》、陆云《与车

---

① 孙梅:《四六丛话·叙判》,商务印书馆1937年版,第341页。

② 孙梅:《四六丛话·叙序》,商务印书馆1937年版,第353页。

③ 孙梅:《四六丛话·叙记》,商务印书馆1937年版,第371页。

贸安书》、南朝鲍照《登大雷岸与妹书》、吴均《与宋元思书》等文章为"摹山水,绘烟岚","跌宕以行吟,迤逦而命笔",虽名为书,实应该为记。可见,孙梅对记文理解较深,也确实言之有理。对于论,孙梅解释为:"若乃命微言以藻思,责奥义于腴词,以妃青媲白之文,求辨博纵横之用,譬之蚁封奔骋,佩玉走趋,舍本间强,恐类文家之吃;笔端繁拥,终滋腹笥之贫。固难以作致其情,工用所短也已。虽然,盘根错节,利器斯呈,染涣游睢,锦章自显。化刚为柔,百炼有以致其精;以难而易,累丸所以喻其至。固有论屈百家,文包异采,前辈飞腾而入,一班灼烁于今,扬而推之,堪以指数矣。"①强调论的纵横驰骋、文采飞扬特征。

　　对于铭箴赞、檄露布和祭诔等文体,在唐宋以后运用较少,因而孙梅的阐释也较弱。对铭箴赞的解释,主要来自刘勰:"又有昔盛而今鲜者,铭与箴、赞是已。前贤智雄绝代,心小一身,观物博而约义精,称名小而取类大。故户牖几席,感物援词以警;高卑俯仰,即事揽笔而书。末学则熟视无睹,阒然不嗣也已。"又认为铭文作用有二:一为勒勋,一以垂戒;箴的作用也有二:一为自励,一为尽规。这些都是在刘勰文体论基础上的概括。又如叙论檄与露布,有关其起源,以及在齐梁以前的发展,《文心雕龙》讲得比较详细,孙梅重新组织例文,提炼观点,无所创意,但对其在唐宋后的发展,作了比较:

　　　　夫檄与露布,六朝不甚区别,故文心合而为一。唐宋以后,则檄文在启行之先,露布当克敌之后,名实分矣。至于敌忾,本属同途,故彦和以皦然为先,西山谓少粗无害。若达心而懦,无乃失辞,即美秀而文,犹为不称。必其胸藏武库,抵十万之甲兵;律中奇音,振五声之金石,斯不特推倚马之才,并可继摩崖之迹尔。②

指出檄与露布在公布时间上的不同以及创作者需胆大气壮、文章须气势雄伟的特点,则是对刘勰观点的补充和完善。对于祭诔文,孙梅重其悲痛情

---

①　孙梅:《四六丛话·叙论》,商务印书馆 1937 年版,第 377 页。
②　孙梅:《四六丛话·叙檄露布》,商务印书馆 1937 年版,第 403 页。

感:"盖作者多端,而厥体宜辨;牛羊践陇,痛可作于九原;台榭凝尘,怅余情于宿草。吊古者原本论世,而趣属抚怀;伤逝者美在言情,而功多叙事。南迁吊屈,贾傅以之拟骚;丰屋吊庄,嵇生以之慢世。士季之酹诸葛,令禁樵苏;义山之祭伏波,功除旱魃。此吊古者所为一往而情深者也。至若泉台玉树,畣锸青山,……安仁遗挂,子敬亡琴,饕风虐雪之辰,青枫白杨之路,或神伤而立骨,或死别而吞声,代三踊以短章,写九回于半幅,连篇盈其瑰泣,积字溢其鲛珠。此伤逝者所为长歌以当哭也。"①对于其形式特征,反而论述较少,从中可见骈体祭诔文善于达情的特点。至于对杂文中包含的对问、七和连珠,因对问和七后代较少运用,所以孙梅的阐释没有超越刘勰。但连珠因为长久存在,许多文人都对之十分感兴趣,如洪亮吉就创作了较多连珠,因而孙梅能有所发展。其曰:"其一则猗彼连珠。委同繁露,珠以喻其辉之灼灼,连以言其珤之累累。参差结韵,比兴为长;倘兴情罔寄,则圆折而未见走盘;比义不深,则夜光而犹非缀烛。惟士衡子山,意趣渊妙,径寸存姿,阑干溢目矣。"②不仅从名字上揭示其文体来源,还指出其音韵和谐、好用比兴的特点。

三、历时性审视中点评名家四六文,勾勒各类四六发展史

在对各类四六的叙论中,除了阐释其特点外,孙梅还重点概述了其发展史。这种简述虽为印象式的点评,但往往以其独特眼光,恰当简要地勾勒了其在各个时期的特点。唐代国力强盛,特别是初盛唐,在强势的边塞战争中,在强大的经济环境中,相应的制敕诏册十分发达;中晚唐藩镇割据、朋党之争等又使得制诏等大为流行,所以涌现一批应用骈体大家。孙梅云:

> 太宗肇启瀛洲,俾参密勿。尔后封拜将相,例降麻词,则凤池专出纳之司,翰苑掌文章之柄。云烟焕烂,从青琐以追趋;铃琐深沉,有玉堂之故事。自颜岑崔李燕许常杨起家济美,染翰垂名者,

---

① 孙梅:《四六丛话·祭诔》,商务印书馆1937年版,第415页。
② 孙梅:《四六丛话·叙杂文》,商务印书馆1937年版,第429页。

以十百数,而超群特出,尤推陆贽、李德裕焉。天子常呼陆九,时人
目为内相,是宣公以珥笔而秉机政也;学士不尽人意,敕书须卿自
为,是卫公以揆路而摄掌纶也。迄今读《兴元曲赦》之制,沈痛切
深,宜有以结山东将士之心;观《一品会昌》之集,明白晓畅,自足
以伐帝国阴谋之计,岂非才猷迥出,词笔参长者乎。①

概括了唐初到唐末制诰之文发展的主要特点,重视那些对社会现实、国家大
政起了促进作用的文章,对燕许和陆贽、李德裕等的优秀作品赞赏有加,其
实这就是唐代骈体制诰文的发展史。宋代处于多国纷争的格局中,战争频
繁,内部党争不已,大臣贬谪、遇赦之事时有发生,因而制诏等尤为发达。林
纾以宋人制诰为例,赞扬宋代骈文"巧不伤雅":"宋人制诰,初无散行文字,
而四六之中,往往流出趣语。东坡当制,黜吕吉甫,天下传诵其文,不知当时
风气所趋,不如是亦不中于程式。……凡兹隶事,皆精切而流转。故以宋方
唐,则唐之骈文郁不入纤,宋之骈文巧不伤雅。"②孙梅将宋人制诰分为三类
并加以概括:"智珠在握,春丽纷敷,笔综九流,转若枢而阖辟;胸罗万卷,运
于手而不知;浩若长河之东注,赍若化工之肖物,若欧阳公、苏长公其上也;
官举其职,人斟厥长,文赡义精,句齐语重,炳焉与三代同风,卓而轶汉京而
上,若曾南丰、真西山,固其亚也;抽青妃白,选义考辞,参差叶凤管之和,组
纤尽鸳鸯之巧,极雕镌之能事,而妙若天成;驱卷轴之纷纶,而工如己出,若
汪浮溪、周益公,又其次也。"③以欧阳修和苏轼、曾巩和真德秀、汪藻和周必
大三类风格概括两宋制诰之文,点评精要,虽没有提到王安石、孙觌等大家,
但其对以上三派的风格概括,无疑是宋代制诰文发展史的重要组成部分。

自六朝以来,表就为骈体中应用广泛的文体,这与封建文人多朝廷官
员,而官员必须且经常上表有关。表文特点,宋人王应麟《辞学指南》曾云:
"大抵表文以简洁精致为先,用事不要深僻,造语不可尖新,铺叙不要繁冗,
此表之大纲也。"又《梁溪漫志》云:"今时士大夫论四六,多喜其用事精当,

---

① 孙梅:《四六丛话·叙制敕诏册》,商务印书馆 1937 年版,第 115 页。

② 林纾:《春觉斋论文·流别论》,人民文学出版社 1959 年版,第 62—63 页。

③ 孙梅:《四六丛话·叙制敕诏册》,商务印书馆 1937 年版,第 116 页。

下字工巧,以为脍炙人口,此固四六所尚。前辈表章,固不废此。然其刚正之气,形见于笔墨间,读之使人耸然,人主为之改容,奸邪为之破胆。"都强调表文的典雅、精致和蕴含刚正之气。唐宋四六表文的特点也不同,王之绩《铁立文起》云:"唐宋表俱用四六,而体亦不同。唐人声律极精,对偶极切,如奇珍杂宝,辏合相配,铢两悉称;宋人以声律之文为叙事之体,明畅过于唐人,而典丽不及也。"①表之难为,在于对象是皇帝,因而要注意行文风格和技巧。如韩愈贬谪潮州,苏轼南迁海南,上表就情感动人。孙梅叙为:

> 潮阳迁客,鲛鳄为群;南海羁臣,瘴烟万里。谣诼方深其衅,雷霆未荠其威。叙哀切则犹以刺讥,致祷祈则适遭忌嫉。畏首畏尾,将吐将茹,而乃长悽累唏,低徊动圣主之怜;逊志含章,悱恻解当涂之媚:此其苦心独运,良复逸迹难追。又或事有难言,情弥疾首,冀微言以觉寤,匪谐隐以为侪。②

两表都真实地刻画其所贬之地的荒凉、险恶及作者的哀痛之情,如泣如诉,哀婉动人,以达到感动人主的目的。"至于人臣遣表,述哀叙恋,尤属所难。为党人而辨雪,义山不能代其师;录恩赐以上陈,晋公不能委其客。况夫当白刃之交前,令狐以掞辞戢变;恨青编之失实,端叔以代奏除名。可以见文章之有用,而词豪之杰出也。然则四六之用,表奏为长。铺观往论,尤多凡例。尚书笺奏,仪曹独擅其能;使府文辞,玉溪交驰其聘。灵根夜吷,一语知名;法驾前驱,单词入选。有味乎言之,举隅焉可也。"③令狐楚、李商隐都是中晚唐骈文大家,表文尤其富赡典丽,一往情深,孙梅在点评中露赞赏之意。令狐楚和陆贽一样,在危难之际,以骈体表章感动人主,挽救军心。《旧唐书》本传云:"楚当严绶、郑儋相继镇太原,俱辟为从事。自掌书记,至节度判官、殿中侍御史。楚才思俊丽,德宗好文,每太原奏至,能辨楚之所为。郑儋在镇暴卒,军中諠譁,将有急变。中夜,十数骑持刃迫楚至军门,诸将环

---

① 王之绩:《铁立文起》后编卷八,王水照编:《历代文话》第四册,复旦大学出版社2007年版,第3823页。
② 孙梅:《四六丛话·叙表》,商务印书馆1937年版,第183页。
③ 孙梅:《四六丛话·叙表》,商务印书馆1937年版,第184页。

之,令草遗表。楚在白刃之中,搦管即成,读示三军,无不感泣。军情乃安,由是名益重。"①对此,孙梅高度赞扬,在其案语中云:"令狐文公于白刃之下,立草遗表,读示三军,无不感泣,遂安一军。与宣公草兴元赦书,山东将士读之流涕,同一手笔,必如此始为有用之文,四六所由与古文并垂天壤也。若以堆垛为之,固属轮辕虚饰,纯以清空取胜,亦无非臭腐陈言,一言以断之曰:惟情深而文明,沛然从肺腑流出,到至极处,自能动人。作之者非关文与不文,感之者亦不论解与不解,手舞足蹈,有不知其然而然者。"②有力反驳了四六最为无用的谬论,提出四六应该与古文同垂天地。正是在这样的代表作品点评中,孙梅自觉地勾勒了骈体表文发展史。

陆贽是孙梅《四六丛话》中最欣赏的骈文家,特意将"章疏"从表中单列出来,目的就是将陆贽"章疏"作为骈文典范。对陆贽的骈文、个人经历及文风特点,孙梅叙论清晰而情感丰富:

> 若夫擅场挟两,摛文藻为春,要可自成一家,不必人所应有。辞无险易,洒翰即工;文无精粗,敷言辄俪,惟陆宣公为集大成也。公少掇词科,骤登禁署,际猜疑之日,当迁播之余,执羁绁以从行,奉丹铅而侍直。焚草尚存其什一,牵裾不避于再三。惟艰难险阻以相依,敷心腹肾肠而屡进。若料泾原兵变之萌,策淮蔡弭兵之计,出李晟危亡之地,消楚琳反侧之心。二寇情形,两税利弊,救公辅之忠良,辨延龄之奸蠹。几先献纳,卜筮是孚;事后弥缝,苞桑倍切。以石投石,将有感于斯文;启心沃心,庶不负于所学。

将陆贽文章中的主要内容一一指出,都与现实紧密相关,这正符合孙梅对骈文的要求,因而得其欣赏。紧接着又论述陆贽章疏特征:"至其笔则长于论断,善于敷陈,理胜而将以诚,词直而出于婉。忠恳如闻于太息,曲折殆尽于事情。是以弼君德则经义醇如,进规益则棐忱蔼若,计边防算赋,则手口兼营;纠谗慝奸邪,则冰霜共烈。卷舒之态自然,襞积之痕尽化。又若述梁洋

---

① 刘昫等:《旧唐书》卷一七二,中华书局1975年版,第4459页。
② 孙梅:《四六丛话》卷十,商务印书馆1937年版,第188页。

之雨潦,叙师旅之艰辛,画手诗情,名联隽对,所谓妙手偶得之耳。公岂作意而为之哉!"无不以文为证,贴切精要。最后感叹后继无人,"下及五季宋初,犹有窃慕风流,拾取膏馥者。然而天姿悬绝,学步难工,非失之肤庸,即伤于堆垛。故知蹇驴不可以希骥,萤爝会见其自熄也",因而将之视为六朝三唐以来骈体一大家。"意公所为表,必更有章相追琢,黼黻光华,凌轹三唐,陶镕六代者,惜乎不得而读之矣。公既为骈体一大家,故别立章奏一门,别于表焉。"①孙梅对陆贽的骈文评价不仅达到了清代的顶峰,也达到历史最高峰。

启为唐宋以来骈体大宗,其应用性甚至超过表。康熙时王之绩在"四六类"中论启文云:"其后有散文,有四六,犹表之在汉晋,与唐宋绝异。自专尚偶俪,而其格卑矣,然亦未可概论"②对四六启文的发展作了简述,轻视中有肯定。孙梅对各个时期启文的代表作家及风格都加以描述:"至若谢元晖短章,玉尘金屑;梁简文诸作,贝彩珠光。刘氏弟昆,尤高三笔;庾家父子,籍甚庭芬。陈伯玉雅有青声,骆义乌时骞逸气,柳子厚精纯而俶傥,李义山密致以清圆,苏长公不合时宜,味含姜桂;陆务观素称作达,语带烟霞。斯启笔之分途,炳作家之盛轨也。自任元受、李梅亭之伦,或隶事多冗,或使才太过,真意不存,缘情转失。我思古人,翩其反矣。是以骈俪之文,其盛也启之为用最多,其衰也启之为弊差广。……必也尽遗橐臼,别出机杼,始可扬古调以赏音,进文心而奏绩也。"③将六朝、唐宋的启文代表作家一一点评,既有成功范例,也有失败典型。反对隶事多冗、使才太过的自炫之病,提倡清圆精致之作。这些也构成了骈体启文的发展史。关于颂在齐梁以前的发展史以及王褒《圣主得贤臣颂》、马融《广成颂》似赋的观点,孙梅祖述《文心雕龙》。其论隋唐以后之颂,云:

> 许善心《神雀》一篇,染濡立就,博丽非常。然考其词藻,不出

---

① 孙梅:《四六丛话·叙章奏》,商务印书馆1937年版,第239—240页。
② 王之绩:《铁立文起》前编卷七,王水照编:《历代文话》第四册,复旦大学出版社2007年版,第3707页。
③ 孙梅:《四六丛话·叙启》,商务印书馆1937年版,第251—252页。

王、颜《曲水》之章；核其情文，大似祢、张《羽族》诸赋。厥后王子安《乾元》、《九成》二颂，纚纚万言，实循斯轨，集腋而成粹白，积材而构凌云。浅夫怖其汪洋，深识讥其泛鹜也。惟相如《封禅》，笔既高华，颂复渊妙；文园绝笔，雄视百代。厥后于唐，则有《中兴颂》焉。次山老于文学，事属当仁，以春陵彻婉之作，值皇舆反正之年。大笔淋漓，摩苍崖之嶕峣；清音激越，韵湉水之琮琤。惟促节三韵，斯为创体。于宋则有《咸淳内禅颂》焉。山松英年蹈厉，惊采琳琅。力追中文，心仪帝则。有聱牙之硬语，无涩体之纤声。子厚《贞符》，同其旁魄；曼卿《皇雅》，逊彼精纯。然则后之作者，必声谐金奏，义媲肇禋。美圣学必窥于宥密缉熙，述武功则陈夫绎思于铄。禼皇数典，有堕山翁河之观；揖让修容，多载弁丝衣之盛。然后五篇比于珠玉，四巡蔚其英声。于以追公旦之多材，订考父所诵述，则为之歌颂。①

以如椽大笔，罗列颂文代表作家及作品，对内容典雅、关注时事的加以肯定；空有辞藻，内容无补于现实的则否定，甚至对不是四六但内容古雅的颂也加以选录，如宋代王子俊所作《淳熙内禅颂》赡蔚典丽，关注当时重大的时事，《桯史》全录，《四六丛话》就照录《桯史》。孙梅在此加案语为："此颂虽不以四六，然藻丽古雅，如《封禅》、《典引》诸篇，非深于选学者不能，故亟登之。"②这些也构成了鲜明的骈体颂文发展史。

骈体碑文自东汉到唐宋，名家辈出。齐梁以前，刘勰已经概述；齐梁至唐宋发展史，孙梅概述可与并驾齐驱。孙梅云："自孝穆以耆硕，峙江左而蛮声；子山以客卿，入关西而淡藻。一时规随人杰，悉被衰荣；窈窕姬姜，胥徽彤美，猗欤盛矣。若夫格沿齐梁，文高秦汉，词雄而意古，体峻而骨坚，称有唐之冠冕，为昌黎所服膺者，其惟张燕公乎！体经神，续骚裔，昭璧采，叶韶和，流郁以运气，俊伟以任才，无刓缺之锋芒，有天成之章句。二相协德，

---

① 孙梅：《四六丛话·叙颂》，商务印书馆1937年版，第295—296页。
② 孙梅：《四六丛话》卷十六，商务印书馆1937年版，第303页。

诵配崧高,诸将铭功,述同盲左。烂烂兮五纬芒寒,飘飘乎三山风引也。至若王右丞碑文豪健,《六祖》一碑,熟精内典,希风《头陀寺》之文;吕衡州文笔清新,《受降城》一铭,晓畅边情,接踵《燕然山》之美。李卫公《幽州纪圣功碑》,经济大文,英雄本色。自非兼资文武,未易学步邯郸也。夫唐人尤工楷法,碑碣存者独多。苔藓之下,典缛犹新;而鲸铿春丽,竞秀增华,未有如初唐四杰者。事虽僻沉,必有切义;文惟铺叙,不乏妍词。后学津梁,于是乎在。"将张说、王维、吕温、李德裕以及初唐四杰的碑文代表作和特点一一道出,丝丝入扣。对于宋代碑文大家,同样也是画龙点睛:"宋代碑版,骈俪亦多。徐骑省撰南唐后主之碑,伤心国步而仰侧宸襟;晏元献撰章懿太后之碑,涂改生民而未契睿旨。是知辞尚体要,文本性情。将列于著作之林,必原于忠厚之至。是以孤忠自失,虽居谗间嫌疑之地,而情事获申,至孝未光。虽以执经秉直之思,而文采更晦。秉笔之士,不可不知也。"①从徐铉、晏殊等人的碑文中提炼出"辞尚体要,文本性情"的观点,这也是孙梅骈文观念的重要方面。序在两汉以前就存在,"先师韦编三绝,翼赞前经;文言囊括乎乾坤,序卦发挥乎爻象。此则序所由昉,序作者之意者也",但六代创作不多,隋唐以后,序文流行:

> 文集之有序也,自元晏嘘扬,三都纸贵。厥后昭明感于五柳,义等式庐,滕王美彼兰成,荣同置体。而彦升述文宪之作,既大类颂文;载之弁宣公之言,又全成传体,《玉台新咏》,其徐集之压卷乎! 美意泉流,佳言玉屑,其烂漫也若蛟蜃之嘘云;其鲜新也如兰茗之集翠,洵足仰苞前哲,俯范来兹矣。《会昌一品集序》,词沿唐季,气轶汉京。义山洒秾芳而削稿于前,荣阳奋健翰而窜定于后,等百谷之上善,若两骥之争驱,固禀古序之规模,亦昭后学以观止也。若乃兰亭志流觞曲水之娱,滕阁标紫电青霜之警,此宴集序之始也。悲哉秋之为气,黯然别之销魂,此赠别序之始也。今我不乐,烟景笑人,如诗不成,罚酒有数,盖李太白、王摩诘,尤擅其胜

---

① 孙梅:《四六丛话·叙碑志》,商务印书馆 1937 年版,第 329—330 页。

焉。何以处我,珍重临歧,非曰无人,殷勤增策,盖王子安、陈伯玉,
并推厥长焉。其他支流派别,百种千名,抚弦操畅,先造新声,顾曲
徽歌,迭翻雅引,序诚多方也矣。①

不仅对唐宋骈体名序做了评价,而且将序分为宴集序、赠别序和文集序等类
别,分别概括其特征,比较系统地阐释了序的演变。记文在六朝数量极少,
处于形成阶段,至唐代柳宗元贬谪南方,移情山水,写下大量的山水游记,记
文才兴盛起来。孙梅云:"自唐以后,记始大鸣。柳子《永州八记》,追蹑化
工,独开生面,大放厥词,昌黎所叹。其实撷骚、辨之英华,陶班、张之丽制,
自选学中来也。然则融古文之迹,掞今体之词,平泉标花木之奇,甫里志泉
石之美,如退之《杂画记》,入徐庾之手笔,岂不生妍妙于秋毫。"《永州八记》
句式灵活,独开生面,孙梅意识到就其本身来说,并称不上是骈文。但认为
其"撷骚、辨之英华,陶班、张之丽制,自选学中来也。"即其文辞渊源来自骈
文,因而可以作为当时骈体记文的代表。对于韩愈的《杂画记》,也认为是
以古文手法,铺陈骈文辞藻,因而可以媲美徐庾文章。宋代记文尤为繁荣,
风格更为多样:

有宋诸子,厥体尤繁。格律不无旁侵,波澜更为壮阔。或于入
手叙事,而后始发挥;或于结尾点题,而前多布置。有出处事少,宜
于铺张,有出处事多,妙在剪截。此则词科之习蹊,而非文苑之高
蹈耳。②

这种不同的创作方法和多样风格,当然与当时博学鸿词科文章审美风尚有
关。对于论的发展历史及代表作品,孙梅特重文学批评之作,如对《典论》、
《诗品》、《文心雕龙》的评价:"子桓品第群才,提衡嘉会,庶几激异气而获
伸,抱霸才而得主,此《典论》所以为论文之祖也。三百篇后,九歌变骚,五
言肇汉,虽志在千里,或付高歌,穆如清风,差标雅尚。然美稗勿翦,正变罔
甄。锺君挺彼慧才,哀兹雅什,超骊黄以定价,从象罔以索珠,数语著阳秋,

_____

① 孙梅:《四六丛话·叙序》,商务印书馆1937年版,第353—354页。
② 孙梅:《四六丛话·叙记》,商务印书馆1937年版,第371—372页。

一言高月旦,此《诗品》所以为论诗之祖也。赋家之心,包括天地;文人之笔,涵如古今,高下在心,渊微莫识。尔其徵家法,正体裁,等才情,标风会,内篇以叙其体,外篇以究其用,统二千年之汗牛充栋,归五十首之捣肾擢肝,捶字选和,屡参解悟,宗经正纬,备著源流。此《文心》所以探作家之旨,而上下其议论也。"将《文心雕龙》视为论体之作,对之详加评价,开后来《骈文类纂》的先河。对于刘知几的《史通》论说部分,孙梅更是慧眼识珠,从骈文角度来评价:"声偶戒肤,摘瑕则义切;对属恶拙,翻案则词遒;发绚烂于斯文,订乖离于旧史。而且正史之外,胪列者数百家;点烦之余,辨正者数百事。不特婉章志晦,识载笔之孔艰;抑使坠简遗编,睹前修之崖略。《史通》之论,有功于史也伟矣。"①这些虽没有以论为名,但孙梅认为这才是论说之精华,同时证明议论也是四六之能事,而不是以往所云四六不宜议论的谬说。至于其他文人的骈体论说名篇,孙梅认为是艺苑琼瑶,在词林脍炙人口,都对之加以肯定,也就反复证明了四六也可以、也擅长论说的特点。

祭诔文以情为主,"夫工拙异方,浅深殊致,至于入妙,往往动人。尝深论之,雍门之琴,邻家之笛,非情之至,曷兴其感?寂然怅知音之遥,凄然增伉俪之重,非文之至,曷称其情?情不欲极,敛之而逾深;文不欲肆,蓄之而弥厚;有体存焉耳。"孙梅列举了潘岳、李商隐、韩愈等人的代表作品:"潘情深而文之绮密尤工,李文丽而情之恻怆自见。令娴祭夫,文仅二百字,庄雅之神,长于哀怨矣。昌黎《祭十二郎文》,思绪繁乱,真挚之情,不事文采矣。设文不及潘,情不如李,体逊刘媛,真愧韩公。索莫寡神,阑单失力,恐苟文若之风流,仅堪借面;杜子春之曲调,未足移情也。"②对各自的祭文评价,都注重于情感的哀怨凄怆,从中可见骈文也不受言情的束缚。诔文在先唐以前还较为流行,但唐以后较少见到。对此,孙梅指出其地位被行状碑志和祭文代替而遭到弱化。铭箴赞,齐梁以前刘勰论述较详。六朝以后,文人创作较少,至清代更是几乎绝响,因而对其发展史和代表作品,孙梅论述简略。

---

① 孙梅:《四六丛话·叙论》,商务印书馆1937年版,第377—378页。
② 孙梅:《四六丛话·叙祭诔》,商务印书馆1937年版,第415—416页。

第四节 作家案语中的四六家概论

《四六丛话》在叙论完各体四六之后,用五卷篇幅对于与四六相关的作家作了简要介绍,在全书中占据较大的比重。虽然其介绍绝大多数为辑录前人材料,但孙梅间或加以案语,表达了自己对于四六家的整体看法,因而构成了孙梅的骈文作家论。当然,这种评论在叙论各类四六发展史和代表作品时,已经有所阐释,这里只是从作家角度加以补充、完善而已。其作家包括文选家、楚辞家、赋家、三国六朝诸家、唐四六诸家、宋四六诸家和元四六诸家等七类。前三类按照体裁分,后四类按照时代分,因为分类标准不统一,所以存在重合现象。孙梅采取互见法,此详彼略,尽量避免重复。

在七类作家中,对于文选家,只辑录了编辑、注释《文选》的作家,如萧统、李善、吕延祚、曹宪等人,没有加以评论。对于楚辞家,同样也是选录了创作楚辞体和对楚辞有所注释、研究的人,如屈原、宋玉及王逸、郭璞等人,没有评论。这与叙论所说一致,这两类只是骈文家效法的对象,其本身并不能称骈文家。对于赋家,因其与骈文家存在的交叉关系,所以有所评价,其主要集中在司马相如、蔡邕、范晔和杜甫上。评司马相如于赋:"其犹子长之于史乎! 惟其牢笼天地,苞括宇宙,与夫疏宕有奇气者,异曲而同工。是以班固、扬雄之流,苦精竭思,而终于不可及也。"①重视其气势宏大的丽藻中蕴含疏宕之奇气,因而视为汉代赋家魁首。论蔡邕云:"赋莫盛于两汉。其时声偶未兴,才人杰思,一寄之于赋。故史著录者,至数百家,千有余篇。虽不尽传,而沈博绝丽之作,至今脍炙,非后世所可及也。"②则主要是沿袭前人,并无新意。但重视李白诸赋及杜甫《三大礼赋》,认为"至以赋论,二公亦尝出其绪余,偶一涉笔,如白《惜余春》、《江南春》诸作,即骚之苗裔,乐府之逸轨。甫《三大礼》,体格整雅,笔势壮伟,陶镕班左,跨蹑徐庾矣"③,对

---

① 孙梅:《四六丛话》,商务印书馆 1937 年版,第 517 页。
② 孙梅:《四六丛话》,商务印书馆 1937 年版,第 522 页。
③ 孙梅:《四六丛话》,商务印书馆 1937 年版,第 540 页。

之加以高度评价,譬李、杜为"相如之亚"、"扬雄之匹",则是对明以来"唐无赋"观念的有力反拨。

在三国六朝诸家篇首,孙梅即加以案语:"古文至魏氏而始变,变而为矜才侈博,六朝由此增华,然而质韵犹存,沈刻峭拔,是其所长,无襞积锢钉之迹也,如锺、索初变隶法,尚留古意。述俪者于此寻源,溯古者于此辨异。"①明确曹魏时古文变为矜才侈博,即追求丽藻和典故,六朝骈文以此为契机,走向成熟。评诸葛亮:"武侯文沿东汉,真而婉,邃而畅,然如《上汉中王表》、《正议》等篇,抑扬壮丽,实开排偶之门庭矣,特气尤浓厚耳。"②突破以往将蔡邕视为开骈偶之风的人物,展现了蜀国文风变化。评颜之推曰:

> 四六长于敷陈,短于议论。盖比物连类,驰骋上下,譬之蚁封盘马,鲜不踬矣。乃六朝之文,无不以骈俪行之者,而《颜氏家训》,尤擅议论之长,街谈巷说,敝情琐语,一人组织,皆工妙可诵。习骈俪者,于以探赜观澜,非徒成一家言也。③

再次指出骈文不仅善于铺陈,还可以长于议论,《颜氏家训》就是擅长议论的典范。论刘勰曰:"士衡《文赋》一篇,引而不发,旨趣跃如;彦和则探幽索隐,穷形尽状。五十篇之内,百代之精华备矣。其时昭明太子纂辑《文选》,为词宗标准。彦和此书,实总括大凡,妙抉其心,二书宜相辅而行者也。自陈隋下迄五代,五百年间,作者莫不根柢于此,呜呼盛矣!"④承接在叙"论"中对《文心雕龙》的积极评价,并和同时代的《文选》结合起来考察,更见孙梅对二书的把握程度,影响后来的黄侃、骆鸿凯及现代文选学的研究。⑤ 对于徐陵骈文,案语云:"徐孝穆《与杨仆射书》,议论曲折,清词相赴,气盛而

---

① 孙梅:《四六丛话》,商务印书馆 1937 年版,第 544 页。
② 孙梅:《四六丛话》,商务印书馆 1937 年版,第 546 页。
③ 孙梅:《四六丛话》,商务印书馆 1937 年版,第 560 页。
④ 孙梅:《四六丛话》,商务印书馆 1937 年版,第 561 页。
⑤ 如黄侃云:"读《文选》者,必须于《文心雕龙》所说能信守奉行,持观此书,乃有真解。"(黄侃:《文选平点》,上海古籍出版社 1985 年版,第 1 页。)骆鸿凯云:"而《刘勰传》载其兼东宫通事舍人,深被昭明爱接;《雕龙》论文之言,又若为《文选》印证,笙磬同音,是弃不谋而合,抑尝共讨论,故宗旨如一耶?"(《文选学·纂集第一》,华正书局 1985 年版,第 10 页。)

物之浮者大小毕浮,不意骈俪有此奇观。至末段声情激越,顿挫低徊,尤神来之笔。"①就从气盛和声情激越的角度来肯定徐陵作品。对庾信没有评论,这是因在文体论中对之已详加评论,所以这里从略。

对于唐四六诸家,孙梅也多有发明。如赞扬庙堂之文,进一步补充其在各类骈体叙论中的观点,强调文章内容的典雅清真,赞扬议论性四六文以及对张说、陆贽、柳宗元、令狐楚和李商隐等人骈文加以肯定等。如论魏征:"郑公初以文笔为李密所知,亲为密草檄,及密志铭二作,体格清美,蔚乎徐庾之上。其不以文士名,为勋业掩也。"②指出了魏征骈文成就较高,体格清新流美,但因为其功业,掩盖了其文名。对温彦宏《唐创业起居注》突破四六叙事难的限制,以编年之体,为鸿博之辞,对属精工给予了较高评价。评张说笔力沈雄,唐代只有柳宗元可为其匹,表现了孙梅重视制诰典雅、醇正的文风。评陆贽:"古以四六入章奏者有矣。贺谢表而外,惟荐举及进奉,则或用之。品藻比拟,此其长也。若敷陈论列,无往不可,而又纂组辉华,宫商谐协,则前无古,后无今,宣公一人而已。指事如口讲手画,说理则缕析条分,旁延景物,则兴会飞骞,远计边琐,则武库森列。大抵义蕴得自六经,而文词则文选烂熟也。惟公兼体,是以独擅。"③进一步完善了叙论中对陆贽的评价。其柳宗元案语为:

> 自有四六以来,辞致纵横,风调高骞,至徐庾极矣。笔力古劲,气韵沉雄,至燕公极矣。驱使卷轴,词华绚烂,至四杰极矣。意思精密,情文婉转,至义山极矣。及宋苏诸公,笔势一变,创为新逸,又或一道也。惟子厚晚而肆力古文,与昌黎角立起衰,垂法万世。推其少时,实以词章知名,词科起家。其镕铸烹炼,色色当行,盖其笔力已具,非复雕虫篆刻家数。然则有欧苏之笔者,必无四杰之才;有义山之工者,必无燕公之健。沿及两宋,又于徐庾风格,去之远矣。独子厚以古文之笔,而炉鞴于对仗声偶间,天生斯人,使骈

---

① 孙梅:《四六丛话》,商务印书馆 1937 年版,第 317 页。
② 孙梅:《四六丛话》,商务印书馆 1937 年版,第 569 页。
③ 孙梅:《四六丛话》,商务印书馆 1937 年版,第 585 页。

体古文合为一家,明源流之无二致。呜呼! 其可及也哉![1]

从骈散合一的角度来高度评价柳宗元文章,并将之上升到骈文史的高度,对后代骈文研究影响很大。对令狐楚的案语为:"详观文公所作,以意为骨,以气为用,以笔为驰骋出入,殆脱尽裁对隶事之迹,文之深于情者也。滔滔亹亹,一往清婉,而又非宋时一种空腐之谈,尽失骈俪真面者所可藉口。由其万卷填胸,超然不滞,此玉溪生所以毕生服膺,欲从末由者也。吾于有唐作家,集大成者,得三家焉。于燕公极其厚,于柳州致其精,于文公仰其高。"[2]用骨气流畅、摆脱隶事对偶限制,以情为本,清婉流丽来评价令狐楚,并将之和张说、柳宗元并列,表明了其对令狐楚骈文的崇尚。对李商隐的《樊南甲乙》更是钦佩:"则今体之金绳、章奏之玉律也。循诵终篇,其声切无一字聱屈,其抽对无一语之偏枯,才敛而不肆,体超而不空,学者舍是何从入乎!《直斋》顾谓当时称其工,今不见其工。此华簏十重,而观者胡卢掩口于燕石者也。盖南宋文体,习为长联,崇尚侈博,而意趣都尽;浪填事实,以为著题,而神韵浸失。所由以不工为工,而四六至此为不可复振也。"[3]从声律、对偶和才华、体格等方面肯定李商隐骈文的典范作用,对陈振孙轻视樊南四六的原因也加以点明:南宋四六崇尚长联和侈博,与李商隐当时的文风不同;否定南宋四六浪填事实,意趣都尽的变化。

如果说孙梅对于唐代骈文加以高度肯定、积极赞扬,那么对于宋四六诸家,除了孙梅重视的欧阳修、苏轼、汪藻、杨万里少数人外,其他都是不满意的。宋初文坛继承晚唐五代风格,在文章方面,西昆体受李商隐的骈文影响很大。孙梅肯定李商隐骈文,因而肯定宋初骈文。自欧阳修倡导古文运动后,文风大变,四六领域大为压缩,不得不改变风格,以迎接古文的挑战。但这种变化,是在应用骈文中进行,导致其内容和风格都和前代相距甚远,这种变异引起了孙梅的批评。其在欧阳修案语中云:

---

① 孙梅:《四六丛话》,商务印书馆 1937 年版,第 587 页。

② 孙梅:《四六丛话》,商务印书馆 1937 年版,第 591 页。

③ 孙梅:《四六丛话》,商务印书馆 1937 年版,第 595—596 页。

宋初诸公骈体，精致工切，不失唐人矩矱。至欧公倡为古文，而骈体亦一变其格，始以排奡古雅，争胜古人。而枵腹空笥者，亦复以优孟之似。藉口学步，于是六朝三唐格调寖远，不可不辨。①

当然，对于那些独辟蹊径，自成一家的骈文家，孙梅还是积极肯定，大力赞扬的。如苏轼案语为："东坡四六，工丽绝伦中，笔力矫变，有意摆落隋唐五季蹊径。以四六观之，则独辟异境；以古文观之，则故是本色，所以奇也。"②曾巩案语为："南丰代言之文，古质直追三代。不可以四六名之，间出四六之语。裁对高浑，运词典藻，求之唐人，张燕公有其瑰奇，而无其缜密。"③南宋汪藻，以骈文名世，其文章在形式上变化很大，变当句对为隔句对，变单联对为长联对，对偶句式也较为灵活，不拘泥于四六句，这种风格在南宋十分流行，因而宋人对唐代骈文形式较为轻视。孙梅在汪藻案语中记载较详：

> 骈俪之文，以唐为极盛，宋人反诋讥之，岂通论哉？浮溪之文，可称精切。南宋作者，未能或先，然何可与义山同日语哉？古之四六自为对，语简而笔劲，故与古文未远。其合两句为一联者，谓之隔句对，古人慎用之，非以此见长也。故义山之文，隔句不过通篇一二见，若浮溪，非隔句不能警矣。甚至长联至数句，长句至十数字者，以为裁对之巧，不知古意寖失，遂成习气，四六至此弊极矣，其不相及者一也。义山隶事多而笔意有余，浮溪隶事少而笔意不足，其不相及者二也。若令狐文体尤高，何可妄为轩轾乎。④

以李商隐和汪藻对比，认为汪藻在句式运用和笔意多少方面不及李商隐高妙，自然骈俪之文，莫盛于唐了。此外，"杨诚斋表笺亦自超出翰墨畦径，可讽而诵，然病于太奇。"⑤孙梅则认为杨万里四六小篇，精妙绝伦，属对自然。

---

① 孙梅：《四六丛话》，商务印书馆 1937 年版，第 606 页。
② 孙梅：《四六丛话》，商务印书馆 1937 年版，第 615 页。
③ 孙梅：《四六丛话》，商务印书馆 1937 年版，第 617 页。
④ 孙梅：《四六丛话》，商务印书馆 1937 年版，第 626 页。
⑤ 刘埙：《隐居通义》卷二三，四库全书本。

又认为李刘《梅亭四六》雕琢过甚,过于纤冗,排偶虽工,神味全失;真德秀骈体华而有骨,质而弥工等都为精到之论,都表达了其重视骈文意、骨、质的特点,不唯辞藻、对偶和雕琢等形式美为崇尚的特点。元、明骈文衰落,孙梅云:"四六至南宋之末,菁华已竭。元朝作者寥寥,仅沿余波。至明代经义兴,而声偶不讲,其时所用书启表联,多门面习套,无复作家风韵。"①因此,对于元四六诸家,孙梅除了列举姚燧、袁桷和虞集等人外,没有对之评论。

第五节 《四六丛话·总论》及该书局限性

在文体叙论和作家案语中,孙梅的骈文观点已经展现得十分清楚。这里,再从《总论》来了解其骈文观念。

首先,孙梅认为骈文和古文同为天地自然之文,同为词赋菁英,文章鼓吹,不能扬此抑彼。因而在文体论中,孙梅在许多文类中都是将骈文融合古文来论述,重点突出骈文,并没有将二者截然分开。当然,两者在形式上和适应范围上,自然各有所长。"原夫今体之文,尤工笺奏;词林之选,雅善颂铭。占辞著刻楮之能,叙事美贯珠之目。质缘文而见巧,情会景以呈奇,尚已。夫文采葩流,枝叶横生,此骈体之长也;师其意不师其辞,为时似不为恒似,此古文所尚也。"②指出了骈文形式华美、辞藻丰富的长处,也指出了古文以意为主,语言和内容随时代变化的特点,不像骈文存在着语言的恒似,即形式上的稳定性。在《总论》中,这种融合骈散的思想表现更加明显:"文之时义远矣。侈言博物,积卷徵长;刻意为文,清言入妙。尚心得者遗雕伪,以为堆垛无工;富才情者忽神思,则曰空疏近陋。各竞所长,人更相笑。仆以为齐既失之,而楚亦未为得也。夫一画开先,有奇必有偶;三统递嬗,尚质亦尚文。剪彩为花,色香自别,惟白受采,真宰有存。"③骈文家侈言博物、雕琢辞藻,但不是雕虫;古文家以意行文、不尚雕饰,但不是不尚学。如果各以

---

① 孙梅:《四六丛话·凡例》,《四六丛话》卷首,商务印书馆1937年版。
② 孙梅:《四六丛话·叙论》,商务印书馆1937年版,第378页。
③ 孙梅:《四六丛话·总论》,商务印书馆1937年版,第473页。

所长,相轻所短,就失之偏颇。孙梅认为为文应该奇偶相生,质文兼顾,骈文和古文不过是同源而异流而已。

其次,孙梅从骈体创作特征的角度,对骈文发展史作了比较精确的概括。他将骈文萌芽的时间上溯到西汉,形成定位于东汉,繁荣定在六朝,鼎盛定在唐代,蜕变定在宋代,衰变定在元明,复兴定在清朝,这些都成为后代,如刘师培、钱基博、刘麟生、姜书阁等人研究骈文发展史的直接来源。其云:

> 西汉之初,追踪三古,而终军有奇木白麟之对,兒宽奉摅觞上寿之辞,胎息微萌,俪形已具。迨乎东汉,更为整赡,岂识其为四六而造端欤?锺事而增,自然之势耳。六朝以来,风格相承,妍华务益。其间刻镂之精,昔疏而今密;声韵之功,旧涩而新谐。非不共欣于斧藻之工,而亦微伤于酒醴之薄矣。夫瑰丽之文,以唐初四杰为最;而四子之中,尤以王氏子安为尤。[1]

其中,刘师培《文说》直接化用开头几句:"西汉文人,追纵三古,而终军有奇木白麟之对,兒宽摅奉觞上寿之辞,胎息微萌,俪形已具。迨及东汉,文益整赡,盖踵事而增,自然之势也。"[2]从中追溯骈体文源流演变。在这里,孙梅结合具体作品,将骈文从汉到宋的历史清晰揭示出来。其将唐代骈文定为鼎盛期,打破了以六朝徐庾为骈文鼎盛的成说,得到其门生阮元的认同并扩大到整个唐代:"唐初四杰,并驾一时。式江薛之靡音,追庾徐之健笔。若夫燕许之宏裁,常杨之巨制,会昌一品之集,元白长庆之编,莫不并揽龙文,联登凤阁。至于宣公翰苑之集,笃挚曲畅,国事赖之,又加一等矣。义山、飞卿以繁缛相高,柯古(段成式)、昭谏(罗隐)以新博领异。骈俪之文,斯称极致。"[3]宋代骈文虽有新变,如欧苏以散行之气,运对偶之文,组织经传,陶冶成句,但古调已失,体裁趋窄。阮元对此也是在肯定新变中否定其整体:新

---

① 孙梅:《四六丛话·总论》,商务印书馆 1937 年版,第 473 页。

② 王水照编:《历代文话》第十册,复旦大学出版社 2007 年版,第 9542—9543 页。

③ 阮元:《四六丛话序》,《揅经室集》,中华书局 1993 年版,第 739 页。

格别成,古意浸失。元明骈文衰落,上文的凡例中已经引用,这里不重复。至于清代骈文,孙梅在凡例中也有所概括:"圣朝文治聿兴,已未、丙辰,两举大科,秀才词贤,先后辈出,迥越前古。而擅四六之长者,自彭羡门、尤悔庵、陈迦陵诸先生后,迄今指不胜屈。"①由于康熙十八年和乾隆元年两举博学鸿词科,重视骈文,对骈文创作起了很大的推动作用。彭孙遹、尤侗、陈维崧三人都中康熙十八年博学鸿词科,为清初骈文名家。乾隆年间,骈文作家虽不能说指不胜屈,但称得上蔚为大观。可见,孙梅对于整个骈文发展史都有了清晰的把握,对于宋以前的骈文特点更是了解很深。

最后,孙梅强调骈文应该以意为主,以辞为辅,即重要的是文章的内容、文气等,而不是骈体形式特征:

> 故文以意为之统宗……极而论之,行文之法,用辞不如用笔,用笔不如用意。虎头传神,添毫欲活;徐熙没骨,著手成春,此用笔之妙也;言对为易,事对为难;反对为优,正对为劣,此用意之长也。隶事之方,用史不如用子,用子不如用经。九经苞含万汇,如仰日星;诸子总集百灵,如探洞壑,此子不如经之说也。南朝之盛,三史并有专门;隋唐以来,诸子束之高阁,而捃摭稍广,理趣不深,此史不如子之辨也。②

因此,对于于意无补的浮词,于意无关的经史,孙梅都反对:"苟非笔意是求,而惟辞之尚,非无纤秾,谓之剿说可也。若非经史是肆,而杂引虞初,非不奥博,谓之哇响可也。"③这种文学思想,如秦潮序中所云,不仅仅是为俪体说法,而是为所有文体传法。

无疑,在骈文理论史上,《四六丛话》具有重要意义。它是第一部也是唯一一部比较系统的以四六命名的理论著作,从四六文类和代表作家方面都进行了点评,包括了清以前的所有骈文理论观点;同时又汇聚了元代以前

---

① 孙梅:《四六丛话·凡例》,《四六丛话》卷首,商务印书馆 1937 年版。
② 孙梅:《四六丛话·总论》,商务印书馆 1937 年版,第 473—474 页。
③ 孙梅:《四六丛话·总论》,商务印书馆 1937 年版,第 474 页。

的有关骈文资料,保存了部分有价值的材料,这些对于古代文论都有重要借鉴作用。所以,《四六丛话》问世时才得到其门生、朋友的高度评价。阮元认为:"王铚选话,惟纪两宋;谢伋谈麈,略有万言。虽创体裁,未臻美备",没有沿委讨源、揣本达末,失于简单。而《四六丛话》汇集百家别集、秘阁奇书,资料丰富,可资考证。且"体分十八,已括萧、刘;序首二篇,特表《骚》、《选》。比青丽白,卿云增乡黼之辉;刻羽流商,天籁遏笙簧之响。使非胸罗万卷,安能具次襟期;即令下笔千言,未许臻兹酝酿也"①,将其文体论和《文选》、《文心雕龙》相提并论,突出《四六丛话》的特殊地位。陈广宁《跋》更是明确其超越《文选》和《文心雕龙》:"萧统之《文选》、刘勰之《文心雕龙》,不过备文章,详体例,从未有钩元摘要,抉作者之心思,汇词章之渊薮,使两千年来骈四俪六之文若烛照数计,如我夫子之集大成者也!"②虽有门生夸大之辞,但也是基于《四六丛话》本身的理论价值来说的。这种积极评价影响后来的骈文研究者,如钱基博云:"谈骈文者,莫备于乌程孙梅松友《四六丛话》,而惜其辞涉曼衍;又限于四六一体。"③虽有指谪,但整体肯定。刘麟生说:"推阐骈文思潮,具有特识。卷首专论《诗骚》以明系统,总论调和骈散,以示旨归。"④此外,当代学者如张仁青、莫道才、于景祥等人对《四六丛话》都加以高度评价。但是,《四六丛话》本身也存在较大的缺陷。

《四六丛话》最大的不足是没有对清代骈文创作加以评价,从而影响了其时效性与针对性。到乾隆五十三年孙梅《四六丛话》定稿时,经历顺治、康熙、雍正和乾隆一百多年的发展,骈文同样取得了巨大成就。特别是康熙和乾隆年间,名家辈出,佳作如林,但遗憾的是孙梅以各家俱有专集传世,流传未久,担心评论不周,加之古代著书不录存者的惯例,因而不录清代诸家,想留待后来续辑,但终究只是一句托辞罢了。所以尽管在叙论和案语中会偶尔涉及到当代文化环境,但毕竟很少,这就使得《四六丛话》基本上不能

---

① 阮元:《四六丛话序》,《揅经室集》,中华书局1993年版,第740页。
② 陈广宁:《四六丛话·跋》,商务印书馆1937年版,第643页。
③ 钱基博:《骈文通义》,上海大华书局1934年版,第41页。
④ 刘麟生:《中国骈文史》,东方出版社1996年版,第118页。

反映当时的骈文特征,更像一部宋代四六话,从而影响了其在清代的传播和接受,也严重阻碍了其在当代的接受和研究。其次,《四六丛话》的文体论,较多因袭《文心雕龙》及其他文章学著作,无论是在代表作家作品上,还是在观点上,齐梁以前的内容很多都来自刘勰;其文体叙论虽然注意了"四六"的主题内容,但有些文体叙论结合不够紧密,造成泛泛的文体论,无疑损害了其作为骈文理论著作的价值。再次,其作家论部分的案语,较为随意,详略有不当之处,多以自己爱好为转移,这也违背了其概括宋元以前骈文成就的初衷。最后,《四六丛话》附录的资料太泛太杂,主题也不很明确,资料存在重复现象。这些资料其本意是帮助理解相应的叙论意义,但客观上造成了头重脚轻、遮蔽叙论的情况,因而反而影响了叙论的价值。正因为有这些不足,所以《四六丛话》诞生后,并没有引起清人(孙梅门生、朋友除外)的高度评价,有些甚至是完全地否定评价。如晚清骈文大家李慈铭认为:"《四六丛话》,乾隆中乌程孙松友所辑,凡三十三卷,附《选诗丛话》一卷,捋集各家之说,如宋人《苕溪渔隐丛话》例也。胡元任亦居湖州,故以苕溪名书,其体本之阮闳体《诗话总龟》,而孙氏此书序例未尝及之。其论四六,推重欧、苏而薄徐庾,其序以骈行之,亦不工,盖非深知此事者矣。"①李慈铭从其体例和骈文观点出发,认为该书并不是熟谙骈文者所为,即认为《四六丛话》理论价值不高。当然,李慈铭认为孙梅推重欧阳修、苏轼,鄙薄徐陵、庾信并不准确,如上文所论,孙梅最推重的是唐代骈文,而不是欧苏。晚清另一酷爱骈文的大家谭献也认为:"阅《四六丛话》,称名与所采不悉协。"②"《四六丛话》卅二卷阅毕。采撷甚富,而宗旨无闻。大都以宋人说部饾饤稗贩,其心光目力及唐而止。骈俪之学,既知探源《骚》、《选》,而目曰'四六',称名已乖,正不得以王铚为借口也。"③谭献就从其名与实不相符、采撷资料多而宗旨不明等方面来否定《四六丛话》,当然有一定的道理。但从谭献的评价中不难发现,他根本没有从叙论、案语这最能体现孙梅观点的

---

① 李慈铭:《越缦堂读书记》,辽宁教育出版社 2002 年版,第 1094 页。
② 谭献:《复堂日记》,范旭仑、年晓明整理,河北教育出版社 2001 年版,第 327 页。
③ 谭献:《复堂日记》,范旭仑、年晓明整理,河北教育出版社 2001 年版,第 328 页。

方面来评价,因而失之片面,不过由此也可以看出,《四六丛话》过多的附录资料,确实遮蔽了其理论价值。

　　总之,《四六丛话》是清代第一部也是唯一一部比较系统的骈文理论著作,尽管其有不足和缺陷,但其骈文文体特征论、作家论和骈文史论达到了清代骈文理论的最高水平,开辟了后人骈文研究的新领域,成为后人研究骈文的理论来源,因而是一部很有价值的理论著作,值得引起学人的注意。

第五章 以光绪时期为主的晚清骈文理论

咸同年间，以曾国藩为首的湘乡派古文创作取得了很大成绩。黎庶昌云："余论本朝之文，盖至咸同间而极盛，录者尤多。自曾文正、吴南屏、郑子尹而下，其人大都生平所亲炙，否则亦其与接者也。"[1]道出了此时古文创作在曾国藩及其弟子们的倡导下，由乾嘉道时期的整体低迷走向繁荣的实际。骈文在乾嘉道时期达到了清代高峰，就理论来说，无论是批评方式还是批评内容，都达到了前所未有的高度，想要超越有很大的难度。又太平天国运动对江浙经济、社会损伤很大，骈文文集遭到很大破坏，如常州府骈体文集存者十不及一："至于咸丰，干戈时动，弦诵暂辍。……华篇丽篆，存者什一不及。"[2]因而咸同年间，骈文较之前期要单薄得多。此时的古文创作，在曾国藩的影响下较骈文为盛。曾国藩云："延及今日，方姚之流风稍稍兴起，求如天游、齐焘辈宏丽之文，阒然无复存者矣。间者吾乡人凌君玉垣、孙君鼎臣、周君寿昌乃颇从事于此。而周君为之尤可喜，其才雅赡有余地，而奇趣迭生，盖几于能者。"[3]指出咸同时骈文创作处于低潮而古文兴起的情况。光绪时期为骈文发展较为繁荣，清末民初的易宗夔云："道咸以来，骈体文亦多斐然可观者。如李申耆、周荇农、傅味琴、赵桐孙、王壬甫、李莼客诸家，皆气体清洁。而莼客尤词旨渊雅，体格纯净，直欲近掩洪孙，远追徐

---

① 黎庶昌：《续古文辞类纂序》，《拙尊园丛稿》，《近代中国史料丛刊》（正编）第 76 册，第 83 页。

② 屠寄：《国朝常州骈体文录·叙录》，《续修四库全书》第 1693 册，第 375 页。

③ 曾国藩：《送周荇农南归序》，《曾文正公文集》卷一，《续修四库全书》第 1537 册，第 549 页。

庾,不愧为一朝之后劲。"①其提到的李兆洛、周寿昌、傅桐、赵铭、王闿运和李慈铭六家中,李兆洛活动在嘉道年间,周寿昌和傅桐主要活动在咸同时期,其他则在光绪年间,特别是王闿运和李慈铭的骈文在晚清成就较高,影响也较大。对于骈文理论来说,咸同年间,除了姚燮、曾国藩和钱振伦外,其他人的骈文批评不多,水平也不高。

到光绪和清末民初时期,文学发展面临历史性的总结,骈文也是一样,骈文创作和理论再度繁荣,主要表现为朱一新对骈文特征的创新阐释、王先谦的骈文选本批评和孙德谦的《六朝丽指》等。

第一节　道咸间的骈文批评

在乾嘉道骈文理论向光绪时发展的过程中,主要活动在道光、咸同年间的姚燮、曾国藩、钱振伦和谭莹等可以视为过渡人物。此时的骈文批评,主要体现在对骈文说理、言情等特点的探讨和对乾嘉道骈文家的形象点评。

一、对骈文表达功能和文气的理论探讨

姚燮(1805～1864),字梅柏,号野桥,晚号复庄,浙江镇海人。姚燮骈文成就很高,影响较大,得到时人的高度评价。王韬《瀛壖杂志》卷四评其骈文"足以抗手六朝,绝尘一代"。咸丰四年(1854),王蒇兰序其骈文时云:"先生之甫入都也,假馆于座主徐廉峰先生宅。徐固以缒古文辞雄视坛坫,又乐于宏奖后进者。先生之名因之噪满日下,一时南北才子与之角艺,咸畏服焉。"②晚年因太平天国运动冲击而流落东吴,以卖文为生,颠沛潦倒而终。在世时仕途偃蹇,晚境凄凉,故殁后声名不彰。清末徐珂云:"姚梅伯,名燮,与魏默深、龚定庵、蒋剑人同时。才气学术,足以凌轹魏龚,蒋非其敌也。著书数十万言,《骈俪文榷》为最高。死后名不甚彰,当世崇拜魏龚,而

---

① 易宗夔:《新世说·文学》,沈云龙主编:《近代中国史料丛刊》(正编)第18辑第180册,第135页。

② 王蒇兰:《复庄骈俪文榷序目》,《续修四库全书》第1533册,第329页。

无人知有姚,名位限之耳。"①《清史列传》本传称其骈体文沉博绝丽,可以媲美彭兆荪。他有大量骈文存世,又编选《骈文类苑》,是清代骈文一大家。其骈文包括《复庄骈俪文榷》初编和二编。初编112首,二编125首,合计237首。初编共8卷,姚燮将骈体赋视为骈文。如卷一依次为《镜赋》、《舞赋》、《连珠广演》、《斗母宫寿醮青词》、《八荒为庭衢赋》、《临雍颂》、《仓帝史皇氏颂》、《唐石佛入焦山颂》,其余各卷也按体排列,其中也包括赋。咸丰十一年(1861),王苪兰又编选姚燮晚年所作骈文为《复庄骈俪文榷二编》。在王苪兰所作序中,除了对骈文发展史勾勒外,还提出了骈文擅长说理和言情的表达功能:

> 意双则陈理易达,句耦则言情易深。此盖天地自然之文,阴阳对待之谊,非文人之狡变,实太始之元音也。自汉而降,首推长卿,孟坚子云,夹擅其胜。迄于晋宋,下逮齐梁,元黄始纷,绮丽竞尚,意简而词侈,源小而流宏。按之则响沈;扬之则澜竭。然如任昉、邱迟、徐陵、庾信之徒,树典既确,炼词亦精。虽若华腴,尚为近古。自是厥后,力争繁缛,互呈侈靡,遂有妖媚之篇,侧艳之体。以书门为札闼,以竹马为筱骖,豹隐寒岩,雉窜文圃,宜乎昌黎振其衰苶,独倡文宗也。②

对于骈文在抒情、写景和议论、说理等方面是否擅长,一直是骈文理论中的重要议题。康熙时王之绩《铁立文起》引《名山集》曰:"四六莫高于立议,而叙事为下;莫妙于用转,而使古为卑。然丽不伤骨,艳不伤雅,卢骆未尝不与贾马并行也。"③就认为四六长于立论而短于叙事。这里的"意双"指骈文构思时,多用相近或相同含义的语言重复表达同一意思;"句耦"指骈文语言形式上的排比对偶。两句为互文,正因为意双句耦,所以能够把理说透,把情传够,所以易达易深。王葆心引姚文田《与孙云浦书》"文体自东汉之季,

---

① 徐珂:《清稗类钞》,中华书局1986年版,第3692页。

② 王苪兰:《复庄骈俪文榷二编序》,《续修四库全书》第1533册,第437页。

③ 王之绩:《铁立文起》后编卷八引,王水照编:《历代文话》第四册,复旦大学出版社2007年版,第3284页。

往往排比经言,惟以文辞相尚。比例则常嫌于过实,叙述则又病于不明。六朝更为骈丽之词,遂使记事记言必先览者旁置史传,然后本末乃可详考。"①对骈体文叙述不明,记事记言不清晰的弊端加以批评。朱光潜论述散文和诗的区别时说:"就大体论,散文的功用偏于叙事说理,诗的功用偏于抒情遣兴。事理直截了当,一往无余,情趣则低徊往复,缠绵不尽。直截了当者宜偏重叙述语气,缠绵不尽者宜偏重惊叹语气。在叙述语中事尽于词,理尽于意;在惊叹语中语言是情感的缩写字,情溢于词,所以读者可因声音想到弦外之响。换句话说,事理可以专从文字的意义上领会,情趣必从文字的声音上体验。"②朱先生所说的散文为当代意义上的散文,认为其功用偏于"叙事说理",王葑兰的"意双则陈理易达"的内涵虽与之不同,但偏于说理的指向则一;而诗歌的抒情遣兴功能,在骈文中也因为句耦可以运单成复,铺陈排比,易于夸饰和写景,在艺术水平高的作家手中,往往能达到感动人心的艺术效果。言情为骈文长处,在前人论述中已多次提到,但多认为骈文繁复的句式和典故不适合说理,王葑兰将两者视为骈文的两大优点,是对这一理论的发展。又认为骈文从汉到南朝齐梁,体格日降,但齐梁骈文仍典事明确,炼词精炼,所以尽管形式华腴,但还算近古。此后,骈文坠入繁缛绮靡,妩媚侧艳之体,因而肯定韩柳振起的合理性和应时性。怎样才能陈理和言情呢?康熙时张谦宜曾云:"以骈语论事,不难于工整,难于曲折如意、情理允协耳。总之,此种文全以识见笔力,用事与雕镂馂饤者,相去径庭。"③指出了骈语论事的优劣,反对雕镂字句和隶事,强调骈文"论事"关键在于作者的识见笔力。王葑兰也云:"夫骈偶之文,贵乎润理内苞,秀采外溢,讬思于言表,潜神于旨端。趣以情生,韵随语足。若乃佻巧洸荡,流而忘归,取媚于一字之纤,求工于一句之丽,俳优谐俗,何以异此。"④主张理内秀外,讬思

---

① 王葆心:《古文词通义》卷一,王水照编:《历代文话》第八册,复旦大学出版社2007年版,第7080页。

② 朱光潜:《诗论》,《朱光潜全集》第三卷,安徽教育出版社1987年版,第112页。

③ 张谦宜:《絸斋论文》,王水照编:《历代文话》第四册,复旦大学出版社2007年版,第3915页。

④ 王葑兰:《复庄骈俪文榷二编序》,《续修四库全书》第1533册,第438页。

潜神,趣随情生,韵随语足,要避免佻巧,雕琢字句,和张谦宜所论多有相似。

同治年间蒋超伯也主张从植干、逸气、富采和博趣等方面来创作骈文:"骈俪之式又不然。参之荀戴以植其干,参之吕马以逸其气,参之庄骚以富其采,参之班范以博其趣,参之《鹖冠》、《尸佼》以隽其味,参之夷吾、鸿烈以极其奇。"①反对仅仅规摹徐庾和初唐四杰,应该取益多师,做到腴在骨不在肤,炼在神而不在貌。

咸同年间崛起的曾国藩,在学术上,对于乾嘉汉学末流的繁琐考据之文有所不满:"乾隆以来,鸿生硕彦,稍厌旧闻,别启途轨,远搜汉儒之学,因有所谓考据之文。一字之音训,一物之制度,辨论动至数千言。曩所称义理之文,淡远简朴者,或屏弃之,以为空疏不足道。此又习俗趋向之一变已。"②又在《书学案小识后》中将汉学派的实事求是诠释为宋学派的即物穷理,走向汉宋交融。在文学上,曾国藩较为开明,对姚鼐《古文辞类纂》选文摈弃六朝骈文有不同看法,其《经史百家杂钞题语》云:"近世一二知文之士,纂录古文,不复上及六经,以云尊经也。然溯古文所以立名之始,乃由屏弃六朝骈骊之文而退之于三代两汉。今舍经而降以相求,是犹言学者敬其父祖而忘其高曾,言忠者曰我家臣耳,焉敢知国,将可乎哉?"③其文学思想也强调理和情,不过他认为古文擅长说理,骈文善于抒情。有云:

> 自群经而外,百家著述,率有偏胜。以理胜者,多阐幽造极之语,而其弊或激宕失中;以情胜者,多悱恻感人之言,而其弊常丰缛而寡实。自东汉至隋,文人秀士,大抵义不孤行,辞多俪语。即议大政,考大礼,亦每缀以排比之句,间以婀娜之声,历唐代而不改,虽韩李锐志复古,而不能革举世骈体之风。此皆习于情韵者类也。宋兴既久,欧苏曾王之徒,崇奉韩公,以为不迁之宗。适会其时,大

---

① 蒋超伯:《评选四六法海叙》,清同治十年(1871年)藏园刻本。

② 曾国藩:《湖南文征序》,《曾文正公文集》卷四,《续修四库全书》第1537册,第669—670页。

③ 曾国藩:《经史百家杂钞题语》,《曾文正公文集》卷三,《续修四库全书》第1537册,第624页。

儒迭起,相与上探邹鲁,研讨微言。群士慕效,类皆法韩氏之气体,
以阐明性道。自元明至圣朝康雍之间,风会略同,非是不足兴于斯
文之末。此皆习于义理者类也。①

对东汉到中唐韩柳的俪体文,曾国藩认为是"习于情韵类";对于中唐到清
初康雍间的古文,认为是"习于义理者类",其指向明显是说骈文偏重于情
韵而古文偏重于义。这与王莳兰肯定骈文既能陈理也能陈情不同,但无
疑是曾国藩对于骈文功能的积极探讨。除了重视骈文言情外,曾国藩还强
调骈文应该重视运气。他在曾纪泽《拟陈伯之〈答邱迟书〉》后批语为:"六
朝偶俪文中,有能运单行之气,挟傲岸之情者,便于汉京不甚相远。"②只有
运单行之气,含独到之情才能发挥精义,才能不以芜累伤气。在写给周寿昌
的饯别序中,除了从天地自然奇偶相生的规律来肯定骈散相生的合理性外,
曾国藩也特意强调"气"在骈文中的作用:"迁之文,其积句也皆奇,而又必
相辅,气不孤伸,彼有偶焉者存焉。其它善者,班固则毗于用偶,韩愈则毗于
用奇,蔡邕、范蔚宗以下,如潘陆沈任等比者,皆师班氏者也。茅坤所称八
家,皆师韩氏者也。"③指出骈偶能树立文章的气骨,从而对将奇偶视若黑白
的观点加以批评,将韩柳古文代兴骈文视为物穷则变的必然规律。又指出
韩愈对班固为代表的偶俪之文,并不是绝对排斥,而是吸收入其古文中。后
来者不察,以韩愈文多根柢六经而冠以载道之名,以致古文在宋元明独尊,
而骈文地位丧失等等。在评价陆贽《奉天请罢琼林大盈二库状》时也高度
评价了优秀的骈文和对后人的影响:"骈体文为大雅所羞称,以其不能发挥
精义,并恐以芜累而伤气也。陆公则无一句不对,无一字不谐平仄,无一联
不调马蹄;而义理之精,足以比隆濂洛;气势之盛,亦堪方驾韩苏。退之本为
陆公所取士,子瞻奏议终身效法陆公。而公之剖晰事理,精当不移,则非韩

---

① 曾国藩:《湖南文征序》,《曾文正公文集》卷四,《续修四库全书》第1537册,第669—670
页。

② 曾纪泽:《曾纪泽遗集》,俞岳衡点校,岳麓书社1983年版,第127页。

③ 曾国藩:《送周荇农南归序》,《曾文正公文集》卷一,《续修四库全书》第1537册,第549页。

苏所能及。吾辈学之，亦须略用对句，稍调平仄，庶笔仗整齐，令人刮目耳。"①可见，曾国藩主张骈散兼容，无门户之见。

曾国藩的朋友，同乡罗研生对骈散看法也很通达："罗研生谓骈散文各有所宜，宜并存不废也。其《文徵例言》有曰：'文家每轻视骈体，以谓徒工藻绘，难语于高古精深。然此在文之命意修辞求之，不在体之单行与比偶也。失诸意辞，岂散体之皆可尚乎？原夫二体并出经传，其后流极不鲜，互出相胜，亦风会转变使然。平心论之，与为填砌之偶，则不如简质至单，而但为浅俚之单，又不如典丽之偶。若其适用则各有宜，故韩欧大家集中并存不废。'此言骈散各有其真，亦各有其用，未可执彼此以相傲也。"②对骈散来源和利弊都有深切的分析，表现了其主张骈散各适其用，各有短长的文学观。同时的郑献甫《与阳朔容子良书》对骈文与散文的不同特征也有分析："仆尝谓散文若古诗，难学而不易工；骈文若律诗，易学而最难工。然散文之工不工皆自知，而骈文之工不工多不自知，何也？彼以分段敷衍、征事填写，第凑偶句、饰藻字句即可成篇耳。不知骈四俪六字句与散文异，布意行气义法亦与散文同，而体之高卑、韵之雅俗，又在语言文字之外。熟读八家文，再多读六朝文则自然知之矣。"③指出骈文在字句行文方面和古文的差异，但构思、文气、义法内容方面则和古文同，即跳出了语言表现形式的差异，而走向对文章内容、风格等方面的认同。这种取向导致当时正式把骈文纳入文章的主要文类。论文宗尚曾国藩的王葆就云："文章之体三，散文也，骈文也，有韵文也。散文本于《书》、《春秋》，骈文本于《周礼》、《国语》，有韵文本于《诗》，而《易》兼之。文章之用三：明道也，经世也，纪事也。"④这标志着骈文在晚清文章学领域中的地位得到确认。

---

① 曾国藩：《鸣原堂论文》，王水照编：《历代文话》第六册，复旦大学出版社 2007 年版，第 5525 页。

② 王葆心：《古文词通义》卷十一，王水照编：《历代文话》第八册，复旦大学出版社 2007 年版，第 7608—7609 页。

③ 郑献甫：《补学轩文集·外集》卷一，《近代中国史料丛刊》（正编）第 215 册，第 2889 页。

④ 王葆：《论文》，《柔桥文抄》卷三，1914 年铅印本。

二、对乾嘉骈文特征的形象点评

在乾嘉时期,骈文家之间或师友之间会对各自骈文加以评价,但多为正面评价,突出其优点,而对其不足则较少涉及。咸同间,对一批众所公认的骈文大家,如胡天游、汪中、袁枚、洪亮吉等,以比喻和排比语言,在形象批评中正反评价前代骈文家,成为当时骈文批评的重要内容。

姚燮在道咸间就开始广泛评价乾嘉时的骈文家,如其《与陈云伯明府书》、《皇朝骈文类苑叙录》等。陈云伯,即陈文述(1771～1843),字隽甫,号云伯,浙江钱塘人。嘉庆五年举人,嘉庆元年为阮元入室弟子,为嘉道间有名的诗人。姚燮曾将自己所作20篇骈文寄给陈文述评阅,陈读后认为姚燮骈文在乾嘉胡天游、袁枚、洪亮吉和彭兆荪诸大家之后标新立异,独为一宗。姚燮因而云:"至所云胡袁洪彭四家,信为昭代以来卓焉傀特焉桀者。燮以为石笥之文以力胜,小仓之文以气胜,卷施之文以度胜,谟觞之文以格胜。纵奇思于八埏,博壮采于万汇,石笥之文也,或间有镂辞石鼓,摹声岨嵝而失之涩者。扬日星之丽晖,揉山川之云物,小仓之文也,或间有獭祭汉唐、藻缋金石而失之夸者。风水激而涟漪生,岩礧礌而苔藓折,卷施之文也,或间有流易不修,凡近不汰而失之剽者。彝鼎不争瓦缶,优昙不竞桃李,谟觞之文也,或间有机尚缜密,音鲜疏越而失之滞者。惟兹四家,皆善于学古者也。振铄陵替,蔚然大宗,犹不免于所失如此,则甚矣其难也。"[1]在比喻排比语言中,分别以"力"、"气"、"度"和"格"来概括四家骈文特征;又从正反两方面指出各自的优缺点,如肯定胡天游骈文的奇思壮采,否定其过分雕琢以致晦涩;肯定洪亮吉骈文的清新圆融,否定其间有不加选择以致于剽夺等等,这些评价成为后人,如刘师培、钱基博、刘麟生等人评论的直接来源。刘师培《南北文学不同论》评胡天游、汪中骈文云"稚威之文以力胜,容甫之文以韵胜,非若王袁之矜小慧也"[2]就直接来源于姚燮。姚燮又批评宋元明的骈文非排比平通,墨守制诰之体即敷衍卑陋,规橅公牍之辞。最后全面概述清

---

[1] 姚燮:《与陈云伯明府书》,《复庄骈俪文榷》卷七,《续修四库全书》第1533册,第418页。

[2] 刘师培:《刘师培中古文学论集》,陈引驰编校,中国社会科学出版社1997年版,第266页。

初到嘉道年间的骈文风格，以魏晋六朝之文为批评标准：

> 逮乎国朝，自湖海楼陈氏而下，流为《思绮》、《林蕙》、《善卷》诸家，觞已滥而不可为训。洎四家作，然后辟重冈之积莽，开九陌之通馗，回数世之狂澜，转一时之风气。人稍稍知两汉六朝之学，而于是鸾与皇谐奏，圭与璋并陈。时若榖人之整缛如延年，叔宀之佚宕如彦升，容甫之幽隽如景纯，蓉裳之修絜如休文，皋文之典雅如长卿，巽轩之禯厚如子云，渊如之渊永如伯喈，芙初之通赡如稚川，元淑之华腴如明远，孟涂之闳辨如孟坚，梅史之俊伟如孔璋，方立之沈恻如安仁，仲瞿之恣肆如贾生，频迦之朴茂如孝绰，律芳之豪爽如季重，申耆之清邈如叔夜，而先生则以绵丽如文通者，骖靳于其间。虽各执一帜，不能包括众美，集乎大成，而彬彬焉，彧彧焉。乾嘉以来，已可谓瑜亮并生，尹邢同世矣。彼乎堆沙砌石以为富，捃丹撦绿以为工，飞空走滑以为清，画丑雕娸以为古，俭色枯声以为简，茶辞弛气以为和，疾已中乎膏肓，术难施其针砭，均之无取，不足论也。"①

将清初陈维崧、吴绮、章藻功、陆繁弨和乾嘉吴锡麒、邵齐焘、汪中、杨芳灿、张惠言、孔广森、孙星衍、刘星炜等代表性的骈文家风格加以直观的、点评式的概括，虽是抓住一点，不及其余，但这一点，无疑是各家骈文的主要特点。同时，姚燮对于"堆沙砌石以为富，捃丹撦绿以为工，飞空走滑以为清，画丑雕娸以为古，俭色枯声以为简，茶辞弛气以为和"的创作方法和风格都加以否定，表明了要于众家之外，独树一帜的决心。除了在创作上大量创作骈文外，姚燮还编排了《皇朝骈文类苑》目录，光绪七年由张寿荣等人根据目录编辑完成，光绪九年(1883)刊行。根据姚燮的目录，将清代骈文分为15类，计划收125家文512首，但实际上"典册制诰"类选目尚虚，实有14类，篇目亦少数十篇。姚燮去世后，由郭传璞、张寿荣等搜辑成《皇朝骈文类苑》14卷，有光绪七年浙江刻本等。姚燮还曾手批曾燠《国朝骈体正宗》，张

① 姚燮:《与陈云伯明府书》,《复庄骈俪文榷》卷七,《续修四库全书》第1533册,第418页。

寿荣参校、整理而成《国朝骈文正宗评本》。在《皇朝骈文类苑叙录》中,他首先引用曾燠、吴鼒和吴育三人为骈文争取和古文对等地位的理论,以尊骈体,接着从求真与气畅的角度反对骈文创作獭祭和狐饰,即堆砌典故和辞藻,对秦汉以还的文章加以高度评价,赞同李兆洛《骈体文钞》选文去其芜冗,裁其靡曼,沈腽之弊与躁剽并揭,而南车之指得准。姚燮对于清朝骈文成就加以肯定,对吴鼒和曾燠骈文选本也加以正反评价:"人文荟起,扬葩振秀,辞理相宜,妍澹各当,有不止摩卯金之垒,辟典午之障者。吁!何瑰盛哉!于是《八家四六》、《骈体正宗》诸选,抗衡千祀,鼓吹一时,鹄立陆通,藉存骚雅。然举偏而操约,游演者或未魇于心;抑璪火之绮,未与山龙并章;璇碧之碎,不谐珉琬同藉,亦憾事也。"①想弥补其不足,自编选本,从清初到他当时的骈文家中,选一百多家,仿效李兆洛《骈体文钞》编排体例而成,选文标准是矫俳俗,式浮靡。对于各类骈体渊源和清朝骈文发展轨迹,按照典册制诰、颂扬奏进、书启、序、记、杂颂赞铭、论古文、碑记、墓碑志铭、哀诔祭文、赋、释难文、笺牍、寿文、杂体文的顺序加以简述,体现了其骈文概念和选文标准。可惜的是,《皇朝骈文类苑》在姚燮手中没有完成,最后由张寿荣完成以传于世。

此外,咸丰年间,广东骈文大家谭莹用绝句形式,对清代16位骈文家加以点评。自序云:"我朝人文崛起,而骈体之佳者亦直接汉魏六朝之坠绪,故诸君子持论,实远轶宋人王铚《四六话》、谢伋《四六谈麈》等书。尝欲即流览所及,编成一集,未暇也。甲寅(1854)冬仲,避寇乱,兀座寓楼,偶将所忆者戏成绝句十六首,以示及门,亦述而不作之义。盖皆国朝人论骈体文者,非专论国朝人也。"②分别对陈维崧、袁枚、吴锡麒、洪亮吉、刘星炜、曾燠、邵齐焘、阮元、孙星衍、朱沆湄、吴鼒、王太岳、彭兆荪、李兆洛等人或文加以点评,为道咸之际的骈文理论增添了新的内容和形式。如云:

---

① 姚燮:《皇朝骈文类苑叙录》,《复庄骈俪文榷》卷六,《续修四库全书》第1533册,第396—397页。

② 谭莹:《论骈体文绝句十六首序》,《乐志堂诗集》卷十一,《续修四库全书》第1528册,第543页。

词科才子总能文,藻采偏缘德行分。陶亮闲情宜极笔,肯因沈博录扬云。(陈其年)

随园才藻俪相如,笺注精严笑鲁鱼。独契陆机刘勰论,蓉裳富艳特贻书。(袁子才)

人言祭酒学齐梁,汇集唐文待海昌。作者如林门径辟,津梁后学爱三唐。(吴穀人)

根柢槃深笔独扛,汉儒训诂妙无双。说经文字多排偶,创体原非自北江。(洪稚存)

独自徐王溯孟坚,熟精选理集群贤。至言清转兼华妙,谈艺刘郎四字传。(刘圃三)

清刚简质原难绍,雅丽清新未敢期。尽是词家无等咒,岂徒心折邵荀慈。(邵叔〲)

岱南杰阁有名言,泽古方无俗调存。激发性情同雅颂,风云月露体逾尊。(孙渊如)

八家四六序交推,养气言精独未知。任昉邱迟洵绝丽,性灵一语爱吴蕭。(吴山尊)

高语起衰缘俗调,让昏表与役僧书。肤庸矫厉归渊雅,驰骋能随笔所如。(彭甘亭)①

虽为绝句,但对各家骈文特点或理论要点都有揭示,如陈维崧骈文的沉博绝丽,袁枚的才藻华丽而失于考核,吴锡麒骈文崇尚齐梁和三唐,洪亮吉以骈文说经,刘星炜的“清转华妙”之说,邵齐焘的简质清刚,孙星衍的泽古而无俗调,吴蕭的性灵之说,彭兆荪的去俗泽古等,较为完整地展示了清代骈文名家的主要成就。姚燮、谭莹对骈文特别是清代骈文家的评点方式,被之后的冯可镛继承并扩大其范围,从而构成了对清代骈文家评价的主流方式。

冯可镛(1831～1890)原名可钺,字佐君,浙江慈溪县人。咸丰元年举

① 谭莹:《论骈体文绝句十六首》,《乐志堂诗集》卷十一,《续修四库全书》第 1528 册,第 543—534 页

人。有《浮碧山馆骈文》二卷,和张寿荣为朋友。他是继姚燮之后对本朝骈文代表作家——加以点评的骈文家和批评家。其骈文理论主要体现在《国朝骈体正宗评本序》和《谕骈》两文中。《国朝骈体正宗评本序》对于曾燠《国朝骈体正宗》和张寿荣的评本都加以积极评价,在骈文领域首次提出选本和字栉句疏的注释家、针砭利弊的评论家一样,都是文学批评的一种方式。又云:"曾氏《国朝骈体正宗》一书,错比华辞,甄综俪格,删宿莽而滋蕙,屏疥驼而获麟。集艳马班,溯润潘陆,酌前修之笔海,录定维摩;擅一代之词林,集成明远。承学之士,咸资准的。"①指出曾书汰粗取精、文宗汉魏的特点和其问世之后士林"咸资准的"的影响。但对该书瑰辞博练,奥义环深,以致读者舌挢口钳的不足也加以说明,没有为尊敬者讳。《谕骈》对于清代作家风格用比喻的形式加以形象描绘和简要概括,虽缺乏理论的提升和抽象的思辨,但也给清代骈文列了一份详细的"清单":共列出清初至咸同间的 67 位骈文家,从侧面展示了清代骈文兴盛的情况。

冯可镛自称《谕骈》仿效唐代皇甫湜评文方式,即叠用比喻点评形式,对清代骈文代表作家加以评价。用比喻论文是古代文论常见的方式,但是叠用众多比喻,以排比或对偶句式"鱼贯而行"地形容众多作家作品特征,在优美的形式中展示作品特色,这种方式在唐代才较为常见。如张说《与徐坚论近世文章说》曰:"李峤、崔融、薛稷、宋之问之文,如良金美玉,无施不可。富嘉谟如孤峰绝岸,壁立万仞,浓云郁兴,震雷俱发,诚可畏也,若施于廊庙,骇矣。阎朝隐如丽服靓妆,燕歌赵舞,观者忘疲,若类之《风》《雅》,则罪人矣。"坚问:"今世奈何?"说曰:"韩休之文,如太羹玄酒,有典则而薄滋味。许景先如丰肌腻体,虽秾华可爱,而乏风骨。张九龄如轻缣素练,实济时用,而窘边幅。王翰如琼杯玉斝,虽灿然可珍,而名玷缺。"②皇甫湜《谕业》更是对他以前的唐代有名文章家作了形象点评,如云:"燕公之文,如梗

---

① 冯可镛:《国朝骈体正宗评本序》,《浮碧山馆骈文》卷一,浙江大学图书馆藏 1917 年铅印本。

② 王正德:《徐师录》卷四,王水照编:《历代文话》第一册,复旦大学出版社 2007 年版,第 406 页。

木楠枝,缔造大厦,上栋下宇,孕育气象,可变阴阳而阅寒暑,坐天子而朝群后。""权文公之文,如朱门大第,而气势宏敞,廊庑廪庾,户牖悉周,然而不能有新规胜概,令人竦观。"①等等。明代王世贞《艺苑卮言》卷五评文也云:"宋景濂如酒池肉林,直是丰饶,而寡芍药之和。王子充、胡仲申二人如官厨内酝,差有风法,而不甚清绝。刘伯温如丛台少年入说社,便辟流利,小见口才。高季迪如拍张檐幢,急讯眩眼。苏伯衡如十世之邑,粗有街市,而乏委曲。方希直如奔流滔滔,一泻千里,而潆洄滉瀁之状颇少。解大绅如递夹快马,急速而少步骤。杨士奇如措大作官人,雅步徐言,详和中时露寒俭;又如新廷尉牍,有法而简。丘仲深如太仓粟,陈陈相因,不甚可食。李宾之如开讲法师上堂,敷腴可听,而实寡精义。……"②对宋濂至李攀龙之间的六十三个文人加以褒贬抑扬,虽不尽精确,但也确有独到之见。

在这种评文传统的影响下,冯可镛也对清代骈文家风格特征加以多面评价。他首先说明偶俪的自然合理性,接着对骈文发展史加以说明:"粤稽曩代,荃香楚泽,肇帨汉京,贾枚导双,班马习偶,骈音俪字,厥途乃启。建安锺秀,江左继声,张陆张其葩辞,颜谢飞其琼屑。齐梁既降,徐庾称雄。河北数书,江南一赋,后有作者,奉为不祧。李唐四杰,连镳方驾。压杨常之巨制,启燕许之宏裁,不特翰苑之集廿二,玉溪之体卅六,谓一时极致也。赵宋逮明,机杼大变,眉山渭南,町蹊自辟;弇州卧子,标格独新。而飚流既远,摈古竞今,盖久等之自郐已。"③和清人追溯骈文发展史大体一致,但对明代王世贞和陈子龙的骈文加以肯定,则在骈文理论中较为少见。又指出清代骈文嗣绪六朝、式靡五季,二百四十年来,代有其人的原因在于"拘秘馆以翘材,储宝书以铸士"的翰林院馆阁制度。接着论述清代作家:

> 国初作家,毛陈并称。西河(注:毛奇龄)如华阀朱门,规模宏敞;迦陵(陈维崧)如黄钟大吕,音节铿鈜。彼园茨(吴绮)骫骳、岂绩纤佻,善卷(陆繁沼)繁碎,欲新壁垒之观,已失邯郸之步。洎乎

---

① 皇甫湜:《皇甫持正集》卷一,文渊阁《四库全书》本。
② 丁福保辑:《历代诗话续编》,中华书局 1983 年版,第 1036—1037 页。
③ 冯可镛:《谕骈》,《浮碧山馆骈文》卷一,浙江大学图书馆藏 1917 年铅印本。

胡袁洪彭四家崛起，睥睨千古，皋牢百氏。石笥(胡天游)如糜娴岳鼓，嗣响尧廷，家简崖碑，摹形秦篆。小仓(袁枚)如霁宇晴川，云霞万幻，秘奏妙伎，金石千声。卷葹(洪亮吉)如梧桐院落，风月萧疏。谋觞(彭兆荪)如杨柳楼台，金碧煊染。嗣是风流锺接，月旦评移，或抑袁彭，特进汪邵。容甫(汪中)如鼓琴空山，鸟啼花放。叔八(邵齐焘)如支筇绝壁，泉响松吟。要之吹律同音，出门合辙。絜彼权此，何轩轾焉。全椒吴氏于袁洪邵外，更增五友，列为八家。其如鲸掣碧海，神力独运者，宾谷(曾燠)也；其如翠戏兰苕，触手生姿者，縠人(吴锡麒)也；其如秦委齐武，揖让雍容者，印于(刘星炜)也；其如吴带曹衣，举止缥缈者，季逑(孙星衍)也；其如商盘周鼎，光泽斑驳者，巽轩(孔广森)也。此外诸家，更不一格。稚黄(毛先舒)如仙乐自鸣，庞堂(黄之隽)如天衣无缝；汉槎(吴兆骞)如霜天笳管，凄恻动心；梧园(吴农祥)如春晓林峦，苍翠满目。竹岩(胡浚)如铜丸走阪，堇浦(杭世骏)如绛云在霄。南厓(朱珪)如涂山之会，玉帛万重；收庵(赵怀玉)如波斯之藏，珊瑚百尺。才叔(杨芳灿)如幽并老将，荔裳(杨揆)如三河少年，芥子(王太岳)如谏果甘回，方立(董祐诚)如梅华清绝，芷生(马沅)如帆扬东海，菽堂(朱为弼)如碣索岣嵝，伯元(阮元)如璞玉浑金，仲子(凌廷堪)如轻缣素练。青芝(乐钧)如独鹤之唳秋皋，尚纲(刘嗣绾)如新驾之嘶春树；书农(胡敬)如十里燕花币地，铁夫(王芑孙)如一枝虬干插天。山尊(吴嵩)如骏马下坡，涧萍(顾广圻)如饥鹰侧翅。①

用比喻方式形象地展示了清代骈文代表作家的风格特征。比喻论文也是古代文论的常用方式，虽不精确，但也能引发读者的遐想空间。其中对韵皋(吴慈鹤)、沧湄(朱文翰)、频伽(郭麐)、菽原(查初揆)、朗甫(金式玉)、绿雪(王衍梅)、茗柯(张惠言)、梦兰(杨复吉)、仲瞿(王昙)、孟涂(刘开)、申耆(李兆洛)、云伯(陈文述)、复庄(姚燮)、豸华(金应麟)、兰石(郭尚先)、

---

① 冯可镛：《谕骈》，《浮碧山馆骈文》卷一，浙江大学图书馆藏 1917 年铅印本。

竹素(汪全德)、东田(王友亮)、彦闻(方履篯)、玉笙(谭莹)、楞仙(钱振伦)等人的骈文加以形象评价,有些来自前人,但大部分是自己语言,扩大了清代骈文理论话语空间。最后冯可镛总括清代骈文家创作方法:"之数公者,生是昌期,才皆迈世,而能以荀戴植其干,以吕马逸其气,以庄骚富其采,以班范博其趣,以《鹖冠》、《尸佼》隽其味,以夷吾、鸿烈极其奇,然后弋艳于萧楼,协律于沈韵。辉耀明堂之燎火,铿锵阶所之笙镛。陵古轹今,吁何盛欤!"①借用蒋伯超《评选四六法海序》中标举的"干、气、采、趣、味"等术语宣扬其理想中的骈文创作方法和风格特征。这种对清代骈文名家的整体性描述,不仅证明了当时骈文创作的繁荣,而且为后人研究清代骈文提供了理论资源。

第二节 晚清骈文家的骈文理论

所谓晚清骈文家,是指当时有骈文流传并且在时人心目中骈文创作成就很高的人,如李慈铭、谭献和王闿运等。他们的文学活动主要在光绪年间,此时为晚清骈文创作的兴盛期。李详云:"近时骈文,洪北江派最烈,龚定庵派蔓延海内,浙派又次之。而变化容甫派者,自谭仲修、赵㧑叔两先生外,闻者绝少。譬如常州,自以刘礼部集为善,而人仅尊二董一方为极则。吾哀吾扬州,又兼哀常州也。"②就指出了晚清骈文流派纷起,作者纷纭的情况。他们不仅创作骈文,而且多在笔记或日记中也评论骈文。这里以李慈铭和谭献为例,看看他们的读书笔记或日记中体现的骈文思想。

一、李慈铭《越缦堂读书记》中的骈文思想

李慈铭(1830～1894),浙江绍兴人。他具有鲜明的骈体文意识,云:"王渔洋尝欲选陆宣公、李卫公、刘宾客、皇甫湜、杜牧、孙樵、皮日休、陆龟蒙之文为八家。予欲以刘、皇甫、孙、皮、陆,更合元次山、独孤及、李习之、李

---

① 冯可镛:《谕骈》,《浮碧山馆骈文》卷一,浙江大学图书馆藏 1917 年铅印本。
② 李详:《与陈含光四函》,《李审言文集》,江苏古籍出版社 1989 年版,第 1058 页。

观、欧阳詹、刘蜕为十二家文,而以陆宣公、李卫公合王子安、杨盈川、张燕公、权文公为六家,盖皆以骈体见长者也。"①认为王士禛在选本中不区分古文和骈文的作法不合适。《越缦堂读书记》为李慈铭的读书笔记,主要记载了其阅读经史子集后的感受。其记录时间在咸丰、同治和光绪年间,关于骈文的内容主要在同治年间。

对于前代骈文,李慈铭崇尚六朝,基本肯定初唐四杰骈文,否定中晚唐骈文,特别是陆贽、李商隐骈文,认为其以气行文开宋四六门径,背离了骈文正宗:

> 余尝论四六虽大家所不经意,然初唐后竟失传。盖六朝人整炼者如白战见健儿,流丽者如簪花美女,其气息神韵,均不可及,又能不见堆垛之迹,如徐熙画梅,无一瓣复衍。王杨四子稍滞矣,然如王谢子弟,挥麈谈笑,总饶俊逸。燕许二公更弱矣,而短衣劲服,犹有古装。至陆宣公、李樊南全以气行文,大开宋人门径,如法师参禅,武将赋诗,时露山野气、风云色,自邻以后无讥矣。樊南尤长者,推祭诔诸文,然概以四字成句,率多浮词套语,余雅不喜此体。近周叔子(誉芬)极诋之,谓其出语庸劣,有并不及宋人者。今日细看数篇,乃知国朝如陈迦陵、吴蔺次诸家,直胎息如此,一经传法,已坠恶道矣。惟小文如《李长吉传》、《与令狐拾遗书》、《虱赋》诸作,固自佳;《为王茂元檄刘稹文》,亦不弱陈孔璋辈。义山极推崇昌黎《平淮西碑》,其作李卫公《会昌一品集序》,力仿之,而才实相远,芜词枝语,冲口而出;称颂处虽极用意,亦时有失体语,与郑亚改本相较,相去远甚,此君固非大手笔也。②

其中,对王杨骈文凝滞有点不满,对燕许大手笔文风"弱",陆贽、李商隐以气行文等都非常不满。清人对于唐代骈文虽然整体上评价不高,但对四杰及陆贽和李商隐,多为赞赏,少见如此激烈的批评。徐铉骈文形式工整,文

---

① 李慈铭:《越缦堂读书记》(五),由云龙辑,辽宁教育出版社 2001 年版,第 816 页。
② 李慈铭:《越缦堂读书记》(五),由云龙辑,辽宁教育出版社 2001 年版,第 851 页。

风清丽,情感真挚,李慈铭肯定其高秀整拔,哀感凄艳,当为五代宋初第一人。对于清朝骈文,李慈铭辩证看待胡天游,高度评价洪亮吉、汪中,正反评价方履籛和刘履芬等人。如评胡天游:"阅胡稚威文集,造句炼字,独出奇秀,惟散文终嫌有骈俪蹊径。然吾乡究推出一头地,未肯与文妖以下人并论也。其持论极服樊宗师而诋欧阳以下人,即所作可见。稚威文工于刻画,而纪事之法甚疏,故碑志诸作,体例乖谬,不胜指驳。如《赠太仆卿松江府知府周中鉽墓志铭》,竟不言其为山阴人;《句容县知县周应宿墓表》,言君特以其文,四方士无识不识率皆字谓君,而不着其葆山之字,其它大率类此。"①结合具体文章指出了胡天游为文的不拘故常,独辟蹊径的优势和纪事之法甚疏、体例不符合古代文体特征的缺点。对洪亮吉和汪中诗文加以赞赏:"阅《卷葹阁诗文》。予于近人最喜北江、汪容甫两家文字,不特考据精博,又善言情变,其处境亦多与予同也。"②对彭兆荪、方履籛、刘履芬的骈文也加以正负评价:"阅《小谟山馆集》及《思适斋集》,略校讹误。千里先生深于汉魏六朝之学,熟于周秦诸子之言,故其为文或散或整,皆不假绳削而自合。甘亭毕力于文,骈体自为专家,然工丽虽胜,而痕迹亦显,此文人、学人之别焉。"③评方履籛的《万善花室文集》:"其文博丽清缛,深于徐庾、王杨家法,不及董立方之警炼,而格韵超秀,则过之也。"④评价刘履芬的《古红梅阁骈文》:"文仅三十一篇,胎息于洪北江,简贵修洁,虽少力少弱,未宜长篇,而古藻盎然,善言情状。……是集中泗州傅桐所致一书,文亦古雅,论骈文家法,识议独高。"⑤都对各自骈文的典型风格,作画龙点睛式的概括,对于了解这些骈文家风格有指导作用。此外,李慈铭还对《国朝骈体正宗》、《八家四六文钞》、《四六丛话》的选文代表性及价值都加以批评,对于骈文研究都具有启发意义。因已经放到对应的骈文选本论述中,这里不赘述。

---

① 李慈铭:《越缦堂读书记》(五),由云龙辑,辽宁教育出版社2001年版,第953页。
② 李慈铭:《越缦堂读书记》(五),由云龙辑,辽宁教育出版社2001年版,第992页。
③ 李慈铭:《越缦堂读书记》(五),由云龙辑,辽宁教育出版社2001年版,第1024页。
④ 李慈铭:《越缦堂读书记》(五),由云龙辑,辽宁教育出版社2001年版,第1044页。
⑤ 李慈铭:《越缦堂读书记》(五),由云龙辑,辽宁教育出版社2001年版,第1076页。

二、谭献《复堂日记》中的骈文批评

谭献(1832~1901),原名廷献,字涤生,更名后字仲修,号复堂,浙江杭州人。谭献在《谕子书》中自言于经学嗜庄存与、庄述祖,于文章嗜汪中、龚自珍,于骈文嗜孔广森,诗歌嗜吴嘉纪、黄景仁,于词嗜纳兰性德、项鸿祚,因而成为清末经学、词学和骈文方面的名家。其论文主张不分骈散,但实际上反对桐城派门户之论,理论上偏向于骈。钱基博云:"谭氏论文章以有用为体、有余为诣、有我为归,不尚桐城方姚之论,而主张胡承诺、章学诚之书,辅以容甫、定厂(注:即定庵),于绮丽丰缛之中,存简质清刚之制,取华落实,弗落唐以后窠臼,而先以不分骈散为粗迹,为回澜。"①指出谭献文学观念以骈散交融为核心,但实际上偏向于骈。同光时期,骈散之争虽在理论上表现不激烈,但在创作上却有各自的偏好。如谭献所记载:

> 吾辈文字不分骈散,不能就当世古文家范围,亦未必有意决此藩篱也。不谓三十年来几成风气。约略数之,如谢枚如(章铤)、杨听胪(传第)、庄仲求、庄中白、郭晚香、孙彦清(德祖)、褚叔寅(成亮)、樊云门(增祥)、袁爽秋(昶)、诸迟菊(可宝)皆素交,新知则有朱又笏(启勋)、范中林(钟),近日始见蔡仲吹(麓)、王子裳(咏霓)之作;所造不同,皆是物也。至赵桐孙(铭)、张玉珊(鸣珂)、沈蒙叔、张子虞(预)、许竹篔(景澄)、李亚白(恩绶)、邓石瞿(濂)则主俪体,吴子珍(怀珍)、高昭伯(炳麟)、王子庄(菜)、董觉轩(沛)、方存之(宗诚)、方涤侪(昌翰)、萧敬夫(穆)、顾子鹏(云)、朱莘潜(彭年)则主单行,殆未易通彼我之怀矣。②

对于当时爱好古文和俪体的人加以详细说明,可见当时骈体文创作仍较繁荣。谭献终身崇尚《骈体文钞》,几次加以点评。其骈文批评主要体现在《复堂日记》和对李兆洛《骈体文钞》的文本点评中,分别代表了谭献对于清

---

① 钱基博:《复堂日记序》,河北教育出版社2001年版。
② 谭献:《复堂日记》,范旭仑、年晓明整理,河北教育出版社2001年版,第192页。

代骈文和汉魏六朝骈文的评价。这里主要谈其《复堂日记》的骈文思想。

《复堂日记》的撰写时间谭献都有明确记载,主要是同治和光绪年间所记。对于清代骈文选本,如《八家四六文钞》、《国朝骈体正宗》、《评选〈四六法海〉》、《骈体文钞》、《骈文类苑》、《后八家四六文钞》、《国朝常州骈体文录》等都加以点评,或从其选文风格,或从其整体特征,或从其作家考证等方面来立论,对于后人研究无疑具有启发作用。同时,谭献对于乾嘉同光时期的骈文作家别集,也有简要点评。总之,对于清代骈文别集和选本,结合具体的文章,加以正反评价,重点是负面评价,是《复堂日记》骈文批评的主要内容。如其云:

> 袁子才非不凄丽,而气散神苶,音响凡猥。《贺平伊里表》"在贞观之拒抗居,虽云量力;而建武之辞西域,终失雄图",意曲而笔弱。《与延绥将军书》"谁关铁牡,永靖铜驼",下句不可通。《卞忠贞墓碑》"见周武之封比干",使事不合,如云"见孝武之吊比干",则比博矣。《于忠肃庙碑》转接处皆举场经义音节。改吴庆伯《诸葛庙碑》中言"吴不救蜀"一段,于史事未究,向壁虚造,原本如此,亦不当袭谬。《孙公墓志铭》"房次律曳落河中"尤不合。右皆名作语句,又当文中着力处。偶摘论之,不误来学。①

客观地指出了袁枚骈文有的意思晦涩、文气羸弱以及隶事不严,向壁虚造的特点。又云:"仲瞿骈文隽桀廉悍,劲气直达;颇以才多为累,有点鬼簿之讥。仲瞿之病在过求生划,昨夕阅彭甘亭文,又嫌结调太熟。故知金玉其相,卓哉有斐,甚难其人;如仲瞿之熟于《史》、湘涵之深于《选》,固不易到。"②对王昙和彭兆荪肯定中有否定,而否定成为后人评价他们的重要参考标准。即使对于自己的朋友,谭献也是褒贬齐下。如:"亡友刘履芬彦清《古红梅阁遗集》,骈俪源于洪北江,而植体清素,不为恢张,有幽咽潜转之

---

① 谭献:《复堂日记》,范旭仑、年晓明整理,河北教育出版社 2001 年版,第 40 页。
② 谭献:《复堂日记》,范旭仑、年晓明整理,河北教育出版社 2001 年版,第 127 页。

妙;虽骨干差柔,音辞未亮,要自检点,情文不匮。"①指出刘履芬骈文清素、潜转之妙,但风骨不立、音辞未亮。刘履芬字彦清,浙江衢州人。其骈文色莹声清,不假雕饰,清丽纯质,但风骨不立,过于哀感顽艳。谭献又评胡念修《问湘楼骈文初稿》才清而婉,无俗调,但力尚弱;吴蔼骈文意主近人,圆美可诵,但古义稍失等,揭示了各自骈文特点和不足之处。

在清代骈文家中,谭献最推崇的是汪中、孔广森。"此事莫盛于乾嘉之际。五音繁会,如容甫八代奔走,如巽轩先后骏雄,殆难鼎足。洪北江文琢句最工,而渊雅之气渐减;然由涩得厚,亦第一义。"②评《八家四六文钞》云:"子才气秒,荀慈体弱,然邵则正宗雅器。读《述学》一过,每展卷,则心开目明,不自知也。如《释三九》、《自序》、《哀盐船文》、《宋世系表序》、《汉上琴台之铭》,振古奇作。《吊黄祖文》、《广陵对》、《黄鹤楼铭》、《荀子通论》次之。八家中可与抗颜,《戴氏遗书序》、《防护昭陵碑》而外,不多得也。"③对于袁枚、洪亮吉、邵齐焘等人的骈文褒贬合一,但对于汪中、孔广森则全是褒扬,还特别列举汪中的名作,认为骈文八家中几乎无人可敌。对于《国朝骈体正宗》卷七收录汪中的《兰韵轩诗集序》一篇不在《述学》中表示遗憾,认为该篇声色情采当世无两,为俪体奇作,为汪中文章的散佚而感叹不已。这使得他将汪中骈文视为典型,以之作为评价后人骈文的标准。如评张漪谷《悔庐文集》中骈文结响遒雅,志趣效法汪中;又认为张惠言骈文绵丽不让汪中、孔广森,但没有选入《国朝骈体正宗》,因而有遗珠之叹,等等,都是以汪中为评价对象。

对于前代骈文,谭献推崇傅亮、任昉,以之作为后世骈文风格的标准之一。如认为彭元瑞编《宋四六选》中的选文:"曲折而达,亦是一境界,源于季友、彦升者也。"④梅曾亮《柏枧山房骈文》:"清深婉约,殊近彦升、季友。伯言先生以桐城派古文名,乃骈俪成就如此,贤者不可测也。"⑤所以对于蒋

① 谭献:《复堂日记》,范旭仑、年晓明整理,河北教育出版社2001年版,第113页。
② 谭献:《复堂日记》,范旭仑、年晓明整理,河北教育出版社2001年版,第40页。
③ 谭献:《复堂日记》,范旭仑、年晓明整理,河北教育出版社2001年版,第80页。
④ 谭献:《复堂日记》,范旭仑、年晓明整理,河北教育出版社2001年版,第65页。
⑤ 谭献:《复堂日记》,范旭仑、年晓明整理,河北教育出版社2001年版,第333页。

士铨的《评选四六法海》，虽然肯定其所选骈文风格以顿挫跌宕为主，比原本精严，但是不满其独崇庾信，贬抑任昉的取向："蒋心余《评次四六法海》以开阖生动论俪体，固不刊之论，而独崇子山，不能识晋宋人散朗回复之妙，故于任彦升多所不满。此通人之蔽。救正陈、章、袁、吴流弊，亦砥柱狂澜矣。"①认为庾信骈文侧调宕词，繁简多失，情韵风骨，间有不逮徐陵处，因而蒋士铨尊庾太过，不识任昉骈文散朗回复之妙。同时，和李慈铭厌恶初唐以后的骈文不同，谭献虽然崇尚以任昉、傅亮文风为首的六朝骈文，但同样崇尚唐代骈文，特别是李商隐，所以他赞同钱振伦《示朴斋骈体文》"师法义山，纯用唐调；清典可味，固是雅才"②的特点。钱振伦为咸同间著名的骈文家，为文虽以六朝为尚，但同时不废唐代骈文，其《唐文节钞序》云："骈丽之文，以六朝为极则焉。迄仙李开基，晋阳纂服。体虽沿乎旧制，才已引其新机。大抵丘壑易寻，而持论较正，枝条稍简，而炼骨犹遒。"③推崇李商隐骈文"征典不出史传，而丽若天葩；言情或道家常，而甘回谏骨"④，因而取法唐人，特别是李商隐。此外，谭献评胡敬《崇雅堂集》中骈文纯用唐法，评方履籛骈文绵丽曲畅，足与开、天名手接武文坛等，评王诒寿《缦雅堂骈文》音节骨干不落李商隐之后，评吴藹骈文为唐人正脉，足以名家等都是以唐代骈文家来推举时人骈文，表现出其对唐代骈文的推崇。对于《骈体文钞》，谭献爱不释卷，研摹二十余年。因其有文专门评点《骈体文钞》，所以日记中虽几处提到该书，但新意不多。如评《骈体文钞》所录陆机的《连珠》"文小而曲尽事理，学骈文者以此为法，自无浮靡之失，乃不为谈古文者鄙夷"⑤就是反对浮靡文风的老生常谈了。

另外，指出清代骈文选本的不足和可以商榷之处，也为谭献骈文选本批评的重要内容。如云："《后八家四六》不知何人选，刻于甬上，张寿荣鞠龄序之。八家者，皋文（注：张惠言）、莲裳（乐钧）、仲瞿（王昙）、笠舫（王衍

---

① 谭献：《复堂日记》，范旭仑、年晓明整理，河北教育出版社 2001 年版，第 122 页。
② 谭献：《复堂日记》，范旭仑、年晓明整理，河北教育出版社 2001 年版，第 53 页。
③ 钱振伦：《示朴斋骈体文》卷一，清同治六年（1867）刊本。
④ 钱振伦：《再与弟笆仙书》，《示朴斋骈体文》卷三，清同治六年（1867）刊本。
⑤ 谭献：《复堂日记》，范旭仑、年晓明整理，河北教育出版社 2001 年版，第 80 页。

梅)、孟涂(刘开)、方立(董祐成)、申耆(李兆洛)、金亚伯(金应麟)也。予谓皋文、申耆不当入此集。如甘亭、山尊、方彦闻、沈西邕、姚梅伯及近人顾祖香(案:顾寿桢)、刘彦清、王眉叔皆足名家,似不能以八家限也。"①不仅指出了《后八家四六》辑录者的不确定问题,还认为张惠言和李兆洛不应该入选,因为其文体主要为古文。而彭兆荪、吴鼒、方履籛等人都足以抗衡后八家的人却没有入选,所以后八家不能概括嘉道间骈文家。这些都是在对清代骈文深入了解的基础上得出的结论,因而值得思考。姚燮编目的《骈文类苑》,在谭献时就逸四十余首,谭献对之评价不高:

> 姚燮梅伯选纂凌杂,不逮曾宾古、吴山尊。本书又不完,阙四十许篇,郭晚香尝写示搜访,不知目录中何以不列。张寿荣刻此书先成张皋文、乐莲裳、王仲瞿、王笠舫、刘孟涂、董方立、李申耆、金亚伯诸篇,坊间遂以《后八家》单行。予审定,随笔校正讹说,诚如落叶。似未付校勘,急于印行。予就其中不愧八代高文、唐以后所不能为者仅十五篇,目列后:纪昀《四库全书进表》、胡天游《拟一统志表》、《禹陵铭》、胡浚《论桑植土官书》、陆繁诏《吴山五公庙碑文》、吴兆骞《孙赤崖诗序》、袁枚《与蒋苕生书》、汪中《自序》、《汉上琴台之铭》、孔广森《戴氏遗书序》、阮元《叶氏庐墓诗文序》、张惠言《黄山赋》、《七十家赋钞序》、孙星衍《防护昭陵之碑》、乐钧《广俭不至说》。②

指出了《后八家四六文钞》和《骈文类苑》的"母子"关系及《骈文类苑》的版本错讹和遗漏有名骈文等问题;又从该书选录骈文中遴选出十五篇为八代高文。对陈均的《唐骈体文钞》也为其所选篇目遗漏了相关名篇而不满;对于彭兆荪编选的《南北朝文钞》、孙梅编撰的《四六丛话》等也是基本上否定。另外值得注意的是,谭献对于《国朝常州骈体文录》的编选者提出质疑:"汪穰卿以《常州骈体文录》示我。翻帋首尾。正月在杭得庄思诚肇庆

---

①　谭献:《复堂日记》,范旭仑、年晓明整理,河北教育出版社2001年版,第130页。
②　谭献:《复堂日记》,范旭仑、年晓明整理,河北教育出版社2001年版,第130页。

书,告我有此选,为吴翌宣孟棐与思脟同辑。吴君有序稿,亦雅令。今刻署
"屠寄静山"名,而庄、吴入参校姓氏。兹事体小,度乡曲传写,亦不必借先
哲以唉名。乃屠君一序远仿叔重,近学保绪,似以当大著作者,得毋齿冷
邪?"①否定其为屠寄所编,为后人研究开启了一个方向。尽管谭献对于清
代骈文选本和别集的批评理论深度和系统性不强,但对于深化清代骈文选
本和别集的研究,无疑具有开创性。其中很多观点都具有较大的合理性,可
以激发后人的思考。和李慈铭、谭献同时的王闿运是当时著名的骈文家,但
其骈文理论较少,主要是重复乾嘉骈散之争中以骈文为文章正宗的余绪,强
调"复者文之正宗,单者文之别调",这里不再赘述。

　　此外,皮锡瑞(1850~1908)为晚清骈文大家和经学大师。其学术文章
多以骈文撰写,重演了乾嘉时期汉学家兼善骈文的一幕。张舜徽云:"抑锡
瑞穷经之外,兼善词章,而骈文尤有名。王先谦选入《骈文类纂》者,多至九
十六篇。其中如《尚书大传疏证自序》、《尚书中候疏自序》、《史记引尚书考
自序》、《六艺论疏证自序》、《鲁礼禘祫志疏证自序》、《驳五经异议疏证自
序》诸篇,悉以华词发其朴学,略与孔广森同揆,固非不学之词人所易学步
者也。"②在皮锡瑞学生为其骈文所作序中,也发表了对创作骈文的看法。
贺赞元云:"作者日鲜,善体斯难,或失之繁,或失之实。繁则丽藻过绮,累
而不飞;实则骨干太清,陋而不韵。"③指出当时骈文创作或失之繁,或失之
实的现象,其原因在于背离了经学和骈文的正面融合关系,所以赞扬皮锡瑞
能融合两者,可以媲美洪亮吉和胡天游。徐运锦也说:"国朝右文越古,雅
化作人。大可艳发于萧山,竹垞鹰扬于秀水,巽轩仪郑,焕乎有文;稚存卷
施,卓而大雅。类皆探真源于经艺,辟康庄于词林。萃案断之专家,缵往籍
之绝学。"④用清朝骈文家经学、骈文兼盛来论证骈文与经学的紧密关系,是
晚清骈文理论中的重要观点。

---

①　谭献:《复堂日记》,范旭仑、年晓明整理,河北教育出版社 2001 年版,第 345 页。
②　张舜徽:《清人文集别录》卷二十三,中华书局 1963 年版,第 624—625 页。
③　贺赞元:《师伏堂骈文二种·序》,《续修四库全书》第 1576 册,第 266 页。
④　徐锦熙:《师伏堂骈文二种·序》,《续修四库全书》第 1576 册,第 267 页。

第三节 朱一新"潜气内转,上抗下坠"论

晚清骈文理论一个最大的突破是"潜气内转,上抗下坠"的出现。这不仅是骈文家分析、把握骈文文体特征的结果,更是对古文家批评骈文不讲究文气的反驳。"潜气内转"用于形容骈文最早见于谭献的《复堂日记》,而首先用于揭示骈文特征的则是朱一新的《无邪堂答问》。

朱一新(1846~1894),字蓉生,号鼎甫,浙江义乌人,晚清学者。同治九年(1870)举人,光绪二年(1876)进士,为翰林院庶吉士,散馆,授编修。光绪十五年,受张之洞延请至广东广雅书院讲学。他倡导先读书而后考艺,重实行而屏华士。将学院科目分为经、史、理、文四科,可知其经世致用之心。在学术上同样主张汉宋兼采:"若狂者,若狷者,皆载道之器;若汉学,若宋学,皆求道之质。分茅设蕝,既已隘其耳目,而似是而非者乱焉,好为新异者复乱焉。"①光绪十八年,在广雅书院他回答学生提问的语言汇纂成《无邪堂答问》并刊行。该书涉及内容广泛,包括政治、经济、军事、文化和教育等。其中,直接对骈文的论述虽然只有两处,但内容丰富,包含骈文发展史、骈文创作方法和骈文风格特征等方面,在晚清骈文理论中具有总结性和突破性。

一、司马迁和司马相如:散体之宗和骈体之祖

寻根问祖是中国古代文化和文学中根深蒂固的观念,所以古人常说文本五经,源于经典,锺嵘《诗品》才会将魏晋诗人的诗风来源追溯到《国风》、楚辞等。对于以复兴儒道为己任的古文家来说,"吾之道,孔子、孟轲、扬雄、韩愈之道;吾之文,孔子、孟轲、扬雄、韩愈之文也"(柳开《应责》),将古文之源追溯到孔子,更加有利于拉扯虎皮做大旗,但毕竟以孔子之语录为古文之源难以服众,于是后人就有将古文之祖追溯到司马迁的。如乾隆年间

---

① 朱一新:《无邪堂答问自序》,《无邪堂答问》卷首,吕鸿儒、张长法点校,中华书局 2000 年版。

张秉直《文谈序》云："司马氏开阖抑扬,纵横变化,不可羁勒,故为文章之祖。班氏起而绍述之,整而能散,赡而有体,言文章者遂以二家为正宗。"①这里的"文章之祖"中的"文章"开阖抑扬,纵横变化,其指向当然为古文;班固"整而能散,赡而有体"则偏向于骈体,显然,这里将司马迁和班固两家视为文章之正宗。这比视儒家经典为后世文章之祖要更加贴近文学实际。但班固能否成为骈体之宗,还存在疑问,毕竟其代表性的文章为《汉书》,而《汉书》清人一般把它和《史记》视为古文之祖的。

嘉道年间先后相隔不久问世的《古文辞类纂》和《骈体文钞》是当时文章学领域中古文选本和骈体文选本的典型代表。其实李兆洛编选骈文选本时就有和姚鼐古文选本抗衡的意味②,两书刊刻后引起后学对骈散关系的困惑,朱一新在解疑答惑中鲜明地提出了"散体之宗"和"骈体之宗"概念,较以往立论更加清晰,指向更加明确,影响也更大。"《古文辞类纂》流别甚精,其斥萧《选》为破碎,允否?《骈体文钞》谓凡文必偶,欲引学者由骈以复古,有所矫而言否?"③针对其学生的疑惑,朱一新答曰:"若姚氏斥萧《选》为破碎,是固有之。萧《选》兼宗周秦以下之作,体制不同,有雄伟者,有啴缓者,要莫不有浓郁之味。桐城所短,乃正在此,亦不必是丹非素也。古人本不分骈散,东汉以后骈文之体格始成,唐以后古文之名目始立,流别虽殊,波澜莫二。李氏志在复古,斯选绝精。其自制文亦多上法东京,力宗崔蔡,骈文境界之最高者。(原注:《养一斋集》非自定,故甚芜杂。西京之文莫盛于两司马。史公源出《左》、《国》,长卿源出《诗》、《骚》,皆以气为之主。气有毗阳、毗阴之分,故其文一纵一敛,一疏一密,一为散体之宗,一为骈体之宗,皆文家之极轨。班、扬多学相如,崔、蔡学班、扬,而气已渐薄,遂成骈偶之体矣。)第初学,先知骈散之分,乃能知骈散之合。诸生课艺,间有不古不今,绝无文律者,未必非学步邯郸,有以误之。若李氏之言,故非矫也。(有阳则有阴,有奇必有偶,此自然之理。古文参以排偶,其气乃厚,马、班、韩、柳

---

① 王水照编:《历代文话》第五册,复旦大学出版社 2007 年版,第 5060 页。
② 参见曹虹《阳湖文派研究》,中华书局 1996 年版。
③ 朱一新:《无邪堂答问》卷二,吕鸿儒、张长法点校,中华书局 2000 年版,第 87 页。

皆如此,今人亦莫不然,日由之而不知耳。然非骈四俪六之谓。凡文必偶,意虽是而语稍过,若《揅经室集》诸论则偏矣。……)"①朱一新承认《文选》"破碎",但此非姚鼐之贬义"破碎",而是指《文选》体制丰富,风格多样,而具有浓郁之味。而桐城之短就在于以"义法"自限,题材和体裁都单调乏味。又从古人不分骈散来,自汉两司马处,骈散才开始异水分流,其根源则一。因而李兆洛选文上法东京以复古并不是矫枉过正,而是推源溯流。在自己的注释中,朱一新对散体和骈体行文特点作了深刻的归纳,即"一纵一敛,一疏一密",准确地指出了散体文随意生,纵横恣肆,骈体复意双行,含蓄内敛,因而分别具有疏放和密丽的特点。对于魏晋雅洁浓郁,骈散合一的文章,朱一新也十分欣赏:"容甫酝酿较深,笔敛而不敢纵,故雅洁而浓郁。但文得苍莽雄俊之气者贵,专效此体则边幅易窘,或谓由此可以上窥魏晋,合骈散而为一是也。惟魏晋文气疏宕,容甫如深闺名媛,举止矜贵,所乏者林下风耳。至其叙事诸作,并未改八家面目,而故为大言,卑视韩柳,此乃英雄欺人,学者毋为所吓。"②故他也认为阮元将骈文定为文之正宗,古文不得为文等观点偏激。在其自注中,朱一新认为"古文参以排偶,其气乃厚",实际上是肯定排偶的力度。

司马迁和司马相如为西汉时代文章大家,各有所长,影响久远:"然迁为文雄直顿挫,以风骨胜相如;相如之文沉博绝丽,特以词采敌迁。东京班、扬与西汉之邹、枚、王褒皆可与相如颉颃,而迁之文章千载无匹,况其作史,经世之才与学识,《左》、《国》、《战策》而外亦未有与之俪俦者,虽韩、欧、苏轼之为文章,亦第能步其后尘而已。"③朱一新将司马迁和司马相如视为散文和骈文之宗,不管是否准确,但对后人影响较大。刊行于1914年的章廷华《论文琐言》有云:"西京之文,莫盛于两司马。史公源出《左》、《国》,长卿源出《诗》、《骚》,皆以气为之主。气有毗阳毗阴之分,故其文一纵一敛,一

---

① 朱一新:《无邪堂答问》卷二,吕鸿儒、张长法点校,中华书局2000年版,第88—89页。
② 朱一新:《无邪堂答问》卷二,吕鸿儒、张长法点校,中华书局2000年版,第88页。
③ 邓绎:《藻川堂谭艺·唐虞篇》,王水照编:《历代文话》第七册,复旦大学出版社2007年版,第6135页。

疏一密,一为散体之宗,一为骈体之宗,皆文家之极轨。"①与陈千秋、梁启超并称为康有为高弟的罗惇曧云:"西京巨子,溯两司马。子长原出《左》、《国》,俊宕其神;长卿系出《诗》、《骚》,丽密其体。别其外貌,未能强同。要其材力冠绝,通闶相征,一为散体之宗,一为骈文之祖。"②都基本上是照抄朱一新论文话语,可见他们对此的认同。

二、潜气内转,上抗下坠

另一问为:"骈文导源汉魏,固不规规于声律对偶。百三家时有工拙,惟徐庾能华而不靡,质而不腐。取法贵上,似当以风骨为主。《骈体正宗》,多作棘吻语。文之古与不古,当论气格。虽有拗句,亦行乎不得不行,何诸家有未尽然耶?陈检讨混成富健,尤西堂倾筐倒箧,要非俭腹所能。洪北江气极畅茂,吴圣征(注:吴锡麒)稍觉婉弱,而曾选乃首西河。西河正多棘吻,窃昧于从入矣。愿略举学骈文之要。"③表明了当时人对于骈文声律、对偶特征及风格宗尚等的困惑,以至于学习骈文而不知所从。对此,朱一新首先就骈文发展历史、源流答曰:

> 骈文萌芽于周秦,具体于汉魏,沿及初唐,袭其体制,韩、柳复古,斯道寖微,至宋而体格一变矣。天地之道,有奇必有偶。周秦诸子之书,骈散互用,间多协韵,六经亦然。西京扬马诸作,多用骈偶,皆已开其先声。顾时代递降,体制亦复略殊。同一骈偶也,魏晋与齐梁异,齐梁与初唐异。同一初唐、齐梁也,徐庾与任沈异,四杰与燕许异。(六朝文气骫骳,自是衰世之作。但学骈体,不能不宗之。汉文为骈俪之祖,崔蔡诸公体格已成。建安近东汉,西晋近建安,故魏晋自为一类,东晋与刘宋自为一类。永明以后,益趋繁缛,至萧梁诸帝王之作,而靡丽极矣。文章关乎运会,东汉清刚简质,适如东京风尚。建安藻绘而雄俊,魏武偏霸,才力自与六代不

① 王水照编:《历代文话》第九册,复旦大学出版社 2007 年版,第 8395 页。
② 罗惇曧:《文学源流·总论》,文载《国粹学报》第 2 卷第 17 期(1906 年)。
③ 朱一新:《无邪堂答问》卷二,吕鸿儒、张长法点校,中华书局 2000 年版,第 89 页。

同。晋宋力弱,特多韵致,亦由清谈之故。其体较疏,犹有东汉遗意。至永明则变而日密,故骈文之有任沈,犹诗家之有李杜也。李存古意,杜开今体,任沈亦然。任体疏,沈体密,梁陈尤密,遂日趋于绮靡。惟北朝文体稍正,而不为南朝所重,北人亦自愧弗如,盖是时群以繁丽相尚也。物极必反,至徐庾而清气渐出,庾尤清于徐,遂为骈体大宗。六朝文如干令升、范蔚宗,诗如左太冲、陶靖节、鲍明远,皆不为风气所囿,故可贵也。)徐庾清新富丽,诚为骈文正轨,然已渐趋便易。厥后变而为四杰,再变而为义山,又变而为宋人。故义山者,宋人之先声也。(宋人章奏多法陆宣公,宣公降格以从时,源亦出于东汉。)宋人名骈文曰"四六",其名亦起于义山。(见樊南《甲乙集自序》)四字六字相间成文,宋、齐以下,乃如此。其对偶亦但取意义联贯,并不以骈四俪六、平仄相间为工。永明以前,本无四声之说,要其节奏自然,初无所为钩棘也。六代、初唐语虽襞积,未有生吞活剥之弊,至宋而此风始盛。(此不可学,宋文佳处不在此。)然宋文之佳者,固自不可磨灭,飞书驰檄,其体最宜。(彭文勤有《宋四六选》,其自作经进文亦多类此。体格虽卑,取其易晓。)①

对骈文的文体特点和演变过程,作了较为详细、准确的论述,为历来骈文史论述的集大成。无论是其对偶、声韵还是句式等,朱一新都表明了自己任其自然的取向,也回答了学生关于骈文文体特征的疑问。特别是对于宋四六,清人普遍是鄙视。但他肯定宋四六中飞书驰檄的成就,表明了其客观态度。对于文中提到的清朝骈文家风格取舍和《国朝骈体正宗》首篇排序问题,朱一新也详细解释:

> 国朝古文不竞,……而工骈文者独多。胡稚威、洪稚存、汪容甫、邵叔宝、董方立诸人,其最也。陈、吴为应酬文所累。(明末四公子,以王、谢子弟自拟。其年濡染家学,《南史》最熟,文亦如之。

---

① 朱一新:《无邪堂答问》卷二,吕鸿儒、张长法点校,中华书局2000年版,第89—90页。

其摹仿邺下诸作，虽嫌太似而功力甚深，刻全集时，乃以此入于古文，遂为程叔恭注本所遗。其年古文不入格，独此数篇为佳，曾选取之是也。毂人自是清才，体格太弱。汪、洪并称，洪不逮汪之厚，汪不逮洪之奇。洪文疏纵，汪文狷洁，邵文清简，皆可想见其为人。）西堂熟于骚、选，拟骚及游戏文独工，虽或有伤大雅，以之启发初学则可。（袁简斋才笔纵放，胜于荔裳诸人，惟根柢不深，偶用古语，多成赘疣，若《修于忠肃庙碑》之类，故是杰作。（庙碑用辨难之体，虽非古法，犹或可为，若吴巢松《祭吴季子文》亦用之，则误甚。）曾选之佳者，尚有刘圃三、王芥子、孙渊如、吴山尊、彭甘亭、刘芙初、吴巢松、乐莲裳诸人。甘亭选学最深，亦颇为选所累。拮掎太多，真气不出，要是骈文正宗。芙初、巢松诸人，婉约峭蒨，致足赏心，而文气已薄。孙、王才高，未竟其所学也。（文章未论工拙，先论雅俗。如莲裳《答王痴山书》有云："眼与碧流，意将红断"，欲学齐梁，乃落俗调。凡此皆可类推。）曾选之首西河，盖以时代为次。西河不以骈文名，而颇合六朝矩矱，整散兼行，并非钩棘。（如《沈云英传》入后人手，易为呕哕恶语，此独无之。《平滇颂》用唐人李元宾、吕和叔文体，锻炼未纯，而笔力高迈。）惟才力薄弱者，苟欲为此，易至举鼎绝膑，不若效徐庾、义山一派，可免举止羞涩也。（曾选中，如郭频迦诸人，故为拗体，笔意似雅，边幅甚窄。此外，若王仲瞿，虽有奇气，乃野狐禅。姚复庄欲开生面，亦颇犯此弊。）①

对曾燠所选骈文名家风格，朱一新选择性地加以评价。认为陈维崧、吴绮为应酬性骈文所累而影响其成就；吴锡麒骈文体格太弱；用"厚"、"狷洁"与"奇"、"疏纵"分别概括汪中和洪亮吉骈文；邵齐焘"清简"；袁枚"才笔纵放"而"根柢不深"；彭兆荪骈文为选学所累等都为精要之见。至于毛奇龄为何排列《国朝骈体正宗》之首，朱一新解释是以时代先后排序，结合该书后面所列篇目知为事实。而毛奇龄的骈文整散兼行，切合六朝骈文纵横捭

---

① 朱一新:《无邪堂答问》卷二，吕鸿儒、张长法点校，中华书局 2000 年版，第 91—92 页。

阃的特征,也是朱所理想的骈文状态。但骈散兼行不易学,所以主张学生还是学徐庾、义山一派。接着,朱一新表达了对于骈文的审美期待:

> 骈文自当以气骨为主,其次则词旨渊雅,又当明于向背断续之法。向背之理易显,断续之理则微。语语续而不断,虽悦俗目,终非作家。(公牍文字,如笺、奏、书、启之类,不得不如此,其体自义山开之。)惟其藕断丝连,乃能回肠荡气。骈文体格已卑,故其理与填词相通。(文与诗异流而同源,骈文尤近于诗,倚声亦诗之余也。风、雅本性情之事,惟深于情者,乃可为诗。特用情有邪正之不同,温柔敦厚,诗教也;缘情绮靡,非诗教也。至如雍容揄扬之作,铿锵镗鞳之词,源出于颂,别是一格。以骈文论,则曾选中刘圈三最工此。)潜气内转,上抗下坠,其中自有音节,多读六朝文则知之。(四杰用俳调,故与此异,燕许尚皆如此,至中唐后而始变。)国朝精于此者,惟稚威、叔宝、汪、洪诸家,亦时有之。巽轩以下,文虽工而此意则寡矣。[①]

强调骈文当"以气骨为主",其次才追求"词旨渊雅"以及行文向背、断续之法。而骈文的气骨和行文断续之法则要通过"潜气内转,上抗下坠"来体现,六朝骈文就是此种风格和创作方法的典型代表。所谓"潜气内转"是指文意的承转,无须借助虚词的提示,自然而不生硬。而"上抗下坠",是指骈文对偶的上下两句,音节音调和文气要有起伏跌宕,前有浮声,后需切响,平仄调谐,这样才能形成抑扬顿挫的气势。"上抗下坠"中的抗和坠,最早来源应是音乐描绘语言。《礼记·乐记·师乙篇》有云:"故歌者,上如抗,下如队,曲如折,止如槁木,倨中矩,句中钩,累累乎端如贯珠。"嘉庆五年(1800)包世臣《答张翰凤书》用"抗坠"来形容李白、杜甫诗歌特征:"三唐杰士,厥有七贤。郑公(魏征)首赋'凭轼',少保(李峤)续咏'临河',高唱复古,珍比素丝。伯玉(陈子昂)之骈宕,子寿(张九龄)之精能,次山(元结)之柔厚,併具炉冶,无偭高曾,抗坠安详,极于李杜。所谓一字一句,若

---

① 朱一新:《无邪堂答问》卷二,吕鸿儒、张长法点校,中华书局 2000 年版,第 92 页。

奋若搏,彼建安词人不得居其右者矣。"①虽然没有详细精确阐释"抗坠"的含义,但从中可见其包含字句音调的起伏跌宕。吴曾祺《涵芬楼文谈·切响》也云:"不知音声一道,其疾徐高下,抑扬抗坠之分,不独有韵之文有之,即无韵之文亦有之,特寄之有韵之文者,其得失易见;寄之无韵之文者,其得失难知。"②其中"抗坠"含义明显也是指音调的抑扬顿挫。刘师培《文说》"和声"中明确"抗坠"的含义是指音调轻重交错变化:"然音学愈明,斯文韵愈密。……推之沈宋之诗,音中群雅;温李之文,势若转圜。或拗韵以协声,或激昂以竞响。然调有缓急,音有抗坠,科律所设,不可诬也。"③"调有缓急,音有抗坠"对偶互文,其实就是说音调的抗坠缓急。

"潜气内转"原文来源于繁钦《与魏文帝笺》:"潜气内转,哀音外激;大不抗越,细不幽散;声悲旧箛,曲美常均。"④这里繁钦借以描绘一个驾车小童的美妙歌喉,强调其唱歌时能够控制自己的气流强弱和音调高低,从而使得歌声低沉浑厚而不幽散,情感悲怆而韵律协调。曾国藩(1811～1872)在评价欧阳修《释秘演诗集序》时就引用"潜气内转":"欧公《惟俨集序》纯以转掉做起落之势,是极意学退之文字,而未极自然神妙之境。《秘演序》直落直转、直接直收,具无穷变化,纯是潜气内转,可与子长诸表参看。"⑤《释秘演诗集序》是标准的散体古文,如其中一段叙述秘演诗特征的一段为"夫曼卿诗辞清绝,尤称秘演之作,以为雅健有诗人之意。秘演状貌雄杰,其胸中浩然。既习于佛,无所用,独其诗可行于世。而懒不自惜,已老,胠其橐,尚得三、四百篇,皆可喜者。"无一对偶,句式自由,"直落直转,直接直收"为曾国藩"潜气内转"的主要含义。但这在古文评论中影响不大。而"潜气内转"的本意主要是指唱歌运气转折方式的内倾及所带来的歌声浑厚内敛的效果,这也可以从稍早于朱一新的谭献话语中看出来。谭献在《〈续骈体正

---

① 包世臣:《艺舟双楫·论文》卷一,王水照编《历代文话》第六册,复旦大学出版社 2007 年版,第 5196 页。

② 王水照编:《历代文话》第七册,复旦大学出版社 2007 年版,第 6585 页。

③ 王水照编:《历代文话》第十册,复旦大学出版社 2007 年版,第 9536 页。

④ 萧统:《文选》,岳麓书社 2002 年版,第 1249 页。

⑤ 薛福成:《论文集要》卷三引,王水照编《历代文话》第六册,复旦大学出版社 2007 年版,第 5809 页。

宗〉序》中云：“夫车子一歌，潜气内转，中旗动操，用志不纷。士有蕉萃失职，婉约言情，单词不足鸣哀，独思岂能无俪？登山临水，秋士将归，群莺杂华，春人望远，发过人之哀乐，妙天下之语言。”①虽仍用之形容歌声，但已有向骈文批评转化的趋势。“单词不足鸣哀，独思岂能无俪”与之有明显的关系。排偶的骈文善于言情，特别是悲情的特点在六朝发挥得淋漓尽致，影响也是深入人心。运单成复的表达方式，如同歌曲演唱的重复或回环，能更加加重所要表达的情感，从而达到动人心扉的效果。谭献还将此语借用到词学批评上。如其评辛弃疾《水龙吟·登建康赏心亭》：“裂竹之声，何尝不潜气内转。”②朱一新借用到骈文批评上，更加适合骈文形式对偶，文风典雅内敛的特征。在表达效果上，“潜气内转”无疑造成了骈文文气流畅和润物无声的特征。这就有力的反拨了古文家批评骈文凝重呆滞的观点，也是乾嘉以来骈文理论追求“气”、“风骨”的自然结果。此后，“潜气内转”就成为骈文理论中的重要话语。

王先谦云清代骈文“参义法于古文，洗俳优之俗调。选词之妙，酌秾纤而折中；行气之工，提枢机而内转。故能洸洋自适，清新不穷。俪体如斯，可云绝境”③就暗用潜气内转的含义。清末骈文大家李详论骈文时就以之为准的，如评价汪中《述学》云：“年十九，遇袁淡生于扬州，手持《述学》，新购之淮南书局。余假读之，谓能潜气内转。”④评六朝骈文云：“六朝俪文，色泽虽殊，其潜气内转，默默相通，与散文无异旨也。”⑤明显受到朱一新的启发而来。和李详同时的另一位骈文大家孙德谦，更是“潜气内转”说的欣赏者，也是对“潜气内转”的内涵加以明确阐释的传播者。其云：

> 余三十之年，喜读此书（注：指《骈体文钞》），则玩其词藻耳。
> 久之乃觉六朝文字，其开合变化有令人不可夺者，顾其时心能喻之

---

① 谭献：《复堂类集·文》卷四，《丛书集成续编》第161册，台北新文丰出版公司1989年版，第109页。

② 谭献：《复堂词话》，唐圭璋《词话丛编》，中华书局1986年版，第3994页。

③ 王先谦：《骈文类纂后序》，浙江古籍出版社1998年版，第26—27页。

④ 李详：《汪容甫文笺序》，《李审言文集》，江苏古籍出版社1989年版，第275—276页。

⑤ 李详：《答江都王翰棻论文书》，《李审言文集》，江苏古籍出版社1989年版，第1061页。

而口不能道,但识其文之隽妙而已。及阅《无邪堂答问》,有论六朝骈文,其言曰:"上抗下坠,潜气内转"(注:原顺序相反),于是六朝真诀,益能领悟矣。盖余初读六朝文,往往见其上下文气似不相接,而又若作转,不解其故。得此说,乃恍然也。试取刘柳之《荐周续之表》为证:"虽汾阳之举,辍驾于时艰;明扬之旨,潜感于穷谷矣。"上虽用"虽"字,而于"明扬"句上并无"而"字为转笔,一若此四语中,下二语仍接上二语而言,不知其气已转也。所谓"上抗下坠,潜气内转"者,即是如此。每以他文类推,无不皆然。读六朝文者,此种行文秘诀,安可略诸?①

将"潜气内转"阐释为上下联之间文气的接续,即隔句对中间不用虚词明转,而文意、文气已转的行文方式。这种意思孙德谦反复阐释,如:"文章承转上下,必有虚字。六朝则不然,往往不加虚字,而其文气已转入后者。……故读六朝人文,须识得潜气内转妙诀,乃能承转处迎刃而解,否则上下语气,将不知其若何衔接矣。"②王蘧常在孙德谦的行状中,也认为他受到"潜气内转"的影响而创造"血脉"之说,"血脉者,以虚字使之流通,亦有不假虚字而气仍流通者,乃在内转。"③其中"不假虚字而气仍流通者,乃在内转"就是对"潜气内转"的解释。除了对"潜气内转"的解释外,孙德谦还将之作为六朝骈文的代表性特征而崇尚:"夫文无骈散,各具攸能。六代之中,苟驰夸饰,士恢病其华伪,彦和谓之讹新,则亦有也。其善者为之伏采旁流,得比兴之妙。潜气内转,极抗坠之能手。桓所谓辞义典雅,足传于后者矣。④"至如宋(注:刘宋)来骈体,秀采外扬,潜气内转,往往寻变入节,极抗坠之能。"⑤比孙德谦、李详晚生二十几年但早卒的刘师培,同样对于"潜气内转"较为推崇。其"论文章之转折与贯串"中评傅亮和任昉"两君所作章

---

① 孙德谦:《六朝丽指》,四益宦 1923 年刻本,第8—9页。
② 孙德谦:《六朝丽指》,四益宦 1923 年刻本,第35—36页。
③ 王蘧常:《清故贞士元和孙隘堪先生行状》,《四益宦骈文稿》卷首,民国上海瑞华印务局刊本。
④ 孙德谦:《吴郡骈体文征序》,《四益宦骈文稿》,民国上海瑞华印务局刊本。
⑤ 孙德谦:《复王方伯论骈文书》,《四益宦骈文稿》,民国上海瑞华印务局刊本。

表诏令之类,无不头绪清晰,层次谨严,但以其潜气内转,殊难划明何处为一段何处转进一层,盖不仅用典入化,即章段亦入化矣。"①"各家总论"中认为任昉与傅亮文章:"且其文章隐秀,用典入化,故能活而不滞,毫无痕迹;潜气内转,句句贯通:此所谓用典而不用于典者也。今人但称其典雅平实,实不足以尽之。"②钱基博《骈文通义》也云:"此体自以六朝为准,而'潜气内转,上抗下坠',斯尤片言居要,可谓一字千金,信足树斯文之典型,而以发六朝之秘响者也!"③

当然,"潜气内转"成为清末民初评价骈文的重要话语,但是古文和骈文本质相通,它们一起组成了古代文章,故清末民初的古文领域和文章领域都可见到"潜气内转"的评价话语,但相对于骈文领域则要少多了。如林纾《文微》中三次提到"内转":"文笔之最难者即内转。内转即潜气之谓,凡省闲言空调,承转曲折,不按常法是也。此唯韩欧能之,庄生最擅胜场。(羲胄闻诸师曰:内转不必用虚词。)""《离骚》辞藻觉极复叠,而其神意内转,极有作用。""汉人之文,处处内转,而以大气包举,浩浩乎若黄河之水天上来也。故人每每觑之弗透,其与唐宋人文可以按法而索迹者,则万万不同。"④其"内转即潜气之谓",即说明其就是在用"潜气内转"评文。民初章廷华《论文琐言》也云:"文章须有内转工夫。内转即'沈'字诀也。然必能蓄缩,而后能内转。"⑤更是将"内转"由骈文移植到所有文章,使之与'沈'、含蓄等行文特点有关,进一步拓展了"潜气内转"的话语空间。

由于"潜气内转"对于骈文特征的高度概括性和在清末民初的广泛认同性,使得其成为后来研究者公认的骈文特征的典范概括,具有巨大的理论价值。正如奚彤云所说:"我们应当充分重视'潜气内转'一语的批评价值,

---

① 刘师培:《汉魏六朝专家文研究》,陈引驰编校:《刘师培中古文学论集》,中国社会科学出版社1997年版,第121页。

② 刘师培:《汉魏六朝专家文研究》,陈引驰编校:《刘师培中古文学论集》,中国社会科学出版社1997年版,第114页。

③ 莫道才编著:《骈文研究与历代四六话》,辽海出版社,中华书局2005年版,第490页。

④ 王水照编:《历代文话》第七册,复旦大学出版社2007年版,第6531页、第6540页、第6555页。

⑤ 王水照编:《历代文话》第九册,复旦大学出版社2007年版,第8391页。

它是清代骈文批评经历了三百年之久而结出的一个硕果。为了证明骈文存在的合理性，清代批评家从自然现象（阴阳奇偶等）、儒家经典、批评传统和文章发展史等各方面寻找根据，但最终必须落实到某种艺术特质，为骈文所独具，而为古文所难以具备，这样才能完成骈文存在之合理性的论证。"①当代骈文研究者，如张仁青、莫道才和于景祥等人的骈文专著中，无不引用"潜气内转"作为其骈文评价的重要标准。

第四节 晚清骈文选本

清代骈文选本较为丰富，成书于光绪二十五年（1899）的《问湘楼骈文初稿》中有云："国朝力起厥衰，名家专稿，充栋盈车。于是全椒前驱，肇八家之选；南城结轨，订正宗之编，然求其美备，则复庄《类苑》后来居上焉。"②对《骈文类苑》评价比《八家四六文钞》及《国朝骈体正宗》要高，可视为一家之言。但从中可见骈文创作的繁荣刺激了骈文选本的诞生这一事实。咸丰、同治年间，时间短暂，加上国家动荡不安，骈文流行的江浙一带受到太平天国运动的沉重打击，创作成就整体上不高。在选本上，虽有姚燮编目的《皇朝骈文类苑》，但没有完成和刊行，因而咸同时期没有现存的骈文选本传世。到光绪年间，因时间较长，加上处于封建社会末期，各类文体都不自然地"回光返照"，骈文和骈文选本也较为兴盛。选本方面，先后有张寿荣编选的《后八家四六文钞》、张寿荣整理、姚燮编目的《皇朝骈文类苑》、张鸣柯编选的《国朝骈体正宗续编》、王先谦编选的《国朝十家四六文钞》、屠寄编选的《国朝常州骈体文录》以及王先谦编选的《骈文类纂》。这些骈文选本主要是对清代骈文加以选评，有的甚至从地域文学的角度，对当时骈文加以收录，丰富了骈文选本的内容和形式。

---

① 奚彤云：《清嘉庆至光绪时期沟通骈散的骈文理论》，《南京师范大学文学院学报》2005年第3期。

② 胡念修：《四家纂文叙录汇编序》，王水照编：《历代文话》第七册，复旦大学出版社2007年版，第6216页。

一、续编或注释：乾嘉骈文选本的直接继承

乾嘉道时期，骈文创作和理论取得了很大成就，代表了清代骈文的最高峰。在这种情况下，对此时骈文选本的续编或注释，就成为晚清骈文选本的重要内容，《后八家四六文钞》、《国朝骈体正宗续编》和《八家四六文注》可为代表。

光绪七年（1881），张寿荣编选的《后八家四六文钞》八卷刊行。张寿荣，字鞠龄，浙江宁波人，同治九年举人。有《舫庐文存内集》四卷、《外集》一卷、《余集》一卷，其中《余集》为骈文。《后八家四六文钞》选文宗旨崇尚吴鼒，自序云：

> 昔吴山尊氏手录骈体文，凡八家，刊以问世。世之为词章之学者，读之，玩之，咸取资焉，而有以得手法之所在，至于今且宗尚弗衰。……山尊氏之言曰：捃撦虽富，不害性灵；开阖自如，善养吾气，明乎法之攸存也。又其于《仪郑堂文》有取乎托体尊而去古近，于《玉芝堂文》有取乎绮藻丰缛之中，存简质清刚之制，于《小仓山房集》谓文之稍涉俗调与近于伪体者皆不录。剖辨乎法，明白晓畅，学者可以得夫指归矣。则循是而为后八家文之选，要仍不离乎前八家之法，庶乎其足尚焉。①

点明了其选文讲究性灵、文气，在绮丽辞藻中，存简质清刚之制，排斥俗调和伪体。所谓后八家指张惠言、乐钧、王昙、王衍梅、刘开、董祐诚、李兆洛和金应麟，都为嘉道年间骈文家。除了王衍梅名气较小外，其他在清代文坛都享有盛名，可见其所选作家还是具有代表性的。该书共八卷，分别收录武进张惠言9首，临川乐钧18首，秀水王昙20首，会稽王衍梅16首，桐城刘开10首，阳湖董祐诚16首，阳湖李兆洛12首，仁和金应麟12首。在选文方面，如卷一录有张惠言《七十家赋钞目录序》、《邓石如篆势》、《馆试蜡宾说礼赋》（以出游于观之上，言偃在侧为韵）、《黄山赋》并引、《竹楼赋》并序、《蕉

---

① 张寿荣辑：《后八家四六文钞序》，清光绪七年（1881）刻本。

花赋》并序、《祭江安甫文》,卷二录有乐钧《重刻杨太真外传后序》、《白云寺读书记》、《重修朝云墓碑》、《游情赋》、《广俭不至说》,卷三录有王昙《自序》、《谷城西楚霸王碑》、《辽懿德萧后哀文》,卷四录有王衍梅的《听荷阁倡和诗序》、《秋舫吟题辞》,卷五有刘开《赠吕伯谋序》、《与王子卿太守论骈体书》,卷六有董祐诚《华荪馆词序》、《方彦闻鹤梦归来图序》、《西岳华山神庙赋》并序、《望千里赋》并序,卷七有李兆洛《皇朝文典序》、《南汉记序》、《姚石甫文集序》、《赵收庵先生诔辞》,卷八有金应麟《谢文节公琴图后序》、《书晋书阮籍传后》、《哀江南赋》等等,基本上选录了各自成就较高的骈文,具有一定的代表性。

对清代骈文家,特别是乾嘉骈文家的骈文加以注释,是乾嘉后常出现的现象。到光绪年间,袁枚的骈文有石琢堂、周绂堂、黎环斋、魏笏堂四家注,吴锡麒骈文也有王子勤、叶兰笙二家注,而脍炙人口的《八家四六文钞》注本尚无。面对这样的情况,许贞干在少好斯集和友朋鼓励的情况下,将除袁枚、吴锡麒之外的其他六家四六文加注,付诸剞劂。光绪十年(1884),陈宝琛为之作序,不仅肯定了骈散交融,文章应该以词达道,以学为权,还认为清代骈散文兼盛,汉唐逊其隆、魏晋输其盛。接着对骈文八大家依次评价:

> 曰袁大令枚有傲诡雄奇之态,多磅礴凌迈之观,佳者与张说、苏颋为徒,次焉亦李峤、刘柯相近,姚惜抱守归方义法,骈文亦许其能;杨蓉裳为江鲍淫哇,在末派务求其似。曰吴祭酒锡麒,韵琴趣于烟墨,写梵响于毫缣。自为格调,元结、顾况之嗣音;具此风规,郑亚、吕温之别子。以青绿山水为比,吴山尊可谓知音;与金粉词家抗行,厉樊榭最称同调。曰刘司空星炜,制作登承明之廷,顾问入长杨之馆。选理课士,媲朱竹君之说文;赝鼎名家,异卢少楩之别集。吴园次务为流转,不知方驾何如;陈迦陵稍失秾华,似此传灯亦仅。曰邵编修齐焘,太羹元酒,味淡且腴,疏越朱弦,音希而远。空山姑射,夐非时世之妆;古籍琅嬛,忽得神仙之字。拟以素族子弟,气宇不凡,诚笃论矣;置之辟雍上庠,宫悬在御,亦何间焉。曰孔编修广森,《公羊解诂》,甘为废疾膏肓;《大戴卮言》,证以大

匡小正。观休宁遗书之序,家法无忝;读阙里礼器之考,斯文在兹。太史公曰"高山仰止,景行行止",惟其人也;谢太傅云"吁谟天命,远猷辰告",岂谓诗乎!曰孙兵备星衍,《今文尚书》,辨皇甫谧、梅赜之伪;《宋本说文》,定徐鼎臣、次立之讳。说诗署澄清之堂,访碑记平津之馆。骈四俪六,经生之生面初开;咸五登三,才子之改官可笑。曰洪编修亮吉,王隐地道,为《府厅州县志》,椎轮道元《水经》,是熊耳桐,柏考嚆矢,元伯巨卿之风义,独行兼入儒林;宽饶汲黯之荩忱,大臣不如侍从。缩谢元晖五言,为雁宕同游之记;效张景阳七命,作云溪感事之篇。曰曾都转燠,商彝周鼎,率非己有琳琅;秦镜汉泉,谁信他家稗贩?然而二分明月,微都转,吾孰与归?六代青山,非醉翁,人将谁嗣?所以《赏雨茅屋》一集,亦殿江西。①

将八大家和前代类似风格的骈文家对比,以比喻语言或形象例文说明八家各自特征及贡献,进一步深化了对骈文八大家的评价。序文本身为骈体,又从学术宗尚上来评论八家,尚典故和学问,体现了强烈的学术性。洪熙在跋中云:"数厥家珍,探其宝藏,而后知骈体必反约而求精,不先妍而尚巧,华实并粲,兰支纠纷,非句栉字梳几何,不惑于建章门户也。"②表明了晚清骈文反约求精、华实并茂而不崇尚妍巧的共识。

光绪十四年(1888),张鸣珂编选的《国朝骈体正宗续编》刻行。张鸣柯(1829~1908),字玉山,号公束,晚号寒松老人,浙江嘉兴人。其《寒松阁集》中有《寒松阁骈体文》24篇及《寒松阁骈体文续》19篇。李慈铭《寒松阁集序》云"君文树骨庾徐,取材杨骆,华而不诡,质而弥文"。和曾燠一样,也是以骈文家选骈文,为当行本色。其编选目的是为了收录嘉道以后的代表性骈文,以补《国朝骈体正宗》时间上止于嘉庆初年的局限。"南城曾宾谷先生尝辑《骈体正宗》一书,颓波独振,峻轨遐企,芟薙浮艳,屏绝淫哇。取

---

① 陈宝琛:《八家四六文注序》,光绪十八年(1892)刊本。
② 洪熙:《八家四六文注跋》,光绪十八年(1892)刊本。

则于元嘉、永明,极才于咸亨、调露,钟釜齐奏,弗淆晋野之聪;珉玉并耀,特具卞和之识。固已开途径于文囿,示模楷于艺林矣。然而鉴裁精审,尚止乾嘉以前;搜选丛残,未逮道咸而后。裒录仅四十二家,旷隔已八十余载。"①高度评价了曾选的地位和典范作用,也指出其选文偏少而且时隔久远,因而不能反映嘉道以来骈文创作的实际:"时历屯亨,人务钻厉,虽巨笔较少于畴昔,而雕章仍焕于当今。体气高妙,庸讵无前哲之风;杼轴清英,颇不乏后来之秀,岂皆趋异逐新,迷真离本者哉!"嘉庆后虽有趋异逐新、迷真离本之作,但也不乏体气高妙和文风清新之篇,所以不能使之沦落人间,需要姿貌剖析、沙里淘金。于是决定以六朝骈文为尚,禁邪制放而不爱古薄今,遂:

> 取时贤之作,以续曾氏之书。搜集宏富,持择谨严,约而不滥,华而不靡。风清骨峻者,非颛门而亦存;文丽义睽者,即宗匠而必汰。扶质立干,振叶寻根,郁飙起霞蔚之观,惧鸷集雉窜之诮②

以风清骨峻、华而不靡、约而不滥作为选文标准,以文存人,而不是以人存文,即使文丽义睽的大家之文,也必淘汰;对徒知藻缋、铅黛饰容以至支离构辞、索莫乏气的骈文更是不选。张鸣珂对于该编选文代表性十分自信,比之为大辂椎轮、中流砥柱。该书收录56个作家文149首,其中4首以上的14个,即王昙4首,刘开4首,董祐诚4首,黄金台4首,方履篯10首,袁翼4首,董兆熊4首,谭莹9首,姚燮9首,汪士铎4首,刘履芬5首,洪龄孙5首,王诒寿4首,徐锦4首,基本囊括了道咸至光绪初年江浙皖一带骈文名家的代表作品。但对李慈铭、王闿运和周寿昌的骈文重视不够,对南方湖湘一带的骈文家重视不够。该书刊行的次年,即光绪十五年(1889),王先谦编选的《国朝十家四六文钞》问世,弥补了这一缺陷。

二、骈散兼行和地域本位:光绪骈文选本的新变

晚清文章领域,考据以博古、义理以明道的融合思想称为文章领域的主

---

① 张鸣珂:《国朝骈体正宗续编序》,《续修四库全书》第1668册,第209页。
② 张鸣珂:《国朝骈体正宗续编序》,《续修四库全书》第1668册,第210页。

要思想。但桐城末流空疏不学,摹拟唐宋八家古文和桐城三祖古文而不成,遭到当时饱学之士和新文派的攻击,实际上不成宗派,因而很多学人是骈散兼擅,王先谦就是其中代表之一。

王先谦(1842～1917),字益吾,号葵园,湖南长沙人。同治进士,翰林院庶吉士,累迁翰林院侍讲;历任国子监祭酒、江苏学政和岳麓书院院长等职。治学重考据,论文赞成义理、考据、辞章三者并重,尤以义理为主。在政治思想上,王先谦非常守旧,以清朝遗老自居,对清末革新思想持反对态度。其学生苏舆云:"又其卫道爱国之诚,缱绻方寸,时见于意言之表,真有合于昌黎所云者。若其考核详密,源流毕赅,遣字积语,较量铢黍,视姚氏以下,殆或过之以于乎? 沧瀛蕴乱,弦诵将衰。吾湘昔日曾吴诸老,相与切劘,翕应于干戈颠沛之余。今渐阒焉,莫可复得。重以邪说流行,学校蒙袂,文字之变,与世运殆无终极。而先生独抱古芳,矫然物外,后之读斯集者,因益晓然于道范之不可逾越,则所系于风教者尤巨也。"①所谓的卫道爱国,是指王先谦拥护封建统治,反对变法维新、政治革命等。辛亥革命后,王先谦迁居乡间,闭门著书。在学术上,王先谦汉宋兼采,考据义理并重:"本朝纠正汉学者,姚姬传氏最为平允。其时掊击宋儒之风过盛,故姚氏非之以救时也,非为名也。至其论学,以义理、考据并重,无偏而不举之病。道咸以降,两家议论渐平,界域渐泯,为学者各随其材质好尚定趋向,以蕲于成而已。"②光绪二十六年(1900)其学生陈毅也云:"先生之言曰:乾嘉巨儒,立汉学之名,诋宋儒言义理为不足述。独惜抱以义理、考据、词章三者不可一阙。义理为干而后文有所附,考据有所归。故其为文,原流兼赅,粹然一出于醇雅。"③在文学上,他骈散不分,认为各有独胜:"经学之分义理、考据,犹文之有骈散体也。文以明道,何异乎骈散? 然自两体既分,各有其独胜之处。若选文而必合为一,未可谓知文派也。"④用"文以明道"的大旗统合骈散,又认为骈

---

① 苏舆:《虚受堂文集序》,《续修四库全书》第 1570 册,第 265 页。
② 王先谦:《复阎季蓉书》,《虚受堂文集》卷十四,《续修四库全书》第 1570 册,第 494 页。
③ 陈毅:《虚受堂文集序》,《续修四库全书》第 1570 册,第 263 页。
④ 王先谦:《复阎季蓉书》,《虚受堂文集》卷十四,《续修四库全书》第 1570 册,第 494 页。

散各有所胜,选文不能混而为一,否则为不知文派,具有非常鲜明的骈文意识。在选本批评上,他也是骈散并重,分别编有《国朝十家四六文钞》、《骈文类纂》以及《续古文辞类纂》,在清末影响都较大。

光绪十五年(1889)年,《国朝十家四六文钞》刊行。骈文经过乾嘉道时期的发展,到光绪时,炫学耀才的心态使得当时骈文往往词平意瘠、情竭文浮,走向奇诡华靡。针对这种情况,王先谦倡导"夫词以理举,肉缘骨附,无骨之肉不能运其精神,寡理之词何以发其韵采。体之不尊,道由自敝"①,即词理交融,骨肉匀称的创作观。为了贯彻这一思想,他以吴鼒《八家四六文钞》编选平生师友体例为准,以曾燠《国朝骈体正宗》矫俗法古、推崇魏晋六朝骈文为尚,选录《国朝十家四六文钞》,以期传文树典的效果。湘阴郭嵩焘幼年即和周寿昌、孙芝房等一起学习骈文,在该书序文中也强化了骨辞兼善,词理兼容的骈文观念,对以繁缛排比为工、陶染为富的片面形式追求加以否定,较好地把握了王先谦编选主旨。又云国朝:

> 骈俪之文,跨徐庾而追潘陆。陶冶性情,杼轴尺素,为之不乏矣。全椒吴氏八家骈文之选,萃一代之隽雄,汇斯文之渊海,牢笼百态,藻绘群伦,鼓铎以齐声容,膏馥足资津逮。而所甄录,渊源师友,前徽未沫,或叹遗珠;来轸方遒,多能踵武。益吾祭酒继之,有十家骈文之刻,以此诸贤,方轨前哲,麟翼附凑,风云回薄,未易低昂。综其辞翰,弥复晕然。发思古之幽情,摅承平之雅奏。燥湿殊节,同倚徽弦之张;方圆并绝,拼本椎轮之始。所谓礼堂法器,见者神倾;正始元音,闻之意达者也。"②

在说明清朝骈文繁荣和吴鼒编选的优点及不足后,再次表明王先谦以古为尚,追求典雅的思想。所谓十家,为嘉道至光绪以来的骈文名家,即刘开13首、董基诚11首、董祐诚11首、方履籛11首、梅曾亮24首、傅桐12首、周寿昌16首、王闿运11首、赵铭14首、李慈铭最多,有30首。所选十人中,

---

① 王先谦:《十家四六文钞·自序》,清光绪十五年(1889)木刊本。
② 郭嵩焘:《国朝十家四六文钞序》,清光绪十五年(1889)木刊本。

多兼古文和骈文家身份，道咸同光四朝骈家文并备。重视师友是《国朝十家四六文钞》选文的重要特征，其中，傅桐、周寿昌、王闿运、赵铭和李慈铭都是王先谦的师友。如周寿昌，字应甫，一字荇农，晚号自庵，长沙人，道光二十五年（1845）进士，选庶吉士，授编修，和曾国藩为好友，为王先谦的老师。王先谦《思益堂集叙》云："其文词皆清绝可喜，而于骈体文义法尤精，尝曰：'吾师胡稚威之博，而不取其僻；爱洪稚存之隽，而不学其纤。'自命如此。曾文正公亟推其能。四十以前，积稿盈寸，先生南归时，家人在都鬻书自给，误售之，存裁卅余篇，今又仅见其半。余既刊之《十家骈文》中矣。文字之厄如此，岂亦有数存也。悲夫！"①将周寿昌所存骈文全部收入该书中，无疑带有个人情感因素，因而其骈文代表性也就需打折扣了。王先谦骈文选本影响较大的为《骈文类纂》。

光绪二十七年（1901），王先谦编订完《骈文类纂》，次年刊行。相对于《国朝十家四六文钞》只录清代，主要是晚清骈文作品来说，该书范围大为扩大，涵括战国至清末的历代骈文，故从收录范围上说，是所有骈文选本中最完善的。所录较为丰富，有名之作大都入选，故一卷在手，可窥二千年骈文之变化。编者选文的标准，是注重雅洁，反对浮艳，并仿姚鼐《古文辞类纂》体例，首列序目，略述各类骈文的不同特色，评论前人创作得失。特别是将骈赋选入其中，为骈赋是否属于骈文的争议来了一个总结。在选文上，参考《四六法海》、《骈体文钞》、《国朝骈体正宗》等选本编选的优缺点，甚至参考《古文辞类纂》的体例，可视为历代骈体选本的集大成。其序云："骈文之选，莫善于王闿修《法海》、李申耆《文钞》，倾沥液于群言，合炉冶于千载。顾王则题目太烦，李则限断未谨。所居之代，抑又阙如，不足综古今之蕃变，究人文之终始，美犹有撼，斯之谓与？屏居多暇，旧籍盈几，辄复甄录，尤异剖析条流，推宾谷《正宗》之旨；更溯其原，取姬传《类纂》之名，稍广其例，座中百琲，尽是明珠；机间九张，无非文锦。使异代之上，晤言若亲；寰海而遥，光气不隔。藻翰飞腾，屈宋之芳无歇；商量邃密，叶（德辉）张（同祖）

---

① 周寿昌：《思益堂日札·附录》，许逸民点校，中华书局2007年第2版，第277页。

之力为多。"①

《骈文类纂》包括文体十五类,共四十六卷。即论说三卷、序跋四卷、表奏九卷、书启四卷、赠序一卷、诏令四卷、檄移二卷、传状一卷、碑志四卷、杂记一卷、箴铭一卷、颂赞二卷、哀吊三卷、杂文一卷、辞赋二卷等。表奏、书启自六朝以来就是骈文的主要载体,因而所选较多。序跋、诏令和碑志也是骈体中的大宗,所以数量次之。对各体文章的叙论,自然受到前代文章理论的影响,特别是《文心雕龙》和《四六丛话》文体论的影响。但结合具体的骈文创作实际,立足于清末,具备了审视前人骈文创作的条件,所以王先谦在有些方面有所创建,如对于记体文、辞赋的解释及将之编入骈文等就是。齐梁时代,记体才创立,沈约、刘孝标等人就创作了记体文。唐代记体宏开,但多为古文。清朝骈体记文兴盛,但记和序易混淆,王先谦认为"大抵专纪述者乃登记,目缀吟咏者方以序称"②,所以他将董基诚《泛月舣舟亭序》这篇标目为序的文章视为和李慈铭《游龙树寺记》为一体。辞赋类方面,虽然孙梅、阮元曾说楚辞和汉赋对于后代文体,包括骈文有重大影响,刘开更是明确指出:"骚人情深,犹能有资于散体;岂芳草性僻,不欲助美于骈文。"但在骈文选本中大力张扬赋体的地位,则为王先谦。王先谦认为:"盖骈俪之道,言哀不深,则情韵无抑扬之美;取材不富,则体制乏瑰玮之观。"③即从骈文情感受楚辞影响,辞藻受赋影响来确定骈文与辞赋的源流关系,所以选赋两卷收入《骈文类纂》,为骈赋是否可以归属于骈文做了总结。在各类骈文前,王先谦对其流别加以分别叙说,类似于孙梅《四六丛话》前的叙论。

《骈文类纂》首列为论说类,又细分为三,即文论、史论和杂论。这对于一般认为骈文不能说理的说法无疑是有力反击。更具新意的是,他将刘勰的《文心雕龙》全文选入,这相对于王志坚的《四六法海》和李兆洛的《骈体文钞》完全忽视《文心雕龙》的骈文地位来说,更是具有独特眼光。对史论的论述也精要:"终篇论事,发端马迁,后来各家,沿袭成体。既趋偶俪,弥

---

① 王先谦:《骈文类纂序》,浙江古籍出版社 1998 年版,第 3 页。
② 王先谦:《骈文类纂序目》,浙江古籍出版社 1998 年版,第 19 页。
③ 王先谦:《骈文类纂序目》,浙江古籍出版社 1998 年版,第 24 页。

益烦芜,故《史通》拟之高士绮纨,壮夫粉黛。但文之为体,有举莫废,其有联词切理,比事惬心,未尝不竞赏巧工,倾目浮藻。又鸿儒考古,激想抽毫,辨难既纷,溢为繁缛;才力所及,自呈炳蔚。"①主张不要因为史论的排偶形式就加以否定,有的骈体史论就能词理相切,比事惬心。

对各类文体进行溯源及文体特征辨析,是《骈文类纂》文体论的重要内容。如说序跋:"史家类传,乃有序文,所以领厥宏纲,陈其命意。休文《恩幸》,昭明选之于前;唐宗《后妃》,志坚采之于后。并目序以论,亮为舛矣。"②认为序跋从史家类传中来,应该概括所序跋对象的纲领和大意,从而认为将序视为论的观点是错误的,故论和序跋应分开排列。又主张应奉序跋应主颂扬肃穆,寻常诗文序跋则分为二:

> 一曰酬应之作。抱清黄宪之坐,问奇扬雄之亭,谊重渊源,感深投分,迨丛兰有已败之色,而卷葹馀不死之心,期以片言偕之千古。它如纪荣遇于毕生,述明德于既往,贞烈之曜,履苦而说甘;述作之工,推微以致显,皆义主章表而事缘请属。此以情为根而文周其用也。一曰揆张之作。必植柢忠孝,通钥经史。艺林萃薮,洪纤皆适用之资;国士遗编,显晦归后贤之责。此以文为本而情畅其流也。至于触感无聊,伸纸写臆,屏居生悟,缘虚入实,泛长风而不息,则回恋故巢;望晨星之渐稀,则感伤知己。亦有朋好往还,襟情契结,登降岩壑,兴寄园亭。叹逝者之如斯,抚今欢而易坠。相与招绘事赋新诗,更挥发以词章,庶昭宣其情绪。一卷之内,陈迹如新,百年之间,古怀若接,皆无假故实,自达胸怀。由耳目以造性灵,驱烟墨以笼宇宙。文之为道,斯其最胜者与?③

《四六法海》分序为诗文序和宴集序,在选文上不分彼此。但王先谦显然更重视诗文序,在理论上也对诗文序详细阐释,主张应酬性的诗文序需要"义

---

① 王先谦:《骈文类纂序目》,浙江古籍出版社 1998 年版,第 3 页。
② 王先谦:《骈文类纂序目》,浙江古籍出版社 1998 年版,第 4 页。
③ 王先谦:《骈文类纂序目》,浙江古籍出版社 1998 年版,第 4—5 页。

主章表而事缘请属"、"以情为根而文周其用",铺张性的诗文序则要"以文为本而情畅其流",对于情文的侧重点不同,但都要流丽通畅。其他触感写意之序,也应该情文并畅,独造性灵,才能达到文章最高境界。如论"表奏"的渊源流别:"敷奏始于《尚书》,上书沿于战国。秦并区宇,列为四品。表以陈事,章用谢恩,劾验政事曰奏,推覆评论曰驳。汉云封事,起自宣帝,不关《尚书》,亦曰上疏。用之王侯,达于天子。总驳于议,而典午古今尺议,尚以驳名。陈谢用章,而齐陈贺庆表文,亦有章号;魏国奏事,始或云启。唐世奏谢,兼称为状。六代白简,谓之弹事,盖按劾之变名。宋朝上书,或云剳子,是书札之伪字,并奏之流也。进言摘文,战国为盛。汉初沿其波,制策发问,炎灵肇端,历代循其体,又有奏对策对之异焉。"①将表奏类公牍演变的过程较为清晰地概括出来,在刘勰文体论的基础上有所创新。对于清朝表奏类骈文的概括则指出了当时少以"表"命名的文章的原因:"本朝革华崇实,凡有进御,统谓之奏,平论大政,亦或用议,成书贺捷,皆上表文,殿试、朝考分题策疏,观乎人文,取乎古式而已。"②因为表文的主要功用为"奏"、"议"等取代,所以清朝很少见到表文。要求表奏类骈文内容上应兴利革弊、荐贤劾奸等,这样才能请起王廷,有扬词笔。其论"书启"云:

> 书启者,通上下之辞也。皇储贵胄,降礼达诚,体性明睿,文词雅润,飞翰染楮,咸可览诵。亲贵酬献,才隽欢陪;光生顾眄,情申慕恋。或胜诡入谗,吴繁竞进,荣辱倚伏,机阱俄生。蠖屈求信,雒离增叹。斯则皇轨不一,恒必有之。至于折冲之事,经书之宜,倚马援毫,捉刀入幕,亦有请命邻对,荐贤当路,推功阃帅,致美大府。并表里史承,禅助参稽。若文史为用,理体滋繁,课实谈虚,悉资考镜。自余杂述,总为一编。谢惠俪言,盛于六代,体不可阙,略备前式。唐世温段之徒,时复间作,并从断弃。又其时风会波颓,文盛干请,望门投谒,呈身贡函。昌黎不遇,三趋宰相致庭;薛逢乞恩,

---

① 王先谦:《骈文类纂序目》,浙江古籍出版社 1998 年版,第 7 页。
② 王先谦:《骈文类纂序目》,浙江古籍出版社 1998 年版,第 8 页。

死作扫除之鬼。此类悉予删除,无裨害道。①

要求书启"体性明睿,文词雅润",至于捉刀之笔、课实谈虚之言,虽也录之,但仅仅备体参考。其他内容猥琐、干谒投机之作则不管是温庭筠还是段成式、韩愈,都排出在选文之外。可见王先谦对于书启内容的严厉要求。其他"诏令"、"檄移"等类,都是从文体源流来追述其演变过程,从内容风格来决定其是否入选,代表了其对该类骈体的看法和要求。在编选完《骈文类纂》后,王先谦再次在后序中表明自己的骈文观点,从骈文文体特征来阐释其演变。在阐释文章之理不分骈散,骈文兴起出于自然和通变之后,王先谦从具体的例文来说明文体的演变规律:

> 古今文词,递相祖述,胎化因重,具有精理。魏文赋寡妇,安仁拟之;朱穆论绝交,孝标广之,祖其题也。翰林墨客,续子虚以代兴;梁王称思,共楚襄而迭起,祖其体也。长卿《上林》云"追怪物出宇宙",子云《校猎》云"追天宝出一方",孟坚《西都》云"仰悟东井之精,俯协河图之灵",明远《河清颂》云"仰应龙木之精,俯协龟水之灵",祖其句也。安仁《秋兴赋》云"善夫,宋玉之言曰'悲哉!秋之为气也,草木摇落而变衰'"。钱新梧《段公遗爱碑》云"昌黎韩子有言矣,'事有旷世而相感者,忽不自知其何心'",祖其语也。宋玉《高唐》云"纤条悲鸣,声似竽籁,清浊相和,五变四会。"……盖象金石之声,管龠之音。太冲《吴都》云"鸣条律畅,飞音响亮",盖象琴筑并奏,笙竽俱唱,祖其意也。②

用具体语句为例,从祖题、祖体、祖句、祖语和祖意等方面来说明文章发展的前后沿续性,虽在今天看来过于机械,但在古代复古思潮中,这种对应关系经常遇到。当然,语句的选择不是为摹拟而摹拟,应该是自然兴到,适意为主。"造句但可偶摹,无滞迹象;采语缘于兴到,纯任天机。意之为用,其出

---

① 王先谦:《骈文类纂序目》,浙江古籍出版社 1998 年版,第 10 页。
② 王先谦:《骈文类纂后序》,浙江古籍出版社 1998 年版,第 25 页。

不穷,贵在与古为新,因规入巧。"①接着王先谦用具体例子来说明使用成语当与不当在于意匠之别:"《上林》云'视之无端,察之无涯,日出东沼,月生西陂。'马融《广成》云'天地虹洞,固无端涯。大明出东,月生西陂。'虽增改数字,变亦不善矣。彦和《神思》云'伊挚不能言鼎,轮扁不能语斤',其微矣乎! 子元《叙事》云'能损之又损而元之又元,轮扁所不能语斤,伊挚所不能言鼎也',则直钞成文,索然意尽矣。苟得其妙,如屈平《远游》云'下峥嵘而无地兮,上寥廓而无天。视倏忽而无见兮,听惝恍而无闻。'长卿《大人》全祖是篇,兼取四语,而旨各有适,文无相害,此意匠工拙之辨也。"各体文章,无不祖袭前人,但要自然天成,合乎文意。隶事为骈文的一大特点,在清代注重学术的文化氛围下,更加重视这一特点,如乾隆时期袁枚就说过骈文必须征典。王先谦对于骈文的隶事方法加以具体的阐释,比前人详细得多:

> 至于隶事之方,则亦有说。夫人相续而代异,故文递变而日新,取载籍之纷罗,供儒生之采猎。或世祀悬隔,巧成偶俪;或事止常语,用始鲜明。譬金在炉,若舟浮水,化成之功,直参乎造物,橐龠之妙,靡间于含灵者也。汉息夫躬劾伍宏云"霍显之谋,将行于杯杓,荆轲之事,必起于帷幄。"晋钟会檄蜀云"投迹微子之踪,措身陈平之轨,则福同古人,庆流来裔",取人隐事而意旨跃如,此最优矣。自余佳对,指不胜偻,义乖事舛,往往而是。《校猎》云"齐桓不使扶毂,楚严未足参乘",尊皇抑霸,允矣。慎旃其它,虚美之词,不过曰"登三咸五,甄殷陶周"而已。若简文《马宝颂》云"尧舜不足宪章",孝穆《代贞阳侯书》云"汤武方于儿戏",此属词失当也。其《与王太尉书》云"霜戈雪戟,无非武库之兵",专耀齐威,非夸王众。而子安《滕王阁序》云"紫电青霜,王将军之武库",以电易雪,指齐为王,此绎文不审也。瘗弧箕服,实衰周邦,二龙降庭,何预夏事? 而骆宾王《代徐敬业檄》云"龙漦帝后,识夏廷之遽衰",此使典差缪也。长卿赋奏大人,则汉武意凌云气。厥初杨意

---

① 王先谦:《骈文类纂后序》,浙江古籍出版社1998年版,第25页。

之见,惟见子虚之文,而《滕王阁序》云"杨意不逢,抚凌云而自惜,钟期既遇,奏流水以何惭。"徒取对工,罔顾文义,此杜撰不经也。苏老泉作《木假山记》,戴颙以黄鹂为俗耳针砭,而戴帅初通苏教授书,美以木假山之家世。陈其年《戴无忝诗序》,称为"鹂砭名家"。夫木山小文,何关世绪,鹂砭雅语,讵涉家声? 此任意牵附也。袁简斋《贺荡平伊犁表》云"金山擒车鼻,本文皇漏网之鱼;渭桥诇单于,慰高祖平城之憾。"平城之憾,汉史可征;漏网之鱼,唐书未见,此随笔增窜也。①

强调隶事的义合事顺,意旨跃如,用具体的语句说明了隶事属词失当、绎文不审、使典差缪、杜撰不经、任意牵附和随笔增窜的六个弊端,其中例句都来自有名的骈文,具有典型性。这也是骈文理论史上首次对骈文隶事加以详细的解释。在造句上,反对调律太和而失古节;琢句太巧而成律赋,主张音律、义例和谐。另外,王先谦还强调骈文词气至关重要,推崇汉魏词古气灏,六朝词丰气厚但时病烦芜,批评宋元明词气剽滑,高扬清代词妙气转,清新自适等。孙德谦认为《骈文类纂》"包该古今,首有例言,语极精妙。其持论大旨,则在不分骈散,而以才气为归。夫骈文而归重才气,此固可使古文家不复轻鄙,无所借口矣"②,肯定其文类丰富及序论中不分骈散,以才气论文的思想。这些都是其编选《骈文类纂》的指导思想,具体选文虽不能说实现了其本意,但《骈文类纂》不愧为清代骈文选本的代表之作。

晚清较多的骈文选本中,地域性骈文选本的出现,标志着骈文选本走向细化,标志着此时骈文选本批评的发展。光绪十六年(1890)屠寄选编的地域性骈文选本——《国朝常州骈体文录》刊行。据屠寄记载其编选经过云:"向录同郡先哲骈文,置诸医衍,比来广州,从庄君心嘉(庄允懿)处增录数家。缪小山编修复从京师钞寄二十余首。同乡见者,各分奉金,怂恿付刊,庄君任之尤力。中间费绌,樊介轩(樊恭煦)学使助成之。助校录者,吴君

---

① 王先谦:《骈文类纂后序》,浙江古籍出版社1998年版,第26页。

② 孙德谦:《六朝丽指》,四益宧1923年刻本,第11页。

孟棐也。书成,谨书姓名于右,以著诸君子崇长雅道、表章先民之功。寄之不敏,不敢掠美焉。"①屠寄所列参订校刊者有樊恭煦、缪荃荪、金武祥、赵起鹏、李祖荣、秦凤墀、吕继午、庄允懿、蒋伟、蒋星熙、伍学纯、庄蕴宽等人。可见该书为群体编纂、校刊而成,主编为屠寄。

屠寄(1856~1921),初名庚,字归甫,又字敬山,江苏常州武进人。光绪十八年进士,选翰林院庶吉士。骈文崇尚六朝,著有《结一宧骈体文》二卷。从地域来说,清代骈文家主要在江浙皖三省,晚清尽管湖湘骈文有所发展,但仍然无法抗衡江南。而江苏常州府则为清代学术、文章十分繁荣的地方。常州府包括武进、阳湖、无锡、金匮、江阴、宜兴、荆溪和靖江。② 在文学上,常州词派、阳湖文派在清代就深入人心;在骈文上,常州府名家如林,几占乾嘉骈文半壁江山。"乾嘉间,阳湖工偶体文者,以洪稚存、孙渊如、赵味辛、刘芙初为最。彦闻与董子诜、董方立兄弟联镳继起,以称雄于世。"③嘉庆三年(1798)吴鼒编选的《八家四六文钞》中,孙星衍、洪亮吉为阳湖人,刘星炜为武进人,邵齐焘虽籍贯为常熟,但曾客居常州多年。光绪七年(1881)张寿荣编选《后八家四六文钞》,其中张惠言属于武进,董祐诚、李兆洛属于阳湖,占有八分之三。可见常州骈文在清代骈文史上的强势地位。常州骈文的繁荣,除了其学术背景、文化氛围和家学渊源外,友朋之间的切磋、勉励也是重要渊源。如骈文名家方履篯学问渊博,受当时训诂、天文、历法等学影响较深;同时为骈文名家杨芳灿的学生,又"与李申耆、陆祁生、董方立、吴子山辈,以文字相切劘。故其派别明而源流正,渊懿朴茂,举齐梁以下浮靡腐熟之习,力矫而廓清之"④。正是有感于常州骈文的繁荣,屠寄等人才编选《国朝常州骈体文录》。屠寄将扬雄、萧统论文的丽则和沉思作为论文的标准,认为自楚汉骚赋代降,直到隋朝,莫不图写丹青,神明律吕,龙文凤音交汇,虽然体势不同,但是以情藻为文则一。自宋元到明,重情藻的

---

① 屠寄等:《国朝常州骈体文录》,《续修四库全书》第 1693 册,第 375 页。
② 参潘锡恩总纂:《嘉庆重修一统志》卷八六,中华书局 1986 年影印本。
③ 王树楠:《万善花室文稿叙录》,丛书集成初编本。
④ 王树楠:《万善花室文稿叙录》,丛书集成初编本。

骈文才衰落不振。康熙以来的博学鸿词科考试对骈文创作有巨大的促进作用,接着指出乾嘉时常州骈文的鼎盛:

> 乾隆、嘉庆之际,吾郡盛为文章。稚存、伯渊,齐金羁于前;彦闻、方立,驰玉轶于后。皋文特善词赋,申耆尤长碑铭,诸附丽之者,亦各抽心呈貌,流芬散条,亹亹乎文有其质焉。于时海内属翰之士,敦说其义,至乃指目阳湖,以为宗派。自时厥后,清风盛藻,尝稍替矣,然犹腾寒步,蹑遐轨,振逸响,荡余波。①

乾嘉后,常州文派尽管雄风不再,但仍余风未泯。咸丰时期由于国家动荡造成骈文流失很大,十不存一,因而编选更加迫切。《国朝常州骈体文录》分三十一卷,其中前三十卷为骈文作品,共收录43家569首骈文,第三十一卷为屠寄的叙录一文。其收录诸家顺序为"略以诸先生辈行为后先,洪幼怀、子龄兄弟在孙、赵前者,则以子从父,明一家之学。张成孙亦然。其余零章断简,各以类相附焉"②。下面根据《国朝常州骈体文录》所收文章,按照地域、作家、来源文集及篇数多少列表如下:

地域	作者	来源文集	篇数	地域	作者	来源文集	篇数
宜兴	陈维崧	湖海楼文	21	无锡	顾敏恒	辟疆园文	2
无锡	秦蕙田	味经窝文	1	荆溪	周济	味隽斋文	10
荆溪	叶翥凤		1	金匮	杨芳灿	芙蓉山馆文	35
金匮	孙尔准	泰云堂文	4	金匮	杨揆	桐华馆	1
江阴	夏炜如	南陔堂文	4	江阴	王苏	试畯堂文	3
江阴	何杖	悔余庵文	2	江阴	承培元		1
武进	李兆洛	养一斋文	65	武进	赵怀玉	亦有生斋文	37
武进	刘星炜	思补斋文	15	武进	董士锡	齐物论斋文	13
武进	张惠言	茗柯文	12	武进	张成孙	端虚勉一居文	11
武进	汪士进	甓云轩文	8	武进	庄士敏	能惧思斋文	4

---

① 屠寄等:《国朝常州骈体文录》卷第三十一《叙录》,《续修四库全书》第1693册,第711页。

② 屠寄等:《国朝常州骈体文录总目·叙录》,《续修四库全书》第1693册,第377页。

武进	管乐	游养心斋文	1	阳湖	洪亮吉	卷施阁文乙集	63
						更生斋文	16
阳湖	刘嗣绾	尚絅堂文	36	阳湖	洪符孙	齐云山人文	33
阳湖	方履籛	万善花室文	31	阳湖	董祐诚	兰石斋文	20
阳湖	洪龡孙	淳则斋文	16	阳湖	蒋学沂	菰米山房文	16
阳湖	汤成彦	听云仙馆文	14	阳湖	董基诚	栘华馆文	12
阳湖	陆继辂	崇百药斋文	9	阳湖	孙星衍	问字堂外集文	8
阳湖	蒋日豫	问奇堂文	8	阳湖	陆耀遹	双白燕堂文	6
阳湖	庄受祺	枫南山馆文	6	阳湖	刘承宠		6
阳湖	陆繼恩	读秋水斋文	5	阳湖	张琦	宛邻文	3
阳湖	杨传第	汀鹭文	3	阳湖	恽敬	大云山房文	2
阳湖	方骏谟	敬业述事之室文	1	阳湖	汪岑孙		1
阳湖	钱相初		1				

注:来源文集空缺为屠寄本来没有说明。

　　根据上表可知:一、常州府八县中以阳湖和武进入选骈文家最多,可见当时其骈文创作的兴盛。二、选文超过 8 首的作家有陈维崧、刘星炜、洪亮吉、洪符孙、洪龡孙、孙星衍、赵怀玉、张惠言、张成孙、李兆洛、陆继辂、杨芳灿、刘嗣绾、方履籛、董基诚、董祐诚、董士锡、周济、蒋学沂、汪士进、汤成彦、蒋日豫等 22 人,基本上代表了常州骈文成就,特别是对洪亮吉骈文所选特多,这不仅是作者的偏好,也是洪亮吉与汪中并称清代骈文两大家成就的反映。三、李兆洛文章是以骈散交融为主,工整的骈文不多,在清代骈文创作史上地位没有孙星衍、董基诚兄弟及杨芳灿等人高,这里选文仅次于洪亮吉,可见屠寄等编者对骈散交融文风的欣赏。具体到文录中的每个作家,其骈文形式包括赋、颂、叙、启、祭文等;内容上以各个作家的代表作为主,以最有时代特色的骈文为主。如刘星炜的骈文代表了对当时文治武功、盛世伟业的歌颂,如屠寄叙录所说:"侍郎雍容,运休身显。鹤响兰皋,凤骞紫汉。纷纶羽猎,错采封禅。揄扬主德,臣子之愿。"①故刘星炜入选的 15 首骈文:

----

① 屠寄等:《国朝常州骈体文录·叙录》,《续修四库全书》第 1693 册,第 711 页。

《圣驾祗谒泰陵西幸五台恭赋》、《驾幸京口三山赋》、《驾幸邓尉香雪海赋》、《驾幸栖霞山赋》、《驾幸热河赋》、《圣驾巡幸盛京展谒祖陵恭颂》、《圣驾恭诣孔林恭颂》、《圣驾三幸江浙迎銮恭颂》、《圣武远扬准夷平定恭拟铙歌八章》、《张明府琼海纪事叙》、《沈观察从军集序》、《栖霞寺同戒录叙》、《为胜国阎陈二公征诗启》、《谢方宜田制府惠字册启》、《祭主政卢仲醇文》,其中前9首都是典型的歌功颂德之作,张扬乾隆帝显赫寰宇的文治武功,后6首在内容上也以高亢情调为主;文类形式则丰富多样。在叙录中屠寄依次对入选诸家加以点评,同时也可视为其选录标准。如评陈维崧:“检讨诞逸,躬阅黍离。枯树摇落,葛陂辒轲。过时晚达,褰立上科。英思泉发,缛旨星罗。末学刻鹄,并遭诋诃。”①评张惠言:“纷纷皋文,经明行修。亦习词赋,扬班之俦。鸾翮思举,龙驾未悠。芳兰遽折,神策不收。孔怀俊弟,秘颖妍遒。播植清风,并茂繁条。”②评方彦闻:“炳炳彦闻,厥体豹变。上规永明,下逮贞观。口吐琼言,手挥珠翰。丽而不淫,博而有典。”③等。

《国朝常州骈体文录》在清末民初影响较大,其以地域来编选骈文的方式为后人效法,对今人的骈文研究也有重大影响。④ 曹允源(1855～1927),字根荪,号复庵,江苏苏州吴县人。少工骈文,民初年间,仿照屠寄《国朝常州骈体文录》编《吴郡骈体文征》,孙德谦云是书:“凡自顾炎武以下得若干家合若干卷,各为小传,叙其生平,鉴识之精,志趣之正,莫不敛衽赞叹焉。”⑤“同郡曹复庵观察,长于骈文。类稿一编,卓乎不朽。尝取而读之,标格清新,词旨遒丽,北江甘亭,兼善其胜。每叹吾吴人文夙称皋薮,以论骈体,自有专家。特无乐圃其人,为之纠聚。”接着将吴郡和常州骈文作家加以比较,认为常州骈文受到吴郡影响,如洪亮吉曾问学于吴郡邵齐焘。“闻夫荀慈太史尝主龙城讲席,其时亮吉辈亲从受业。夫理枝者循干,沿波者讨

---

① 屠寄等:《国朝常州骈体文录·叙录》,《续修四库全书》第1693册,第711页。
② 屠寄等:《国朝常州骈体文录·叙录》,《续修四库全书》第1693册,第711页。
③ 屠寄等:《国朝常州骈体文录·叙录》,《续修四库全书》第1693册,第712页。
④ 吴兴华对该书有专文论述,从其中作品阐释骈文的文体特征及价值,立论中西交融,发人深省。参吴兴华《读〈读国朝常州骈体文录〉》,《文学遗产》1988年第4期。
⑤ 孙德谦:《吴郡骈体文征序》,《四益宦骈文稿》,第13页。

源。"①但遗憾的是此书没有刊行传世。

第五节 以李详、孙德谦为代表的清末民初骈文理论

清末民初骈文理论兴盛,这里将它作为晚清的延续而附论于此。封建帝制推翻,民国建立,沉浸已久的西学东渐和文学语言的口语化、白话化,无疑对传统诗文带来了史无前例的负面影响。特别是新文化运动更是以批判传统文化为主要目标,对数千年传统文学加以激烈的攻击,对承载传统文学的文体更是猛烈批评。1917 年 1 月和 2 月,《新青年》先后发表了胡适的《文学改良刍议》和陈独秀的《文学革命论》,其主要内容就是反对文言文,提倡白话文。不久钱玄同又提出"选学妖孽"、"桐城谬种",矛头更是直指骈文和古文,在偏激的观念中表现出一种彻底的文学革命精神。然而,五四前后的古文和骈文仍有重大影响。以新文化运动的中心北大为例,就分为三派。朱希祖 1917 年 11 月 5 日日记《五四运动前后的北京大学》记载:"近来北京大学文科教授主持文学者,大略分为三派:黄君季刚与仪征刘君申叔主骈文,而刘与黄不同者,刘好以古文饬今文,古训代今义,其文虽骈,佶屈聱牙,颇难诵读;黄则以音节为主,间饬古字,不若刘之甚,此一派也。桐城姚君仲实,闽侯陈君石遗主散文,世所谓桐城派者也。今姚,陈二君已辞职矣。余则主骈散不分,与汪先生中、李先生兆洛、谭先生献,及章先生(太炎)议论相同。此又一派也。"不仅表明了古代文体在新时代面前顽强的生命力,更表明了当时一批守旧的饱学之士不甘心退出历史舞台的决心。以徵实博学为重要特征的骈文,民初创作和理论再次兴起,回光返照般了兴起了二十余年。刘纳认为从 1912 年到 1919 年,骈文的兴盛表现在革命派的公文和言情小说创作中广泛流行。其原因就是骈文大量用典体现了中国文人对"时间"的独特感受,并应和了这时期的文学主题——凭吊。② 其实除了处于新旧转折点的文学不可能完全摆脱传统文体的惯性影响和其本身

---

① 孙德谦:《吴郡骈体文征序》,《四益宦骈文稿》,第 13 页。
② 刘纳:《民初文学的一个奇景:骈文的兴盛》,《郑州大学学报》1996 年第 5 期。

具有交际应酬作用外，更与一批清朝遗老坚守国粹，包括骈文在内的古典文学，以区别于文学改革派有重大关系。如李详与陈衍书信中就云："白话诗出，为大革命。阁下与弟，犹屈强服固，作刑天舞戚之态，同为大愚大惑。然吾两人之子部杂家诗，未必无一二可传。"①自知在文体改革的洪流中以古为尚是大愚大惑，勉强支撑，但仍然以立言不朽的可能性自勉。

骈文评论方面，不仅有对前代骈文家的风格对比评价，而且对当时骈文特征进一步综合探讨。其评价标准和审美术语，也更加接近于古文，更加彻底地走向骈散交融，走向文章学。虽然在一定程度上取消了自己的特性，但也促使了骈文走向文章学领域。杨寿枏(1868～1949)在《与丁闇公书》云："若骈文则当以神味、气韵、风格、词藻为主，骨欲其奇，气欲其咽，采欲其沉，意欲其邃，然后泽之以古藻，纬之以华思，斯为极骈文之能事。"②从骨奇、气咽、采沉和意邃等方面来评价骈文，和古文标准中的格律声色、才胆学识等就没有什么大差别了。骈散融合的趋势在理论上的结果必然是骈文批评向古文、向文章学理论归附。此时有既继承前人，同时有自己独创观点的批评家，如李详、刘师培和孙德谦等。

一、以李详为代表的扬州学派的骈文理论

从汪中、阮元开始，直到民初李详、刘师培，清代扬州学派文学上多以骈文名世。刘师培(1884～1919)虽比李详小26岁，但在清末民初的影响比李详大，其骈文观点我们比较熟悉。这里主要谈李详，附带说刘师培。

李详(1858～1931)，字慎言，又字审言，江苏兴化人，为清末民初有名的骈文家和理论家。冒鹤亭言"方今骈文，北王南李"③，将王式通和他并称为清末两大家，可见其在当时骈文地位很高。谭献云："兴化李君审言，少通群籍，涵濡宫商，好为闳丽之辞，善持文质之变。……选辞务取其精，拓字

---

① 李详：《与陈石遗四函》，《李审言文集》，江苏古籍出版社1989年版，第1041页。
② 杨寿枏：《云薖书札》，《近代中国史料丛刊续编》第17辑第164册，第158页。
③ 李详：《与陈石遗四函》，《李审言文集》，江苏古籍出版社1989年版，第1041页。

必准于古。信足远揖陵、信,近召孙、洪。"①冯煦在《学制斋骈文序》认为其文并驾六朝,不下李唐。缪荃荪的评价更加具体,云:"立意必深,无士龙之诮;隶事必切,无疥驼之嫌;出语必响,无鸣蝇之矜;抒藻必精,无腐鼠之诋。"②从立意、隶事、造句和辞藻四个方面来肯定李详骈文成就。李详自己也视隶事、创新为骈文的重要条件,"弟苦骈文全须隶事,又不肯拾他人唾余,扬雄赋《甘泉》,为之病悸少气,昨为一骈文,汗出不止,服参附乃免。"③不愿循规蹈矩,摹拟因袭,因而要花费很多的精力。沈曾植则认为其言情则语古思新,述事则文华理畅。就连与之关系不好的樊增祥④也云:"新知喜得潘兰史,旧学当推李审言。"1923 年刊行的胡朴安《论文杂记》也云:"余不能为骈俪文,偶一为之,效颦而已。顾朋辈中多谓余擅《选》体,实足汗颜。《选》体文极不易为,俪事欲其确,造句欲其高,布局欲其疏散而警策。并世能为《选》体文者,以予所知,李审言尚有工夫。"⑤在认为骈文隶事要精确、造句要高逸、布局要疏散又警策的严格要求基础上,肯定李审言的骈文创作。可见李详骈文创作造诣较高不是浪得虚名。

以自然为宗,以单复相间为体是李详的重要骈文思想。晚清骈散交融、骈散合一为文人中的主流思想。但在一篇古文中,仍有人主张严格禁止对偶句式的使用。光绪时孙万春云:"对偶之文,惟八股及骈体文中宜之,而断断不宜入古文也。……作传有二体:一骈体,如《有正味斋》、《西堂杂俎》各集中所存各卷是也;一古文,即《史记》列传体也。骈体无一句不偶,而古文则万不宜偶。'生为某家人,死为某家鬼',无论其为俗话,即使雅,亦偶句也。偶句入古文不合体裁矣。友人于他条均无所可否,而于此条颇不以余言为然。因随手取《史记》翻之,适值《孙叔敖传》,即就此传质之云:'秋冬则劝民山采,春夏以水。'此二句若在时文,必云:'秋冬命民采于山,春夏

---

① 谭献:《学制斋骈文序》,《李审言文集》卷首,江苏古籍出版社 1989 年版。
② 缪荃荪:《学制斋骈文序》,《李审言文集》,江苏古籍出版社 1989 年版,第 751 页。
③ 李详:《与陈石遗四函》,《李审言文集》,江苏古籍出版社 1989 年版,第 1042 页。
④ 李详早年用骈文拜访樊增祥,交谈不谐,后樊用诗戏弄其好友缪荃荪,李详遂向樊索要其文,但樊已丢弃,此后关系更差,李详自此不见樊,见其《书樊云门方伯事》,《李审言文集》,江苏古籍出版社 1989 年版,第 969 页。
⑤ 王水照编:《历代文话》第九册,复旦大学出版社 2007 年版,第 9109 页。

命民取于水。'何等整齐。而太史公不用者,嫌其偶也。又'近者视而效之,远者四面望而法之。'若将'四面'二者删去,何等整齐。而太史公不尔者,嫌其偶也。《史记》中此类甚多,不能枚举。不特《史记》,唐宋八家文无不然也。友人始无言而退。"①以《史记》具体的句式为例,证明古文中不故意夹杂对偶句式,这反映了孙万春对骈散交融的保留态度。民初王葆心也主张主张俪词和单笔,即散句要分开:"一篇之中俪词单笔互衍而无体也。《四库提要》言宋李新集中'序记诸文,忽排忽散'。近世尤侗、吴伟业集中亦有之。《无邪堂答问》称诸生课艺中有不古不今者,皆属此种。纪文达所谓'既异齐梁,又非唐宋,殊乖正格'者也。然此为初学不知文体宜严洁者而言也。若近世合骈散为一家者,各有宗派,不以此论。……骈文亦忌体格糅杂,如藉口合骈散为一家,创为整散兼行之说亦不可也。"②虽说严分俪词单笔是针对初学者而言,对近世骈散合一者不以此要求,但对文中"整散兼行"仍持反对态度。而李详对骈文的要求,则在以自然为宗旨的前提下,倡导单复相间为体,不拘泥于句式的严格对偶。这首先体现他在对单复奇偶相间、音节遒亮而又学富才丰的汪中骈文和魏晋骈文的推崇。

李详认为汪中《述学》能够潜气内转,体格华缛,又没有背离沉思翰藻的标准;选汪中《自序》、《哀盐船文》、《狐父之盗颂》、《吊马守贞文》、《吊黄祖文》、《黄鹤楼铭》、《汉上琴台之铭》、《广陵对》等八篇文章加以笺释。由于汪中为文崇尚魏晋疏俊、骈散兼容的文风,所以李详自然地过渡到对魏晋文风的崇尚。"容甫先生之文,熟于范蔚宗书,而陈乘祚之《国志》在前,裴松之注所采魏晋文最佳,华而不艳,质而不俚,朴而实腴,淡而弥永。容甫窥得此秘,语单复奇偶间,音节遒亮,意味深长。"③将魏晋文风和汪中文风的相似性揭示出来,突出两者的单复奇偶交错、音节遒亮的特征。李详学生蒋国榜云:"博学工文,有若孔巽轩、孙渊如、汪容甫、凌次仲诸子,皆能陶冶汉

① 孙万春:《缙山书院文话》卷三,王水照编:《历代文话》第六册,复旦大学出版社2007年版,第5951—5952页。

② 王葆心:《古文词通义》卷二,王水照编:《历代文话》第八册,复旦大学出版社2007年版,第7114—7115页。

③ 李详:《与钱基博四函》,《李审言文集》,江苏古籍出版社1989年版,第1050页。

魏六朝,或稍涉于初唐,以自成一家之言。吾师审言先生于扬州后容甫七十余年而起,独好容甫之文,而不袭其形似。国榜稍叩先生论文之说,曰:'积材宜富,取法宜上,摄于训诂,而归之典则,防其泛滥而为堤障,使于奇耦交会之中,有往复流连之致,则筌蹄皆在所弃矣。'"①也指明了才学兼得、骈散相宜的文风正是李详所推崇的。李详《学制斋骈文》整体上看散句较多,对偶也不甚工整,疏俊古艳。钱基博评《学制斋书札前言》云:"词笔疏俊,而气调岸异;繁彩勿务,古艳自生,乃正萧散似魏晋间人也。"②也可用来评价其骈文特点。"散文中或用骈语以整齐格局,骈文中或用散语以疏宕辞气,阳中有阴,阴中有阳,其用固相资也。"③正是对李详单复相间为体内涵的指向。

其次表现在直接对自然高妙和单复相间的文风的提倡,对单与复不足的分析。李详将姜夔论诗的"自然高妙"用来形容骈文:"余尝以此论骈文,雕纂字句与貌为瑰丽者,皆乏自然之趣,而余心以为未可焉。"④骈文难作,不关堆垛,不唯雕纂,妙在自然。这使得其对韩柳古文代兴加以积极评价:"韩柳代兴,雄健飙举,单复奇偶,错综自然,由是古文名焉。"⑤认为韩柳古文是单复奇偶自然演变的一个阶段,故不应将之和骈文截然分开。还认为六朝骈文奇偶相参,是自然演变而成,故笼统视六朝骈文为雕琢的观点不对:

> 文章自六经周秦两汉六代以及三唐,皆奇偶相参,错综而成。
> 六朝俪文,色泽虽殊,其潜气内转,默默相通,与散文无异旨也。
> ……盖误以雕琢视之,而未知其自然高妙也。⑥

单复奇偶各有得失,单奇易弱,复耦易缛,所以他明确宣扬骈文应:"以自然为宗,以单复相间为体,以貌为齐梁伪作为戒,以胡稚威为不可法,而以孔巽

---

① 李详:《李审言文集》,江苏古籍出版社1989年版,第754页。
② 钱基博:《学制斋书札前言》,《李审言文集》,江苏古籍出版社1989年版,第1035页。
③ 徐昂:《文谈》卷一,王水照编:《历代文话》第九册,复旦大学出版社2007年版,第8906页。
④ 李详:《学制斋骈文序》,《李审言文集》,江苏古籍出版社1989年版,第755页。
⑤ 李详:《龙宛居士集序》,《李审言文集》,江苏古籍出版社1989年版,第900页。
⑥ 李详:《答江都王翰棻论文书》,《李审言文集》,江苏古籍出版社1989年版,第1061页。

轩不薄初唐,阮仪征、孙渊如简淡高古为趋向。"①在 1927 年撰成的《骈文学》序文中,更加鲜明地表明了其融通骈散、情韵相生又自然天成的骈文观。"魏晋以后,稍事华腴之词,积而为骈四俪六,然犹或散或整,畅所欲言,情随境生,韵因文造。昭明所谓沈思翰藻,诚据自然之势,导源流之正,而文与笔划为二曲,由是成焉。笔为驰驱纪事之言,文为奇偶相生之制。"②对文笔重新定义,完全改变其乡贤阮元以声韵、对偶为文的观点,也不同于刘师培"非偶辞俪语,不足言文"的偏激主张。结合上面将古文定为奇偶单复的自然演变,可知李详也将古文纳入了"文"的范畴,这些是对其乡贤骈文理论的突破。因而李详自己创作也"恒思寓复于单,转意以句,而一往疲苶,微近自然,有仲宣之不足,好南威之轻议",③将单复相间,自然为宗的取向贯彻到自己的骈文创作中,所以其文具有魏晋不拘骈散的风格。

李详的骈文思想还体现在对桐城派末流枵腹空号,空疏不学和林纾古文的批评,主张学习魏晋疏散自然,奇偶交错之文和南朝任昉、沈约的骈文。此意主要见诸《国粹学报》第四十九期《论桐城派》一文,有云:

> 但其说既出,尊姚氏者,或负当世之望,因之有不考情实,雷同附和;又有挟恐见破,披猖愈盛者,姬传、鱼门之时,岂料及此。然鱼门之言,乾嘉时尚无敢以此号召当世。盖去诸老未远,一言不甚,则诘难蜂起。至道光中叶以后,姬传弟子,仅梅柏言郎中一人,同时好学为古文者,群尊郎中为师,姚氏之薪火于是烈焉。复有朱伯韩、龙瀚臣、王定甫、曾文正、冯鲁川、邵位西、余小坡之徒,相与附丽,俨然各有一桐城派在其意中,伯言亦遂抗颜,居之不疑。逮曾文正为《欧阳生文集序》,复畅明此旨,昭昭然若日月而行。夫文正功勋莫二,又为文章领袖,有违之者,惧为非圣之无法。惟巴陵吴氏,作书与文正,力自剖别。文正即答书,许其摘免。虽为一时相戏之言,其情固输服矣。文正之文,虽从姬传入手,后益探源扬、

---

① 李详:《与陈含光四函》,《李审言文集》,江苏古籍出版社 1989 年版,第 1058 页。
② 李详:《骈文学自序》,《李审言文集》,江苏古籍出版社 1989 年版,第 898 页。
③ 李详:《与孙益庵三函》,《李审言文集》,江苏古籍出版社 1989 年版,第 1039 页。

马,专宗退之,奇偶错综,而偶多于奇,复字单义,杂厕其间,厚集其
气,使声采炳焕而戛然有声。①

指出天下文章在"桐城",本为随意兴到之语,并不是产生时就有该派。但
由于姚鼐在当时古文的坛坫地位,使得雷同附和之人很多,摹仿学习之人很
多,特别是咸同年间,遂成一派。曾国藩对天下文章在桐城的强化,使得此
派更是流行。后又有曾门四大弟子,继承桐城古文衣钵而光大之。但到民
初,古文家只知依姚鼐以自固,句摹字剽,在承接转换用"也""邪""与"
"矣""哉""焉"等语气助词,宣扬所谓的桐城家法。李详此文针对性强,对
桐城末流缺点一针见血,因而在当时影响很大。1921 年,在为朋友作序时,
李详继续对之加以抨击:"自桐城派兴,和者弥众,一世钻仰,若尊律令,非
圣无法,莫敢訾议。惟揆之余心,殊多未喻。盖文为经国之大业,不朽之盛
事。于经疏,非徒摹拟字句,若度曲之谱,衡石之准,得其近似,遂足自鸣。
乃相率为不学无害,苟于从事,六经等束诸阁,子史比之玩物。"②"空疏无
识,至谓桐城义法衣被天下,如唱梵呗,寻声按谱,有契佛意,实则皆负如来
别义。"③李详重视东京文脉,讥讽桐城义法的摹拟呆板,背离文章真旨。又
用具体文章说明疏于求实是当时古文家的通病,④反复批评桐城末流不读
书,专致意于起结伏应等古文形式。

在批评桐城派的时候,李详对于从未谋面的林纾十分不满,对其古文、
小说点名批评:"昔曾语郑苏堪:'贵同年林琴南,舍同乡前辈朱梅崖学问不
顾,乃一意周旋马通伯及姚氏兄弟,将桐城派致之元天之上,其意云何? 不
过为觅食计耳。'奈后世公论何?⑤"反对将桐城派无限抬高的作法。又云:
"弟于畏庐,从未识面,而观其所译小说,重在言情,纤秾巧靡,淫思古意,三

---

① 李详:《学制斋文钞》卷一,《李审言文集》,江苏古籍出版社 1989 年版,第 888 页。
② 李详:《龙宛居士集序》,《李审言文集》,江苏古籍出版社 1989 年版,第 900 页。
③ 李详:《与孙益庵三函》,《李审言文集》,江苏古籍出版社 1989 年版,第 1038 页。
④ 如其《药里佣谈》卷六"吴挚父文"条批评其于考据特疏,并举《潘星斋侍郎神道碑》"道光
丙午典云南试,与滇督阮文达,赋诗相倡和"为证,阮元于道光戊戌予告,丙午正其在籍重赋《鹿鸣》
诗,不可能和潘唱和。参见《李审言文集》,江苏古籍出版社 1989 年版,第 722 页。
⑤ 李详:《与钱基博四函》,《李审言文集》,江苏古籍出版社 1989 年版,第 1048 页。

十年来，胥天下后生尽驱入猥薄无行，终以亡国。昔人言：'王、何之罪，淫于桀纣。'畏庐之罪，应科何律？"①对林纾翻译的外国小说，评为巧靡纤秾，使得后生晚辈猥薄无行，以至亡国。虽为偏激之论，但体现了李详的守旧复古之心。

李详对魏晋文风和任昉、沈约骈文的崇尚以及对桐城派的批评，在当时和刘师培观点最接近。刘师培在《汉魏六朝专家文研究》中对任昉骈文上下联承转自然给予较高评价。又对任昉文气疏朗、音节流畅加以褒扬："任彦升之文何尝不用典？而文气疏朗，绝无迹象，由其能化也。故知堆砌与运用不同，用典以我为主，能使之入化；堆砌则为其所围，而滞涩不灵。"②此外，刘师培在该书"论文章有生死之别"一节中，对于任昉骈文淡处传神、生气盎然的文风也加以肯定。刘师培之所以肯定任昉，其主要原因就是任昉骈文疏朗俊逸、活而不滞，气韵流畅，这些都与李详肯定任昉骈文的标准基本一致。对于桐城末流，刘师培同样十分不满："望溪方氏摹仿欧、曾，明于呼应顿挫之法，以空议相演，又叙事贵简，或本末不具，舍事实而就空文。桐城文士多宗之。海内人士亦震其名，至谓天下文章莫大乎桐城。厥后桐城古文，传于阳湖、金陵，又数传而致湘、赣、西粤。然以空疏者为之则枯木朽荄，索然寡味，仅得其转折波澜。惟姬传之丰韵，子居之峻拔，涤生之博大雄奇，则又近今之绝作也。"③批评桐城末流空疏不学、索然寡味的文风。1905年、1906年，刘师培先后在《国粹学报》上发表关于骈文发展流别和各家特点的论文，对于骈文形成、发展历史作了精炼合理的概括，为骈文史研究作了一个总结。④但其和李详的不同点在于，刘完全继承了阮元的文笔说观点，倡导韵偶之文，强调偶辞韵语才能称文，经子史排出在文之外；认为四六体卑但文正，视骈文为文体正宗。这是对嘉道以来骈散交融说的反动，因而遭到时人的反对。如章太炎在《文学论略》中就以考证"文"之本义对抗刘

① 李详：《与钱基博四函》，《李审言文集》，江苏古籍出版社1989年版，第1052—1053页。
② 陈引驰编校：《刘师培中古文学论集》，中国社会科学出版社1997年版，第124页。
③ 陈引驰编校：《刘师培中古文学论集》，中国社会科学出版社1997年版，第272页。
④ 对刘师培骈文理论的研究，参莫道才《20世纪前期骈文学术发展述论》，《东方丛刊》2000年第3辑。

师培对"文"的溯源,指出刘师培论文的矛盾性,公开反对以骈文为文章正宗,为晚清上演了一幕骈散相争的文剧。在清朝日薄西山之时,刘师培重新张扬骈文正宗说,除了文化上的恋旧和个人家学渊源外,清代骈文巨大成就的潜移默化也是不可忽视的原因。

总之,李详对民初骈文骛博尚侈、蔑古趋诡和摹拟塞浅的伪体进行了抨击,对于桐城末流固守家法,自尊坛坫,空疏不学的文风加以激烈的批评。他以杰出的骈文成就和学问,赢得了今人的高度评价。1983 年,张舜徽云:"扬州李审言先生,兴于清季,精于选学,能为沉博绝丽之文,早蜚声于士林,为长老所推重。"①王利器也云:"兴化李审言先生详,幼课《文选》,长而熟精选理,发为文章,以骈文知名当世。事出乎沉思,义归乎翰藻,牢笼百代,自铸伟词,一时有北王南李之称,王谓王式通书衡也。"②都实事求是地评价了其骈文和学术成就。但是,因为历史原因,对于李详研究很少,不得不令人遗憾。

二、孙德谦《六朝丽指》中的骈文思想

在李详驰骋骈文文坛的时候,孙德谦也竞声于江左。冯煦云:"并世作者,可得而言:夔生鹰扬于岭表(况中书周颐);芸子猿吟于蜀都(宋检讨育仁);静山鸿冥于毗陵(屠大令寄);审言鹤峙于淮左(李明经详):并抽秘骋妍,标新领异。今益庵异军特起,群列退辟,遗落铅华之末,振举尘埃之表。譬之繁卉沃若,崇兰扇其古馨;从灌森然,高梧挺其寒翠。独秀江东,未云多让。"③从当时骈文创作和理论实际看,孙德谦远超王式通。王国维认为孙德谦骈文胜过李详:"世之论骈偶文者,每与李审言明经并称曰李孙。而海宁王静安征君国维则语之曰:'审言过于雕藻,知有句法而不知有章法。君得流宕之气,我谓审言定不如君。'先生每引以自喜。"④可见,孙德谦的骈文

---

① 张舜徽:《李审言文集序》,《李审言文集》卷首,江苏古籍出版社 1989 年版。
② 王利器:《李审言文集序》,《李审言文集》卷首,江苏古籍出版社 1989 年版。
③ 冯煦:《六朝丽指序》,四益宧 1923 年刊本。
④ 王蘧常:《清故贞士元和孙隘堪先生行状》,孙德谦:《四益宧骈文稿》卷首,上海瑞华印务局 1936 年铅印本。

在民初较有影响。

孙德谦(1859~1935),字受之,一字寿之,号益庵,晚号隘堪居士,江苏元和(今吴县)人。思想保守,倡立存故学堂。平生笃志儒学,专事骈文,有《四益宦骈文稿》、《六朝丽指》传世。他和李详为好友,孙德谦为李详七十岁寿写寿文,序云:"余于先生,齿倍肩随,心同牙契。"寿文云:"群流仰镜,厥惟丽辞。其为丽辞,遒炼特工。笔振鸣凤,心抉雕龙。贞刚河北,英绝湘东。敢言无我,独秀称雄。窥刊《学制》,盛业乃彰。"[1]虽然孙德谦只比李详小一岁,但他对李详敬重有加,两人常书信往来,切磋骈文创作方法。在对魏晋文风的赏识和任昉、沈约骈文的崇尚上,两人观点大致相同。在骈文理论上,《六朝丽指》对六朝骈体文章,包括文体特征、语言形式运用及审美特点等作了较为深刻的评论,代表了孙德谦,也代表了民初骈文理论的最高水平。

六朝骈文体裁多样,应用广泛:"六朝骈体之盛,凡君上诰敕,人臣章奏以及军国檄移,与友朋往还书疏,无不袭用斯体。"[2]孙德谦为文崇尚六朝:"夫骈偶之文,六代尚矣。其琢辞新炼,造字精奇,意通于比兴,气行乎远宕。得画理者山川写其幽,练世者风云壮其幻。凡晋宋以来,颜谢腾声,任沈齐誉,醴陵擅藻艳之美,兰成尽开阖之能,名家响臻,于斯为盛。尝谓作骈文者,必取裁于此,亦犹诗学三唐,词宗两宋,乃为善耳。"[3]对六朝骈文的遣词造句、比兴寄托及文气远宕等都加以肯定,将之和唐诗、宋词并列为骈文的鼎盛时期。《六朝丽指序》云:

> 丽辞之兴,六朝称极盛焉。夫沿波者讨源,理枝者循干。作为斯体,不知上规六朝,非其至焉者矣。唐宋以来,各擅其胜,爰迨近彦,颇亦为工。然北江杰材,别成其派衍;南城辑略,群奉为正宗。六朝之气韵悠闲,风神散荡,飙流所始,真赏殆希,亦由任陆楷模,得世缵而显;魏邢优劣,唯孝徵则知。未有下帷钻坚,升堂睹奥,沾

---

① 孙德谦:《李审言七十寿颂》并序,《四益宦骈文稿》,第12页。
② 孙德谦:《六朝丽指》,四益宦1923年刊本,第4页。
③ 孙德谦:《骈体文林序》,《四益宦骈文稿》上卷,第16页。

逮来哲,譬晓密微故也。……其缛旨星稠,逸情云上,缀字通《苍》、《雅》之学,驭篇运骚赋之长,骈俪之文,此为归趣。又况王筠妍炼,独步名家;仲宝典裁,腾芬当世者焉。……见其气转于潜,骨植于秀,振采则清绮,凌节则纡徐。缋类新奇,会比兴之义;穷形抒写,极绚染之能。至于异地隽才,刚柔昭其性;并时其誉,希数观其微。①

对六朝骈文气韵悠闲、风神散荡和气转于潜、骨植于秀、振采则清绮,凌节则纡徐等特征以及作者才学兼修,情文兼擅等素质都加以赞扬。这种批评既继承了前人的骈文理论,又镕铸了自己对骈文的独特感受,深化了对六朝骈文的批评。

在刘师培重新张扬骈文正宗说之后,骈文家就不能绕开对骈散的态度问题。孙德谦在骈散问题上和李详一致:反对骈散之分,主张骈散交融。认为:"文章之分骈散,余最所不信。何则? 骈体之中,使无散行,则其气不能疏逸,而叙事亦不清晰。"②又以傅亮《为宋公至洛阳谒五陵表》为例,说明其和散文一样,几无偶句,但不得不以骈文视之,从而提出骈文之要,当玩味其气息,而不是仅看其骈偶。强调:"骈散合一,乃为骈文正格。倘一篇之内,始终无散行处,是后世书启体,不足与言骈文矣。且所谓骈者,不但谓属对工丽,如一句冗长,当化作两句,或两句尚嫌单弱,则又宜分为四语,总视相体而裁耳。"③并以庾信的碑志为例,分析一篇之中骈散交融的作用:"观其每叙一事,多用单行,先将事略说明,然后援引故实,作成联语,此可为骈散兼行之证。夫骈文之中,苟无散句,则意理不显。吾谓作为骈体,均当如此,不独碑志为然。譬之撰诗赋者,往往标明作意,列序于前,所以用序者,盖序即散体而诗赋正文则为骈矣。使诗赋语极秾丽而无序言冠于其首,读至终篇,竟不知其旨趣何在,犹骈偶文字,通体属对,甚至其人事实,亦从藻饰,将何免博士买驴之诮乎! 病之所在,由未识寓散于骈也。故子山碑志诸文,述

---

① 孙德谦:《六朝丽指序》,《四益宧骈文稿》上卷,第8—9页。
② 孙德谦:《六朝丽指》,四益宧1923年刊本,第19页。
③ 孙德谦:《六朝丽指》,四益宧1923年刻本,第27页。

及行履,出之以散,而骈俪之句则接于其下。推之别种体裁,亦应骈中有散。如是则气既舒缓,不伤平滞,而辞义亦复轩爽。"①指出只有骈中有散,才能文气舒缓,不伤平滞,辞义通达。故为骈文不能只知泛填事类、纯用排比、专务华艳,而应视文章需要,散骈结合。一篇之中,骈散融合为《六朝丽指》的指导思想。纵观全书,其内容大略如下:

"主气韵勿尚才气,崇散朗勿擅藻采"为孙德谦评论骈文的核心思想。

论骈文主气韵,既受古文家以气论文的影响,也是嘉道以来骈文文气论发展的自然结果。这里的气韵为阴柔舒缓之气,而不是阳刚雄伟之气,因此孙德谦肯定疏宕、舒缓的骈文文风。其云:"抑又闻之,子桓论文以气为主,但清浊之差,犹易窥测,刚柔之质,自判阴阳。昔贤谓宣城撰史,创立文苑。其文气体卑弱,适见世衰。岂知骈俪一家,无取雄伟。尝试论辟,粗足形容。逸士萧闲,自具林泉之性;良媛贞静,讵假涂泽之华。讽高历赏,微会此旨。至或遣辞,辄复抑之使沉,以为六代文字,柔缓为尚,舒扬其气,不能节奏同检也。"②肯定以柔缓为尚、舒扬其气的六朝骈文。又云:"以吾言之,六朝骈文即气之阴柔者也。尝试譬之人,固有英才伟略,杰然具经世志者,文之雄健似之;若高人逸士潇洒出尘,耿介拔俗,自有孤芳独赏之概。以言文辞,六朝之气体闲逸则庶几焉。《易》曰:'一阴一阳之谓道',斯岂道为然哉。六朝文体,盖得于阴柔之妙矣。"③将雄健和阴柔视为文气的两大类别,各有千秋。而六朝骈文气体闲逸,实属阴柔之气。它有自己的内涵,即懦钝、阐缓的行文方式和潜气内转,上抗下坠的转承方式。故对梁简文帝所云"比见京师文体,懦钝殊常,竞学浮疏,争为阐缓"的否定指向,孙德谦则加以肯定,认为六朝骈文长处恰在此处:"六朝骈文,绝不矜才使气,无有不疏宕得神,舒缓中节。似失之懦钝者,不知阳刚阴柔,古今自有两种文体。若泥简文之说,而即以摈黜六朝则非也。"④从文气的疏宕和音律的舒缓来重释懦钝、阐

---

① 孙德谦:《六朝丽指》,四益宦 1923 年刻本,第 26 页。
② 孙德谦:《复李审言论骈文书》,《四益宦骈文稿》下卷,第 4 页。
③ 孙德谦:《六朝丽指》,四益宦 1923 年刻本,第 8 页。
④ 孙德谦:《六朝丽指》,四益宦 1923 年刻本,第 7—8 页。

缓,认为这正是六朝文风阴柔之美的表现。孙德谦还将《南齐书·文学传论》的文章三体论分别以疏缓、对偶、雕艳特征概括之,反原文贬义而行之,认为"治六朝文者,转可于此求之,且沿流溯源,谓出灵运、鲍照诸家,又可知彼时文字之所本"①,从疏缓中追溯骈文特征源流。又从朱一新《无邪堂答问》论六朝骈文"潜气内转,上抗下坠"来探求其行文承接启合变化,指出六朝骈文表面上文句似不相接,又没有转接词,其实其文气在意义重复时已经转接。如其举刘柳之《荐周续之表》:"虽汾阳之举,辍驾于时艰;明扬之旨,潜感于穷谷矣"为证云:"上虽用'虽'字,而于'明扬'句上并无'而'字为转笔,一若此四语中,下二语仍接上二语而言,不知其气已转也。"②就从隔句对中上下联不用虚字,而文气自然承转来说明其疏缓特征。这和韩愈倡导的古文"气盛言宜"不同:古文重在气畅,而骈文则重在气缓:

> 六朝文中往往气极道炼,欲言不言,而其意则若即若离,急转直下者。……又谢朓《随王赐〈左传〉启》:"朓未睹山笥,早懵河籍,业谢专门,说非章句。"此下亦当言"得承颁赐,有此《左传》"一书,然后接"庶得既因而学,括羽莹其蒙心;家藏赐书,簏金遗其贻厥",今并不言及"赐"字,而"未睹山笥"四句,只作谦逊之词迳出,此"庶得"两字,文气亦不贯穿,苟非深知六朝文诀,必疑其辞不逮意矣。③

欲言不言、若即若离中实现文意的承转,表面上文气不畅,仔细体会文气实转。这正是六朝骈文对偶句式影响下的妙处。

骈文疏缓的文气,贵在不假虚字而文气流通的内转所带来的通体之气韵,因而孙德谦论骈文风格用"气韵",而不用"才气"。其师王先谦《骈文类纂序》中以才气论骈文,孙德谦主张应以"气韵"。认为六朝骈文:"盖以气韵胜,不必主才气立说也。余尝以六朝骈文,譬诸山林之士,超逸不群,别有

---

① 孙德谦:《六朝丽指》,四益宦 1923 年刻本,第 15 页。
② 孙德谦:《六朝丽指》,四益宦 1923 年刻本,第 9 页。
③ 孙德谦:《六朝丽指》,四益宦 1923 年刻本,第 24—25 页。

一种神峰标映,贞静幽闲之致。其品格孤高,尘氛不染,古今亦何易得,是故作斯体者,当于气韵求之,若取才气横溢,则非六朝真诀也。"①才气重在内在的积累,而气韵则重在外在的韵味,重在一种自然风神,即重在其所强调的疏宕的文气和舒缓的音节。所以他为文更重晋宋疏朗逸致之风所带来的气韵:"作为文字,晋宋是师。傅季友之淡思,范蔚宗之逸致,时用握睄,气韵尚焉。近则益以延年密裁,醴陵遒藻。"②反复表明对范晔、傅亮骈文的欣赏。"平生慕悦,惟在晋宋。蔚宗、季友,抑何峻逸,期以妙造,自在涤除绮靡之音,不与颓流日习,此则仆所谨谨者耳。"③重视范晔《后汉书》叙论部分,"叙事则简净,造句则研炼,而其行气则曲折以达,疏荡有致,未尝不证故实肆意议,篇体散逸,足为骈文大家"④,强调的也是其疏宕散逸之气。具体到自己的骈文创作,孙德谦就以"啴缓"作为规则,即使遭到讥笑也在所不惜:"仆少好斯文,迄兹靡倦。但竞学啴缓,或贻简文之讥;不足起衰,致病仲宣之弱。"⑤王蘧常在其孙德谦行状中评其论文云:"大指主气韵勿尚才气,崇散朗勿擅藻采,皆发于前人所未发。"⑥就把握了其骈文论主旨。当然,发前人所未发实为夸张,不过是在前人"才气"论基础上更加明确、深化而已。

　　这种以气韵论骈文、讲究骈文疏宕散逸风格,影响到诵读上,就是要注意轻重缓慢和语气的抑扬顿挫,不能急读。"六朝之文,其气疏缓,吾即从而缓读之,乃能合其音节。如使急读,将上下文连接而下,有不知其文气已转者;并有读至篇终,似觉收束不住,此下又疑有阙脱者,实则只在读时须舒缓,而不出以急迫,则其文自成结构,由于读之贵得其道也。"⑦只有缓读,才能体会到六朝骈文的气韵、节奏,这和散体文需要重读振气截然不同。因而读六朝文,宜以轻读为主,视具体语境可以有重读。如他举沈约《为武帝与

---

① 孙德谦:《六朝丽指》,四益宦 1923 年刻本,第 11 页。
② 孙德谦:《文选学通义序》,《四益宦骈文稿》上卷,第 9 页。
③ 孙德谦:《复李审言论骈文书》,《四益宦骈文稿》下卷,第 4 页。
④ 孙德谦:《六朝丽指》,四益宦 1923 年刻本,第 55 页。
⑤ 孙德谦:《致李审言书》,《四益宦骈文稿》下卷,第 4 页。
⑥ 王蘧常:《清故贞士元和孙隘堪先生行状》,《四益宦骈文稿》卷首。
⑦ 孙德谦:《六朝丽指》,四益宦 1923 年刻本,第 21 页。

谢朓敕》和萧统《陶渊明集序》云："'必不以汤有惭德,武未尽善,不降其身,不屈其志。使璧帛虚往,蒲轮空归。'此处即应重读顿住,其'倾首东路'下乃是属后说。昭明《陶渊明集序》:'宜乎与大块而盈虚,随中和而任放。岂能戚戚劳于忧畏,汲汲役于人间?'此又当重读束住矣。'齐讴赵女'云云,读之不善,连接上文,意既不合,气亦不贯。陶集有一本于'间'字出'哉'字,加一'哉'字,即易辨别,然能知重读之法,则亦不必有虚字,可以悟矣。"①从骈文的特殊结构来探讨其诵读之法,为孙德谦对六朝骈文批评的创新。钱基博云:"主气韵,勿尚才气,则安雅而不流于驰骋,与散行殊科。崇散朗,勿矜才藻,则疏逸而无伤于板滞,与四六分疆。"②正是对孙德谦"气韵"、"散朗"观点的具体继承和阐释。

"骈文之有任沈,犹诗家之有李杜",推崇任昉、沈约的骈文,将其视为骈文最高成就的代表,是孙德谦《六朝丽指》的重要内容。这也是孙德谦崇尚气韵、推崇疏宕散逸的骈文风格的自然结果。

从晚明直到乾嘉时期,六朝徐庾一直被视为骈文的最高代表。特别是乾隆时官修《四库全书总目》中将庾信定为"四六宗匠",徐陵定为"一代文宗",其地位几无撼动。但随着骈文风气崇尚的变化,到光绪年间,任昉、沈约的骈文地位逐渐升高。据目前所见,朱一新首先明确地将任沈比之为诗家之李杜,即骈文最高成就的代表。其云:"晋宋力弱,特多韵致,亦由清谈之故。其体较疏,犹有东汉遗意。至永明则变而日密,故骈文之有任沈,犹诗家之有李杜也。李存古意,杜开今体,任沈亦然。任体疏,沈体密,梁陈尤密,遂日趋于绮靡。"③后来刘师培在论中古文学时也对任昉的骈文给予高度评价。但两人都不是在专门的骈文论著中提出,因而对后世影响不大。在继承朱一新论调的基础上,孙德谦重新强调这点:

> 骈文之有任沈,犹诗家之有李杜,此古今之公言也。二子之文,就昭明所录与诸选本观之,彦升用笔稍有质重处,不若休文之

---

① 孙德谦:《六朝丽指》,四益宦 1923 年刻本,第 21 页。

② 钱基博:《骈文通义·典型》,上海大华书店 1934 年版,第 23 页。

③ 朱一新:《无邪堂答问》,吕鸿儒、张长法点校,中华书局 2000 年版,第 89 页。

秀润,时有逸气,为可贵也。①

将任沈比作李杜,并不是古今公言,到晚清才有此说。孙德谦之所以高扬任沈,是因为其骈文秀润、时有逸气,即上文所讲的疏缓之气。换言之,即任沈符合孙德谦骈文崇尚散逸、气韵的审美标准。对于同样文气散朗的江淹、鲍照,他也十分推崇,有云:"六朝之文,艳丽莫如江鲍。然观文通《为萧拜太尉扬州牧表》所云'元文既降,雕牒增辉,礼蔼前英,宠华昔典,景能验才,无假外镜。撰己练志,久测内涯。与寸亮尺素,频触瑶纩,丹情实理,备尘珠冕',雕琢极矣。乃此下接云'所以迥惧鸿威,后奔殊令者也',其后又云:'咸以休对性业,裁成器灵,讵有移风变范,克耀伦序者乎',无不用顿宕之笔。后人但赏其藻采,而于气体散朗则不复知之。故即论骈文,能入六朝之室者,殆无多矣。"②承认江鲍的艳丽,但更加推崇其气体散朗和顿宕之笔。此外,肯定江鲍骈文也与其肯定晋宋萧疏文风有关:"六朝之文,在齐梁时繁缛极矣。晋宋之间,往往神韵萧疏,饶有逸趣,故论骈文当以晋宋为一格。"③反对齐梁过于繁缛,肯定晋宋骈文神韵萧疏、饶有逸趣,其实也和上面所讲的崇尚气韵一致。孙德谦不仅在《六朝丽指》中崇尚阴柔、啴缓的气韵和疏缓的任沈骈文,在与友人的书信中也同样这样认为:"然以言骈文,则阴柔为贵。何者? 竞学浮疏,争为阐缓,梁简文与湘东王书,虽病乎当时文体,失之懦钝,实则六代作者,疏逸有致,简缓为节,此其所长也。……骈偶之中,任沈为杰,皆气体散朗,纡馀生妍。生平慕悦,在兹弥笃。……至如宋来骈体,秀采外扬,潜气内转,往往寻变入节,极抗坠之能。雅奏终篇,绝缭绕之响。其间又须优游适会,从容率情,始足得之。"④明确地解释了骈文阴柔风格的内涵和崇尚任沈骈文的原因。孙德谦推崇任沈和江鲍得到了时人李详的赞同,其云:

　　此书(注:《六朝丽指》)一出,将使《法海》为附赘,《丛话》为

①　孙德谦:《六朝丽指》,四益宦 1923 年刻本,第 54 页。
②　孙德谦:《六朝丽指》,四益宦 1923 年刻本,第 55 页。
③　孙德谦:《六朝丽指》,四益宦 1923 年刻本,第 59 页。
④　孙德谦:《复王方伯论骈文书》,《四益宦骈文稿》下卷,第 5 页。

卖饼矣。……尊言江鲍既当,而极推任沈,谓犹诗家之有李杜,岂
不信然! 隐侯、彦升,诗与文异,诗嫌藻缋,文则婉劲,下开子山。
先生之尊任沈,殆为不刊之言。近贤高自标置,貌为高古,实则艰
深文陋,自矜己出,如魁纪公,不知流入徐彦博涩体限内。①

李详从文之婉劲、下开庾信来肯定任沈的骈文宗匠地位,也与他骈文崇尚散
朗、主张骈散交融有关。因徐庾骈文形式过于工整、华丽,在崇尚魏晋散朗
文风的年代里,其地位往往不高。三十年代,钱基博也袭用朱一新和孙德谦
的这句原话,云:"骈文之有任沈,犹诗家之有李杜也。李存古意,杜开今
体,任沈亦然! 任体疏,沈体密。"②但依据的却是任昉骈文存古意、沈约骈
文创新体,而不是其气韵。同时,钱基博也批评任昉骈文隶事太多,事事征
实,从而易伤板滞,丰富了对任沈骈文的理解。和任沈不同的是,徐庾骈文
地位在《六朝丽指》中得到的评价不高:"若以唐文较之,唐代骈文,无不壮
丽,其源出于徐庾两家,徐庾文体亦极藻艳调畅,然皆有遒逸之致,非仅如唐
文之能为博肆也。"③虽没有明确批评徐庾,但对其藻艳调畅的风格是不满
意的,而且他否定唐代骈文只知博肆,其唐代骈文的来源又是徐庾,因而实
际上也是不满徐庾文风的。

探讨六朝骈文的对偶、隶事和遣词造句特征等也为《六朝丽指》的重要
内容。

骈文本质上是一种追求形式美的文学。六朝骈文虽多文质兼善,但不
可否认其形式追求也达到了高峰。文人崇尚对偶,运用对偶写作骈文,久而
久之导致形成一种集体无意识,以至持续不已,成为共同倾向。朱光潜《诗
论》说:"文字的构造和习惯往往能影响思想。用排偶文既久,心中就于无
形中养成一种求排偶的习惯,以至观察事物都处处求对称,说道'青山'便
不由你不想到'绿水',说道'才子'便不由你不想到'佳人'。中国诗文的

---

① 李详:《与孙益庵(德谦)三函》,《李审言文集》,江苏古籍出版社 1989 年版,第 1037—1038
页。
② 钱基博:《骈文通义·流变》,上海大华书局 1934 年版,第 14 页。
③ 孙德谦:《六朝丽指》,四益宦 1923 年刻本,第 31 页。

·278·

对偶起初是自然现象和文字特性所酿成的,到后来加上文人求排偶的心理习惯,于是就'变本加厉'了。"①对偶为骈文主要形式特征,但到清末民初时,平仄不谐、对切不工的风气很浓。对此,孙德谦认为:

> 既是骈文,字句之间当使铢两悉称。北魏孝文帝《与太子论彭城王诏》:"清规懋赏,与白云俱洁;厌荣舍绂,以松竹为心。"……若讲属对,皆未惬当。……彼时文字,以气体胜。至后人学之,适见其荒俭。如此摹古,非孙子所谓善之善者。窃谓句对宜工,但不可失之凑合,或有斧凿痕,当如孟嘉所谓渐近自然则得矣。又文之有声律,自休文而后,遂益精密。然江文通《建平王聘隐逸教》"周惠之富,犹有渔潭之士;汉教之隆,亦见栖山之夫。"……姑举此两篇,并不谐协。此足征古人为文,本不拘拘于音律也。乃后人明知有韵书,而故使之平仄不调,则失之易矣。姑余论骈文,平仄欲其协,对切欲其工,苟有志乎古,所贵取法六朝者,在通篇气局耳。往尝作一篇成,取六朝文涵泳之,观能否合其神韵,有不善者,则应时改定,彼貌为高古,但求形似者,吾无取也。②

指出六朝时骈文以气体胜,故对偶自然而不拘泥工整;当时音韵不明,故平仄不调,不拘声律。但后世创作骈文,在韵书、对偶发展较为成熟的时候,则应该平仄和谐,对仗精工。又具体分析六朝骈文中的特殊对偶不工现象,一直认为正对为工,但有的事贫于作对,则可灵活变通。如上句为古人姓名,下句则可以借地名物名为对,不可过于拘泥刘勰上下当取古人姓名以对的说法。孙德谦云:"庾子山《周柱国长孙俭神道碑》:'思皇多士,既成西伯之功;俊德克明,乃定南巢之伐。''西伯',人也,'南巢',则地也,以地对人,六朝自有其例。彦和'人验'之说,亦可不拘矣。至傅季友《为宋公修楚元王墓教》:'甘棠犹且勿剪,信陵尚或不泯',则且以人物作对,何在必举人验

---

① 朱光潜:《朱光潜全集》第三卷,安徽教育出版社1987年版,第202页。
② 孙德谦:《六朝丽指》,四益宦1923年刻本,第68—69页。

哉!"①同时,骈文不应全对偶,否则易伤文气:

> 作骈文而全用排偶,文气易致窒塞,即对句之中,亦当少加虚字,使之动宕。六朝文如傅季友《为宋公求加赠刘前军表》:"俾忠贞之烈,不泯于身后;大费所及,永秩于后人。"任彦升《宣德皇后令》:"客游梁朔,则声华籍甚;荐名宰府,则延誉自高。"邱希范《永嘉郡教》:"才异相如,而四壁徒立;高惭仲蔚,而三径没人。"或用"于"字,或用"则"字,或用"而"字,其句法乃栩栩欲活。至庾子山《谢滕王集序启》:"譬其毫翰,则风雨争飞;论其文采,则鱼龙百变。"更觉跃然纸上矣。然使去此虚字,将譬其论,其易为藻丽之字,则必平板而不能如此流利矣。于是知文章贵有虚字旋转,其间不可落入滞相也。②

用具体例文来说明骈文对句之中要少加虚字,使得对偶动宕、流动。这种虚字,和其"潜气内转"中的虚字不同。此指在隔句对中的每联之中加虚字,通常是语气助词;而彼则是隔句对的上下联之间过渡的地方不加虚字。同时,孙德谦对于有些六朝骈文雕章琢句,为了上下对偶,省略了字句不满,认为失之草率,使得句意不全。如云:"宗元饶《劾陈裒奏》'而禀兹严训,可以属精',于'属精'下应加'求治'等字;邱希范《与陈伯之书》'若遂不改,方思仆言',于'不改'下亦应加'前非'等字;又沈休文《报博士刘杳书》'便知此地,自觉十倍','此地'之下,亦似缺去两字。至其《答乐蔼书》有云'宜须盛述,实允来谈',于'盛述'下亦应增加两字,辞句方足。"③指出了六朝骈文为形式而省略不当的通病。又认为只有不害文意,对偶用典时可以加工。"读六朝文,亦当知此。宋武帝《与臧焘敕》'独习寡悟,义著周典',此必用《礼·学记》:'独学而无友,则孤陋而寡闻。'如论文辞,应作'独学寡闻',使考据家于此,必将证其讹误矣。今若此者,但识其志趣所在,则无庸哓哓

---

① 孙德谦:《六朝丽指》,四益宧 1923 年刻本,第 10 页。
② 孙德谦:《六朝丽指》,四益宧 1923 年刻本,第 11—12 页。
③ 孙德谦:《六朝丽指》,四益宧 1923 年刻本,第 25 页。

至辨也。陈后主《与江总书》:'晚生后学,匪无墙面,卓尔出群,斯人而已。'墙面者,《论语》'人而不为《周南》、《召南》,其犹正墙面而立与',乃言不学也。今其意盖谓亦有向学者,不适与之相反乎! 实则此处欲明:虽有学者,不足出群,出群者惟斯人耳。苟通其志,不必校其异同矣。六朝诸家,于无可属对者,往往化骈为散,即使两句相对,而不嫌其重沓者。或事非一人,或时分两代,极之意虽从同,而于用字则有判别。沈休文《为武帝与谢朏敕》"璧帛虚往,蒲轮空归",下一"往"字、"归"字,亦不使伤于复出。夫骈文诚不可无对偶,然岂可率而操觚耶?"①指出了六朝骈文对偶艺术的必要性和复杂性。此外,孙德谦还强调骈文应于排偶之中,行开合之法,即上下联文意的照应、衔接,这里不多说了。

骈文需用典,清代骈文尤其强调引证故实。孙德谦认为隔句对四句中,如每句各表一事,互不关联,就会失之率易,等于杂凑,应该两句为一意。如他所引梁元帝《次建业诏》"爰始居亳,不废先王之都;受命于周,无改旧邦之颂",沈炯《劝进梁元帝第二表》"比以周旦,则文王之子;方之放勋,则帝挚之季",王融《上北伐图疏》"桓公志在伐莒,郭牙审其幽趣;魏后心存去汉,德祖究其深言"等例句都是上下句合起来言一件事,即每联的上下两句融合起来解释一个典故,这也是很多骈文我们虽然不懂其典故来源,但看其上下句就懂其基本意思的原因。如果每联上句为一事,下句为另一件事,两者互不关联,那对于文意的理解就难多了。对于六朝骈文五种典范的用典方法,孙德谦也一一指出:

> 梁简文《叙南康简王薨上东宫启》:"伏惟殿下爱睦恩深,常棣天笃,北海云亡,骑传余稿;东平告尽,驿问留书。呜乎此恨! 复在兹日。"此陈古况今,并以足其文气也。倘无北海两人故事,文至爱睦二语,不将穷于辞乎! 故古典不可不谙习也。有此古典,藉以收束,而文气亦充满矣。卢子行《为百官贺甘露表》:"昔魏明仙掌,竟无灵液;汉武金盘,空望云表,岂若神浆可把,流味九户之前;天

———————————

① 孙德谦:《六朝丽指》,四益宧1923年刻本,第44—45页。

酒自零,凝照三阶之下。"此借以衬托,用彰今美也。故典实不必确切,犹仙掌等事,虽亦可以比拟,尚不如今之甘露真为瑞应也。庚子山《为齐王进赤雀表》:"南阳雉飞,尚论秦霸;建章鹊下,犹明汉德。当今天不爱宝,地必呈祥,自应长乐观符,文昌启瑞。"此别引他物,取以佐证也。题为赤雀,而偏举秦之雉飞,汉之鹊下,来相附丽,是明知其不类,故用尚论,犹明以申说之。凡事有无从数典而行旁证之法者,于斯表可睹矣。刘孝仪《从弟丧上东宫启》:"虽每想南皮,书忆阮瑀;行径北馆,歌悼子侯。不足辈此深仁,齐兹旧爱。"此义颇相符,反若未称者也。启文既上,东宫引"'南皮'、'北馆',亦极典雅,犹有不足"云云,可见他文中所谓"方之蔑如,曾何足踰",皆是伸此所以屈彼,然后知罗列旧典,贵能变化,否则何不择切合者从之乎!江总《为陈六宫谢表》:"借班姬之扇,未掩惊羞;假蔡琰之文,宁披悚戴。"此无涉本题,尽力描摹者也。班姬、蔡琰,虽略贴六宫,然文于此,盖是借其扇以写惊羞,假其文以形悚戴。上句言谢,下句言表,故至此亦遂终篇。又足征文中随拈往典,与题无关,可以供我驱遣,特在善用之耳。①

从"陈古况今、足其气势"、"借以衬托、用彰今美"、"别引他物,取以佐证"、"义颇相符,反若未称"、"无涉本题,尽力描摹"等五个方面详细说明六朝骈文用典方式和作用,结合具体的文例阐释,具有较强的说服力,也是骈文理论史上最为详细的用典阐释。此外,孙德谦在隶事上主张正面铺写和侧面烘托结合,即典故的精确性和相似性的结合,不应该拘泥于上下联典故的唯一确切性。具体表现就是即使典故中出现的人物,虽性格、本事等类别不同,但仍可以对举,不必拘泥于《礼记》中"拟人必于其伦"之说,这样才能使得文意不致枯窘。还强调六朝骈文引用古籍,以虚作实的隶事手法:

> 如"则哲"之为"知人","贻厥"之为"孙谋",已如前所述矣。其间又有证以经传,若不知其为隶事者。梁武帝《申饬选人表》

---

① 孙德谦:《六朝丽指》,四益宦 1923 年刻本,第27—28 页。

"有后门以过立,试吏八元立年"等语,"过立"与"立年",循诵其上下文,有"甲族以二十登仕",乃知此立字即《论语》"三十而立"义也。傅季友《为宋公修张良庙教》、任彦升《为范始兴求立太宰碑表》,一则言"冠德如仁",一则言"道被如仁",所谓"如仁"者,亦本《论语》孔子之称管仲"有如其仁","如其仁"之说,盖以"如仁"隐切管仲也。何以知"如仁之隐"切管仲?观傅氏文,上云"参轨伊望"则此"如仁"两字,岂非就管仲而言乎!不明称管仲,以"如仁"代之者。两家文中或云"微管之叹",或云"功参微管",所以避复出,亦其运典之新奇,但取暗合也。……读六朝文字,此等隶事之法,须知之。①

对骈文隶事中的语典作了阐释,但此语典不是照抄古籍,而是结合文意,改头换面而成。这就需要熟悉文意和典故来源,还需要考虑其语境。如果读者不理解语典本来出处,就会觉得较为晦涩,反之,如果饱读诗书,知道来源,那就会对这样的语典心领神会。孙德谦反对骈文创作中文字的直接摹拟古人,主张改易字句,剪裁加工,不要像宋四六那样照搬前人成语。

此外,孙德谦对于骈文的遣词造句、行文方式等也加以探讨。其云"从事骈文而不识代字之诀,则遣辞造句,何能古雅?此六朝作者所以多通小学也。"②将古雅和代字诀结合起来,再将代字诀和学问结合起来,所以骈文需要精通小学。代字诀即修辞上的借代,目的是避陈取新,避俗求雅,不可故求生僻。他以江淹《齐太祖诔》"誉馥区中,道蒦泯外"和《为萧拜太尉扬州牧表》"礼蔼前英,宠华昔典"为例云:

　　"馥"、"蒦"、"蔼"、"华",皆代字也。使非代字而曰:"誉播区中,道高泯外"有能如是之研炼乎?蔼之训为"茂",华之训为"盛",如谓"礼茂前英,宠盛昔典",即用其字本义,未尝不善,究不若"蔼"、"华"代字之艳丽也。他如邱希范《永嘉郡教》:"曝背拘

---

① 孙德谦:《六朝丽指》,四益宦 1923 年刻本,第 50 页。
② 孙德谦:《六朝丽指》,四益宦 1923 年刻本,第 18 页。

牛"，以"拘"代"牵"；孔稚圭《北山移文》："架卓鲁于前篆"，以"架"代"驾"，《史记·六国表》："学者牵于所闻"，注：拘也，知"拘牛"者"牵牛"也。然竟用牵牛，则字为习见，故以拘字代之。"架"，《广韵》，举阁也，此谓举阁于卓鲁之上也。"驾"者，《左传》昭元年，"犹诈晋而驾焉"。杜注：驾，犹陵也。字虽不通用，而其取陵驾之意则相同。故知"架"为"驾"之代字。《诗品》专用"陵架"亦取此"架"字。①

这种借代，在古人所处的文化环境中，在所谓的贵族文学圈中，在尚古炫博的文学创作中，增加的不是深僻塞涩，而是古雅博学。这也是骈文需要徵实的原因之一。"然则学为骈文，其可不攻小学乎！六朝骈文之工，亦其小学擅长也。"②正因为骈文离不开小学，所以孙德谦也在《六朝丽指》中对字义加以考索。如：

> 梁元帝《荐鲍几表》："脱蒙显居良局，登以清贯。"简文帝《与萧临川书》："脱还邺下。"徐孝穆《与李那书》："脱惠笺缯，慰其翘结。"周宏让《荐方圆书》："脱能登此仄陋。"又："脱不能贲然来思。"又："此举脱复入听。"邢子才《请置学及修立明堂奏》："脱复稽延。"昭明太子《谢敕赉地图启》："脱逢壮武。"此数"脱"字，皆似作"若"字解。考之字书，并无斯义。且前人文辞亦不经用，吾疑乃六朝方言也。昔荀子时言"安"，屈子时言"羌说"者，每以方言释。六朝文之屡见"脱"字，其为方言可知矣。靖节诗"脱有经过"，便是在晋宋之际，固已行之，所谓"脱有"者，亦是若有耳。③

就考证了"脱"字在当时骈文中的意义。此外，对于沈休文《为武帝与谢朏敕》中的"纡贤之愧"之"纡"、江文通《为萧拜太守扬州牧表》中的"静民纽乱"之"纽"、王褒《与周宏让书》中的"铲迹幽溪"之"铲"、王僧达《祭颜光禄

---

① 孙德谦：《六朝丽指》，四益宦 1923 年刻本，第 17 页。
② 孙德谦：《六朝丽指》，四益宦 1923 年刻本，第 40 页。
③ 孙德谦：《六朝丽指》，四益宦 1923 年刻本，第 51—52 页。

文》中的"娥月寝耀"之"寝"等字，孙德谦都一一考证其炼字妙处，体现了学问和骈文的统一。

孙德谦不仅对骈文形式特征有较为详细的评论，还对骈文创作方法，如比兴、烘托、夸饰等方法都加以评点，这也是《六朝丽指》中的重要内容。骈文赋比多而兴少一直受到文人的批评。陈衍云："习为骈体文者，往往诗情不足，以在六义中赋、比多而兴少，《颂》、《大雅》多而《风》、《小雅》少也。"①孙德谦第一次用比、兴来论六朝骈文。其云：

> 吾读六朝骈文，观其遣辞用意，深得《风》诗比兴之旨。刘孝仪《谢东宫赐城傍橘启》："宁以魏瓜，借清泉而得冷；岂如蜀食，待饴密而成甜。"庾慎之《谢东宫赐宅启》："交垂五柳，若元亮之居；夹植双槐，似安仁之县。"又《谢赉梨启》："事同灵枣，有愿还年；恐似仙桃，无因留核。"即由此三篇言之，六朝文字犹有诗人比兴之遗焉。②

其含义就是骈文家用比拟或先言他物以引起所咏之物的方法来委婉、曲折地表达自己的感情，和烘托法有类似之处。"闻之画家有烘托法，于六朝骈文中则往往遇之。梁元帝《谢东宫赐白牙缕管笔启》云：'昔伯喈致赠，才属友人；葛龚所酬，止闻通识。岂若远降鸿慈，曲覃庸陋。'盖其引伯喈两人事，以见今之所赐，出于东宫，上四语即是烘托法也。刘孝仪《谢晋安王赐宜城酒启》云：'岁暮不聊，在阴即惨。维斯二理，总萃一时。少府斗猴，莫能致笑，大夫落雉，不足解颜。忽植瓶泻椒芳，壶开玉液，''忽值'以上、所有'岁暮'云云，是竭力烘托，以彰赐酒之惠也。"③强调的不是铺陈直叙，而是先言他物以引起所咏之物，和兴的方法有些相同。但兴的事物可以与被咏事物无关，而烘托之物则必须与所咏事物有关，否则就不能称之为烘托了。

---

① 陈衍：《石遗室诗话》卷八，人民文学出版社 2004 年版，第 123 页。
② 孙德谦：《六朝丽指》，四益宦 1923 年刻本，第 4 页。
③ 孙德谦：《六朝丽指》，四益宦 1923 年刻本，第 5 页。

　　和比兴、烘托又有不同的是,孙德谦还用文辞的曲折和形容,即夸饰来论骈文。举例云:"梁简文帝《谢赉扇启》:'肃肃清风,即令象簟非贵;依依散采,便觉夏室含霜。'庾子山《谢明帝赐丝布等启》:'天帝赐年,无踰此乐;仙童赠药,未均斯喜。又是知青牛道士,更延将尽之年;白鹿真人,能生已枯之骨。'非皆刻意以形容者乎! 子山又有《谢赵王赉丝布启》,其言云:'妾遇新缣,自然心伏;妻闻裂布,方当令笑。'则尤为形容尽致矣。"①夸饰即铺张形容之辞,因而不可遽信其真,否则拘泥文辞,穿凿附会以解之,则为胶柱鼓瑟了。另外,孙德谦还以王维的"诗中有画"来论六朝骈文,认为其传神写照,深得画理。陶宏景《答谢中书书》和祖鸿勋《与阳休之书》都为六朝写山水的名作,在风景如画的山水中寄托一种悠闲的逸趣,因而读之如见作者在画中。此外,孙德谦还批驳骈文华靡而无实用的观点,用六朝文无非骈体,议论说理皆精到的事实来论证。又对四六与骈文的区别、骈文和赋体的关系,都发表了自己的观点,虽多点到为止,但也发人深省,对此,本文导论已经引用,这里不再赘述。其他对连珠、墓志、论、移文等骈体文的简短评论,多来自前人文体观念,新意不多,这里从略。

　　身在民国初期的孙德谦,以复古思想为文学主要思想,对于白话文的力量和骈文的发展趋势没有充分认识到,因而继续为骈文发展而呐喊:"近人喜语体者,以为用此则盛,文言则死,其排斥骈文尤甚。此大谬不然。夫文之生死,岂在体制。以言语论人之言,有同说一事,一则娓娓动听,栩栩欲活;一则不善措辞,全无生气。乌在一用语体,其文皆生耶? 骈文之体,固是以辞藻胜,然六朝工于摹写。如刘孝仪《北使还与永丰侯书》'马衔苜蓿,嘶立故墟;人获葡萄,归种旧里。'真一幅子卿归国图也。庾子山《为梁上黄侯世子与妇书》'想镜中看影,当不含啼;栏外将花,居然俱笑。'此种文何等活泼,直入画境。夫文之能妙达画理,岂犹垂垂欲死耶? 六朝名家,其它亦多类是。盖尝取喻于画。骈文如着色山水,非如古文之犹可淡描也。"②张扬骈文善于描绘的特征,以此断定骈文不会消亡,认为文之生死,不在体制。

---

① 孙德谦:《六朝丽指》,四益宦 1923 年刻本,第 6 页。
② 孙德谦:《六朝丽指》,四益宦 1923 年刻本,第 79—80 页。

但随着历史的发展,文言文退出书面语言的历史舞台,白话文成为现代汉语的主要传播工具,连赖以存在的语言载体都退出文学领域,那么迎接骈文的自然是衰微甚至几近消亡了。这种衰微确实不是文章体制,也不是文体发展的必然规律,而是社会、时代发展给文学造成的影响,是一切古代文体无法抗拒的历史潮流,骈文也就和古文、古代诗词曲一样,不得不居于文学边缘中的边缘,存在于少数有思古之幽情的人手中了。

总之,孙德谦《六朝丽旨》对于骈文的风格、形式特征和创作方法等都有具体的、独到的探讨,善于利用具体例文明确地说明概念内涵,不仅客观上深化了六朝骈文研究,本身也成为骈文理论史上的代表之作。其理论和方法对民国间的钱基博、金钜香、瞿兑之、刘麟生、蒋伯潜等人的骈文著作都有重要的直接影响。

第六章 清代骈文创作和理论繁荣的原因

有清代骈文的兴盛,才有骈文理论兴起的可能,两者相辅相成,缺一不可。因此,这里根据时间顺序对清代骈文创作和理论兴起的原因加以综合探讨,而不单列清代骈文理论兴盛的原因。

第一节 清初骈文创作和理论兴起的原因

明末四六选本的顺势延续和复社崇尚六朝文风的余绪影响,为清初骈文发展的重要原因。明末文学社团发达,六朝骈体文风盛行。后虽明朝灭亡,但崇尚骈文的风气通过受其影响的作家传承而余波尚在,如陈维崧、毛先舒等人就是受明末骈俪风气影响的骈文家。他们少年时都从陈子龙游:"昔黄门夫子振起吴松,四六之工,语妙天下。余与其年皆及师事。"①他们爱好骈文,如陈维崧将所作古文随手丢弃,而骈文则收藏箧中。同时,明朝灭亡给明代遗民增添了无限的悲伤凄凉之情,而骈文在六朝之所以流行,一个主要原因就是善于描写哀感顽艳的凄婉之情。因为骈偶、铺排的句式,可以将情感反复地渲染,如同歌曲演唱中的重叠。故骈文在明末清初遇到了适合它发展的一个舞台,缺的只是才华横溢的创作主体。一旦两者结合,就有可能出现美而妍、巧而婉的骈文。陈维崧就是其中代表。其骈文在当时就被汪琬《说铃》评为"芊绵凄恻",以至于将他比之善写哀艳之文的徐庾。

清初科举考试制度,特别是康熙十七年诏举博学鸿儒,许多饱学之士及

---

① 毛先舒:《陈迦陵俪体文集序》,四部丛刊初编本。

擅长骈文者被选拔,极大地刺激了士人的创作热情。清朝科举一改明代不准用四六排偶的规则,在二场、三场表、策中要求用排偶之文:

> 国家取士,二场用表,三场用策,所以观士子排偶之文,考古今通达之识也。奉行既久,视为具文,遂有四六不知何体,策问不知何事。非临场倩人,即率意妄作,以为主司点策数判,无事须此。不知四书经义,止试一场,而表策独试两场。其得士苴弃之乎!夫排偶之文,莫工于崔蔡,次则为徐庾,又次则为郑穆,为眉山,悉有法度,可师多士。①

田雯对当时科考只重首场八股文,忽视二场表、三场策,以至不知四六为何体,表策为何事的现象加以批评,教导学生向崔蔡、徐庾等学习四六作法。虽田雯本意是表达对忽视四六表策的不满,但科考中第二场、第三场用四六表策,客观上对四六创作有导向作用。博学鸿词,又称博学鸿儒、博学宏儒、博学宏词。唐玄宗开元十九年(731年)始设博学宏词,至宋高宗绍兴三年(1133年)始三年一举,应试者需就制、诰、诏、表、露布、檄、箴、铭、记、赞、颂、序十二种文体撰写古今两种体格的二十四篇文章,经礼部考核通过预试后,再参加正式考试,正式考试只是在上述十二种文体中选择六种命题,应试者经过三场考试,成绩分上、中、下三等,授官各有差异。② 宋亡后,元明两朝没有开设该科。康熙十七年十一月初一日康熙皇帝诏举博学鸿儒,谕三品以上朝廷大臣和地方官荐举经学通明之士,于十八年三月一日举行考试,内外荐举之士凡一百八十六人,诣京应试者五十九人,又有九人因老、病不能入太和殿应试,实到五十人,作《璇玑玉衡赋》(并四六序)及《省耕诗》排律二十韵,钦定彭孙遹等二十人为一等,李来泰等三十人为二等,已仕者就其品级授翰林侍读、宫坊或编修,未仕之布衣例授检讨,充明史馆纂修,年老回籍者授内阁中书舍人。③ 当时士人对于此次破例考试钦羡不已。"康

---

① 田雯:《学政条约序》,《古欢堂集》卷二十七,《四库全书》第1324册,第290页。
② 参脱脱等《宋史》卷一五六《选举志》二,中华书局1977年版,第3651页。
③ 参昝亮:《清代骈文研究》,杭州大学1997年博士学位论文(未刊稿),第38—39页。

熙宏博,与荐者一百八十六人。时柏乡魏文毅公裔介罢相家居,恒谓人曰:
'吾不羡东阁辅臣,而羡公车征士。'柏乡县令闻之,称于直督,以疏荐为请。
直督曰:'焉有元老而赴制科者乎!'"①连曾任宰相的魏裔介都羡慕该科,更
不必说那些一般官员和读书人了。而在博学鸿儒科考试中,特别重视四六。
不仅官员推荐多用骈体章奏,以示对皇帝的尊重,而且赋序及赋文本身要求
使用骈体,否则就不符合格式。如沈龙翔《邓征君传》记载:"戊午春,诏举
闳博科,户部郎中谈公宏宪以先生(邓汉仪)名应,力辞不获。是年秋,偕三
原孙枝蔚应诏入都。己未三月廷试时奉旨赋用四六序方入格,先生未用,遂
不录,与枝蔚并以年老学优赐内阁中书舍人衔。"②邓汉仪名列三等,主要是
赋序未用四六,不入格。当年此科中以骈文著名者有毛奇龄、陈维崧、尤侗、
吴农祥、黄始、周清原等人。毛际可对此说得更加明白:"岁戊午(1678),国
家以博学鸿词徵召天下士。其文尚台阁,或者以为非骈体不为功。一时名
流云集,皆意气自豪,而余内顾胸中,索然一无足恃。"③文尚台阁,非骈体不
为功,正是当时应制的真实写照。陈维崧就以骈体《璇玑玉衡赋》得选,"己
未岁,恭遇特诏,举博学鸿儒,诏试禁廷。《璇玑玉衡》一赋,天子嘉叹,擢官
检讨。时论啧叹,以为文章信有神也。"④《璇玑玉衡赋》成为陈维崧各种骈
文别集版本中的第一篇文章,从这也可以看出其对于骈文创作的重大影响。
章藻功也以擅长四六名动九重,直入翰林。"癸未(1703)四月,天子临轩顾
问。章子以四六名动九重,得与馆选,官翰林"⑤,则从反面证明了康熙年间
台阁对四六文的崇尚。

最后,清初文人,特别是康熙时期文人处于相对宽松的政治环境下,结
社、集会和交游等较为流行也为四六的繁荣提供了条件。博学多识的个体
素质和骈文作为应酬性文体的先天优势,加上受明末结社交游偏重四六文

① 徐珂:《清稗类钞》,中华书局1986年版,第709页。
② 邓汉仪:《慎墨堂全集》卷首,浙江大学图书馆藏近代钞本。
③ 毛际可:《陈其年文集序》,《安序堂文钞》卷五,《四库全书存目丛书》集部第229册,第548
页。
④ 陈宗石:《陈迦陵俪体文集跋》,四部丛刊初编本。
⑤ 许汝霖:《思绮堂文集序》,《四库未收书辑刊》第捌辑第24册,第68页。

风的影响,骈文成为交游中的常用文体。陈维崧云:"高台古树,群公皆载酒而从。君顾挽余,吾其语汝……昔人所载,何代无贤,当斯世而有吾两人也,宁集成而无子一言乎!"①吴绮云:"余自罢官菰郡,求友荆溪,始与陈子其年,停黄鸟之音,订丹鸡之好。山园听雨,出笔札以相娱;木榻眠云,叙家门而自慰。"②都说明了陈维崧和吴绮的交游关系,而两人是清初骈文创作大家。康熙间文社流行,特别是在江浙一带:"文社之兴,始于明季。其初有一二荐绅先生聚徒讲学,日以寝广而依附者遂借以求名,于是入者谓之同类,出者谓之匪人,而朋党之势成矣。朋党既成,则朝廷之上彼此相倾,至于颠覆而不悟,论世者所以慨焉三叹也。今朝政清明,群工和协,从容礼让之风达于天下,固宜无前明之所为者。乃闻三吴士子竞倡文社,各立名目,此何为者耶? 将依附者假托以求名耶? 且多士亦乌知名也。"③虽然是反对当时江浙文人结社,但客观上展示了当时文社的流行。在结社交游中,骈体四六为最流行的文体,因为这样才能显示对朋友的尊重和展示自己渊博学识,才符合自宋以来文人交游启文多用骈体的传统。

骈文经过康熙时期发展,到雍正时,地位提高了许多。雍正年间,诏修《徵车故事》,准备开大科以充三馆。当时李绂对全祖望说:"'大江南北人才,大率君所熟知,试为我数之。'予因援笔奏记四十余人,各列所长,甲精于经,乙通于史,丙工于古文或诗或骈偶之学。"④将古文、诗和骈偶之学(主要指骈文)并列,可见当时骈文地位比清初大为上升,但雍正朝短暂,骈文创作和理论都来不及突破,历史把这一任务留给了乾嘉道时期。

第二节 乾嘉道骈文理论繁荣背后的创作动因

乾嘉道时骈文创作和理论取得了很大成就,创造了骈文发展史上的高

---

① 陈维崧:《吴园次林蕙堂全集序》,《陈迦陵俪体文集》卷六,四部丛刊初编本。
② 吴绮:《送陈其年赴大梁携家序》,《林蕙堂全集》卷七,《四库全书》第1314册,第337页。
③ 田雯:《学政条约序》,《古欢堂集》卷二十七,《四库全书》第1324册,第289页。
④ 全祖望:《鲒埼亭文集选注》,黄云眉选注,齐鲁书社1982年版,第205页。

峰。就连乾隆皇帝的文学创作也是兼备骈体："散体之文，囊括六经。自先圣以至先儒之理，无不陶镕贯串，体大思精。骈体之文，轶唐驾汉，笼罩群言，风格高古。诗章则融洽三百篇温柔敦厚之旨，博采历代之英华而机杼自出，是内圣外王之全学无不统备兼赅，实足以训行万祀。"①虽夸大了乾隆帝文学的真正价值，但从散体、骈体和诗歌对等的地位来评价其文学，本身就是当时骈文地位上升和发展繁荣的反映。此时骈文创作繁盛以及由此带来的理论繁荣，其原因主要应是骈文博学征典的特征适合当时社会崇博尚学的风气，而古文空疏不学又促使了饱学之士以骈文作为载体来表达其思想和精神。

一、征实汉学与骈文特征的契合

乾嘉时期朴学兴盛，重视训诂音韵的朴学一定程度上阻碍了当时诗词及散体文的发展，这基本上可成共识。晚清邓绎说："国朝文学之道大患乃在于小，导源在经学即理学之一言。而其学于经者无非舍其大而识其小也，废义理之大学而穷故训之小学，所治愈精，其技愈粗，所治愈密，其用愈疏，经学陋而文章亦衰矣。"②从理学家的角度来审视经学中训诂之学对文章的阻碍作用，具有一定的道理，但他忽视了小学对清代骈文的促进作用。乾嘉时期的骈文，最关注的特征不是对偶，而是征典，是文章中蕴含的学问，因而此时的骈文选本中所收录的骈文，其句式往往单复相间，不太整齐。骈文八大家之一的袁枚为胡天游骈文集作序云："然散行可蹈空，而骈文必征典，骈文废则悦学者少，为文者多，文乃日敝。"③旗帜鲜明地强调骈文必须征典的特征，这反映了时人对骈文的看法。这和考据文章的征实特点相似："然考据之文，务在征实，《史》、《汉》之词华，韩、欧之波折，工于彼者必绌于

---

① 蒋溥等奏议：《御制乐善堂全集》卷首，第 1300 册，第 235 页。
② 邓绎：《藻川堂谭艺·三代篇》，王水照编：《历代文话》第七册，复旦大学出版社 2007 年版，第 6196 页。
③ 袁枚：《胡稚威骈体文序》，王英志校点：《袁枚全集》（贰），第 198 页。

· 292 ·

此。"①也和考据之文崇尚学问，反对空疏的取向契合："至乾隆、嘉庆之间，而文体乃正。先是，清初及乾、嘉诸儒，病明季学者空谈心性，俚言臆说，荒经蔑古，于是倡为学说，用汉人治经实事求是之法，为天下倡。……休宁戴震东原、金坛段玉裁懋堂、阳湖洪亮吉稚存、孙星衍渊如，皆研究注疏，考订名物，以许叔重解字之法，通郑康成诂经之旨，宗汉祧宋，力矫空疏之弊，非读书万卷，不能通其一字。"②乾嘉间身居高位的秦蕙田、王引之、毕沅、阮元、王昶、朱筠、翁方纲、卢文弨等都是饱读诗书，学富五车之士，在为文时候也会习惯性地走向学问化。而诗歌和古文却不适合多用典，展示过多的学问，骈文因铺陈和隶事的特征就顺理成章地成为汉学家所喜欢的表达方式了。林纾也云："须知为骈文者，不能不用渔猎；散文中一着古书成句，即方望溪所谓生入古人句法，为大病痛，文体即欠严净。"③即从骈文和散文对隶事的不同要求来着手，肯定骈文的隶事特征。

诗歌不适合汉学家舞文弄墨，炫耀学问，从袁枚对翁方纲的批评中可知一二。袁枚在诗歌上提倡性灵，要求诗文表达真情，反对多用典，因而批评王士禛主修饰而不主性情，诗中用典过多，掩盖了性情，又批评翁方纲把钞书当成作诗等。同时他又认为古文与考据不能得兼，古文不应该随处用典，要用典还不如写骈文，所以他提出骈文必须征典的特征不是随意的，而是深思熟虑后的结果。李英《小仓山房外集》序云：

> 散行文尚矣，然体裁必相题而作。常读韩昌黎《黄陵庙碑》、柳子厚《湘源二妃碑》，索索无味，令人不得不思王杨卢骆。盖题本傲诡，难以质言，而表启贺谢之类，无甚意义，非徵典不文，非耦语不庄。先生于此体不多作，亦不轻作。存者若干，古藻缤纷，大气旋转，足冠一朝。④

---

① 陈康黼：《古今文派述略》，王水照编：《历代文话》第九册，复旦大学出版社 2007 年版，第 8175 页。

② 陈康黼：《古今文派述略》，王水照编：《历代文话》第九册，复旦大学出版社 2007 年版，第 8174 页。

③ 林纾：《春觉斋论文》，舒芜校点，人民文学出版社 1959 年版，第 44 页。

④ 李英：《小仓山房外集序》，王英志校点《袁枚全集》(贰)，江苏古籍出版社 1993 年版，第 1 页。

说明袁枚对不同文体有不同要求,即碑文不宜用古文来写,表启贺谢之类,更是必须徵典才成文,对偶才庄重,因而适合用骈文创作。必须征典才能行文的骈文,经历元明的衰落后,遇上乾嘉汉学鼎盛、士人普遍博学多思的情况,才找到了最适合自己发展的土壤,达到创作的高潮,也带动着骈文理论达到高峰。

清初以来骈文创作和理论发展的趋势也是原因之一,如李详曰:"前氏初元,首举鸿博,文儒勃兴,以承几、复余风,不失正轨。乾嘉之际,粲然大备。"①指出了清代博学宏词科对于复兴明末几社、复社崇尚骈文之风的促进作用,能量积累到乾嘉时期时达到高峰。乾隆沿袭康熙时期的博学鸿词科选拔人才,则为骈文驰骋才华提供了一个官方认定的舞台;同时,倡导博学宏词,特别是倡导博学,更是培养了大批饱学之士,客观上为此时骈文创作提供了质量较高的作者群体。这些作者群体,在当时抨击宋学,附带否定依附在道统下的古文文统的学风文风影响下,自然更有可能走向骈文创作。曾国藩说:"纯皇帝武功文德壹迈古初,征鸿博以考艺,开四库馆以招延贤俊,天下翕然为浩博稽核之学,薄先辈之空言,为文务宏丽。胡天游、邵齐焘、孔广森、洪亮吉之徒蔚然四起。"②明确指出博学宏词科的开设,带来了文风崇尚浩博、宏丽的风气,而这些恰是当时骈文相对于古文的优势,从其后面所列四位骈文名家就可想而知。屠寄也指出康熙以来的博学鸿词科考试对骈文有巨大的促进作用:"康熙以来,累试举鸿博。于是冠带荐绅之伦,闾左解褐之士,咸吐洪辉于霄汉,采瑰宝于山渊。雅道既开,飙流益煽。"③谭献云"圣清昌,夫朴学大科,宏博所业,皆云汉之章法,经生托体魏晋而下,盖已层累曲折"④,也指出了朴学和博学宏词科对魏晋以下文章,主要是骈文的促进作用。清末贺赞元序其师皮锡瑞文集云:"国朝儒风卓创,经义丽天。诸师授义,步拟汉家。士之谈经者,咸尚藻俪。故说解朴实,文

---

① 李详:《骈文学自序》,《李审言文集》,江苏古籍出版社 1989 年版,第 898 页。
② 曾国藩:《送周荇农南归序》,《曾文正公文集》卷一,《续修四库全书》第 1537 册,第 549 页。
③ 屠寄:《国朝常州骈体文录·叙录》,《续修四库全书》集部第 1693 册,第 711 页。
④ 谭献:《骈体文林序》,朱又笏:《骈体文林初目》卷首,浙江大学图书馆藏手稿本。

亦茂美。"①更指出了汉学家谈经和骈文的密切关系，即王先谦所云"学美者侈繁博，才高者喜驰骋"②的炫学耀才的心态。具备了学问基础和作者群体，加上乾隆间的盛世武功，为台阁骈文提供了重要的素材和体裁，从而共同促使了乾嘉道时期骈文创作和理论的复兴。"朝廷当重休累洽之时，人才辈出；台阁极沈博绝丽之选，文治天昌。骈散何分，达于词而道为之本；偶奇无异，精其事而学为之权。"③也指出了骈文和台阁文体、博学之间的紧密关系。

二、文章论争与骈文发展机遇

乾嘉时期文论领域的一个特色就是关于文章的论争。上文讲阮元向古文家、经学家、史学家等宣扬骈文才是文章正宗，经子史都是笔而不是文等理论当然促进了骈文创作和理论的发展。这里主要说下当时其他汉学家和古文家的论争，汉学家与性灵派袁枚的论争。这些论争使得沉博绝丽的骈文成为各方驰骋才华、展示博学的最好载体成为可能。

考据学无疑是乾嘉学术主流，梁启超云："乾、嘉间之考证学，几乎独占学界势力，虽以素崇宋学之清室帝王，尚且从风而靡，其他更不必说了。所以稍为时髦一点的阔官乃至富商大贾，都要'附庸风雅'，跟着这些大学者学几句考证的内行话。"④道光年间，随着今文经学兴起，考据学才退出学术主流地位。以惠栋为代表的吴派考据学，治经谨守古文学家法；以戴震为代表的皖派考据学则以文字训诂、名物制数为手段以阐明义理，重点在文字训诂的考证，阐释义理则是其副产品。但其学风的共同特点是："通人情，致实用，断制谨严，条理密察。他们的研究范围，并不局限于文字、音韵、训诂、名物之学，而推广到典章、制度、声律以至工艺等等方面。"⑤文字、音韵和训诂学的兴盛，在重释儒学的过程中，从虚而实地完成了对宋代理学的一次重

---

① 贺赞元：《师伏堂骈文二种·序》，《续修四库全书》第1567册，第265页。
② 王先谦：《国朝十家四六文钞·序》，清光绪十五年（1889）木刊本。
③ 陈宝琛：《八家四六文注序》，清光绪十八年（1892）刊本。
④ 梁启超：《中国近三百年学术史》，天津古籍出版社2003年版，第27页。
⑤ 何耿镛：《经学概论》，湖北人民出版社1984年版，第130页。

大反拨,同时也为骈文的兴盛提供了重要的学理基础,从而完成了对古文文统的一大改造。在创作上,他们以学为文,鄙视和批评古文,引起了古文家、性灵派袁枚等人的反批评,如姚鼐云"且夫文章、学问一道也,而人才不能无所偏擅,矜考据者每窒于文词,美才藻者或疏于稽古,士之病是久矣"①,就对当时的考据家文章不善文词表示不满。不可否认,乾嘉时期文词、学问不能得兼的现象较为普遍,所以不排除汉学家在面对古文家批评的时候,选择了骈文作为应对的武器,以弥补对其文词不足的批评;而古文家在面对汉学家斥为空疏不学的时候,选择征典博学的骈文作为反驳依据,以展示自己的博学徵实。所以,此时的骈文才能在不同的创作群体中兴盛起来,如汪中、洪亮吉和刘开、梅曾亮以及袁枚等。

乾隆早期汉学家对古文要求比较严格,如杭世骏认为经之注疏不是古文,史之考据也不是古文,藻语、俚语和理障语都不是古文。"文莫古于经,而经之注疏家非古文也,不闻郑笺、孔疏与崔、蔡并称。文莫古于史,而史之考据家非古文也,不闻如淳、师古与韩柳并称。其他藻语、俚语、理障语皆非古文,则本朝望溪先生言之也详。鹿门八家之说,袭真西山读书记中语,虽非定论,要为不失文章正宗。"②他在《沈沃田诗序》强调古文必须博学才能言之有据,才是真古文。但随着汉学尚学之风的逐渐兴盛,以学为文的倾向也走向了高峰,把六经子史都当成古文,其实也就消解了古文。其主要表现就是戴震、段玉裁等对于古文的重新诠释。

乾隆二十年(1755),34 岁的戴震所写的《与方希原书》揭开了乾嘉时期文章纷争的序幕,引起袁枚、姚鼐等人的论争。戴震将理义、制数(即考据)和文章看成学问的三方面,主张文章先道后艺,由考据以通义理和辞章。戴震所追求的"道"不是理学道统之"道",而是指顺应人伦日用、气化流行的自然需要:"人道,人伦日用,身之所行皆是也。在天地,则气化流行、生生不息,是谓道;在人物,则凡生生所有事,亦如气化之不可已,是谓

---

① 姚鼐:《谢蕴山诗集序》,《惜抱轩文集》卷四,第 28 页。
② 杭世骏:《小仓山房文集序》,王英志校点:《袁枚全集》(贰),江苏古籍出版社 1993 年版,第 5 页。

道。《易》曰：'一阴一阳之谓道。继之者，善也；成之者，性也。'言由天道以有人物也。大戴《礼记》曰：'分于道谓之命，形于一谓之性'，言人物分于天道，是以不齐也。《中庸》曰：'天命之谓性，率性之谓道'，言日用事为，皆由性起，无非本于天道然也。"①欲明人道，必明古经，但汉儒、宋儒各有偏失，汉儒得其制数，失其义理；宋儒得其义理，失其制数。而欲明古经，必明理义，欲明理义，必须博稽三古典章制度。但是，"宋以来儒者，以己之见，硬坐为古贤圣立言之意，而语言文字实未之知。其于天下之事也，以己之所谓理，强断行之。而事情原委隐曲，实未能得，是以大道失而行事乖"②。虽然戴震对于汉儒和宋儒都有批评，但主要是批评当时出于官方主流地位、造成时人空疏不学的宋学，客观上使得和宋学道统捆绑在一起的古文文统失去了其法理依据。戴门高足段玉裁更是认为考据是义理和文章之本，义理、文章未有不由考据而得，反对其师三分之法。因为六经本身就是经典之文："古之神圣贤人，作为六经之文，垂万世之教，非有意于为文也，而文之工侔于造化。"③否定后世辞章论，认为六经本身就是"文"，攻击当时自居坛坫的桐城派古文家。钱大昕更进一步，指名批评方苞古文和其"义法"说，主张六经、子史都为至文，经、道合一、文、经合一，目的是否定桐城派的古文文统："尝慨秦汉以下，经与道分，文又与经分，史家至区道学、儒林、文苑而三之。道之显者谓之文，六经、子史皆至文也。后世传文苑，徒取工于词翰者列之。……公之学求道于经，以经为文，当世推之曰通儒，曰实学，不敢厘以文士目公，而其文亦遂卓然必传于后世，此之谓能立言者。"④明确提出以经为文的口号，把考据家以六经子史为文的思想具体化。对当时聪明才学之士薄视诗文，沉醉于穷经注史之中，袁枚和姚鼐等都加以激烈批评。

　　袁枚对于当时填书塞典的诗、经史考据文章非常不满，多次批评考据虽费尽力气，但终是叠床架屋，不算是著作，主张著作和考据应分开，考据是

①　戴震：《孟子字义疏证·道》，《戴震集》，上海古籍出版社 1980 年版，第 311 页。
②　戴震：《与某书》，《戴震集》，上海古籍出版社 1980 年版，第 187 页。
③　段玉裁：《潜研堂文集序》，《经韵楼集》卷八，清道光元年(1821)刻本。
④　钱大昕：《味经窝类稿序》，《潜研堂文集》卷二十六，四部丛刊初编本。

"述",著作诗文才是"作"。其云:"著作与考订两家,鸿沟界限,非亲历不知。或问:'两家谁优?'曰:'天下先有著作,而后有书;有书而后有考据。著述始于三代六经,考据始于汉唐注疏。考其先后,知所优劣矣。著作如水,自为江海;考据如火,必附柴薪。作者之谓圣,词章是也;述者之谓明,考据是也。'"①甚至将考据和南宋理学、前明时文看成是导致古文衰弊的三个原因,特别强调考据阻碍作用最大,考据之文不能称为古文:

> 三者之中,吾以考据为长,然以之涴古文则大不可。何也?古文之道形而上,纯以神行,虽多读书,不得妄有摭拾,韩柳所言功苦尽之矣。考据之学形而下,专引载籍,非博不详,非杂不备,辞达而已,无所为文,更无所为古也。……记曰:'作者之谓圣,述者之谓明。'六经三传,古文之祖也,皆作者也。郑笺、孔疏,考据之祖也,皆述者也。苟无经传,则郑、孔亦何所考据耶?论语曰:'古之学者为己,今之学者为人。'著作家自抒所得,近乎为己;考据家代人辨析,近乎为人。此其先后优劣,不待辨而明也。近见海内所推博雅大儒,作为文章,非序事噂沓,即用笔平衍,于剪裁、提挈、烹炼、顿挫诸法大都懵然。是何故哉?盖其平素神气沾滞于丛杂琐碎中,翻撷多而思功少。……且胸多卷轴者,往往腹实而心不虚,藐视词章,以为不过尔尔,无能深探而细味之。②

袁枚还从古文之道形而上,纯以神行,不拘故实,考据之学形而下,专引书籍,以博赡为尚;古文家文似水,风行水上,自然波澜,考据家文则似火,必须附丽于物,虽有所至,但于文无补等出发,指出考据与古文水火不容。又从经典原文出发,将古文定为著作,考据定为述论,以著作为高,以述论为低。又暗自批评"博雅大儒",即戴震为文不懂文法,翻撷多而思功少,就是因为胸多卷轴又藐视词章的缘故。对于当时古文家空谈理学,轻视文学的情况

---

① 顾学颉校点,袁枚:《随园诗话》,人民文学出版社 1982 年第 2 版,第 187 页。
② 袁枚:《与程蕺园(程晋芳)书》,《袁枚全集》(贰),江苏古籍出版社 1993 年版,第 525—526页。

也加以批评，认为千百伪濂、洛、关、闽，不如得一二真白傅、樊川。反对以考据为文，也反对空谈理学而为假古文，正是袁枚对学术和文章的主要看法。对于当时认为作诗不如作文，作文不如著书（考据之书）的观点加以反驳："若谓诗文不如书，仆更不谓然。……仆疑足下于诗文之甘苦，尚未深历，故觉与我争名者在在皆是，而独震于考订家琐屑斑驳以为其传较可必耶？又疑诗文之格调气韵可一望而知，而著书之利病非搜辑万卷不能得其症结，故足下渺视乎其所已知者，而震惊乎其所未知者耶？"①指出不能因为考订著书搜辑万卷难知其意，诗文格调气韵一望而知就贵考订贱诗文。这种反对考据人文的决心还体现在其与孙星衍的论争上。

孙星衍为乾嘉汉学家，也是当时骈文八大家之一。"年十余龄，能背诵《昭明文选》，不遗一字。比长，肆业金陵钟山书院。袁简斋太史屡称之曰：'天下清才多，奇才少。今渊如乃天下奇才也。'一时名士，如杨西禾、洪稚存、顾立方、钱献之、汪容甫、赵味辛、吕叔讷、杨蓉裳、黄仲则、何南园、方子云、储玉琴、汪剑潭辈，皆为倾倒。"②袁枚为孙星衍前辈，对孙有知遇之恩和奖掖、提拔之功，但两人对于考据学分歧迥异。孙星衍早年工于文章特别是骈文，重视文学，认为德性、言语、政事都由文学而来："德行不由于文学，则忠孝亦愚；言语不由于文学，则授政不达；政事不深于文学，则从政何有之才？亦或为聚敛之事。后世讥不学无术，思用读书人，有以也。吾师恐考据、词章为非文学之上乘，亦视其考据、词章何如。稽古同天，祖述宪章，述而不作，信而好古，亦考据也。观乎人文，以化成天下，夫子之文章可得闻，亦词章也。能进于学，则四科何不可兼？"③对于朱珪担心考据、词章不是文学之上乘的观点加以辨析，认为考据和词章同为文学之上乘。但后来尽弃文章，转入考据。对此，袁枚深感惋惜，劝孙星衍重入文苑，孙星衍给袁枚回信，对袁枚的观点一一反驳：

　　来书惜侍以惊采绝艳之才为考据之学，因言形上谓之道，著作

---

①　袁枚：《答友人某论文书》，《袁枚全集》（贰），江苏古籍出版社1993年版，第319页。
②　钱泳：《履园丛话·耆旧》，中华书局1979年版，第158页。
③　孙星衍：《呈覆座主朱石君尚书》，《岱南阁集》，中华书局1996年版，第198页。

是也;形下谓之器,考据是也。侍推阁下之意,盖以钞撮故实为考据,抒写性灵为著作耳,然非经之所谓道与器也。道者谓阴阳柔刚仁义之道,器者谓卦爻象象载道之文,是著作亦器也。侍少读书,为训诂之学,以为经义生于文字,文字本于六书,六书当求之篆籀古文,始知《仓颉》、《尔雅》之本旨。于是博稽钟鼎款识及汉人小学之书,而九经三史之疑义可得而释。及壮,稍通经术,又欲知圣人制作之意,以为儒者立身出政,皆则天法地,于是考周天日月之度,明堂井田之法,阴阳五行推十合一之数,而后知人之贵于万物,及儒者之学之所以贵于诸子百家。虽未遽能贯串,然心窃好之。此则侍因器以求道,由下而上达之学,阁下奈何分道与器为二也?①

首先指出袁枚"以钞撮故实为考据,抒写性灵为著作"的"器"与"道"之分不是经书中所求的道器之分。经书之道指阴阳刚柔和仁义之道,卦爻象象和载道之文都为器,这样的话,著作和考据都是器。而考据比著作更能求经义之道,从而否定了袁枚的著作、考据高下之说。接着又认为袁枚以圣作为考据、明述为著作的二分法不对,考据和著作从来都是不可分的。因为:"古今论著作之才,阁下必称老庄、班马,然老则述黄帝之言,庄则多解老之说,班书取之史迁,迁书取之《古文尚书》、《楚汉春秋》、《世本》、石氏《星经》、颛顼、夏、殷、周、鲁历,是四子不欲自命为著作。又如《管子》之存《弟子职》,《吕览》之存《后稷》、《伊尹》书,董仲舒之存《神农》求雨书,贾谊之存《青史氏》记,大、小戴之存《夏小正》、《月令》、《孔子三朝记》。而《月令》一篇,吕不韦、淮南王、小戴争传之;《哀公问》一篇,荀卿、大戴争传之;《文王官人》一篇,《周书》、大戴争传之。他如《礼论》、《乐书》、《劝学》、《保傅》诸篇,互见于诸子,不以为互出。是古人之著作即其考据,奈何阁下欲分而二之? 前人不作聪明,乃至技艺亦重考据。"又认为袁枚所说从事考据者为趋风气的观点过于偏激,因为当时从事考据者都为笃行好学之士,考据遭到世人无用的讥笑,因而不能认为是趋风气。最后点出当时从事考据的

---

① 孙星衍:《答袁简斋前辈书》,《问字堂集》,中华书局1996年版,第92页。

有利条件,因为汉代书籍流通较难、金人灭宋掠走大量书籍导致古书散佚、清代从《永乐大典》中得到较多佚书、碑碣出土资料无穷等来对比说明清代"考据之学今人必当胜古",以反驳袁枚的"历代考据如林,不必从而附益之"的观点。"所以言者,侍非敢与前辈矜舌辨,惧世之聪明自用之士误信阁下之言,不求根柢之学,他日诒儒者之耻。"①暗指文章不是根柢之学,从而实际上否定袁枚的观点和文学创作。孙星衍后来干脆在自己的文章正集中不收骈文,连阮元的劝告也不听:"接读《问字堂集》,精博之至,此集将来积累既多,实本朝不可废大家也。以元鄙见,兄所作骈俪文并当刊入,勿使后人谓贾、许无文章,庾徐无实学也。"②有知遇之恩的两位好友间,为了学术文章公开争论,可见当时汉学家和文章家的争论激烈程度。

袁枚对考据学的抨击也遭到惠栋、汪中等人的直接批评。如汪中云:"吾所骂皆非不知古今者,盖恶莠恐其乱苗也。若方苞、袁枚辈,岂屑屑骂之哉!"③就表明了其对方苞、袁枚的极度蔑视。惠栋也曾致信袁枚:"恳恳以穷经为勖,虑仆好文章,舍本而逐末者。"④袁枚复信仍批评考据家的琐碎之弊,并不退让。孙星衍的好友焦循主张"文莫重于注经"⑤,在袁枚以经学为考据,把考据当灰烬的情况下,也作文说明经学、考据、词章的界限,保卫说经之文在文章中的崇高地位。"仲尼之门,见诸行事者,曰德行,曰言语,曰政事;见诸著述者,曰文学。自周秦以至于汉,均谓之学,或谓之经学……无所谓考据也。""其诗赋家则谓之曰词章,枚乘、司马相如其人也。有兼之者,则曰通某经,善属文……未闻以通经学者考据,善属文者为著作也。"⑥明显针对袁枚的观点,同时他把袁枚的性灵概念吸收过来,提出"惟经学可言性灵,无性灵不可以言经学"的新命题,从而把抒写性灵的词章之学,纳入了经学的体系。批评袁枚"无端以著作归诸抒写性灵之空文,此不独考据

---

① 孙星衍:《答袁简斋前辈书》,《问字堂集》,中华书局 1996 年版第 92 页。
② 阮元:《问字堂集序》,中华书局 1983 年版,第 9 页。
③ 凌廷堪:《汪容甫墓志铭》,《校礼堂文集》,中华书局 1983 年版,第 320 页。
④ 袁枚:《答惠定宇书》,王英志校点《袁枚全集》(贰),江苏古籍出版社 1993 年版,第 305 页。
⑤ 焦循:《与王钦莱论文书》,《雕菰集》卷一四,《续修四库全书》第 1489 册,第 259 页。
⑥ 焦循:《与孙渊如观察论考据著作书》,《雕菰集》卷一三,《续修四库全书》第 1489 册,第 245—246 页。

之称未明,即著作之名亦未深考也",认为经学著作贯通古今性灵,因而是著作文章,引用袁枚的性灵来说文,表面上是反驳袁枚的著作、考据二分法,实际上是背离了考据学的宗旨。

在乾嘉汉学的强势压力下,当时的古文家多保持沉默或者是走向以考据入古文的轨道。在理论上就是强调对汉学经典的熟悉。如王昶主张古文要本于六经、包括疏注,博览史书,这实际上是当时崇学之风在古文领域的反映。当时古文家对汉学家文章不满的主要是姚鼐。

姚鼐文风净洁精微,恪守桐城家法,推尊宋儒之学。和戴震一样,他也认为学问之事有三端:"曰:义理也,考证也,文章也。是三者,苟善用之,则皆足以相济;苟不善用之,则或至于相害。今夫博学强识而善言德行者,固文之贵也,寡闻而浅识者,固文之陋也。然而世有言义理之过者,其辞芜杂俚近,如语录而不文,为考证之过者,至繁碎缴绕,而语不可了。"①对义理过浓、考证过多的极端倾向对给予批评。如果说这里还是比较冷静的分析,那么姚鼐在其他文章里对于汉学家文章则大加批判,如曰:"相率而竞于考证训诂之途,自名汉学,穿凿琐屑,驳难猥杂。"②在写给陈硕士的信中,更斥为玩物丧志,和袁枚批评汉学家徵书数典,以注疏为古文的说法如出一辙。至于攻击汉学家毛奇龄、戴震等身灭绝嗣,则是意气用事了。此外,当时围绕文章纷争不已的,还有著名的史学家章学诚。

章学诚论文也主张义理、博学、文章三者统一。认为当时汉学、宋学互相讥讽,训诂、辞章彼此诋毁,德性、学问两者相争,既败坏了学风,又搅乱了思想,主张义理、考据、文辞三者相辅相成,虽有分别但又不可分割。对当时汉学家专搞考据而忽视文章,理学家空谈性理而否定文章,文学家注重审美而追求形式,章学诚都加以批评。即将汉学家的考据看成是记诵名数,排纂门类,只是功力,而称不上阐古人精微、启后人津逮的学问,从历史价值的角度来否定汉学家的考据学;又批评理学家溺于器而不知道也,使人舍器而言

---

① 姚鼐:《述庵文钞序》,《惜抱轩文集》卷四,《续修四库全书》第 1453 册,第 31 页。
② 姚鼐:《安庆府重修儒学记》,《惜抱轩文集·后集》卷一〇,《续修四库全书》第 1453 册,第 202 页。

道;对以诗人文士自命的袁枚加以驳斥:

> 彼不自揣,妄谈学问文章,而其言不类……夫考据岂有家哉?学问之有考据,犹诗文之有事实耳。……学问成家,则发挥而为文辞,证实而为考据。比如人身,学问其神智也,文辞其肌肤也,考据其骸骨也。三者备而后谓之著述……鄙俗之夫,不知著述随学问以名家,辄以私意妄分为考据家、著述家,而又以私心妄议为著述家胜于考据家。①

其中"鄙俗之夫"即指袁枚,文中鄙视袁枚空疏不学,否定考据能单独称之为家,只有学问、文辞和考据三者合一,才能称为著述,从根本上否定袁枚的文章论。转而认为史家之文才是文章正宗,《左传》、《史记》为真古文辞的大宗,只有宗史的文章才是真正的文章。

乾嘉文坛关于文章的纷争,为骈文创作和理论的发展提供了机会。大胆地说,乾嘉骈文形成了以沉博绝丽为自己独特的审美追求,正是汉学家的博学和骈文家的丽辞分别在反抗道统和文统中走向融合的产物。乾嘉汉学家多为骈文家,而道学家多为古文家就是最有力的证明。马积高云:"经世致用之学和考据学都是崇实的,而骈文是尚华的,二者从本质上说处于深刻的矛盾之中,不可能不互相排斥。"②指出了骈文和考据学指导思想的对立,不解为何两者走向融合与统一。这是因为当时汉学家主要面对的是延续几百年的理学道统和由道统所支配的古文文统,是要打破两者对思想和文章领域的垄断地位。姚鼐云:"然今世学者乃思一切矫之,以专宗汉学为至,以攻程朱为能;倡于一二专己好名之人,而相率而效者,遂大为学术之害。"③这种对立远远大于汉学家和骈文家审美理想不同的对立,何况当时骈文处于弱势地位,不构成对考据文章的威胁。相反,乾嘉汉学家以学为文,容易走向骈文创作之路,如袁枚所云:"人有满腔书卷,无处张皇,当为

---

① 章学诚:《文史通义校注》,叶瑛校注,中华书局1985年版,第570页。
② 马积高:《清代学术思想的变迁与文学》,湖南人民出版社2002年第2版,第98页。
③ 姚鼐:《复蒋松如书》,《惜抱轩文集》卷六,《续修四库全书》第1453册,第49页。

考据之学,自成一家。其次,则骈体文,尽可铺排,何必借诗为卖弄?"①更何况骈文自明末以来,特别是清初以来,一直在争取和古文的对等地位,不时抨击古文文统和支配它的道统,于是两者在乾隆中后期走向融合,走向统一就很自然了。同时,乾嘉汉学家为骈文,更多的是重视骈文的隶事内容,即博学征典,而不是其他形式特征,如工整的对偶和华丽的辞藻等。这种取向使得乾嘉汉学家骈文多典雅庄重、博学深闳,在句式上反而淡化了对偶藻饰的特征,呈现散体化的趋势。这样就完成了汉学家到骈文家的转变,而当时汉学家的显赫地位,又多为骈文家的事实,鼓励了其他为学与为文的人,导致这一趋势得以延续较长一段时间,从而形成当时骈文创作和理论繁盛的局面。

第三节 晚清骈文创作和理论兴起的原因

晚清骈文创作和理论兴起的原因首先是之前骈文繁荣的自然发展。嘉道年间,学术界融通汉宋、文学界兼擅骈散的倾向逐渐成为时代潮流。尽管今文经学派追求《春秋》微言大义,公羊学派兴起,但整体上看,大部分文士的学术趋向都是汉宋兼采。咸同以还,这种思潮虽受到新变思潮的冲击和西学东渐的巨大影响,但"六经宗孔郑,百行学程朱"仍然是当时学者的主要为学方式,这从时人的言论中可以看出来。同治十三年,何秋涛序陈颂南《籀经堂类稿》云:"知先生精研汉学而服膺宋儒。尝谓汉宋之学,其要皆主于明经致用,其归皆务于希圣希贤。他人视为二,吾直见为一也。惟斯数言,实后学之准的。异日论本朝儒林者,固当有所折衷,然窃意其不能外此。"②当时陈澧同样汉宋兼采,并且赞同将朱子书视为清代考据学的源头。《国史儒林传采进稿》记载:"读《后汉书》,以为学汉儒之学尤当学汉儒之行。读朱子书,以为国朝考据之学源出朱子,不可反诋朱子。又以为国朝考

---

① 顾学颉校点,袁枚:《随园诗话》,人民文学出版社1982年版,第146页。
② 何秋涛:《籀经堂类稿序》,《续修四库全书》第1522册,第461页。

据之学盛矣,尤有未备者宜补苴之。"①这样的学术崇尚使得其爱好不拘一格,博览多方:"嗜好乃益多,小学、音韵、天文、地理、乐律、算术、古文、骈体文、填词、篆、隶、真、行书,无不好也,无不为也。"②在文章上的表现就是古文、骈体文兼容,这也是这个时期骈文创作主体的普遍态度,故此时的骈文理论较少为骈文争取正宗地位的内容,也较少见到古文家明显地排斥骈文的理论,多表现为对骈文文体特征加以思考和评论,使得骈体文独立性更强,文体特征更加清晰。

晚清骈文兴盛表现在骈文别集、选本的兴盛和骈文理论的发展。除了骈文易于表达哀感顽艳的凄艳之情外,更是衰世需要骈体文来哀悼和伤感。理论上则需要对骈文创作加以思考,对前代骈文理论加以总结。因此这时主要针对当时骈文创作问题加以批评和对前代,主要是六朝骈文创作经验加以总结。无论创作还是理论,文人主体的成长年代为晚清,尽管有的经历了民国。骈文内容和风格有新的变化,但都没有发生本质上的改变,无论是语言载体还是创作心态。清末民初的骈文别集众多,广受欢迎。如李详的《学制斋骈文》、孙德谦的《四益宦骈文稿》、施恺泽的《蟪屈士骈文钞》、叶德辉的《观古堂骈俪文》、张其淦的《松柏山房骈体文钞》、陈荣昌的《桐村骈文》、杨鸿年的《悲秋馆骈文稿》、潘宗鼎的《凤台山馆骈体文存》、《凤台山馆骈文续集》、陆长春的《梦花亭骈体文集》、郭则澐的《龙顾山房骈体文续钞》、许桂祥的《介庵骈体文胜》、顾森书的《篁韵庵骈文稿》、杨寿枏《云在山房骈文诗词选》等都在民国年间首次刊行。在选本方面,1915 年吴虞编的《骈文读本》、1917 年王文濡评选的《清代骈文评注读本》、1920 年李定彝、包延辉辑录的《当代骈文类纂》、1922 年王仁溥编的《评注骈文笔法百篇》、1930 年贺群上编的《骈体文范》、1931 年古直(1885～1959)辑录的《客人骈体文选》、1935 年黄金台辑录的《国朝骈体正声》、1947 年王粲辑录《滇骈体文钞》等相继刊行。其中,1917 年,由王文濡评选的《清代骈文评注读本》,先后在 1917、1919、1921、1923、1927、1934 年六次重刊,可见民国时

---

① 陈澧:《东塾集》卷首,《续修四库全书》第 1537 册,第 231 页。
② 陈澧:《与陈懿叔书》,《东塾集》卷四,《续修四库全书》第 1537 册,第 297 页。

期骈文的受欢迎程度。相对于前代,这时的骈文别集和选本不仅数量丰富,而且普遍使用今天研究意义上的"骈文"或"骈体文"命名,有意识地回避了"四六"的使用,是骈文学上的完善期。对清代乾嘉道年间骈文的重复刻印,则是民国间骈文兴盛的另一表现,如洪亮吉《卷施阁骈体文》、乐钧《青芝山馆骈体文集》、孙尔准的《泰云堂文集·骈体文集》等都被重刊。

总之,晚清是中国封建社会的结束期,是各种文体发展都十分成熟的时期,因而能够对传统文学加以总结。在文学史上影响深远的骈文,也需要做理论上的总结,所以骈文理论,包括选本批评都达到了较高的水平。

总论:清代骈文理论概论

清代骈文,以晚明四六兴起为契机,以清代厚重深广的文化、学术环境为依托,以末代封建王朝文化总结为关捩,取得了巨大成就。马积高云:"清朝一些骈文家既有意与古文家争席乃至争文统,凡六朝已用骈体来写的体裁固然用骈体来写;唐宋古文家所开拓的文章领域,他们也试图用骈体来写。"①故刘麟生称之为骈文之"复兴",钱钟书也云"骈文入清而大盛,超宋迈唐"②。当代学者对清代骈文成就也给予高度评价。蒋寅说清代骈文"依托于作家普遍的学术背景,名家云起,创造出深闳博丽的时代风格,足以与六朝前后辉映"③。吴承学认为"清人以理论的自觉性和系统性著称,对传统古文、骈文等做了系统深刻的总结,清代文学批评仍有许多题目可做"④。确实,清代骈文名家辈出,佳作如林,创作主体的学养和作品风貌与前代大有不同;骈文理论更是当之无愧地集历代骈文理论之大成。但受政治、历史和文体本身等因素的消极影响,学者关注较少,研究成果非常薄弱。

骈体文和散体文一起作为古代文章的主要组成部分,理应受到今天学者的重视,其理论话语也应该得到应有的整理和诠释。王水照认为:"以文评著作为主要载体之我国古代文章学,内涵丰富复杂、却自成体系,最具民族之文化特点。"⑤又从文道论、文气论、文境论、文体论、文术论、品评论、文

---

① 马积高:《清代学术思想的变迁与文学》,湖南人民出版社 2002 年第 2 版,第 109 页。
② 朱洪国编:《中国骈文选》卷首引,四川文艺出版社 1996 年版。
③ 蒋寅主编:《中国古代文学通论·绪论》清代卷,辽宁人民出版社 2005 年版,第 4 页;又见蒋寅《清代文学论稿》,凤凰出版社 2009 年版,第 6 页。
④ 吴承学:《清代文章研究的历史与现状》,《文学遗产》2006 年第 1 期。
⑤ 王水照编:《〈历代文话〉序》第一册,复旦大学出版社 2007 年版,第 5 页。

运论以及作家行迹及其逸事背景和考订、辨析、辑佚等方面来探讨文章学的主要内容，论述精要而又发人深思。受此及前贤时人有关成果启发，我认为清代骈文理论内容主要有三：文位论，即在自然对偶现象、经典俪词和骈文功能中追求骈文文体的正常地位甚至文章正宗地位；文体论，即对骈文文体形式，如骈偶句式、藻饰声律和典故技巧等形式美和装饰性特征的审视；文风论，即对骈文风格和作家、时代骈文风貌特征等的阐释，其中包括对历代骈文家，包括清代骈文家进行印象式、形象化的历时性或共时性点评，形成了简要的骈文发展史。当然，除了上述内容外，清代骈文理论还有对各类骈体源流及特征的概括，如孙梅《四六丛话》叙论、王先谦《骈文类纂》序目等，因为在前文中已经有所叙述，这里不再单列论述；对于清代骈文理论的其他内容，前文中已经论述较详的，这里也尽量少述。

一、文位论：自然、经典和功能视域之中的骈文地位

自足性和兼容性为骈文的主要文体属性，但形式上的兼容性在一定程度上又削弱了其文体的独立性。所以，在清代以前，以骈文为对象的理论较少。虽宋代出现了几部资料汇编式的四六话，但多聚焦于四六对偶是否精巧、化用典故或袭用前人成语是否精妙、字词是否精当等形式技巧，对四六文文体地位、内容、风格进行宏观透视、整体性把握的极少。也正因为骈文文体本身属性的特殊以及中唐以来成为古文运动的"革命对象"，导致中唐以后的文人大多崇散抑骈。胡念修《四家纂文叙录汇编序》云："自元和以逮崇祯，能文之士，藉口于《语》、《策》、《史》、《汉》之书，溺志于韩柳欧苏之集，左骈右散，畛域綦严，不善学者或以胶柱见讥，或以画虎取辱，进退维谷，徒自苦耳。"[①]指出了中唐以后，文人以史为宗，以韩柳欧苏古文家为尚，鄙视骈体，导致创作上胶柱鼓瑟或画虎不成反类犬的尴尬境地。在理论上，清人以前的骈文批评者，多是鄙视骈文，有时甚至认为骈文根本不够资格成为"文"或"文章"。

---

① 王水照编：《历代文话》第七册，复旦大学出版社 2007 年版，第 6216 页。

宋人多轻视或鄙视四六文,尽管在制诰表启中不得不用。黄震《黄氏日抄·读文集》对欧阳修的文章《内制集序》云:"论青词、斋文用释老之说,祈禳秘祝近里巷之事,而制诰拘于四六,果可谓之文章欤?"①就对欧阳修制诰用四六体能否成为"文章"表示质疑。洪迈《容斋三笔》卷八"四六名对"云:"四六骈俪,于文章家为至浅。然上自朝廷命令、诏册,下而缙绅之间笺书、祝疏,无所不用。固宜警策精切,使人读之激昂,讽味不厌,乃为得体。"②虽承认四六应用性很广,也主张创作时对偶应"警策精切,使人读之激昂",但仍是在肯定四六骈俪文"于文章家为至浅"的前提下立论的。虽然宋代四六文有较强的生命力和较大的应用范围,但主要是在交际应酬、庙堂公牍中发挥作用,其实是被视为无用之物。其命运和明清八股文有些类似,都是实用理性观念下得鱼忘筌的产物。文士们一方面在交际应酬中喜用四六文来支撑门面,炫才使学,在庙堂公文中,为了便于宣读和崇尚典雅文风,也不得不使用四六文,因而有用;另一方面,四六文的句式骈偶和化用前人成语,有固定的创作模式和方便运典的类书掇撷,使得四六文在才庸识卑的作者手中,容易变得千篇一律,望之生厌,因而被大部分人视为骈偶和典故组合的游戏,不是个人真情实感的流露,更不是言志载道的文体,因而又最为无用。可以说,四六文成为了文人生活交游、仕途发展的牺牲品。当然,宋四六毕竟数量丰富,成就也较高,特别是欧苏王等人的四六都是时人学习的典范。故宋人对四六也有理论上的梳理,虽不够祥赡或周全。南宋吴子良对宋四六名家的概括就有一得之见:"本朝四六以欧公为第一,苏王次之。然欧公本工时文,早年所为四六,见《别集》,皆排比而绮靡。自为古文后,方一洗去,遂与初作迥然不同。他日见二苏四六,亦谓其不减古人,盖四六与古文同一关键也。然二苏四六尚议论,有气焰;而荆公则以辞趣典雅为主;能兼之者,欧公耳。水心(叶适)于欧公四六,暗诵如流,而所作亦甚似之。顾其简淡朴素,无一豪妩媚之态,行于自然,无用事用句之癖,尤世俗

---

① 王水照编:《历代文话》第一册,复旦大学出版社2007年版,第674页。
② 洪迈撰,周洪武、夏祖尧点校:《容斋随笔》,岳麓书社2006年第2版,第395页。

所难识也。"①在对欧阳修、苏轼、王安石四六文加以肯定的基础上,提出四六与古文同一关键;又对二苏四六尚议论,有气势,王安石四六以典雅为宗,欧阳修则两者兼得,叶适四六则简淡朴素,自然清新的特点作了梳理,实际上是在比较中勾勒宋四六发展简史,初步具备了宏观把握的能力。此外,如欧阳修、陈振孙、杨万里、洪迈、朱熹等人,对宋四六也有专门的评论,但大体上是只言片语,内容和形式都没有明显超越几本宋四六话。如果说,宋代标志着古代文章学系统的成立,那么,对于骈文学来说,宋代还只是初创期。

四六文在元明更是地位卑微,不仅文人轻视,连皇帝都下诏禁用四六。俳优文学和童子篆刻,壮夫不为的俗体文学观念更加深入人心。更有甚者,疾呼"明王贤大臣"禁绝之。金人王若虚《文辨》所说:"四六,文章之病也。而近代以来,制诰表章,率皆用之。君臣上下之相告语,欲其诚意相孚,而骈语浮辞,不啻如俳优之鄙,无乃失体耶?后有明王贤大臣,一禁绝之,亦千古之快也。"②认为四六为"文章之病"、"俳优之鄙",因而鼓吹用行政命令禁止,和周隋时期的苏绰、李谔等人提出的革新南朝骈体文风的方法如出一辙。1623 年,赵南星作《废四六议》,呼吁废除当时兴起的四六文:"余之厌四六,犹齐宣王之于败紫也。作此议欲与士大夫共废之,而不能家至户晓。即知之而未必肯从。欲上疏而以其事细不足言也。乃属掌道彭侍御飞仲等刻之,以与台中诸君人各一道。骢马所至,即下令禁之,不期月而天下无四六矣。"③随着晚明四六选本兴起和四六表启兴盛,面对着四六文地位卑微的现实,四六爱好者开始为骈文争取其文体正常地位。他们多从自然界事物具有的对偶性特点出发,认为对偶符合人类认识事物的规律和符合人的接受心理,以此证明骈文不是俳优文学,而是反映自然的必然产物。晚明卜履吉云:

---

① 吴子良:《荆溪林下偶谈》,王水照编:《历代文话》第一册,复旦大学出版社 2007 年版,第555 页。
② 王若虚:《文辨》,《滹南遗老集》卷三十六,四部丛刊初编本。
③ 北京图书馆编:《文渊阁四库全书补遗·明文海》,北京图书馆出版社 1997 版,第 568—569页。

四六者,文章家之整齐语也。世谓昉于六朝,而神脉精髓实非仅昉于六朝也。盖自开辟以来,其理已密存乎天地之间。语曰:物必有对,非乎?而灿然者是已。古之大臣所以贡忱宣略于庙堂者,语皆灿然,特未尝以意铸炼之而要其对。尊严之体,常贵整齐而不尚纷错,即谟训足以镜也,又奚俟格调之下衰至李唐、赵宋乎!毋宁兹即禅那,以曹溪一滴,广溢大地,滔滔所称,一花五叶者非耶?而彼且举似世间十八对,此何以故?盖皆出于自然。①

自然事物多为偶对,偶对也符合人的审美认识规律,具有存在的合理性。朱光潜《诗论》:"本来各种艺术都注重对称。……如果是奇零的,观者就不免觉得有些欠缺。图画、雕刻、建筑都是以对称为原则。音乐本来有纵而无横,但抑扬顿挫也往往寓排偶对仗的道理。美学家以这种排偶对仗的要求像节奏一样,起于生理作用。"②卜履吉不仅从自然事物普遍存在的对偶、整齐现象来说明骈文文体形式的合理性,还说明对偶并非刻意铸炼,而是庙堂尊严之体,本来就贵整齐而不尚纷错的需要。书名为《四六灿花》,表明了对四六文形式美的体认和追求。同时的岳无声对李自荣辑录的《四六宙函》也云:"原夫六朝骈俪之章,云蒸霞灿;三唐雕琢之句,璧合珠连。大都光景芳妍,如入万花之谷;神情辉映,似登群玉之峰。盖思不孤行,非关巧配;物皆对待,宛如天成。"③不仅肯定四六的"云蒸霞灿"、"璧合珠连"之美,还从构思立意上词不单行,自然物皆对偶天成方面来肯定四六文存在的合理性。这种为四六争取正常文体地位的观点,多出现在四六选本序跋中,在单独的文集书信中极少见到,但也显示了晚明文人对四六文地位及文体特征的探讨,对清人具有启发意义。

在继承前人理论的基础上,清人骈文地位论的内容更加丰富和系统。其主要内容有:一、以自然之文多偶对为例,说明人文之文章骈偶符合自然

---

① 卜履吉:《四六灿花叙》,故宫博物院编《张梦泽评选四六灿花》,海南出版社2000年版,第2页。

② 朱光潜:《朱光潜全集》第三卷,安徽教育出版社1987年版,第200页。

③ 岳无声:《四六宙函序》,明天启六年(1626)刊本。

规律;二、以儒家经典存在的骈偶句式来说明骈体文渊源久远,与古文同源异流,根本不是道衰文弊的产物,更有甚者以"文"之本义为依据,论述骈文为文体正宗,从而引起骈散之争;三、以骈文不仅擅长抒情写景,同时能议论说理,载道言志,具有和古文一样的功能来肯定其存在的合理性和必然性,从而主张骈散交融,一视同仁。

乾隆间,程廷祚《与家鱼门书》在论述赋本《风》、《雅》附庸,骚体更为古老之后,又云:"此二体未可与诗余、四六同讥。若唐人之赋,则直谓之为有韵之四六耳,非赋也。骈体最病于文,诗余最病于诗,欲为古人之诗文者,当为淫声美色以远之可也。诗余能如太白、乐天,则无病于诗;俪体能如孔璋、子建,则无害于文。然岂易言哉!"①对骈体和词在当时"同讥"的现象有所揭示。虽肯定陈琳、曹植的骈体,但字里行间透露出他本人对于骈体文的轻视。同时的袁枚则从自然对偶现象、经典文辞中多含对偶来肯定骈体,其云:

> 文之骈,即数之偶也,而独不近取诸身乎?头,奇数也;而眉目,而手足,则偶矣。而独不远取诸物乎?草木,奇数也;而由蕊而瓣萼,则偶矣。山峙而双峰,水分而交流,禽飞而并翼,星缀而连珠,此岂人为之哉!古圣人以文明道,而不讳修词。骈体者,修词之尤工者也。六经滥觞,汉魏延其绪,六朝畅其流。论者先散行后骈体,似亦尊乾卑坤之义。②

不仅肯定骈体文存在的理由,还抓住了骈体是一种修辞文学的本质,从而不应该尊散抑骈。又对骈文的功能作用作了详细地说明:"足下之答绵庄(程廷祚)曰:'散文多适用,骈体多无用,《文选》不足学。'此又误也。夫高文典册用相如,飞书羽檄用枚皋,文章家各适其用。若以经世而论,则纸上陈言,均为无用。古之文不知所谓散与骈也。……安得以其散者为有用,而骈者

---

① 王镇远、邬国平编选:《清代文论选》(下),人民文学出版社1999年版,第474页。
② 袁枚:《胡稚威骈体文序》,王英志校点:《袁枚全集》(贰),江苏古籍出版社1993年版,第198页。

为无用也。"①认为文章都是纸上谈兵，骈体和散体各有文章学上的作用；若从经世致用的角度来说，从对社会的直接促进作用来说，两者都没有实际应用价值，因而两者地位应该平等。包世臣《艺舟双辑·论文》则对经典文辞中的对偶现象加以细化，举例分析其对偶形式的丰富性，进一步深化了骈文和经典俪词的关系。其云：

> 《尚书》"钦明文思"，一字为偶，"安安"，叠字为偶，"允恭克让"，二字为偶。偶势变而生三，奇意行而若一。"光被四表"、"格于上下"，语奇也而意偶。"克明峻德"，四字一句奇，"以亲九族"，十六字四句偶，"协和万邦"，十字三句奇，而"万邦"与"九族"、"百姓"语偶，"时雍"与"黎民于变"意偶，是奇也而偶寓焉。"乃命羲和"节奇，"若天授时"隔句为偶，中六字纲目为偶。"分命"、"申命"四节，体全偶而词悉奇。"帝曰"、"咨"节奇。"期三百"十七字，参差为偶，"允釐"八字，颠倒为偶而意皆奇。故双意必偶，"钦明"、"允恭"等句是也。单意可奇可偶，"光被"、"允釐"等句是也。虽文字之始基，实奇偶之极轨，批根为说，而其类从，慧业所存，斯为隅举。②

对《尚书》中的对偶文辞类别加以分类，有叠字为偶、语奇而意偶、语偶、意偶、隔句为偶、参差为偶、双意必偶等现象，可以将之视为后世骈体文的行文句式之法了。光绪间朱启功录《骈体文林》，谭献序云："夫相杂以成文，无韵之谓笔。天地以往，来成化性。道以人偶为原；书契以来，修为尚矣。聿若三才并用，六艺所通，元享利贞，《易》之大纲；元恭克让，《书》之首简。《诗》陈草木，《礼》严俎豆，日月所以代明，山川所以交错，文之时义大矣！"③也从自然之文交错偶对和人文经典多对偶句式来张扬骈文地位。对于文章中多偶句的原因及骈文偶句行文的长处，清人也多有论述。陈衍《石

---

① 袁枚：《答友人论文第二书》，王英志校点：《袁枚全集》（贰），江苏古籍出版社 1993 年版，第 321 页。

② 王水照编：《历代文话》第六册，复旦大学出版社 2007 年版，第 5189 页。

③ 谭献：《骈体文林叙》，浙江大学图书馆藏清代稿本。

遗室论文二》云:"文之有骈偶兆端《尚书》、《周易》,至《国语》、《左传》而已盛。今之论文学源流者,以为始于西汉之相如、子云,东京之孟坚、平子,岂其然哉!李斯《谏逐客书》、贾生《陈政事疏》中既多俳偶矣,而邹阳《谏吴王书》、《狱中上梁王书》,其俳偶尤多者也。通篇全引古事,以为证据,固非以俳偶出之,则嫌其孤证单弱。其布置以二人为一偶,或以四人为一偶,略用反正相承,极似后世演联珠体,似即联珠所由来。而每段收束处,多用单行,则东汉以迨六朝骈文亦皆如是也。"①不仅指出了骈偶兆端于经典,还说明通篇用典的文章,如果不使用俳偶,则有孤证单弱之感;而俳偶也不能平铺直叙,要用反正相承和单行结束之法,这样文章才能气畅势雄,不至于有板滞或空疏之病。

尽管清人常常争取骈文和古文的对等地位,但反对骈语或骈体文的观点也时时出现。如方苞以"义法"和"雅洁"论古文,崇尚清真雅正的文章标准,云:"古文中不可入语录中语,魏晋六朝人藻丽俳语,汉赋中板重字法,诗歌中隽语,南北史佻巧语。"②乾隆十二年(1747)刊行的李绂《古文辞禁》八条中也云:"有明嘉靖以来,古文中绝,非独体要失也,其辞亦已弊矣。曾子谓:'出辞气斯远鄙倍。'文则辞气之精者也,鄙且倍其可乎?……一禁用四六骈语。凡古文皆直书其事,直论其理,而骈体则皆恒饤浮词,骈句又伤文体。欧公'竹簳'、'暑风'之语,犹有议者,不知公乃为两制序文,故兼一二骈语耳,他文则从不相犯也。或谓经传亦有骈语,然皆四字短句,气质古健,若骈丽长句,则断然无有矣。"③严禁古文中杂用四六骈语,认为骈体都是恒饤浮词,骈句有伤文体,使得文体鄙陋,完全忽视了优秀骈体文也能达到好的表达效果。在古文选本中,更是表示了对于六朝骈体文的忽视或冷漠。方苞《古文约选评文》论文重视史书和唐宋八大家文,视六朝骈体文为"空白":"三《传》、《国语》、《国策》、《史记》为古文正宗,然皆自成一体,学者必熟复全书,而后能辨其门径,……故是编所录,惟汉人散文及唐宋八

---

① 王水照编:《历代文话》第七册,复旦大学出版社 2007 年版,第 6689 页。
② 方苞:《方苞集》,刘季高校点上海古籍出版社 1983 年版,第 890 页。
③ 王水照编:《历代文话》第四册,复旦大学出版社 2007 年版,第 4007—4009 页。

家专集，俾承学治古文者，先得其津梁，然后可溯流穷源，尽诸家之精蕴耳。"①

面对这样的情况，创作或者爱好骈体文者，不满足于求得文体的正常地位，转而与古文家分庭抗礼，强调四六和古文文体属性的不同，从而争取与古文的对等地位。随着骈文创作和理论的兴盛以及崇尚徵实博学的汉学在乾嘉间影响的扩大，爱好骈文的汉学家孔广森、凌廷堪提出了《文选》、骈体文才是文章正宗的思想，阮元更指出所谓"古文"根本不是"文"，只是辞和语而已，只是子部杂家之言而已，即文学史上提到的骈散之争。这些第三章第四节已经详细论述，不再赘说。

在骈散之争较为激烈的嘉道之交，由于对于骈文和古文认识的深入，主张骈散交融，或者骈散并行的观点已经成为文坛的主要思想。此后直到清末民初，文章不分骈散，骈散各有长短，不能以文体来判断文章优劣的思想一直是文章的主流思想。这不仅表现在以古文名世的作家中，也表现在以骈文名世的作家中。如以古文名世的方东树为骈文名家彭兆荪文集作序时就对骈散两分，厚此薄彼的观点加以批评。骈文名家王芑孙为彭兆荪文集作序时也云："盖奇偶之用不齐，而一真孤露，吹万毕发，氤氲于意象之先，消息于单微之际。上者载道，下者载心，其要固一术尔。"②认为虽奇偶之用不齐，但载道载心，实可一致，将本来载道意义不强的骈文赋予此意，可见他对文以载道观念的屈服。孙衍庆序潘曾莹骈文别集时也云"吾以为行文有不变之法，理气是也；有必变之体，散骈是也，体宜骈则骈之，体宜散则散之"③，主张从理气而不是从骈散形式来判断文体是否恰当。郑献甫《为张眉叔论四六文述略》也云："诏敕之典，以代王言；论断之文，并参史事，未尝分某为散体，某为骈体也。故纵横以使气，跌宕以取姿，悠扬以审音，变化以立格，面目虽异，神骨都同。"④认为散体和骈体尽管面貌不同，但纵横使气、

---

① 王水照编：《历代文话》第四册，复旦大学出版社 2007 年版，第 3952 页。
② 王芑孙：《小漠觞馆文集序》，《续修四库全书》第 1492 册，第 623 页。
③ 孙衍庆：《小鸥波馆骈体文钞序》，上海图书馆藏道光刻本。
④ 郑献甫：《补学轩文集·骈体文》卷二，《近代中国史料丛刊续编》第 22 辑第 212 册，第 1523 页。

跌宕取资、悠扬审音和变化立格等神骨相同。吴曾祺云："自散体之作,别于骈俪为名,于是谈古文者,以不讲属对为自立风格。然平心而论,二者如阴阳畸耦,不可偏废。自六经以外,以至诸子百家,于数百字之中,全作散语,不著一偶句者,盖不可多得。此无他,文以气为主,而气之所趋,苟一泄无余,而其后必易竭,故其中必间以偶句,以稍止其汪洋恣肆之势,而文之地步乃宽绰有余。此亦文家之秘诀,而从来无有人焉尝举以告人者也。"①则重点从文气的角度来分析散语和偶句的不可分割,相辅相成:全为散语则文气一泻无余,文意易竭;间以偶句,则能化纵为横,舒缓文气,文之神韵意味才宽绰有余。吴曾祺又云:"大凡学骈体者,不可不知散体;学散体者,不可不通骈体。二者不惟不相背,且互相为用。"②则从骈体和散体互相为用的角度来说明两者不能偏废。总之,骈散在行文和审美上各有千秋,不应该厚此薄彼,借用郑好事的"美文"可概括为:

> 散文似古董,而骈文似油画。散文之澹逸如隐士,而骈文之艳冶如美人。散文之苍劲如古树,而骈文之妍丽如名花。散文如须发皆古之华颠老宿,骈文如风流竞赏之惨绿少年。散文如布帛菽粟,淡而弥香;骈文如金玉锦绣,潜且发光。散文如古佛寺钟声,逾远逾韵;骈文如新嫁娘妆奁,逾近逾华。散文之古处如幽燕老将气横秋,骈文之妙处如豆蔻女郎春试马。散文之气盛言宜,如三峡源泉,沛然莫御;骈文之流霞散绮,如七襄云锦,斐然成章。昔曾子宾谷之言曰:"古文丧真,反逊骈体;骈体脱俗,即是古文。迹似两歧,道当一贯。"③

在功能上,尽管常见视骈文为无用的观点,但在现实中,骈文却是实用的,是庙堂之文和平时交际应酬的主要载体形式。无须回避,除了六朝和清

---

① 吴曾祺:《涵芬楼文谈·属对》,王水照编:《历代文话》第七册,复旦大学出版社2007年版,第6617页。
② 吴曾祺:《涵芬楼文谈·诵骚》,王水照编:《历代文话》第七册,复旦大学出版社2007年版,第6573页。
③ 郑好事编:《骈文丛话》,上海图书馆藏民国油印本,第5页。

代骈文体裁广泛外,其他时代骈文的主要载体为应用性的公牍文章,所以就有庙堂、公牍文体适合用骈文的说法。晚明应酬性四六广为流行,相应的评价也多。张梦泽云"四六之用,上自金门崇闳,下迄冷局散官,畅彼我之怀,申庆吊之悃,均所必藉。非珠玉筐篚而假为先资,非诗赋记序而用之行远"①,岳无声指出"制科陪场,率用表文,或贺或谢或进,务跻庄雅、工致之美。恃士家留情经义之暇,便应铸字炼声,拾芳吐藻,非惟备他日馆阁之选"②,既说明了四六表文要有庄雅、工致之美,就应该"铸字炼声,拾芳吐藻",还客观上展示了庙堂、公牍文章中四六文的广泛运用。清人对于庙堂、公牍文章适合骈体的原因也有阐释。如咸丰元年汪传懿给自己辑录的《骈体南针》作序云:

> 修辞之道首重对。君体要庄严,衷怀肫笃,近臣大僚乃得上达。唐宋以来,谢表奏章,骈俪尚矣。我朝明良庆遇,一德交孚。文治炳麟,同风三代。寓赓扬之盛于敷奏之中,或华赡而语详,或简重而辞达,取裁经史,贯串百家。③

从庙堂之体要庄严典雅来解释谢表章奏需要用骈体的原因,又从清朝文治昌明,庙堂之体华赡简重、镕经铸史等方面来肯定乾嘉公牍骈文的成就,其实也就从创作方面说明了骈体对此类文体的适应性。再从《骈体南针》的所录文章看,该书共十六卷,卷一为庆贺内容,包括万寿、奏凯两类,收录文章有《请祝万寿折》、《恭请编辑万寿八旬盛典折》、《两金川荡平贺折》、《哈萨克汗阿布赖投诚贺折》、《土尔扈特归顺贺折》等;卷二到卷十六都为陈谢内容,包括巡幸、恩科、科第、兴学、除授、御制赐诗、宴饮、冠服、骑马、鸠杖、住宅、生辰等类,收录文章有《三幸天津叠沛恩纶谢折》、《恩授大学士谢折》、《恩命协办大学士谢折》、《恩授礼部尚书谢折》、《恩赐御制诗谢折》、《赏戴双花翎谢折》等,都是庙堂交际应酬之文。即使在《八家四六文钞》、

---

① 张梦泽编:《四六灿花·凡例》,故宫博物院编《张梦泽评选四六灿花》,海南出版2000年版,第4页。

② 岳无声编:《四六宙函·凡例》,上海图书馆藏明天启六年(1626)本。

③ 汪传懿:《骈体南针序》,清咸丰元年(1851)容我读斋刊本。

《后八家四六文钞》和《骈文类纂》等骈文选本中,此类文体也占有很大的比例。民国郑好事对之作了更加清晰的概括:"夫亦以庙堂之上敷陈至德、宣扬纶音,非金声玉振之词,断不足以示郑重而昭法守。于此而求文之乔皇,辞之典丽,其博大之观,无瑟缩之态,途有合乎厚德载物之至意者,自莫不以此体为最宜。"①朝廷典章、官场体面都需要骈文来润色。可见,在清朝骈文创作中,骈文的实用性并没有削弱,而是在康乾的盛世文治武功影响下,润色鸿业的功能得到加强。据此可知,清代骈文理论既重视其实用性,即庙堂公牍骈体的运用,也注重其审美性,即对普通骈文形式美的追求。

这种实用和审美的双重特征并不一定妨碍骈文对说理叙事的追求,明确骈文能传情论理,强调骈文应该文气流畅、风骨兼备为此时骈文功能论的另一突出表现。骈文之所以受到轻视和藐视,有一个重要原因就是认为骈文不适合说理,认为其句式整齐以至文气呆滞,风骨缺乏。对此,清人不以为然,多次提出骈文能议论说理、能文气流畅,能达到风清骨峻的境界。如孙衍庆序潘曾莹骈文时云:"声律对偶,动与古会;沃膏铄光,不同鐾锐。恢恢乎其有大力也,飒飒乎其有余韵也,浩浩乎其气盛而言长也,匆匆乎其理举而辞达也。……余故为之溯骈之原而旁通于诗文,汇骈之体而抗要于谐声。于是编之所以可贵者,折衷于理与气以叙之,而不徒诩其炳炳烺烺也。"②明确指出其骈文不仅具有声律对偶的形式美,而且理气兼备,气盛言宜。王莳兰则从文体上来分析骈文能说理议论的特点:"意双则陈理易达,句耦则言情易深。此盖天地自然之文,阴阳对待之谊,非文人之狡变,实太始之元音也。"③认为双行排偶更加适合说理议论,实际上也反拨了对偶为冗辞赘语,有碍文气而不适合说理的观点。陈文田也认为骈文能达到理、法和气的交融,从而怊怅述情,风骨兼备:"窃念古文之所以可贵者,理也,法也,气也;俪体文字,舍是三者,又乌足言?然镕裁声律,高下相须,前贤尽之矣。

---

① 郑好事编:《骈文丛话》,上海图书馆藏民国油印本,第 25 页。
② 孙衍庆:《小鸥波馆骈体文钞序》,上海图书馆藏道光刻本。
③ 王莳兰:《复庄骈俪文榷二编序》,《续修四库全书》第 1533 册,第 437 页。

若夫怊怅述情，沈吟铺辞，爰有风骨，发为神韵，引而申之，是或一道也。"①
吴宽明确倡导骈文应有风骨："窃谓文有风骨，骈体尤尚。盖体密则易乖于
风，辞缛则易伤于骨。能为其难，则振采弥鲜，负声有力。"②道光二十三年，
张维屏在其文集自序中也云："骈体所贵，树风骨于汉魏，撷情韵于六朝，以
意运辞而不累于辞，以气行意而不滞于意，与古文体貌虽异，神理弗殊。"也
从风骨、情韵、以意运辞和以气行意等方面来肯定骈文具有和古文一样的议
论叙事等功能。

二、文体论：形式美和装饰性之中的骈文特征

骈文虽在六朝就已经形成，但当时骈偶为普遍的文章样式，并不成为一
种独特的文体形式，因而也就不存在专门的说明骈文特征的话语。到晚唐
李商隐以四六命名其文集，才正式标志着此类文体名称的确立。此后，宋四
六话虽然对四六文的对偶、典故和句式等文体特征有所揭示，但总的来说，
宋代四六话对骈文文体特征的揭示并不是很明确，失之肤浅和随意。除了
陈绎曾和晚明四六选本序跋外，元明骈文理论等之自郐，无所建树。对于骈
文文体特征的阐释，直到清代才称得上较有系统，较有深度，才有了与文体
独立相匹配的理论话语。

骈文文体特征主要指其文本形式上的特点，即追求对偶、声律、隶事和
藻饰等。虽然其和律诗特点相通，在唐五代诗格、元代诗法著作以及《文镜
秘府论》等书中对于上述特征都有较为详细的规定或阐释，但清代骈文理论
依旧从"四六"、"排偶"或"骈体"等角度，对骈文的形式特征作了新的阐
释。虽四六或骈偶、骈俪，有时只是一种语言表达方式，没有文体文类的含
义，但只要它们出现在以骈文为指向的语境下，被视为骈文特征加以探讨，
我们就可以视为其是骈文理论话语。这几大特征中，意义的排偶、精妙的隶
事及华丽的辞藻的最终指向多为视觉美，且典故巧用和辞藻锤炼的结果还
是需要表现在排偶句式上，所以这三者其实可以归为一类；而声音的对仗，

---

① 陈文田：《晚晴轩骈俪文存序》，清光绪七年（1881）刻本。
② 吴宽：《棕亭古文钞序》，《续修四库全书》第 1442 册，第 271 页。

一般来说,指骈文对偶句中以意义为单位的节奏点上的字,一句之中平仄相间,一联之内平仄相对,则多指向听觉美。刘勰《文心雕龙·声律》云:"凡声有飞沉,响有双叠;双声隔字而每舛,叠韵杂句而必睽;沈则响发而断,飞则声飏不还:并辘轳交往,逆鳞相比;迕其际会,则往蹇来连,其为疾病,亦文家之吃也。"①对南朝文学,主要是骈体文学的声律美有所揭示,但对文章中句式声律,如平上去入的搭配,以联句为单位还是联与联之间也要注意"粘"等都没有具体的规定。后来文章声律说,包括骈文声律,从宋代至清末民初,虽有声律要求的话语,但少见具体清晰的说明,需要后人从文本中摸索骈文中包含的声律特征。这里先从宋四六话和四六文入手,了解其声律特征,然后再反观清代骈文理论中的声律论,这样或许会更加容易理解其内涵。

宋四六在声律对偶上有自己的规则,音韵和谐为四六文创作的重要要求。王应麟《辞学指南》引吕祖谦语云:"凡作四六须声律协和,若语工而不妥,不若少工而浏亮。"②王铚《四六话序》云:"凡学道学文,渊源从来皆然也。世所谓笺题表启号为四六者,皆诗赋之苗裔也。"指出了当时以笺题表启为四六文。宋人四六话中多举当时流行的四六表启联句,这里据此来了解宋四六的声律特征。如:

> 欧阳文忠公《谢致仕表》云:"虽伏枥之马悲鸣,难恋于君轩;而曳尾之鱼涵养,未离于灵沼。"元厚之(元绛)后作《致仕表》云:"跟跟退舞,敢忘舜帝之笙镛;翯翯归飞,亦在文王之灵沼。"又《谢致仕表》云:"冥鸿虽远,正依天宇之高华;微藋虽倾,尚逊日华之明润。"其意谓万物不离于天地,虽致仕亦不离君父也。子瞻为《笔说》,大以此为妙,云:"古人谢致仕表,未有能到此者。"③

> 赵令人李,号易安,其《祭胡州文》曰:"白日正中,叹庞翁之机

① 刘勰著,范文澜注:《文心雕龙注》,人民文学出版社 1958 年版,第 552—553 页。
② 王应麟:《玉海·辞学指南》,王水照编:《历代文话》第一册,复旦大学出版社 2007 年版,第 915—916 页。
③ 王铚:《四六话》,王水照编:《历代文话》第一册,复旦大学出版社 2007 年版,第 7 页。

捷;坚城自堕,怜杞妇之悲深。"妇人四六之工者。①

  杨诚斋《贺虞雍公启》曰:"小人何怨而愿其去,君子欲留而莫之能。上非不知,天则未定。万里瀺灂,鱼龙亦悯其独劳;三入修门,鼎轴乃得其所付。洪钧一转,乾清坤夷;泰阶六符,芒寒色正。"《贺史丞相启》曰:"光尧之托以子,不待致商山之老人;嗣圣之选于朝,无以易甘盘之旧学。其在初九之潜,已定画一之讲。清风发而日出,应龙翔而云从。天之欲平治也,时则可为;学焉而后臣之,政将焉往?"《贺张魏公除宣抚启》曰:"得一韩以在军中,倚而须庆历之捷;卷三秦以取天下,当不使汉高之淹。"《贺除都督启》曰:"胡马南牧,折箠以毙其酋;衮衣东征,投戈而拜吾父。"语皆奇壮,脱略翰墨畦迳。②

虽然上述三例都是以用事精巧,文意精妙而著名,但都是宋四六名家,且有表、祭文和启三种常用的四六文体。这里从声律上来略加分析。第一例三篇表文中,都为隔句对。根据意义划分,欧阳修文节奏点上的字依次为"马"、"鸣","恋"、"轩";"鱼"、"养","离"、"沼",音调依次为仄平仄平;平仄平仄,为一句之内平仄相间,一联之内平仄相对,声调抑扬顿挫。元绛两表,其节奏点上的字依次为"踉"、"舞","忘"、"帝"、"镛";"鸯"、"飞","在"、"王"、"沼"及"鸿"、"远","依"、"宇"、"华";"霍"、"倾","遹"、"华"、"润",也基本符合平仄调谐规则。李清照的祭文中,"日"、"中","叹"、"翁"、"捷";"城"、"堕","怜"、"妇"、"深"也完全符合平仄规则。杨万里《贺虞雍公启》中,前面四句为单句对而不是隔句对,平仄要求在对句,本句之内如是双数节奏则要相间,如是单数节奏则要求不严,如"人"、"怨"、"去";"子"、"留"、"能"的平仄依次为平仄仄,仄平平;"上"、"知";"天"、"定"的平仄依次为仄平平仄。接着的四七隔句对,句子中间平仄则不符合规则,但句尾字"灂"、"劳";"门"、"付"的平仄为仄平平仄,则符合

  ① 谢伋:《四六谈麈》,王水照编:《历代文话》第一册,复旦大学出版社2007年版,第41页。
  ② 杨囷道:《云庄四六余话》,王水照编:《历代文话》第一册,复旦大学出版社2007年版,第102—103页。

相对的规则。后面三启,多是如此,如"子"、"人"和"朝"、"学"的平仄为仄平平仄,"潜"和"讲"为平仄,"出"和"从"为仄平,"也"、"为"和"之"、"往"为仄平平仄,等等。即对偶句中即使节奏点的平仄不严,而句尾则必须平仄相对。据此,本文认为:一、骈文声律特征主要体现在对偶句式节奏点字上,而节奏的划分是根据意义的完整性来的;二、一句之中平仄相间,一联之内平仄相对为骈文对偶联句的基本规则,但一般并不要求所有对偶句式都调谐平仄,即往往只是数段或数个意义层上的平仄调谐,有些还只要求对偶的上下两句尾字音调平仄相对,不要求一句之中平仄相间;三、偶字句句式比奇字句句式更倾向于追求平仄调谐,如四六句式比五七句式更讲究平仄对仗;四、除了一句之内平仄相间,一联之中平仄相对外,上联第二句末字和下联第一句末字的平仄要相同,类似于律诗的"粘",粘接成章,由章成篇。[1]

四六文重视声律调谐能带来的愉悦或感人的听觉效果,宋元明都有接续性的阐释。王应麟言:"制用四六,以便宣读。皇朝知制诰,召试中书而后除,不试号为异体。"[2]又云:"制用四六,以便宣读。大约始于制诰,沿及表启也。"都点明四六制诰方便宣读。元代陈绎曾《文筌·四六附说》也云:"四六之兴,其来尚矣。自典谟誓命,已加润色,以便宣读。四六其语,谐协其声,偶俪其辞。凡以取便一时,使读者无聱牙之患,听者无诘曲之疑耳。"[3]则更加明确地说明"四六其语,谐协其声,偶俪其辞",即语言用四六,声调讲平仄,句式须偶俪带给读者和听者的听觉美。明代吴讷论"制"也云:"宋承唐制,其曰'制'者,以拜三公三省等职。辞必四六,以便宣读于庭。"[4]清人对四六或骈体的声律特征也有探讨。

康熙四十二年(1703)刊刻的王之绩《铁立文起》后编卷八"表通论"有

---

① 启功对骈文声律有些探讨,但语焉不详。参启功《汉语现象论丛》,中华书局 1997 年版,第233—236 页。

② 王应麟:《玉海·辞学指南》,王水照编:《历代文话》第一册,复旦大学出版社 2007 年版,第929 页。

③ 陈绎曾:《文筌》,《续修四库全书》第 1713 册(据清李士棻家钞本影印)。

④ 吴讷:《文章辨体序说·制》,人民文学出版社 1962 年版,第 36 页。

云:"表有声有律,平仄相间,宫商迭宣,朗然可诵者,声也;对偶精切,分毫不爽者,律也。如古表云:'自朱耶之狼狈,致赤子之流离。'以"耶"对"子",谓'耶'与'爷'同音也。又'狼狈'兽名,'流离'鸟名。其精工如此。"①其所举例,一句之内节奏点上的字"耶"和"狈";"子"和"离"分别平仄相间;一联之中,则平仄相对,即"耶"对"子","狈"对"离"。又化用了借名对,更显得精妙绝伦。这里他将对偶精切视为"律",可见骈文声律中"律"还可以指对偶方法或技巧。王之绩又说"表":

> 行文皆用四六,必调平仄,如上对是平而仄,则下对必仄而平;上对仄而平,则下对必平而仄。一篇之内,音韵尽殊;两句之中,轻重各别,乃可。如长对则不此限。不调平仄,其病有四:曰平头,如"巍巍龙凤之姿,明明天日之表"是也;(谓两句起头便同韵)曰犯尾,如"刚健中正,居九重而凝命"是也;(下句命字,犯上句正字。)曰双声,(谓互护为双声)《诗》曰"蟏蛸在东",又曰"鸳鸯在梁",此双声之所由起;曰叠韵(谓磝碻为叠韵)《古诗》"月影侵簪冷,红光逼履清",此叠韵之所由来。作表最忌有此。②

从理论上解释了四六表文一句之中平仄相间,一联之内平仄相对的声律规则,更重要的是指出"长对则不受此限",道出了骈体文行文声律的灵活之处。其所说平头、犯尾之病指声调违反平仄规则;双声和叠韵之病则指用字声韵选择不工。道光年间,孙衍庆云:"惟骈体则未有不谐声耳,古者言声音者不言韵。……惟其语既骈而声自谐,自周以来,为之有易也。夫所谓谐声者,以声律对偶言,非如后之作诗,以协于句读之末,而始谓之谐也。又非如必以四声相当,去其蜂腰、鹤膝之病而始谓之谐也。"③认为骈体文的谐声指声律对偶,即平仄相间和相对,不是像诗歌那样押脚韵;又说不必四声相当,严格讲究蜂腰、鹤膝之病,即声律没有律诗那样严格。光绪十一年

---

① 王水照编:《历代文话》第四册,复旦大学出版社 2007 年版,第 3824 页。

② 王水照编:《历代文话》第四册,复旦大学出版社 2007 年版,第 3826 页。

③ 潘曾莹撰,孙衍庆序:《小鸥波馆骈体文钞》,清道光刻本。

(1885)刊行的《缙山书院文话》论文平仄有云：

> 古人作文无平仄一说，而一时兴之所到，自合节奏，不讲平仄而平仄皆谐。后人因其竖光切响，悟出平仄一说，虽失前人古傲气象，而永无乖音哑韵矣。大约四字句，上二字仄，下二字平，若上平则下仄。六字句亦两平两仄两平，对以两仄两平两仄。推之八字句亦然。此一气完，煞尾一字如系平声，则下接第二气，首句煞尾一字亦平。今《乡人傩》一章题，卢作对句收尾云"爕理阴阳之表"，下接云"一道同风"，"表"字仄声，"风"字平声，平仄不调矣。试观储在文"夫子为卫君乎"一章题文："空山之中，蔼然孝弟。""弟"字仄声。第二气接运："九原可作，至今如见其心。""作"字亦仄。读之便有声调。若"作"字易一平声，便成哑音矣。凡一气完另换一气皆然。①

虽其所论之文主要指八股文，但其中所言四字句、六字句、八字句对偶行文的节奏声调，完全符合骈体文，可视为对骈文声律的补充。不过，这里完全以字的位置，而不是以意义划分的节奏作为平仄调谐的依据，则失之简单。有时，偶字句并不是以偶数字位置为节奏点的。此外，"此一气完，煞尾一字如系平声，则下接第二气，首句煞尾一字亦平"，即是我上文已说的上联第二句末字和下联第一句末字的平仄要相同，类似于律诗的"粘"的规则，但这里是看句尾字，而不是像律诗那样看第二字。1910年写成的吴曾祺《涵芬楼文谈》也对骈文讲究音韵有所肯定，对散体文不注意音韵表示惋惜："刘彦和《文心雕龙·声律》一篇，备言吃文之患，言音韵不调，如人之口吃也。盖其时骈偶盛行，故文章家无不留意于此。迨其后散体既兴，自非治词赋者，即已置之不讲。"②1928年刊行的王葆心《古文词通义》对于骈文声律也有说明："古人论文只以声调论骈文，不以声调论散文。刘彦和《总术

---

① 孙万春：《缙山书院文话》卷一，王水照编：《历代文话》第六册，复旦大学出版社2007年版，第5891页。

② 吴曾祺：《涵芬楼文谈·切响》，王水照编：《历代文话》第七册，复旦大学出版社2007年版，第6585页。

篇》所谓'无韵者笔,有韵者文',沈休文为《谢灵运传论》所谓'五色相宣,八音协畅',皆言骈文者也。阮芸台称所谓韵者,乃字句中之音韵,非但句末之韵脚也。六朝不押韵之文奇偶相生,顿挫抑扬,皆有合乎宫羽,都缘攻骈文者讲声调之故。若于散文中论声调,则自姚、曾大畅其说,而两种文之旨一合矣。"①刘勰和谢灵运的声韵内容,不仅仅是指骈文,还指向当时的诗歌。王葆心从骈文讲究声调及散文受此影响而追求声调,则是当时人试图探讨散文声律的一个反映。

骈文讲究声调平仄相间相对,不仅仅方便宣读的实用需要,更是因为这种追求带来的审美效果形成了一种集体无意识,让创作者有美的愉悦和美的享受。因为文字意义上的节奏和声音意义上的节奏交融,骈偶句式和意义丰富的隶事交汇,使得文章不仅具有抑扬抗坠的节奏声律美,还具有意内言外的含蓄典雅美。节奏是宇宙自然现象的一个普遍原则。朱光潜云:"艺术返照自然,节奏是一切艺术的灵魂。在造型艺术则为浓淡、疏密、阴阳、向背相配称,在诗、乐、舞诸时间艺术则为高低、长短、疾徐相呼应。"②骈文重视节奏的缓急和抑扬,正是人工美对自然原则的契合或者说不自觉当中的适应。而文字的骈偶和声调的调谐又使得骈文在整饬的形式中形成了"一个声音的系列",使之成为一种修饰性很强的文体。如果说"每一件文学作品首先是一个声音的系列,从这个声音的系列再生出意义。……在许多艺术品中,当然也包括散文作品在内,声音的层面引起了人们的注意,构成了作品审美效果不可分割的一个部分。对于许多讲究修饰的散文和所有的韵文而言就更是如此,因为从定义上说,韵文就是语言声音系统的一种组织。"③那么,我们可以说,中国古代骈文当之无愧的是语言声音系统的一种组织,是一种刻意经营的组织系统。因而,其形式美更具有典型的审美意义。

---

① 王葆心:《古文词通义》卷五,王水照编:《历代文话》第八册,复旦大学出版社 2007 年版,第 7250—7251 页。

② 朱光潜:《诗论》,《朱光潜全集》第三卷,安徽教育出版社 1987 年版,第 124 页。

③ 勒内·韦勒克、奥斯汀·沃伦:《文学理论》(修订版),刘若愚等译,江苏教育出版社 2005 年版,第 175 页。

除了对声律特征进行勾勒外,清代骈文理论还对骈文的其他形式特征作了较为详细的描述。其中,对偶中往往包含了如何隶事,隶事中往往又融汇了如何俪词,故两者常常是不可分割,相辅相成的。声律、对偶和隶事等一起组成骈文的外在形式美。这种美,对于熟悉其典故和对偶技巧等规则的读者来说,是一种心领神会的享受;对于不熟悉古代典故和对偶规则的读者来说,则是形式遮蔽了内容,雕琢堆砌掩盖了自然性灵,难免会觉得索然无味或者只能望洋兴叹。

对偶为骈文句式的主要组成部分,是骈文的根本特征。尽管诗学著作中对它宠爱有加,多方阐释,甚至到了繁琐零碎的地步。但骈文中,对于对偶的讨论,仍然有其存在的价值和意义。朱熹称其为"双关":"到得陆宣公奏议,只是双关做去。又如子厚亦自有双关之文,向来道是他初年文字。后将年谱看,乃是晚年文字,盖是他效世间模样做则剧耳。"①所谓"双关"不过是朱熹对对偶的俗化而已,即意思关联而语句双行,用意思相近或相反的对偶句来说明一件事物或一个道理。一句或几句对偶的特点我们熟悉,但一篇文章基本上由对偶句式组成的特点和微妙之处,我们就很难说掌握了。钱钟书说六代诗歌:"盖六代之诗,深囿于妃偶之习,事对词称,德邻义比。上为'泰华三峰',下必'浔阳九派';流弊所至,意单语复。《史通·叙事》篇所讥:'编字不只,捶句皆双,一言足为二言,三句分为四句。如售铁钱,以两当一。'"②其实六代骈文,后来骈文又何尝不是? 有时甚至有过之而无不及。楼昉《过庭录》"四六"条云:"前辈评四六,谓经句对经句,子句对子句,史句对史句,诗句对诗句,最为的当,且于体制谐协。以予观之,若《书》句自对《书》句之类尤佳。六经循还,自相对之;若不得已,以史句分晓处,对子句或经句,亦不奈何。大要主于缕贯脉联,文从字顺而已,不必大拘。"③不仅说明了宋四六重视经句对经句这样的正对,而且还表达了正中

---

① 朱熹:《朱子语类·论文》,王水照编:《历代文话》第一册,复旦大学出版社 2007 年版,第202 页。

② 钱钟书:《谈艺录》(修订本),中华书局 1984 年版,第 299 页。

③ 楼昉《过庭录》,王水照编:《历代文话》第一册,复旦大学出版社 2007 年版,第 456 页。

有变,不拘泥陈规的思想。但实际创作中,四六文的对偶精妙精当一直是宋代四六批评的核心内容。

尽管刘勰《文心雕龙》和空海《文镜秘府论》中提到了诗文的多种对偶方式,但骈文中的对偶方式仍有发展。明代谭浚《言文》"偶词"条云:"俪词之体有十二:正对、言对、顺对、类对、字对、骈对为劣,反对、事对、互对、假对、章对、句对为优。或字字相丽,或句句相衔,或宛转相承,或鬲行悬合。词义虽殊,对偶一也。"①主要内容是延续刘勰关于对偶的相关论述,但也有新的出现,如"章对"表示一段文字的对偶,则明显指向骈文章法。清人对对偶方式也有所论述,但单纯的对偶方式此时已开发殆尽;又清人多不赞同严格工整的对偶,所以往往强调以意为主,以奇偶错综为法,追求流畅的文势。如王夫之云:"对偶语出于诗赋,然西汉、盛唐皆以意为主,灵活不滞,唯沈约、许浑一流人,以取青妃白,自矜整炼,大手笔所不屑也。宋人则又集古句为对偶,要亦就彼法中改头换面,其陋一尔。况经义以引伸圣贤意立言,初非幕客四六之比。"②以西汉、盛唐诗赋对偶以意为主来反衬四六文对偶之陋。王葆心也记载:"舒白香《古南余话》曰:'奇不徒奇,必有偶以行其奇,而奇乃得势。'又曰:'逆顺属义,用笔之百千,意外巧妙而仍在人人意中者是也。奇偶属声,偶则滞,奇则行。一足之夔,通身之神力注焉。'"③则对文章奇偶交错作了肯定。彭元瑞尝言:"萧《选》行而无奇不偶,韩集出而有横皆纵"④其本意是说明文章奇偶交错,不能偏废,但说韩愈古文"有横皆纵",则说出了古文破骈为散,文意由横顿变为纵贯的行文特点。此外,清人对于对偶本身也开始思索,如吴曾祺就对对偶和骈俪加以区别,其云:

惟属对之法,与骈俪不同。骈俪之句法,或力求工整,或务在

① 王水照编:《历代文话》第三册,复旦大学出版社 2007 年版,第 2339 页。
② 王夫之:《夕堂永日绪论外编》,王水照编:《历代文话》第四册,复旦大学出版社 2007 年版,第 3269 页。
③ 王葆心:《古文词通义》卷十,王水照编:《历代文话》第八册,复旦大学出版社 2007 年版,第 7555 页。
④ 王葆心:《古文词通义》卷六引,王水照编:《历代文话》第八册,复旦大学出版社 2007 年版,第 7295 页。

谐叶。汉魏以前,尚不甚拘,自齐梁以降,日严一日,其作法与诗赋相近。若散文之对法,自以参差不齐为妙。凡字之多少,句之长短,皆所不禁。且骈语则多两句为偶,或四句为偶,散体则均无不可。韩文公为一代文宗,实首变燕许之格,然其文中间用偶语者,亦往往而是,而运用之法,亦在以金针度人。盖此中机括,全由音节而生。骈文有骈文音节,则有骈文对法;散文有散文音节,则有散文对法。使取二者互易而用之,则数句之后,已不复可读矣。①

在骈文和散文的对比之维中,认为属对为散文句法,而骈俪为骈文句法;属对字句长短不限,而骈俪则工整谐协;骈文和散文音节不同,对法自当区别。

对偶往往需要通过精巧的隶事来实现其精妙的表达功能,两者往往相辅相成,相得益彰。钱钟书对骈文隶事和对偶作了辩证分析:"骈体文不必是,而骈偶语未可非。骈体文两大患:一者隶事,古事代今事,教星替月;二者骈语,两语当一语,叠屋堆床。然而不可因噎废食,止儿之啼而土塞其口也。隶事运典,实即'婉曲语'(periphrasis)之一种,吾国作者于兹擅胜,规模宏远,花样繁多。骈文之外,诗词亦尚。用意无他,曰不'直说破'(nommer unobjet),俾耐寻味而已。……至于骈语,则朱熹所谓'常说得事情出',殊有会心。世间事理,每具双边二柄,正反仇合;倘求义赅词达,对仗攸宜。"②隶事和骈语(对偶语句)对于骈文确实是把双刃剑:一方面它们是骈文存在的根本,没有了隶事和骈语的文章就不是骈文;另一方面,隶事则易晦涩,骈语则易词费,使用不当就会造成骈文文气凝滞,文意啴缓,在说理论事方面不能尽意快意。朱光潜说:"史书所以最早有直率流畅的散文,也有一个道理,因为史专叙事,叙事的文章贵轻快,最忌板滞,而排偶最易流于板滞。清朝古文运动中的作者最推尊左国班马,就是因为这些'古典'所给的是最纯粹的散文。"③虽然是说排偶最容易带给文章板滞的效果,但拿来形

---

① 吴曾祺:《涵芬楼文谈·属对》,王水照编:《历代文话》第七册,复旦大学出版社 2007 年版,第 6617—6618 页。

② 钱钟书:《管锥编》(第四册),中书书局 1996 年版,第 1475—1476 页。

③ 朱光潜:《诗论》,《朱光潜全集》第三卷,安徽教育出版社 1987 年版,第 209 页。

容骈文的骈偶和隶事的消极作用,也不无是处。更有甚者,因为隶事和骈偶逐渐成为俗套,剽袭相用,导致敷衍塞责,千篇一律。吴曾祺对说理文剪裁隶事以为对偶也有深入揭示:"凡说理之文,恐不足徵信于人,于是必取古事以实之。自汉魏以至六朝,率以矜炼为贵,往往有一节之中,连引十余事,或一句为一事,或二三句为一事,皆以类相从,层见叠出。盖其时偶俪之体盛行,故操觚家亦喜讲剪镕对仗之法。"①"矜炼",即矜持而又精炼的美学要求,引事成文,以类相从的骈文正好适合这种要求;这也是骈文隶事为何讲究剪裁镕铸的对仗之法的原因。即使反对叙事之文借用古时地名、官名,轻视骈文的李绂,也认同骈体文的隶事。其云:"叙事之文全是史法,一切地名、官名当遵本朝所定,不得借用古地名、官名,使后世读其文者,茫然莫识其为何地何官。……惟骈体词章及议论之文,犹可宽假。盖彼直以为衬贴之词已耳。古人以骈体为俗体,固不足深责也。"②林纾论文禁忌散文用典和追求华藻,认为是"涂饰",但认为骈文却可"尽可驱驾":"夫才士之文,既不能出之平淡,尚有骈文一道,尽可驱驾。然而,才多者恒视散文若不足为,一握笔伸纸,非征引古昔,即窜猎艳词,既无精意为之根干,却成一不骈不散之体,几乎追迹汉京,实则非也。"③当然,对于骈文隶事不当、对偶不工带来的弊端,清人也有批评。如张谦宜说六朝骈文:"彼时人尚文学,惟恐单浇薄劣,只得敷以英华。久之,词能预设,字或生疣。其气不充,借宛转以养度;笔绝不劲,假骈丽以增雄。方钝平行,势难掉运;字雕句琢,神采先萎。"④对当时词如预设,笔力不劲,字如赘疣,文气不充的骈文加以批评,认为当时文章是借敷衍词华和雕琢骈俪来虚张声势罢了。

对隶事精巧和对偶精妙的讲究,导致骈文创作者必须具有渊深的学问和良好的文章写作方法及技巧。刘勰、陆贽、李商隐和宋四六名家都学问渊

---

① 吴曾祺《涵芬楼文谈·徵故》,王水照编:《历代文话》第七册,复旦大学出版社 2007 年版,第 6596 页。

② 李绂:《秋山论文》,王水照编:《历代文话》第四册,复旦大学出版社 2007 年版,第 4000—4001 页。

③ 林纾:《春觉斋论文》,舒芜校点,人民文学出版社 1959 年版,第 107—108 页

④ 张谦宜:《絸斋论文》,王水照编:《历代文话》第四册,复旦大学出版社 2007 年版,第 3881 页。

博,唐宋以来的骈文名家多是翰林学士出身的词科中人,以及类书与骈文关系密切等都是很好的证明。从这点上来说,骈文先天就注定了它是文人化程度很深,离民间艺术较远的"贵族文学"、"庙堂文学"和"唯美文学"。它多半是以词章为职业的文士殚精竭虑,经历"点鬼簿"、"獭祭鱼"后的产物。尽管后来民间和俗文学中也出现了骈体文的形式,但文人创作的骈文来相比较,高下之分就十分明显了。相对于文以载道的古文文统和诗言志的讽谕传统,骈文的形式意义和美文意义的成分要大得多。而骈文中渔猎典故,剪裁对偶,从美学上来看,具有英国人贡布里希提出的"中断效果"特征。其云:"中断的效果即我们从秩序过渡到非秩序或非秩序过渡到秩序时所受到的震动。……所谓'视觉显著点',一定得依靠这一中断原理才能产生。视觉显著点的效果和力量都源于延续的间断,不管是结构密度上的间断、成分排列上的间断还是其他无数种引人注目的间断。"①骈文行文基本上由整齐的骈偶句组成,一联之中,为文意的补充说明,可视为"非秩序"停顿,联与联之间,为文意的变化推进,可视为"秩序"贯通,全文正是通过这样的非秩序停顿,产生视觉或感觉焦点;又通过秩序贯通,完成文意的连贯和篇章的完成。吴兴华说骈文对偶和用典等需要吸引作者和读者的注意力时云:"这种注意力的牵引是向横的方向发展的,它与思路逻辑、叙事层次等向纵的方向的运动势必有所抵触。"②从横、纵两方面说出了骈文的行文特色,但一联为横,联与联之间的过渡承接则为纵,优秀的骈文也能很好地处理好思路逻辑和叙事层次的关系,如《文心雕龙》就是代表。饱受诟病的骈文的"凝滞"之病,或许就是不同文化背景和知识积累的读者只注意到了一联之中文意的停顿,而没有注意到联与联之间文意的贯通,从而忽视了骈文的"中断效果"带来的审美价值。

骈文声律、对偶和典故等形式美的形成,对偶和隶事等造成的"中断效果"等自然地构成了骈文的"装饰性"。吉川幸次郎论说中国文章的装饰性

---

① 贡布里希:《秩序感——装饰艺术的心理学研究》,范景中译,湖南科学技术出版社 2002 年版,第 124 页。

② 吴兴华:《读〈国朝常州骈体文录〉》,《文学遗产》1988 年第 4 期。

时,有云:"也就是说中国的文章总是强烈地追求着形式的美,特别是音乐的美。最好的例子就是所谓的'四六文'。"①他又从四六文句式的字数限定、文句对仗、音律上字词句联平仄搭配有一定的规则、全文充满用典、语言不是口语而是特殊的文言等五个方面较为详细地阐释了四六文即骈体文的装饰性特征。② 这里的装饰性,不仅仅是一种视觉效果和冲击,还包括了由于特殊的行文格式规范和语言音律所组成的听觉或感觉效果,即通过自足的、完整的内在结构来凸现其合符规律的外在形式或者说"文字图案"。进一步说,骈文的对偶、声律和典故,其实在运用的过程中,已经形成了一种有意味的符号形式。它们往往反映了作者对前人相似情感或经历的体会,具有联想和象征的关系,形成了一种符号系统。或许类书的编撰就可以作为符号系统形成的一个佐证。苏珊·朗格认为:"艺术品是将情感呈现出来供人观赏的,是由情感转化成的可见的或可听的形式。它是运用符号的方式把情感转变成诉诸人的知觉的东西,而不是一种症兆性的东西或是一种诉诸推理能力的东西。"③如果承认其合理性,那么骈文则确实是"运用符号的方式把情感转变成诉诸人的知觉的东西",需要读者的知觉才能理解文意,才能领会这种文体的精灵。江弱水更从对语言连续性的破坏是诗的现代性标志的角度出发,认为"骈文与律诗所表现出来的形式之'雕琢'、文法之'不通'、文字之诉诸'视官'的特色,正是从庞德(Ezea Pound)到帕斯,20世纪许多西方现代主义诗人赞叹不置的汉语诗歌的独特优点,是现代性写作的可贵因素。关键在于骈偶与对仗的密集使用,导致了语言的非连续性,使字词解决了意义关系,脱离了表面文法,由时间的连续转为空间的并列,从而呈现出视觉的美。"④骈偶和对仗的密集使用,确实导致了语言表达的非连续性,即中断性,但这种非连续性又通过联与联之间的承接循环而呈现出

---

① 王水照、吴鸿春编选,吴鸿春译:《日本学者中国文章学论著选》,上海古籍出版社 1994 年版,第 274 页。

② 王水照、吴鸿春编选,吴鸿春译:《日本学者中国文章学论著选》,上海古籍出版社 1994 年版,第 275—281 页。

③ 苏珊·朗格:《艺术问题》,滕守尧,朱疆源译,中国社会科学出版社 1983 年版,第 24 页。

④ 江弱水:《现代性视野中的骈文与律诗的语言形式》,《文学评论》2009 年第 1 期。

连续性,这就是刘勰"易之文系,圣人之妙思也:序乾四德,则句句相衔;龙虎类感,则字字相俪;乾坤易简,则宛转相承;日月往来,则隔行悬合:虽句字或殊,而偶意一也。"①中的"句句相衔"、"宛转相承"含义。杨明云"宛转相承"多出现在骈体论述文中,其含义:"实际上就是多层(三层以上)对偶相连续,而每层对偶的上下联分别依次相承接、相对应。"②这种多层对偶相连续,其实就是骈文行文变非连续性为连续性的明显体现。正如卜履吉所说:"故骈其四,乃四之不得不骈也;俪其六,乃六之不得不俪也。所称辞合璧而意贯珠,亦当时不得不合,不得不贯也。"③认为骈四俪六乃自然如此,而所谓"辞合璧"偏重于内容或意思相近相反的事物对偶互文,为横向扩展;"意贯珠"偏重于说文意的流贯,即骈偶句的宛转相承,为纵向演进,在形象的比喻中揭示了优秀骈体文的行文特色。可见,骈文的非连续性和连续性都具有独特的文体内涵和指向,不能抑此扬彼。

三、文风论:文体风格和作家风貌的交融

古代文章分体复杂甚至琐细,各种文体之间常常互相渗透。作文要求上的墨守成规,如刘祁所云"古文不宜蹈袭成句,当以奇异自强;四六不宜用前人成语,复不宜生涩求异;散文不宜用诗家句;诗句不宜用散文言;律赋不宜犯散文言;散文不宜犯律赋语"④,以及文体上的破体为文现象,如"谓灵皋以古文为时文,却以时文为古文"⑤,往往并行不悖,各行其是。毫无疑问,各类文体之中是有趋同的因素,特别是所谓的古文、时文和骈文,往往有些地方是可以交融的。但是,作为一种文体,如果真正具有独立性和自足性,在文学史上存在且强势过,则在文体风貌上应该有公认且较为通行的批评话语。作为文学史上有重要地位的骈文,理所当然应该有比较趋同的或

① 刘勰著,范文澜注:《文心雕龙注》,人民文学出版社 1958 年版,第 588 页。
② 杨明:《宛转相承:骈文文句的一种接续方式》,《文史哲》2007 年第 1 期。
③ 卜履吉:《四六灿花叙》,故宫博物院编《张梦泽评选四六灿花》,海南出版社 2000 年版,第 2 页。
④ 王葆心:《古文词通义》卷三,王水照编:《历代文话》第八册,复旦大学出版社 2007 年版,第 7170 页。
⑤ 由云龙辑,李慈铭著:《越缦堂读书记》(五),辽宁教育出版社 2001 年版,第 970 页。

者说比较固定的理论话语。当然,这些理论话语并不是专属于骈文,但是,至少在绝大部分的文章学理论语境中,其批评对象是鲜明地指向骈文。骈文在宋元明都没有出现这样的理论,直到清代才终于拥有了这样批评话语,其最典型的代表是:"沉博绝丽"、"于绮藻丰辱之中,存简质清刚之制"和"潜气内转,上抗下坠"。这不仅标志着清代骈文理论确实集历代之大成,而且也更加鲜明地反映了清代骈文文体意识的强化和深入人心。

宋元明文人在骈文序跋或选本中就开始了对骈文风貌的探讨。晚明岳无声云六朝骈文:"嗣后藻缋纷披,几埋其本质;虚夸角逐,旋掩其性灵。"① 就以否定藻绘和虚饰的方式提出了其理想中的骈文应具备"本质"和"性灵"。清人对于具有形式美和装饰性的骈文,也不时高扬其藻饰、骈俪的语言风格。嘉庆时陈云程云:"近复选辑四六新书,旁搜远采,有美必录,无体不该,洵所谓人人握隋侯之珠,家家抱荆山之璞也。夫骈俪之体,自六朝三唐以来,焕采扬葩,抽黄配白,炳炳麟麟。至我朝文风丕振,超轶前古。"② 就从"隋侯之珠"、"荆山之璞"、"焕采扬葩"、"抽黄配白"等形式方面来形容四六文,全序中也没有提到古文理论中常见的文以载道、美刺讽谏之说。又如徐炯为陆繁弨骈文作序时有云:

> (陆)最工俪体,每喜骈言,镂雪成裳,酿花作蜜。丝分异锦,缝绣究以无痕;风度碧天,斗彩云而一片。璋分珪合,铢两维均;棋布星罗,密疏合万。……或酒酣耳热,拔笔答巨源之书;或日丽花明,伸纸作太冲之序;或雕镂草木,仿苏彦之赋楠榴;或翩蠍山川,仿沈约之铭桐柏。莫不宫商应手,律吕随心,尤于俳偶之中,独骋清雄之气。藤缠薜缚,偏多夭矫之形;峡束山回,倍作潺缓之响。③

全文为骈体文,与我们所熟悉的诗歌、古文文集序跋不同。清代骈文序跋多以骈文写成,以便从形式上吻合原集。该文语言上讲求藻饰,追求用典;内

---

① 岳无声:《四六宙函序》,明天启六年(1626)刊本。
② 陈云程:《四六清丽集》,嘉庆二年(1797)本衙藏版。
③ 徐炯:《善卷堂四六注序》,浙江大学图书馆藏乾隆木刻本。

容上肯定骈文的语言美、音律美,同时也讲求在俳偶之中驰骋清雄之气,但也没有文以载道或美刺讽谏的内容。边浴礼序潘曾莹骈文集也云:"(潘)尤工俪体。左提右挈,笔锐干将;酌淡斟浓,文成绣错。极停云绕风之致,有推烟唾月之奇,净洗妖浮,诚足配雅令于徐庾,式浮靡于江薛。以视舞夸长袖,徒瘠义以肥辞;歌诩曼声,乃浮文而弱质。"①对潘曾莹骈文的评价,也是从藻饰、声律等语言形式着眼,凸显了骈文的形式特征。刘开云:"东京宏丽,渐骋珠玑;南朝轻艳,兼富花月。家珍匹锦,人宝寸金,奋球锽以竞声,积云霞而纤色。因妍逞媚,嘘香为芳,名流各尽其长,偶体于焉大备。"②也是从形式上来描绘骈文形成期的特征。这种对形式美的揭示或者褒扬,不能视为形式主义,优秀的骈文作品同样情文并茂、气韵流畅。如孔广森《闺秀王采薇长离阁诗集序》中最后一段:

> 然而蓉生江上,杏倚云边,未免牢愁,谁能理遣? 重以诸姬适邺,永叹肥泉;季娣归鄪,先零弱岁。芝焚易戚,蕙质何堪? 几日飞龙,只愁药店;数声别鹄,忽上琴丝。簟尘则榻冷琉璃,吟笔则床空翡翠。左思娇女,能无失母之悲;班固佳甥,应有问神之作。于是子荆改服,文度多伤,求故剑于箱帘,缀遗翰于镜槛。红桃俪字,遂书河北之笺;白蜡妍辞,偏识闺中之媛。而或者谓结璘有药,弄玉疑仙,三髻云鬟,蓬壶已隔;层波罗袜,洛浦仍逢。倘作异闻,传诸好事,则绸缪赠答,将皆戴胜之瑶觞;宛转音声,尽入彩鸾之唐韵。③

王采薇为清代才女,也是乾嘉汉学家、骈文家孙星衍之妻。孔广森在本文开篇先铺叙历代才女文学上的流芳遗韵,又直接描绘了王采薇的绝代才华,最后笔锋一转,悲从中来。"季娣归鄪,先零弱岁"、"簟尘则榻冷琉璃,吟笔则床空翡翠",在流丽的叙述中见作者的愧惜惆怅之情。孔广森学识渊博,几乎句句用典,但文气流畅,叙次明净,达到了其和吴蒿所说的"泽于古而无

---

① 边浴礼:《小鸥波馆骈体文钞序》,上海图书馆藏道光刻本。
② 刘开:《与王子卿太守论骈体书》,《孟涂骈体文》卷二,《续修四库全书》第1510册,第425页。
③ 孔广森:《仪郑堂文》卷二,丛书集成初编本。

俗调"的标准。像这样清新流丽的骈文,在清人骈文中随处可见,如《国朝骈体正宗》和《国朝骈体正宗续编》中所收录的骈文大都如此。

在对骈文形式美的肯定中,清人也多否定那些气骨不振、文气苶弱的骈文,提倡风骨、文气和情韵。叶元垲云:"然余则曰:'孔子云:词达而已矣。'未闻词之碍气也。词之碍气,为东汉以后骈丽整齐之句言耳。"①诚然,如果没有处理好骈文对偶句之间的关系,是容易造成骈文文气疏缓,风骨不振。吴宽云:"窃谓文有风骨,骈体尤尚。盖体密则易乖于风,辞缛则易伤于骨,能为其难,则振采弥鲜,负声有力。"②用诗文共用的风骨观念来张扬骈文。王之绩云:"钱氏榖曰:'苏东坡表启制诰,不下数百首,各臻其妙。盖对偶之文,难于情词圆转,东坡作对偶文,能寓潇洒于端严中,虽俚言巷语,出其笔端,亦有情趣。'予谓四六对偶文体,当采之六朝、初唐,以收其葩丽;参之东坡,以得其流畅。"③则引钱榖语说明对偶之文应情词圆转,饱含情趣,应融合六朝初唐的葩丽辞藻和苏轼四六文的流畅气势。丁泰《与张海门论骈体文书》中有云:"若但以骈体论,则固无盛于八代者,何衰之可云?为斯体者,典病琐,琐则不庄;气病粗,粗则不雅;貌病伪古,伪古则晦深;言病囿今,囿今则堕浅。求之刘《说》,郦《注》以博其趣,求之《金楼》、《拾遗》以猎其英,求之《抱朴》、《雕龙》以受其范。就夫专家论之,则隐侯调谐,彦升品贵,子山骨清,孝穆才赡,固宜细绎全帙,联其臭味。"④对琐典、粗气、伪古和囿今的骈文加以否定,主张博采众长,取法典范。光绪间张景祁为杨浚骈文作序云:

　　窃维骈俪之作,滥觞二京,六代、三唐厥体益盛。维时阙廷诏书、台省笺奏,悉以偶句行之。寖至哇淫啴缓,气骨顿衰,为古文家

① 叶元垲:《睿吾楼文话》卷十,王水照编:《历代文话》第六册,复旦大学出版社2007年版,第5463页。
② 吴宽:《棕亭古文钞序》,《续修四库全书》第1442册,第275页。
③ 王之绩:《铁立文起》后编卷八,王水照编《历代文话》第四册,复旦大学出版社2007年版,第3824页。
④ 王葆心:《古文词通义》卷七引,王水照编《历代文话》第八册,复旦大学出版社2007年版,第7337页。

所诟病。……征文隶事,谁能废之? 然非具沈博绝丽之才,起心炼冶之笔,上下驰骋之气,质文酌剂之用,则亦如湿鼓腐木,形于具而神采铄,适成卑靡之体格而已。①

要求骈文风骨端详、文气流畅,以沈博绝丽之才,精炼会心之笔,从而使得文质相扶,形神兼备。虽然对于骈文来说,批评中往往更注重的是文辞形式,和古文更注重说理有不同,但辞不能外开理,理也不能没有辞,两者相辅相成,不可分割。诚如刘开所说:"是则文有骈散,如树之有枝干,草之有花萼,初无彼此之别,所可言者,一以理为宗,一以辞为主耳。夫理未尝不藉乎辞,辞亦未尝能外乎理。而偏胜之弊,遂至两歧,始则土石同生,终乃冰炭相格,求其合而一之者,其唯通方之识、绝特之才乎!"②就辩证地指出了辞与理、骈文与古文之间的关系,这也是清人对于骈文特征认识的重大发展。可以说,在清人骈文理论中,多有对骈文风骨、情韵和文气等问题的探讨。然而,这些理论术语和古文、诗歌共用,具有普适性而缺乏独创性。作为自足性和兼容性兼备的骈文,本身文体的存在就处于一种无法调和的矛盾之中。其自足性特征使其能成为一种文体,但其对古代各类文章的兼容性,又总是在消解其文体的独立性。如果没有自己独特的风格话语,就难以显示出其和古文的不同。随着清代骈文创作和理论的兴盛,这一重大任务终于完成。乾嘉时期"沈博绝丽"的出现和流行为清代骈文理论中重要的风格评论话语。

沉博绝丽的提出和为大众接受是清代骈文风格批评的较大发展,是对骈文形式和内容作了深入思考后得到的结果,故自乾嘉间明确用于批评骈文后,就一直成为骈文风格评价习惯性话语。沉博绝丽首先是重学,即博雅厚重之学力,其次才是重文,即华丽丰缛之辞藻,两者融会贯通就涵盖了对骈文形式和内容的独特要求,因而得到了广泛的认同。早在康熙初年,胡献征评价陈维崧骈文时就云:"余读之而叹曰:才人之文,无所不可,其至此极

---

① 张景祁:《冠悔堂骈体文序》,清光绪 21 年(1895)刻本。
② 刘开:《与王子卿太守论骈体书》,《孟涂骈体文》卷二,《续修四库全书》第 1510 册,第 426 页。

乎! 夫子云沉博绝丽、敷陈藻缋,而尤根柢于《法言》;渊明天怀冲淡发为古诗,而亦间形于词赋。所云元元本本,洒洒洋洋,固未有不同条而共贯者也。"①用扬雄文章沉博绝丽而根柢《法言》的情况来说明学问与文章的关系,借以形容陈维崧的文学创作是以博学之才发藻丽之词。乾嘉年间,沉博绝丽开始从评人滑向评价骈文风格,成为骈文风格评价的常见话语。徐达源评彭兆荪骈文时云:"吾友彭子甘亭,少学为沈博绝丽之文。其持论也,宁蹇涩以违俗,勿软滑以悖古,投迹高轨,棘棘不阿。"②直接用沉博绝丽来评价彭兆荪的骈文,沉博的审美指向是宁蹇涩学古也不软滑从俗,是精熟《选》体、精研汉魏六朝之文,是风骨浑成,神与才通。徐元润《娄水琴人集小传》评价彭兆荪骈体文也用"沉博绝丽",其内涵是强调骈文的以学为文和以词为学。嘉庆九年(1804)吴锡麒为王芑孙骈文作序云:

> 顾独以骈体文属序于余。殆以余所业在此,或者此中甘苦,能深知之而共喻之欤? 及循览再四,见其沉博绝丽,凌轹古今,如昆仑之巅层城九重而瑶台十二也;如春山发荣而万花竞媚也;如洞庭张乐而金石铿鸣,杂之鲸吟而龟吼也。其气盛,故其声宏;其趣高,故其词雅,此真能由六朝而晋而魏,以仰窥东京之盛者。③

吴锡麒为乾嘉骈文大家,其以"沉博绝丽"概括王芑孙骈文风格,又从气盛声宏、趣高词雅等方面具体阐释了"沉博绝丽"的特点,并事实上以之作为六朝、汉魏骈文风格的典范代表和骈文批评的审美取向。王芑孙少喜骈文,但遭到乡里为心性之学、不喜六朝文的彭允初的反对,"惕甫误有沈博绝丽之耆,予恐其为八骏之游宴瑶池而不知返也",王芑孙据理力争:"以为古文之术,亦必极其才而后可以裁于法,必无所不有而后可以为大家。自非驰骛于东京六朝沈博绝丽之途,则无以极其才。"④指出古文必极才后才能言义法,否则徒具空言而已,并反复以"沉博绝丽"代指骈文。可见嘉庆年间,该

① 胡献征:《迦陵文集序》,四部丛刊初编本。
② 徐达源:《南北朝文钞序》,丛书集成初编本。
③ 吴锡麒:《渊雅堂全集·文外集序》,《续修四库全书》第 1480 册,第 316 页。
④ 王芑孙:《渊雅堂全集·文外集自序》,《续修四库全书》第 1480 册,第 318 页。

词已经成为骈文风格批评的习惯性话语。嘉庆十一年,王芑孙评彭兆荪骈文,"镇洋彭子湘涵,方今魁岸之士,而湛博绝丽之才之一也。为善有暇,笃耆文业,其为文专力排偶,夫文何有奇偶哉!"①也将"湛博绝丽之才"和其骈文联系起来,可见两者的紧密关系。

道咸间,张维屏《松轩随笔》评胡天游、彭兆荪骈文时云:"昔人有沉博绝丽之语,求诸近代,罕觏其人。盖多读书者博不待言,惟沉丽难兼,沉未必丽,丽未必沉,徒恃博不能沉,并不能丽,此中有天事焉,有人事焉……胡稚威诗文沉多于丽,彭甘亭丽多于沉。"明确解释了沉博与学识有关,丽则是语言风格的表现,并以之评价胡天游和彭兆荪骈文风貌。同治间,钱振伦也云:"词章之学,尤名于时。良由行神如空仓古,而化以沈博绝丽之气,宣芬芳悱恻之怀。故得云锦独张,天孙自解;文参选体,诗郁离骚。"②用"沈博绝丽"评价其友的选体文,即骈文。晚清,特别是光绪年间,沉博绝丽更成为骈文批评的典范话语。如何金寿评尹恭保:"丹徒尹舍人,逸才旷世,出入经史,博览百家。……(骈文)体裁咸备,胎息两汉,取材齐梁,沈博绝丽,词非清辩滔滔,使昭明见之,当复入选。非以古文为骈俪,能如是哉!"③殷兆镛评徐寿基:"至于骈体,非多读书不可。则又习为轻俏流转,竞趋守人蹊径,而于六代三唐巨制鸿篇,沈博绝丽,鲜钞津梁者矣。"④张寿荣评胡天游《为如皋公与僚属祭镇海吴将军文》:"作者诸篇,多沈博绝丽,大气盘旋而出,接之如十色五光,令人目迷心眩,是首虽整作,要亦胎息深厚,音韵铿锵,臻此正自非易。"⑤等等都用"沈博绝丽"来评价其骈文风格。民初至今,"沈博绝丽"也成为骈文研究者的常见话语。易宗夔云:"吴山尊好作骈俪文字,沈博绝丽,朱文正谓其合邱迟、任昉为一手。"⑥王式通评汪荣宝《荃察余斋骈体文存序》云:"君著述至富,删削务严,所存者大都旨归典则,辞尚体

---

① 王芑孙:《小漠觚馆文集序》,《续修四库全书》第 1492 册,第 623 页。
② 钱振伦:《王树山房遗集序》,《示朴斋骈体文》卷一,同治六年(1867)刊本。
③ 何金寿:《抱膝山房骈体文序》,清光绪六年(1880)本。
④ 殷兆镛:《酌雅堂骈体文集序》,上海图书馆藏清光绪刊本。
⑤ 曾燠原选,姚燮评,张寿荣注:《清朝骈体正宗评本》卷一,上海文瑞楼民国间印行本。
⑥ 易宗夔:《新世说》,沈云龙主编:《近代中国史料丛刊》(正编)第 18 辑第 180 册,第 126 页。

裁;导源于元嘉、永明,合辙于咸亨、调露,方诸往代,实四杰之嗣音;拟以近人,亦二胡之劲敌。沈博绝丽,畴抗颜行。"①"民国陈康黼也说:"骈文至宋而衰,至清而复盛。清初,秉明季诸老之后,如张天如、陈卧子二先生,皆以沈博绝丽之文,提倡后进,于是六朝、初唐之焰乃复振。"②以"沈博绝丽"来指代骈文。《清史列传》、《清史稿》评价骈文多次使用,如评谭莹:"沉博绝丽,奄有众长。粤东二百年来,论骈体必推莹,无异辞者。"③今人修的《续修四库全书提要》受此影响,同样用之评价优秀骈文,如评刘可毅:"所为骈文,于沈博绝丽之中,寓拗折清刚之胜,相题行文,殚精竭致。"④评彭兆荪同样如此,不再列举。

乾嘉骈文重视沉博绝丽,首先是出于对古文空疏的反驳。当时汉学思想一直处于强势地位,汉学家对程朱理学的抨击,自然滑向与之形影相随的韩欧古文文统的抨击,如戴震、段玉裁、钱大昕等人对古文的激烈批评就是明证。钱大昕对方苞古文"义法"都以质疑,其《与友人书》有云:"夫古文之体,奇正、浓淡,本无定法,要其为文之旨有四:曰明道,曰经世,曰阐幽,曰正俗,有是四者而后以法律约之,夫然后可以羽翼经史,而传之天下后世。……盖方所谓古文义法者,特世俗选本之古文,未尝博观而求其法也。法且不知,而义于何有? 昔刘原父讥欧阳公不读书,原父博闻,诚胜于欧阳,然其言未免太过。若方氏乃真不读书之甚者,吾兄特以其文之波澜意度近于古而喜之,予以为方所得者,古文之糟粕,非古文之神理也。"⑤直接点明批评方苞不读书,所得乃古文之糟粕,且认为方苞古文内容芜杂,徒求形式上的波澜意度。认为古文家为学空疏,浅陋,空言载道,正是乾嘉时期汉学家批评古文家的核心思想。而骈文自中唐以来就和古文处于对立地位,加上其本身具有征典隶事、博学多才的特点,如袁枚云"然散行可蹈空,而骈文必

① 王式通:《志庵文稿》卷一,沈云龙主编:《近代中国史料丛刊》(正编)第 24 辑第 239 册,第41 页。

② 陈康黼:《古今文派述略》,王水照编:《历代文话》第九册,复旦大学出版社 2007 年版,第8179 页。

③ 王钟翰:《清史列传》,中华书局 1987 年版,第 6066 页。

④ 王云五主持:《续修四库全书提要》第十二册,商务印书馆 1972 年版,第 593 页。

⑤ 钱大昕:《潜研堂文集》卷三十三,四部丛刊本。

征典,骈文废则悦学者少,为文者多,文乃日敝"①,殷兆镛为徐寿基骈文集序云"及观是编,益信近世操觚家尚古文轻骈体,究其所谓古文者,袭桐城余派,或失之枯槁窘束。至于骈体,非多读书不可"②,都强调古文的空疏不学和骈文必须多读书才能为之,故骈文比较适合汉学家为文的审美取向和价值标准,因而出现了乾嘉汉学家多为骈文家的现象。孙星衍甚至借章宗源语说辑书能增加学问,而学问的增加才能为古文和骈体文:"辑书虽不由性灵,而学问日以进。吾为此事久之,亦能为古文为骈体文矣。"③而汉学征实思维方式及骈文创作主体的融汇,使得当时的骈文批评崇尚学问;又骈文本身的俪词特点,使得其还推崇丽藻,所以"沉博绝丽"才会在当时应运而生。

除了受尚学侈博的学术风气影响外,还受清代台阁重学崇文以及几次特开博学宏词科的影响。如陈宝琛云:"朝廷当重休累洽之时,人才辈出;台阁极沈博绝丽之选,文治天昌。骈散何分,达于词而道为之本;偶奇无异,精其事而学为之权。"④就指出了台阁文风崇尚对骈文风格的导向作用。民国郑好事也曰:"迄乾隆中,特开鸿博科,文学之世,骈肩比踵,相率而为沈博典丽之文,其高者直能俯睨王杨,上接潘陆而有余;于是而六朝之正则,稍一复焉。"⑤

此外,对于骈文丽藻和文风的关系,乾隆间有邵齐焘提出的"于绮藻丰缛之中,存简质清刚之制";对于备受质疑的骈文文气是否流畅问题,光绪年间朱一新提出了"潜气内转,上抗下坠",从理论上较为清楚地解释了骈文的文气特点。这些分别在第三章第三节和第五章第三节有详细论述,这里不再赘述。除了对骈文进行普适性批评的理论话语外,清代骈文理论还对历代骈文代表作家风格及时代文风作了精要的点评或描述,形成了一部

---

① 袁枚:《胡稚威骈体文序》,王英志校点:《袁枚全集》(贰),江苏古籍出版社1993年版,第198页。

② 殷兆镛:《酌雅堂骈体文集》,清光绪11年(1885)刊本。

③ 王葆心:《古文词通义》卷十二,王水照编:《历代文话》第八册,复旦大学出版社2007年版,第7682页。

④ 陈宝琛:《八家四六文注序》,光绪十八年(1892)上海图书集成印书局印本。

⑤ 郑好事编:《骈文丛话》,上海图书馆藏民国油印本,第10页。

概要的骈文史论。

这首先体现在对前代骈文代表作家作品及时代文风的评价。不管是骈文选本、文人往来书信及文集序跋中,还是专门的批评著作,如《四六丛话》及《四库全书总目》等中,对前代骈文加以评点都是重要内容甚至主要内容。对于前代骈文作家风貌的评论,孙梅《四六丛话》可为代表。其评颜之推曰:"四六长于铺陈,短于议论。盖比物连类,驰骋上下,譬之蚁封盘马,鲜不蹶矣。乃六朝之文,无不以骈俪行之者。而《颜氏家训》尤擅议论之长,街谈巷说,鄙情琐语,一入组织,皆工妙可诵。"①在承认四六文不善于议论的前提下肯定颜之推文章议论擅长,工妙可诵。对陆贽、柳宗元等骈文作品的评价也是此时批评的重要组成部分。张谦宜云:"陆宣公制诰文虽骈行,笔力甚劲。至奏疏语,必双行,笔势只得平铺,绝无骁腾变化之妙,读者但取其事理明畅,情义剀切耳。邢子愿学此一派。"②孙梅也云陆贽奏议:"若敷陈论列,无往不可,而又纂组辉华,宫商谐协,则前无古后无今,宣公一人而已。指事如口讲手画,说理则缕析条分,旁延景物则兴会飞骞,远计边琐则武库森列。大抵义蕴得自六经,而文词则《文选》烂熟也。惟公兼体,是以独擅。"③清人对柳宗元四六文也给予高度评价。张谦宜云:"少时在江南见子厚全集,其应试在官之文,仍是四六,但渠骨格劲,气质悍,都炼得坚凝,绝不纤靡。"④孙梅则说:"推其少时,实以词章知名,词科起家。其镕铸烹炼,色色当行。盖其笔力已具,非复雕虫篆刻家数。然则有欧苏之笔者,必无四杰之才;有义山之工者,必无燕公之健。沿及两宋,又于徐庾风格去之远矣。独子厚以古文之笔而炉韝于对仗声偶间,天生斯人,使骈体、古

① 孙梅:《四六丛话》卷三十一,王水照编:《历代文话》第五册,复旦大学出版社 2007 年版,第 4895 页。

② 张谦宜:《絸斋论文》,王水照编:《历代文话》第四册,复旦大学出版社 2007 年版,第 3923 页。

③ 孙梅:《四六丛话》卷三十二,王水照编:《历代文话》第五册,复旦大学出版社 2007 年版,第 4928 页。

④ 张谦宜:《絸斋论文》,王水照编:《历代文话》第四册,复旦大学出版社 2007 年版,第 3924 页。

文合为一家,明源流之无二致。呜呼,其可及也哉!"①清末顾云也云:"文格近方,似从骈俪入,然廉出于笔,故峭拔而有逸气,洵一时之隽。"②都对柳宗元四六文语言镕铸精炼、文气峭拔而有逸气的特点大加肯定。此外,对于欧阳修、苏轼、王安石及汪藻、杨万里等人的四六文都有画龙点睛的评语,许多都成为当代学者撰写骈文史或骈文通论的直接来源。

在对作家的点评中,往往联系其前后发展特点,在纵向梳理中点出其在骈文发展史中的地位,是清代骈文作家文风批评论的重要特点。孙梅评李商隐四六文曰:"徐庾以来,声偶未备。王杨之作,才力太肆。沿及五代,不免靡弱。宋代作者,不无疏拙。惟《樊南甲乙》则今体之金绳,章奏之玉律也。循讽终篇,其声切无一字之聱屈,其抽对无一语之偏枯,才敛而不肆,体超而不空,学者舍是,何从入乎?直斋顾谓'当时称其工,今不见其工',此华簏十重,而观者胡卢掩口于燕石者也。盖南宋文体,习为长联,崇尚侈博,而意趣都尽,浪填事实以为著题,而神韵浸失所由,以不工为工。而四六至此,为不可复振也噫。"③就在评价李商隐骈文时,将徐庾至南宋的四六文演变特征进行了提炼概括,多为提要钩玄之论。评价李刘:"梅亭四六,雕琢过甚,近于纤冗,排偶虽工,神味全失。骈体至此,发泄太尽,难以复古矣。"④评真德秀:"南宋骈体,西山先生为一大家,华而有骨,质而弥工,不染词科之习。野处,诚斋而下,皆不及也。"⑤民初陈康黼《古今文派述略》对齐梁到唐代的骈文家风貌和时代文风都有扼要的点评,如其评唐代骈文代表作家:

---

① 孙梅:《四六丛话》卷三十二,王水照编:《历代文话》第五册,复旦大学出版社2007年版,第4930页。

② 顾云:《盋山谈艺录》,王水照编:《历代文话》第六册,复旦大学出版社2007年版,第5854页。

③ 孙梅:《四六丛话》卷三十二,王水照编:《历代文话》第五册,复旦大学出版社2007年版,第4941页。

④ 孙梅:《四六丛话》卷三十三,王水照编:《历代文话》第五册,复旦大学出版社2007年版,第4991页。

⑤ 孙梅:《四六丛话》卷三十三,王水照编:《历代文话》第五册,复旦大学出版社2007年版,第4992页。

　　唐兴,而辞胜之派势焰又炽。盖唐初文人,如虞世南、李百药、岑文本辈,皆生于隋代,耳濡目染,犹是齐梁风气,故所作多沈博绝丽之文。及太宗投戈讲艺,师法徐、庾,诏令之文亦华藻联翩,秀气成采,臣下望风,竞相摹效,初唐之文派遂成。

　　崔融、李峤起于垂拱之世,苏颋、张说兴于景龙之间。说字道济,洛阳人,封燕国公、颋字廷硕,长乐人,封许国公。中宗时并掌制诰,能以两汉之气骨,运六朝之词藻,时人称为"燕许大手笔"。兴元初,有陆宣公贽者,字敬舆。其所作制诰章奏,排比之中,行以灏瀚之气,于骈体文为别调,然不可谓非以辞胜也。

　　贞元、元和之际、有令狐楚、李德裕二人,以笺奏鸣于时。李商隐辟令狐楚幕府,工为书记之文,其体亦导源徐、庾,而加以工整,无魏晋六朝以来疏宕之致。盖骈俪之变,至斯已极,辞胜之文,将自此而绝响矣。①

以作家为纲,以时代为背景,在点评作家骈文特征时也客观上描绘出来时代风貌。对于时代骈文风貌,清人不仅在评论作家时候有所涉及,还有专门针对时代文风而发的议论,如林纾云:"汉无类书,文虽骈丽而不俳偶;晋宋犹近似;唐初四六而甚庄重;宋四六始活动:皆《骚》之变体也。六朝骈体文雅,唐文庄,宋文活。"②则在区分骈丽和俳偶的基础上肯定汉晋宋文的骈丽,以雅、庄和活概括三代骈体文特点,虽有些玄妙,但实为独到之见。王葆心则认为宋四六体格太卑,"骈文学宋四六者,体格病在太卑,亦有此忌。"③主要是从宋四六以长句为对,喜用成语,格调低下的角度否定宋四六文风格。如果说对于前代骈文作家和时代文风的点评失之因袭或嫁接,那么对于清代骈文家及清代骈文风貌的批评则独创性和针对性更强。前面各章节

　　①　陈康黼:《古今文派述略》,王水照编:《历代文话》第九册,复旦大学出版社 2007 年版,第8161—8162 页。

　　②　林纾:《文微》,王水照编:《历代文话》第七册,复旦大学出版社 2007 年版,第6556 页。

　　③　王葆心:《古文词通义》卷二,王水照编:《历代文话》第八册,复旦大学出版社 2007 年版,第7100 页。

都有重点论述,这里简要勾勒。

清代骈文名家辈出,"前八家"、"后八家"等屹立文林,特别是乾嘉时期骈文创作更是兴盛。李祖陶《国朝文录序》云:"嘉庆朝骈体盛行,古文予不多见,所见者惟陶萸江先生,文存不多而迥绝流辈。"①因此,对各个时期骈文家风貌的描述为清代骈文理论的重要内容。顾云《盋山谈艺录》云:"文亦有自骈俪人者,然国初以骈文名,如陈其年、吴园茨类终身以之。后至袁简斋,乃骈散兼为,虽恃其逸足,往往奔放,二者犹各有面目。若洪稚存,则自骈而散矣。其少时本致力骈文,既觉不甚尊,又分其力于散文。"②对清代骈文名家陈维崧、吴绮、袁枚、洪亮吉,特别是袁枚和洪亮吉等都有评说。王葆心则从骈文遣词造句不要太生僻的角度来否定彭兆荪、姚燮和王昙过于繁博奥涩的文风:"骈文亦忌太生,孔广森谓不可用经典奥衍之词。如彭兆荪深《选》学,近人病其撷词太繁,与姚燮同病。王昙好奇,欲别立一派,皆不可藉口。"③包世臣《皇敕授修职郎安徽宁国县学训导沈君行状》对其朋友骈文也作了高度的评价:"君字文起,号小宛,其族望吴兴。……嗜为俳文,才多而不受其患,深究三史行文离合之故。以故气骨骞举,脉络微至,其声窅然而沈,其色黝然而幽,为自来骈俪家所未有。"④成书于1914年的姚永朴《文学研究法》对清代文学,如古文、骈文和诗的代表作家作了点评,云:"骈文则有胡天游、邵齐焘、孔广森、洪亮吉;……此其大略也。"⑤在文学流别中,对骈文和古文两派加以明确区分,也可见其对清代骈文成就承认。在继承前人评论的基础上,在对吴兆骞、陈维崧的才力富健,吴绮整秀而失于弱、章藻功华赡而失于嚣加以评价之后,陈康黼接着对胡天游以后的清代骈

---

① 王葆心:《古文词通义》卷十五引,王水照编:《历代文话》第八册,复旦大学出版社2007年版,第7800页。

② 顾云:《盋山谈艺录》,王水照编:《历代文话》第六册,复旦大学出版社2007年版,第5861页。

③ 王葆心:《古文词通义》卷一,王水照编:《历代文话》第八册,复旦大学出版社2007年版,第7079页。

④ 包世臣:《艺舟双辑·论文》,王水照编:《历代文话》第六册,复旦大学出版社2007年版,第5306页。

⑤ 姚永朴:《文学研究法》卷二,王水照编:《历代文话》第七册,复旦大学出版社2007年版,第6888页。

文代表作家一一点评："继其年而起者，以山阴胡天游稚威为之最。稚威原出于初唐，典丽巍皇，雅似燕、许。钱塘袁枚云：'吾于稚威，则师之矣。'然袁文虽极沈博，而俗调伪体汰除未净。同时如王太岳之苍老，刘星炜之华贵，孔广森之典重，如华岳三峰，一览而众山皆小。其有博涉群书，兼工骈俪者，则有阳湖孙星衍渊如、洪亮吉稚存、李兆洛申耆、仪征阮元芸台、武进张惠言皋文也。其专以骈文名者，吴锡麒穀人、曾燠宾谷、吴蔚山尊、刘嗣绾芙初、乐钧莲裳、杨芳灿蓉裳，而以彭兆荪甘亭、王芑孙惕甫风格为最适，气体为最雅。至于刘开孟涂、梅曾亮伯言，其始致力骈俪，其后专力古文，不仅以词胜著矣。道咸以来，阳湖则有董基诚、祐诚兄弟，皆效法其乡先辈洪稚存之所作，而加之以工整。而大兴则有方履籛彦闻，泗州则有傅桐味琴，长沙则有周寿昌荇农，秀水则有赵铭桐孙，会稽则有李慈铭爱伯，湘潭则有王闿运幼秋，长沙又有王先谦益吾，亦能简质清刚，确守玉芝矩矱。斯皆词胜之文之正轨也。"[1]虽理论话语多来自前人，但在综合概述中展示了清代骈文代表作家的主要风格，再现了清代骈文发展史。此外，褚傅诰《石桥文论》也对陈维崧、尤侗、吴绮、章藻功、邵齐焘、王太岳、刘星炜、吴锡麒、胡天游、洪亮吉等骈文代表特点作了点评，多为沿袭前人之论，这里不再重复。

总之，清代骈文理论内容丰富，在和古文争地位的过程中，逐渐生成自己的理论话语，对传统骈文作了深刻的理论总结，当之无愧地集历代骈文理论之大成。骈文学到清代才真正成熟，骈文的有关问题到清代才大量讨论，才有法可循。清代骈文也因为其取得的重大成就而让清末民初的学人留恋不已。光绪间胡念修对骈文功用和特征作了深情的陈述，甚至上升到端正人心、釐正文体都必须从崇尚骈俪开始的程度："居今之世，而思化今之弊，非骈体，其谁与归？盖散行之文，笔贵奔放，立异矜奇，势必至于横议。夫言为心声，其言既诡，其心术必不可闻。若骈体，则绳以词句，诱以研炼，既取朴茂渊懿为本，难作飞扬跋扈之言。不善学者，虽有繁冗之议，卑靡之累，于心术固无恙也。即甚而决防踰阈，亦不过如《烟霞万古楼》而已。故曰：正

---

① 陈康麟：《古今文派述略》，王水照编：《历代文话》第九册，复旦大学出版社 2007 年版，第8180—8181 页。

人心,釐文体,必自崇尚骈俪始。"①以管窥豹,可见清代骈文复兴之不虚,也可见清代骈文理论兴盛之不虚。在当代,骈文也没有消亡,仍然在一些专家学者或民间人士手上绽放光芒。国粹欤？糟粕欤？如鱼饮水,冷暖自知！

---

① 胡念修:《四家纂文叙录汇编》附录卷五,王水照编:《历代文话》第七册,复旦大学出版社2007年版,第6250页。

参考文献

A

1.《安序堂文钞》,毛际可撰,《四库全书存目丛书》集部第 229 册。

2.《安吴四种》,包世臣撰,沈云龙主编:《近代中国史料丛刊》(正编)第 30 辑第 294 册。

B

3.《八家四六文钞》,吴鼒编,清嘉庆三年(1798)刻本。

4.《八家四六文注》,许贞干注,清光绪十八年(1892)刊本。

5.《柏枧山房全集》,梅曾亮撰,《续修四库全书》第 1513 册。

6.《补学轩文集》,郑献甫撰,《近代中国史料丛刊》(续编)第 22 辑第 212 册。

7.《抱膝山房骈体文》,尹恭保撰,清光绪六年(1880)刊本。

8.《北岳山房骈文》,阎镇珩撰,清光绪十八年(1892)刊本。

9.《百川学志》,高儒编,光绪二十九年(1903)叶德辉《观古堂书目丛刊》本。

10.《北史》,李延寿撰,中华书局 1974 年版。

11.《八股文概说》,王凯符撰,中华书局 2002 年版。

12.《八股文与明清文学论稿》,黄强,上海古籍出版社 2005 年版。

C

13.《车书楼汇辑各名公四六》,许以忠选编,明万历四十八年(1620)刊本。

14.《陈迦陵俪体文集》,陈维崧撰,四部丛刊初编本。

15.《澄怀园文存》,张廷玉撰,《四库全书存目丛书》集部第 262 册。

16.《春融堂集》,王昶撰,清嘉庆十三年(1808)刻本

17.《崇雅堂文钞》,胡敬撰,《续修四库全书》第 1494 册。

18.《崇百药斋文集》,陆继辂撰,《续修四库全书》第 1496 册。

19.《传是楼书目》,徐乾学撰,道光八年(1828)刘氏味经书屋钞本。

20.《淳则斋骈体文》,洪龄孙撰,清光绪五年(1879)授经堂本。

21.《词话丛编》,唐圭璋编,中华书局 1986 年版。

22.《楚辞与中国古代韵文》,郭建勋,湖南师范大学出版社 2001 年版。

23.《从文人之文到学者之文——明清散文研究》,陈平原,三联书店 2004
年版。

D

24.《澹园续集》,焦竑撰,《四库禁毁书丛刊》集部第 61 册。

25.《道古堂集》,杭世骏撰,清乾隆四十年(1775)刻本

26.《雕菰集》,焦循撰,《续修四库全书》第 1489 册。

27.《东塾集》,陈澧撰,《续修四库全书》第 1537 册。

28.《董方立文乙集》,董祐诚撰,《续修四库全书》第 1518 册。

29.《滇骈体文抄》,王灿编,民国三十六年(1947)本。

30.《大清圣祖皇帝实录》,华文书局 1970 年版。

31.《戴名世集》,戴名世撰,中华书局 1986 年版。

E

32.《恩余堂辑稿》,彭元瑞,《续修四库全书》第 1447 册,

33.《二十世纪文学理论》,佛克马、易布斯编,三联书店 1988 年版。

F

34.《复小斋赋话》,浦铣撰,《续修四库全书》第 1716 册。

35.《复庄骈俪文榷》,姚燮,《续修四库全书》第 1533 册。

36.《浮碧山馆骈文》,冯可镛撰,浙江大学图书馆藏 1917 年铅印本。

37.《赋史大要》,铃木虎雄著,殷石臞译,正中书局 1942 年版。

38.《赋史》,马积高,上海古籍出版社 1987 年版,

39.《赋与骈文》,简宗梧,台湾书店 1998 年版。

40.《范畴论》,汪涌豪,复旦大学出版社 1999 年版。

41.《复堂日记》,谭献著,范旭仑、牟晓明整理,河北教育出版社 2001 年版。

G

42.《古赋辨体》,祝尧撰,明嘉靖十六年(1537)刻本。

43.《古欢堂集》,田雯撰,文渊阁四库全书本。

44.《国朝骈体正宗》,曾燠编,《续修四库全书》第 1668 册。

45.《国朝骈体正宗续编》,张鸣柯编,《续修四库全书》第 1668 册。

46.《国朝常州骈体文录》,屠寄等编,《续修四库全书》第 1693 册。

47.《国朝十家四六文钞》,王先谦编,清光绪十五年(1889)木刊本。

48.《郭大理遗稿》,郭尚先撰,《续修四库全书》第 1510 册。

49.《冠悔堂骈体文》,杨浚撰,清光绪 21 年(1895)刻本。

50.《广雅堂骈体文笺注》,张之洞撰,陈崇祖笺注,民国十四年(1925)排印本。

51.《国朝骈体正声》,黄金台编,民国二十四年(1935)陆氏求是斋本。

52.《国朝汉学师承记》,江藩撰,中华书局 1983 年版。

53.《观古堂骈俪文》,叶德辉撰,上海书店出版社 1994 年版。

54.《国故论衡》,章太炎,河北教育出版社 1996 年版。

55.《古典诗学的现代诠释》(增订本),蒋寅,中华书局 2009 年版。

H

56.《鸿苞集》,屠隆撰,《四库全书存目存书》子部第 88 册。

57.《怀麓堂全集文后稿》,李东阳撰,文渊阁四库全书本,第1250册。

58.《匏翁家藏集》,吴宽撰,四部丛刊初编本。

59.《鸿雪斋俪体》,汪卓撰,清康熙五十七年(1718)本。

60.《湖州府志》,宗元翰等纂,清同治十三年(1874)刊本。

61.《后八家四六文钞》,张寿荣编,清光绪7年(1881)刊本。

62.《皇朝骈文类苑》,姚燮辑,张寿荣补辑,清光绪7年(1881)本。

63.《鹤林玉露》,罗大经撰,中华书局1983年版。

64.《黄庭坚诗学体系研究》,钱志熙,北京大学出版社2003年版。

65.《汉学师承记笺释》,江藩纂著,漆永祥笺释,上海古籍出版社2006年版。

66.《汉魏六朝百三家集题辞注》,张溥撰,殷孟伦注,人民文学出版社2007年版。

J

67.《见星庐赋话》卷一,林联桂,《高凉耆旧遗书》本。

68.《近代文论选》,舒芜等编,人民文学出版社1959年版。

69.《鲒埼亭文集选注》,全祖望撰,黄云眉选注,齐鲁书社1982年版。

70.《校礼堂文集》,凌廷堪撰,中华书局1983年版。

71.《经学概论》,何耿镛,湖北人民出版社1984年版。

L

72.《俪体金膏》,马骏良辑,丛书集成初编本。

73.《林蕙堂全集》,吴绮撰,文渊阁四库全书本,第1314册。

74.《楼山堂集》,吴应箕撰,《续修四库全书》第1388册。

75.《六朝文絜笺注》,黎经诰笺注,《续修四库全书》第1611册。

76.《六朝文絜》,许梿编,四部备要本。

77.《绿萝山庄骈体文集》,胡浚撰,清光绪二十五年(1899)刻鹄斋刊本。

78.《六朝丽指》,孙德谦撰,四益宦1923年刻本。

79.《龙顾山房骈体文续钞》，郭则沄撰，民国三十四年（1945）本。

80.《李审言文集》，李审言撰，江苏古籍出版社1989年版。

81.《两宋文学史》，程千帆，吴新雷，上海古籍出版社1991年版。

82.《刘熙载集》，刘熙载，刘立人、陈文和点校，华东师范大学出版社1993年版。

83.《刘师培中古文学论集》，陈引驰编，中国社会科学出版社1997年版。

84.《六朝骈文形式及其文化意蕴》，钟涛，东方出版社1997年版。

85.《六朝文絜译注》，许梿编，曹明纲译注，上海古籍出版社1999年版。

86.《柳宗元集》，柳宗元撰，易新鼎点校，中国书店2000年版。

87.《历代辞赋研究史料概述》，马积高，中华书局2005年版。

88.《绿痕庐诗话·绿痕庐吟稿》，王翼奇，浙江古籍出版社2006年版。

89.《历代赋话校正》，何新文，路成文校证，上海古籍出版社2007年版

90.《历代文话》，王水照编，复旦大学出版社2007年版。

91.《六朝文章新论》，谭家健，北京燕山出版社2008年版。

92.《六朝骈文研究》，陈鹏，巴蜀书社2009年版。

M

93.《南雷文定》，黄宗羲撰，四部备要本。

94.《孟涂骈体文》，刘开撰，《续修四库全书》，第1510册。

95.《孟涂文集》，刘开撰，《续修四库全书》第1510册。

96.《明文海》，黄宗羲编，文渊阁四库全书本，第1453册。

97.《牧斋初学集》，钱谦益撰，四部丛刊初编本。

98.《明文海》（补遗），《文渊阁四库全书补遗》，北京图书馆出版社1997年版

99.《梦花亭骈体文集》，陆长春撰，吴兴刘氏嘉业堂1922年刻本。

100.《茅坤集》，茅坤撰，张大芝、张梦新点校，浙江古籍出版社1993年版。

101.《〈孟郊集〉校注》，孟郊著，韩泉欣校注，浙江古籍出版社1995年版。

102.《明中后期文学思想研究》，黄卓越，北京大学出版社2005年版。

N

103.《南北朝文钞》,彭兆荪编,丛书集成初编本。

O

104.《欧阳修全集》,欧阳修著,李逸安点校,中华书局2001年版。

P

105.《评选四六法海》,蒋士铨评,同治十年(1871年)藏园刻本。

106.《骈体南针》,汪传懿编,咸丰元年(1851)容我读斋刊本。

107.《骈体文钞》,李兆洛编,上海古籍出版社2001年版。

108.《骈文读本》,吴虞编,成都昌福公司民国4年(1915)本。

109.《骈体文林初目》,朱又笏编,浙江大学图书馆藏手稿本。

110.《骈文丛话》,郑好事编,上海图书馆藏民国油印本。

111.《骈文指南》,谢无量,中华书局1918年版。

112.《骈文通义》,钱基博,上海大华书局1934年版。

113.《骈文概论》,金秬香,商务印书馆1934年版。

114.《骈文学》,张仁青,台湾文史哲出版社1984年版。

115.《骈文史论》,姜书阁,人民文学出版社1986年版。

116.《骈文通论》,莫道才,广西教育出版社1994年版。

117.《骈文学》,刘麟生,海南出版社1994年版。

118.《骈文观止》,莫道才主编,文化艺术出版社1997年版。

119.《骈文与散文》,蒋伯潜、蒋祖怡,上海书店出版社1997年版。

120.《骈文类纂》,王先谦编,浙江古籍出版社1998年版。

121.《骈文研究与历代四六话》,莫道才著编,辽海出版社,中华书局2005年版。

122.《骈文的发生学研究》,李蹊,河北大学出版社2005年版。

Q

123.《青芝山馆骈体文集》,乐钧撰,清光绪 16 年(1890)本。

124.《清朝骈体正宗评本》,曾燠辑,上海文瑞楼民国间刊本。

125.《清代骈文评注读本》,王文濡评选,上海文明书局民国 8 年(1919)本。

126.《确山先生骈体文》,宋世荦撰,清嘉庆 25 年(1820)惜阴轩刊本。

127.《七经楼文钞》,蒋湘南撰,《续修四库全书》,第 1541 册。

128.《潜研堂文集》,钱大昕撰,四部丛刊初编本。

129.《求是堂骈体文》,胡承珙撰,《续修四库全书》第 1500 册。

130.《清人文集别录》,张舜徽,中华书局 1963 年版。

131.《清名家词》,陈乃乾辑,上海书店出版社 1982 年版。

132.《全唐文》,董诰等编,中华书局 1983 年版。

133.《清稗类钞》,徐珂编,中华书局 1986 年版。

134.《清史列传》,王钟翰编,中华书局 1987 年版。

135.《清代文学评论史》,青木正儿著,杨铁婴译,中国社会科学出版社 1988 年版。

136.《清代文学批评史》,邬国平、王镇远,上海古籍出版社 1995 年版。

137.《清代骈文研究》,昝亮,杭州大学 1997 年博士学位论文(未刊稿)。

138.《清代文论选》,王镇远、邬国平编选,人民文学出版社 1999 年版。

139.《清代学术思想的变迁与文学》,马积高,湖南人民出版社 2002 年第 2 版。

140.《清诗史》(上下册),严迪昌,浙江古籍出版社 2002 年版。

141.《清代诗坛第一家,吴梅村研究》,叶君远,中华书局 2002 年版。

142.《清代乾嘉骈文研究》,颜建华,浙江大学 2004 年博士学位论文(未刊稿)。

143.《清代词学》,孙克强,中国社会科学出版社 2004 年版。

144.《清诗话考》,蒋寅,中华书局 2005 年版。

145.《清代经学与文学——以常州文人群体为典范的研究》,杨旭辉,凤凰出版社 2006 年版。

146.《清代赋学研究》,孙福轩,浙江大学出版社 2008 年版。

147.《清代文学论稿》,蒋寅,凤凰出版社2009年版。

148.《清代常州骈文研究》,曹虹、陈曙雯、倪惠颖,江苏人民出版社2010年版。

R

149.《日知录集释》,顾炎武著,黄汝成释,《续修四库全书》第1143册。

150.《日本学者中国文章学论著选》,王水照等编选,吴鸿春译,上海古籍出版社1994年版。

151.《阮元年谱》,张鉴等撰,中华书局1995年版。

S

152.《四六初徵》,李渔编,《四库禁毁书丛刊》集部第134册。

153.《四六法海》,王志坚编,明天启七年(1627年)戴德堂刻本。

154.《四六金针》,旧署陈维崧撰,丛书集成初编本。

155.《四六清丽集》,陈云程编,清嘉庆二年(1797)本衙藏版。

156.《四六霞肆》,何伟然辑,齐鲁书社1997年版。

157.《四六谈麈》,谢伋撰,丛书集成初编本。

158.《四六宙函》,岳无声编,明天启六年(1626)本。

159.《四六纂组》,胡吉豫撰,《四库未收书辑刊》子部第肆辑第30册。

160.《四六丛话》,孙梅撰,商务印书馆1937年版。

161.《四益宧骈文稿》,孙德谦撰,民国上海瑞华印务局刊本。

162.《师郑堂骈体文存》,孙雄撰,清光绪21年(1895)。

163.《善卷堂四六注》,陆繁弨撰,吴自高注,浙江大学图书馆藏乾隆木刻本。

164.《慎墨堂全集》,邓汉仪撰,浙江大学图书馆藏近代钞本。

165.《尚絅堂骈体文》,刘嗣绾撰,蛟川张氏花雨楼清光绪9年(1883)

166.《圣祖仁皇帝御制文集》,康熙撰,文渊阁四库全书本,第1298册。

167.《师伏堂骈文二种》,皮锡瑞撰,《续修四库全书》第1567册。

168.《随园骈体文注》，袁枚著，黎光地注，浙江大学图书馆藏清光绪木刊本。

169.《石笥山房集》，胡天游撰，《续修四库全书》第1425册。

170.《示朴斋骈体文》，钱振伦撰，清同治六年(1867)刊本。

171.《思绮堂集》，章藻功撰，《四库未收书辑刊》第捌辑24册。

172.《宋四六选》，彭元瑞、曹振镛等编，清宣统二年(1910)南通翰墨林书局排印本。

173.《宋四六话》，彭元瑞编，丛书集成初编本。

174.《四库全书总目》，永瑢等撰，中华书局1965年版。

175.《思益堂日札》，周寿昌撰，许逸民点校，中华书局1987年版。

176.《宋代文化研究》第五辑，四川大学编，巴蜀书社1995年版。

177.《宋四六丛珠汇选》，王明懋编，《四库全书存目丛书》子部第172册，齐鲁书社1997版。

178.《宋代文学通论》，王水照主编，河南大学出版社1997年版。

179.《宋文学史》，柯敦伯，上海书店出版社2001年版。

180.《诗赋合论稿》，邝健行，江苏古籍出版社2002年版。

181.《宋代散文研究》，杨庆存，人民文学出版社2002年版。

182.《石遗室诗话》，陈衍撰，人民文学出版社2004年版。

183.《宋四六论稿》，施懿超，上海古籍出版社2005年版。

184.《宋代文学论稿》，杨庆存，复旦大学出版社2007年版。

T

185.《天傭子集》，艾南英撰，清道光十六年(1836)刻本。

186.《听嘤堂四六新书》，黄始编，《四库禁毁书丛刊》集部第135册。

187.《听嘤堂四六新书广集》，黄始编，清康熙九年(1670年)刊本。

188.《泰云堂文集》、《骈体文集》，孙尔准撰，清道光13年(1833)本。

189.《唐骈体文钞》，陈钧辑，清嘉庆二十五年木刊本。

190.《听云仙馆俪体文集》，汤成彦撰，清同治8年(1869)本。

191.《唐宋八大家骈文研究》，沙红兵，人民文学出版社 2008 年版。

W

192.《五岳山人集》，黄省曾撰，《四库全书存目丛书》集部第 94 册。

193.《晚晴轩骈俪文存》，陈文田撰，光绪七年（1881）刻本。

194.《万卷堂书目》，明朱睦㮮撰，清光绪二十九年（1903）叶德辉《观古堂书目丛刊》本。

195.《万善花室文稿》，方履籛撰，丛书集成初编本。

196.《王忠文集》，王祎撰，文渊阁四库全书本，第 1226 册。

197.《文宪集》，宋濂撰，文渊阁四库全书本，第 1224 册。

198.《文脉》，王文禄撰，丛书集成初编本。

199.《文筌》，元陈绎曾撰，《续修四库全书》第 1713 册。

200.《问湘楼骈文初稿》，胡念修撰，清光绪 24 年（1898）刻鹄斋本。

201.《卧知斋骈体文初稿》，涂景涛撰，清光绪 5 年（1879）本。

202.《文心雕龙注》，刘勰撰，范文澜注，人民文学出版社 1958 年版。

203.《王船山诗文集》，王夫之撰，中华书局 1962 年版。

204.《文体明辨序说》，徐师曾撰，人民文学出版社 1962 年版。

205.《文章辨体序说》，吴讷撰，人民文学出版社 1962 年版。

206.《文选平点》，黄侃，上海古籍出版社 1985 年版。

207.《文史通义校注》，章学诚，叶瑛校注，中华书局 1985 年版。

208.《文选学》，骆鸿凯，中华书局 1989 版。

209.《文体与文体的创造》，童庆炳，云南人民出版社 1994 年版。

210.《问字堂集·岱南阁集》，孙星衍撰，中华书局 1996 年版。

211.《〈文心雕龙〉直解》，韩泉欣，浙江文艺出版社 1997 年版。

212.《吴梅村评传》，叶君远，首都师范大学出版社 1999 年版。

213.《无邪堂答问》，朱一新撰，中华书局 2000 年版。

214.《王水照自选集》，王水照，上海教育出版社 2000 年版。

215.《文化视野中的唐代骈文》，金程宇，复旦大学 2001 年博士学位论文

（未刊稿）。

216.《文化视野下的〈四库全书总目〉》，周积明，中国青年出版社 2001 年版。

217.《文选》，萧统编，李善注，岳麓书社 2002 年新 1 版。

218.《魏叔子文集》，魏禧撰，胡守仁等校点，中华书局 2003 年版。

219.《文化现代性与美学问题》，周宪主编，中国人民大学出版社 2005 年版。

220.《晚清古文研究——以陈用光、梅曾亮、曾国藩、吴汝纶四大古文圈子为中心》，柳春蕊，百花洲文艺出版社 2007 年版。

X

221.《惜抱轩文集》，姚鼐撰，《续修四库全书》第 1453 册。

222.《小谟觞馆文集》，彭兆荪撰，《续修四库全书》第 1492 册。

223.《小鸥波馆骈体文钞》，潘曾莹撰，上海图书馆藏清道光刻本。

224.《虚白山房诗集、骈体文》，朱凤毛撰，清光绪 15 年（1889）本。

225.《新刊谭友夏合集》，谭元春撰，《续修四库全书》第 1385 册。

226.《新世说》，易宗夔编，沈云龙主编《近代中国史料丛刊》正编第 18 辑第 180 册。

227.《虚受堂文集》，王先谦撰，《续修四库全书》第 1570 册。

228.《徐孝穆集》，徐陵撰，屠隆评点，四部丛刊初编本。

229.《学海类编》，曹溶编，陶越增删，上海涵芬楼 1920 年据六安晁氏聚珍版影印。

230.《学文堂集》，陈玉璂撰，《四库全书存目丛书·补编》第 47—48 册。

231.《续修四库全书提要》，王云五主持，（台湾）商务印书馆 1972 年版。

232.《湘绮楼诗文集》，王闿运著，马积高主编，岳麓书社 1996 年版。

Y

233.《烟霞万古楼文集》，王昙撰，丛书集成初编本。

234.《弇州山人四部稿》,王世贞撰,《四库全书存目丛书》集部115册。

235.《养一斋文集》,李兆洛撰,《续修四库全书》第1495册。

236.《尧峰文钞》,汪琬撰,四部丛刊初编本。

237.《尧山堂偶隽》,蒋一葵编,《四库全书存目丛书·补编》第45册。

238.《因寄轩文集》,管同撰,《续修四库全书》第1504册。

239.《由拳集》,屠隆撰,《四库全书存目存书》集部第180册。

240.《有正味斋骈体文》,吴锡麒撰,《续修四库全书》第1468册。

241.《怡云山馆骈体文》,缪德莱撰,上海图书馆藏民国18年(1929)本。

242.《颐彩堂经进文稿》、《骈体文抄》,沈叔埏撰,清光绪9年(1883)本。

243.《有正味斋骈体文笺》,吴锡麒撰,王广业笺,清道光间写刻本。

244.《玉芝堂文集》,邵齐焘撰,《四库全书存目丛书》集部第281册。

245.《御制乐善堂全集》,康熙撰,文渊阁四库全书本,第1300册。

246.《渊雅堂全集》,王芑孙撰,《续修四库全书》第1480册。

247.《岳石帆先生鉴定四六宙函》,李自荣辑,明天启6年(1626)本。

248.《越缦堂骈体文、散体文》,李慈铭撰,清光绪二十三年(1897)刻本。

249.《元史》,宋濂等撰,中华书局1976年版。

250.《袁宏道集笺校》,钱伯城笺校,上海古籍出版社1981年版。

251.《袁枚全集》,袁枚撰,王英志等校点,江苏古籍出版社1993年版。

252.《揅经室集》,阮元撰,中华书局1993年版。

253.《阳湖文派研究》,曹虹,中华书局1996年版。

254.《越缦堂读书记》,李慈铭,由云龙辑,辽宁教育出版社2001年版。

255.《姚鼐与乾嘉学派》,王达敏,学苑出版社2007年版。

Z

256.《籀经堂类稿》,何秋涛撰,《续修四库全书》第1522册。

257.《壮悔堂文集》,侯方域撰,四部备要本。

258.,《拙尊园丛稿》,黎庶昌撰《近代中国史料丛刊》正编第76册

259.《酌雅堂骈体文集》,徐寿基撰,清光绪11年(1885)刊本。

260.《棕亭古文钞》,金兆燕撰,《续修四库全书》第 1442 册。

261.《遵岩集》,王慎中,文渊阁四库全书本,第 1274 册。

262.《左海文集》,陈寿祺撰,《续修四库全书》第 1496 册。

263.《志庵文稿》,王式通撰,沈云龙主编,《近代中国史料丛刊》(正编)第 24 辑第 239 册。

264.《中国骈文概论》,瞿兑之撰,上海世界书局 1934 年版。

265.《中国文学史讲话》,陈子展,北新书局 1937 年版。

266.《中国骈文发展史》,张仁青,(台湾)中华书局 1970 年版;浙江大学出版社 2009 年版。

267.《周书》,令狐德棻等撰,中华书局 1971 年版。

268.《照隅室古典文学论集》,郭绍虞,上海古籍出版社 1983 年版。

269.《中古文学史论》,王瑶,北京大学出版社 1986 年版。

270.《中国古代文体概论》(增订本),褚斌杰,北京大学出版社 1990 年版。

271.《中国文学史》,钱基博,中华书局 1993 年版。

272.《中国骈文史》,刘麟生,东方出版社 1996 年版。

273.《中国骈文选》,朱洪国编,四川文艺出版社 1996 年版。

274.《中国文章论》,[日]佐藤一郎著,赵善嘉译,上海古籍出版社 1996 年版。

275.《中国文学家大辞典》(清代卷),钱仲联主编,中华书局 1996 年版。

276.《中国文学家大辞典》(近代卷),梁淑安主编,中华书局 1997 年版。

277.《中国散文史》,陈柱,商务印书馆 1998 年版。

278.《中国文学批评史》,郭绍虞,百花文艺出版社 1999 年版。

279.《中国文学史》,袁行霈主编,高等教育出版社 1999 年版。

280.《中国中古文学史讲义》,刘师培,上海古籍出版社 2000 年版。

281.《张梦泽评选四六灿花》,故宫博物院编,海南出版社 2000 年版。

282.《钟嵘〈诗品〉校释》,吕德申校释,北京大学出版社 2000 年第 2 版。

283.《中国散文史》,郭豫衡,上海古籍出版社 2000 年版。

284.《中国文学批评史大纲》,朱东润,上海古籍出版社 2001 年版。

285.《中国骈文通史》,于景祥,吉林人民出版社2002年版。

286.《中国古代文体形态研究》(增订本),吴承学,中山大学出版社2002年版。

287.《中国文学批评史》,罗根泽,上海书店出版社2003年版。

288.《中国近三百年学术史》,梁启超,天津古籍出版社2003年版。

289.《中国古典文学研究论文选粹》(香港),邝健行等编选,江苏古籍出版社2003年版。

290.《中国散文小说史》,陈平原,上海人民出版社2004年版。

291.《中国古代散文史》,刘衍,高等教育出版社2004年版。

292.《中国古代文学通论》(清代卷),蒋寅主编,辽宁人民出版社2005年版。

293.《中国古代文体学论稿》,郭英德,北京大学出版社2005年版。

294.《中国古代散文史稿》,谭家健,重庆出版社2006年版。

295.《中国古代骈文批评史稿》,奚彤云,华东师范大学出版社2006年版。

296.《中国古代文学史》,马积高、黄钧主编,人民文学出版社2009年版。

后 记

6月，北京，雨过天晴。清风吹拂，绿叶生新。坐在社科院图书馆中，凝视窗外，宽阔的长安街上，车来车往，整如洪流，散似响箭。现代化的今天，有多少人不为了"现代"而奔波忙碌？又有几人能够守住"古典"而宁静淡泊？诗意生活何在？高人雅士难寻。"性灵出万象，风骨超常伦"，今天看来不过是现实之梦。凡夫俗子的我，资质平庸的我，不仅要借长者之序来自我标榜，还要在这心安理得的借口中，再写下诸如此类的赞语。

本书是我的博士论文修改稿。2003年春，我考入浙江大学，跟随韩泉欣先生攻读中国古代文学博士学位。2004年开题报告中，我毅然选择"清代骈文理论研究"为题，主要原因有三：一是清代骈文号称"复兴"，创作和理论成就很高而相应的研究成果却很少，开拓余地较大；二是从读硕士开始，就师从莫道才先生和于景祥先生，看过较多的骈文作品及论著，写过简单论文，已在头脑中形成了某种"骈文意识"，对骈文兴趣较大，对骈文资料较为敏感。三是清代江浙骈文成就最高，浙江大学也有骈文研究的传统，四十年代蒋伯潜和蒋祖怡先生就写了《骈文与散文》；学长昝亮和颜建华也分别写了《清代骈文研究》和《清代乾嘉骈文研究》的博士论文。这些成果不仅让我受到启发，还增强了我的选题勇气。开题时，韩泉欣先生、沈松勤先生等加以首肯；事后，莫道才先生和于景祥先生也热情鼓励，这都让我信心倍增。于是，就不自量力地开始研究晦涩深奥的"贵族文学"——骈文。2006年3月，博士论文以"优秀"等级通过了由王水照先生担任主席的答辩委员会的答辩。同年4月来到湖南师范大学文学院工作。教学之余，我对论文多次阅读和修改,在内容充实,章节增删,结构调整,文风润色上用力较多。转瞬之间,五年已过。

今天,面对即将问世的处女作,追忆似水流年,复杂情绪,顿上心头。是"文章千古事,得失寸心知"的焦虑还是"人似秋鸿来有信,事如春梦了无痕"的忧伤?是"茕茕孑立,形影相吊"似的孤独?还是"世事一场大梦,人生几度新凉"般的苍凉?或是兼而有之?十余年来,沉浸在古典诗文所呈现的淡远境界和悲欢命运中,时时有种彻悟生命的感伤和悲天悯人的情怀。不敢无病呻吟,更无心故弄玄虚。试问世间一切,在澄澈流美、稍纵即逝的生命面前,在浩瀚渺远、无穷无尽的宇宙面前,哪样不是那样的苍白无力?无足轻重?然而,又有多少人真能完全摆脱名缰利索,相忘于江湖?又有多少人能彻底摆脱红尘之网,游戏在人间?谁说庄子豁达?谁说渊明静穆?这世间,执着的也好,淡泊的也罢,都要挣扎在尘网中,都要奔波于路途上。尘网束缚,路途艰辛,呼唤坚毅和顽强,更需乐观与开朗。自强不息,厚德载物,虽不能至,心向往之。

巴陵漓水,岳麓武林;雪泥鸿爪,记忆犹新。在我走向学术道路的过程中,除了铭感父母养育之恩和理解之心外,还要借本书出版之际,感谢那些给我鼓舞、让我感动的人。

岳阳楼上,悲俯青山碧水;漓水岸边,喜瞻苍狗白云。我的大学老师,特别是余三定、方平权、蒋晓城先生,或淡定从容,或热情豪迈,激励我自强自立,奋勇前行。我的硕士导师莫道才先生,治学谨严,骈文尤重于学林;为人和善,宁静更胜于止水。我的恩师胡大雷先生,睿智沉毅,谦和通达。若无千禧之年先生请他学生通知面试,至今我还是乡下中学教师;若无先生照顾呵护,我也不能提前半年毕业顺利读博。此情此景,终生铭感。

武林三载,西湖明月常相伴;岳麓五年,湘水清波每动心。博士导师韩泉欣先生,治学严谨,为人仁厚。导我为学,教我做人。忝列师门,三生有幸。同事赵晓岚先生、李生龙先生等对我多方关心,无私帮助。赵师为人正直坦诚,穷治姜夔和辛弃疾,巾帼不让须眉;李师办事周到细致,专攻道家与文学,隐士无为契我心。没有两位先生一心为公,我就不可能来湖南师大工作。常记赵老师不辞辛劳地听我讲课、教我授课，又光临寒舍，勉励治学；李老师在评定职称时为我努力争取，终获通过。此情此景，永志不忘。以研究散文和唐诗闻名的退休教授刘衍先生，同声相应，同气相求，对我也殷切寄语，青睐有加。此外，同事凌宇先生、谭容培先生、赖力行先生、罗昕如先生等，或耳提面命，嘘寒问暖；或虽只有数面之缘，但春风化雨，润物无声。人生如此，夫复何求！

2009 年底进入中国社会科学院文学所博士后流动站以来，合作导师蒋寅先生渊博厚重的学术积累、端正规范的学术态度、自由独立的学术精神、民胞物与的学术情怀，对我感化尤深。王达敏先生倾力桐城，深研乾嘉，文章学术，融化一家，苦心孤诣，终结奇葩；对我奖掖抬举，错爱有加，愧无以报，续补英华。胡明先生博学多才，古今贯通，视野开阔，境界浑融，倡导论文要出见解、出思想、出断制、出才情；陶文鹏先生文思细腻，阐释深微，文风清劲，瘦硬生辉；王秀臣先生精研三礼，勇于创新，主张为学应迎难而上，不必退缩回避等等，都让我深受教诲，时刻警醒；他们对我的奖掖提携，也让我常怀感激。

于景祥先生既是我的老师，又似我的亲戚。他热情坦诚，大气磅礴。不仅在学术上引导我，生活上关心我，还在工作中支持我，经济上帮助我。虽无凤夜忧叹之意，但恐错爱之心常有。叶君远先生古道热肠，平易近人，不仅对我的毕业论文提出良好建议，而且对我博士毕业帮助良多。王水照先生是我博士论文答辩的主席，也是我这几年一路走来的恩师。"为问少年心在否，一篇珠玉是生涯"，让我心有戚戚。廖可斌先生既是我读博时的老师，又是我的同乡长辈，对我一见如故，照顾有加。谭家健、熊礼汇、曹虹、吴承学、郭建勋、阮忠、张新科、钟涛、李剑波、成松柳和翟满桂等先生等是我在开骈散文会议、古代文章学会议和湖南省古代文学年会上认识的前辈专家，对我也多有点拨，多有教导。对于各位先生关心、奖掖之情，学生铭记且争取不辜负厚望；如果有机会的话，还要努力将其薪火相传。

此外，我的同辈朋友莫山洪、施懿超、奚彤云、刘大先、刘鹏、孙福轩、陈恩维、侯体健等，或为同门，或是良友，或开会交流，或网上切磋，都能让我反思自我,改变自我。在此一并感谢!

人民出版社陈寒节先生为本书的出版操心费力,付出良多,谨此致谢!囿于笔者学识和才情,书中疏漏错误之处肯定不少,还请读者和专家不吝赐教。

吕双伟

2011 年 6 月于北京

责任编辑:陈寒节

责任校对:湖 催

图书在版编目(CIP)数据

清代骈文理论研究/吕双伟 著.—北京:人民出版社,2011.8
ISBN 978 - 7 - 01 - 009915 - 6

Ⅰ.①清… Ⅱ.①吕… Ⅲ.①骈文 - 文学理论 - 理论研究
- 中国 - 清代 Ⅳ.①I207.22

中国版本图书馆 CIP 数据核字(2011)第 092618 号

清代骈文理论研究
QINGDAI PIANWEN LILUN YANJIU
吕双伟 著

人民出版社 出版发行

(100706 北京朝阳门内大街166号)

北京新魏印刷厂印刷 新华书店经销
2011 年 8 月第 1 版 2011 年 8 月第 1 次印刷
开本:710 毫米 × 1000 毫米 1/16 印张:23.5
字数:343 千字 印数:0,001 - 2,200 册

ISBN 978 - 7 - 01 - 009915 - 6 定价:48.00 元

邮购地址:100706 北京朝阳门内大街166号
人民东方图书销售中心 电话:(010)65250042 65289539